장공주

장공주

長公主

유소다 장편소설

가하

장공주

지은이 유소다
펴낸이 이형기
펴낸곳 도서출판 가하

초판인쇄 2015년 9월 4일
1판 2쇄 2015년 10월 1일
출판등록 2008년 10월 15일 제 318-2008-00100호

주소 서울 영등포구 양평로 67, 1209 (당산동5가, 한강포스빌)
전화 02-2631-2846 **팩스** 02-2631-1846

www.ixbook.co.kr

ISBN 979-11-295-8261-4   03810

값 12,000원

copyright ⓒ 유소다, 2015

序
章

"곧 봄이 올 거예요."

나긋이 흘러나오는 소녀의 목소리가 봄의 싱그러움을 닮은 듯하였다. 진은 등 뒤에 서 있는 연성을 돌아보며 연한 미소를 머금었다. 황량했던 나뭇가지에 밤사이 연둣빛 새순이 봉곳봉곳 맺혔다. 그것을 부드럽게 쓸어내리는 하얀 손을 바라보며 연성이 중얼거렸다.

"지나가는 바람에도 제법 봄기운이 녹아 있는 듯하옵니다."

"궁 안의 사람들도 슬슬 바빠지겠네요."

진이 손을 내리고 목소리를 가볍게 높여 물었다.

"아, 올봄에는 연성의 누이가 출가한다 하였지요?"

연성은 가만히 웃으며 고개를 끄덕였다.

"예. 누이도, 매형 될 사람도 벌써부터 좋아서 난리도 아닙니다."

"집안의 반대가 꽤 심했다고 들었는데……."

"사돈댁이 대대로 현장[1]을 지내는 가문인지라 아무래도 소인의 집안을 탐탁지 않아 하였지요. 그래도 귀한 외아들이 죽고 못 살겠다 하

---

1) 縣長, 만호 이하의 작은 현을 다스리는 관원.

니 어쩔 수 없었던 모양이옵니다."

"사랑의 힘이 결국 반대를 이겨낸 거로군요."

진은 입술을 슬쩍 내밀었다가 집어넣고 허공에 이야기하듯 말을 이었다.

"남 일을 함부로 말하긴 그렇지만, 솔직히 사돈댁 쪽에서 홍복을 받은 게지요. 내 듣기로는 연성의 누이가 그 고장에서 제일가는 미인이라 하던걸요. 그리고 연성을 닮았으면 필시 마음씨도 비단결 같을 터이니, 직접 겪고 나면 반대하고 상처 입혔던 걸 후회하게 될 것에요."

"하하…… 그건 두고 보아야 알 것 같사옵니다. 공주님의 예상과는 달리, 소인의 누이 성격이 보통이 아닌지라."

"그래요?"

"달기, 포사가 따로 없지요. 집안이 처진다 해서 기죽어 살 여인은 결코 아니옵니다. 시댁과 지아비를 한 손에 틀어쥐고 흔들어댈지 모릅니다. 뭐, 소인은 그래서 누이가 더 좋지만 말이옵니다."

진은 믿을 수 없다는 듯 커다란 눈을 깜빡이며 연성을 마주 보았다. 잠시 뒤 진의 분홍빛 입술 새로 말간 웃음이 비어져 나왔다. 한참을 쿡쿡거리던 진이 느닷없이 한숨을 포르르 내쉬었다.

"부럽네요…… 연성의 누이 되는 사람."

"예? 어찌……."

연성은 의아해하며 턱을 긁적이다가 조심스레 입을 열었다.

"외람된 말씀이옵니다만, 미천한 소인의 눈으로 보기에는 공주님께서 소인의 누이보다 훨씬, 감히 비교도 할 수 없을 만큼 아름다우신 것 같습니……."

"그게 아니에요."

진은 볼을 붉히며 핀잔주듯 연성의 말을 끊었다.

"연모하는 이와 평생을 함께하게 되었잖아요. 아무나 누릴 수 있는 행복이 아니지요. 특히 저와 같은 사람들은……."

"공주님……."

진의 잇새로 다시금 여린 한숨이 흘러나왔다.

"이 평생 연모하는 이를 만날 수나 있을까요. 아니, 그런 이를 만나더라도 감히 손 내밀어볼 생각, 할 수나 있을까요……."

봄은 사랑하기 좋은 계절이다. 고운 빛깔 내뿜으며 고갯짓하는 춘화들이, 간들간들 불어드는 따스한 봄바람이 덧없이 가슴을 두드려대어 숨만 쉬어도 공연히 설레는 시기. 비록 모두가 선모하는 황족이라 하나, 이런 좋은 날에도 그녀는 궁 안에 갇힌 채 사람 하나 마음껏 만날 수 없었다.

진은 고개를 살살 흔들며 낯빛을 밝게 바꾸었다.

"이런, 새봄을 맞아 괜스러운 주책이 솟았나 봅니다. 걱정 마요. 그냥 해본 소리니까. 올해 열여덟이 되었으니 곧 폐하께옵서 좋은 혼처를 정해주시겠지요. 많이 노력하면, 저 같은 사람도 행복의 끄트머리나마 잡아볼 수 있을 거예요. 정략결혼이라 해서 반드시 사랑이 없으리라는 법은 없으니까요."

"그렇긴 하옵니다만……."

연성은 말꼬리를 흐리며 가까운 주변에 사람이 없음을 확인하였다. 진과는 허물이 없는 사이인지라 평소 속 있는 말까지 다 털어놓는 편이지만, 이런 이야기를 꺼낼 때에는 아무래도 조심스러울 수밖에 없었다.

"소인의 느낌이온데…… 어쩐지 폐하께옵서 공주님의 혼처를 서둘러 정하시지는 않을 것 같사옵니다."

목소리를 낮춘 연성이 속삭이듯 말을 덧붙였다. 진은 바로 대답하지 않고 어물거렸다. 그가 무슨 이야기를 하는지 잘 알고 있었다. 근래 들어 황제가 이상해진 건 진이 가장 심하게 느끼고 있는 터였다.

두 사람 모두 함부로 말을 잇지 못하여 어색한 얼굴을 하고 있을 때, 멀찍이서 금위군과 환관들의 우렁찬 외침이 귀를 찔러왔다.

"만세, 만세, 만만세!"

"황제 폐하를 뵙사옵니다, 만세, 만세, 만만세!"

삼만세 소리가 퍼지는 것을 들으니 오늘도 황제가 이곳 장신궁에 발을 들인 모양이었다. 표정을 엄숙히 바로잡은 연성은 재빠른 동작으로 의관을 가다듬고 한쪽으로 물러나 꿇어 엎드렸다.

당황한 진은 입술을 잘근잘근 깨물며 두리번거리다가 그 자리에 급히 부복하였다. 두 손을 바닥에 대고 이마를 수그린 채 잠시 후에 당도할 이를 기다리니, 정면에서 단정한 발걸음 소리가 자박자박 울렸다.

꼴깍. 목구멍 너머로 마른침이 넘어갔다. 점점 다가오는 키 큰 남자의 그림자가 그녀의 뒷덜미를 어둡게 덮었다.

"진아."

낮고도 부드러운 옥음이 휘장처럼 깔린 침묵을 걷어냈다. 들숨과 날숨 쉬는 것조차 거슬릴 만큼 긴장이 만연한 가운데 비단 자락 비벼지는 소리가 유독 크게 들렸다. 그가 바로 앞쪽에서 무릎을 굽혀 앉았는지, 목소리가 조금 더 가까운 곳에서 이어졌다.

"고개를 들거라."

기다란 손가락이 진의 어깨를 가만가만 쓸었다. 다정하기 짝이 없는 어투였다.

진은 명이 떨어진 대로 천천히 고개를 들어올렸다. 그러나 잔뜩 졸아붙은 그녀의 시선은 끝내 거친 바닥 쪽에만 머물러 있었다.

착 내리깔린 진의 속눈썹을 보며 원은 미간을 찡그렸다가 이내 온화하게 폈다. 그는 두 손으로 진의 상체를 살포시 잡고 그녀와 함께 무릎을 펴면서 일어섰다. 시선은 진의 얼굴에 붙박아둔 채 그가 짤막히 명했다.

"짐이 다시 부를 때까지 모두 물러가 있으라."

가까이, 혹은 멀리서 엎드려 있던 이들이 신속하게 일어나 읍례하고는 종종걸음으로 뒷걸음질 쳤다. 연성을 포함한 모두가 주위에서 사라지자 진은 한층 더 움츠러들었다.

잠자코 응시하던 원이 냉기 어린 손으로 그녀의 턱을 그러쥐었다. 진은 두 눈을 질끈 감았다. 원이 손끝에 가만히 힘을 실어서 진의 얼굴 각도를 위로 올리고는 중얼거렸다.

"이곳 땅 밑에 무언가 숨겨둔 것이라도 있는 모양이로구나. 고개를 들라 하여도 도통 날 보아주지 않으니."

"폐, 폐하……."

진이 겁먹은 소리를 내자 원의 눈초리가 가느스름해졌다. 그가 진을 놓아주고 한 걸음 물러나니 그제야 그녀가 눈을 떴다.

"소녀의 거처를…… 또 어인 일로 찾으셨사옵니까."

애써 올려놓았던 진의 고개가 도로 수그러들었다. 눈길 역시 여전히 아래에 박힌 채였다.

"오라비가 하나뿐인 동생의 얼굴을 보는 데 특별한 이유라도 있어야 하느냐?"

11

"그것은…… 아니지만……."

본래는 특별한 이유가 생겨도 그녀를 보기 싫어했던 그였다. 하지만 요즘 들어 장신궁에 드는 그의 걸음이 지나치다 싶을 정도로 잦았다. 무슨 바람이 불어서일까. 어떠한 심경의 변화라도 있었던 걸까. 그의 태도가 손바닥 뒤집듯 급작스레 바뀌니 진은 그저 혼란스러울 따름이었다.

"별일은 아니다. 날이 제법 따스해졌기에 너와 함께 오찬이나 들까 하여 온 것이다."

원이 빙긋 미소를 내걸고 말하였다. 화들짝 놀란 진이 슬그머니 고개를 들었다. 그녀의 까만 동공이 한순간 크게 확장되었다. 다소 날카롭다 여겨왔던 그의 눈매에 자상한 웃음기가 녹아들어 있으니 흡사 다른 사람으로 보였다.

"오, 오찬 말씀이시옵니까?"

진의 물음에 원은 한쪽 눈썹을 올렸다 내리며 고개를 기울였다. 우리가 함께 식사하는 것이 무슨 문제라도 되느냐는 표정이었다.

진은 불규칙적으로 뛰는 가슴을 손바닥으로 누르며 애써 호흡을 가다듬었다. 피할 수 없는 운명이 되어버렸지만, 그와 마주 앉은 채로는 도저히 편한 식사를 할 수가 없을 것 같았다.

장신궁 전체가 발칵 뒤집어졌다. 제대로 된 수라상이 준비되지 않아 궁인들은 재료를 가지러 미앙궁을 오가기 바빴다. 황제가 아무런 기별 없이 행차하였는지라 그들로선 완전히 날벼락이나 다름없었다.

"폐하, 쇤네들을 죽여주시옵소서!"

"되었다. 짐은 공주와 함께 식전주나 한잔하며 시간을 보낼 터이니

천천히 준비해도 상관없느니라."

"최, 최대한 빨리 상을 대령하겠사옵니다. 여봐라! 게 빨리빨리 움직이지 못하겠느냐!"

환관 하나가 부러 목소리를 크게 내며 이리저리 삿대질을 해댔다. 너나 할 것 없이 분주히 난리를 피우는 사이, 원은 느른한 자세로 턱을 괴고 진의 얼굴을 훑었다.

진은 정자세로 앉아 배 위에 손을 포개 올리고는 눈을 내리깔았다. 그 채로 자그마한 옥배 안에서 물결치는 가주(佳酒)만 뚫어지도록 응시하고 있었다.

원이 어느 순간 손을 내뻗더니 그것을 들어 올려 들이켰다. 목울대가 천천히 요동치며 오르내렸다. 술을 넘기는 동안에도 빗겨 보듯 그녀에게 꽂힌 시선이 무척 차분하면서 농후하였다.

탁, 비워진 잔을 세게 내려놓은 원은 그것을 옆으로 치워버렸다.

"아직 술을 할 줄 모르는 모양이구나. 상이 올라오거든 차로 바꿔 내오라 이르겠다."

"소, 송구하옵니다."

"괜찮다. 출가도 안 한 처녀 아니냐. 음주를 즐기기에는 어리긴 하지."

"그래도……."

진이 과도하게 초조해하자 원은 자신의 잔마저 비워내고는 앞으로 내밀었다.

"정 그러하면 한 잔 따라나 보거라. 사람을 앞에 둔 채 자작하는 건 외로우니."

진은 양어깨를 파르르 떨며 두 손으로 주병을 잡고 일어섰다. 그러나 심하게 긴장한 탓인지, 병조차 제대로 기울이지 못하여 술이 한 방울도 나오지 않았다. 손아귀에 생각대로 힘이 들어가지 않는 듯하였다. 괜스레 마음이 급해지고 가슴이 바짝 조여들었다.

콸콸. 잔 위로 액체가 흘러넘쳐 원의 손끝을 적셨다. 소스라치게 놀란 진은 그만 주병을 상 위에 놓치고 말았다.

"꺅!"

사기 부딪치는 소리가 날카롭게 울렸다. 다행히 깨지지는 않았지만, 병이 넘어지는 바람에 상 위로 술이 가득 쏟아졌다.

원은 눈동자를 내려 스멀스멀 젖어드는 용포를 무심히 쳐다보았다. 진이 두 손으로 입을 가린 채 발을 동동 구르다가 그 자리에 주저앉듯 엎드렸다.

"송구하옵니다, 송구하옵니다, 폐하! 소녀가 죽을죄를…… 아아…….."

원은 술이 고인 한쪽 옷소매를 잡아 기울이고 툭툭 털어냈다.

"나는 괜찮으니 어서 일어나 앉으라. 괜한 일을 시켜 네게 미안하구나."

진은 금세라도 막힐 것 같은 숨을 억지로 삼켜냈다. 황제는 그 누구에게 어떤 일을 저질러도 결코 사과하지 않는 법이다. 한데 방금, 그의 입을 타고 분명 미안하다는 소리가 나왔다. 지켜보다 놀라 비단을 가지고 뛰어오던 궁인들도 하나같이 아연하여 귀를 의심하는 듯하였다.

의복을 닦은 궁인들을 손짓으로 물리고, 원은 아까 전처럼 진에게 다가가 그녀를 직접 일으켜 세웠다. 그는 눈을 반만 뜬 채 굳어 있는 진을 한참 쳐다보다가 조용히 말하였다.

"황제의 앞에서 허락 없이 고개를 드는 자는 사형이지."

진은 흠칫거리며 입술을 깨물었다. 하얀 턱이 경련하듯 달달 떨렸다.

"하지만 네게는 따로 명을 해두어야겠구나."

원은 그녀의 정수리에 코를 바싹 붙이고 속살거렸다.

"진아. 앞으로는 내 허락 없이 고개를 숙이지 말거라. 또한 함부로 몸을 낮추지도 말거라. 그리고 가급적이면…… 내 앞에서는 나와 눈을 맞춰주었으면 하는구나."

"어, 어찌 감히 폐하와……."

진은 저도 모르게 중얼거리다가 입을 다물어 스스로의 말을 막았다. 그리고 공손히 가슴에 손을 올린 채 답하였다.

"명 받잡겠사옵니다."

원은 만족스레 웃으며 진을 부드러이 응시하였다. 시선을 훌쩍 피하려던 진은 방금 전의 대답을 상기하고 우물우물 그를 마주 보았다. 그러나 눈빛이 마주 얽힐 때마다 반사 신경처럼 눈이 내리깔리니 식은땀이 다 났다. 완전히 고문이나 다름없었다.

방 안으로 수라가 들어왔다. 진은 식사 내내 태연함을 가장한 채 젓가락질하였으나 자꾸만 반찬을 놓치고 있었다.

"왼손으로 편히 식사해도 좋다."

"……예?"

진이 잠시간 경직되어 앞을 보았다. 원은 가늘어진 눈초리로 그녀의 왼손에 한참 동안 시선을 두었다. 그리고 천천히 눈을 감았다가 떴다.

"지금껏 지켜보니…… 너는 왼손을 자주 사용하는 것 같더구나."

말하는 그의 음성에서 이유 모를 쓸쓸함이 전해져왔다. 잠깐의 정적이 흐르는 사이, 진은 슬그머니 젓가락을 왼손으로 바꿔 쥐었다.

비록 오누이간이라지만, 그와는 함께 시간을 보낸 기억이 거의 없었다. 최근 들어서야 그의 변덕 비슷한 행동으로 매일같이 대면하게 되었을 뿐이다. 신기하고도 기묘하였다. 그녀가 왼손잡이인 사실을 아는 사람은 시중드는 궁녀들 중에서도 몇 되지 않았으니.

한창 찬을 드는 도중, 진을 바라보던 원이 별안간 낮게 소리 내어 웃었다. 진은 고개를 갸웃하다가 원이 자신의 한쪽 뺨을 툭툭 두드리자 손바닥으로 급히 얼굴을 훔쳤다.

"아니, 그쪽이 아니고……."

원이 젓가락을 놓고 자리에서 일어났다. 주변에 늘어서 있던 환관, 궁녀들이 일제히 놀라 고개를 숙였다. 진의 곁으로 바싹 다가온 그가 그녀의 얼굴을 향해 손을 뻗었다.

진의 귓불과 목덜미 전체에 발그레한 물이 들었다. 볼을 결대로 쓸어내는 그의 손등 촉이 무척이나 부드러웠다.

"귀엽구나."

들릴 듯 말 듯 작은, 그러나 분명히 귓속을 파고든 웃음기 섞인 목소리.

진은 고개도 편히 숙이지 못한 채 그저 입술만 앙다물어 무안함을 드러냈다. 오늘따라 민망한 실수가 왜 이리도 잦은 걸까. 평소에는 이렇게 단정치 못하게 식사한 적이 없었거늘.

"내가…… 많이 불편한 것이냐?"

"아니옵니다."

그의 물음에 차마 그렇다고 답할 수 없어 부정하였지만, 실은 보통 불편한 것이 아니었다. 가시방석도 이 자리보단 나을 듯하였다.

원은 안절부절못하는 진을 바라보며 무언가를 한참 생각하는 듯하더니 입을 열었다.

"대부분의 일은 반복하면 할수록 차츰 익숙해지는 법이다."

진이 무심결에 표정을 굳힌 채 원을 마주 보았다.

"앞으로는 너와 이런 자리를 더 자주 가져야겠구나. 내 그동안 너무 무심했던 것 같으니."

원의 인자한 미소가 그녀의 작은 어깨를 천근만근 짓눌렀다. 진은 차마 입 밖으로 낼 수 없는 말을 삼키며 웃음인지 한숨인지 모를 소리를 흘렸다.

'차라리 그냥 하던 대로 계속 무심하신 편이 나을 듯싶은데…….'

환궁하는 황제에게 인사를 올리자마자 진은 방으로 달려와 침상에 풀썩 쓰러졌다. 그 상태로 죽은 듯 엎어져 있던 그녀는 한참이 지나서야 목에 힘주어 소리쳤다.

"유모…… 유모!"

"예에, 공주님. 쇤네 여기 있사옵니다!"

유모가 방문 너머로 냉큼 달려왔다. 진은 고개만 빠끔히 든 채 유모의 옷자락을 부여잡고 금방이라도 울음을 터뜨릴 듯 호소하였다.

"나, 나 소화가 될 만한 것 좀……. 아까 전에 먹은 게 전부 얹힌 것 같아."

"이런, 조금만 참으시어요. 당장 매실청을 대령해 오겠사옵니다. 어라…… 안색이 하얗게 질리신 듯하온데, 손가락도 좀 따드릴까요?"

대답할 기운조차 없는지 진은 고개만 주억거렸다. 헐레벌떡 뛰쳐나가는 유모의 등덜미를 보며 진은 한시름 놓고 이불에 얼굴을 파묻었다.

얼마 전부터 지겹도록 반복해왔던 의문이 또다시 머릿속을 헤집고 들어와 빈틈없이 메웠다. 아무리 생각하고 곱씹어보아도 도무지 그의 심중을 이해할 길이 없었다.

황제는 분명 살가운 오라비가 아니었다. 오히려 그녀가 철이 들기 훨씬 전부터, 하나뿐인 동생에게 지나칠 만큼 차가운 태도로 일관해왔었다. 어릴 적엔 무정하다 원망도 하였고 그의 호감을 사보려 노력도 하였지만, 그는 끝끝내 그녀를 박대하다가 나중에는 아예 유령인 듯 없는 사람 취급까지 했었다.

그런 그가 하루아침에 입장을 바꾸었다. 대체 왜일까?

진은 가슴을 죄는 불안함을 느끼며 잠시 옛일을 회상하였다.

一
章

　시퍼런 검날들이 허공에 번쩍이는 궤도를 그리며 날아다녔다. 바람 가르는 소리 뒤끝에 날카로운 금속성 마찰음이 꼬리를 물고 격렬하게 이어졌다. 엇비슷한 체구의 소년 둘이 쉴 새 없이 검을 휘두르며 그들보다는 조금 작은 몸집의 소년 한 명에게 맹공격을 퍼붓고 있었다.

　"히야, 인정사정없이 달려드네. 아무리 그래도 그렇지, 현 유일한 황위 계승권자인데…… 비겁하게 나이 많은 둘이서 진검을 쥐고 어린 황자 하나를 협공하다니. 쯧쯧, 저러다 다치기라도 하면 어쩌려고."

　멀찍이서 구경하던 환관 하나가 눈으로 열심히 움직임을 따라가며 주절거렸다. 그 옆의 환관이 어깨를 으쓱하고는 맞받았다.

　"다쳐도 뭐, 별 문제나 있겠나? 뒷배 하나 없는 황자, 지켜줄 이도 없는데."

　"그렇기야 하지. 오히려 저 왕자 두 명의 뒷배가 더 두터울걸."

　조금 뒤쪽에 서서 가슴을 졸여가며 승부를 구경하던 진은 들리는 말소리에 귀를 쫑긋 세웠다.

　"하나는 초왕의 장자 유번, 다른 하나는 회남왕의 장자 유훈이 맞던가?"

　"맞을 거야. 저 왕자들 모친이 대대로 잔뼈 굵은 지방 세력가의 딸인지라 하나같이 치맛바람이 쌩쌩하지."

"다음 천자는 자칫하다간 방계에서 나오는 이변이 일어날 수도……."

"그건 너무 섣부른 판단이 아닐까 싶네. 황후마마께서 아직 한창이시지 않나. 앞으로 황자 두엇은 너끈히 생산할 수 있으실 걸세. 어서 적자가 나와야 본래는 바라볼 수도 없는 자리에 침을 흘리는 음흉한 자들이 사분오열되지."

"하기야, 저 왕자들이 제아무리 날고 기어도 황후마마의 가문과 비교하자면 장사 오획이나 맹분 앞의 어린아이와 같으니 뭐."

그들이 껄껄 웃으며 잡담하는 사이, 적의 허점을 발견한 황자가 팔에 제대로 힘을 실어 기습하였다.

유훈의 검이 고공으로 날아가 한 바퀴 원을 그리고는 바닥에 캉 떨어졌다. 황자의 검 끝이 방향을 바꿔 옆쪽의 유번을 향하였다. 그와 눈이 마주치자마자 안색이 납빛으로 질린 유번은 재깍 무기를 내던지고 털썩 무릎을 꿇었다.

황자의 고개가 다시금 무기를 잃은 유훈 쪽으로 꺾이자, 유훈이 두 손바닥을 펴서 내보이며 고개를 저었다.

"아아, 소신들이 졌사옵니다, 전하."

황자는 빙긋 웃더니 검을 빙글 돌려 쥐고 유훈의 앞으로 저벅저벅 다가갔다. 움찔한 유훈이 어정버정 뒤로 물러섰다.

"어찌 이러시는 것이옵니까, 소신은 분명 전하께 항복하였사옵니다!"

"항복하는 이의 태도치고는 상당히 방자한 것 같습니다. 전장에서 그러셨다면 당장에 목이 날아갔을 겁니다."

"이, 이곳은 전장이 아니옵니다!"

"서로의 신분을 잊은 채 실제 전장이라 생각하고 승부하자 제안한 쪽은 형님들이 아니던가요?"

"그것은……."

"어느 쪽이 얼마만큼 다치든 간에 다른 소리 않기로 하였지요, 아마."

철컥. 황자가 겨눈 검날이 유훈의 어깨에 붙었다. 나지막이 읊조리는 황자의 눈동자에 섬뜩한 냉기가 어렸다.

"이걸 어쩐다…… 항복의 예가 마음에 들지 않으니 즉결 처형이 원칙일진대, 어찌 되었든 사촌 지간이니 진짜로 목을 날릴 수는 없는 노릇이고."

검날이 더 바짝 다가와 귓불 아래까지 스치자, 유훈은 그제야 비명을 내지르며 넙죽 엎드렸다.

"사, 살려주시옵소서, 살려주시옵소서, 전하! 다시는 전하께 감히 방자하게 굴지 않겠나이다!"

덩치 큰 소년 둘이 고개를 조아리며 손이 발이 되도록 빌어대는 모습은 참으로 가관이었다.

구경하다가 흥분한 진은 상기된 뺨을 매만지며 자그마한 탄성을 삼켰다. 그녀의 오라버니는 어느 방면에서든 남들보다 월등하여, 어린 진은 그를 세상에서 가장 근사한 사람이라 철석같이 여겼다.

"우와, 실로 대단하고 대단하시군! 알기야 알았지만 볼수록 독종 아닌가. 어찌 검술을 정식으로 배운 왕자 두 명을 혼자서……."

앞쪽의 환관들도 감탄을 금치 못하고 혀를 내둘러댔다.

"그러게 말이네. 아랫것들이 기어오른다고 아주 제대로 밟아주시는구면."

"볼수록 안타까워. 학문도 무예도 흠잡을 데 없이 뛰어나시고, 결단력 있고 냉철하여 군주의 자질이 뚜렷하고, 하다못해 인물까지 좋으시니…… 태생이 중간만 갔다면야 역대 가장 강력한 황제가 탄생할 수도 있었을 터인데."

"그런 소리 의미 없으이. 춘추 열넷이 되도록 태자위에 오르지 못하신 걸 보면 뻔하지 않나. 황후마마께서 올해 황자 아기씨라도 턱 생산하시거든 허무하게 궁 밖으로 내쳐져 어느 시골구석의 왕이나 될 신세."

"그게 바로 외척 없는 황자의 서러움이지, 뭘. 아아…… 하기야 혹시 몰라. 현 폐하처럼 혼인이라도 잘하시면 운명이 바뀌시려나."

"무슨 얘기 해요?"

들썽거리며 대화하는 환관들의 옷자락 새에 진이 불쑥 얼굴을 내밀며 물었다.

"뭐야, 누구…… 힉, 공주마마!"

이맛살을 찌푸리며 뒤돌아서던 두 환관이 대경실색하였다. 궁녀들을 뿌리치고 혼자 궁 안을 나다니길 좋아하여 속을 썩인다는 그 유명한 공주였다.

그들은 서로의 눈치를 재빠르게 살피다가 일제히 무릎을 꿇고 바닥을 치며 외쳤다.

"공주마마를 뵙사옵니다! 천세, 천세, 천천세!"

진은 그들의 앞에 쪼그려 앉아 방실방실 웃었다.

"인사성들이 참 좋네요. 그런데 우리 오라버니한테도 인사 좀 잘하시지."

"자, 잘하고 있나이다!"

"그래요? 진짜 그런지 내 지켜볼 거예요. 그런데 하던 얘기는 왜 안 해요? 계속 해요. 네?"

이럴 수가. 공주가 자신들의 잡담을 엿들었다. 당황한 환관들은 식은땀을 흘리며 이마가 바닥에 닿도록 고개를 조아렸다.

"마, 망극하옵니다, 공주마마! 부디 소인들을 용서해주시옵소서!"

"용서해주시옵소서! 다시는 함부로 입을 놀리지 않겠나이다! 또 그러면 소인들의 입을 꿰매버리겠나이다!"

"나 잘 꿰매는 침방 궁녀 아는데."

진은 턱을 괴고 동글동글한 눈망울을 굴리며 자신의 옷을 지어주었던 궁녀 옥란이를 떠올렸다. 어린아이가 의미 없이 한 혼잣말이었지만, 뼈 있는 소리로 알아듣고 뒷머리가 싸해진 환관들은 진이 일어나서 가보라 명할 때까지 벌벌 떨었다.

진은 미앙궁 청량전 앞의 정원에서 나뭇가지로 흙바닥에 그림을 그리며 원의 수업이 끝나기를 기다렸다. 시간이 되자 저 멀리서 원의 얼굴이 아른아른 내보였다.

"하아…… 오라버니, 진짜 잘생겼다."

일곱 살 어린아이의 입에서 어울리지 않는 한숨이 쏟아져 나왔다. 그도 그럴 것이 미목수려한 그의 얼굴을 대하자면 어느 누구든 한동안 넋을 놓곤 하였다.

황족다운 하얀 피부와 촉이 부드러워 보이는 머리카락은 한 번쯤 만져보고 싶은 충동을 불러 일으켰다. 긴 속눈썹에 반쯤 덮여 사늘히 빛나는 눈동자는 세상만사 어떤 것도 권태로운 듯 무심함이 흘렀으나 그대로도 매혹적이었다. 날렵하면서도 오똑한 콧날에선 고고한 자존심이 배어났고, 굳게 닫힌 입술에는 귀태가 자르르 흘렀다.

저 외모와 더불어 언제나 반듯하고 품위 있는 몸가짐을 보아하면 천생 귀인이 맞거늘, 어찌 다들 그의 태생으로 왈가왈부들인지 진은 이해할 수가 없었다.

원이 점점 그녀 쪽으로 다가오자 진은 손에 쥔 나뭇가지를 던져놓고 일어나 쪼르르 달려갔다.

"오라버니!"

잠시 멈칫한 원이 고개를 까딱 내렸다. 허리 아래에서 환한 웃음꽃을 듬뿍 담고 쳐다보는 진이 내보이자 그의 미간이 좁혀들었다.

"또 너냐."

"오라버니, 소녀 아까 오라버니께서 검술 대련하시는 걸 지켜보았습니다! 정말 멋지셨어요!"

진이 종알거리는 사이, 원은 못 들은 척 몸을 돌리고 가던 길을 갔다.

"오라버니, 공부는 끝나신 거예요? 다음 수업은 없는 거예요? 너무 공부만 하지 마시고 소녀랑도 좀 놀아주시어요. 네?"

진이 그의 등 뒤를 뽀르르 따르며 물었다. 원은 일부러 걸음에 속도를 붙였다. 짧은 다리로 열심히 쫓아가려던 진은 점점 그를 따라잡기 버거워지자, 궁 안에서의 예의도 잊고 아예 뛰어가기 시작했다. 잠시 후 그를 앞질러 확 가로막은 진이 급한 대로 손을 뻗었다.

원은 눈을 내리깔고 자신의 소맷자락을 꼭 쥔 고사리손을 응시하였다. 무표정하던 그의 얼굴이 단박에 구겨졌다. 화들짝 놀란 진은 하려던 말을 잊고 잠시 머뭇거렸다.

"오, 오라버니!"

"놓아라."

그의 표정이 한층 더 삭막하게 변하였다. 겁먹은 듯 쭈뼛거리다가도 진은 고개를 좌우로 흔들며 소리쳤다.

"싫습니다."

"놓으라 하였다."

"오라버니, 소녀는……."

가슴속에서 새가 날아다니듯 심장이 파닥파닥 뛰었다. 진은 고개를 최대한 꺾어 올리며 그와 시선을 맞추었다. 얼음장처럼 차갑게 내쏘는 눈빛이 한없이 두려웠지만 이렇게 그를 보내고 싶지는 않았다.

"소녀는, 오라버니가 너무도 좋습니다."

그의 표정은 조금도 변함이 없었다. 아무런 답도 나오지 않자 진은 용기를 바닥까지 박박 긁어서 어렵사리 말을 이었다.

"그런데 오라버니께서 소녀를 미워하시니…… 어떻게 하면 소녀를 어여삐 보아주실지, 부디 알려주시어요."

소매를 쥔 작은 손아귀에 앙증맞은 힘이 더해졌다. 원이 헛웃음을 흘리며 말하였다.

"알고 싶으냐?"

진은 잠시 휘둥그레진 눈으로 그를 보다가 기쁜 듯 고개를 주억거렸다.

"예!"

"그렇다면 방법을 가르쳐주겠다."

원은 한 손을 뒷짐 진 채 상체를 굽히더니 진의 한쪽 어깨에 입술을 가져다 대었다. 진은 흠칫 떨었으나 몸을 물리지는 않았다.

"최대한 내 눈에 안 띄면 된다."

곧이어 귓전을 파고든 목소리에, 진의 눈동자에 들어찬 기대가 빠져나갔다.

"공주."

그의 입술이 계속해서 작게 움직였다.

"나는 네 외조부가 승상 소윤이라는 것도 마음에 들지 않고, 네 못나빠진 얼굴은 더더욱 보기 싫고, 학업을 닦느라 바쁜데 자꾸 철없이 매달리는 네가 진절머리 나게 귀찮구나."

진은 손등으로 눈을 가린 채 폭포수처럼 눈물을 쏟았다. 큰 소리로 엉엉 울어대면서 마구 걸어가는 진을 궁녀 여럿이 어쩔 줄 몰라 하며 졸졸 따라다녔다.

검술 수련을 끝내고 돌아오던 연성이 그것을 발견하고는 얼른 다가가 말을 걸었다.

"소인이 달래드릴 터이니 가서 일 보십시오."

"아아, 연성이구나! 살았다. 그럼 부탁 좀 할게."

궁녀 하나가 손뼉을 치고는 가슴을 쓸어내렸다. 다른 궁녀가 동기의 곁에 바짝 다가붙으며 연성을 향해 눈 한쪽을 찡긋했다.

"신기하지 뭐야. 보통 공주마마 또래의 어린 여자아이들은 남자애들을 싫어하는데, 우리 마마께선 시중드는 궁녀들보다 너를 더 따르시니……."

연성이 관자놀이를 긁적이며 구김살 없이 웃었다.

"하하, 어쩌다 보니 그냥 말동무를 해드릴 기회가 많아서 운 좋게 친해진 것 같습니다."

"운이 좋기는. 너처럼 잘생긴 동무라면 나라도 좋아하겠다."

궁녀의 가벼운 칭찬에 쑥스러워하며 목례한 연성은 엉엉 우는 진의 손목을 붙들고 정원 쪽으로 끌어갔다. 그의 헌칠한 뒷모습을 보던 궁녀 하나가 중얼거렸다.

"그나저나 저 아이도 좋겠네. 집안이 약재상이나 하는 평민이라 들었는데, 나름대로 출세하게 생겼으니."

"그게 무슨 소리야?"

"연성이가 무예도 뛰어나고 공주마마를 잘 돌봐드리기도 하니까, 황후마마께서 연성이를 공주마마의 개인 호위 무사로 삼으실 것 같던데?"

"오, 그렇구나."

"그 정도면 집안의 경사지. 오늘 돌아가면 잔치라도 벌이지 않을까."

제 일처럼 기뻐하는 궁녀를 석연치 않게 바라보며 동기가 말했다.

"글쎄……. 잔치까지 벌일 일은 아닌 것 같은데?"

"왜?"

"생각해봐. 우리 공주마마는 모장서시의 환생이라 불리시잖아. 다들 장안 제일의 미녀가 되실 거라 입을 모으는데……."

"그것이 뭐 어때서."

"뻔하지. 공주마마께서 장성하시면, 연성이 재도 한창 나이의 사내일 것이야. 앞으로 가장 가까이에서 마마를 모실 유일한 남자가 저 녀석이 될 터인데, 그 긴긴 시간 동안 어디 연심을 안 품고 배기겠어?"

"그래도…… 죽어서 다시 태어나도 오르지 못할 나무인 걸 재도 알 터인데 설마 그럴까."

"사람 마음이 마음대로 되디? 마마의 호위 무사가 되는 일이 개인의 입신양명으로는 좋을지 몰라도, 한 번 마음 품기 시작하면 평생 불행해질지 몰라. 그 상태에서 공주마마가 혼약이라도 하시면…… 하아."

그제야 동기의 말을 알아들은 궁녀가 힘 빠진 목소리로 중얼거렸다.

"아아, 그렇구나. 가련하여라…… 우리 연성이 어쩌면 좋아. 가까이에 두고도 애써 외면해야 하는 사랑이라니."

"그게 바로 연성이나 우리 같은 낮은 신분들의 비애지 뭘. 높으신 분들은 평생 그런 문제로 마음고생할 일은 없을 터이니 좋겠어. 예를 들자면 공주마마나 황자 전하 같은 황족들은……."

"예가 너무 극단적이다. 황족은 원래 신이 내린 자손이잖아. 그분들이 특별한 건 어쩔 수 없는 운명인 거야. 지금이 왕후장상의 씨가 따로 있느냐고 외칠 수 있는 난세도 아닌데."

궁녀들은 허탈한 웃음을 주고받으며 밀린 일을 하러 걸음을 옮겼다.

진은 처량히 젖은 속눈썹을 비벼가며 지치지도 않고 울어댔다. 연성이 고개를 설레설레 젓더니 한숨을 내쉬며 물었다.

"오늘도 열리지 않는 문을 실컷 두드리다가 문전박대만 당하고 오셨사옵니까?"

진의 울음소리가 갑자기 하늘을 찌를 듯 높아졌다. 연성이 한순간 귀를 틀어막았다가 떼고는 손바닥을 싹싹 비볐다.

"아! 잘못했사옵니다, 잘못했사옵니다! 공주님 속 긁는 소리 안 할 터이니 그만 우시옵소서!"

그제야 진의 울음이 아주 조금은 잦아들었다. 진은 훌쩍훌쩍 코를 들이마시며 연성을 올려다보았다. 허리를 바짝 굽혀 시선을 맞춘 연성은 자신의 옷자락으로 진의 눈물 콧물을 다 닦아냈다.

"……업어드릴까요?"

진은 희미하게 고개를 끄덕였다. 연성이 쪼그려 앉아 등을 내밀자, 진이 그의 목에 팔을 감아 체중을 실었다. 한 번 가볍게 뛰어서 위치를 맞춘 연성은 넓게 이어진 정원을 천천히 거닐었다.

"연성, 내 얼굴이 못나 빠졌어요?"

한참 후에 진이 코를 훌쩍이며 물었다. 깜짝 놀란 연성이 딱 정색하였다.

"결단코."

연성은 어처구니가 없다는 듯 일소하더니 덧붙였다.

"그렇지 않사옵니다. 황자 전하께서 공주님께 그런 황당한 말씀을 하셨사옵니까?"

"응. 들은 그대로 말한 거예요. 분명 못나 빠졌댔어."

"그건 황자 전하의 취향이나 안구 상태…… 둘 중 하나가 조금 좋지 않으신 듯싶습니다."

"흑, 오라버니 눈에 예뻐 보이고 싶다."

"틀림없이 그렇게 보이실 것이옵니다. 지금 말고…… 두 분 다, 조금 더 장성하시면요."

"그런데 있죠, 내가 오라버니를 너무 철없이 귀찮게 하는 거예요?"

"그건 좀…….'

'질기시긴 하죠.'라는 말을 삼키며 연성이 애먼 입꼬리만 위로 당겼다. 냉정한 오라비에게 심한 말을 여러 번 들었음에도 꿋꿋이 포기하지 않고, 언제나 활짝 웃는 얼굴로 다정하게 손을 내밀려 하니. 그래 놓고 상처받아서는 엉엉 울면서 연성을 붙들고 하소연하는 일이 이젠 하나의 일상이 되었다.

"오라버니는…… 날 왜 미워하시는 걸까요?"

진의 물음에 연성은 한숨을 쉬기도 하고, 고개를 젓기도 하며 고민하다가 어렵사리 말하였다.

"으, 이걸 누군가가 듣기라도 하면 소인 목숨 하나로는 안 끝날 것이온데."

진이 두리번거리며 주변을 살폈다.

"아무도 없어요. 말해줘요."

"그것이……."

잠시 말을 끌던 연성은 궁 안의 사람들은 누구나 알고 있는 이야기를 찬찬히 꺼냈다.

"황후마마의 친정이신 소씨 집안은 황실과 연이 매우 깊은 가문이옵니다. 대대로 공주님들을 아내로 맞기도 하고, 황후와 비빈을 여럿 배출하기도 한 명문이지요. 즉 황제 폐하와 황후마마 사이에서 나신 공주님께서는 유씨 황실의 피가 매우 진하게 흐르는 적통 중의 적통이 되시옵니다. 아들이라는 이유로 표면적인 서열은 황자 전하께옵서 공주님보다 높습니다만, 실질적으로는 그렇지 않사옵니다. 그건 황자 전하의 모친께서 신분이 매우 낮기 때문이옵니다."

"오라버니의 모친께선 어떤 신분이셨는데요?"

"폐하께서 지난날 황자 전하셨을 적에 연을 맺었던 궁녀이셨다고 들었사옵니다. 천출이었던 데다가, 폐하께서 제위에 오르시기도 전에 세상을 떠나셔서 장자를 생산했음에도 정식 후궁 작위조차 받지 못하신 분이지요. 그것이 지금껏 황자 전하의 치명적인 약점이 되어왔고, 궁인이나 귀족들이 전하를 알게 모르게 무시하거나 동정하는 원인이기도 하옵니다."

"그, 그렇구나……."

진이 시무룩한 표정으로 고개를 끄덕이다가 갑자기 되물었다.

"그런데 그것이 오라버니께서 저를 미워하시는 이유와 관련이 있는 거예요?"

"예. 뭐라 설명해드려야 하나…… 그냥 쉽게 말하자면 질투지요. 열등감과 질투."

느닷없이 진이 또 훌쩍거리며 울음소리를 내기 시작하였다. 당황한 연성이 물었다.

"어찌 또 우시옵니까? 소인이 괜한 이야기를 해드린 것이옵니까?"

"억울해서, 너무 억울해서 그래요. 황후마마의 복중에서 태어난 게 내 잘못은 아니잖아요. 어찌 내가 이딴 걸로 미움을 받아야 해……."

"이, 이딴 거라뇨. 정통성이라는 건 무서운 무기이고 권력이옵니다. 그 때문에 이 황궁에서는 아무도 공주님을 무시하지 못하옵니다."

"아무도…… 라고 하지 마요. 폐하도, 황후마마도, 오라버니도! 정작 내 가족들은 전부 다 날 무시하잖아요!"

진은 더 서러운 소리로 울음을 터뜨렸다. 연성이 달래고, 또 달래도 다시금 터진 눈물은 쉬이 그쳐지지 않았다.

🌿 🌿 🌿

그날 연성의 등이 흠뻑 젖도록 울고 또 울었던 기억이 아직까지도 생생하였다. 진은 스르르 눈을 감으며 그때 느꼈던 구슬픈 기분을 상기하였다.

떠돌던 상념이 다시 원점으로 돌아왔다. 그가 갑작스레 왜 이렇게 잘해주는 걸까. 대체 언제부터 황제의 태도가 변했던 것일까.

곰곰이 떠올려보자면, 아마도 모후이신 소 태후께서 승하하시고 상복을 벗던 즈음이었던 것 같았다.

어째서 그날일까. 어미 잃은 새끼 새가 어느 순간 가여워 보여서 이제라도 돌봐주려는 마음이 생기신 걸까?

그럴 수도 있겠다는 생각에 진은 기운 없이 한숨을 내쉬며 혼잣말했다.

"하지만 태후마마께서 돌아가시기 전이나, 지금이나…… 달라진 건 아무것도 없는데."

원의 행동은 날이 갈수록 심해지는 듯하였다. 오늘 행차에서는 줄지어 뒤따른 궁녀와 환관들의 손에 귀한 선물들이 잔뜩 들려 있었다.

여우 겨드랑이 가죽으로 만든 옷, 상아 빗, 보옥이 달린 비녀, 정교히 세공된 금귀고리 등 하나하나가 웬만한 귀족이 아니고서야 평생 구경하기도 어려운 고급품이었다.

"받을 수 없사옵니다."

사람들이 물러가고, 정원 안에 단둘만 남자마자 진은 정색하고 거절의 말부터 꺼냈다. 마주 선 원에게서 실망낙담한 빛이 역력히 드러났다.

"가져온 것들이 마음에 들지 않는 것이냐? 다른 것들을 가져와보라 할까?"

진은 바로 대답하지 않고 그저 곤란한 표정만 지어 보였다. 그녀로서는 가슴이 서늘해질 만큼 이 상황이 부담스러웠다.

"그래도 네게 어울릴 것 같은데…… 일단은 받아두거라. 그리고 다른 원하는 것이 있으면 언제든 말하라. 내 어떻게든 네 앞에 가져다줄 터이니."

"소녀가 원하는 건…… 무엇이든 구해주신다는 것이옵니까?"

"그래. 진시황이 구하였던 불로초를 원하느냐? 아니면 수후주(隨侯珠)와 화씨벽(和氏璧)이라도 원하는 것이냐? 세상에 없는 것이라도 네가 원한다면 내 끝까지 찾으마."

담담한 듯 차분히 말을 이어가고 있었으나 그의 어투에는 무언가 간절하고 다급한 느낌이 녹아 있는 듯했다.

"내가 원하는 것……."

진은 혼잣말처럼 중얼거리다가 문득 솟은 생각에 씁쓸히 미소하였다.

'옛날의 오라버니로 돌아가…… 그때의 외로웠던 내게 잘해주세요.'

"소녀는…….'

진은 잠시 천천히 눈을 감았다 뜨며 단호하게 말을 이었다.

"폐하께 아무것도, 바라는 것이 없사옵니다."

"진아."

"그러니 저것들은 도로 가져가시고, 견디기 어려울 만큼 부담스러우니 앞으로는 이런 행동…… 하지 않으셨으면 하옵니다."

세상에서 가장 고귀한 자의 상징, 주옥을 꿰어 늘어뜨린 십이류 뒤로 언뜻 상처받은 듯한 그의 표정이 얼비치었다. 그 모습을 보니 명치끝이 싸하게 아파오는 듯하였다.

어째서 그가 그런 얼굴을 하는 걸까. 정작 지금까지 상처받아온 사람이 누구인데!

진은 작은 주먹을 꼭 말아 쥐고 파르르 떨었다.

"소녀에게…… 소녀에게 대체 어찌 이러시는 것이옵니까! 소녀의 우매한 머리로는 폐하의 심중을 이해하기가 힘이 드옵니다!"

저도 모르게 욱하여 감정이 격해진 소리가 쏟아졌다. 원이 놀란 눈으로 바라보았다.

잠시 후 그가 천천히 시선을 미끄러뜨리듯 내렸다. 그쪽에서 먼저 그녀의 눈을 피한 적은 이번이 처음이었다.

"내가……."

원은 한참을 입술만 달싹이다가 무겁게 말을 이어갔다.

"너를…… 은애한다. 아주 많이."

진은 한순간 그림 속 인물이 된 듯 경직하였다. 무언가 기분이 이상했다. 그렇지만 그녀는 곧 그의 말뜻을 이해하기 쉬운 쪽으로 머리에 담았다. 참을 수 없을 만큼 답답하고 분하여 숨이 가빠져왔다.

"폐하께서는…… 소녀를 그리 귀애하지 않으셨잖아요."

진은 밀어를 속삭이듯 자그마한 소리로 겨우 대답했다. 말을 꺼내고 나니 서러움이 왈칵 밀려오는 동시에 가슴속에 고이 잠들어 있던 옛날의 어린 소녀가 튀어나왔다.

시야가 뭉개지고 목이 콱 메어왔다. 진은 빠른 속도로 눈꺼풀을 깜빡거렸다. 눈물을 흘리지 않기 위해 애쓰고 또 애썼으나, 눈물샘 끝까지 차오른 눈물은 끝내 한 방울을 볼 아래로 흘려보냈다.

"어찌하여 갑자기 이렇게 태도가 바뀌신 건지, 너무…… 혼란스럽사옵니다."

가면 갈수록 목소리가 점점 심하게 울먹여져 나왔다. 말 속에 응어리처럼 맺혀온 원망이 담겼다. 진은 눈썹에 힘을 주고 입술을 세게 깨물었다. 진실로 그의 앞에서 우는 모습을 보이고 싶지 않아 표정이 점점 이지러졌다.

"소, 소녀와 화해하기 위해 이러시는 거라면, 늦으셨사옵니다. 늦어도 너무 늦으셨사옵니다. 그러니 그냥…… 흑…… 예, 옛날처럼……
하시어요…….”

끝내는 눈도 제대로 뜨기 힘들 만큼 눈물 줄기가 봇물 터지듯 흘렀
다. 가슴속을 꽉 막았던 무엇인가가 허물어져 나간 것처럼 격한 흐느
낌이 간헐적으로 쏟아져 나왔다.

스스로 다 컸다고 생각해왔었다. 실제로 출가하여 아이를 낳아도 될
만큼 장성한 나이였다. 그럼에도 겨우 어릴 적 일로 이렇게까지 눈물
을 보이는 스스로가 한심하고 또 한심하였다.

자신에게는 가족이 없다고 끊임없이 암시를 걸었다. 그러면서 산 지
벌써 오래되었다. 황족은 원래 그런 거라고, 그 대신 잘난 것도 없으
면서 태생 하나만으로 남들의 부러움과 존경을 받으며 편히 살지 않느
냐고 스스로를 위로하였다.

그 과정이 쉽지는 않았지만 힘들면 힘든 대로 참지 않고 울었다. 울
고, 또 울고, 우는 게 지칠 때까지 울면서 견디며 살았다. 시간이 약인
지 언제부턴가 조금씩 괜찮아졌다. 점점 외로운 감정에 무뎌졌고, 가
족들에 대한 원망도 잊은 듯했다. 이제 그녀에게 있어 원은 오라버니
가 아닌, 저 먼 곳에 앉아 있는 천자, 황제 폐하일 뿐이었다.

말없이 지켜보던 원이 성큼성큼 다가와 두 팔로 그녀를 힘껏 끌어안
았다.

“미안하다. 철없는 시절 내 행동에서 받았던 상처가 너무도 컸구나.”

그가 부드러운 손으로 진의 등줄기를 토닥거렸다. 진은 아예 입을
벌리고 소리 내어 울었다. 그의 사과와 위로를 받으니 깊은 곳에 박혀
있던 서러움마저 한꺼번에 터져 나오는 것 같았다.

태어나서 처음으로 안겨보는 오라비의 품은 상상했던 것보다 더 넓

고 따스하였다. 진은 그의 가슴에 얼굴을 깊이 파묻고 숨이 넘어갈 것처럼 흐느꼈다.

"소녀가, 흑, 오라버니를 얼마나 좋아했는지 아시옵니까. 흑흑, 얼마나 따르고 싶었는지, 흑, 아시옵니까."

"미안하다…… 미안하다."

원은 진의 뒷머리에 손을 꽂아 넣고 부드럽게 쓸어내렸다. 진은 아주 오랫동안 울었다. 몸속의 수분이 다 말라 증발하는 기분이 들 때까지 눈물을 흘려보냈다.

"다시는 네게 함부로 하지 않을 것이다. 널 세상에서 가장 소중히 대할 것이다. 그때 못 한 만큼, 앞으로는 더 많이 잘할 터이니 한 번만 나를 믿어줄 수 있겠느냐."

살짝 고개를 들어 올린 진은 눈물이 그렁그렁 맺힌 눈으로 원을 쳐다보다가 작게 고개를 끄덕였다. 이렇게 쉽게 믿어버리면 또다시 상처받을 것 같아 두려웠지만, 그래도 믿고 싶었다. 상처받을 때 받더라도 뒤늦게 오라버니가 내민 손을 잡고, 시간이 흐르긴 했지만 이제라도 그와 잘 지내보고 싶은 마음이 컸다.

원은 진을 잠깐 떼어내기 위해 그녀의 어깨를 잡았다. 눈물범벅이된 얼굴을 닦아줄 생각이었다. 그 순간 진이 그의 허리를 꽉 끌어안더니 품에 딱 달라붙어 떨어지지 않으려 하였다.

그는 잠시간 흠칫 굳었다. 동시에 두 귓불이 살짝 붉게 물들었다.

"진아……."

보일 듯 말 듯 미소한 그는 진을 다정히 끌어안고, 그녀의 매끄러운 머리칼에 볼을 사랑스레 비비적거리며 입술을 눌렀다.

한참의 시간이 지났다. 흐느낌이 어느 정도 잦아든 진이 제 스스로 팔을 풀고 떨어져 나왔다.

원은 한쪽 팔의 옷소매를 끌어당겨 그녀의 얼굴에 새겨진 눈물 자국을 조심스레 훑었다. 그리고 그녀의 볼을 두 손으로 살포시 감싸 쥐어서는 이마에, 눈물 맺힌 눈꺼풀에, 콧잔등에, 뺨에, 입술에 부드럽게 입을 맞추었다.

조금 넋이 나간 상태로 기분 좋게 그의 입맞춤을 받던 진은 움찔 목을 움츠렸다. 예상하지 못한 곳까지 입맞춤이 이어진데다가, 입술에 와 닿은 그의 입술이 시간이 꽤 지나도 떨어져 나가지 않는 것 같았다.

망설이듯 가만히 멈춰 있던 입술이 어느 순간부터 약하게 움직였다. 그의 타액이 입술 겉면을 촉촉하게 적셔왔다.

스멀스멀 이상한 기분이 피어올랐다. 진은 최대한 자연스럽게 떨어져 나가기 위해 한 발짝 뒤로 몸을 물렸다. 그러나 그녀가 물러난 만큼 그가 다가와서는, 아예 한쪽 팔을 허리에 휘감고 힘주어 안으며 계속해서 입을 맞추었다.

진의 옆머리를 귀 뒤로 쓸어 넘기고 뺨을 애정 어린 손길로 쓰다듬어 가며 그는 입맞춤을 길게 이어갔다. 점점 입술이 세게 빨려 들어가고 입술 부딪치는 민망한 소리가 귀를 간질였다. 그의 숨소리가 조금씩 깊어지고 커졌다. 비단 한 장 들어가지 않을 만큼 바짝 겹쳐진 가슴에서는 금세 튀어나올 것처럼 무섭게 요동치는 심장이 느껴지고 있었다.

겨우, 겨우 참아가며 견디던 진은 끝내 그의 혀가 입술 사이로 파고들려 하자 완벽히 당황하여 두 손으로 가슴을 홱 밀었다.

원이 감았던 눈꺼풀을 찬찬히 들어올렸다. 그와 눈이 마주치자마자 진은 분위기를 수습하기 위해 허둥지둥 둘러댔다.

"폐, 폐하께옵서 소녀를…… 갑자기 너무 어여뻐하시니…… 당황스러워서 그만."

친한 남매끼리는 원래 이러는 걸까? 아무리 생각해도 이건 아닌 것 같았다.

그녀가 혼란에 빠진 채 어쩔 줄 몰라 하자, 원이 잠시 눈을 내리깔고 시간을 끌다가 입을 열었다.

"네가 내 말을 조금 오해하여 들은 것 같으니 확실히 해두어야 할 듯 하구나."

"예? 그게 무슨……."

"내가 너를 많이 은애한다. 누이동생이 아닌, 여인으로. 난 네게 한 명의 사내로서…… 연정을 품고 있다."

진의 얼굴에서 핏기가 모조리 빠져나갔다. 그의 말소리가 허공에서 윙윙대듯 이어졌다.

"우리는 비록 다른 배를 빌어 태어났으나, 한 가지에서 난 남매이 니…… 아무리 지금껏 남남처럼 지내왔을지라도, 나의 태도에 네가 많이 당황스럽고 불편할 것을 안다. 하지만 깊어질 대로 깊어진 이 마 음을 이제는 도무지 어찌할 수 없을 것 같구나."

원이 진에게 한 걸음 다가갔다. 그리고 차갑게 식은 얼굴을 감싸듯 잡아서는 조심스레 들어 올려 그녀와 시선을 맞추었다.

"사랑한다."

텅 비어버린 진의 눈동자에서 경미한 떨림이 일었다. 찔끔찔끔 나오 던 눈물은 어느 순간 뚝 멎어 있었다.

"사랑한다, 진아. 오래전부터 나는 네 것이었다. 부디 나를 받아다 오."

二
章

　사뿐사뿐 걷는 자태가 한 송이 꽃과 같다. 청초한 아름다움 흩뿌리며 나비와 벌을 향해 어서 오라 손짓하는 움직임. 유혹하는 이는 말이 없으나, 유혹당하는 이는 제멋대로 그 향기와 빛깔 앞에 무릎을 꿇는다.

　한바탕 꽃샘바람이 주변을 훑고 지나갔다. 윤기 흐르는 검은 머리카락이 풍성히 부풀었다가 여러 갈래 물결을 이루었다. 그 사이로 하얗고 가는 목과, 한 품에 들어올 듯 좁은 어깨가 드러났다. 공기의 흐름이 느껴질 때마다 좋은 향내가 솔솔 실려 와 코를 아찔하게 하였다.

　연성은 입안이 바람결에 말라가는 것도 잊은 채 한 곳만 오래오래 바라보았다. 세상의 어느 사내가 그대의 아름다움 앞에 심장이 온전할 수 있을까. 가슴속의 세찬 떨림은 곧 쓴웃음으로 변하였다.

　그때, 절로 툭 떨어진 시선에 무언가가 잡혔다.

　"공주님!"

　연성이 다급하게 걸어가 진의 곁에 섰다. 반쯤 혼백이 나가 있던 진이 깜짝 놀라 그를 올려다보았다.

　"연성이네요. 어찌 불렀어요?"

　"아니…… 발을 좀 보시옵소서. 신 한 짝은 대체 어디에 버리고 오셨사옵니까?"

진의 눈길이 아래로 내려갔다. 한쪽 발은 고운 꽃신을 신고 있되, 나머지 발은 발을 감싼 하얀 비단뿐이었다. 그녀의 눈이 홀쩍 커졌다.

"어, 신이 어디로 갔을까요?"

"그걸 소인에게 물으시면 어떡하옵니까. 무슨 일로 그리 정신을 놓고 다니시는지……. 여기서 잠깐만 기다리시옵소서. 걷다 자칫하면 다치시니 가만히 계셔야 하옵니다."

등을 돌린 연성이 가까운 전각을 향해 속보로 걸었다. 진은 깊숙이 한숨을 들이쉬며 아무렇게나 흩어진 머리칼을 어깨 뒤로 넘겼다. 깨금발을 하였다가 발을 살짝 내렸다가 하면서 조금 기다리니, 연성이 새로 지은 신 한 켤레를 들고 빠르게 다가왔다.

"공주님께 누가 신던 걸 신겨드릴 수도 없고…… 새것이 하나뿐인지라 그냥 들고 왔사옵니다. 조금 클지도 모르옵니다."

연성은 들고 온 신을 진의 발 앞쪽에 가지런히 놓고 무릎을 꿇었다. 그리고 그녀에게 양해를 구한 뒤, 조심스러운 손놀림으로 진의 발을 하나씩 들어서 새 신에 꿰어 넣었다. 다 신기고 나니 발꿈치 뒤의 공간이 상당하였다.

"송구하옵니다. 소인이 착각했습니다. 조금이 아니라 많이 크옵니다."

"괜찮아요, 난."

"멀쩡한 신도 잃어버리셨는데 큰 신은 온전하실는지……. 부득이한 결례 한 번 더 하겠사옵니다."

연성은 꿇었던 한쪽 무릎을 살짝 들어서 그 위에 진의 발을 올렸다. 진이 당혹스러워하며 소리쳤다.

"그, 그러지 마요! 연성 무릎이 더러워지잖아요."

"바닥에 닿은 지 얼마 되지도 않은 신입니다. 괘념치 마시옵소서."

주머니에서 천 조각을 하나 꺼낸 연성은 그것을 적당히 찢어다가 접어서 신 뒤쪽에 밀어 넣었다. 나머지 발도 같은 작업을 하고 나니 보기에는 우스웠지만 그나마 안심이 되었다.

　"고마워요……."

　진은 후다닥 발을 내리고 한 걸음 뒤로 물러났다. 연성이 손바닥으로 무릎을 툭툭 털며 일어섰다.

　"소인은 공주님의 사람이니, 감사나 사과의 말은 하시면 아니 되옵니다."

　"그래도요. 연성에겐 항상 너무 많이…… 고마운걸요."

　"그리고 몇 번째 말씀드리는 건지 이제 기억도 안 납니다만, 소인에게 제대로 하대를 해주시옵소서. 어릴 적에야 그렇다 치더라도 귀하신 분께서 줄곧 아랫사람에게 경어를 쓰심은 옳지 않습니다."

　"아…… 그리해보려 하였는데, 너무 오래 굳어져서…… 아무래도 잘 안 되네요. 이해해줘요. 연성은 다른 궁인들과는 다르게 어쩐지 큰 오라버니 같기도 하고 그래서……."

　진의 수줍은 목소리에 연성이 괜스레 주먹 쥔 손으로 콧잔등을 문질렀다. 연성을 향해 옅게 미소를 건넨 진은 피로한 듯 힘을 잃은 눈으로 허공을 응시하였다. 그녀의 표정에서 흐린 기운을 감지한 연성이 더 추궁하지 못하고 물었다.

　"무슨 일…… 있으신 것이옵니까?"

　진은 대답 대신 다시금 찬찬히 그를 올려다보았다. 가슴속에 담긴 말이 쉽사리 입 밖으로 나지 않았다.

　연성과 마음을 터놓고 교유한 지도 벌써 12년. 그동안 그와는 서로의 자잘한 비밀이나 슬픈 일, 기쁜 일을 허물없이 나누는 사이로 지내왔다. 하지만 이번 일만큼은 대체 어떤 식으로 전해야 하는지. 아니, 전하는 것이 맞긴 할는지 알 수가 없었다.

"폐하께옵서……."

진은 손보다 길게 덮인 소맷자락으로 잘게 떨리는 입술을 가렸다.

첫말을 듣자마자 연성은 예감했던 일이 벌어졌구나 하는 생각에 가슴이 철렁하였다. 말을 잇는 데 시간을 길게 끄는 그녀에게 조바심이 났지만, 차마 재촉할 수 없을 만큼 진은 너무 힘들어 보였다.

"저…… 저를……."

진은 이마가 찡그려질 만큼 눈을 꽉 감았다.

이 이야기를 듣고 나면 연성이 무어라 생각할까. 자신을 이상한 시선으로 바라보지는 않을까. 머리를 어지럽히는 온갖 생각의 파도가 혼란과 두려움을 몰고 왔다.

"저를, 여인으로…… 보신대요. 제, 제게 연정을 품고 계시다고……."

짤막한 몇 마디 말을 내놓고도 벌써 숨이 모자라는 듯하였다. 진은 곁의 나무줄기에 손바닥을 대고 체중을 실었다. 그 채로 시선을 툭 떨어뜨리고는 한참 동안 연성이 신겨주었던 새 신과, 그 옆에 돋아난 풀꽃만 바라보았다.

연성에게서는 별다른 반응이 없었다. 진은 머뭇거리며 느릿느릿 고개를 들고 연성을 보았다.

"이전부터 이상하다는 생각은 조금 들었사옵니다."

마주한 연성의 눈동자에서 쓸쓸한 빛이 흘렀다. 진이 놀라 물었다.

"알고…… 있었어요? 연성은?"

"확신은 없었사온데……."

연성은 들숨을 짤막하게 삼켰다가 말을 이었다.

42

"1년 전쯤, 공주님께서 고열로 의식이 없을 정도로 심하게 앓으신 적이 있지요. 기억하시옵니까?"

"네…… 기억해요."

"그때 폐하께옵서 소식을 듣자마자 황궁의 시의들을 여럿 끌고, 한밤중에 공주님의 처소로 직접 납시었사옵니다."

"폐, 폐하께옵서요?"

"예, 치료하는 과정을 내내 지켜보셨지요. 공주님께서 탕약을 자시고 어느 정도 열이 내리셨는데도 떠나지 않으셨고, 처소 안으로 정무와 상소까지 가져오게 하시어 공주님 곁에서 오랫동안 일하셨사옵니다. 그렇게 날이 밝고도 한참이 지난 뒤에, 공주님께서 눈을 뜨시는 것을 확인한 연후에야 환궁하신 것으로 아옵니다."

진은 잠시 기억의 층계를 더듬어 올라 그날을 회상하였다.

가물가물 눈꺼풀을 올려 떴을 때, 단정히 붓을 쥐고 움직이는 손가락이 가장 먼저 시야에 들어왔다. 그녀가 몸을 살짝 뒤척이자 붓질이 멎었다. 붓은 곧 벼루와 필낭 옆에 가지런하게 놓였다. 조금 후에 스르르 일어나는 누군가의 뒷모습이 보였던 것 같다. 그 누군가가 밖으로 나가면서 나지막한 목소리로 이렇게 말하였었다.

「깨어났으니 들어가서 다시 맥을 짚어보라.」

"그때, 너무도 아파서 정신이 오락가락하였는지라 꿈인 줄만 알았는데…… 이렇게 듣고 나니 분명 폐하를 보았던 것 같습니다."

진이 멍하니 중얼거렸다. 새삼 깨닫고 나니 가슴이 뛰고 머리가 산란해져왔다.

연성은 조금 주저하다가 이어서 떠오르는 사건들을 풀어놓았다.

"그리고…… 실은 그날, 여기 장신궁이 난리도 아니었사옵니다. 불침번 담당이었던 궁녀와 환관들이 모조리 대장추[2]에게 끌려가 형장을 맞았고, 나머지 궁인들도 빠짐없이 그 앞에 꿇어앉혀진 채 형 집행을 강제로 지켜보았지요. 형장 맞으며 쏟아지는 비명 소리가 하도 처참하여서 어리거나 마음 약한 궁인들은 하나같이 울음을 터뜨리고, 공포에 떨고…… 조금 심하게 표현하자면 아비규환이 따로 없었사옵니다. 입단속이 철저히 되어 있어 지금껏 그 누구도 공주님께 내색하지 않았습니다만."

"그, 그런…… 어찌 그런 일이……."

다리가 풀린 진은 힘을 잃고 스르르 주저앉았다. 놀란 연성이 재빨리 몸을 낮추며 그녀의 어깨를 붙들었다. 고개를 가만히 내려서 진의 얼굴을 확인하니, 어느새 긴 속눈썹이 흠뻑 젖어들 만큼 눈시울에 눈물이 가득 고여 있었다.

"이런, 소인이 옛일을 알려드리다 보니 공연한 소리까지 덧붙였군요. 송구하옵니다. 다소 엄하기는 하였어도 궁인들의 기강을 잡기 위해 종종 벌어지는 일이옵니다. 너무 마음 아파하지 마시옵소서."

"연성, 저는…… 폐하가 무서워요."

맥없이 벌어진 진의 입술이 파르르 떨렸다.

"방금 들은 이야기도 그렇고…… 이제 뒤늦게라도 화해하는 줄 알고 좋아하였는데…… 갑자기 누이동생인 절 여인으로 보신다는 것도……."

연성은 한동안 묵묵히 진의 눈을 응시하였다. 어깨에 얹은 손바닥을

---

2) 大長秋, 환관 최고위직.

타고 안쓰러운 전율이 느껴졌다. 두 팔뚝에 절로 힘이 들어가려 하여 그는 한숨과 동시에 손을 떼어냈다.

"그날 이후로 공주님께옵서 폐하의 흉중에 특별히 자리하고 계실 거라 짐작은 하였지만, 그 이상은 소인도 잘 모르겠사옵니다. 솔직히 말씀드리자면 폐하께서 확실한 말로 연심을 표하시었어도…… 충분히 이해가 가지 않사옵니다. 소인은 어린 시절부터 두 분을 지켜보아왔으니까요. 서서히 마음이 변한 것도 아니시었고, 오랜 시간 본체만체하시다가 어찌 갑작스럽게 행동을 달리하시는지…… 이런 말을 해도 될는지 모르겠지만, 이유를 설명할 수 없어 미심쩍은 곳이 한두 군데가 아니온지라……."

"결국 폐하의 마음은…… 둘 중 하나인 거네요. 정말 여인을 연모하게 된 사내의 마음이시거나…… 아니면, 어느 순간 갑자기 필요해진 무, 물건이…… 상하지 않길 신경 쓰는 주인의 마음이시거나……. 전자여도, 후자여도, 저는 이제 폐하께 동생이 아닌 거네요……."

맺힌 눈물을 톡톡 찍어내던 진이 체념하듯 넋두리하였다.

"하기야, 원래 아니었지."

짧게 토해진 웃음 끝에 자조적인 중얼거림이 붙었다. 연성은 아릿하게 조여드는 가슴을 느끼며 최대한 목소리를 담담하게 눌렀다.

"전자여도, 후자여도 문제이옵니다만…… 그래도 후자 쪽은 아니었으면…… 싶사옵니다."

"저는 앞으로 어떻게…… 해야 할까요. 생각할수록, 무서워서 견딜 수가 없어요."

"일단 공주님께서는…… 최대한 폐하의 심기를 거스르지 않도록 맞춰주시는 편이, 가장 안전하고 현명하신 선택일 것 같사옵니다."

진이 흠칫 고개를 들고는 가만히 물었다.

"폐하의 마음을 받아들이라고요? 폐하께서는 내…… 오라버니인데?"

"소인은 그저, 다른 무엇보다 공주님이 해를 당하지 않으시기를 원할 뿐이옵니다. 폐하께서 온 천하를 발아래 둔 황제이신 이상, 공주님께서 폐하를 거부할 수 있는 방법은……."

연성은 말꼬리에 둔 여백을 길게 끌었다. 그사이 눈자위가 조금씩 붉게 물들어갔다. 시선을 조금 돌린 그는 끝내 진을 쳐다보지 않고 덧붙였다.

"……없사옵니다. 혹 다른 목적이 있다면, 오래 지나지 않아 드러내시겠지요."

"아무리 그래도 난……."

진은 아랫입술을 꾹 깨물며 가늘게 떨었다. 치아에 눌려 뭉개진 입술에서 미약한 통증이 일었다. 불현듯 어제 했던 입맞춤의 감촉이 떠올랐다. 정신이 어지러웠다.

"만세, 만세, 만만세!"

황제가 들어서자 정전에 모인 신료들이 일제히 꿇어 엎드렸다. 원은 반듯한 걸음걸이로 그 사이를 빠르게 지나 상석으로 올랐다. 병풍을 등진 용상에 옷자락을 펴고 앉아 남면[3]하니, 아득히 넓은 공간 안

---

3) 南面. 고대 황제들이 북쪽에 앉아 남쪽을 향하고는 제후와 신하들을 접견하는 것으로 천자의 자리를 의미한다.

의 참석자들이 한눈에 들어왔다.

출석 신료들을 한 번 죽 훑어본 원이 입을 열었다.

"평신(平身) 하라."

대소 신료 모두가 천천히 고개를 들고 방향을 바꿔 북면한 뒤, 옆에 마련된 삿자리에 정좌하였다.

"조회를 시작하기 전에, 경들에게 보여드리고 싶은 것이 있소."

원은 서안 위에 쌓인 문서들을 빳빳이 펼치며 가장 가까운 곳의 환관에게 시선을 던졌다.

"들라 하라."

"예, 폐하."

곁에서 머리를 조아린 환관이 종종걸음으로 물러나 문 옆의 환관들에게 손짓으로 신호를 보냈다. 곧 활짝 열린 문 사이로 집금오(執金吾) 이건이 고문으로 만신창이가 된 관리 하나를 질질 끌어왔다.

"집금오, 저자의 죄상을 낱낱이 고하라."

황명이 떨어지자, 이건은 꽉 잡았던 관리의 멱살을 내팽개친 후 정전 중앙에 꿇어앉혔다. 그리고 품 안에서 조서를 꺼내어 두 손으로 높이 펼쳐들더니 걸걸한 목소리로 내용을 쩌렁쩌렁 읊었다.

"하남(河南) 태수 곽반은 금괴를 받고 매관매직하여 관원을 임명하였고, 국법을 무시한 채 세금을 무겁게 매겨 납세하지 못한 백성들을 사노로 삼았으며, 소작농의 토지를 강제로 빼앗아 겸병하는 등 악정으로 백성들의 고혈을 짜내어 그 죄가 매우 중하니, 칙령을 받들어 참수형에 처하는 바이오!"

"폐, 폐하! 폐하! 흑, 제발 살려주시옵소서! 폐하!"

곽반은 핏발 선 눈을 부릅뜨며 처절히 울부짖었다. 정좌한 신료들이 저마다 눈이 휘둥그레져서는 낮은 소리로 웅성거렸다.

원이 이건을 향해 가볍게 고갯짓하자, 이건은 그의 방향으로 짧은 읍례를 올렸다. 그리고 허리춤에서 시퍼렇게 날이 선 도(刀)를 뽑아들고는 한 손으로 곽반의 머리끄덩이를 사납게 거머쥐었다.

곽반은 악을 써대며 까마득히 높은 곳에 있는 황제에게 다가가려 바동거렸다. 원은 무미건조하게 눈을 내리깔고 그의 마지막 몸부림을 가만히 지켜보았다.

"폐하, 잘못했사옵니다, 제발, 제발 살려주시……!"

텅.

말을 채 맺기도 전에 곽반의 목이 잘려 정전 바닥으로 굴러 떨어졌다. 삽시간에 둘로 분해된 사체에서 핏물이 슬금슬금 배어났다. 가까이에 앉은 신료들이 코를 틀어막고 이맛살을 찌푸렸다.

원이 집금오에게 가보라 손짓한 후 찬찬히 입을 열었다.

"본디 형장에서 집행하여야 원칙이나, 아직도 몇몇 관료들의 은밀한 매관매직이 문제되고 있어 그 대표 격으로 저자를 공개된 자리에서 징벌하였소. 일신의 향락을 도모하기 위하여 지위와 권력을 함부로 쓰는 자가 어떻게 되는지 잘 살펴보고 느끼는 바가 있기를 바라오."

비위 좋은 환관과 궁녀들이 몰려와 사체 수습과 소제를 시작하였다. 피가 뚝뚝 떨어지는 곽반의 목이 커다란 쟁반 위에 올랐다. 그 쟁반은 고위 관료들부터 시작하여 정전에 모여 있는 번신 전원의 앞에 한 번씩 돌아갔다.

"짐이 지난 3년간 나라를 안정시키고 생산량을 늘리는 일에 얼마만큼 힘을 기울였는지는 경들 모두가 아시리라 생각하오. 요역과 세금을 줄이면 당장은 힘들지라도 백성이 잘 살게 되고, 백성이 잘 살게 되

면 인구가 늘고, 인구가 늘면 그만큼 세금이 더 걷혀 국고가 부유하게 되고, 국고가 부유하면 한층 유연한 정치가 가능한 동시에 국방을 튼튼히 할 수 있소. 목지절야필통두[4]라 하였으니, 때 아닌 작폐로 국가라는 나무를 갉아먹는 벌레들은 짐이 가차 없이 엄벌에 처할 것이오. 짐은 만대 후까지 멀리 보고 모두가 더불어 편히 살도록 하기 위하여 친유하는 바이오."

길게 이어지는 옥음을 듣는 사이, 신료들은 방금 베인 수급의 참혹상을 확인하며 그 안에 담긴 무서운 경고에 사지를 떨었다.

"폐하의 성덕이 만대에까지 떨쳐 성천자의 위업을 이루실지니, 삼광[5]의 빛을 받고 있는 모든 이가 폐하의 뜻에 복종할 것이옵니다!"

승상 왕전이 상체를 깊이 조아리며 외치자, 나머지 모두가 고개를 박고 되풀이하였다.

"폐하의 뜻에 복종할 것이옵니다!"

쟁반이 정전 끝머리에 이르렀을 때 원이 다시금 입을 열어 명하였다.

"다 돌렸는가? 끝났다면 더 많은 이가 보고 경계로 삼을 수 있도록 성문 앞의 잘 보이는 자리에 효수하라. 그리고 상서들은 받아 적으라. 처형된 하남 태수 곽반의 재물과 토지는 국고로 환원하고, 그에게 관직을 구입하였음이 밝혀진 관원들 또한 파면 후 벌금형에 처한다. 그리고 그 식솔들에게는…… 따로 죄를 묻지 않는다. 재산이 몰수되었

---

4) 木之折也必通蠹, 나무가 부러지는 것은 반드시 좀벌레를 통해서이다.
5) 三光, 해, 달, 별.

으니 그로도 충분히 벌이 될 터, 그냥 살아가게 놔두어라."

대사농(大司農) 장헌이 목소리를 높여 아뢰었다.

"폐하, 어찌 그런 명을 내리시옵니까? 연좌에 의하면 죄인의 가솔들역시 참수에 처하거나, 최소한 관노로 지위를 격하하심이……."

"말 나온 김에 이 자리에서 그에 관한 이야기를 하겠소. 짐은 오늘부로 연좌제를 폐지하려 하오."

정전 여기저기서 파문이 일듯 외치는 소리가 쏟아졌다.

"폐하!"

"폐하!"

"연좌는 효문제께서 앞서 폐지하셨음에도 어느새 부활되어 오랜 시간 다시 행하여지고 있소. 이미 형벌을 받은 자의 죄 없는 가솔들에게까지 재차 죄를 묻는 이유는 무엇이오? 반대 의견을 가진 이들은 이법이 지속되어야 할 합당한 명분과, 연좌의 이점을 말해보시오."

원은 서안 위에 깍지 낀 손을 올리고 좌중을 둘러보았다. 잠깐의 침묵이 스쳤다. 그 누구도 쉽사리 나서려 하지 않자, 장헌이 두어 번 헛기침하더니 허리를 깊이 숙이며 말하였다.

"연좌는 그 시행이 오래전부터 이어져 역사가 무구하옵니다. 죄인의 친족에게도 죄를 묻는 것은 원한을 품을 수 있는 자들에게까지 형벌을 엄중히 하여 앞으로의 죄를 예방하려는 목적이 있사오니 이대로놓아두는 것이 좋을 줄 아뢰옵니다."

"그렇다면 연좌제와 함께 복비법[6]도 적용하는 건 어떻소?"

---

6) 腹誹法. 마음속으로 비방해도 사형에 처하는 법.

"폐, 폐하, 복비라니요! 그 어찌……."

장헌이 아연실색하여 원을 올려다보았다.

"복비 역시 진시황과 이사가 고안하였으니 그 역사가 오래되었고, 죄를 저지를지 모르는 자에게 형벌을 내려 앞으로의 죄를 예방하는 효과가 있소. 짐은 상당히 감이 좋다고 자신하는 편이라 시키면 마음을 품고 있는 자들을 잘 골라낼 수 있을 것 같소. 아마 연좌보다 효과가 훨씬 좋을 것이오. 만약 이 자리에서 복비를 적용한다면, 지금 당장 쳐낼 인물들이 짐의 눈에 여럿 보이오만……."

허공에 걸쳐 있던 원의 시선이 무심히 좌중으로 향하자 여기저기서 움찔거렸다.

장헌은 벌렸던 입을 조용히 다물고 뒤로 물러나 앉았다.

"죄가 없을지도 모르는 자에게 심증으로 죄를 묻고 미래의 죄를 예방하려는 황당함은 복비나, 연좌나 그 속성이 같소. 벌은 신분이 높다 하여 가벼워지지 않고, 신분이 낮다 하여 무거워지지 않으며, 죄를 행한 자는 반드시 합당한 대가를 치르게 하는 것으로 족하오. 어찌 백성들을 바르게 인도하지 못하고 구태의연한 악법으로 괴롭히려는가? 경들은 조서를 받들어 당장 연좌제를 폐지하라!"

탕. 원의 손바닥이 서안을 세게 내리쳤다. 승상을 필두로 한 신료들이 이구동성으로 외쳤다.

"망극하옵니다! 신들은 폐하의 조서를 높이 받들어, 죄 없는 이들을 함께 처벌하는 연좌제를 폐지하겠사옵니다!"

원은 담당 관리를 불러 앉히고, 바뀐 법령을 삼척(三尺)의 대나무에 빠짐없이 기록하게 하였다.

그때 가장 앞줄에 앉은 신료 하나가 머리를 조아리며 목소리를 내었다.

"신 어사대부 소광, 황제 폐하께 한 가지 아뢰려 하옵니다!"

원의 시선이 찬찬히 그에게로 옮아갔다.

어사대부 소광. 현 조정 실세인 승상 왕전만큼은 아닐지라도 그 다음가는 영향력을 소유한 고위 관료였다. 청렴하고 강직한 데다 업무에 성실하여 추종하는 이들이 꽤나 많은 인물. 실질적 권력은 몰라도 평판만큼은 승상이 그의 발끝에도 못 미쳤다. 덧붙이자면 그는 전(前)승상인 소윤의 장자이자 승하한 소 태후의 큰 오라비이기도 하였다.

"말씀해보시오."

"간택령을 내리시옵소서! 폐하께옵서 만승지존의 자리에 오르신 지 3년이 넘었사옵니다. 그럼에도 아직 후(后)와 비가 책립되지 않아 후사를 볼 수 없으시니, 이는 종묘의 보전과 황실의 굳건함을 저해하는 크나큰 요인이 될 것이옵니다. 엎드려 청하오니 황후마마를 맞아들이시옵소서! 하루라도 빨리 후사를 보시어 종묘사직을 이어가시옵소서!"

소광이 비장한 음성으로 주창하였다. 잠자코 응시하던 원의 눈썹이 감흥 없이 오르내렸다.

"굳이 간택령을 내릴 것까지야 있겠는가. 태후마마께서 승하하셨으니 간택에 참여할 황실의 어른도 없는 터."

"공주마마께서 계시옵니다."

"그 어린아이를 지금 황실의 어른이라 말하는 것인가? 복잡한 절차는 필요 없소. 어차피 짐의 손으로 골라야 할 황후, 천천히 생각해보았다가 마음이 정해지거든 직접 청혼하지."

의연하게 말하던 원은 고개를 살짝 내빼고 빙긋 웃었다.

"어사대부의 집안에 여식이 없는 것이 아쉽군. 대대로 황후를 여럿

배출하였던 가문 아니오. 짐이 모후를 생각하여서라도 황후는 소씨
집안에서 맞고 싶었거늘."

"그리 말씀하시니 소신도 딸자식이 없는 것이 아쉽사옵니다."

소광은 사람 좋은 미소를 애써 만들며 정중하게 그의 농을 받았다.

"아쉬운가? 그럴 수도 있겠지. 아무나 황제의 장인이 될 수 있는 건
아닐지니."

"허허…… 헤아려보니 그렇사옵니다. 아쉬움이 한층 커지옵니다."

"이런, 그렇게까지 반응을 보이시면 먼저 말을 꺼낸 짐이 겸연쩍어
지지 않소. 정 아쉽거든 딸을 하나 만들어서라도……."

일부러 농을 길게 늘이며, 원은 서늘하게 내리깐 시선으로 소광을
물끄러미 굽어보았다.

"……출가시키시오. 그러면 짐이 기꺼이 황후로 삼을 터이니."

소광의 안색이 종전과 확연히 구분될 만큼 하얗게 질렸다. 원은 그
의 표정 변화를 차분히 눈에 담다가 소리 내어 웃었다.

그때 누군가가 무릎걸음으로 살짝 나서더니 커다랗게 아뢰었다.

"폐하, 신 광록대부 공환, 미거하나 한 말씀 올리려 하옵니다."

원의 눈길이 그에게로 향했다.

"말씀하시오."

"황공하오나, 폐하께옵서 지존의 자리에 오르시면서 공주마마께서
도 장공주마마가 되신 것으로 아옵니다. 올해 춘추 열여덟으로 혼기
도 적당하신 바, 공주마마의 혼사도 함께 의논하심이 옳을 줄 아뢰옵
니다."

별안간 얼음물을 확 끼얹은 것처럼 분위기가 싸해졌다. 정전에 있는
신료들의 시선이 일제히 자신에게 쏠리자 공환은 영문을 몰라 당황하

였다.

한동안 장막 같은 정적이 공기를 휘감았다. 숨 쉬는 소리조차 들리지 않았다.

그를 빤히 응시하던 원이 입을 열었다.

"경에게 우리 진이와 어울릴 만한 아들이나 친지가 있는가."

사실 공환은 제 아들을 염두에 두고 꺼낸 소리였다. 그러나 주변의 기류가 지나치게 묘한 듯하였다.

바로 옆쪽의 신료가 은근슬쩍 그의 옆구리를 꼬집었다. 턱을 들어 올리니 앞사람이 사색이 된 얼굴로 고개를 마구 저어 보이고 있었다. 심상찮은 기운을 느낀 공환이 시치미를 떼고 둘러대었다.

"그것은…… 아니옵고, 여기 있는 대소 신료들의 아드님 중 훌륭한 청년들이 많은 것으로 아뢰옵니다."

"그 문제 역시 시일을 두고 조금 더 고려해보아야 할 것 같소."

원은 부드럽게 입술 끝을 올리며 답하였다. 그리고 나지막이 덧붙였다.

"짐의 누이동생이 너무 어여뻐서…… 아직은 어느 사내를 갖다 대든 아까울 것 같군."

"광록대부께서 지방에만 오래 계시다가 막 승진하시어 잘 모르는 모양인데, 큰일 날 뻔하시었소. 내 지켜보다가 수명이 줄어드는 줄 알았으니."

우르르 나오는 대소 신료들 사이에서 광록훈 사마겸이 공환을 향해 말하였다. 공환이 미간을 좁히며 고개를 갸웃거렸다.

"안 그래도 바로 여쭤보려 하였습니다. 어찌 그렇습니까? 공주마마

54

의 혼사에 무슨 문제라도 있는 것입니까?"

"잘은 모르지만, 공주마마의 혼사 문제를 거론하는 일이 폐하의 심
기를 상당히 거스르는 듯하오. 그래선지 언제부턴가 금기어나 다름없
는 화제가 되었소. 폐하 앞에서 대놓고 마마를 욕심내던 자들은 대체
로 끝이 좋지 않았으니."

사마겸이 끌끌 혀를 찼다.

공환은 찌푸린 얼굴로 눈썹을 긁적이다가, 눈동자를 슥 굴리며 주변
을 살핀 뒤 목소리를 낮추었다.

"혹시…… 참으로 망극하고 또 망극한 소리이오나, 폐하께옵서 공
주마마께 다른 마음이 있으신 건 아니올는지……."

"그건 아닐 것이오. 폐하께옵선 황자 시절부터 공주마마를 미워한
데다, 천자가 되신 후엔 아예 얼굴도 보지 않고 홀대하신다는 이야기
는 유명하오."

"무슨 연유라도 있습니까?"

"그것이……."

사마겸은 걸음 속도를 빨리하여 다른 이들과 조금 떨어진 후 말을
이었다.

"다들 알고 있는 이야기긴 하오만, 흠, 고귀한 태생인 누이동생에
대한, 흠, 열등감과…… 흐음, 질투 때문이라 하던데."

"그런……! 아무리 그래도 그렇지, 하나뿐인 동생이신 공주마마를
미워하여 혼인조차 제대로 시키지 않으신단 것이옵니까?"

"자세한 사정은 폐하의 흉중을 들여다보지 않는 이상 모르오. 어쨌
든 폐하께 미운털 박힌 공주마마만 무척 불쌍하게 되신 셈이지."

"아깝습니다. 황실에 단 하나 있는 공주이거늘……."

"말해야 뭐하겠소. 비단 부마도위 자리가 아니더라도 공주 자체를 탐내는 가문과 귀족 청년들이 장안에 널리고 널린 것으로 아오."

공환은 어릴 적 잠깐 보고 반하여 여태껏 공주 타령인 큰아들을 떠올렸다.

"아, 굉장히 부드럽고 선하게 생긴 미녀시라지요?"

"그랬지. 헌데 최근 존안은 뵌 적이 없군. 폐하께서 꼭꼭 숨겨놓고 도통 보여주질 않으시니, 원."

한편 다른 신료 무리에서는 어사대부 소광 주변으로 그를 따르는 이들이 겹겹이 둘러싸듯 몰려 있었다.

"소 대부, 사직서라니요! 아니 되실 말씀이옵니다!"

"이 무슨 날벼락입니까? 저희들은 소 대부를 절대 보내드릴 수 없사옵니다!"

소광과 함께 일해온 속관들은 눈물까지 글썽이며 그의 소맷자락을 붙들었다. 소광이 너스레웃음을 허허 터뜨리고는 그들 모두와 한 명씩 시선을 맞추었다.

"내 아무래도 폐하의 눈 밖에 단단히 난 것 같소이다. 근래에 이 몸을 보시는 폐하의 눈길이 상당히 미묘하다 느끼었는데, 오늘 조회를 겪으니 슬슬 물러나야 할 때라는 걸 알았소. 내 관직에 큰 미련은 없으니 그대들도 너무 아쉬워 마오."

"소 대부만 바라보던 저희들은 대체 어찌하란 말씀이옵니까?"

"그대들은 하나하나가 동량지재(棟梁之材)들이니, 여태껏 해온 것처럼만 하면 오랜 시간 폐하께 중히 쓰일 것이오. 허나 이것 한 가지는 확실히 알아두시오. 머리 좋은 군주에게 훌륭한 거짓말은 통하지 않는다오. 차라리 서툰 진정과 미련한 성실을 보이는 편이 훨씬 나을 것이오. 앞뒤 행실을 달리해가며 잔머리를 굴리려 든다면 누구든 아까 보았던 쟁반 위의 목이 될 수 있소."

"그 말씀대로라면 소 대부께서는 어찌 폐하의 눈 밖에 나신 것이옵니까? 그 누구보다 청렴결백하신 소 대부께서 당최 무얼 잘못하셨기에 사직서까지 내셔야 하는지 전 이해할 수가 없사옵니다! 폐하께옵선 소 대부 같은 충신을 진정 몰라보시는 것이옵니까?"

"그것과는 별개의 이야기라오. 내가 사직하는 이유는 함부로 입 밖에 내기 어려운 개인 사정이라…… 내 그대들에게 자세한 해명을 할 수 없음을 용서하시오."

소광은 조회에서 간담이 서늘하였던 기분을 되새기며 잠시 눈을 감았다. 무심한 표정을 가장하여 그의 얼굴을 속속들이 파헤치려던 황제의 시선이 떠올랐다.

필시 알게 된 것이다. 소 태후의 비밀을.

"당분간 긴장들 하오. 폐하께옵서 슬슬 칼을 빼드신 것 같소. 오랫동안 벼린 칼은 그만큼 날카로운 법이오. 금상께서는 선황 폐하의 장자이시자 유일한 아들임에도 역대 다른 계승권자들과는 비교할 수 없을 만큼 인내하고 견디며 가슴에 품은 칼을 갈아오시었소. 이제 그 칼의 손잡이를 쥐셨고, 그것을 휘두르실 힘까지 주어졌는데…… 어떤 이들이 거기에 썰려 나갈지는 아무도 모르오."

진지하게 조언하던 소광이 다시금 실눈을 뜨며 웃었다.

"잔소리가 길어졌군. 어찌 되었든 결론만 말하자면 나는 칼 맞을 것이 무서워 미리 발을 뺀다는 소리요. 잘들 해보시오. 내 멀리서나마 응원할 터이니."

"소 대부, 참으로 아예 떠나시는 것이옵니까? 돌아올 생각은 없으신 것입니까?"

"앞일이야 나도 모르지. 어쨌든 가솔들과 함께 경치 좋은 시골로 내려가 유유히 적송자[7] 노릇이나 하는 것도 나쁘지 않을 것 같소이다. 자자, 다들 이제 해산하시오. 이렇게 옹기종기 모여 떠드는 것도 모양새가 좋진 않을 거요. 근시일 내로 소소하게 주연이나 한 번 열 터이니, 못다 한 이야기는 거기서들 하오."

소광이 양어깨 옆에 선 이들을 탁탁 두들기고는 출구 쪽으로 발을 옮겼다. 그러나 남은 관료들은 쉽사리 아쉬움을 떨치지 못하여 그의 뒷모습만 오매불망 바라보고 있었다.

"거기들 모여서 무슨 이야기를 그리 하시오? 혹 폐하의 험언이라도 하고 계신 게요? 내 어디서든 눈과 귀를 열고 그대들을 주시하고 있다는 걸 잊지 마시오."

어느새 다가왔는지, 승상 왕전이 부러 그들 사이를 가로질러 가며 농 반 진담 반의 소리를 건넸다. 거드름을 진하게 피우고 큰길을 골라 가는 그의 모습이 같잖아 관료들이 눈살을 찌푸렸다.

"왕 승상은 참 알기 쉬운 분인 듯합니다. 약자에게 강하고 강자에게 약하고, 본인 무시하는 건 못 참고 남 무시하기는 좋아하고……."

"변변찮은 가문에서 무시나 당하다가 일인지하 만인지상의 재상이 되었으니 오죽하겠습니까. 그래도 대충 납작 숙여주고 본인은 살살 띄워주면 그만큼 잘해주니 상대하긴 편하더이다."

여기저기서 쏟아지는 험담에 올해 막 임관하여 내막을 모르는 청년

---

7) 신선.

관리가 물었다.

"어떻게 저런 이가 최고 대신의 자리에 올라선 것이옵니까?"

바로 옆 사람이 한숨을 푹 내쉬며 답하였다.

"능력과 운이 둘 다 따랐지요. 집안 뒷배 없이도 고관이 될 만큼 재주는 좋았으나 재상까지 오를 인물은 아니었는데, 3년 전에 금상께서 제위에 오르시도록 결정적인 역할을 맡아 하였으니 말이오. 흡사 옛날의 여 씨[8]처럼 사람 장사를 기가 막히게 했다고나 할까."

그 앞사람 역시 팔짱을 끼더니 고개를 휘휘 저어가면서 험담을 이어 갔다.

"우리만 그런 게 아니라, 다들 속으로는 왕 승상에게 불만이 상당할 겁니다. 본인 잘난 척에 남 깔아뭉개는 것도 모자라, 최근 들어선 여자관계까지 아주 지저분하다더군요. 귀족의 여식들도 가리지 않고 미녀만 보이거든 시시때때로 겁탈한다던데, 승상의 권세 때문에 억울해도 쉬쉬한다는 소리가 들립니다. 오죽하면 폐하께서도 승상의 여자 문제 때문에 요즘 골머리를 앓으신다지요."

8) 여불위.

三
章

한껏 달떠오른 마음에 가슴이 쉬이 가라앉지 않았다. 의미 없는 한
숨만 벌써 몇 번째 내쉬었는지 모른다.

원은 손 안의 옥새를 만지작거리며 다시금 상주문으로 시선을 두었
다. 비단 위의 글자들이 물결처럼 너울거리더니 어느 순간 그녀의 고
운 얼굴로 화하였다.

"진⋯⋯."

뜨거운 숨결을 타고 이름이 쏟아졌다. 눈을 감으니 그녀를 가슴에
안았던 감각이 생생하게 되살아났다.

떨어지기 싫다는 듯 허리를 감아오던 가느다란 팔. 그때 느꼈던 벅
찬 기쁨과 두근거림. 독한 미주보다 더한 취기를 불러오던 은은한 향
기. 꿈에서도 결코 잊을 수 없을 입술의 감촉. 따스하고, 보드랍고, 말
랑하고, 숨이 막히도록 사랑스러웠던⋯⋯.

단전으로부터 묵직한 느낌이 끓어올랐다. 도무지 일을 손에 잡을 수
가 없었다. 할 수만 있다면, 하루 종일 이 느낌만 되새기고, 또 되새기
고 싶었다.

잠시간 단꿈 속을 헤매던 원은 이내 다른 장면을 떠올렸다. 그가 마
음을 고백한 순간, 진은 그대로 녹아내리기라도 할 것처럼 넋이 나가
있었다.

충격이었을 것이다. 배다른 남매라도, 어쨌든 혈연은 혈연이다. 적어도 그녀는 그렇게 알고 있다.

한없이 긴장되고 떨렸다. 그녀가 자신을 받아줄까.

아마 쉽지 않을 것이다. 스스로도 그러하였으니까. 그녀가 진심으로 그를 마음에 담기 위해서는, 같은 피가 흐르는 존재에 대한 죄책감 혹은 거부감부터 떨쳐내어야 한다.

지금 그는 여인의 마음을 얻기 위해 공들이는 한 평범한 사내가 되었다. 거절당할까 두렵지만, 그 두려움을 느낄 수 있는 현실에 설레고 감사하였다. 혈연이라는 까마득한 벽이 난관으로 작용할 것을 알기에 수단과 방법을 가리지 않기로 하였다. 필요하다면 황제라는 지위도 얼마든지 이용할 생각이었다.

원은 깍지 낀 손 위에 느긋이 이마를 기대었다. 굳게 다물린 입술 위로 잔잔한 미소가 떠올랐다.

네게 남자로서 구애할 자격이 생겼다는 것이…… 난 참을 수 없을 만큼 기쁘다.

그는 서안의 서랍을 열어 가장 안쪽에 있는 비단 뭉치를 쓰다듬었다.

그날은 소 태후가 승하하기 사흘 전이었다.

원은 태후의 부름을 받고 장신궁으로 들었다. 회생의 가망이 없다고 하였던 의원의 진단처럼, 소 태후의 얼굴에는 아득한 죽음의 그림자가 떠돌고 있었다.

그녀는 흐릿한 초점을 애써 맞추며 원을 바라보았다. 원은 그저 시선만 마주하고 있었다. 병환으로 바싹 마른 손을 잡아드릴 생각조차 하지 않았다. 좋아하지 않으실 터였다. 키워준 어머니일지라도, 끝내 그에게 마음을 연 적이 없는 분이니까.

그녀의 마른 입술이 천천히 호선을 그렸다. 그리고 조금씩 아래위로 달싹이다가, 금세라도 스러질 것처럼 미약한 음성을 흘렸다.

"황상…… 병색이 완연하시군요."

자리에 누워 있는 이가 멀쩡한 이에게 그런 말을 하니 무언가 모순적이었다. 원은 점잖게 고개를 조아리며 답하였다.

"소자는 지나치게 건강하옵니다."

"많이 힘들지요."

태후는 그의 대답을 듣지 않은 사람처럼 아주 느리게 말을 이어갔다.

"어찌 괴롭지 않겠소. 손 뻗으면 닿을 곳에 두고도 품을 수가 없으니……. 겉으로는 아무 문제 없이 건강해 보이실지라도, 마음은 이미 넝마가 되시었겠군."

"대체 무슨 말씀을 하시는지……."

누군가가 심장을 세게 움켜쥔 듯한 느낌이었다. 그러나 원은 부드러운 미소로 자연스레 감정을 감추었다.

"여태껏 이 어미에게 문안을 올 적에 한 번도 제대로 행차를 차린 적이 없으셨지요. 항상 늦은 시간을 이용하시어 은밀히 걸음해 오기에, 처음에는 정무가 많이 바쁘셔서 그러신 줄 알았소만…… 비단 그 이유만은 아니더군요."

"그 무슨……."

"일부러 모른 체하지 않으셔도 되오. 다른 이들은 그 초연한 용안으로 수없이 속여 넘기셨겠지만, 이 어미의 눈은 가릴 수 없습니다. 내

오래전부터…… 진이를 바라보던 황상의 눈빛 속에…… 무엇이 담겨 있는지 알고 있었으니……."

쉬지근한 음성으로 한 마디씩 발음하며 태후가 희미하게 웃었다.

원의 눈가에 허한 웃음이 스쳐갔다. 그는 찬찬히 시선을 미끄러뜨리다가 눈을 감았다. 무언은 곧 긍정이었다.

태후의 말이 맞았다. 마음이 다 끊어지고, 헤지고, 닳을 만큼 그리워하고 또 생각하였다.

처음에는 꿈에서만 나오더니, 그다음에는 눈만 감으면 보이고, 이제는 눈을 뜬 상태에서도 하염없이 아른거린다.

그녀와 오랜 시간 대면하지 않았다. 그러나 숨 쉬며 살아가는 모든 순간을 그녀와 함께하고 있었다. 덧없는 그림도 수없이 머릿속에 그려보았다. 함께 상림원을 거니는 상상, 마주 보고 웃으며 시시콜콜한 대화를 나누는 상상, 나란히 식사하는 상상, 껴안고 입 맞추는 상상, 그리고 가장 많이 한 상상은…… 그녀를 품에 안는 상상.

생각만 하여도 가슴이 뜨거워질 만큼 좋았다. 생각만 하였는데도 가슴이 들뜨고 부풀 만큼 행복했다. 머릿속에서는 너를 얼마나 품었는지, 차마 셀 수가 있으랴. 이젠 스스로도 막다른 한계에 몰려 있다는 것을 어렴풋이 깨닫고 있었다.

서로 한달음이면 볼 수 있는 거리에 있었지만 그녀에게 가는 길이 너무 멀었다. 그녀와 지나치게 가까운 관계였기에 외려 먼 사이가 될 수밖에 없었다.

그녀만 바라보는 사이 혼기를 놓쳤다. 오래전부터 마음은 하나여서 다른 여인이 눈에 들어오지 않았다. 황후와 비빈을 들이는 건 바쁜 나랏일을 핑계 삼아 미루었다. 그녀의 혼사 역시 황실의 수장이자, 보호자의 자격으로 모두 쳐냈다.

다른 사내에게 준다니…… 생각만 하여도 혈액이 역류할 것처럼 분노가 치밀었다. 하지만 그렇다 해서 피 섞인 누이동생을 스스로 취할 수도 없었다. 결국 긴 시간 동안 인형처럼 공주궁에 가두어만 놓았다. 이러지도, 저러지도 못한 채로 시간만 하릴없이 축내고 있었다.

"황상."

다시금 열린 태후의 입술이 그를 상념에서 건져냈다. 원의 눈꺼풀이 느릿하게 뜨였다.

"진이는…… 황상이 품어도 아무런 문제가 없는 아이입니다."

순간 공기의 흐름이 멎은 것 같았다. 방금 귓전을 파고든 말이 무엇인지, 잠깐 동안 머릿속의 판단 능력이 가마득해졌다.

원은 무심결에 눈을 크게 뜨고 입술을 벌렸다. 태후에게서 낮게 끊긴 웃음이 비어져 나왔다. 언제나 가면 하나 씌운 듯하던 아들의 얼굴에서 당황이 엿보이니 생경한 모양이었다.

"자세한 사연을 말할 상황이 아닌지라…… 이것으로 내 이야기를 대신합니다. 황상이 믿어주실지는 잘 모르겠습니다. 허나 떠날 날을 목전에 둔 어미가 거짓을 말할 이유도, 의미도 없지 않겠습니까……. 그 안에 있는 내용은 토씨 하나하나가 분명한 사실입니다."

태후는 이불 안쪽에서 낡은 비단 뭉치를 꺼내 건넸다. 원이 받아서 대강 훑어보니 오래전에 써두었던 일기인 듯하였다.

태후는 기운 없이 두 눈을 감아 내렸다. 탁하게 갈라진 그녀의 음성이 허공을 타고 흩어졌다.

"황상…… 미안합니다. 그래도 어미로 여기고 따라주었는데, 진심으로 정을 주지 못해서 많이 미안합니다. 이제 와 무슨 말을 하여도 변명에 지나지 않겠지만…… 어미의 삶이 피폐할 대로 피폐하여서, 누구에게도 내어줄 가슴이 없었다는 걸 알아주세요. 어미는 여인이 오를 수 있는 최고의 자리에 올라선 이후, 단 한 번도 행복하였던 적이 없답니다. 해서 삶에 미련은 없습니다만…… 자식으로 맡아 키웠던 황상과, 내 배 아파 낳고도 황상보다 더 외면하였던 진이에겐…… 짠한 마음이 남는군요."

원은 손 안의 비단에서 그녀에게로 찬찬히 시선을 옮겼다. 아직 조금 멍하였다. 누군가가 피부를 세게 비틀어 꼬집어도 현실로 느껴지지 않을 것 같았다.

"그것을 읽고 어떤 결정을 내리실지는 전적으로 황상의 판단에 맡기겠습니다. 가지고 가세요. 그리고 가시는 길에…… 진이를 여기로 불러주세요."

말을 마친 태후는 감은 눈가에 주름을 만들며 미소 지었다.

언제, 어떻게 장신궁을 나섰는지는 잘 기억나지 않았다. 정신을 차리고 보니, 어느새 선실전의 서안 앞에 앉아 비단 뭉치의 마지막 장을 넘기고 있었다.

밀약.

일기의 내용을 압축해 말하자면 그러하였다. 천자의 자리를 탐하는 사내와 더 큰 권력을 탐하는 사내의 야망이 교묘하게도 맞아떨어졌다.

새삼 놀라울 건 없었다. 계급의 정점에서 살아온 이들은 어김없이 그러하였다.

황제가 되기 위해서라면 아무렇지 않게 골육지친을 살해하고 내전을 벌인다. 이곳은 겉보기에 그저 아름다운 황궁이지만, 수많은 사람이 흘린 피와 원한으로 얼룩져 있다. 권력이 가진 추악한 민낯은 역사가 셀 수도 없을 만큼 되풀이해 보여주지 않았는가. 자신 역시 승상 왕전의 권력이 아니었더라면 황제가 되지 못했을 수도 있었다.

"적어도 피는 흘리지 않았으니 평화롭다 해야 하는가."

원은 태후의 일기를 덮으며 허탈하게 중얼거렸다. 그가 본 내용이 사실이라면, 태후가 어째서 떠나기 직전이 되어서야 그에게 진실을 말하였는지 알 것 같았다.

두 사내로 인해 두 여인의 삶이 바뀌었다. 그중 하나가 그의 동생으로 살아왔고, 아직도 그렇게 살고 있는 그녀였다.

수면 위로 드러난 진실은 아름답지 않았다. 그러나 그것은 오랜 시간 견뎌온 고통을 단숨에 끝낼 구원이 되었다.

그들은 부(父)와 모(母)가 모두 다르다. 배다른 남매가 아니다. 혈연으로 이어지지 않았다. 완전한 남남이다.

생각하면 할수록 가슴 깊은 곳으로부터 전율이 일었다. 너를 곁에 둘 수 있다니…….

그는 이미 흘러가버려 돌이킬 수 없는 일에 의미를 두지 않기로 하였다. 오로지 어떻게 그녀를 얻어야 하는지만 생각하고 생각했다. 그러다가도 혹시나 하는 불안감에 조회를 빌어 소광을 떠보았고, 그의 반응에서 다시금 확신을 얻었다.

그녀는 그의 누이동생이 아니다. 그저 그가 미치도록 사랑하는 한 여인일 뿐이다.

"공주가 다녀갔다고?"

그날 일과를 대강 마친 원은 환관의 보고를 듣고 되물었다. 환관이 고개를 조아리며 답하였다.

"그러하옵니다. 한 시진 전쯤 내방하시었고, 폐하의 정무가 끝나시거든 다시 걸음하겠다 하셨사옵니다. 장신궁에 공주마마를 모셔 오라 기별을 넣을까요?"

"그럴 것 없다. 짐이 지금 장신궁으로 갈 것이니."

원은 환관이 걸쳐주는 덧옷에 팔을 넣으며 창 밖에 보이는 달의 위치를 가늠하였다. 시간이 꽤 늦었다. 이렇게 어두운 시간에 장신궁을 찾는 건 오랜만이었다.

바깥에서부터 퍼지는 삼만세 외침과 절 올리는 소리에 진이 허겁지겁 옷매무시를 고치며 자리에서 일어났다. 황제가 방 안으로 들어서자 그녀는 얼른 배례를 올렸다. 그리고 다시 엎드려서는 그대로 고개를 숙이려다가, 이전의 명이 떠올라 애매하게 턱을 든 채 인사해버렸다.

"장공주 유진, 황제 폐하를 뵙사옵니다. 만세, 만세, 만만세."

조금 정신이 없었다. 설마 그가 직접 올 거라는 생각은 하지 않고 있었다.

"일어나거라."

"황감하옵니다."

다소곳이 머리를 조아린 진은 상체를 천천히 펴서 몸을 일으켰다.

환관, 궁녀들이 허리를 굽히고 죽 늘어선 가운데 그와 그녀가 약간 떨어져서 마주 섰다. 진과 시선이 맞닿자 원은 다정하게 입매를 기울였다.

"나를 찾았다 하던데. 무슨 일이라도 있느냐?"

"그것이……."

진은 초조한 듯 주변 궁인들을 휘둘러보았다. 그러고는 서슴서슴 망설이다가 말을 이었다.

"소녀가 폐하께 드릴 말씀이 있사온데…… 사람들을 물리는 것을 허락해주시겠사옵니까."

원에게선 한동안 대답이 없었다. 그저 속내를 알 수 없는 눈으로 그녀를 지그시 바라볼 뿐이었다.

"……폐하?"

진이 불안한 듯 입을 열자 원이 한쪽 눈썹을 가만히 기울였다.

"괜찮겠느냐? 밀폐된 공간이거늘."

"다, 단둘이…… 있을 때 드려야 할 말씀인지라……."

진은 공연히 방 안을 계속 두리번거리며 입술을 깨물었다.

원은 내리깐 시선을 가늘게 만들다가 헛웃음 같은 소릴 짤막하게 터뜨렸다. 그리고 주변을 향해 낮게 말하였다.

"물러들 가 있으라."

명이 떨어지기가 무섭게 방 안의 궁인들이 빠른 속도로 뒷걸음질 쳤다. 그들 모두가 주위에서 사라지자 넓은 공간 안에 적요함이 떠돌았다.

다시 입을 열려던 진은 그가 성큼성큼 다가오자 깜짝 놀라 물러섰다. 원은 아랑곳 않고 계속 걸어가 한 팔로 그녀를 품에 끌어안았다.

"당돌한 행동을 하는구나. 겁이 없는 건지."

"폐, 폐하……."

"아니면 내가 엊그제 하였던 말을 그새 잊은 것이냐?"

원은 가슴팍에 묻힌 진의 얼굴을 감싸 쥐고 들어 올렸다. 손바닥 안에서 보드라운 볼의 감촉이 느껴졌다. 그는 잠시 눈을 감았다 뜨며 호흡을 골랐다. 그리고 천천히 고개를 숙이며 진과 가까이에서 눈을 맞추었다.

"이렇게 마주하는 동안, 나는 언제나 널……."

말하는 그의 미간이 조금 이지러졌다. 농밀한 시선이 진의 입술을 어루더듬었다.

겁먹은 진은 그의 눈길을 피하려 갖은 애를 썼다. 그러다가 심호흡을 삼키며 가까스로 본래의 목적을 상기하였다.

"폐, 폐하께서 하셨던 말씀…… 홀로 곰곰이 잘 생각해보았사옵니다……."

원이 잠자코 쳐다보다가 입을 열었다.

"그래서."

"믿을 수가 없사옵니다. 어찌 되었든 소녀는…… 폐하의 누이동생…… 이온데, 동생이 갑자기 여인으로 보인다는 폐하의 말씀이……."

진이 말하는 사이, 원은 고개를 기울여 그녀의 뺨에 입술을 갖다 대고는 부드럽게 지분거렸다.

진은 파르르 떨며 두 눈을 찌푸리듯 감았다. 그리고 뺨에서 느껴지는 입술 촉을 참아가며 계속해서 말을 이었다.

"폐, 폐, 폐하께서는…… 아마, 감정을 호, 혼동하고 계신 것 같사옵니다……. 소녀가 여인으로 보이는 것이 아니라, 어미 잃고 홀로 지내는 동생이 가여워 마, 마음이 쓰이는……."

"확인해보자."

"……예?"

어깨를 귀밑까지 바싹 웅크려 붙인 채, 진이 한쪽 눈만 뜨고 그를 힐끗거렸다.

입술을 뗀 원이 천천히 고개를 정면으로 돌렸다. 그리고 팔에 실은 힘을 더하며 그녀를 바싹 당겨 안았다. 복부를 찌르듯 자극해오는 어떤 느낌에 진이 소스라쳤다. 이제 와서 달아나려 해도 달아날 공간이 없었다.

"내 감정. 네가 말한 대로인지…… 확인해보자. 지금 당장, 이 자리에서."

말이 끝나자마자 원은 눈을 감고 진의 입술을 다급히 머금었다.

급작스레 시작된 입맞춤은 지난번과 달리 조금도 부드럽지 않았다. 그는 목 타는 이가 물을 들이켜듯 성마르게 입술을 빨아 당기더니 곧바로 혀를 밀어 넣었다.

진은 앓는 소리를 내며 어깨를 비틀었다. 온몸이 그의 팔에 꽉 안겨 옴짝달싹할 수가 없었다.

품 안에서 겨우 두 손만 끌어올린 진은 그의 가슴을 끙끙 밀었다. 꿈쩍도 하지 않았다. 그는 오로지 뜨겁게 입술을 탐하는 데만 열중할 뿐, 그녀의 행동을 의식조차 하지 못하는 것 같았다.

작은 입안이 그의 혀를 감당하지 못하여 점점 벌어졌다. 치아, 입천장, 볼 안쪽, 혀 밑까지 하나도 빼놓지 않고 구석구석 유린당하니 통째로 그에게 삼켜지는 듯한 착각마저 일었다.

원은 혀와 혀를 비벼대다가 진의 입술을 녹여 없앨 것처럼 오래 빨았다. 쪽쪽 흡입당하는 여린 입술이 금세 부어올랐다. 갈수록 호흡하기가 버거워져 진은 눈썹을 찡그렸다. 이대로 가다간 숨이 막혀 죽을 수도 있을 것 같았다.

"하아……."

폐가 부풀어 올라 터질 듯할 즈음이 되어서야 입술이 해방되었다.

진은 가쁘게 숨을 몰아쉬었다. 가늘게 눈을 뜬 그가 진의 얼굴을 주무르듯 매만지며 그녀의 입술 주변에 흐르는 타액을 닦아냈다.

잠시 뒤에 그가 다시 입술을 포개왔다. 진은 순간 움찔 굳었으나, 한결 순해진 입맞춤에 아주 조금은 숨을 돌렸다.

원은 입술을 붙인 상태에서 진의 몸을 번쩍 안아들었다. 그 채로 가까이 보이는 침상을 향해 지체 없이 걸음을 옮겼다.

등허리에 푹신한 이불이 닿자 진의 어깨가 절로 움츠러들었다. 이어서 침상에 오른 그가 그녀의 몸을 가뿐히 내리덮었다. 건장한 체구로부터 느껴지는 압박감에 진은 그저 하염없이 떨었다.

그녀는 혼약을 맺은 적이 없기에, 남녀 간의 깊은 관계에 대한 교육을 따로 받지 않았다. 그러나 이 지경까지 와버린 이상 스스로가 어떻게 될지 정도는 예감할 수 있었다.

무슨 짓을 해도 그에게서 벗어날 수는 없었다. 꼭 지금이 아니라도 언젠가는 겪었을 일이었다. 황제이고, 남자인 그와 비교하면 자신은 서러울 만큼 연약한 존재였다.

그 사실을 깨달았을 때 이미 반쯤은 체념하였다. 그러나 가슴을 조이며 엄습하는 두려운 감정은 그것과 별개였다.

"너를…… 안고 싶다."

조금 잠긴 듯한 그의 음성이 귓전으로 내려앉았다. 고개를 모로 돌리고 있던 진은 찬찬히 그의 얼굴로 시선을 옮겼다. 눈동자를 반쯤 덮은 그녀의 속눈썹이 날갯짓하듯 파르르 떨렸다.

원이 침상을 짚은 한 손을 들어 진의 이마를 부드러이 쓸어 넘겼다.

"그리해도 되겠느냐."

행동만큼은 평정을 가장하고 있었으나, 다그치듯 쏟은 되물음에서 그는 갈급한 속내를 숨기지 못하였다.

진은 힘없이 눈을 감았다가 떴다. 눈꼬리에 눈물방울이 맺히고 숨결마저 덜덜 떨려 흩어졌다.

「폐하의 심기를 거스르지 마시옵소서.」

연성이 했던 말이 머릿속을 스쳐갔다. 하지만 쉽사리 입이 떨어지지 않았다.

시간이 흘러도 그녀에게서 아무런 답이 나오지 않자 그의 손길이 멈추었다. 그리고 표정이 허물어지듯 변했다.

순간 진의 눈동자 속 홍채가 크게 확장되었다. 가까이 맞닿은 원의 눈빛에서 그의 감정이 손에 잡힐 듯 선명하게 읽히는 것 같았다.

'제발.'

가슴을 태울 듯 뜨거운 간절함. 그녀에 대한 농도 짙은 갈망.

원은 가슴팍에 포개진 진의 하얀 손을 두 손으로 감싸 쥐었다. 그리고 고개를 내려 그녀의 볼에 볼을 비비며 애원하듯 얼굴 곳곳에 자잘한 입맞춤을 뿌렸다.

촉촉한 입술로부터 전해지는 높은 온도에 간장이 오그라드는 듯하였다. 소리 없는 절절한 구애가 마음을 마구잡이로 쥐어흔들었다.

진은 간신히 입을 열어 울먹이듯 목소리를 끄집어내었다.

"이, 이 천하 안에서…… 가, 감히…… 폐하를 거부할 자격이 있는 여인은…… 없사옵니다…….'"

애매한 대답이었다. 그러나 그녀의 답이 곧 현실이기도 하였다.

황제는 천자(天子), 곧 하늘을 대신하여 천하를 다스리는 인간 세계의 신이기에 통상적인 인간과는 아예 다른 존재로 여겨졌다. 황제와의 동침은 단순한 남녀의 교합이 아니며, 인간 여인이 신의 옥체를 받들어 또 다른 신을 잉태할 은혜를 입는 것이었다. 신을 거부한다는 건 결코 있을 수 없는 일이니, 배다른 동생이라 해도 예외는 아니다.

진은 그가 오라비이기 전에 황제임을 스스로에게 강조하고 또 강조하였다. 그래야 흔들리는 마음에 대한 변명을 할 수 있을 것 같았다. 변명을 방패로 삼기라도 하여야 그의 품에 안기며 숨을 쉴 수 있을 것 같았다.

원은 잠시 움직임을 멈추고 그녀를 응시하였다. 아무렇게나 헤쳐 휘늘어진 길고 검은 머리카락과, 요염하게까지 보이는 아련한 표정이 너무도 아름다웠다. 볼수록 진한 색욕이 불끈 솟았다.

그는 진의 말간 이마에 인장을 찍듯 입술을 길게 누르며 속삭였다.

"……허락으로 듣겠다."

그의 손이 진의 가슴 앞섶을 더듬더니 곧 옷고름을 길게 풀었다.

바깥공기에 노출되는 피부의 면적이 커질수록 진은 본능적으로 몸을 둥글게 말았다. 부끄러운 정도를 넘어서서 머릿속이 하얗게 비워지는 것 같았다. 마지막 남은 속옷이 엉덩이와 다리를 타고 떨어져 나갈 땐 발가락 끝까지 힘이 들어가 달달 떨렸다.

그녀가 실오라기 하나 걸치지 않은 나신이 되자 원은 자신의 의복도 지체 없이 벗어 던졌다. 그리고 웅크린 그녀를 그대로 끌어안으며 뒷머리를 한참 쓸어내렸다.

스스로를 적당히 진정시킬 필요가 있었다. 바로 품게 되면 아까처럼 짐승이 되어 달려들지 몰랐다. 그러나 맨살을 타고 전해지는 피부의 부드러움에 외려 숨이 점점 거칠어졌다. 긴장한 그녀가 품 안에서 꼼지락대니 신음마저 절로 나왔다.

원은 팔을 풀고 진의 몸을 정면으로 급히 돌려 한 차례 깊은 입맞춤을 퍼부었다.

"미칠 것 같다. 수천 번 상상했던 순간이거늘…… 막상 현실이 되고
나니 믿기지 않고, 너무도 떨리는구나."

그가 찬찬히 입술을 떼고는 한숨을 쏟듯 중얼거렸다.

진은 가쁜 숨결만 쌕쌕 내뿜을 뿐 눈도 제대로 뜨지 못하였다. 델 듯
뜨거운 그의 시선이 그녀의 벗은 몸을 핥아낼 것처럼 더듬었다. 정신
이 아찔해질 만큼 보들보들하고 예쁜 속살이었다.

탄력 있게 올라붙은 새뽀얀 가슴 위로 덜 여문 분홍빛 젖꼭지가 도
드라져 보였다. 홀린 듯 바라보던 그는 성급하게 손을 뻗어 조몰락거
리다가 입술을 내려 쭉쭉 빨아 당겼다. 진의 입술 새로 가느다란 신음
이 흘러나왔다.

귀가 간지러웠다. 코에 스미는 살 내음은 참을 수 없이 향기롭고, 마
주 비벼지는 피부는 손바닥 안에서 사르르 녹을 것처럼 연하였다. 그
상태로 이성의 끈을 붙들고 있는 것도 보통 일이 아니었다.

원은 짐짓 심호흡을 거듭하며 자꾸 급해지려는 자신을 억눌렀다. 그
도 그러하였지만 그녀 역시 지금이 첫 관계이며, 여인이기에 쾌락보
다 고통을 더 크게 느끼기 쉬울 터였다. 그녀와 보조를 맞춰 천천히 나
아갈 필요가 있었다.

손끝에 힘을 빼고 가슴을 부드럽게 어루만지며 귓불을 할짝할짝 핥
았다. 진이 미간을 살짝 찡그리며 흠칫거렸다. 입술을 조금 내려서 목
덜미를 쭉 빨아들이니 금세 붉은 자국이 남았다. 그 아래 탱탱한 젖무
덤에도 같은 자국을 남겼다.

달았다. 입술과 혀로 맛보는 곳마다 너무도 달아서 견딜 수가 없었
다. 살결이 지나치게 희고 약하여 입술이 탐하는 대로 열꽃 같은 흔적

74

이 뒤따랐다. 안쓰럽기도 하고, 되레 참을 수 없이 흥분되기도 하여 기분이 묘하였다.

상반신 전체를 빼곡하게 핥아 애무하고는 찬찬히 아래로 내려갔다. 매끄러운 허벅지 사이에 손을 집어넣으니 그녀의 다리 전체가 뻣뻣이 긴장되었다. 가만가만 무릎을 세우게 하고 옆으로 조금씩 벌렸다. 동그란 엉덩이와 다리 사이의 은밀한 부분에 감춰진 진분홍색 속살이 부끄럽게 드러났다.

그는 목구멍 너머로 거친 신음을 삼키며 그곳에 손가락을 가져다 대었다. 순간 두 다리에 잔뜩 힘이 들어가 확 모였다.

"시…… 싫…… 폐하…… 싫사옵니다……."

여전히 눈도 뜨지 못하는 그녀에게서 울먹이는 소리만 비어져 나왔다. 원은 잠시 상체를 올려서 진의 입술에 짙게 입 맞추며 달래었다.

"미안하구나. 처음이니, 그냥 결합하면 네가 심하게 아파할 것 같아 어찌할 수가 없다. 조금만 견뎌보거라."

"아……."

그가 다시 가느다란 종아리를 휘어잡았다. 진이 끙끙대며 무릎을 붙인 채 부들부들 버티려 하였다.

원은 난감한 얼굴로 미안한 듯 보다가, 어쩔 수 없이 완력으로 다리를 활짝 벌렸다. 곧 그의 손이 사이에 침입해 들어가 검지와 중지로 보드레한 꽃잎을 살살 만지며 굴렸다.

진은 아예 훌쩍거리며 끅끅 울음을 터뜨렸다. 안쓰러웠지만 어쩔 수 없었다. 당장 안으로 들어갈 수는 없는 노릇이었다.

질색하는 그녀의 반응과 달리 몸은 솔직하였다. 붉은 속살과 그 주변이 조금씩 촉촉하게 젖고, 이내 물기가 흘러넘쳐 질척이는 소리가 퍼졌다. 원은 더 이상 참지 못하고 다급히 고개를 내렸다. 하얀 허벅지 사이에 코와 입술을 파묻고 꽃잎 두 장을 부드럽게 빨아대니 진에게서 비명이 쏟아졌다.

"꺄아!"

밑 부분을 희롱하는 뜨거운 혀의 느낌에 그녀는 당장이라도 기절할 것 같았다. 정신을 거의 놓아버린 진은 젖 먹던 힘을 다해 다리를 바동거렸다. 감히 황제의 어깨를 발로 퍽퍽 차고 있다는 것도 의식하지 못하였다.

원은 엉덩이 양쪽을 힘주어 잡은 채 그냥 맞아주며 계속 애무했다. 혓바닥으로 여성의 갈라진 입구를 아래위로 쓸어 올리다가 질척질척 물소리가 나도록 핥았다. 혀와 입술로 전해지는 보드라운 처녀의 촉이 미칠 듯 좋았다. 엄지 두 개로 꽃잎을 벌리고는 턱을 내밀어 혀를 깊숙이 찔러 넣고 휘저었다. 따스한 내벽이 촉촉한 느낌으로 혀 끝부분을 감아왔다.

진은 숨이 넘어가도록 울어대었다. 저러다 탈진하지는 않을까 걱정될 정도였다. 미안한 마음이 점점 커졌지만 참을 수 없이 사랑스러운 속살에서 쉽사리 입술이 떨어져 나가지 않았다.

오랜 시간 핥고 빨아대던 그는 혀끝을 세워 꽃잎 위의 동그란 정점을 계속 문질렀다. 비명 같던 진의 울음이 차츰 흐느낌으로 변하고, 그 흐느낌 안에 희미하게 야릇한 기운이 어렸다.

아래를 타고 몽글몽글 피어오르는 쾌락에 진은 결국 외마디 신음을 토해냈다. 그는 그녀가 완전히 느낄 때까지 끊임없이 혀를 놀렸다. 가는 팔다리가 물풀처럼 늘어지고 눈물로 젖은 속눈썹에서 파들파들 경련이 일었다.

진은 손가락으로 이불 한쪽을 뜯을 듯 틀어쥐고는 끙끙 앓는 소리를 내리 흘렸다. 몸 전체가 붕 떠올라 허공에 부유하는 공기 중의 일부가 된 듯하였다. 곧 전신이 기나긴 전율에 휩싸이면서 첫 절정이 찾아왔다.

　잠시 후 원이 침상에 무릎을 붙인 채로 몸을 일으켰다. 고개를 내리꺾으며 무심코 그를 본 진이 눈물로 범벅된 눈을 휘둥그레 떴다. 의아해하던 그가 그녀의 시선을 따라가다가 자신의 다리 사이에서 단단히 발기된 남근을 굽어보았다.

　대뜸 부끄러워 눈을 가리는 진의 행동에 그는 입술 끝을 비스듬히 늘이며 웃었다. 상체를 굽혀 그녀와 마주 본 상태에서 그가 다리 사이에 제대로 자리를 잡았다. 그리고 촉촉이 젖은 그녀의 아래에 자신의 것을 부드럽게 비벼댔다.

　"아플 것이다."

　미리 경고해두는 편이 좋을 듯하였다. 마음의 준비 없이 심한 고통을 느끼면 기겁할 수 있으니.

　"최대한 통증을 덜 느끼도록 애써보겠으나, 그 나머지는 내가 어찌해줄 수 있는 부분이 아니구나."

　그는 접촉된 서로의 은밀한 부분에 미끈한 액이 충분히 묻을 때까지 문질렀다. 그러다가 어느 순간 살짝 찔러 들어가려 하자, 긴장한 진의 몸에 바싹 힘이 들어갔다. 원이 난색을 표하며 잠시 동작을 중단하였다. 이래서야 살을 섞기는커녕 넣을 수조차 없을 터였다.

　그는 진의 도톰한 입술을 벌리고 집게손가락 하나를 입안으로 집어넣었다.

　"핥거라. 치아가 닿지 않도록 주의하면서, 혀와 입술만으로 부드럽게.”

평상시 명을 내리는 어투로 목소리를 누르니 즉각 효과가 나왔다. 진은 말 잘 듣는 어린아이처럼 그의 손가락을 열심히 혀로 핥고 빨았다. 시킨 대로 치아가 닿지 않게 하려면 나름대로 정신을 쏟을 수밖에 없었다. 얽힌 다리에서 조금씩 힘이 빠져나가니 입구가 살짝 트였다.

“옳지. 잘하고 있다. 그대로 계속.”

한 손은 핥게 한 상태에서, 나머지 손은 그녀의 손목을 찾아 붙들고 깍지를 꼈다. 그 채로 허리에 힘을 싣고 천천히 삽입을 시도하였다.

좁은 입구가 살을 팽팽히 당기며 틈새를 파고드는 침입자에게 조금씩 안을 내주었다. 아래가 찢어질 듯 억지로 벌어지는 느낌에 진이 고통의 신음을 흘렸다. 아픔을 꾹꾹 참아가면서도 저도 모르게 손가락을 깨물지 않도록 신경 쓰다 보니, 작은 턱에 잔뜩 힘이 들어가 달달달 떨렸다.

“아, 아! 아아……!”

살과 살이 더 빡빡하게 섞여가자 끝내 비명 소리가 비어져 나왔다. 그가 힘을 주며 밀어 넣을 때마다 길고 딱딱한 것이 속살을 무자비하게 가르며 아랫도리 깊숙이 파고들어왔다. 생경한 이물감과 아린 통증이 하체를 난도질하는 듯 쉼 없이 관통하였다. 결국 진은 입술에 문 손가락을 놓고 훌쩍훌쩍 울음을 삼켰다.

원은 잠시 진입을 멈추고 깊은 숨을 토하였다. 계속 울리기만 하려니 한량없이 애처롭고 마음이 저렸다. 하지만 쉽지 않을 거라 예상은 했었다. 그들은 체구 차이가 워낙에 컸다.

그는 입술 새에서 손가락을 빼내고, 대신 진하게 입을 맞추었다. 그리고 진의 젖은 뺨을 가만가만 닦아내다가 머리칼을 쓸어가며 울음이 잦아들 때까지 한동안 달래었다.

그녀가 아래의 이물감에 조금은 적응한 듯하였을 때, 그가 진의 어깨를 꽉 붙들어 누르며 끝까지 결합해왔다.

"읏……."

하복부 전체가 그의 존재감으로 한계까지 들어찼다. 무언가가 이렇게까지 깊이 들어올 수 있다는 게 믿기지 않을 정도였다.

"잘 참아주었다."

그가 낯을 찌푸리며 입술을 파르르 떨었다. 진이 통증도 잊고 화들짝 놀라 소리쳤다.

"폐하…… 폐, 폐하, 어디 아프시옵니까?"

"힘 빼고 가만히 있으라!"

급작스러운 외침에 진이 깜짝 겁먹고 입을 다물었다.

원은 급하게 숨을 들이마시며 처음 경험하는 쾌감으로부터 스스로를 다스렸다. 뒷목을 타고 쏟아진 전율이 정수리까지 관통할 만큼 아찔하였다. 교합된 내부가 그의 것을 꽉 물고 붙드는 듯 강하게 죄어왔다. 그녀가 하체에 힘을 살짝만 줬다 풀어도 정신이 오락가락하였다. 그것도 모자라 내쉬는 호흡, 미약한 떨림 하나하나까지 고스란히 자극이 되어 연결된 부위를 거침없이 흥분시키고 있었다.

원은 눈썹을 곤두세우고 이를 악다물었다. 쾌감으로 흐려진 눈을 떠올려 진을 바라보니, 그녀는 여전히 걱정스러운 낯빛으로 그의 눈치를 살피고 있었다.

아직 굵은 눈물을 매달고 있을 만큼 아파하면서도 다른 사람 염려나 하고 있다니. 그는 상황에 맞지 않는 웃음을 짧게 토하였다. 착하다 못해 미련해 보였지만 그 모습이 그렇게 사랑스러울 수가 없었다.

원은 진의 두 팔을 빼내어 들고는 자신의 목 뒤로 단단히 감게 하였다. 그리고 그녀와 눈앞 가까이에서 시선을 맞춘 채로 조금씩 허리를 움직였다. 그나마 남아 있는 이성의 끝자락으로는 아플 그녀를 생각해 속도를 내고 싶은 충동을 눌렀다.

살과 살이 미끄덩한 느낌으로 섞이고 비벼졌다. 그는 드나드는 빠르기를 조절하며 최대한 부드럽게 진퇴를 반복하였다. 그사이 비어 있는 손으로 진의 뺨을 어루만지고, 중간중간 입술을 내려 달콤한 입맞춤을 나누었다.

감질이 나는 속도였지만 생각보다 빨리 아랫배가 간질거려왔다. 느리게, 조심스럽게 사랑을 나누는 것만으로도 그들의 첫 밤은 충분하였다.

"사랑한다, 사랑한다, 진아. 사랑한다……."

그녀의 안에서 맞는 절정은 가히 천상의 쾌락이었다. 그는 전신을 타고 흐르는 환희를 만끽하며 거침없는 고백을 쏟았다. 입술이 겹쳐져 뜨거운 숨결이 섞이고 혀와 혀가 빈틈없이 얽혔다.

진은 다리 사이에서 전해지는 미세한 떨림을 느끼곤 흠칫 경련하였다. 잠시 후 몸속 깊은 곳으로 퍼져 나가는 따뜻한 무언가가 감지되었다. 왠지 모를 무서운 기분에 그녀는 그의 목을 꽉 끌어안았다.

달뜬 숨결이 잔잔한 물결처럼 가라앉은 뒤에도 원은 진의 안에서 오랫동안 빠져나가지 않았다. 흘러내린 앞머리가 그녀의 이마를 간질일 만큼 고개를 내리고, 사랑스러운 눈으로 진을 응시하며 껴안고 비비적대다가 입 맞추길 반복하고 있었다.

진은 멍하니 그를 마주 보다가 가물가물 눈을 감았다. 극심한 피로가 밀물처럼 한꺼번에 몰려왔다.

그가 그녀의 귀에 무언가를 속삭이더니 옆으로 눕는 듯하였다. 베개와 목 사이로 단단한 팔이 들어와 머리를 받쳤다. 이어서 허리가 끌어당겨져 그의 품속으로 전신이 폭 파묻혔다.

다시 눈을 떴을 땐, 고른 숨결을 흘리며 곤한 잠에 빠져 있는 그의 얼굴이 시야에 들어왔다. 진은 그가 깨지 않도록 조심스레 품에서 빠져나와 상체를 일으켰다. 이불에 늘어져 있다가 딸려온 긴 머리칼이 매끈하게 뻗은 등과 종아리를 부드럽게 휘감았다.

진은 두 손으로 다리를 껴안은 채 앞이마를 기대었다. 한참을 그 자세로 망설이고 망설이다가, 고개를 들고 두 다리를 곧게 펴보았다.

통통한 살 안쪽에 하얀색으로 말라붙은 사랑의 흔적이 내보였다. 더 깊은 곳의 은밀한 부분에서는 아직도 조금씩 선혈이 흘러나와 이불과 허벅지를 붉게 물들이고 있었다.

아랫배 안에서 욱신대는 통증이 일었다. 순간 진은 갑자기 볼을 타고 흐르는 무언가를 주먹으로 얼른 닦아내었다.

어째서 눈물이 나는지는 모르겠지만, 그냥 눈물이 났다.

이제 두 번 다시 예전으로 돌아갈 수는 없었다. 이미 돌이킬 수 없는 선을 넘어버렸다.

四
章

　늦은 오전이었다. 장신궁 근방을 한 바퀴 순찰하던 연성은 경악을
금치 못할 광경을 목격하였다.

　정원 한복판에서 진 공주가 바위에 걸터앉아 꾸벅꾸벅 조는 모습이
보였다. 그 앞에는 한쪽 무릎을 꿇은 자세로 그녀를 올려다보며 뽀얀
손을 만지작거리는 한 남자가 있었다.

　정교하게 수놓인 강사포에 위엄 있는 통천관(通天冠)의 복색. 그것을
착용할 수 있는 이는 천하에 단 한 명뿐이다. 눈이 잘못된 게 아니라면
그는 분명 황제였다.

　곧이곧대로 믿는 데 심히 오래 걸리긴 하였지만, 좌우지간 연성은
눈앞의 괴이한 상황을 받아들여야 했다.

　"마, 만세, 만세, 만만⋯⋯."

　얼른 바닥에 엎드린 그가 눈치껏 목소리를 낮춰서 삼만세를 외치려
하였다.

　"쉿."

　원이 재빠르게 고개를 돌려서는 입술에 손가락을 대며 연성의 입을
막았다. 그러더니 어서 가보라는 듯이 가볍게 손을 저어 보였다. 그
러자 연성이 어리둥절한 얼굴로 일어나 정중히 읍례를 올리고 물러났
다.

그가 사라지자 원은 주변의 환관 하나를 불러 어느 누구도 이 부근에 들지 못하도록 명을 하달하였다.

　다시금 잠든 그녀의 얼굴을 눈에 담았다. 원은 사랑스러운 눈길을 그윽이 흘리며 이목구비 면면을 더듬어보았다.

　햇빛을 머금은 빽빽한 속눈썹이 뺨에 그림자를 드리울 정도로 길다. 가느다란 숨소리에 맞춰 까딱이는 고개가 귀엽다. 하얀 앞니가 살짝 보이도록 입술이 벌어진 것을 보니 제법 깊이 잠든 듯하다. 간밤에 처음 나눈 사랑으로 인해 몸이 꽤 고단하였던 모양이다.

　"자는 모습도 어여쁘구나, 너는……."

　원은 나지막이 중얼거리며 진의 옆머리를 가만가만 귀 뒤로 넘겨주었다. 그때 점점 깊이 까딱이던 고개가 갑자기 앞으로 확 쏟아졌다. 그가 손끝으로 앞이마를 톡 지탱해서는 도로 제자리에 올려놓았다. 아까부터 벌써 몇 번째인지 모른다. 이런 어정쩡한 자세로도 꿋꿋이 깨지 않고 잘 자는 그녀가 우습고 신기할 따름이었다.

　달콤한 잠을 청하던 진은 어느 순간 촉촉한 무언가가 입술을 핥고 빨아대는 느낌에 눈을 떴다. 따뜻하고, 말랑하고, 야릇한 감촉. 전신이 나른해지면서 왠지 기분이 좋았다.

　희부옇던 시야가 조금씩 선명해지고 초점이 맞춰졌다. 흡착되어 있던 입술의 움직임이 서서히 멎어들더니 한 번 강하게 빨아들이고는 떨어져 나갔다.

　"너무하지 않느냐. 내가 이렇게 기다리고 있는데, 언제까지고 깨어날 생각을 하지 않으니."

　그녀의 입술 앞에서 타액으로 반짝이는 입술이 달싹이며 나직한 음성을 흘렸다.

"꺅!"

진은 경기하며 벌떡 일어나려 했으나, 커다란 두 손 안에 얼굴이 잡혀 있는지라 뜻을 이루지 못하였다.

원은 태연스레 웃으며 그녀를 지그시 쳐다보았다.

진이 소리쳤다.

"미쳤어!"

"내가 미쳤다고?"

"악! 호, 호, 혼잣말이옵니다!"

진이 바위에서 내려오기 위해 엉덩이를 들자, 원은 그녀의 어깨를 잡아 도로 앉혔다. 다시 일어서려 해도 그의 팔 힘을 당해내기란 역부족이었다.

결국 진은 손바닥으로 눈을 가린 채 고개를 박아버렸다.

"이럴 수가…… 감히 폐하를 내려다보다니, 어찌, 어찌 이런 일이……."

"네가 내려다본 것이 아니라 내가 올려다본 것이니 괜찮다."

"소, 소녀는, 소녀는 벌을 받을 것이옵니다."

"내가 황제인데 또 누가 네게 벌을 내린단 말이냐."

"그러면 길 가다가 조상님들께 날벼락이라도 맞을 것이옵니다."

"나는 이렇게 마주 보는 것도 색다르고 마음에 드는데."

"제발 이 눈높이 좀…… 아, 놓아주시어요."

진이 잡힌 상체를 비비 꼬아대며 몸부림하였다.

거의 울기 직전인 그녀의 표정에 원은 별수 없이 어깨를 놓아주고 부스스 일어섰다.

"정 그러하다면 자세를 조금 바꿔볼까."

곧장 허리를 굽힌 그가 진의 무릎 아래에 팔을 끼워 넣었다. 그러더니 그녀의 어깨를 둘러 받치고 훌쩍 안아 들었다.

　"이렇게 하는 걸로 하지."

　놀란 진이 새된 비명을 내질렀다. 원은 입술을 늘여 웃으며 잠시 팔 위치를 옮겨 자세를 안정적으로 고쳤다. 그리고 그녀가 앉았던 바위에 그대로 몸을 내려놓았다.

　"폐하."

　"괜찮다. 아무도 없느니라."

　주변을 둘러보며 안절부절못하는 진을 그가 살살 다독거렸다. 품 안에서 이러지도 저러지도 못한 채, 진은 원의 옷깃을 꾹 부여잡고 눈만 말끄러미 올려 떴다. 그래도 아까와 달리 그의 눈높이가 위에 있으니 그나마 다행이었다. 정서 불안 같은 증세가 가시고 심신이 조금은 평온을 찾아가는 듯하였다.

　"몸은 좀 어떠하느냐."

　그의 질문에 진이 고개를 갸웃하다가 곧 곤혹스러운 듯 두 볼을 붉혔다.

　"괜찮…… 사옵니다."

　"솔직하게 말하거라. 거짓인 줄 알면서도 그런 말을 들으면 당장 오늘 밤에 또 품고 싶어진다. 내 어제 겪은 너의 상태를 생각하여 최소 사흘은 참으려 하였거늘."

　진은 아예 새빨갛게 달아오른 얼굴로 입술을 옥깨물었다. 그러다가 그의 가슴팍에 이마를 비비듯 기대어 얼굴을 쏙 감추었다.

　원이 낮은 소리로 웃음을 터뜨렸다. 부끄러워하는 그녀가 귀여워 견딜 수 없는지, 그는 보송보송한 머리꼭지를 입술로 누르고 문질러대었다.

"진아…… 진아."

"예?"

"그냥 부르고 싶어 불러보았다."

진이 슬그머니 고개를 빼선 그를 응시하였다. 원은 가만히 미소 짓
더니 그녀의 턱을 손끝으로 살짝 추켜올렸다.

"싱거웠느냐? 하지만 이렇게 네 이름을 부르기만 하여도 마냥 좋구
나."

말하면서 그는 두 눈을 감고 머리를 내렸다. 입술과 입술이 부드럽
게 포개어졌다.

그녀의 입술 선을 따라 간질이듯 훑던 그는 고개를 깊이 누르며 혀
를 집어넣었다. 아직 적응이 되지 않는지 진이 살짝 움찔거렸다. 안으
로 달아나는 그녀의 혀를 찾아 쓰다듬고 감빨았다.

한참을 장난치듯 가지고 놀다가 쪽 소리를 내며 입 맞추고 놓아주
니, 진은 눈을 꼭 감은 채로 공연히 제 옷고름만 만지작거리고 있었
다.

원은 웃으며 바라보다가 진과 이마를 콕 맞대고 중얼거렸다.

"신기할 따름이다. 어제와 오늘 보이는 세상이 너무도 다른 듯하
니."

진이 찬찬히 눈꺼풀을 들어올렸다. 달아오른 살갗이 식지 않을 만큼
부끄러우면서도 방금 들은 말에 마음이 뒤숭숭하였다.

"저어……."

"어찌 그러느냐?"

그가 고개를 살짝 들며 다정히 물었다. 진은 잠시간 어물어물 망설

였다. 용기 내어 입을 열긴 했어도 쉽사리 목소리가 나지 않았다.

"이, 이불…… 어젯밤 이불에…… 혀, 혈흔이…… 그러니까…… 피가, 많이 묻었사온데……."

"그건 나도 보았다만…… 아직도 그러하느냐? 이런, 내가 널 지나치게 아프게 하였구나. 심하면 내 당장 시의를 불러……."

"그것이 아니오라…… 궁녀들이…… 부, 분명, 알았을 것이옵니다……."

진의 눈동자가 불안함으로 잘게 흔들렸다. 옷고름을 잡고 꼼지락대던 손가락이 도톰한 입술 새로 들어가 잘끈잘끈 깨물렸다.

잠자코 쳐다보던 원이 그녀의 손가락을 잡아 빼내며 타이르듯 말하였다.

"아랫것들 얼굴 대하기 편치 않을 네 마음은 충분히 이해가 간다. 허나 황제는 은밀한 잠자리를 갖는 자체가 불가능한 신분이다."

"그런……."

"황후든, 후궁이든, 궁녀든, 길거리의 창부든…… 내가 여인을 품에 안는 순간, 그 사실은 필히 도처에 깔린 눈과 귀를 통하여 만천하에 공표된다. 또한 황제의 총애를 입은 여인은 다른 사내와의 통정을 금하도록 평생을 감시당하며 살아야 한다. 이는 황손을 구별하여 보호하기 위한 조치인 동시에, 황실의 피가 흐르지 않는 이가 제위에 앉는 것을 방지하려는 부득이한 관례이다. 그것만큼은 나로서도 어찌할 수가 없다."

"하지만, 하지만 소녀는…… 소녀는 폐하의 누이동생이온데……."

진이 기어들어가듯 말꼬리를 흐렸다. 짧은 시간 묘한 침묵이 감돌았다. 그사이 그녀에게 머문 그의 시선 속에 괴로움인지, 연민인지 모를 감정이 짙게 어렸다.

원은 한숨과 함께 표정을 부드럽게 고치고는 다시 입을 열었다.

"황족 간의 근친은 드문 일이 아니다. 한때는 황실의 혈통을 공고히 하려는 목적으로 일부러 행해지기도 하였다. 효혜제의 황후는 노원공주의 딸 장언이었고, 효무제의 첫 황후 역시 관도장공주의 딸 진아교였다. 조금 더 상대(上代)로 거슬러 올라가면 우리보다 심한 예도 무수히 많다. 오늘날은 유가(儒家)가 세상을 풍미하는 시대이니 보는 눈들이 곱지는 않을 것이나, 배다른 장공주와 황제라 해서 죽어라 안 될 이유는 무엇이냐?"

'그걸 지금 말이라고 하시옵니까.'

진은 차마 내놓지 못한 말을 목구멍 너머로 삼켜내었다.

그럴싸한 궤변이다. 옛 사람들이 저렇게 유별난 짓들을 하였으니 우리 역시 유별난 짓을 하여도 괜찮다는 말과 무엇이 다른가.

그가 어째서 저런 말까지 하여 그녀를 설득하려는 건지, 아니, 애초에 어째서 느닷없이 누이동생인 그녀를 마음에 담고 품에 안기까지 하였는지…… 그와 몸까지 섞기는 하였어도 아직은 도통 의문스러운 일투성이었다.

"그나저나 며칠 내로 네 거처를 옮기려 한다. 네가 번거롭게 신경 쓸 일이 없도록 내 알아서 지시를 내려놓을 것이다. 너는 그저 알고만 있거라."

이어진 그의 말에 진이 화들짝 놀라 상체를 일으켰다.

"예? 폐하, 대체 어찌……."

"이제는 내가 수시로 널 품을 것인데…… 그러기에 이 장신궁은 너무도 멀구나. 미앙궁에서 가장 경관이 좋은 전각을 내어주겠다. 주야로 내 곁에 붙어 있으라. 본궁에는 상림원[9]이 조성되어 있으니 무료할 때 산책하며 시간을 보내기에도 좋을 것이다."

원의 어투는 당연한 수순을 밟는다는 듯 그저 차분하고 온유하였다. 진은 부정도, 반박도 하지 못하고 입만 뻐끔거렸다.

이 상황에서 자신은 어찌해야 맞는 걸까. 아니, 할 수 있는 일이 하나라도 있기는 할까.

또다시 혼란이 밀려들자 그녀는 꼬리를 물려는 생각을 고의로 차단시켰다. 말로는 누이동생이니 뭐니 해도, 그의 품에 안긴 순간부터 본능처럼 스스로를 보호하려는 무의식이 발동하여 그가 오라비라는 자각조차도 지우게 되었다. 무서움과 죄책감이 감당할 수 있는 수준을 넘어서니 일종의 현실 도피 상태가 되어버렸다.

그런 그녀에 비해 그는 무척 침착해 보였다. 그녀에게 건네는 시선이 어딘가 쓰라리고 아파 보이는 느낌은 들었으나 그뿐이었다. 그의 머릿속에 대체 무슨 생각이 들어 있는 건지, 어느 때는 참을 수 없이 궁금하였다가도 다시 헤아리면 구태여 알고 싶지 않기도 했다.

조만간 궁 안에 한바탕 시끄러운 바람이 불 터였다.

그는, 그리고 자신은 이제 어떻게 되는 걸까.

불빛 한 점 없는 어둠 한복판에 던져진 것 같았다. 아무리 손을 내밀

---

9) 上林苑. 진(秦), 한(漢)대의 천자의 동산 이름. 원(苑)은 주위에 담을 두르고 그 안에 새나 짐승 등을 기르는 곳을 말한다. 상림원은 이미 진대에도 있었으나 황폐하였기 때문에 무제武帝가 이를 수복하여 확장시켰다. 장안을 중심으로 주위가 300여 리나 되었다. 그 안에는 자연의 산천, 호소, 삼림이 있고, 지방에서 헌상한 과수와 초목 3,000여 종이 재배되었다. 또 궁전 70여 채와 농경지도 들어 있었으며, 가을에서 겨울에 걸쳐서는 천자가 군신을 대동하고 사냥도 했다.

어 더듬어보아도 앞으로의 운명을 짐작조차 할 길이 없었다.

환관과 궁녀들이 짐을 챙기러 오기 전에, 진은 가장 구석진 문갑을 열고 두 개의 물건을 꺼냈다.

하나는 향갑이었다. 4년 전 원이 태자위에 오르던 시절, 그에게 선물하기 위해 직접 만들어두었던 것이었다. 재료는 손쉽게 좋은 것을 구했으나 문제는 수작업이었다. 난생처음 바늘을 잡았는지라 시간도 오래 걸렸고, 손가락을 수없이 찌르고 긁어 피도 참 많이 보았었다. 그래도 만드는 내내 살갗의 아픔을 모를 만큼 즐거웠던 기억이 난다.

그가 뼈를 깎는 노력과 인내 끝에 빛나는 자리를 거머쥔 일이 진심으로 기뻤고, 또 자랑스러웠다. 이후로는 오라비의 앞길에 다복한 일만 가득하기를 마음 깊이 축원하였다. 당시 좋은 향을 몸에 지니면 액을 물리치고 길함을 불러온다는 속설을 믿었기에, 그 의미로 꼭 해주고 싶었던 선물이었다.

그땐 나름 잘 만들었다고 좋아하였으나, 이제 보니 바느질도 엉성하고 무늬도 그리 예쁘지 않은 것을 넣은 듯하였다.

"안 드리길 잘했네······."

진은 씁쓰레하게 혼잣말하며 그것을 얼른 소매 안에 구겨 넣었다.

나머지 물건은 반으로 쪼개진 푸르스름한 옥패였다. 돌아가실 때 가장 다정하였던 어머니, 소 태후가 그녀의 손에 직접 쥐여주었다.

「이 선택권은 다른 누가 아닌 네게 주는 것이 옳을 듯하구나. 그것을 간직해두었다가 진실을 밝혀도 좋고, 그대로 버려도 좋다. 네가 받을 충격을 생각하면······ 이 이상의 이야기를 차마 이 자리에서 해줄 수가 없으니 한없이 미안할 따름이구나. 그저 하나만 확실히 기억해두거라. 넌 어른들의 욕망과 야욕이 낳은 피해자란다. 아무 잘못 없는 너를 끝내 방치하였던 어미를 부디 용서하지 말거라.」

그녀가 마지막으로 남긴 음성의 여운이 아직도 귓전에 선하였다. 당시 무언가 자신이 모르는 황실의 내밀이 있다는 생각에 의아함이 들었지만, 태후의 얼굴이 너무도 괴로워 보여 깊이 캐묻지 않았다.

나무껍질처럼 거친 손으로 진의 손을 쓰다듬고, 쓰다듬으며 그녀는 처음으로 뜨거운 눈물을 보였다.

「아가, 이제는 억지로 참고 견디지 말거라. 물고기가 물의 흐름을 따르듯 마음 가는 대로 자유롭게 행동하거라. 오욕칠정(五慾七情)의 제약과 속박이 널 괴롭게 하거든 과감히 버리거라. 그래도 괜찮다. 믿고 싶은 이를 믿고, 마음에 담고 싶은 이를 담거라. 그 누구도 너를 비난할 자격이 없단다.」

요즘 들어 그녀의 말이 자꾸만 가슴속에 맺히는 것 같다. 진은 투명하게 빛나는 옥패를 엄지로 닦아내고는 덧옷의 품 안에 잘 챙겨 넣었다.

"연성!"

이전 준비로 궁인들이 분주하게 오가는 전각 앞에서, 진은 낯익은 뒷모습을 향해 걸음을 옮겼다.

연성이 뒤로 돌아 그녀를 보았다. 가까이 다가간 진은 앞에 마주 서서 희미하게 미소하며 고개를 올렸다.

"만나고 싶었는데…… 어찌 요즘 안 보인 거예요?"

"공주님……."

그녀를 대하자 망연하던 연성의 얼굴 위에 서서히 균열이 일었다.

그것을 본 진이 거북한 듯 살짝 시선을 피하였다.

그가 메인 목을 가까스로 집어삼키고는 작게 물었다.

"괘, 괜찮으신…… 것이옵니까?"

진은 바로 답하지 않았다. 그저 다시 그를 찬찬히 올려다보며 우는 게 더 어울릴 표정으로 입술 끝을 올릴 뿐이었다. 가슴을 생으로 도려내는 웃음이었다.

연성은 미간을 깊숙이 찌푸리며 두 눈을 감았다. 불안스레 경련하던 그의 뺨을 타고 기어이 눈물 한 줄기가 빠르게 흘러내렸다.

"어찌 연성이 울고 그래요……. 그러지 마요."

"얼마나 힘들고 무서우실지……. 소인이 도움이 되지 못하여…… 송구하고 송구하옵니다."

"아무렇지 않다고 말하지는 못하지만…… 저는 괜찮아요."

진은 맥없이 늘어진 연성의 팔뚝을 조심스레 토닥거렸다. 탄식 같은 숨을 깊이 삼킨 연성은 더 흐르려는 눈물을 애써 억눌렀다. 진이 입술을 깨물며 주저하다가 말하였다.

"연성이 알았으면, 다른 궁인들도 대부분 알고 있겠네요. 모두들…… 절 비난하고 욕하지요?"

"그렇지 않사옵니다. 다들 어느 정도는…… 공주님의 입장을 이해하고 있사옵니다……."

"그런가요……."

진은 씁쓸히 웃었다. 그녀가 책잡히지 않는다면, 다들 속으로 한 사람만을 비난하고 있을 터. 사람에게 달린 목은 하나씩이니 언감생심 제 명줄 아까운 줄 안다면 터럭만큼도 내색하진 못할 것이다. 그러나 구태여 입 밖으로 꺼내지 않아도 서로서로가 다 안다.

묵직한 바위가 가슴속에 들어앉은 듯 마음이 무거웠다. 스스로가 지탄당하지 않는다고 해서 마냥 심신이 편안할 리가 없었다.

"처음에는, 너무 무섭고 혼란스러웠어요."

고개를 외로 돌린 진이 느릿하게 입을 열었다.

"바깥을 나오면 말 못 하는 나무와 풀들도 절 손가락질하는 것 같고, 눈이 마주치는 사람마다 저를 경멸의 시선으로 바라보는 것 같았어요. 그런데 조금 시간이 지나고 나니까 억울해지더라고요. 대체 내가 무얼 그렇게 잘못했나 싶었어요. 그 상황에서 저는 다른 선택의 여지가 없었는데…… 연성이 해주었던 말대로, 천하의 주인이신 폐하를 여인의 몸으로 거부할 자격도, 방법도 없었으니까, 정말 어쩔 수가 없었는데……. 그러다가도 나중에는 또 온갖 생각이 다 들었어요. 아무리 폐하께서 절 은애한다 하시었어도, 폐하와 스스로를 한꺼번에 욕보이느니 차라리 혀를 깨물었어야 하였는지. 극단적인 방법으로라도 폐하를 밀어냈어야 하였는지. 하지만 폐하의 마음이 진심이시라면…… 그 역시 폐하께 못 할 짓이잖아요. 모르겠어요. 생각하면 생각할수록 정신이 이상해지는 것 같아서 그냥 생각을 안 하기로 했어요. 저 지금 무슨 이야기 하고 있는 거죠? 제 말 알아듣겠어요?"

바람에 흔들리는 불빛처럼 진의 눈동자가 불안정하게 어른거렸다. 연성은 그저 묵묵히 서서 듣기만 하였다.

"실은 그날 이후로, 폐하께서 제 오라버니라는 생각 자체가 들지 않아요. 폐하께선 그저 천자시고, 황제시라는 마음으로 대하니까 약간은 편해요. 옛날 어릴 적에 폐하께옵서 저를 남남처럼 외면하셨던 일이 차라리 다행이었단 생각도 들고, 감읍하기까지 해요. 안 그랬으면 실로 혀를 깨물었을 수도 있겠지요. 그런데……."

진이 잠시 허공을 향해 가는 한숨을 흩뿌리고는 말을 이었다.

"그래서 그런가, 이상하게도 폐하께 지나치게 거부감이 느껴지지 않아서…… 조금 놀랍고 묘했어요. 오히려 저를 원한다 말씀하시는 폐하의 모습이 너무 간절해 보여서…… 마음이 많이 아프기도 하였어요. 저 이상하죠……."

떫은 듯한 미소를 머금고 시선을 끌어올린 진이 어름어름 연성의 눈치를 살폈다. 연성은 천천히 표정을 갈무리한 후 짐짓 크게 고개를 가로저어 보였다.

"이상하지 않사옵니다. 착하신 공주님이니 충분히 그런 마음을 가지실 수도 있다 생각하옵니다. 그보다 폐하께 거부감이 없으시다는 말씀에…… 그나마도 불행 중 다행 같아, 아주 조금은 안심이 됩니다. 앞으로 공주님께옵서 견뎌 나가야 할 일들이 무수히 많으실 테니까요. 다만 한 가지 불안한 게 있다면……."

짤막한 여유를 둔 그가 조심스레 덧붙였다.

"소인이 아는 폐하는 굉장히 정치적인 분이시옵니다……."

"예? 그게 어찌……."

진이 고개를 갸웃댔다. 연성은 잠시 눈을 감았다. 며칠 전에 보았던 정원에서의 장면이 머릿속에 떠올랐다. 그때 눈에 들어온 황제의 얼굴. 진심이 아니라면 하기 어려웠을 행동. 하지만 겉으로 좋아하는 척 환심을 사놓고 그녀를 이용하려는 계획을 철두철미하게 짜놓은 것이라면…….

기실 황제는 공명정대하되 잔혹하다는 평을 들을 정도로 인간적인 감정과는 거리가 먼 군주였다. 그런 그가 진심으로 누이동생을 연모하여 품었다는 사실이 어쩐지 위화감을 불러일으켰다. 차라리 정치적인 필요로 인해 그녀를 대하는 태도를 싹 바꿨다는 쪽이 더 수긍 가는 추론이었다.

완벽하고 빈틈이 없어 아무리 애써 찾아도 흠 하나 잡지 못할 그 역시 열등감에 시달리고 있었다. 혈통. 태생. 모친의 신분. 세상에 나왔을 때부터 이미 정해져 있었던, 평생 바꿀 수도 뒤집을 수도 없는 낙인들.

그녀는 고귀한 혈통의 공주이니 그의 열등감을 충분히 채워줄 수 있었다. 하지만 아무리 생각해도 혈육을 그렇게까지 이용한다는 건 너무 모질고 잔인하다.

"아, 아니옵니다. 못 들은 걸로 해주시옵소서."

눈을 뜬 연성이 고개를 설레설레 저었다. 진이 옅게 웃으며 턱을 끄덕이고는 목소리 분위기를 바꿨다.

"알았어요. 그나저나…… 역시 연성이랑 대화하니까 마음이 조금은 가라앉네요. 우리 이 이야기 그만하고, 조금 밝은 화제로 바꿔볼까요? 설향이에게 들었는데…… 연성의 누이가 얼마 전에 드디어 출가하였다면서요?"

연성이 그녀를 빤히 바라보다가 멋쩍은 표정으로 답하였다.

"아, 예. 실은 그 때문에 궁을 며칠 비웠사옵니다. 사돈댁 반대가 너무 길어지는 바람에 노처녀로 남는 건 아닌가 하였는데, 참으로 다행한 일이지요."

"다음에 누이를 만나면, 내가 진심으로 축하하더라고 꼭 전해주세요. 연성에게 주면 분명 안 받을 테니까 설향이 편에 선물도 따로 들려 보낼 거예요."

"그, 그러실 필요 없사온데……."

"거절은 저도 거절이에요. 그동안 연성에게 받은 게 얼마나 많은데……. 마음 같아선 전답이나 가옥이라도 하사하고 싶은걸요."

"하하."

연성이 소리 내어 웃음을 쏟았다. 아직 빨갛게 충혈된 눈을 뜨고 웃으려니 꼴이 우스울 것 같았지만 일부러 더 웃었다. 그녀의 농에 맞춰 울적한 기분을 떨쳐내고 싶었다.

"그런데 연성은…… 참으로 혼인 안 해요? 스물여섯이나 되었는데. 내 알기로는 연성을 흠모하는 장안의 여인들이 상당하다고……."

진이 살포시 고개를 기울이며 은근슬쩍 물었다. 연성의 입술 새에서 살짝 바람 빠지는 소리가 났다.

"아니옵니다. 어디서 그런 헛소문을 들으셨는지."

"맞는 것 같은데."

연성은 정색하며 딱 잘라 말하였다.

"공주님. 소인은 지난번에도 말씀드렸듯이, 진심으로 혼인할 생각이 없사옵니다."

"그래도…… 아내도 자식도 없이 혼자 살면 나이 먹어서 외로울 텐데……."

"외롭지 않을 것이옵니다. 소인은 지금 하는 이 일이 세상에서 가장 즐겁고 행복합니다. 아내도, 자식도 이 행복에 비할 바는 못 될 것이옵니다."

"궁에서 일하는 게 그렇게나 좋아요?"

진의 물음에 연성은 진지한 표정으로 시선을 내렸다. 바닥이 보이지 않을 만큼 깊은 눈빛이 그녀의 맑은 동공으로 향하였다. 한참 동안 응시하던 그는 따스한 미소 한 자락을 입가에 머금었다. 그리고 다짐이라도 하듯 천천히 고개를 주억거리며 입을 열었다.

"예. 오래전부터 소인의 결심은 한 치도 흔들린 적이 없사옵니다. 소인은 평생…… 죽을 때까지 공주님만 지키며 살 것이옵니다."

새로운 처소의 환경도, 낯선 공기도, 다리 사이에서 느껴지는 이물감도 아직은 적응이 되지 않았다. 미간을 찡그린 채 어둑한 천장만 응시하던 진은 커다란 손 안에 턱이 붙들리자 눈을 내리감았다.

원은 그녀의 고개를 정면으로 돌려놓고 입을 맞추려다 멈칫하였다.

"아픈 것이냐? 조금 더 천천히 할까?"

"아…… 아니옵니다…… 소녀는 괜찮사옵니다."

진이 가늘게 눈을 떠 올리며 고개를 휘휘 저었다. 원은 그녀의 표정을 물끄러미 살피다가 한 손으로 부드럽게 뺨을 쓸었다.

"아파하는 것 같은데…… 괜찮으니 참지 말고 말하거라."

"괘, 괜찮사오니 폐하께서 원하시는 대로 하시옵소서……."

스러질 듯 가냘픈 목소리가 마음에 묵직한 멍을 새겼다. 가만히 시선을 늘어뜨린 채 바라보던 그의 얼굴에 애연한 빛이 어렸다.

"진아. 아직 네가…… 내게 마음을 열지 않았다는 걸 안다. 또한 나를 많이 무서워하고 있다는 것도 안다. 한데 너는 믿지 않을지도 모르겠다만, 나 역시…… 네가 무섭다."

진의 눈동자가 조금씩 옮겨져 그의 얼굴로 향하였다. 서로의 속눈썹이 닿을 만큼 가까운 거리에서 두 시선이 마주 얽혔다.

원은 그녀의 고운 이목구비를 손끝으로 하나씩 훑어내듯 어루만졌다.

"너를 바라고 그려온 내 갈급증이 깊고도 오래되어, 이리 살부터 섞

게 되었으나…… 내가 네 몸 이상으로 원하는 것은 너의 오롯한 마음
이다. 하지만 반쪽짜리 혈연일지라도 남매는 남매이니 그리하기가 쉽
지 않겠지. 이렇게 내게 안기며 네가 얼마나 힘들어하고 죄스러워하
지 헤아리면 한없이 미안하고 가슴이 아릴 뿐이구나. 그리고…… 옛
날의 내가 네게 잘못한 것들이 너무 많아서, 그걸 생각하면 불안하고
또 불안하구나. 내게 끝까지 마음 주지 않을까 봐…… 나를 많이 미워
할까 봐……."

"폐하……."

살짝 벌어진 진의 입술이 파르르 떨렸다. 가슴속의 어느 깊은 곳이
뻐근하게 아파오는 듯하였다.

잠시 후 그의 잇새에서 뜨거운 한숨이 흘러나와 방 안의 공기를 데
웠다.

"널 다그치지 않을 것이다. 언제가 되든 네가 날 편히 받아주기를,
내게 마음 한 자락이라도 내어줄 수 있기를, 벌 받는 심정으로…… 그
저 기다리겠다. 그리고 믿을 것이다. 우리가 서로 온전히 사랑할 수
있는 날이 오리라는 것을."

진은 저도 모르게 손을 올려 그의 얼굴을 조심스레 쓰다듬었다. 원
은 눈을 감은 채 한동안 손의 감촉을 느꼈다. 그러다가 두 손으로 그녀
의 손을 감싸 잡고는 손가락 하나하나에 천천히 입을 맞추었다.

그날 밤 그의 애무는 부디 날 사랑해달라는 듯, 처음부터 끝까지 처
절하게 부드러웠다.

五
章

　조회가 열리기 전, 정전에 입조한 신료들이 온통 수런거리고 있었다. 삼삼오오 무리지어 여러 분파로 갈라 앉아 있되 모두가 침을 튀겨가며 입에 올리는 화제는 한 가지였다.

　"간대부(諫大夫)께서 한번 폐하께 은근히 돌려 여쭤보시오. 그대가 앉은 보직이 바로 그런 일을 담당한 자리 아니겠소?"

　태중대부(太中大夫) 향조가 간대부 송앙의 옆구리를 팔꿈치로 눌렀다. 송앙이 질겁하며 되쏘았다.

　"그리 확인하고 싶으시거든 태중대부께서 직접 여쭈시오! 이 사람은 뭐 집구석에 숨겨둔 목이라도 하나 더 있는 줄 아시오? 그렇잖아도 요즘 조정 분위기가 폐하의 칼끝 아래 초긴장 상태이거늘."

　"아니…… 본인은 딱히 확인하고 싶다는 것이 아니라……."

　"그렇다면 입을 봉하고 가만히 앉아나 계시오. 굳이 폐하의 성음으로 확인할 필요가 있소? 공주마마의 처소가 본궁으로 이전되시었고, 담당 궁인들이 마마의 달거리 주기와 가임일을 계산하기 시작하였다는데 뻔한 일 아니오?"

　"허허, 그런 괴이하기 짝이 없는…… 아무리 배가 달라도 같은 피가 흐르는 누이동생이실진대 폐하께옵선 어찌……."

　향조가 아연한 얼굴로 중얼거렸다.

태중대부와 간대부는 모두 황제의 자문 역할을 맡은 관직이었다. 그러나 이 일을 공론으로 올리기에는 난감하였다.

절대자인 황제에게 있어 '그렇게 해선 안 되는 일'은 매우 드물었다. 특히 팔방 육합에 이르기까지 황제의 여인이 아닌 이 없으니, 여인을 안는 문제라면 더욱 그러했다. 상대가 공주인만큼, 개인의 가치관에 따라 마음속으로 도덕적 비난을 가할 수는 있을지라도.

"흠. 이 사람은 폐하의 의도가 어느 정도 보이는 듯도 하오만, 아직 장담은 못 하겠소."

송앙이 조용히 말하였다. 향조가 그에게 바짝 귀를 붙였다.

"그게 대체 뭐요? 어디 살짝 운이나 떼어보시오."

"그것이……."

넌지시 목소리를 낮춰 입을 열려던 송앙은 정전의 문이 벌컥 열리자 쿨럭쿨럭 헛기침을 놓았다. 내부에서 떠들던 소리가 약속이나 한 듯 뚝 그쳤다. 동시에 신료들이 우르르 제자리로 돌아가 조속히 부복하였다.

"만세, 만세, 만만세!"

평소보다 분위기가 꽤 어수선산란한 듯했다. 눈동자를 움직여 주위를 힐끗 둘러본 원은 별 관심을 두지 않고 걸음을 옮겼다.

그가 용상으로 올라앉아 평신을 명하니 다들 정좌하며 서로서로의 눈치를 살폈다. 그때 중상시 하나가 종종걸음으로 다가와 허리를 굽히며 아뢰었다.

"폐하, 흉노로부터 사신이 들어 한참 전부터 폐하의 인견을 기다리고 있사옵니다. 또한 그들이 끌고 온 선물로 낙타 60필, 명마 두 필이 있어 일단 궁내의 마구간에 장치해놓았사옵니다. 어찌할까요?"

상서령[10]에게서 받은 새 상주문을 훑던 원이 말하였다.

"흉노의 사신이? ······들라 하라."

"예."

중상시가 몸을 물리며 문 옆의 궁녀들에게 손으로 신호를 보냈다. 이내 열린 문 뒤에서 독특한 갖옷 차림새의 사신이 네모진 나무 쟁반을 들고 안으로 걸어 들어왔다. 숱한 신료들 사이로 물결이 굽이치듯 웅성거림이 일었다.

중앙에서 멈춰 선 사신은 이쪽의 예법을 따라 공손히 엎드려 배례를 올린 후, 그대로 꿇어앉아 쟁반 위의 서신(書信)을 두 손 높이 들어올렸다.

환관 한 명이 그것을 전해 받아 와서는 황제에게 올렸다. 휙 받아든 원은 둥글게 말려 밀봉된 죽간을 빠르게 펼쳐서 읽었다.

[흉노의 선우[11]가 한나라의 황제 폐하께 삼가 안부를 묻습니다. 그간 무양하셨사옵니까? 일전에 사특한 무리들이 의리를 배반하고 변경에서 분쟁을 일삼아 폐하의 심기를 어지럽혀드린 일은 매우 안타깝게 생각하고 있습니다. 본 선우는 그들을 빠짐없이 붙잡아 극형으로 다스렸으니 과히 노여워하지 않으셨으면 하옵니다. 양국은 고조와 묵돌 선우 이래로 줄곧 화친을 도모하였고, 선우들은 대대로 한의 종실 여인들을 연지[12]로 삼아왔습니다. 작금에 와서 몇 무리들로 인해 서로간의 우애

---

10) 尙書令. 황제 직속 보좌직의 우두머리. 황제에게 올라오는 보고서를 총괄.
11) 單于. 흉노의 군주 칭호.
12) 閼氏. 선우의 아내.

와 맹약이 깨진 것은 참으로 애석한 일이 아닐 수 없습니다. 이대로는 죄 없는 백성들이 아까운 목숨을 잃고 국토가 피폐해질 것이며, 병사들이 쉬지 못할 것이며, 양국의 소모적인 피해만 가중될 뿐이옵니다. 그러하니 옛 맹약을 되살려 다시 한 번 화친을 청하는 바입니다. 그 성의를 보이기 위해 우리 신하인 도위(都尉) 목계의 편으로 엄선한 낙타 60필과 천리마 두 필을 보내드립니다. 만분다행히도 본 선우는 아직 장가를 들지 않았습니다. 황제 폐하께서 양국이 화목하기를 바라는 우리의 뜻을 알아주시었다면, 그 협약을 공고히 하는 의미에서 장공주 유진을 본 선우의 연지로 맞을 수 있도록 허락해주십시오. 화친이 무사히 성립된다면 천하의 큰 근심이 쉬이 사라질 것임은 지당하오니 이 점을 잘 살펴주셨으면 하옵니다. 본 선우는 매제의 자세로서 한의 황제 폐하를 형님으로 모실 것이며, 양국은 영원한 형제의 나라가 될 것입니다. 그리 이루어진다면 흉노는 감히 장성 이남을 침범하지 않을 것임을 굳게 약조드립니다.]

내용을 눈에 담는 동안, 그 누구도 눈치 채지 못하는 사이, 원의 입술 끝이 슬쩍 올랐다.

"흉노의 사신 목계는 들으라."

"예, 폐하."

"그대들의 선우가 말하고자 하는 바는 잘 알았다. 허나 이 일은 황실의 중대사이자 양국의 국혼 관련 문제이니 즉시 회답할 수가 없다. 조회를 통하여 신료들과 충분히 논의한 연후에 답서를 내리겠다. 결정될 때까지 물러가 대기하고 있으라."

"부디 선우께서 품으신 뜻을 알아주시어 양국의 안녕을 위한 답을 내리시길 기다리고 있겠사옵니다."

사신이 다시 한 번 절하고 물러났다.

흉노는 북방의 유목 민족으로 일정한 주거지가 없는 국가였다. 정착하여 농사를 짓지 않았기에, 식량이 부족하면 여지없이 나라의 변경을 남침하였다. 그들의 약탈은 건국 이전부터 지속되어왔으니 역대 황제들이 공통적으로 앓은 골칫거리였다.

원은 황위에 오르자마자 달변가인 신하 희백에게 뇌물을 들려 보내, 전대 선우의 동생인 우현왕을 은근히 충동질하였다. 오랜 시간 공들여 교묘한 반간계를 시도하는 한편 정예병을 선발해 기르니, 그사이 우현왕이 세력을 모아 선우에게 반역을 꾀하면서 흉노의 내란이 발발하였다.

만반의 준비를 갖춰둔 원은 그 기세를 틈타 표기장군에게 명을 내려 흉노의 대대적 토벌을 감행하였다. 저들끼리 싸우다 지친 흉노의 군대는 기왓장처럼 부스러지고 수많은 수급과 포로들이 딸려 왔다. 그 결과 흉노의 세력이 상당히 약화되는 동시에 전대 선우가 피살되었으며, 우현왕이 새로운 선우로 등극한 상태였다.

그러나 한 번 몰아붙였다고 해서 마냥 안심할 수는 없었다. 흉노는 강하고 질긴 회복력을 지닌 민족이었다. 언제 어떻게 되살아나 변경을 침범해 올지 알 수 없는 노릇이었다.

정전의 문이 닫히자마자 원은 서신을 내팽개쳤다. 신료들이 일제히 그가 내놓을 말에 귀를 바싹 세웠다.

"새로 등극한 흉노의 선우가 장공주 유진을 연지로 원한다 청해왔소."

"그, 그 무슨 발칙한!"

대부분 자리를 들썩이며 뜨거운 분노를 터뜨리거나 조용히 치를 떨었다. 일부는 예상했다는 듯 한숨만 연거푸 토하고 있었다.

원은 미간에 빗금을 새긴 채 이마를 쓰다듬었다. 그가 길게 고민하는 듯하자 여기저기서 격한 외침이 쏟아졌다.

"오랑캐 따위에게 황실의 위엄을 실추시킬 수는 없는 일이옵니다! 폐하, 통촉하여주시옵소서!"

"승하하신 태후마마께옵서 피눈물을 흘리실 것이옵니다!"

"황실에 단 한 분 계신 귀한 공주마마를 야만인들에게 내줄 수는 없사옵니다! 이는 국가의 체면과도 같은 문제이옵니다!"

"물론 그렇지. 하지만 그들을 마냥 무시할 수는 없는 노릇이오. 흉노의 인구는 우리의 한 개 군에도 미치지 못하지만, 그들은 전쟁을 일삼는 민족이오. 옛날 용맹하신 고조께서도 백등산에서 흉노의 정예부대에 포위되어 곤욕을 겪으신 적이 있고, 이후의 황제들은 그 일을 타산지석으로 삼아 흉노와 부딪치기보다는 물자로 달래는 정책을 취해왔소. 끊임없이 괴롭힘 당할 변경의 백성들을 공주를 보내는 것만으로 구제할 수 있다면 진지하게 고려해보아야 할 문제요."

신료들의 얼굴에 저마다 당황의 기색이 번졌다.

설마 정말 공주를 보내려고? 황제가 최근 주기적으로 공주를 품는다는 소문은 대체 무엇이던가.

"아니 될 말씀이옵니다!"

"대 한나라의 황제 폐하께옵서 도적질이나 일삼는 오랑캐의 수장과 처남, 매제 사이가 되신다니 굴욕이나 다름없사옵니다!"

"천부당만부당하옵니다! 공주마마를 흉노의 왕비로 만드느니, 차라리 전쟁을 치르는 편이 낫사옵니다!"

고지식한 유생 출신들이 목숨 걸고 반대를 시작하였다. 원은 그들을 빤히 보다가 고개를 내저었다.

　"흉노가 거주하는 땅은 늪과 소금기가 많은 황무지뿐이오. 지난해 공격에서도 증명되었듯, 그들을 토벌해봐야 땅을 차지할 수도 없으니 전쟁으로 인한 이득은 전무하오. 의미 없는 소모전을 재차 치르자는 말인가?"

　"의미 없지 않사옵니다! 만백성의 눈앞에서 황실의 위엄을 증명해 보이고, 오랑캐에게도 한의 황실은 감히 그들이 넘볼 대상이 아님을 톡톡히 가르치는 징벌이옵니다!"

　"전쟁을 대비해 군사를 파병하려면 노동력의 큰 비중을 차지하는 청, 중장년 남자들을 일정 수 징집해야 하오. 지금은 봄이오. 봄에 씨를 뿌리지 않으면 가을에 추수할 곡식이 없소. 국가의 근본은 농업이거늘, 하필 이런 중요한 시기에 백성들을 번거롭게 하면서까지 전쟁을 감수하란 말이오? 그 손해는 어찌할 것인가? 경들이 개인 재산이라도 내놓아 국가가 입은 손해를 메우기라도 할 것인가?"

　이 말에 대부분의 입이 다물렸다. 그러나 그중 몇몇이 망설이는 듯하다가 하나둘씩 소리쳤다.

　"공주마마를 오랑캐 따위에게 보내느니, 기꺼이 소신의 가산을 내놓겠사옵니다!"

　원은 찬찬히 눈길을 옮기며 그들을 눈여겨 살폈다. 어느 누구는 가슴에서 우러나오는 충심으로 부르짖을 것이고, 또 어느 누구는 이때가 기회다 싶어 황제에게 잘 보이려는 마음으로 본인의 충성심을 무리해서 강조하고 있을 터. 겉가죽만으로는 구분할 수 없으니 차차 지켜보아야 할 것이다.

"나라를 위하는 경들의 충성심은 가상하나, 경들 몇몇의 재산만으로는 어림없소. 하지만 경들의 말도 일리가 있으니 생각을 더 깊이 해보아야 하겠군. 전쟁은 웬만해선 피하는 편이 좋고, 공주를 보내 황실의 체면을 깎는 것은 국가의 위신이 달린 문제이니 다른 방법이 있다면 강구해보아야 할 터······."

잠시 눈을 감은 원은 심히 우뇌하는 듯 시간을 끌었다. 그동안 신료들도 끼리끼리 이마를 맞댄 채 의견을 교환하는 등 대안의 모색을 시도하였다.

한참이 흐르고 신료들의 목청이 점차 격앙되어갈 때 즈음, 원이 느긋하게 눈을 뜨고는 입을 열었다.

"대장군."

내부의 술렁거림이 차츰 가라앉았다. 이어서 앞줄에 앉은 대장군에게 수많은 시선이 쏠렸다. 황제의 호명에도 그에게서는 어찌 즉답이 없었다.

"대장군 공손풍은 입조하지 않았는가."

화들짝 놀란 공손풍이 냉큼 무릎걸음으로 나아가 고개를 조아렸다.

"아, 아니옵니다, 폐하! 소신 망극하게도 잠시 다른 생각을 하고 있었사옵니다! 용서하여주시옵소서!"

"짐이 이제부터 경에게 상당히 안타까운 명을 내려야 하는지라, 그쯤은 넘어가지."

"예?"

"경의 여식······ 이름이 아마도 공손화라 하였던가. 듣기로는 아주 미인이라지."

황제의 옥음에 심장과 간이 한꺼번에 쿵 내려앉았다. 공손풍은 축축이 젖은 인중을 문지르며 연신 허리만 굽실댈 뿐이었다. 원은 그의 방향으로 시선을 사늘히 내렸다.

원이 제위에 오르고 가장 먼저 장악한 것은 병권이었다. 나라의 병마 통수권이 황제에게 쏠린 덕에 무신들은 모두 어금니 하나씩 빠진 맹수가 되어 권한이 약화되었다. 그러나 이에 상관없이 대장군은 품계가 워낙 높았으니, 그 여식 공손화는 유력한 황후 후보였다. 공교롭게도 승상과 어사대부 둘 다 여식이 없어 현재로서는 1순위나 다름없었다.

그 때문에 공손풍은 스스로가 벌써 국구[13]라도 된 양 우쭐거리며 거만을 피웠다. 또한 병권이 없다시피 한 자신의 입지 강화를 도모하여 가산을 털어가며 은밀히 사병을 모으기 시작하였고, 생각보다 규모가 커지다 보니 가랑비 새듯 입소문이 번져 나갔다. 그 사실을 이상하게도 황제가 눈감아주는 듯하다며 숙덕공론이 이는 참이었다.

"공주보다는 아닐지라도 그만하면 신분이 높고, 적당한 타협점이 될 듯하군. 그들이 만족할 만한 선물과 함께 경의 여식을 공주 대신 보내면 짐이 어떻게든 새 선우를 구슬려볼 수 있을 것 같소. 물론 경에게도 여식을 외국에 출가시키는 보상을 충분히 할 생각이오. 이야말로 황실의 체면에 누가 되지 않고, 전쟁도 치르지 않을 수 있으니 가장 효과적인 대안 아니겠는가?"

"폐, 폐하! 어찌 신의 여식을!"

파리하게 질린 공손풍이 허겁지겁 중앙으로 달려 나와서는 털썩 엎

---

13) 國舅. 황제의 장인.

드렸다.

"그 누구보다 귀하게 키워온 아이이옵니다! 흉노로 가면 평생을 가족 얼굴 한 번 못 보고 오랑캐들에게 목숨을 의지하며 살아야 하옵니다! 부디 가엾게 여겨주시옵소서!"

"공주를 보낸다 하였을 땐 가만히 있다가, 딸을 보낸다 하니 가엾게 여겨달라?"

"고, 공주마마도, 소신의 여식도 아니 되옵니다! 차라리 전쟁이 낫사옵니다! 폐하, 제발 명을 거두어주시옵소서!"

공손풍은 정전 바닥에 이마를 쿵쿵 찧어가며 눈물을 줄줄 흘렸다. 담담하던 원의 눈초리가 점차 가늘어지더니 노여운 기가 뿜어져 나왔다.

"전쟁은 이미 작년에 치렀고, 승리하였되 우리 측 손해도 만만치 않았다. 손자도 말하지 않았는가. 장기간 군대를 밖에 나가 있게 하면 국가의 재정이 크게 낭비되며, 힘이 다하고 재산이 바닥나면 중원의 민가들이 텅 비게 된다. 싸우지 않고 적을 굴복시키는 것이야말로 최상의 승리이거늘, 그 방법이 엄연히 있는데 어찌 아까운 젊은 목숨을 내버리라 하는 것인가! 그따위 소리가 전군을 총괄하는 대장군이라는 자의 입에서 나오는 실정이니 다른 이들도 백성을 위한 대안은 내놓지 않고 답답한 주전론이나 펼치고 있지 않느냐!"

그가 서슬 퍼렇게 소리 지르며 서안을 쾅 치고 일어나자, 정전 안에 모인 천 명의 신료들이 한꺼번에 자세를 바꿔 엎드렸다.

"곧은 신하는 재난이 닥치면 절개가 드러나고 충성스러운 신하 또한 재앙이 이르게 되면 행동이 분명해진다고 하였다. 역대 대장군들은 항상 나라를 위해 가장 먼저 앞장서서 초개와 같이 목숨을 버려왔다.

하지만 그대는 이 비상 상황에 개인만을 생각하는 것도 모자라 황명까지 거역하였다. 짐은 그대가 국법을 어기고 사병을 끌어 모은다는 소식을 들었음에도 그대 조상의 공을 생각하여 못 들은 척 참아왔으나, 오늘의 행실이 하 괘씸하여 이제 그 죄까지 함께 물으려 한다. 그러니 이 자리에서 형을 받아도 할 말이 없을 터. 수긍하는가?"

공손풍은 이마에서 흐른 피와 눈물이 범벅된 얼굴로 바닥을 문지르며 흐느꼈다. 완연한 살얼음판이었다. 당장 저놈을 끌어내어 목을 치라는 호령이 나올 기세이니, 하나같이 등줄기를 벌벌 떨며 두려워하고 있었다.

목덜미를 조르는 긴장 속에서 한 명씩 번갈아 고개를 꿈틀대며 상황을 수습할 누군가를 찾았다. 대부분의 신료가 곁눈질하는 이는 승상 왕전이었다. 1품 대장군이 황제에게 요절나고 있는 입장이니 그보다 품계가 낮은 이들은 나서기 버거웠다.

그러나 왕전은 모른 척 고개도 들지 않은 채 죽은 듯 엎드려 있을 뿐이었다. 항상 그래왔듯, 이번에도 위험한 일에는 발을 빼려는 모양이었다.

원은 짐짓 대장군을 노려보며 시간을 지연시켰다. 웬만해선 그를 살려두어 이용하는 편이 나았다.

'자, 누군가 나서서 저자의 목숨을 변호하라.'

그대로 한참이 흘렀다. 적막한 공기만 하염없이 휘돌고, 여전히 아무도 나서려는 기미가 없었다.

원은 뻣뻣한 부동자세에서 눈만 살짝 찡그렸다. 승상은 소인배이니 기대도 하지 않았다. 이 형편에 다른 이가 끼어들기란 쉽지 않음을 안다. 그러나 은연중 스미는 실망감은 군주로서 어쩔 수 없는 것이었다.

자신의 수하에는 인(仁)한 인재가 없다는 말인가. 하나같이 담도 없는 겁부뿐이란 말인가.

　다시 입을 열려 했을 때, 소광의 후임으로 임명된 새 어사대부 주영이 조심스레 나섰다.

　"폐하, 대장군의 조상은 오초칠국의 난 때 목숨 바쳐 진압에 나선 공신이옵니다. 또한 그의 조부 역시 선대의 흉노 정벌에서 원공을 세운 바 있사옵니다. 이를 헤아리시어 넓으신 관용을 베풀어주시옵소서. 그가 사병과 빈객을 상당수 거느리고 있다 하니, 굳이 전쟁을 일으키기보다는 그들을 끌고 국경으로 가 방비만이라도 하게 하는 것도 하나의 방법이 될 것이옵니다. 그의 목을 치시기 전에, 그가 국가에 충성할 수 있는 기회를 한 번만 더 내려주시기를 감히 청하옵나이다."

　그의 말이 이어지는 동안, 저마다 숨을 죽인 채 마른침을 삼켜댔다.

　원은 감정 없는 얼굴로 공손풍의 뒤통수만 굽어보았다. 잠시 후 그의 입에서 흘러나온 음성이 정전에 나지막이 깔렸다.

　"상서들은 조서를 작성할 준비를 하라."

　앞줄에 있던 상서 여럿이 재깍 고개를 들고 붓을 쥐며 답하였다.

　"예, 폐하!"

　"칙령을 받들라. 대장군 공손풍을 전장군으로 강등하고, 흉노와 인접한 국경의 방비를 명한다. 사병만으로는 모자랄 터이니 수도의 군사 5만을 추가로 내어주겠다. 허술한 통솔로 수비에 약간의 빈틈이라도 생기거든 즉시 여식을 출가시킬 각오를 해야 할 것이다. 이는 짐이 베풀어줄 수 있는 최대한의 아량이다."

　공손풍은 깊디깊은 탄식을 쏟아내며 맥없이 허리를 수그렸다. 죽다 살아나 온몸에서 힘이 풀렸는지, 명이 떨어졌음에도 똑바로 일어서지 못하는 듯하였다. 하염없이 울기만 하는 그를 어사들이 양옆에서 붙들어 제자리로 끌어갔다.

"재앙은 사악한 마음에서 생기고, 사악한 마음은 욕심으로부터 비롯되니, 이 모두가 그대의 욕심이 자초한 결과요."

냉랭하게 말한 원은 언제 진노했냐는 듯 표정을 고치고 자리에 앉았다.

"다음 안건으로 넘어가겠소. 모두 자세를 바로 하시오."

이곳저곳에서 안도의 한숨이 퍼졌다. 신료들이 하나둘씩 정좌하자 원은 앞장의 문서를 꺼내 살피며 입을 열었다.

"이번에도 많은 인재가 저마다의 공을 세워 상을 받았으나, 그 대표로 두 사람만 치하해 보이겠소. 형주 자사 풍강은 양번(襄樊)에서 터진 제방을 기민하게 보수하여 수많은 백성의 목숨을 구하는 동시에 유형, 무형의 재산을 지켜내었고, 주부 법평이 건의한 인재 천거 방식이 상당한 효과를 거두어 도성은 물론 지방에서도 수많은 간성지재를 임용할 수 있었소. 그대들에게 각각 황금 천 근씩을 내리는 바이며, 관중후(關中侯)의 작위와 함께 식읍 5백 호를 하사하겠소."

좌중이 크게 동요하였다. 실로 파격적인 대우와 포상이었다. 출석해 있던 풍강과 법평은 넘치는 기쁨을 억제하지 못하고 황공히 머리를 조아렸다.

"폐하의 성덕이 하해와 같아 분에 겨운 은총을 입었사오니, 소신들은 황제 폐하와 국가를 위해 죽는 날까지 견마지로를 다할 것이옵니다!"

고개를 가볍게 끄덕인 원이 화답하였다.

"천하의 치란이 짐 한 사람에게 달려 있으니 정사의 질서 유지를 위해 신상필벌 원칙을 고수하나, 짐은 본래 벌주기를 좋아하지 않고 상주는 것만 매우 좋아하오. 지금껏 그래왔고 앞으로도 상은 되도록 후하게 나갈 터이니 다들 의욕적으로 정책에 임해주길 바라오."

"명심, 또 명심하겠사옵니다."

신료들이 다 함께 입을 모아 답을 제창하며 포상자들을 향한 부러움을 진하게 표하였다.

원은 문서의 다음 장을 넘기며 무심히 그들을 둘러보았다. 차분하던 그의 시선에 언뜻 날카로운 기운이 서렸다.

현명한 군주가 신하를 제어하기 위해 필요한 것은 두 개의 칼자루이니, 곧 형과 상이라. 권력의 본질을 아는 명군은 신하들이 군주의 권한을 넘보도록 틈을 주지 않는다. 이는 호랑이가 가진 발톱과 어금니에 해당하니, 그것을 빼앗길 경우 상하의 위치가 전복된다. 그러므로 두 개의 칼자루는 항상 자신의 손에 쥐여 있어야 한다. 항시 강한 권력을 유지하여 신하들이 군주를 두려워하도록 만들어야, 앞으로도 머릿속에 계획해둔 일을 수월히 도모할 수 있다. 형을 줄 땐 필히 정당하게, 상을 줄 땐 최대한 후하게.

"최근 상소의 대부분이 황후나 후사의 이야기로군. 이 자리에서 확실히 말하지. 지금은 새로운 법규를 적용 시행하여 매우 번잡한 시기요. 그 때문에 짐은 올해 안에 황후를 책립할 생각이 없소."

원이 단호하게 잘라 말하자 간대부 송앙이 조심스레 아뢰었다.

"하지만 폐하, 후사는 황실의 안위를 위해서라도 무척 중요한 문제인지라."

"후사는."

말이 중간에서 끊겼다. 원이 무덤덤한 얼굴로 덧붙였다.

"굳이 황후에게서가 아니라도 얼마든지 볼 수 있으니 급하지 않소. 도리어 황후가 낳을 적자보다 더 우월한 정통성을 가진 황손을 만들 수도 있소. 아무도 무시하지 못하는, 아주 진한 피를 가진 후계자 말이오."

이야기하는 중 언뜻 그의 입가에 미소가 비껴간 듯도 하였다. 좌중에 잠시간 조용한 파문이 일었다. 하나같이 낯빛에 표를 내지는 못하였으나, 속으로는 기함할 듯 놀라 벙벙해져 있었다.

조회가 끝나자마자, 공손풍이 광록대부 공환에게 황급히 달려들어 옷깃을 그러쥐었다.

"공 대부, 공 대부에게 나이 찬 아드님이 계시다고 들었소!"

당황한 공환이 그를 떼어내며 한발 물러났다.

"어, 어찌 이러시는 것이옵니까?"

"사돈 맺읍시다. 황명을 받아 수일 내에 국경으로 출병해야 하는데, 그 안에 딸아이의 혼례를 치르고 싶소!"

"아, 아니, 그것이……. 이 사람의 아들은 공주마마와 짝지으려 하였는데……."

"그 무슨 소리요! 아직도 미련을 버리지 못하시었소? 아까 폐하께서 하신 말씀도 듣지 못하신 게요? 공주마마는 폐하께옵서 황손을 보기 위해 이용하신다지 않소!"

공손풍은 무언가에 쫓기는 사람처럼 절박해 보였다. 상처 난 이마 위에 천을 둘둘 감고, 의관은 온통 엉망으로 흐트러져 있는 꼴이 차마 눈 뜨고 볼 수 없는 몰골이었다.

공환이 난감한 표정을 짓자, 공손풍은 아예 고함을 내질렀다.

"아니면 내 여식이 성에 차지 않소? 황후가 될 수 있었던 아이요!"

공환은 다시금 잡힌 옷깃을 애써 뿌리쳤다. 작일까지만 해도 엎드려 감사할 혼사였으나, 이제 그는 황제의 눈 밖에 난 데다 지위가 강등되고 국경으로 쫓겨날 신세이니 굳이 사돈을 맺어야 할 이유가 없었다.

"그건 본인 아들놈의 공주 타령이 끝나거든 진지하게 생각해보겠사옵니다."

공환이 옷을 툭툭 털고는 길게 헛기침하고 돌아서자, 주위의 신료들이 공손풍을 안타깝게 눈짓하며 지나갔다. 황후의 아비라며 거드럭거리던 그를 대부분 눈꼴시어 하는 추세였으나, 하루아침에 나락으로 떨어진 모양새를 보니 딱하기는 한 모양이었다.

전 신료가 조회에서의 화제로 아직 떠들썩한 가운데, 승상 왕전이 옆에 따르던 속관에게 말하였다.

"본인은 폐하를 십분 이해한다네. 어릴 적 공주마마와 얼마나 혈통을 비교당하고 무시당하시었는가?"

젊은 속관이 슬쩍 눈썹을 찌푸리며 우물쭈물 입을 열었다.

"아니…… 아무리 그래도…… 소인은 솔직히 조금 그렇습니다. 공주마마께옵서 너무도 불쌍해 보이셔서……."

"공주마마만 불쌍해 보이는가? 하기야 날 때부터 귀족이었던 자네 같은 사람이 알 리가 없지. 그 상황을 직접 겪지 않은 이는 폐하의 심중을 결코 이해할 수가 없는 법이네."

속관이 걷다 흠칫 좌우를 살피고는 왕전을 쳐다보았다.

그는 서자 출신이었던가. 오래전부터 황제에게 표하였던 맹목적인 충성의 원동력은 깊은 공감에서 우러나는 동병상련의 감정이었던 모양이다.

"옛날에는 쳐다보기도 힘들었을 귀한 태생의 누이동생이 자신의 밑에 깔려 다리를 벌려주어야 하는 신세로 전락한 것을 보는 것도 나름 복수이자 쾌감이시겠지. 폐하께옵선 필시 공주마마를 굉장히 미워하셨던 게 맞는 듯하군."

왕전이 목을 젖히며 껄껄 웃어대었다. 속관의 눈이 휘둥그레 뜨이더니 곧 얼굴 전체가 처참하게 구겨졌다.

"잔인하고 잔인하옵니다! 아직 출가도 안 한 어린 공주마마께서 무슨 죄라는 것이옵니까?"

"죄가 없다니? 태후마마의 복중에서 태어난 것도 죄라면 아주 큰 죄라네."

다시금 커다란 비소가 터졌다. 어딘가 싸늘함이 녹아 있는 그의 웃음소리에 곁을 지나치던 상서령 윤효와 어사대부 주영이 얼른 발걸음을 재촉하였다.

"역시나 온갖 추문이 난잡하게 떠도는군요."

윤효가 고개를 설레설레 젓자 주영이 이맛살을 깊이 찡그렸다.

"저 더러운 소리들을 폐하께서 직접 들으셔야 할 터인데."

절로 나오는 한숨을 거푸 뿜으며 윤효는 황제가 파기한 상소들을 껴안고 만지작거렸다.

왕전 일행이 시야에서 완전히 사라진 후, 주영은 걷는 속도를 느슨히 하며 말하였다.

"이렇게 다시 생각해보니, 조회 내내 모든 이가 폐하께서 벌이신 판에 놀아난 것 같다는 느낌이 드오. 폐하께옵선 애초에 공주마마를 흉노로 보낼 생각 자체가 없으셨던 듯하오."

"그 무슨 말씀이옵니까?"

"공주마마를 흉노로 보내면 황실의 권위가 손상되는 문제도 있긴 하지만, 무엇보다 아까의 발언으로 폐하께서 공주마마를 품으시는 이유가 확실해지지 않았소. 공주마마께옵서 황자를 생산하시기까지는, 폐하께 마마가 반드시 필요하니 말이오."

잠시 생각하던 윤효가 '아' 하는 탄성을 작게 흘리더니 고개를 끄덕였다. 주영이 계속 말을 이었다.

"폐하께옵서는 당분간 후를 맞으실 생각이 없으신 듯하니, 결국은 아까의 결정으로 눈에 거슬리는 황후 후보를 치워버리는 동시에 기고만장해 있는 대장군의 권력을 앗고, 적은 경비로 국경까지 방비하게 되시었지. 1석 3조라. 무서운 분이오."

"흐음. 그리고 보니 공주마마께서 생산하신 황자를 후계로 삼으면, 폐하께옵서는 스스로에게 부족하다 여기시는 진한 정통성을 후계에게 확보시키는 동시에 외척의 발호까지 막을 수 있는 이중 효과를 얻으실 수 있겠군요. 군주들이 거의 그렇다지만, 특히나 폐하께선 외척들이 권력을 잡고 날뛰는 것을 워낙 혐오하시는 분이니 말이옵니다."

"전 승상(소윤) 때문에 학을 떼신 게 아니겠소? 그나마 사직하신 전 어사대부(소광)께서 현명하게, 아비가 권력으로 긁어모은 재산을 대부분 국가에 상납하고 폐하께 납작 엎드렸으니 망정이지 그렇지 않으면 소씨 가문은 폐하의 손에 진즉 멸문되었을지도 모르오."

"후우, 여하튼 참으로 피도 눈물도 없으시군요. 그래도 피 섞인 누이동생이거늘. 폐하께옵선 정말 비위도 좋으신 듯하옵니다."

"냉혹하지 않으면 권력을 오래 유지할 수가 없지. 어찌 되었든 간에 지금까지 추론한 바로 미루어보자면, 황후위의 매력이 상당히 반감되겠군. 후계가 정해진 상태에서 들이는 황후라니……."

"그럼 황자를 낳은 후의 공주마마는 어쩌지요?"

"보나마나 팽이지. 황자를 생산하시는 그 즉시 폐하께서 황후를 들이실 것이고, 그 뒤에는 아마 후궁들이 줄줄이 딸려오게 되지 아니하겠소?"

고개를 끄덕여 동감을 나타내면서도 윤효는 공주의 안타까운 운명에 깊은 동정심을 표하였다. 그가 애석한 표정으로 이마를 긁적이는 동안, 주영이 미심쩍은 듯 한쪽 눈썹을 세우며 중얼거렸다.

"그나저나 아까 보았던 폐하의 태도가 계속 마음에 걸리는군."

"폐하의 태도라니요?"

"폐하께옵서는 유일무이한 천자이시오. 이 나라 안에서는 이미 인간이라 할 수 없는, 신의 반열에 들어간 분이시지. 더구나 역대 가장 강력한 황권을 쥐고 계시오. 이제는 가질 필요조차 없는 열등감을 굳이 필요 이상으로 표하시는 이유는 무얼까 하는 생각이 드오."

"그 부분이 바로 폐하의 역린이기 때문 아닐까요? 어린 시절 쌓인 것이 얼마나 크시면 그러시겠사옵니까? 어사대부께서는 어릴 적에 서러웠던 경험이 없사옵니까? 저는 있사온데, 그때 당한 건 어른이 되어서 당한 것보다 더 선명하옵니다."

주영은 잠시 걸음을 멈추었다. 그리고 미간을 모아 떨떠름한 낯을 만들며 아까 전 장면을 되새기고는 말하였다.

"그렇기야 한데…… 어째 일부러 드러내시는 것 같은 느낌이 들어서."

六
章

有杕之杜 其葉湑湑 獨行踽踽 豈無他人 不如我同父
嗟行之人 胡不比焉 人無兄弟 胡不佽焉

우뚝 선 아가위나무여, 그 잎새가 참으로 무성하구나.
외로이 홀로 길을 가고 있는데 어찌 남이야 없으리요만, 내 형제만은 못하
다네.
아, 길 가는 사람들이여. 어찌 나를 친근하게 대해주지 않나?
나는 형제가 없어 외로운데, 어찌 나를 도와주지 않는가?

— 「시경(詩經)」 국풍편(國風篇) 제10장 당풍(唐風) '체두(杕杜)' 中.

오래전, 기억도 가물가물한 어느 이름 모를 궁녀가 가르쳐준 노래를
뜻도 모른 채 흥얼거려보았다. 흙장난을 오래 하다 보니 쭈그린 다리
가 심하게 저렸다.
진은 손에 든 나뭇가지를 던져두고 비척거리며 일어섰다. 무수한 바
늘이 하반신을 쉼 없이 찌르는 듯 아파왔다.
"으……."
무릎을 후들후들 떨면서 고개를 정면으로 곧게 세웠다. 멀찌가니 있

118

는 전각 뒤편에서 결곡한 자태의 소년 한 명이 걸어 나오는 모습이 보였다. 시야에 잡힌 이가 기다렸던 대상임을 알자마자 진의 낯빛이 활짝 피었다.

"오라버니!"

진은 다리의 통증도 잊고 그에게로 콩콩 뛰어갔다. 절로 벌어진 입가에 티 없이 맑은 미소가 함빡 걸렸다.

"오라버니, 오라버니!"

원은 고개만 슬쩍 비틀어 진을 확인하더니 아는 척도 하지 않고 발을 옮겼다. 마음이 급해진 진은 치맛자락을 홈켜잡고 달음박질에 속도를 붙였다.

이렇게 매일같이 좋다, 좋다 하며 따라다녀도 되돌아오는 건 언제나 차디찬 무시였다. 그럼에도 진은 하나 있는 오라비가 그저 좋았다. 친해지고 싶었다. 비록 다른 배를 타고났을지라도, 분명 그와 자신은 세상에 단둘뿐인 남매라 하였다. 계속해서 손을 내밀다 보면 언젠가 한 번은 잡아줄 거라 믿었다.

그에게 예쁨 받는 장면을 머릿속에 그려보며 배시시 웃었다. 상상만으로도 기분이 좋아지고 가슴이 하염없이 부풀어 오르는 듯하였다.

갈수록 원의 걸음이 빨라지고 보폭이 커졌다. 저린 다리에 아직 감각이 돌아오지 않아 쫓아가기 버거웠다. 진은 무리해서 속력을 내다가 철퍼덕 자빠졌다. 한쪽 무릎과 입술이 불붙은 것처럼 뜨거웠다.

"아야······."

자그마한 등덜미가 부르르 떨렸다. 입안에서 흙 알갱이가 와삭 씹혔다. 곧 피부를 찢는 듯한 통증이 방금 난 상처로 매섭게 파고들었다. 상체만 가까스로 곧추세운 진은 끝내 아픔을 참지 못하고 얼굴을 찌푸리며 훌쩍거렸다.

"흐잉……."

무릎과 입술의 아픔보다도 점점 멀어져가는 그의 뒷모습이 더 서러웠다.

진은 두 손으로 땅바닥을 짚고 힘겹게 무릎을 폈다. 울고 싶지 않았다. 어서 빨리 그를 쫓아야 했다. 그러나 일곱 살 어린아이의 의지로는 자극받은 눈물샘을 쉽게 통제할 수가 없었다. 줄줄 흘러나온 눈물이 통통한 뺨 위에 여러 줄기로 금을 그었다.

「웃는 얼굴은 예쁜 얼굴, 우는 얼굴은 못난 얼굴이에요. 울보 공주마마, 이렇게 자꾸 울기만 하시니까 다들 마마를 미워하시지요. 웃으셔야 하옵니다. 그래야 폐하께옵서도, 황후마마께옵서도, 황자 전하께옵서도 마마를 예뻐하실 거랍니다.」

이전에 궁녀에게 들었던 말이 머릿속을 어지럽혀왔다.

진은 옷소매로 눈가를 북북 닦아내며 시무룩하게 등을 돌렸다. 그에게 우는 얼굴을 보일 수는 없었다. 웃어도 싫어하는데, 이런 모습을 보이면 지금보다 더 미움받을 것만 같았다.

자꾸 솟아나는 눈물을 꾸역꾸역 삼켜가며 반대 방향으로 발을 옮겼다. 온몸을 축 늘어뜨린 채 터덜터덜 걷고 있자니 어느 순간 머리 위의 태양이 누군가에게 가려졌다.

진은 고개를 바짝 젖혀 올리고 멍하니 입술을 벌렸다. 원이 상당히 귀찮은 듯한 표정으로 내려다보고 있었다.

한 걸음 다가온 그가 무릎을 굽혀 앉더니 진의 치마를 훌렁 걷어 올렸다.

"꺅!"

기겁한 진은 반사적으로 두 손을 내려 속옷이 보이지 않도록 허벅지의 치맛자락을 눌렀다.

　원은 아랑곳없이 머리를 숙이고는 진의 상처 난 무릎을 이리저리 살폈다. 그러다가 허리춤의 주머니를 뒤적여 비단 조각 하나를 끄집어냈다. 진은 어쩔 줄 몰라 하며 그가 무릎을 단단히 싸매는 과정을 지켜보았다.

　꼼꼼하게 매듭지어 마무리한 원은 풀리지 않는 것을 확인한 후 고개를 들었다. 조금씩 상승해 나가던 그의 눈길이 진의 터진 입술에 머물렀다.

　진이 흠칫 놀랐다. 그제야 잠시 잊고 있었던 입술의 쓰라림이 재발하는 듯하였다. 피가 배어나고 있는지 혀끝에서 비릿한 맛도 느껴졌다. 진은 미간을 찡그리며 저도 모르게 한쪽 손을 입술로 가져갔다.

　"어허, 더러워진 손으로 만지지 마라!"

　원이 기민하게 손을 잡아채서는 바깥으로 빼냈다. 진은 동그랗게 뜬 눈을 깜짝거리며 엉겁결에 고개를 끄덕끄덕하였다.

　원은 자신의 두 손바닥을 펼쳐 살폈다. 검술 수련을 막 마치고 왔는지라, 손에는 땀이 차 있고 옷자락에도 군데군데 흙이 묻어 있었다. 깨끗한 천은 이미 무릎의 상처를 감는 데 써버렸다. 진의 옷을 눈여겨보니 한층 더 엉망이었다.

　다시 진의 입술로 시선을 돌렸다. 터진 상처에서 배어난 핏방울이 점점 몸집을 키워가고 있었다. 이대로는 흐를 지경이었다. 원의 눈썹이 살짝 기울어졌다.

　"할 수 없구나. 어차피 아기니까."

　그가 진의 말캉한 턱을 한 손으로 움켜쥐고 휙 잡아당겼다. 진이 양

어깨에 화들짝 힘을 주며 두 눈을 찌푸리듯 감았다. 윗입술을 살살 빨아내는 부드러운 입술의 촉이 느껴져왔다. 가슴이 거침없이 쿵쾅거리고 머릿속이 핑핑 돌았다.

피와 함께 상처 주변에 묻은 흙까지 깨끗이 핥아낸 원은 입안에 씹히는 흙모래를 발 옆에 뱉었다. 그리고 다시 입술을 포개어 새로 솟아난 피를 아프지 않게 빨아들인 뒤 이번엔 그대로 삼켰다.

한동안 그러고 있자니 손 안에서 진이 부들부들 떨어대었다. 천천히 입술을 뗀 그가 턱을 놓아주었다.

진의 얼굴이 온통 새빨개져 있었다.

"저, 접문(接吻)……."

원은 두 눈을 가늘게 만들며 차분히 빈정거렸다.

"착각 말거라. 예뻐서 해준 거 아니다."

그를 빤히 쳐다보던 진이 얼른 고개를 끄덕거렸다. 왜 이런 말에까지 고개를 끄덕이는지 알 수는 없지만, 반응을 보이기를 참 좋아하는 꼬맹이 같았다. 원은 어이없이 마주 보다가 헛웃음을 흘렸다.

손을 털고 몸을 세우려던 그는 잠시 멈칫거렸다. 힘을 잃은 채 부르르 전율하고 있는 진의 무릎이 자꾸만 신경을 긁었다. 이대로 놔둬서는 안 될 것 같았다.

원은 한 팔로 진의 엉덩이 아래를 휘감고 훌쩍 들어 올리며 일어섰다. 진이 가느다란 비명을 흘리며 그의 어깨를 꽉 붙들었다. 그 상태로 휘적휘적 걸음을 옮기니 잠시 후에 '와아' 하는 탄성이 귓전에 닿았다.

원이 눈동자만 슬쩍 옮겨서 진을 바라보았다. 아이의 커다란 두 눈이 수줍은 미소를 담은 채 그를 말끄러미 응시하고 있었다.

"눈물 매단 채로 웃지 마라. 모자라 보인다."

그의 말에 진은 젖은 속눈썹을 깜빡이다가 아예 까르르 소리 내어 웃었다. 분명 칭찬보다는 비방에 가까운 소리를 한 건데 뭐가 즐겁다고 저리 좋아하는 걸까.

원은 기가 막혀 가볍게 실소하였다.

"어? 웃으셨다. 오라버니도 웃으셨다!"

진이 작디작은 손가락으로 그의 입술을 가리키며 기뻐 어쩔 줄 몰라 하였다. 원은 시큰둥하게 답하였다.

"이런 건 웃는 게 아니라 비웃는다고 하는 거다."

"비웃는 것도 어쨌든 웃는 거잖아요. 울거나 화내는 건 아니니까, 난 좋아요."

"되었다. 애랑 무슨 대화를 할까."

정면으로 시선을 돌린 원은 발걸음을 재촉하였다. 귀찮긴 하지만 궁 내의 시의(侍醫)를 찾아 치료를 맡겨놓고 다음 수업을 들으러 갈 참이었다.

"신기하여라……."

자그마한 속살거림이 귓바퀴를 간질이자 원은 앞만 본 상태에서 입을 열었다.

"뭐가."

"오라버니께서 이런 행동을 하시니까요. 있죠, 다들 그러는데, 오라버니 성격 더럽대요."

"어리다는 건 순수하고도 위험하구나. 말을 가려 하지 않으니."

진은 '흡' 하고 짧은 숨을 삼키며 제 입을 손바닥으로 가렸다. 원이 계속해서 걸음을 옮기며 무심히 말하였다.

"한 가지 알려주마. 네가 그렇게 풀어진 얼굴로 헤실헤실 웃고 다녀도 세상 편히 지낼 수 있는 것은 너의 지지 기반이 튼튼하기 때문이다. 허나 나 같은 경우에는 그렇지 않으니, 적당히 성격이 더러워 보이는 편이 스스로를 지키기에 수월하다. 그래야 남들이 날 어려워하고, 내게 함부로 굴기 전에 한 번이라도 더 생각하며 조심하게 되니까."

아이가 알아들을 만한 소리는 반절도 채 되지 않았다. 그러나 진은 열심히 고개를 주억거려가며 그의 음성을 경청하였다.

그 후 한동안 침묵이 이어졌다. 진은 힘주어 그의 어깨를 움켜잡은 채 고개를 빠끔히 내뻬었다.

가슴이 찌르르하였다. 코앞에 보이는 반듯한 옆모습이 너무도 아름다웠다. 나른한 듯 날카로움이 깃든 눈매, 서늘한 표정이 자아내는 고상한 분위기, 그리고 곱고 깨끗한 피부. 예전부터 꼭 한 번은 촉감을 느껴보고 싶었던…….

진은 가만히 눈을 감고 그의 뺨에 입술을 살짝 가져다 대었다. 흠칫한 원이 곧 무섭게 정색하며 진에게로 시선을 돌렸다.

"차, 착각하셔도 돼요! 예뻐서 해준 거예요."

제 행동에 저도 놀란 진이 엉겁결에 소리쳤다.

'뭐라는 거냐.'

원의 얼굴에 진한 황당함이 깃들었다. 어린아이의 언어 세계는 참 독특하고 기묘하다. 주관과 자아가 제대로 형성되기 전엔 다른 사람의 말을 곧잘 따라 한다고는 들었지만, 반대로 말한다고 다 반대의 뜻이 되는 줄 아나.

마음이 바뀐 원은 근거리에 보이는 궁인을 손짓해 부른 후 진을 내던지듯 안겨놓았다. 진이 울고 떼쓰고 난리를 치든 말든 자신이 알 바

아니었다.

몇 달이 흘렀다. 진은 여전히 미앙궁 청량전 앞의 정원에서 흙장난
을 하고 있었다.

"심심해. 심심해. 심심해."

쪼그린 무릎을 껴안은 채, 진은 손에 든 나뭇가지로 바닥을 콕콕 찍
어가며 앙알거렸다. 그날따라 유난히도 짜증이 났다.

"오라버니도 없고, 연성은 수련 중이고. 잉."

허공에 대고 괜한 불평을 늘어놓다가 두 무릎 사이에 이마를 파묻었
다. 작은 입술이 몇 번 실룩이더니 금세 눈시울에 눈물이 그렁그렁 차
올랐다.

"심심해…… 심심해! 으앙!"

기어코 나뭇가지를 던져버린 진은 벌떡 일어서며 울음을 터뜨렸다.
그때 뿌옇게 흐려진 시야로 이쪽을 향해 다가오는 누군가의 조영이 아
른거렸다.

진은 옷깃으로 허둥지둥 눈물을 닦아내었다. 다시 쳐다보니 원이 언
짢은 표정으로 멈춰 서서 여기를 바라보고 있었다.

"오, 오라버니!"

당황한 진이 빨갛게 물든 눈과 코를 손바닥으로 가려 감추었다.

"소녀, 안 울었습니다!"

원이 저벅저벅 발을 옮겨 진의 앞으로 바투 다가왔다. 그러고는 무
릎을 굽혀 앉아 눈높이를 맞춘 후, 자그마한 어깨 위에 한 손을 올렸
다.

"울어라, 그냥."

"예?"

"울라고. 애들은 원래 울면서 크는 거다."

진은 손가락을 살짝 벌리고 틈새로 그의 얼굴을 흘끔거렸다. 누가 시킨다 해서 우는 건 이상하지만, 그렇잖아도 자꾸 샘솟은 눈물이 눈자위 근처에서 아슬아슬하게 찰랑이던 참이었다. 진이 양어깨를 달싹이며 잉잉 훌쩍거리기 시작했다.

서툰 손길로 진을 톡톡 두들겨주던 원은 울음이 길어지자 아예 바닥에 털썩 좌정하였다. 얼마나 외롭고 서러웠는지, 조그만 게 눈물을 참 많이도 흘렸다. 밉고 거슬려서 귀찮게만 보이던 꼬맹이가 지금은 자못 안쓰럽게 느껴졌다.

그는 우는 진의 허리를 끌어당겨 한쪽 무릎에 앉혀놓았다. 진이 깜짝하며 그의 눈치를 살폈다. 안심하라는 듯 등줄기를 쓸어내려주었다. 진은 다시금 눈을 비비며 훌쩍였다.

"보면서 계속 이상하다는 생각은 하였는데…… 너, 어째서 매번 혼자 있는 것이냐."

어느 정도 시간이 지났을 때, 원이 물어왔다.

"그, 그게……."

진이 젖은 눈망울로 그를 곁눈질하다가 답하였다.

"궁녀들이 그러는데, 소, 소녀가 너무 멋대로 나돌아다녀서 따라다니기 힘들다고 하였어요……."

"힘든 건 저들 사정이고. 그게 바로 궁인들이 할 일인데, 그렇다 해서 상전을 이렇게 오랜 시간 혼자 놔두다니 가당키나 한 일이냐?"

진의 고개가 익은 곡식처럼 푹 수그러들었다. 원이 한숨과 함께 되물었다.

"네 유모는 어디 있고?"

"유모는 자주 아파요. 지금은 사가에 가 있어요."

가볍게 턱을 끄덕인 원이 계속 등을 쓸어주며 미간을 모았다.

"네가 궁녀들을 수시로 따돌려 속 썩이는 공주로 단단히 소문이 나 있기에, 처음에는 그냥 그런가 보다 하고 넘겼었다. 그런데 최근에 널 조금 눈여겨보니 알 것 같다. 괘씸한 것들이, 애 돌보기 성가시다고 일부러 소문만 그렇게 퍼뜨려놨군."

진은 도톰한 입술을 감쳐물고 손가락을 꼼지락대었다. 꼭 본인이 혼나기라도 하는 것처럼 시무룩한 얼굴이었다.

"넌 나와는 달리 아무도 무시하지 못하는 줄 알았다. 한데 황후마마와 폐하께서 네게 관심이 없으시니 아랫것들까지 만만히 보고 적당히 방치하는 모양이구나."

"화, 황후마마께서는 얼마 전에 소녀에게 호위 무사도 따로 임명해 주셨습니다."

흘끔 원을 올려다보며 진이 변명인지, 소심한 반박인지를 내놓았다.

원은 잠시 떠오르는 기억을 더듬었다. 아마 하연성을 이야기하는 듯하다. 그의 귀에도 스쳐 갔던 소식이었다. 본래 졸(卒)로 임관하였는데, 낭중지추의 실력으로 황실 금위군에 편입된 소년이라 하였다. 창검술과 궁술이 모두 걸출하다고 들었으니 본인의 야망만 있다면 실력을 믿고 신분 상승도 노려봄직한데, 어쩌다가 꼬마 공주의 놀이 상대가 되었는지.

"아아, 그게 관심이냐? 내 보기엔 그자가 너를 잘 돌봐준다 하니까 황후마마나, 궁녀들이나 널 그자에게 대충 던져놓는 것 같은데."

진이 움찔하며 눈을 크게 떴다. 아이의 무구한 동공이 얼마간 전율하다가 곧 먹구름이라도 낀 듯 어둡게 가라앉았다.

원은 공연히 목청을 가다듬었다. 어린애한테 말이 너무 심했나.

"네 주변 궁인들은 정신 상태가 매우 해이한 듯하니, 한번 따끔하게 혼을 내어 반성케 할 필요가 있겠구나. 폐하나 마마께서는 대체 뭘 하고 계시는지 모르겠다. 나라면 제 소임을 다하지 않고 상전을 능멸하는 그것들을 싹 잡아다가 일벌백계로 다스릴 터인데 말이다."

등을 탁탁 두들겨주며 나름의 위로를 건네보았지만, 진의 음울한 얼굴은 풀릴 기미가 보이지 않았다. 스스로의 실언이 못내 겸연쩍어진 원은 한동안 말을 잇지 못하였다. 아릿한 정적이 오랜 시간 그들 사이를 휘감았다.

"공주."

원이 시선을 내리며 입을 열었다.

"예?"

"나는 황제가 될 거다."

숙였던 고개를 보시시 들어 올린 진이 깜짝 놀라 말꼬리를 올렸다.

"진짜?"

"그래."

"진짜, 진짜 폐하가 될 거예요?"

"그래."

"오라버니는 못 될 거라던데?"

"……야, 인마."

등을 문지르던 그의 손길이 뚝 멎었다. 이 밤톨만 한 걸 쥐어박을 수도 없고. 물론 악의가 있어서 한 말이 아님을 알지만.

"될 수 있다. 네 남동생만 태어나지 않는다면, 아마 더 수월할 거고."

"진짜?"

"그래. 보아하니 네 처지도 상당히 딱한 것 같은데……."

원은 찬찬히 중얼거리며 진과 시선을 맞추었다. 그러더니 입술 끝을 씩 올렸다.

"내가 제위에 오르고 나면, 넌 내가 지켜주마."

"저, 정말이에요? 와아……."

다소 흥분한 진의 뺨이 도화색으로 물들었다. 그가 무슨 뜻으로 그런 말을 하는지 잘 이해가 가지 않았지만, 그냥 기뻤다. 오라비의 웃는 얼굴도, 지켜주겠다는 말의 어감도 다 좋았다.

"나는 반드시 황제가 되어, 이 어지러운 천하를 내 손으로 바로잡을 것이다. 현 폐하처럼 외척들에게 휘둘리는 유약한 황제가 아니라 그 누구보다 강력한 황제가 될 것이다. 그러기 위해서는 배워야 할 것도, 알아야 할 것도, 지금부터 해야 할 일도 아주 많다."

진지하게 이야기하던 원이 목소리에 힘을 실어 덧붙였다.

"그러니 공주, 기다리라."

진은 고개를 갸웃대다가 무의식적으로 삐걱삐걱 끄덕였다.

"지금 나는 시간이 모자라 하루하루가 아쉬운 처지다. 그런 상황에서 네가 자꾸 이렇게 쫓아다니면 나도 마음이 좋지 않고, 공부에 상당한 방해가 된다. 아마 태자위에 오르기 전까지는 계속 눈코 뜰 새 없이 바쁠 것이다. 기다리라. 약속은 반드시 지킨다. 힘을 얻고 나면, 널 아무도 무시하지 못하도록 내가 지켜줄 터이니."

"진…… 짜?"

"그래."

스르르 내려간 아이의 눈길이 잠시 목적지를 잃고 허공을 헤매었다. 진은 앙증맞은 손가락으로 옷고름을 꼼지락대더니 입술 새에 엄지를 넣어 깨물었다. 작은 머리통 안에서 꽤 가볍지 않은 생각들이 오가는 듯하였다.

진의 손을 잡아 빼낸 원은 그대로 힘주어 그러쥐었다. 그리고 동생의 입술이 열리기만을 차분히 기다렸다.

"기다릴게요. 오라버니께서 기다리라 하셨으니까, 기다릴 거예요."

한참 뒤에 진이 마음을 결정한 듯 고개를 바짝 들었다. 제 딴에는 굉장히 어려운 결심이었던 모양이었다. 흔들림 없는 목소리에 비해 표정이 무척 의기소침해 있었다. 순식간에 그렁그렁해진 눈을 얼른 비벼내고, 진은 세찬 끄덕임으로 스스로의 용단을 굳혔다. 그 모습이 어찌나 비감해 보이는지, 기특하기도 하면서 마음이 측은하게 가라앉았다.

원은 저도 모르게 손을 뻗어 진의 앞머리를 가볍게 흔들어놓았다.

"말을 잘 듣는 아이로구나. 너…… 지금 이렇게 보니까 제법 귀여운 것 같다. 착하고 순수해 보여서 마음에 든다."

"진짜?"

진이 놀라 묻자 원은 고개를 두어 번 끄덕이고 빙긋 미소 지었다.

"진짜."

촉촉하게 젖은 진의 눈가에 아침 햇살처럼 환한 웃음이 피어났다. 진은 원의 무릎에서 발딱 몸을 일으켰다. 그러더니 두 손을 꼭 모아 잡고 재차 다짐하듯 소리쳤다.

"소녀는 오라버니 말씀, 잘 들을 것입니다! 꼭꼭 기다릴게요. 오라버니 바쁜 일 끝나실 때까지…… 울지 않고, 착하게 있을 거예요."

말을 마치자마자 진은 원의 한쪽 팔뚝을 두 팔로 껴안으며 달라붙었다.

"오라버니, 정말 좋아요. 너무너무 좋아요."

원은 깜찍한 정수리를 내려다보며 소리 내어 웃음을 터뜨렸다. 근간에 이렇게 많이 웃어본 건 처음이었다. 조그마한 게 찰싹 안겨서 머리를 비벼대니, 사람이 아니라 꼭 아기 고양이 같았다. 보고 있자니 절로 힘이 솟는 듯하였다.

그날로 목표를 향한 노력 의지가 한층 굳건해졌다. 한시라도 빨리 태자위에 오르고, 황제가 되어야 할 것 같았다.

지켜야 할 존재가 생겼으니까. 반드시 지켜주고 싶은 존재가 마음의 문을 두드려왔으니까.

기분이 날아갈 것 같았다. 원의 태자 책봉식에 참석한 후, 처소로 막 돌아온 참이었다.

세상 모든 것이 다 아름답고 찬연하게 느껴졌다. 가슴이 한껏 들떠 올라 입가에 미소가 끊이지 않았다. 무엇이든 끌어안고 감사하며 입을 맞추고 싶은 심정이었다.

"설향아, 나 오늘 예쁜가? 정말 예뻐 보이나?"

진은 방 안에 앉아 청동거울을 닳을 만큼 보고 있었다. 옆으로 다가온 궁녀 설향이 그녀의 머리칼을 쓸어 넘기며 웃음 지었다.

"아유, 몇 번을 물으시는 것이옵니까? 천하에서 가장 어여쁘십니다. 아까 책봉식에서, 대소 신료들이건 신료의 자제분들이건 하나같이 공주님만 힐끔거리던 거 못 느끼셨사옵니까?"

"그래도…… 다른 사람들보다, 오라버니 눈에 예뻐 보여야 할 텐데."

"공주님께서 안 예뻐 보이시면 이 한나라 안에 예뻐 보일 만한 여인이 한 명도 없을 것이옵니다."

"흐으…… 그런데 이따가 찾아뵈어도 되는 거 정말 맞겠지? 언제가 되어야 일정을 다 마치시려나……."

"거의 끝나시지 않았을까 싶사옵니다. 아까 전에 백관들이 줄지어 궁을 나서던 걸 확인하고 온 참이니까……."

"조금만 더 기다렸다가 가봐야겠네. 아아, 떨려……."

진은 멀찍이서 관망하였던 그의 모습을 가만히 회상하였다.

어릴 적부터 여태껏 황궁의 공식적인 행사가 없을 때에는 얼굴 한번 마주하기 힘들었던 오라비였다. 특히나 오늘 본 건 대체 얼마 만인지, 날짜를 셈하기도 애매할 만큼 오래된 듯하였다.

표정만 겨우 구분될 정도로 멀리 떨어져서 지켜보았는지라 인사를 나눌 틈이 나지 않았다. 책봉식의 주인공이니만큼 그는 숨 돌릴 겨를 없이 바쁜 입장일 터, 어쩔 수 없었다. 진은 일찌감치 처소로 돌아와 대기하며 따로 찾아갈 말미를 재고 있었다.

방 안에서 얌전히 시간을 보내려니 뒤숭숭 설레는 마음을 감당할 수가 없었다. 전각 앞의 정원으로 걸어 나온 진은 봄바람의 선율을 피부로 느끼며 눈을 감았다.

만발한 봄꽃 향기가 오감으로 달큼히 스며들어왔다. 정신이 아득하였다. 대자연의 따스한 품속에 폭 안겨 있는 기분이었다. 취하는 느낌을 아직 경험한 적은 없지만, 이대로 꽃향기에 취해 녹아들고 싶었다.

그날 이후로 정말 많은 시간이 흘렀다. 그만큼 많은 것이 변하였다.

허리 근처에서 찰랑이던 머리칼이 종아리를 덮을 만큼 길었다. 초경이 시작된 지 오래되어 가슴이 봉긋하게 나오고 몸태가 가량가량하니 부드러워졌다.

언제부턴가 언니처럼 친해진 궁녀 설향이에게 이에 대해 물어보았다. 설향은 여인이 된 것이라 답하였다. 여인이 된 게 무엇이냐 물으니, 사랑을 할 수 있도록 몸에서 꽃이 피어난 것이라 하였다. 개화가 시작되거든 꽃술이 머금고 있는 특유의 향이 퍼져 나가고, 그 향에 미혹된 벌과 나비가 날아들기 마련이라고.

진은 느긋이 눈꺼풀을 올렸다. 가장 먼저 시야에 잡히는 꽃송이를 손끝으로 쓰다듬다가 코를 내밀어 향을 맡아보았다.

그를 만나면 무슨 말부터 할까. 아니, 인사부터 해야지. 어떤 식으로 인사를 건네야 할까. 상냥하게? 애교 있게? 아니면 발랄하게?

온갖 생각들이 나비가 날갯짓하듯 머릿속을 날아다녔다. 공연히 가슴이 간질거리고 웃음이 났다.

다시 봄바람이 불었다. 흩날리는 머리카락을 정돈하던 진은 옆에서 들리는 비단 스치는 소리에 고개를 들었다.

몇 걸음 안 되는 거리에서 그가 그녀를 바라보며 서 있었다. 놀란 진이 반색하며 얼른 발을 옮겨 다가갔다.

"오라버니! 언제부터 거기 계셨던 거예요?"

바짝 붙어 선 진은 고개를 빠끔히 올렸다. 원이 천천히 시선을 내리깔며 눈을 마주하였다.

새삼 의식되는 그와의 키 차이에 진은 수줍은 미소를 흘렸다. 자신도 많이 컸다고 생각하였는데, 그의 얼굴을 볼 때 들어야 하는 고개의 각도는 전과 크게 다르지 않은 것 같다.

멀리서 볼 땐 잘 몰랐었으나 이렇게 대하니 그 역시 많이 변하였다. 어깨가 딱 벌어지고, 가슴이 넓어지고, 이목구비에서도 소년 시절의 느낌이 많이 사라졌다. 이제는 완연한 성인 남자의 태가 흘렀다.

괜스레 얼굴이 화끈 달아올랐다. 가슴속에서 빠르게 뛰는 자신의 심장 소리가 귓전에 커다랗게 울려 퍼지는 것 같았다. 진은 슬그머니 시선을 내리며 큼큼 목을 가다듬었다.

"오라버니."

예전처럼 인사하려던 진은 잠시 흠칫거리다가 고개를 저었다. 그리고 쑥스러운 듯 웃으며 가슴 위에 한 손을 대고 살짝 허리 굽혀 예를 올렸다.

"아니, 이제 태자 전하시지요. 경하드리옵니다. 오랫동안 기다리고 인내하셔서 결국 오늘의 광영을 얻으셨네요."

원에게서는 내내 말이 없었다. 인사도, 인사에 대한 답도 않은 채 그는 묵묵히 그녀의 얼굴만 응시하였다. 무안해진 진이 옛날처럼 그의 옷소매를 움켜쥐었다.

"오라버니."

원은 고개를 내리 꺾어 그녀의 손을 보았다. 그러다가 반대편 손을 느릿하게 들어 올렸다. 기다란 손가락이 하얗고 작은 손을 조심스레 감싸 쥐었다.

화들짝 놀란 진은 잡힌 손과 그의 얼굴을 번갈아 바라보았다. 맞닿은 피부를 타고 미세한 떨림이 전해지는 듯하였다.

잠시 후 그는 자신의 옷소매에서 진의 손을 부드럽게 떼어내었다. 진의 얼굴에 대뜸 실망감이 깃들었다.

"지나가는 길이었다."

원이 등을 돌리자, 진은 다급한 목소리로 그를 붙들었다.

"오라버니, 소녀가 오라버니께 축하 선물을 드리려고 준비한 게 있사온데……."

"바쁘다. 다음에 이야기하자."

그는 빠른 걸음으로 발을 옮겨 진의 처소에서 벗어났다. 망연히 경직된 진의 눈동자에 그의 뒷모습이 투명하게 반사되었다.

익숙한 그림이었다. 어릴 적부터 수없이 당해본 상황이니 새삼스러울 것도 없었다. 그러나 아무리 반복해 겪어도 저 모습을 바라보며 받는 상처는 여전하였다.

"오늘은 많이 바쁘신가……."

진은 열없이 중얼거리며 고개를 푹 수그렸다.

그러나 며칠, 몇 달이 흘러도 그와의 관계는 변함이 없었다. 참다못한 진은 용기를 긁어모아 그가 일하고 있는 전각을 찾았다.

원은 서안 앞에 앉아 분주하게 붓만 놀릴 뿐, 진을 제대로 쳐다보지도 않았다. 친근하게 말을 걸어도 단답형의 대답만 돌아올 뿐이었다.

도대체 어찌해야 할지 알 수가 없었다. 어렸을 때보다 훨씬 다가가기 힘들었다. 그동안 흐른 시간의 간극이 둘 사이에서 메우기 어려운 공백으로 자리해버렸다. 눈앞에 보이는 그가 이제는 한없이 요원하고 가마득한 느낌이었다.

"아, 아직…… 더 기다려야 하나요?"

진이 아랫입술을 잘끈 깨물며 입을 열었다. 원이 그녀를 힐끗 보더니 되물었다.

"뭘 기다린단 말이냐?"

"어릴 적에……."

눈을 질끈 감은 진은 머뭇거리다가 기어들어가듯 말끝을 흐렸다.

"오라버니께서…… 소녀에게 기다리라고 하셨잖아요……."

"아아."

원은 붓을 내려놓고 헛웃음을 날리더니 고개를 모로 꼬며 말하였다.

"설마 그 말을 믿었느냐?"

"예?"

"귀찮으니까. 자꾸 따라다니는 네가 하도 거슬려서, 내 눈에 안 보였으면 좋겠으니까 한번 던져봤던 말이었다."

순간 찬물이라도 뒤집어쓴 기분이었다. 진은 파들파들 떨리는 손으로 가슴 섶을 꽉 움켜쥐었다. 순식간에 혀가 굳어버렸는지 대꾸할 말이 생각나지 않았다.

"예? 그…… 오, 오라버니께서…… 분명 기다리라고……."

원은 옷소매를 탁탁 털고 자리에서 일어났다. 그리고 멍하니 경직된 그녀를 스쳐 가려다가, 잠시 멈춰 서서는 가만히 속삭였다.

"계속 거기 서 있을 거면 좋을 대로 하거라. 다음부터는 용무도 없이 내방하여 성가시게 하지 말라. 어릴 때나 지금이나 여전히 넌 귀찮구나."

방을 나서는 그의 발소리가 뒤통수를 아프게 찔렀다. 진은 하얗게 질린 채 풀썩 주저앉았다. 온몸이 그 자리에서 녹아내려 형체가 사라지는 것 같았다.

"기다렸는데…… 외로워도 참고, 보고 싶어도 참고, 기, 기다렸는데……."

몸속 깊은 곳으로부터 뜨거운 것이 치밀어 올라 목구멍을 꽉 막았다. 눈시울이 점점 달아오르더니 금세 눈앞이 희뿌옇게 변하였다.

진은 두 손으로 입을 틀어막고 천천히 고개를 돌렸다. 망막에 어른 어른 맺히는 그의 뒷모습이 가슴속에 아릿한 멍울을 만들어놓았다.

"흐흑, 흑…… 흑…… 흑……."

새하얀 뺨을 타고 빗물이 흘러내렸다. 하염없는 울음이 터졌다. 어떻게든 흐느낌을 집어삼키려 해도 자꾸만 끅끅대는 소리가 비어져 나왔다.

스스로가 어째서 울고 있는 건지도 잘 몰랐다. 이 눈물의 정체가 배신감인지, 분함인지, 억울함인지, 서글픔인지, 그마저도 정확하게 짚어낼 수가 없었다.

이쯤이면 그에 대한 관심의 끈을 잘라야 옳았다. 그러나 진은 그 후에도 포기하지 않고 또다시 그의 옷소매를 붙들었다가, 기어이 참혹하게 변한 오라비의 얼굴을 보고야 말았다.

그제야 누군가에게 뺨이라도 맞은 듯 어떠한 깨달음이 왔다. 그녀는 이제 옛날의 어린 소녀가 아니었다. 그간 많이 들어온 바 있었다. 그가 혈통과 태생이라는 약점으로 자신과 얼마나 비교당하고 공격당하였는지, 그리고 지금도 얼마나 야비하게 공격당하고 있는지.

그 사실을 의식했을 때 비로소 자신의 존재 자체가 그의 상처를 후벼 팔 수도 있다는 것을 알았다.

그가 원하여서 그녀와 가족이 된 것은 아니다. 그럼에도 가족이라는 이유만으로, 반쪽짜리 혈연을 무기로 삼아 그에게 무조건적인 관심을 요구할 권리는 자신에게 없었다.

보고 싶지 않고, 만나고 싶지 않은 그녀를 오라비이기 때문에 계속 대하며 참아야 한다는 건, 그것을 그에게 강요해야 한다는 건 너무도 잔인하다는 생각이 들었다.

아무리 손을 내밀어 다가가도 그와는 결코 좋은 오누이 사이가 될
수 없었다. 어떠한 노력으로도, 어떠한 진심으로도 불가능한 일이 있
다는 것을 태어나 처음으로 실감하였다.

이후로 진은 궁 안에서 되도록 몸을 사리기 시작하였다. 나이를 먹
으니 어릴 적보다 황실의 크고 작은 행사에 참여할 일이 잦았다. 그때
마다 그의 눈에 띄지 않도록 잘 피해 다니고, 숨어 다녔다. 피치 못하
게 마주치는 일이 생기거든 속히 뒤돌아 달아났다.

많이 좋아했던 만큼 서럽고 슬펐지만 그에게 상처가 되고 싶지는 않
았다. 매번 박대당하며 아픔을 삼키는 건 참을 수 있었어도, 그것만큼
은 도저히 견뎌낼 수가 없었다.

"진아…… 진아!"

따스한 손바닥이 조심스럽게 뺨을 두들겨왔다. 누군가의 다급한 음
성이 계속해서 귓전에 퍼지고 있었다.

"일어나거라, 진아!"

얼굴을 주무르다가 안 되겠는지 그는 그녀의 어깨를 붙들고 앞뒤로
흔들었다.

"진아! 눈을 뜨거라…… 제발."

진이 고통스러운 숨을 가쁘게 내쉬며 눈꺼풀을 열었다. 심장이 가슴
밖으로 튀어나올 것처럼 두근두근 뛰었다. 속눈썹이 흠뻑 젖어 있어
초점이 금세 맞춰지지 않았다.

"폐, 폐하……."

눈가 가득 고인 눈물을 뚝뚝 흘리며 진은 그의 얼굴을 멍하니 응시하였다.

"괜찮은 것이냐? 악몽을 꾸는 듯하기에 일부러 깨웠는데…… 후우, 내 지켜보다가 심장 떨어지는 줄 알았구나."

원은 양손 엄지로 그녀의 눈물을 훑어내고 얼굴에 붙은 머리칼을 떼어주었다. 진이 잔뜩 옹송그린 어깨를 몇 번 들썩이더니 그의 가슴에 찬찬히 안겨들었다.

"폐하…… 폐하…… 흑, 폐하……."

"그래…… 그래."

그는 진의 뒷머리를 쓸어내리며 이마 위에 입술을 눌렀다. 그녀는 추위 타는 어린아이처럼 안쓰럽게 떨어대며 오랫동안 흐느낌을 토하였다. 새로 솟아난 눈물이 한량없이 흘러나와 그의 목덜미가 축축이 젖어들었다.

"대체 무슨 꿈을 꿨기에 이리도 서럽게 우는 것이냐. 마음 아프게……."

한숨을 흘리듯 중얼거린 원은 시선을 늘어뜨려 진의 머리꼭지를 바라보았다. 진은 그에게 딱 달라붙어 떨어지지 않으려 하였다. 그녀가 먼저 품 안으로 뛰어드니 좋기도 하고 서글프기도 한 이상한 기분이었다. 팔을 휘감아 상체를 꽉 껴안아주었다. 진이 자꾸 앞쪽으로 몸을 쏠으며 품속으로 더 깊이, 깊이 파고들어왔다. 가슴 안에서 끊임없이 꼬물대는 느낌이 일었다. 말캉한 젖가슴이 가슴을 비비고 눌러대니 갈수록 그의 숨결이 거칠어졌다.

썩 긴 시간 동안 안아 달래며 애써 본능을 억누르고 참았다. 원은 그녀의 뺨을 쓰다듬어 눈물이 그친 것을 확인한 후, 가만히 옆으로 누이고 그 위로 올라갔다.

그가 입술을 포개오자 진이 눈을 감은 채 움찔거렸다. 꿈에서 보았던 어릴 적 기억이 생생한 느낌으로 떠올랐다. 다친 입술의 피를 조심조심 핥아내던 촉촉한 소년의 입술.

그때와는 입맞춤의 느낌도, 깊이도 달랐다. 그는 오라버니가 아니다. 이제는 스스로에게 애써 주입시킬 필요가 없었다. 오히려 혈연이라 여기는 쪽이 한없이 낯설었다. 그 시절에는 분명 오라비였지만, 지금 그녀를 탐하는 이는 남자였다.

짙은 입맞춤으로 흥분한 그가 진의 옷고름을 풀었다. 열린 옷자락 사이로 부드러운 손길이 파고들더니 뜨거운 입술이 뒤따라왔다. 꼿꼿이 선 젖꼭지가 습한 숨결 아래 젖어들고, 곧 타액으로 물들어 반짝였다. 진은 미간을 찡그리며 목구멍 너머로 흘러나오려는 신음을 가까스로 삭여내었다.

원은 이불 밑으로 한쪽 손을 내려 침의의 치마를 걷어 올렸다. 그녀의 손바닥이 허벅지를 눌러 치마가 올라가지 않도록 막았다.

흠칫한 그가 진의 얼굴로 시선을 옮겼다. 갈급한 마음에 마른침이 삼켜지고 애가 바싹 타올랐다. 혹시 거부하는 건가 싶은 불안한 예감이 기습적으로 가슴을 덮쳤다.

그녀의 표정을 면밀히 살펴보았다. 어쩐지 조금 상기되어 있는 듯하였다. 쌕쌕 흩어지는 숨결도 높낮이가 고르지 않았다. 느낌이 이상하여 치마 안쪽으로 손을 힘주어 집어넣었다. 속옷을 조금 끌어내리고 손끝으로 아래를 훑어보니, 허벅지까지 물기가 배어들 정도로 축축하게 젖어 있었다.

놀란 그의 눈동자가 다시금 진의 얼굴 위로 향하였다. 그녀는 베개에 뺨을 쏙 파묻은 채 어떻게든 눈길을 회피하려 애쓰는 중이었다.

순간 걷잡을 수 없는 설렘이 몰아쳤다. 너무도 기쁜 나머지 가슴속이 다 뻐근하였다.

원은 매끈한 다리를 쓰다듬으며 속옷을 완전히 벗겨내었다. 그리고 여성의 입구를 살근살근 간질이다가 미끄러뜨리듯 손가락 하나를 밀어 넣었다. 진이 엉덩이를 살짝 꼬더니 무릎과 무릎을 비벼대며 신음을 흘렸다. 손가락이 빈틈없이 조여드는 느낌에 온몸에 소름이 쫙 돋아 올랐다.

바깥으로 조금 빼냈다가 다른 손으로 꽃잎을 조심스레 벌려서는 손가락 하나를 더 삽입하였다. 그 채로 살살 흔들며 휘젓고 틈새를 확보해 나가면서 그녀의 낯빛을 눈여겨보았다.

아무리 아파도 꾹꾹 참는 여자이니 눈치로 알아챌 수밖에 없었다. 이제는 고통에서 나오는 신음과 야릇한 신음을 정확하게 구분할 수 있었다. 표정과 반응을 가늠해보았을 때, 아파하지 않는 것 같았다.

그는 넘어갈 듯 거친 호흡을 삼켰다. 흥분으로 반쯤 미칠 지경이었다. 손가락을 움직여 계속 애무하는 동시에 나머지 손으로 자신의 침의를 급히 걷었다. 속에 입은 바지의 허리끈을 뜯을 듯 풀어내고, 그 안에서 잔뜩 팽창된 것을 꺼내서는 손가락을 빼자마자 그대로 결합해 들어갔다.

평소보다 약간 격하였다. 파정하고 나니 몸을 빼기도 전에 지친 그녀가 기절하듯 까무룩 잠들었다.

그제야 스스로가 너무했나 싶은 생각에 미안한 마음이 들었다. 오늘만 대충 서너 번은 안은 듯하였다. 얼마나 노곤했으면 악몽까지 꿨을까. 이제 와서 헤아려보니 모두가 자신의 탓인 것 같았다.

사내를 미치게 만드는 여자였다. 도무지 옆에 곱게 놔둘 수가 없었다. 처소에 들자마자 긴 시간 총애하고는 그대로 껴안은 채 잠들었다가도, 한밤중에 잠깐이라도 정신이 들면 만지고 비비고 더듬어야 직성이 풀렸다. 그러다 인내심이 바닥나거든 진한 애무로 깨워서 몇 번이고 품었다.

일을 치르고 나면 혹시 감모라도 들까 싶어 꼼꼼히 침의를 챙겨 입혀놓지만 별 의미는 없었다. 그럼에도 서로가 제대로 옷을 입고 있는 시간보다, 가슴 섶의 옷고름을 풀고 아랫도리를 내린 채 마주하는 시간이 더 많은 듯하니.

그 과정을 가냘픈 몸으로 반항 한 번 하지 못하고 감당해왔으니 많이 힘겨웠을 터였다. 이러다가 혹 앓아눕는 건 아닐지 걱정스러웠다.

원은 잠든 진을 끌어안고 머리칼을 쓸어 넘겼다. 그의 잇새에서 한숨을 타고 나온 속살거림이 허공으로 나직이 흩어졌다.

"너는 아직 이렇게 어리고 여린데…… 미안하구나. 여러모로…… 정말 미안하구나."

七
章

　침상에 앉은 진은 맞은편에서 감시하듯 서 있는 태의령[14]의 눈치를 살폈다. 그녀의 앞에는 소반 위에 놓인 흑적색 탕약이 두 그릇이나 있었다.

　두려운 듯 아랫입술만 빨아대며 머무적거리던 진이 심호흡을 길게 뿜었다. 그리고 그중 하나를 천천히 집어 들었다.

　목구멍으로 넘기는 내내 일부러 숨을 쉬지 않으려 노력하였다. 그럼에도 입안 가득 퍼지는 쓴맛에 머리끝이 쭈뼛 서는 기분이 들었다. 남김없이 들이켜서 빈 그릇을 놓자마자 나머지 탕약을 속히 들고 이어서 마셨다. 이런 건 되도록 한 번에 끝내는 편이 나았다.

　어렵사리 임무를 마친 진은 오만상을 찡그리며 혀를 빼물었다. 잠시 후 그녀가 태의령에게 시선을 돌리고는 물었다.

　"그런데…… 이건 무슨 약인가요?"

　태의령은 마른기침을 연방 토하더니 관자놀이를 문질렀다. 저런 질문은 보통 약을 들기 전에 해야 하는 것 아닌가.

　"하나는 공주마마의 보체가 허약하시어 기운을 보하게 하는 약이옵

14) 太醫令, 고대 의관의 관직명.

143

고…… 나머지 하나는…….”

말을 이으려던 태의령은 말끄러미 와 닿는 진의 시선을 느끼곤 길게 헛숨을 삼켰다. 약명과 약효를 숨기라는 분부는 따로 없었다. 그럼에도 공주의 말간 눈동자를 맞대하니 쉽사리 입이 떨어지지 않았다.

결국 전전긍긍하다 꺼낸 말은 발뺌 같은 임시변통이었다.

“……이 역시 몸을 강왕히 하여 신체가 제 기능들을 활발히 하도록 우조하는 약이옵니다.”

“그렇군요…… 고맙습니다. 폐하께도 따로 감사 인사를 올려야겠네요.”

가볍게 목례한 진은 눈썹을 가늘게 구긴 채 입술만 호선을 그려 웃어 보였다. 아직 쓴맛이 가시지 않은 모양이었다.

정중한 읍례로 화답한 태의령이 옆에 서 있는 궁녀 설향에게 지시하였다.

“하루 한 번, 오찬을 젓수신 뒤 일각 정도 후에 드실 수 있도록 달여 올리면 되오.”

“유념하겠습니다.”

그와 맞인사한 후, 설향은 곁의 선반에 놓아둔 작은 바구니를 집어서 안았다.

“아아…… 써……. 설향아, 물 좀 가져다주겠니?”

진이 말하자 설향이 침상으로 바짝 다가가 바구니 위에 덮인 천을 열어 보였다. 안에는 조그마한 그릇에 담긴 꿀과 함께 둥근 주전부리들이 가지런히 배열되어 있었다.

“음? 이게 무엇이야?”

“최근 궁내에 좋은 메밀가루가 들어왔기에 한번 만들어본 전병이옵니다. 공주님께옵서 탕약을 자시고 나면 뒷입맛이 쓰실 것 같아서……."

"어머, 정말? 와아……!"

진은 눈을 동그랗게 뜨고 두 손으로 입을 가리며 반색하였다. 곧장 건네주는 바구니를 받자마자 하나 맛보려던 그녀는 멈칫하더니 잠시 무릎 옆에 내려두었다.

설향은 고개를 갸웃하다가 갑작스레 허리를 꼭 껴안아오는 진의 행동에 화들짝 놀랐다. 품 안으로 얼굴을 파묻은 진은 휘감은 팔에 힘을 가하며 부드럽게 뺨을 비벼대었다.

"고마워…… 정말……."

"아이쿠, 아이쿠…… 이런 게 그리도 좋으시어요?"

"응…… 정말, 정말 좋아……."

"아이쿠…… 우리 공주님, 다 크신 줄 알았사온데…… 아이쿠……."

설향은 얼굴을 붉힌 채 어쩔 줄 몰라 하면서 진의 등을 조심조심 쓸어내렸다. 근처에서 우두망찰하니 있던 태의령이 눈을 감고 짙은 눈썹을 허물어뜨렸다.

설향과 더불어 공주의 처소를 나선 태의령은 그녀를 향해 땅이 꺼질 듯 한숨을 지어 보였다.

"차마 못 할 짓이오, 이건."

미앙궁 선실전에서 정무를 보던 원은 태의령이 올리는 탕약을 받고 단숨에 들이켰다. 입술에서 그릇이 떨어져 나가자마자 반듯하던 그의 미간이 약간 좁혀 들어갔다.

"맛없군."

작게 중얼거린 그는 환관에게서 얇은 비단을 받아 입가를 눌렀다. 그리고 앞의 태의령에게 시선을 건네며 하문하였다.

"공주에게도 같은 것을 들였는가?"

"그러하옵니다."

태의령이 두 손을 모아 잡고 허리를 깊숙이 조아렸다.

원은 손 안의 빈 그릇을 가만히 내려다보았다. 그의 입가에 약의 맛만큼이나 쓰디쓴 웃음이 스쳤다.

"……할 짓이 아니구나."

태의령을 물린 후, 원은 서안 위에 겹겹이 쌓인 상주문과 각종 문서들을 중요도에 따라 선별하였다. 좌, 우, 정면에 시립한 상서령과 상서복야, 시중이 그가 골라낸 것들을 부지런히 받아다가 한쪽에 정돈해두었다.

"다음 일정은 무엇인가?"

그의 물음에 상서령 윤효가 얼른 고개를 숙이며 답하였다.

"오왕(吳王)과 제왕(齊王)을 포함한 다섯 명의 왕과 열일곱의 제후들이 폐하를 알현하기로 되어 있사옵니다."

"시간이 얼마나 남았지?"

"두 시진(時辰) 정도 여유가 있사옵니다."

마지막으로 골라낸 문서를 건넨 원은 나머지를 치우도록 명하고, 선별한 것들을 모조리 쟁반에 쌓아 올려 환관에게 들게 하였다.

"달아보라."

명을 받은 환관이 몸을 좌우로 기우뚱거리며 문서들을 권형(權衡)으로 가져가서는 힘겹게 달아 올렸다. 저울추의 기울기를 확인한 원이 도로 가져오라 손짓하였다.

"그 정도면 적당하겠군."

"아니, 폐하. 이것들은 인견 시간까지 처리하시기에 너무 많사옵니다. 시간이 모자라실 듯하옵니다."

"모자란다? 적당히 남겨서 인견 전까지 공주와 시간을 보내고 올 생각이거늘."

"예…… 예?"

곁에 있던 상서복야 하후승이 당황스러워하자, 윤효가 막 승진해 착임한 자신의 속관을 토닥이며 눈치를 주었다.

서안에 문서들을 펼쳐놓은 원은 두 손을 깍지 낀 채 팔을 쭉 뻗었다가 가볍게 손목을 흔들어 풀었다. 그러더니 한 손은 옥새 위에 올리고, 나머지 손은 붓을 집어 벼루의 먹물을 쓱쓱 묻혔다.

황제가 온 신경을 죽간 위의 글자에 집중하기 시작하자 하후승을 포함한 내조 신료와 환관들이 조용히 혀를 내둘렀다.

상소와 문서들을 저울에 달아 목표치를 정하는 군주는 진시황 이래로 처음이었다. 하나하나 매우 빠른 속도로 검토하여 결재하고, 지시를 하달하면서도 결과를 보면 언제나 추호의 빈틈이 없었다. 오히려 문서를 대강 작성하여 올렸다가 사소한 실수를 잡혀 깨지는 관리들이 몇 명씩은 꼭 나왔다.

타고난 완벽주의에 무서운 일중독 근성이었다. 아마 그에게는 시간을 절약하여 공주를 품는 것조차 하나의 일정이고 업무일지도.

"폐하!"

방 안에서 독서 중이던 진은 황제의 전갈 없는 내방에 놀라 일어섰다. 천천히 걸어 들어온 원이 그녀를 향해 웃으며 두 팔을 벌려 보였다.

"정무 보는 사이 틈을 내어 왔으니 시간이 충분치 않구나. 어서 이리 안기거라."

진은 소맷자락으로 입을 가린 채 얼굴을 붉히다가 사뿐사뿐 걸어 다가갔다. 그녀가 가느다란 팔을 뻗어 살그머니 품에 안기자 원은 허리를 바짝 굽혀서 마주 포옹하였다. 향긋한 머릿결 사이로 코를 묻으며 그가 중얼거렸다.

"좋구나. 이러고 있으니 피로가 싹 풀리는 것 같다."

널따란 가슴팍과 맞닿은 뺨으로 따스한 체온이 물씬 느껴져왔다. 가물가물 눈을 깜빡이던 진은 별안간 온몸이 젖혀져 그의 팔 안에 동실 들리자 질겁하였다.

"피, 피로 풀러 오셨다가…… 피로를 더 얻어 가시려는 것이옵니까."

"괜찮다. 자랑인 것 같다만 남는 건 체력뿐이니라."

안은 자세를 훌쩍 다잡고 침상으로 향하며 그는 진의 입술에 가벼운 입맞춤을 여러 번 뿌렸다.

비단 옷자락이 미끈한 피부를 사락사락 스쳐 지나 침상 아래로 하나씩 흘러내렸다. 원은 뜨거운 입술과 손길로 그녀의 얼굴부터 발끝까지 조심조심 어루만져 나갔다.

긴 시간 정성을 기울여 쓰다듬고 핥아 애무하니, 아래가 촉촉이 젖어들면서 조금씩 몸이 열렸다. 그가 어느 순간 진을 꽉 껴안고 서로의 위치를 뒤바꾸었다. 깜짝 놀란 진이 두 눈을 홉떴다.

침상 옆의 벽에 비스듬히 기대앉은 원은 그녀가 자신의 허벅지 위에 오르도록 이끌었다. 진은 두 팔을 교차시켜 어깨를 움츠린 채 안절부절못하였다. 벌건 대낮에 안기는 일이 처음은 아니지만, 이런 자세는 너무도 생경하고 부끄러워 도통 눈을 어디에 두어야 할지 알 수 없었다.

딱딱하게 힘이 들어간 남근이 배꼽 부근을 찔러왔다. 하도 민망해 그만 눈물이 날 것 같았다. 그의 손에 골반이 잡혀 하체가 살짝 들렸다. 한 손으로 포실한 엉덩이를 단단히 받친 원은 나머지 손으로 젖은 음부를 간질간질 문질렀다.

"아……."

진의 상체가 앞으로 확 쏟아졌다. 가쁜 숨을 할딱거리던 그녀가 그의 목에 팔을 휘감고 어깨 위로 이마를 풀썩 기대었다.

양다리가 조금 더 벌어지고, 손가락 두 개가 아랫도리를 쑥 파고들더니 안에서 질척질척 비틀렸다. 진의 고운 아미가 바스러졌다. 윗니에 마구 짓깨물린 입술에서 하얗게 핏기가 빠져나갔다.

원은 그녀의 목덜미를 쭉쭉 빨면서 예민해진 여성의 정점을 엄지로 부드럽게 비벼가며 적당한 시기를 재었다. 한쪽 귓바퀴를 덮히는 신음이 점차 흐느낌처럼 변하였다. 가녀린 몸에서 힘이 빠지는 동시에 그녀의 팔다리가 오들오들 떨렸다.

그제야 그가 잘록한 허리를 잡아 올려서는 찬찬히 내려앉으며 교합을 시작하였다.

서로의 은밀한 부분이 평상시보다 한층 빡빡하게 꿰인 느낌이 들었다. 대부분 그의 팔 힘에 의존하긴 하였지만, 처음으로 직접 몸을 움직여 사랑한다는 건 몹시 힘겨운 일이었다.

거세게 요동치는 침상에서 비명처럼 비어져 나오던 삐걱거림이 멎었다. 진은 금방이라도 실신할 것처럼 그의 가슴 위로 축 휘늘어졌다.

턱 끝까지 차오른 숨을 학학 몰아쉬고 있자니, 그 역시 거친 호흡을 내
뿜으며 그녀의 등줄기를 쓸어내렸다.

숨결이 차분하게 정돈되기까지 무척 오랜 시간이 걸렸다. 가슴이 부
풀었다 가라앉는 주기가 조금 느슨해지자, 그가 진의 어깨를 잡고는
상체를 살짝 뒤로 젖혔다.

흠칫한 진은 양옆에서 장막처럼 흩날리는 긴 머리칼을 후다닥 끌어
모아 몸을 가렸다. 원은 귀여워 어쩔 줄 모르겠다는 표정으로 한참 동
안 소리 내어 웃었다. 그러다가 잔뜩 수그러진 그녀의 턱을 잡아 찬찬
히 올리며 시선을 맞추었다.

"황제가 입에 담아서는 안 될 소리다만…… 널 안을 때만큼은 걸주[15]
와 유왕[16]의 심정이 어느 정도 와 닿는 듯하구나."

"으……."

진이 눈동자를 바깥으로 굴린 채 두 눈썹을 쌜긋 찡그렸다.

"어찌 그러느냐?"

"이, 이러고 대화하려니…… 심히 민망스러워서……."

"왜, 나는 지금 이 느낌 너무 좋은데."

원은 아직 연결되어 있는 서로의 중요 부위를 눈짓하고는 유유히 미
소하였다. 그가 턱을 놓아주자마자 진의 눈길이 다시 스르르 미끄러
졌다. 아주 밑으로 내려가지는 못하고 중간 즈음에서 배회하던 시선
이 그의 벗은 상체에 닿아 오래 머물렀다.

---

15) 桀紂, 하나라의 걸왕, 은나라의 주왕. 미녀 말희와 달기에게 홀려 나라를 망친 폭군.
16) 幽王, 미녀 포사를 총애하여 주나라를 혼란시킨 임금.

지금껏 어두컴컴한 밤에 안길 때가 대부분이었다. 더구나 그의 몸을 똑바로 응시하면서 관계한 적이 거의 없었다. 이제 와서 보니, 탄탄히 근육 잡힌 앞가슴부터 복부에 이르기까지 크고 작은 자상(刺傷)들이 군데군데 눈에 띄었다.

"상처가…… 여기저기 많사옵니다."

진이 자그맣게 중얼거렸다. 고개를 내려 그녀의 시선을 따라가던 원은 지그시 눈을 감았다가 떴다. 그의 입가에 걸린 미소가 흐릿해졌다.

"어릴 적에, 수련을 조금 격하게 해서."

"조심하시지……."

진은 저도 모르게 한 손을 내밀어 상처들을 따라 조심스레 훑었다. 아파하는 듯한 그녀의 얼굴에 가슴이 아파왔다.

"네가 이렇게 만져줄 줄 알았으면 상처를 몇 군데 더 내놓을 걸 그랬구나."

"농이라도 그런 말씀 하지 마시옵소서."

그녀가 곱게 눈을 흘기며 핀잔을 놓으니 그에게서 낮게 끊긴 웃음이 터졌다.

한동안 그 자세로 고요한 후희를 만끽했다. 진이 바깥 공기에 조금 추워하는 듯하자 비로소 그가 몸을 빼고는 그녀와 나란히 누웠다. 좁은 어깨를 바짝 끌어당긴 원은 진에게 팔베개를 해주고, 목덜미까지 이불귀를 여며주었다. 그 채로 서로의 체향을 맡으며 묵묵히 상대방의 눈을 응시하였다.

"한 가지…… 여쭤보아도 되겠사옵니까."

진이 속살거리듯 입술을 열었다. 원은 가만히 고개를 끄덕였다.

"얼마든지."

"어릴 적에……."

시선을 빗겨 내리고 한참을 서슴거리던 그녀는 다시 그를 바라보며 말을 이었다.

"소녀를, 많이 미워하셨었지요."

나른히 풀린 원의 눈빛이 조금씩 흐릿하게 가라앉았다.

"……그랬지."

"그 연유를…… 어느 정도 알고는 있지만…… 폐하의 성음으로 듣고 싶사옵니다."

"다들 그렇게 말하였고, 너도 대략적으로 예상은 하였을 터. 못난 열등감이었다. 어릴 적에는 고귀한 혈통의 네게 치졸한 시샘의 마음을 품었었지. 때로는 아무 잘못 없는 어린아이에게 그러는 것이 유치하다는 생각도 했지만, 그때는 나도 어렸다."

짤막한 한숨을 흩뿌리며 여유를 둔 그가 덧붙였다.

"커가면서 얼마나 후회했는지 모른다. 그리고 지금도 정말 많이…… 후회하고 있다."

"허면 그렇게나 미워하였던 소녀를…… 어떤 연유로 달리 보아주신 것이옵니까."

다시 이어진 그녀의 질문에 원은 옛 시절 감정의 족적을 더듬어 회상하였다.

"아무리 무시하고 밀어내어도…… 어린 너는 참 끈질기게 나를 쫓아다녔었지. 그런 네게 어느 시점부터 한두 번씩 눈길이 가기 시작하더구나. 그러다 보니 자연스럽게 알게 되었다. 사실 우리는 둘 다 이 구중궁궐에서 똑같이 외로운 신세라는 것을. 그것을 깨달은 이후로는 네가 많이 안쓰러워 보였고, 너를 마주할 때마다 동병상련의 아픔을 느끼곤 하였다. 생각할수록 자꾸 신경이 쓰이고 마음이 갔지. 이래저래 마음을 쏟다 보니 얄궂게도 다른 감정까지 같이 생겨버려서 문제가 되었지만."

입매를 늘여 자조적인 웃음을 쏟으며 그는 진의 얼굴을 부드럽게 쓰다듬었다.

"나도 네게 묻고 싶구나. 너는 꼬맹이가 어찌 그렇게 나를 좋아하고 따라다닌 것이냐. 내가 널 그리 함부로 대하였거늘."

잠시 상념에 잠겨 있던 진이 그에게 미소를 되돌리고는 답하였다.

"그냥 좋았사옵니다. 오라버니께서 심하게 대하실 때마다 상처받고, 울고, 원망하였다가도, 한밤 자고 눈을 뜨면 그냥 또 오라버니가 좋았사옵니다. 그리고 지금도……."

옅은 곡선을 이루고 있던 그의 입술 끝이 서서히 내려갔다. 진은 이어지는 말을 곧바로 내놓지 못하였다. 그대로 벌어진 그녀의 입술이 가늘게 경련하였다.

때로는 무의식적으로 말을 이어가다가 무언가에 얻어맞은 것처럼 자신의 마음을 깨닫는 경우가 있다. 길 잃은 그녀의 시선이 한동안 짙은 혼란을 품고 허공을 맴돌았다.

다시금 원의 눈을 응시한 진은 천천히 두 손을 끌어올려 입을 가렸다. 눈앞의 그가 빨려 들어갈 듯 간절한 눈동자로 그녀를 뚫어져라 바라보고 있었다.

그는 오로지 그녀가 입을 열기만을 기다리고 있다. 그것을 알기에 목소리를 내기가 두려웠다. 하지만 이미 스스로에게, 그에게 모두 들켜버린 마음. 이대로 흐지부지 답을 피한다 하여서 달라질 것이 있을까.

"지금도…… 그냥 폐하가 좋사옵니다……."

파르르 떨리던 진의 속눈썹이 맥없이 내리깔렸다. 원은 갑자기 달려들어 그녀의 뺨을 부여잡고 순식간에 입술을 집어삼켰다. 아프도록 세게 흡입하여 진한 입맞춤을 퍼부은 후, 그가 팔을 뻗어 진을 으스러뜨릴 기세로 끌어안았다.

"고맙다. 고맙다, 진아."

급히 속삭인 원이 그녀를 살짝 떼어내었다. 그리고 더 긴 시간 동안 입술을 빨아 당기고는 다시 껴안으며 말하였다.

"설령 그런 마음이 들었다 하여도 입 밖으로 꺼내기가 쉽지 않았을 터인데…… 정말 고맙다."

쿵쿵 발작해대는 그의 심장 박동이 꼭 겹쳐진 가슴으로부터 생생히 전달되었다.

진은 멍한 얼굴로 그저 떨었다. 귓불과 목덜미 사이로 뜨거운 숨결이 쏟아졌다.

힘 조절이 안 된 탓에 숨이 막혀오는지, 잠시 뒤에 그녀가 콜록콜록 기침을 내뿜었다. 원이 미안한 표정으로 겉웃음을 만들며 팔에 실은 힘을 느슨히 풀었다.

"내가 네 입장이었더라면…… 아마 날 용서하지 않았을지도."

고개를 내리 꺾은 그가 눈을 가라뜬 채 진을 보았다. 진이 느릿하게 시선을 올려 마주하였다.

"아니면 용서하더라도 응어리진 마음이 풀릴 때까지 실컷 복수를 하였을지 모르겠구나. 호락호락 마음 내주지 않고, 날 안달하고 가슴 졸이게 하며, 내가 네게 매달리고 구애하는 꼴을 아주 오랫동안 지켜보면서…… 너를 아프게 한 이상으로 벌을 길게 주었겠지."

"듣고 보니…… 조금 억울한 것 같사옵니다. 지금이라도 그렇게 해도 되는 것이옵니까."

"이미 늦었다."

원은 정색하며 답하다가, 곧 그녀가 처음으로 농을 건넸다는 것을 의식하였다. 진은 아직 혼란한 듯 잘게 흔들리는 눈동자로 희미하게 웃음을 흘리고 있었다.

짧게 미소한 그가 그녀의 보드레한 볼을 살짝 꼬집어 흔들었다. 그리고 그대로 팔을 뻗어 그녀의 가녀린 몸을 포근히 감싸 안았다.

"그래도, 내가 더 많이…… 많이…… 사랑한다."

나지막이 속살거린 그는 다시금 진을 응시하며 오랫동안 시선을 주고받았다.

한참이 지난 후, 원이 불평을 쏟아내듯 중얼거렸다.

"이제 곧 일어나야 하는데, 떨어지고 싶지 않구나. 이대로 작게 만들어서 주머니에 넣어 갈 수는 없는 건지."

그의 눈이 천천히 내리 감겼다. 하염없이 쏟아져 나오는 한숨이 짙게 피어오른 아쉬움으로 점점 무거워져갔다. 떨림의 여운이 채 가시지 않아 아직도 가슴이 두근두근 뛰었다.

할 수만 있다면 시간을 되돌리고 싶다고 생각한 적이 많았다. 그럴 수 있다면, 그 시절의 외로웠던 네게 해주고 싶은 것이 너무도 많은데.

연성은 쓰러질 듯 비틀걸음을 걷는 공주를 부리나케 쫓았다. 속보로 걷다가 못내 걱정스러워 결국은 뛰었다.

궁 안에서의 법도고 뭐고 그녀가 우선이었다. 혹 근래에 파다하게 퍼진 소문을 듣기라도 한 걸까. 온갖 불안한 생각들이 연기처럼 피어올라 머릿속을 어지럽혔다.

넋 나간 상태로 발을 옮기던 진은 정면의 나무조차 의식하지 못하였다. 수그러진 이마가 줄기에 부딪치기 전, 다급하게 뻗어진 손바닥이 그녀의 머리를 톡 가로막았다.

진이 부스스 고개를 돌려 옆을 보았다.

"……연성?"

"조심하셔야지요! 대체 무슨 일이 있으시기에 또 그리 넋을 놓으시고…… 공주님!"

진이 느닷없이 그 자리에 풀썩 주저앉았다. 아연실색한 연성은 얼른 앞에 꿇어앉아 그녀의 낯빛을 살폈다.

어디가 아픈 것 같지는 않았다. 다만 무언가에 홀리기라도 한 사람처럼 멍해 보였다.

"어째서…… 어째서 폐하께 거부감이 느껴지지 않았었는지…… 이제 확실히 알았어요."

"예?"

연성이 미간을 좁히며 고개를 기울였다. 진은 숨을 조금씩 크게 들이쉬다가 허공에 시선을 던져둔 채 중얼거렸다.

"제가 먼저였어요."

"지금 무슨 말씀을……."

"폐하를 연모한 건, 제가…… 제가 폐하보다 먼저였어요……."

그녀의 긴 속눈썹이 시름없이 아래로 늘어졌다.

연성은 망연히 입술을 벌렸다. 방금 전의 그녀보다 그의 얼굴이 훨씬 넋 빠진 모양새가 되었다. 오랜 시간이 흐르되 둘 중 누구도 쉽사리 말을 이어 나가지 못하였다.

"연성."

한참 후에야 진의 입술이 다시 열렸다. 우두커니 쳐다만 보던 연성
이 다소 늦은 답을 내놓았다.

"……예."

"연성은…… 누이에게 멋있어 보이고 싶어요? 연성의 누이는……
연성을 보면 예뻐 보이고 싶을까요?"

넋두리 같은 물음에 연성은 잠시 그 의도를 헤아려보았다. 머릿속에
부연 안개가 낀 것처럼 정상적인 사고가 이루어지지 않았다. 그래서
그저 단순한 답부터 떠올렸다.

그럴 리 없다. 편한 모습, 잔뜩 흐트러진 모습을 마음껏 보여주어도
부담이 없는 몇 안 되는 사람들이 바로 가족이다. 그러나 입이 제멋대
로 움직여 생각과는 다른 대답을 쏟아냈다.

"가끔은…… 그럴 때도 있사옵니다."

"그렇…… 겠지요? 그런데…… 저는 정도가 심했어요. 매일, 하루
도 빠짐없이 오라버니 앞에서 예뻐 보이고 싶었거든요……."

진은 가냘픈 한숨을 흩뿌리며 말을 이었다.

"아주 오래전부터…… 연모하고 있었어요. 이 넓은 황궁 안에서 저
는 너무 외로웠죠. 그런 제게 아주 가까운 피붙이가 있다는 사실이
반가웠고, 그 자체만으로도 무언가 마음의 위안이 되었어요. 그래서
눈길이 갔는데…… 제 눈에 보인 오라버니는 한없이 근사하고 근사하
여서…… 수많은 사람 사이에서도, 언제나 혼자만 빛을 받고 계신 것
처럼 눈이 부셔서…… 보면 볼수록, 눈을 뗄 수가 없었어요. 그래서
자꾸만, 자꾸만 눈으로 좇다가…… 저도 모르게…… 마음에 담았었나

봐요…….”

찬찬히 속살거리듯 목소리를 흘린 그녀가 슬피 웃었다.

“아마 폐하께옵서 먼저 이렇게 다가오지 않으셨더라면…… 저는 평생 이 마음의 종류가 무엇인지도 모른 채, 남매라는 벽 안에 진심을 가두고 살았을지 모르겠네요…….”

미소 끝에 매달린 투명한 눈물 한 방울이 툭 떨어졌다.

진은 촉촉한 눈꺼풀을 감아 내리며 조용하게 눈물만 흘려보냈다. 묵묵히 듣던 연성은 바깥으로 시선을 돌렸다. 계속 숨 쉬는 것도 잊고 있었던 모양이었다. 꺼져 있던 폐가 급히 부풀고 가슴이 서늘하게 뛰었다.

‘그 마음이…… 그런 종류였습니까.’

그의 검은 눈동자가 혼미하게 흔들렸다. 그녀에게 어떤 말이든 해주고 싶어도 입이 붙어버린 듯 열리지 않았다. 몸 어딘가가 뻥 뚫려 찬바람이 흘러드는 느낌이었다.

불행인지 다행인지 아직 그녀는 대부분의 궁인들이 알고 있는 이야기를 혼자만 모르는 듯하였다. 처음부터 불안했었다. 돌연 태도를 바꿔 공주를 원하는 황제가 꺼림칙했고, 언뜻 진심으로 보이는 그의 행동에 반신반의하였다.

그러나 신료들의 입과 입을 타고 궁내로 흘러든 소식은 절망적이었다. 결국 황제가 바라는 건, 귀한 혈통인 누이동생의 태내를 빌려 유씨 황실의 피가 진하게 흐르는 사내아이를 얻는 것이었으니.

그런 황제를 그녀가 진심으로 연모하고 있단다. 아니, 어릴 적부터 쭉 연모해왔단다.

끔찍한 상황이었다. 이 사실이 그녀의 귀에 들어갔을 때, 그녀가 얼마나 큰 상처를 받을지 차마 상상조차 하고 싶지 않았다. 자신의 입으로는 도저히 말할 수가 없었다. 이야기를 들은 직후 보일 그녀의 표정을 눈으로 확인할 자신이 없었다.

아니, 아니다. 그래도 아직은 확실히 밝혀진 게 없으니 실낱같은 희망을 품어보기로 하였다. 황제가 그녀에게 아이를 원한다고 하여서 그녀에 대한 마음이 정녕 없으리라는 것도 섣부른 판단일 수 있다.

"연성. 제 어릴 적 별명…… 울보 공주였던 거 기억나요? 오라버니 때문에 하도 울어서……. 그런데 커서도 똑같네요. 계속…… 폐하 때문에 울게 되네요……."

어렵사리 삭여내던 흐느낌이 기어이 터져 나왔다. 연성은 애처로이 우는 진의 얼굴을 먹먹하게 응시하였다.

기억하지 못할 리가. 오라비에게 상처받고 눈물 흘리는 어린 공주를 달래는 건 언제나 그의 몫이었으니.

"어떻게 이럴 수가 있죠? 오라버니를 사랑하다니, 어떻게 이럴 수가…… 난, 난 정말 이상한 여자예요…… 흑…… 제정신…… 아닌 것 같아……."

"공주님……."

진은 소맷자락으로 두 눈을 가리고 무너져 내리듯 고개를 떨어뜨렸다. 연성은 작은 어깨를 향해 손을 뻗었다가 이내 힘껏 주먹 쥐어 거두었다.

누군가가 가슴을 비틀어 짜는 듯 아팠다. 힘을 잃은 그의 고개가 그녀의 맞은편으로 천천히 기울어졌다.

"공주님…… 제발, 제발 그만 우시옵소서. 이제는 너무 커버리셔서, 그때처럼 업어 달래드릴 수도 없사온데…… 자꾸 이렇게 우시면 소인

마음 찢어지옵니다. 공주님……."

진종일 울었더니 그나마 속이 개운해진 기분이 들었다. 연성에게는
그저 고맙고도 미안하였다.

철모르는 어린 시절부터 오랜 시간 변함없이 곁을 지켜와준 소중한
친구. 덧없이 허한 마음을 달래고 나눌 연성과 설향이 없었더라면, 그
녀는 이 드넓은 황궁 속에서 진즉 외로움과 고독에 질식해버렸을지 몰
랐다.

며칠 진지하게 생각하고 마음을 추스르며 결론을 내렸다. 혼란스럽
지만, 스스로의 진심에 충실하고 싶었다. 예정된 귀결이었다. 그녀에
게는 다른 길이 없었다.

이 사랑의 끝이 무엇일지 막연하고 불안한 건 어쩔 수 없을 터. 그러
나 자신의 것이 아니라고 여겨왔던, 연모하는 이의 품에 안기는 행복
을 누릴 수 있게 되었다.

하지만 한 가지 더 고려해야 할 중요한 문제가 남아 있었다.

그는 만승지존의 황제다. 황제는 필부(匹夫)가 아니다. 언젠가는 황
후도 맞아야 할 것이고, 꽃처럼 아리따운 후궁도 여럿 안아야 할지 모
른다.

지금의 그는 오로지 그녀에게만 달콤한 사랑을 속삭이고 있지만, 그
사랑을 영원히 독점할 수는 없다. 천자는 하늘과 땅, 해와 달과도 같
아서 어느 누구에게든 공평해야 하고 아주 깊숙한 곳까지 영향을 미쳐
야 하는 법이니.

삶이 있으면 죽음이 있듯, 너무도 당연하여 못내 서글퍼지는 사실이
었다. 그것은 긴긴 역사 속에서 지상의 신을 받들어온 여인들의 공통

적인 아픔이 아니었을까.

촉촉한 입술이 허벅지 안쪽의 연한 살을 자극적으로 흡입하였다. 깊이 머금어 붉은 흔적을 남기면서 입맞춤은 조금 더 안으로, 안으로 이어져갔다. 양옆으로 방만히 벌리고 있는 다리를 약간이나마 모아보려 애쓰지만, 굳센 두 손이 뒷무릎을 꽉 잡쥐고 있으니 뜻대로 되지 않았다.

은밀한 부분 위로 후끈한 입김이 와 닿았다. 부드러운 입술이 양쪽 꽃잎을 번갈아 물고는 입안에 넣어 굴리다가 쪽쪽 빨았다. 그 위의 동그란 정점과 주변 속살도 아프지 않을 정도로 세게 빨았다가 놓아주었다. 그녀에게서 오래 눌러 참아온 듯한 신음이 터지니, 그가 내쉬는 숨결이 한층 깊어졌다.

입술을 조금 떼어낸 그는 좌우로 살짝 벌어진 꽃잎의 틈새를 혀끝으로만 살살 간지럽히며 오래 희롱하였다.

"아! 그…… 그만……."

진이 흐느끼듯 애원하였다. 야릇한 감촉을 견디지 못한 그녀가 허리와 엉덩이를 이리저리 비틀었다. 그럴수록 다리를 속박한 손아귀의 힘도 강해져갔다. 그는 약이라도 올리듯 입구를 비집고 파고들어 혀 전체를 깊이 밀어 넣었다.

순간 꾸준하던 혀 놀림이 멎었다. 천천히 머리를 들어 올린 원은 혀를 빼물고 그 위를 엄지로 쓱 훑었다.

한쪽 눈을 살짝 찡그리며 엄지를 쳐다보던 그가 고개를 갸웃거렸다. 곧 그의 눈길이 다시금 탐스러운 허벅지 사이로 향하였다.

그사이 진은 한시름 놓고 숨을 돌렸다. 그러나 부끄러운 곳을 빤히 응시하는 시선을 느끼자마자 대뜸 울상을 지었다. 아무리 많이 안겨도 아래를 발가벗고 다리를 벌려 보이는 건 창피했다. 최근에 읽은 서책을 통해 이런 식의 애무가 흔하다는 사실을 알았지만, 겪을 때마다 심히 민망한 것만큼은 어쩔 수가 없었다.

안절부절못하는 그녀의 반응과는 상관없이 원의 얼굴은 점점 걱정으로 물들고 있었다. 그러다가 '아' 하며 헛웃음을 뿌린 그는 진의 다리를 모아주고 배 위에 이불을 따스하게 덮어주었다.

"달거리가 시작된 모양이로구나."

진의 두 눈이 휘둥그레 떠졌다. 입술을 꾹 깨물며 급히 시선을 피한 그녀는 이내 수치심을 감당하지 못하고 울먹울먹하였다.

이불을 되는대로 끌어당긴 진이 그 속에 고개를 감추자, 원은 그마저도 귀엽다는 듯 웃으며 살짝 드러난 뺨에 입을 맞추었다.

"나는 잠시 나가 있겠다. 궁녀들을 불러 옷을 갈아입거라."

몸을 일으킨 그는 침상에 늘어진 덧옷을 휙 걸치며 방 안을 벗어났다.

궁녀들에게 필요한 것들을 가져오게 한 뒤, 진은 두꺼운 침의를 골라 입고 이불 속으로 들어갔다. 잠시 뒤에 다시 들어온 원이 나란히 누워 그녀를 품 안으로 끌어당겼다.

진의 입술 새로 기분 좋은 소리가 흘러나왔다. 그가 야무진 손으로 허리 전체를 자근자근 주물러주니 시원하기 그지없었다.

"아이는 아직 들어서지 않은 것인가."

잠시 후 혼잣말처럼 들려온 소리에 진이 흠칫하였다.

"소녀에게…… 아, 아이를 원하시는 것이옵니까?"

"그래. 이대로 널 안으며 둘만의 시간을 오래 갖고 싶기도 하지만,

앞으로의 일을 도모하기 위해서는 반드시 아이가 필요하다. 되도록 빨리."

진은 떠름한 듯 눈썹을 구기며 커다란 눈을 슴벅거렸다.

아이라니. 물론 아이가 생길 만한 행위를 지속적으로 하고 있으니 언제고 회임할 수 있는 건 자연의 섭리일 터. 그러나 아직까지는 어쩐지 선뜻 와 닿지 않는 현실이었다.

원이 허리를 주무르다 말고 그녀의 턱을 잡아 올렸다. 곧 그가 입술을 겹쳐오자 진은 생각의 끈을 놓아두고 찬찬히 눈을 감았다.

뜨거운 입술 안으로 입술 전체가 강하게 빨려 들어갔다. 진은 입안을 핥아 자극하는 혀의 촉에 몰두하다가, 문득 인중을 간질이는 호흡이 무척 불규칙함을 느꼈다.

허리 위에 얹혀 있던 손이 어느 순간 올라와 가슴 한쪽을 만지작거렸다. 입술을 톡 떼어낸 원은 그녀와 뺨을 맞대고 비비적거리더니 미간을 확 찌푸렸다.

"후, 이렇게 있자니 아주 미치겠구나."

그가 갑자기 일어나 진의 몸 위를 덮치듯 올라갔다. 깜짝 놀란 진이 새된 소리를 내질렀다.

성급한 손가락이 옷고름을 거칠게 잡아당겨서는 그녀의 가슴 섶을 마구 풀어헤쳤다. 옷자락을 최대한 열어젖히고 토실토실한 젖가슴을 꺼낸 그는 양손으로 주물러대며 중얼거렸다.

"이래서야 목마른 이가 소금물을 퍼마시는 꼴이거늘."

하얀 쇄골 위로 한숨이 흩뿌려졌다. 더 괴로워질 행동임을 알면서도 절로 입술이 내려갔다. 유륜을 따라 핥다가 젖꼭지를 감빨고 살살 깨물었다. 혀끝에 스미는 살맛이 아찔할 만큼 다디달았다. 아랫배가 감

당할 수 없을 정도로 묵직해져오는 느낌에 원은 덧없는 신음만 연거푸
토하였다.

가슴을 탐할 대로 탐한 그가 겨우 옷깃을 여며주었다. 그녀와 깊은
관계를 가진 이래 처음 겪는 인고의 시간이었으니, 이런 상황에 대한
면역이 없었다.

생각 이상으로 힘들어 보이는 그의 얼굴에 진이 무언가 고민하다가
입을 열었다.

"저어…… 폐하께옵서 가끔 소녀의 입안에 손가락을 넣고 핥도록 시
키신 것이…… 무엇을 가르치신 건지 알았사온데, 으음…… 소, 소녀
가…… 조금 도와드려도 괜찮겠사옵니까?"

원이 그녀의 등을 끌어당기며 조금 놀란 눈으로 되물었다.

"그건 어디서 알았느냐?"

"여유 있을 때 소녀경(素女經)부터 해서, 방중술에 관한 서책을 몇 권
읽어보았사옵니다. 아무래도 마냥 무지한 채 있는 것보다는 알 수 있
는 만큼 알아두는 편이 나을 듯하여……."

그가 그녀의 눈을 물끄러미 쳐다보았다. 어쩐지 퍽 신기한 듯한 표
정이었다. 공연히 부끄러워져 얼굴을 붉힌 진은 해명이라도 하듯 덧
붙였다.

"아…… 그…… 그게…… 첫날 폐하께 감히 큰 무례를 저지른 일이
계속 생각나기도 하였고…… 부끄럽긴 하지만 이쪽 분야도 공부해야
겠다는 마음이 들었사옵니다."

"하긴, 그날 네 발길질이 꽤 아프긴 하였다."

"송구하옵니다."

"뭘 사과까지 하고 그러느냐. 농이니라."

원은 잠시간 소리 내어 웃더니 말하였다.

"네 마음은 참으로 기특하나, 오늘은 너의 몸 상태가 별로 좋지 않을 터. 다음으로 하자."

"괜찮사옵니다."

"쓸데없는 소리 말고 자라."

그의 손바닥이 아이 어르듯 진의 엉덩이를 도닥거렸다.

진은 여전히 좁혀든 채 펴지지 않는 미간을 걱정스레 들여다보았다. 그러다가 괜찮으신가, 하고 입속말로 중얼거리며 눈을 감고 잠을 청해보았다.

긴 시간 꿀 같은 잠에 빠졌다가 깨었다. 부스스 눈꺼풀을 들어 올리니 차분히 눈을 감고 있는 그의 얼굴이 시야에 와 담겼다. 어째 느낌이 아직까지도 침수에 들지 못하고 있는 것 같았다.

진은 수십 번 고민하며 주저주저하다가 입술을 앙다물고 한 손을 내렸다. 탄탄한 하복부를 손끝으로 쓰다듬고 그 아래를 살짝 더듬어보았다. 빳빳이 서 있었다. 역시나.

원이 거센 호흡을 길게 내뿜고는 두 눈을 찌푸린 채 떠 올렸다.

"네가 상당히 대담해졌구나. 솔직히 많이 놀랐다."

"아…… 저어…… 폐하, 피곤하실 터인데 조금이라도 침수 드시고 정무를 보셔야지요. 세상에서 가장 힘든 일 하시는 분이 바로 폐하이신데……."

말하는 진의 통통한 두 뺨이 발그레 홍조를 띠었다. 품에서 빠져나와 몸을 일으킨 그녀는 침상 밑으로 내려가 다리를 모으고 조신하게 꿇어앉았다.

"잠시 일어나시어 이쪽으로 앉아보시옵소서."

원은 피로에 취해 혼곤한 듯한 표정으로 한숨을 흘리며 상반신을 일
으켰다. 그녀가 시킨 대로 그 앞에 걸터앉으니, 진이 고개를 들고 멀
뚱멀뚱 올려다보았다.

눈을 가늘게 내리깔고 알아서 하라는 듯 가만히 있었다. 진은 손을
올렸다 내렸다 하며 어쩔 줄 몰라 하다가 새빨개진 얼굴로 그의 침의
를 걷었다.

허리끈을 풀어내는 곱다란 손가락이 달달 떨렸다. 바지를 벗길 때만
큼은 그가 하체를 살짝 들어서 도와주었다. 그때까지만 해도 그는 네
가 이 이상 뭘 어쩌겠느냐는 생각을 하고 있었다. 그러나 얼굴과 목덜
미를 안쓰러울 만큼 붉게 물들이고도, 그녀는 발기된 남근을 꼿꼿이
꺼내 조심스레 손바닥 안에 쥐었다.

꿈에서 깨어나듯 정신이 확 들었다. 그가 멍한 눈으로 굽어보는 사
이, 진은 마음의 준비를 하듯 심호흡을 여러 번 하였다.

솔직하게 말해서 많이 쑥스럽기도 했고, 크게 자신도 없었다. 하지
만 매일 밤 그의 정성스러운 애무를 받아만 온 입장이었으니, 이럴 때
조금이나마 도움이 된다면 더없이 기쁠 것 같았다.

하얀 손끝에서 남성의 상징이 살짝 기울어졌다. 두 손으로 소중히
감싸 잡은 진은 부끄러운 듯, 신기한 듯 바라보며 잠시간 매만졌다.
그러다가 보드라운 뺨으로 살살 비비고는 윗부분에 사랑스럽게 입을
맞추었다. 놀란 그가 거친 신음을 삼키며 마디가 하얗게 되도록 주먹
을 부르쥐었다.

다소곳이 눈을 감은 그녀가 턱을 조금 내밀었다. 연붉은 입술이 찬
찬히 벌어져 그의 것을 입안에 넣었다. 원은 저도 모르게 이불깃을 틀
어쥐었다가 손 안에서 투두둑 잡아 뜯었다.

한없이 어설프고 불안한 행위였다. 그럼에도 흠칫흠칫 소름이 돋을 만큼 기분이 좋았다. 자그마한 혀가 한 번씩 나와서는 입에 담지 못한 부분을 따스하게 핥고 들어갔다. 촉촉한 입술이 아래위로 움직이며 부드럽게 빨고 핥으니 그의 숨결이 금세라도 넘어갈 듯 과격해졌다.

원은 애무받는 내내 진의 머리를 조심조심 쓰다듬었다. 쾌감이 뻗어 올라 절정으로 치달을수록 묘한 죄책감이 솟았다. 잠자리를 가지는 남녀 사이에서는 흔히 하는 행위이거늘, 그녀에게 맡기니 아주 나쁜 짓을 시키는 기분이었다. 그녀의 입술과 입안이 지나치게 작아 애무 면적은 좁았지만, 그래서 더 관능적으로 보여 격한 흥분이 일었다. 형용할 수 없을 만큼 달콤하고도 황홀한 경험이었다. 보면 볼수록 너무나 사랑스러워 그대로 미쳐버릴 것 같았다.

해일 같은 쾌락이 전신으로 덮쳐오기 직전, 그는 황급히 자신의 것을 빼내어 이불 위에 파정하였다. 그리고 무섭게 그녀의 얼굴을 잡아끌어 오랫동안 입술을 집어삼킨 후 가만히 중얼거렸다.

"너는…… 너는 순진한 얼굴을 한 요희(妖姬)로구나."

八
章

　진은 오랜만에 유모에게서 목욕 시중을 받았다. 따뜻한 물 안에 전신을 풀어놓으니 기분이 좋아져 나른한 차였다.

　씻기는 내내 유모는 어쩐지 표정이 좋지 않았다. 백설의 살결 위에 가득한 붉은 자국을 눈에 담을 때마다 그녀의 얼굴이 차츰 일그러지는 듯하였다.

　"폐하께서도…… 폐하께서도 참으로 너무하시옵니다!"

　끝내 유모는 손에 든 비단을 내팽개치더니 입을 가리며 눈물을 쏟아냈다. 진이 화들짝 놀라 고개를 바짝 들었다.

　"어찌 이렇게…… 아직 혼약도 하지 않으신 공주님의 보체를 어찌 이렇게까지 심하게……!"

　유모가 절규하듯 울부짖자 진은 사색이 된 얼굴로 입술에 손가락을 대었다.

　"쉿, 유모! 갑자기 왜 이래! 어, 어디 가서 함부로 그런 소리 하지 마! 큰일 나려고……!"

　"이제는 못 참겠사옵니다. 이 지경이 되신 걸 보고도 그저 함구해야 한다는 말이옵니까? 쇤네는 분하고 원통하여 가슴이 터질 것만 같사옵니다! 끌고 가 형장을 치시든, 늙은 목을 베시든 마음대로 하시라지요! 어찌 이리 후안무치할 수가 있단 말이옵니까! 피 섞인 동생에게!

어찌 이리 잔학하게 굴 수가 있단 말이옵니까!"

"유모! 제발 그만해! 다들 듣잖아! 그러다가 정말 큰일 난단 말이야!"

하얗게 질려 혼비백산한 진이 곁에서 시중을 돕던 궁녀 세 명을 향해 급히 말하였다.

"미, 미안하지만 잠시 자리를 피해주겠니?"

"예, 예! 공주마마!"

궁녀들이 몸 둘 바를 몰라 하며 손에 든 목욕 용품을 내려놓고 후다닥 등을 돌렸다. 그들이 문을 나서기 전, 진이 황망하게 소리쳤다.

"방금, 방금 유모가 했었던 말은……!"

"이년들은 아무것도 들은 것이 없사옵니다!"

일제히 쏟아지는 외침에 진은 안도 반, 불안함 반으로 한숨을 내쉬고는 유모에게 시선을 돌렸다. 유모는 아예 정신을 놓고 맥없이 주저앉아 있었다.

이 상황이 너무도 급작스럽고 당황스러워 어찌해야 할지 곧바로 판단이 서지 않았다. 일단 목욕을 중단하고는 어떻게든 유모를 달래어 방 안에 눕혀놓았다. 그리고 미리 챙겨놓았던 갈아입을 옷을 가지러 다시 목욕간으로 향하였다.

진의 걸음이 잠시 멎었다. 문 부근에서 아까 물렸던 궁녀 세 명의 말소리가 도란도란 들려오고 있었다. 흠뻑 젖은 속저고리에 속치마 차림인지라 이대로 나서기가 무안하였다.

진은 궁녀들이 갈 때까지 잠깐 기다리기로 마음먹었다. 하지만 그들의 이야기가 귀에 와 담길수록 가슴이 서늘해지고 심장 박동이 점점 거센 물살을 탔다.

"폐하께옵서는 아무래도 장자를 공주마마에게서 보시려는 모양이야. 근래엔 애 들어서는 약까지 먹여가면서 시시때때로 품으신다며?"

"그렇다더라. 경악스러울 따름이지. 같은 피가 흐르는 누이동생인데……."

"다들 괴이하게 여기긴 하였었어. 후도 비빈도 없으신 폐하께옵서 지금껏 궁녀 한 번 안은 적이 없으셨으니까. 당장 후궁전에만 해도 긴 긴 밤 지새우며 폐하의 손길을 기다리는 미녀들이 구름 떼처럼 넘쳐나고, 가까운 곳의 궁녀들도 조금만 둘러보면 절색이 한가득인데 말이지."

"한창 혈기왕성할 보령의 젊은 황제가 여인을 멀리하였다는 전례가 지금껏 있었던가? 몸에 어디 이상이 있지 않는 한은……."

"그니까. 그게 다 이러려고 그러셨나 보아. 본 황께서 궁녀의 아들로 태어나 그 수모를 견디고 사셨으니, 궁녀 따위에게서 황손을 볼 가능성을 만들 생각이 없으셨던 것이야. 그놈의 혈통과 태생 때문에 피해 의식이고 열등감이고 넘쳐나시니까, 결단코 아무 여인에게나 씨를 심지 않으려 독하게 마음먹으신 게지."

"하지만 설마 설마 해도 공주마마를 품으실 줄 어느 누가 상상이나 했겠어?"

"정통성이라는 게 참 무서운 거야. 지금 이 세상의 여인 중 유씨 황실의 피가 가장 진하게 흐르는 분이 누구겠어? 바로 공주마마시잖아. 외가 혈통이 최고 명문이시니."

"하아, 그렇다고 동생을……. 존귀한 혈통이 얼마나 욕심나면……. 솔직히 폐하께옵서 굳이 그렇게까지 하지 않아도, 언감생심 뭐라 할 사람 아무도 없을 터인데."

"누가 뭐라 하든 안 하든, 원래 본인이 가지지 못한 건 더 욕심나고 커 보이는 게 인지상정 아니겠어?"

"그런데, 그것이 그렇게 중요한 거야?"

"중요하긴 하지. 정통성 있는 후계자가 떡하니 있으면, 그만큼 황권이 든든해지는 건 물론이고 어느 누구도 제위에 욕심 부릴 엄두를 내지 못할 테니까."

"아아. 그렇구나."

"어쨌든 간에, 황족들은 한 다리 건너면 다 형제자매이니 근친을 들먹이는 자체가 무의미하다지만…… 그래도 남매끼리 정을 통하는 건 역시 해괴한 일인 것 같아."

"그럼 공주마마는? 황자 아기씨를 생산하시면 어찌 되시는 거야?"

"글쎄, 아무리 생각해도 끝이 딱하시지. 공주마마는 공주마마인데, 황후가 되실 수 있겠어, 후궁 품계를 받을 수나 있겠어? 그렇다고 황제의 여인이 된 것을 만민이 다 알고 있는 판에 뒤늦게 출가한다고 해서 받아줄 가문도 없으실 거고."

"아, 어떡해."

"그것도 그렇지만 더 가여우신 게 뭐냐면, 요즘 마마께선 하루하루 사는 게 사는 것 같지 않으실 테야. 얼마나 무섭겠어? 이복 오라버니에게 매일 밤 겁간당하는 처지나 다름없으니. 천자에 대한 불복은 곧 죽음이니까 감히 저항할 생각도 못 하실 거고."

"겁, 겁간이란 표현은 조금 너무하지 않았나? 몇몇 애들은 은근히 부러워하기도 하던데……. 오라버니든 뭐든 폐하의 품에 한 번만 안겨봤으면 소원이 없겠다던가."

"이그, 자기 일 아니라고 진짜 속없이 지껄이네. 공주마마 초야 치

171

르실 때 너희 없었지? 그날 마마께서 내시는 울음소리며 비명 소리며 어찌나 애처롭던지, 밖에서 대기하는 환관, 궁녀들 중 울지 않는 사람이 한 명도 없었어."

진은 두 손으로 입을 꽉 틀어막고 파들파들 떨었다.

아니다. 아니다. 저들은 알지도 못하면서 제멋대로 떠들고 있다.

그가 그녀를 품을 때마다 얼마나 조심하고 정성을 기울이는데. 매번 쥐면 꺼질까 불면 날아갈까 얼마나 애지중지하는데. 소중히 여겨주겠다고, 사랑한다고 하였는데. 단순히 혈통이 욕심나서 품을 그가 결단코 아님을 아는데……

소문이라는 건 참 무섭다. 진실은 아무래도 상관없는 모양이다. 그것을 입에 담는 이들은 자신들이 믿고 싶어 하는 자극적인 부분만 말하면서 결국 저들끼리 떠든 소리를 진실로 만들어 단정해버린다. 사람들의 입과 입을 하나씩 거쳐 갈수록 거짓이 진실이 되고, 그것이 부풀고, 비틀어지고, 감당할 수 없을 만큼 왜곡되어간다.

진은 방 안으로 뛰어 들어가 아무 옷이나 걸쳐 입고는 다시 달려 나왔다. 그리고 어린아이처럼 울먹이며 처소 바깥으로 뛰쳐나가 선실전이 보이는 방향으로 무작정 걸음을 내디뎠다.

"폐하…… 폐하……!"

그가 보고 싶었다. 그의 품에 안겨 걷잡을 수 없이 혼란해진 마음을 추스르고 싶었다.

하지만 한참 동안 발을 재촉하여 목적지 부근에 당도하고 나니, 어쩐지 괜한 행동을 하는 것 같아 가슴이 불편해져왔다.

지금의 자신은 타인들의 시선 속에서 결코 떳떳할 수가 없었다. 황궁에서의 거동 하나하나에 주의를 기할 필요가 있다는 생각이 들었다. 고개를 내저으며 스스로를 다독인 진은 다시금 처소로 걸음을 되돌렸다.

기분전환을 위한 산책 겸, 선실전 후원의 정자를 지나치던 길이었다. 익숙한 음성이 귓속을 파고들어 발이 멎었다.

장신의 두 남자가 홍연[17]을 앞에 끼고 서 있었다. 한 명은 강사포를 걸친 황제, 그였다.

나머지 역시 낯익은 얼굴이었다. 위위[18] 강석. 황제의 호위를 겸하여 황궁의 경비 대장을 맡고 있는 인물이니 조회가 이루어지는 정전 바깥에서는 거의 그의 오른팔 격이었다.

진은 엉겁결에 정자의 기둥 뒤로 몸을 감추었다. 방향을 조금 틀어서 바깥쪽으로 빠져나가야 할 듯하였다. 그러나 절로 들려오는 이야기 소리에 두 발이 뿌리라도 내린 듯 움직이지 않았다. 아까 전 궁녀들에게 들었던 말들이 머릿속을 휘젓고 맴돌아, 평소라면 하지 않았을 엿듣는 짓을 하고 있었다.

"좋은 실적을 거두는 관료들이 하루가 다르게 늘고 있사옵니다. 폐하께옵서 능력 있는 인재들을 차별 없이 기용하시고 무능한 자들을 가차 없이 가려내시니, 관료 전체의 수준이 비약적으로 향상된 것 같사옵니다."

고즈넉이 흩어지는 강석의 음성 속에 감출 수 없는 존경심이 어렸다. 원이 연못가에서 곱게 흐늘거리는 수초를 관망하며 답하였다.

---

17) 鴻淵, 큰 연못.
18) 衛尉, 9경 중 하나로, 황궁 경비를 맡은 남군을 통솔하는 관직.

"능력도 없으면서 관직을 차지하고 앉아 녹봉을 먹는 자들은 벼슬을 훔치는 도둑과 다름없다 하였느니. 향기로운 풀과 잡초를 가려내는 것도 군주가 갖춰야 할 중요한 역량이다."

"신의 눈에는 그저 신기로워 보일 따름이옵니다. 그리 후하게 상을 내리심에도 국고가 줄기는커녕 점점 풍요로워지는 듯하오니⋯⋯."

"그만큼 여태껏 중간에서 이득을 챙겨왔던 자들이 무수하였다는 방증이지. 대대적인 숙청은 어느 정도 마무리되었으나, 앞으로도 끊임없이 솎아내어 다스리지 않는다면 다시 문란해지는 건 시간문제일터. 제아무리 강하고 지혜로운 사람일지라도 혼자 모든 일을 돌볼 수는 없는 법이니 그대들이 동심협력하여 짐을 보좌해야 할 것이다."

"광활한 하늘 아래 폐하의 땅 아닌 곳 없고, 이 땅 위 사방 끝까지 폐하의 신하가 아닌 이가 없사옵니다. 신은 폐하의 다스림을 받아 적자[19]의 마음으로 개와 말의 수고로움을 마다하지 않을 것이옵니다."

강석이 두 손을 모아 공손히 읍례를 올리며 맹세하였다.

3년 전, 황제가 스물둘의 앳된 보령으로 즉위한 직후에는 이래저래 뒷말이 많았었다. 후궁도 되지 못한 천출 궁녀의 복중에서 난 황자가 적자들도 되기 어려운 만승지위에 올랐으니, 입 밖으로 표현하지는 않더라도 하나같이 꺼림칙하게 여겼다.

그러나 황제는 역대 어느 천자도 이루어내지 못한 속도로 나라를 안정시켜 국고를 채워갔다. 또한 젊고 우수한 인재들을 배양, 기용하는 동시에 그들의 특기와 장단점을 파악해 적재적소에 배치해가며 지지

---

19) 赤子. 임금에게 충성을 다하는 백성의 마음 또는 갓난아이처럼 거짓이 없는 마음.

기반을 신속히 닦았다.

시간이 흐르니 농민과 중산층의 숨통이 트이는 가운데 효율적인 운영으로 황실이 빠르게 부유해졌다. 부는 곧 권력이었다. 은근슬쩍 불만을 토하던 이들은 어느 시점부터 넌지시 입을 다물고 몸을 사렸다.

황권이 반석에 오르자 황제는 과감히 칼을 뽑아 휘둘렀다. 그는 나이답지 않은 노련한 혜안으로 날카롭게 사람을 가렸다. 특히나 뒷구멍으로 부정을 저지르는 자들은 귀신같이 알아 쳐냈으니 관리들은 품계의 고저에 상관없이 행실에 만전을 기하게 되었다.

천자는 과연 하늘에서 내리는 자리이던가. 강석은 자신보다 열 살은 넘게 어린 젊은 군주의 얼굴에서 범접할 수 없는 지격(志格)을 느꼈다.

"하온데 폐하, 외람된 말씀이옵니다만…… 왕 승상을 이대로 방임하실 생각이신지요."

강석의 말에 원은 뒷짐 진 손을 다른 손으로 포개 쥐며 입을 열었다.

"왕 승상이 드러내놓고 저지른 죄가 하나라도 있던가. 아직은 다 풍문이고 항설일 뿐. 옥석을 가리는 일도 중요하지만 터럭을 불어 흠을 찾아 트집 잡거나, 때를 씻어서까지 숨은 상처를 발견해낼 필요는 없다."

"그렇기는 하오나…… 신은 솔직히 말씀드리자면 가장 먼저 폐하의 칼을 맞을 이는 왕 승상일 줄 알았사옵니다. 이전에야 강한 권력과 권모술수로 폐하를 받들었다 하여도, 지금은 폐하의 입지에 해만 끼치는 인물이온데……."

승상 왕전은 여전히 날아가는 새도 떨어뜨린다는 권세를 누리고 있었다. 그러나 최근 들어서는 지저분한 여자 문제로 평판이 바닥까지 곤두박질친 탓에, 그의 영향력은 절대자 황제의 뒷배에서 받아 행사하는 입김이 대부분이었다. 아직도 왕전은 본인이 황제를 만들었다는 자부심이 하늘을 찌를 듯 대단하였다.

"짐은 의리의 미덕을 상당히 중요시하는 편이라."

원이 무미건조하게 중얼거렸다. 표정에서도 어조에서도 감정이 드러나지 않으니, 도통 그의 속내를 종잡을 수가 없었다. 저리 말하였다가도 무언가 하나라도 제대로 걸리면 언제든 황제의 칼끝이 승상에게로 향할지 몰랐다. 그에 관해서는 황제가 알아서 교묘하게 잘 처리할 것이니 이 이상 상관할 필요가 없었다. 사실 더 신경 쓰이는 문제는 조정 일이 아니었다.

"그리고…… 최근 황궁 안팎에서 퍼지는 소문들이 심상치 않사옵니다. 특히 공주마마에 관한…… ."

강석이 조심스레 화제를 바꾸었다.

자신의 이야기가 나오자, 기둥에 등을 대고 규청하던 진은 빠끔히 고개를 빼어 그들을 건너보았다. 멀지 않은 곳에서 원의 옆얼굴이 내보였다.

양어깨가 흠칫 떨렸다. 그의 표정이 시신경에 와 닿은 순간 전신을 순환하는 피가 싸늘히 얼어붙는 것 같았다. 요사이 그가 하도 다정다감히 굴어서 잠시 잊고 있었다. 그는 원래 저런 사람이었다.

"대다수의 생각과는 달리, 폐하를 곁에서 모시는 신의 눈에는…… 폐하께옵서 공주마마께 쓰시는 마음이 예상외로 각별한 듯 보여서…… 조금 저어되옵니다. 혹 그것이 황후마마를 맞아들이지 않으시는 연유 중 하나가 되는가 하여…… ."

"위위."

원이 강석의 말을 차분히 끊었다.

"예, 폐하."

"그대는 문무겸전의 훌륭한 지장이지."

강석이 의아한 얼굴로 고개를 조아렸다. 황제의 옥음이 정수리를 타고 내려왔다.

"「논어(論語)」의 '계씨편(季氏篇)' 6장을 읊어보라."

미간을 모으며 눈동자를 모로 굴린 강석은 한동안 쩔쩔매었다. 황명을 받았으니 기억이 나지 않아도 무조건 생각해서 답해야 할 터였다.

그는 어떻게든 머릿속을 뒤집고 들추어 저장된 지식을 가까스로 꺼내었다.

"윗사람을 모실 때 저지르기 쉬운 잘못이 세 가지 있으니, 말할 때가 되지 않았는데 말하는 것을 조급하다[躁]고 한다. 말할 때가 되었는데도 말하지 않는 것을 속마음을 숨긴다[隱]고 한다. 안색과 상황을 살펴보지도 않고 말하는 것을 맹목[瞽]이라고 부른다."

다행히도 제대로 기억이 났다. 그러나 발등에 떨어진 불을 수습하고 나니 뒷목을 타고 소름이 돋아 올랐다. 느릿느릿 시선을 위로 올린 강석은 신중히 용안을 살피었다. 황제가 눈초리를 가느스름히 좁힌 채 미세하게 찌푸리고 있었다.

당황한 강석이 조속히 몸을 내려 바닥을 짚고는 그의 발 앞에 엎드려 돈상[20]하였다.

"송구하옵니다! 주제넘었사옵니다. 청하오니 신을 벌하여주시옵소서."

---

20) 頓顙. 무릎을 꿇고 머리를 조아려 절하다. 항복하거나 죄를 청할 때에 한다.

황제는 웬만해선 용안에 희비를 나타내지 않는 군주였다. 그가 불쾌함을 드러냈다는 건 상당히 위험한 상황이었다.

원은 잠시간 눈을 내리깔고 강석의 뒷머리를 굽어보았다. 천천히 뒷짐을 푼 그가 바깥으로 몸을 돌리더니 말하였다.

"제아무리 배가 다르다 할지라도, 누이동생은 육친[21]임을 부정하지 못한다. 피 섞인 동생을 진정 여인으로 마음에 담는다면 그건 미친 사내가 아닌가."

방향이 바뀐 탓에 진의 시야에서 그의 얼굴이 정면으로 보였다. 원은 느른히 눈을 감았다가 떴다. 그리고 차가운 비소와 함께 덧붙였다.

"그 부분에 대해서는 걱정할 필요가 없다. 짐은 미치지 않았으니."

진의 동공이 별 하나 없는 무채색의 밤하늘처럼 텅 비었다.

그녀는 붉은 입술을 벌린 채 조용하게 주저앉았다. 앞이 보이지 않았다. 더 이상의 말소리도 들리지 않았다. 순식간에 귀머거리, 장님이 되어버린 것 같았다.

턱 끝에 송골송골 맺힌 눈물방울이 떨어져 팔등을 차게 적셔왔을 때, 그제야 스스로가 울고 있다는 것을 알았다.

두 남자가 못가에서 사라지고 주변에 머무는 사람들이 여럿 바뀌었다. 산등성이에 걸려 있던 태양이 어느새 정수리 위에서 눈부신 빛을 뿜었다. 쉽사리 일어날 수가 없었다. 하체를 일으켜 걸음을 옮길 힘을 얻기까지 아주 오랜 시간이 걸렸다.

---

21) 六親, 가장 가까운 여섯 친족. 즉 부父, 모母, 형兄, 제弟, 처妻, 자子를 말한다.

무슨 정신으로 처소로 돌아왔는지 알 수가 없었다. 그녀가 도착하니 열 명의 배행 담당 궁녀가 아연실색하여 일제히 달려와 빙 둘러쌌다.

"공주마마! 대체 어디에 계시다가 이제 오신 것이옵니까!"

"이년들이 얼마나 찾았는지 아시옵니까?"

"한동안 안 그러시더니 어찌하여 또…… 어? 마마, 어, 어찌 우시옵니까?"

진은 먼 곳의 풍경을 보는 듯 멍한 얼굴로 눈물을 뚝뚝 흘리고 있었다. 궁녀들이 모조리 사색이 되어 발을 동동 굴러대며 어쩔 줄 몰라 하였다.

배행 담당은 공주가 처소 주변을 멀리 벗어날 경우, 그녀를 따르며 보호하고 시중드는 일을 맡은 궁녀들이었다. 그들은 진 공주가 걸음마를 할 시절부터 모셔왔었다.

궁인이라면 누구든 탐낼 꿀 같은 보직이었다. 그저 대기하다가 외출 시에 따라다니기만 하면 되니 몸이 늘어지도록 편하였다. 그러나 지나치게 안락하다 보니 외려 심신이 태만해지기 쉬운 일이기도 했다.

옛날, 한 번은 오라비를 찾아 나선 공주를 놓쳤다. 곧 돌아오겠지 싶어 저들끼리 수다를 떨며 기다렸더니, 짐작대로 공주는 해가 지기 전에 처소로 돌아와 착하게 이부자리로 들어갔다.

그 후로 고의든, 우연이든 공주를 방치하는 횟수가 조금씩 늘었다. 어린 공주는 또래의 흔한 아이들과는 달리, 혼자 놔두어도 사고 한 번 치는 일 없이 얌전히 잘 놀았다.

철딱서니 없이 어렸던 소녀들은 하루가 다르게 나태해져갔다. 당시의 황제나 황후는 외동딸에게 관심이 없었다. 상부에서도 공주에 관한 일은 전적으로 담당 궁녀들에게 맡겼으니 마음 가는 대로 행동해도 별다른 문제가 일어나지 않았다.

단체로 삿된 짓을 하니 혼자일 때보다 한층 당당하였다. 본인들이 나쁘다는 것도 제대로 인식하지 못하고 있었다.

어린 소녀 다수가 더 어린 소녀 한 명을 무참히 따돌렸다. 울보 공주라 험담하는 등 귀찮아하며 은근히 상처 입히는 말도 서슴지 않았다.

그러다가도 매번 상전을 내버려두는 일이 걸렸는지, 그중 한 명이 못된 묘안을 냈다. 다들 소경인 듯, 벙어리인 듯 쉬쉬한다지만 소문이 하나 나면 눈 깜짝할 새 퍼지는 황궁의 특성을 이용한 것이다.

그날 이후로 진 공주는 제멋대로 궁녀들을 따돌려 속 썩이는 사고뭉치가 되었다. 그 덕에 그녀들은 하루 종일 주전부리나 먹고 놀다가 느지감치 공주를 데리고 처소로 들어가면 되었고, 녹은 녹대로 나오니 이 이상 좋을 수가 없었다.

그러나 3년 전, 새 황제가 등극하고 나서는 대장추[22]가 그녀들을 직접 관리하게 되었다. 그 후로 입장이 완벽히 바뀌었다. 여태껏 해왔던 것처럼 게으름을 피우다가 발각되어서는 본궁으로 끌려가 된통 형장을 맞은 것이었다. 그 후로 그녀들은 공주가 외출할 때마다 성실히 배행하는 것은 물론, 상전의 표정 하나와 말 한 마디에 벌벌 떨었다.

우는 공주를 바라보며 하나같이 안절부절못하던 궁녀들은 그녀의 머리칼이 덜 말라 있음을 알아차렸다. 당황하여 이리저리 매만지다가 옷 속에 손을 넣어보니, 속저고리와 속치마는 아예 흠뻑 젖어 있었다.

허겁지겁 공주를 방 안으로 이끌어서는 몸을 닦아주고 옷을 갈아입

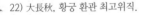

---

22) 大長秋. 황궁 환관 최고위직.

히려 하였다. 그때 진이 훌쩍거리며 눈물을 찍어내다가 콜록콜록 기침을 해댔다.

순간 방의 공기가 급작스레 무거워졌다. 열 명의 궁녀가 약속이라도 한 듯 낯빛이 창백해져서는 한동안 입을 열지 못하고 있었다.

서로의 눈치를 살피던 그들이 어느 순간 일제히 엎드려 빌기 시작하였다.

"마마, 이년들이 죽을죄를 지었사옵니다!"

"마마, 마마……! 이년들을 제발 살려주시옵소서!"

궁녀들은 진의 치맛자락을 붙들고 눈물, 콧물을 줄줄 흘리며 목 놓아 울음을 터뜨렸다. 진이 울다 말고 놀라 소리쳤다.

"왜, 왜들 이러니?"

"마마께옵서 홀로 돌아다니시다 감환이 나셨으니, 마마의 보체를 돌보지 못한 이년들은 필시 오늘 밤 죄를 받을 것이옵니다. 차라리 죽여달라는 소리를 백 번은 넘게 지르며 형장을 맞게 될 것이옵니다!"

진은 눈을 크게 뜨고 아연히 입을 벌린 채 거의 통곡을 하고 있는 궁녀들을 내려다보았다.

"마마, 흑흑, 이년은 무섭고 두려워 당장이라도 죽고 싶사옵니다."

"진심으로 맞기 싫사옵니다. 흑, 제발, 제발 마마께서 어떻게 해주시옵소서."

너무 돌연하고도 당혹스러워 사태가 속히 파악되지 않았다. 진은 쿵쿵 뛰는 가슴을 쓸어내리다가 앞쪽 궁녀들의 등을 토닥이며 말하였다.

"미, 미안하구나. 그만 울고 진정들 하렴. 내가 내 잘못으로 병을 얻은 것이거늘, 어찌 너희들이 죄 없이 매를 맞아야 한단 말이니? 그럴

일 없을 것이다. 내 이따가 폐하께…….”

이야기하다가 말고 흠칫한 진은 꺼림칙한 듯 얼굴을 찡그렸다. 하지만 찢어지는 소리로 울어대는 궁녀들을 일단 안심시켜야 했다.

“폐하께, 한번 말씀 올려보겠다. 걱정 말거라.”

“폐하께옵서는 궁인들의 일에 사사로이 관여치 않으시옵니다. 이년들의 상부에 이 소식이 올라가면 끝이옵니다. 그들이 직접 쳐들어와 이년들을 끌고 갈 것이옵니다.”

누군가 울며 소리치자 진은 입술을 깨물며 잠시 고민에 잠겼다. 그러고는 방 안의 상석에 몸을 바로 펴고 앉아, 가장 앞에 있는 궁녀에게 명하였다.

“지금 당장, 중궁영항령[23]을 이리로 불러 오너라.”

분부 받은 궁녀가 지체 없이 일어나 방을 나섰다. 한데 그 궁녀의 뒤를 따라, 중궁영항령과 함께 대장추 숙손이 직접 왔다.

대장추는 환관 전체의 우두머리로, 본디 황후나 태후의 시종장을 맡은 보직이었다. 지금은 아니라지만 한때는 권력과 위세가 대단하여 고관대작들조차 앞 다투어 뇌물을 바쳤던 역사도 있었다. 현재는 황후와 태후가 모두 공석이므로 모실 상전이 없는 터였기에, 황제가 특별히 내린 명을 받들어 공주의 일상에 불편함이 없도록 책임지고 있었다.

“공주마마, 찾아계시옵니까.”

방과 방 사이에 쳐진 주렴 너머로 인사를 올리고 엎드리는 대장추의

---

23) 中宮永巷令, 궁인들을 주관하는 환관.

조영이 내보였다. 진은 가볍게 고개를 숙이며 인사에 화답하였다.

"바쁜 사람의 발걸음을 공연히 이곳까지 닿게 하여 미안합니다."

"아니옵니다. 소인은 공주마마의 사람이오니, 언제고 필요할 때 부르심이 지당하옵니다."

그의 정중한 어투에 진은 난처한 듯 손과 손을 비비고 주물렀다. 그녀로서는 고위 환관을 직접 불러 앉히고 면담하는 일이 오늘로 난생처음이었다.

"오래 끌지 않겠어요. 구태여 부른 이유는 다름이 아니라…… 제가 오늘 사정이 있어 홀로 돌아다니다가 심하지도 않은 감모를 얻었습니다. 한데 듣자하니 저의 철없는 행동 탓에 오늘 이 아이들이 모진 형장을 맞게 될 거라 하는데…… 그것이 참인지요."

숙손이 고개를 슬쩍 꺾어 올리며 공주의 근처에 시립한 궁녀들을 응시하였다. 주렴에 가려져 있어 표정이 보이지 않음에도 궁녀들이 한꺼번에 움찔움찔 어깨를 움직였다.

"존귀하신 상전을 성심성의껏 받드는 건 궁인들의 소임이옵고, 맡은 바를 제대로 수행하지 못하였다면 마땅히 그에 해당하는 벌을 받아야 하옵니다."

"물론 그러하나, 오늘 벌어진 일은 이 아이들의 실책이 아닙니다. 이는 제가 의복을 제대로 갖춰 입지 않고 마음대로 돌아다니며 찬 공기를 쐬다 그리된 것이니까요. 이들은 제가 언제 어떻게 출타하였는지 알지도 못하였을 것이에요. 그러니 죄도 없는 이 아이들이 억울하게 매 맞는 것을 저는 좌시할 수가 없습니다."

"마마, 그런 말씀은 통하지 않으시옵니다. 설령 그렇다 하더라도 마마의 출타를 재깍 파악하지 못하고 정신을 팔았다는 자체가 직무 태만인 동시에 책잡힐 과실이니까요. 진정 마마를 충심으로 받들었다면 수시로 주의를 기울였어야 할 터, 죄를 범한 저 아이들을 벌하지 않는다면 궁인 전체의 질서와 기강이 바로잡히지 않사옵니다. 이를 다스리는 것이야말로 소인들의 소관이옵니다. 소인은 폐하의 준엄한 칙령을 받들어 추호의 불편함 없이 마마를 뫼실 의무가 있사오니, 마마께옵서는 소인을 전적으로 믿고 맡겨주셔야 하옵니다."

엎드려 고개를 박고도 할 말을 다 하는 걸 보니, 과연 다른 환관들과는 달리 여간내기가 아니었다.

진은 어찌 받아쳐야 할지 곤란해하다가 가련히 떨고 있는 궁녀들을 보며 용기를 내었다.

"물론 대장추를 믿어요. 허나 옛말에, 덕으로 가르치고 예로 가지런히 하면 바른 마음을 가지게 되며, 정책으로 가르치고 형벌로 가지런히 하면 피하려는 마음을 가지게 된다 하지 않습니까. 무조건 엄혹하게 다스리기보다는 너그러운 도량을 보이는 것도 나쁘지 않을 거예요. 거듭 말하지만 이는 저의 허물이에요. 상전이 마음먹고 예고도 없이 뛰쳐나갔으니, 하루 종일 감사라도 하지 않는 마당에야 곧장 파악하기가 쉽지 않았을 것입니다. 외려 이 아이들은 느닷없이 사라진 제 행동에 당황하여 마음고생이 심하였을 테지요. 제가 이들을 따돌려 제멋대로 돌아다니고 속을 썩였어요. 혹 이 아이들을 선처하는 일이 대장추께 피해가 가는 것이라면, 제가 직접 폐하께 이를 잘 설명드려 말씀 올려보겠습니다."

숙손이 흠칫 놀라 목을 움츠렸다. 그녀의 언중에서 어떤 두려움을 느꼈는지 약간 떨고 있는 듯도 하였다.

"마마. 설마 그 말씀 그대로 폐하께 아뢰신다는 것이옵니까?"

그의 목소리가 심상치 않자 진이 깜짝거리며 바로 답하지 못하였다.

"그건 그다지 좋은 생각 같지 않사옵니다. 폐하께 그 말씀을 올리시는 순간, 마마의 입에서 그런 말이 나오도록 만든 저들이 형장을 맞는 정도로 끝나지 않음은 물론이옵고, 저 아이들을 단속치 못한 소인 역시 목이 무사히 붙어 있을지 장담할 수가 없게 되옵니다. 부디 굽어 살펴주시옵소서."

길게 한숨을 토한 숙손이 망설이다가 말을 보태었다.

"마마께서 진정 저들을 위하려 하신다면, 폐하께는 이 일에 대하여 아예 말을 꺼내지 않으심이 좋사옵니다. 소인에게 맡겨주시옵소서. 마마께옵서 따로 특별히 말씀하시었으니 형구까지 벌이지는 않겠습니다. 저 아이들의 죄를 다스리는 건 회초리를 쳐 주의를 주는 선에서 마무리하지요."

그마저도 막아보려 진이 한마디 더 하려는데, 갑자기 숙손이 시립한 궁녀들을 향해 버럭 소리를 내질렀다.

"네 이년들! 공주마마께옵서 이렇게 직접 나서시어 청하지 않으셨다면 네년들은 오늘 밤새 형틀에 묶여 볼기짝이 남아나지 않았을 터, 당장 마마께 감사드리지 않고 무엇 하느냐!"

혼이 빠질 듯 기겁한 궁녀들이 자지러지는 것처럼 한꺼번에 엎드렸다.

"마마, 하해와 같으신 은혜에 감읍하옵니다! 이년들은 평생 마마를 목숨 걸고 받들 것이옵니다!"

아연한 진은 이마까지 쿵쿵 박아대는 그들을 보며 할 말을 잃었다. 예고 없이 뒷머리를 가격당하기라도 한 것처럼 한동안 정신이 얼얼하였다.

그때 순간적으로 머릿속을 스치는 누군가의 목소리가 있었다.

「힘을 얻고 나면, 널 아무도 무시하지 못하도록 내가 지켜줄 것이다.」

공주의 처소를 나선 숙손과 중궁영향령이 나란히 궁내를 거닐며 대화하였다.

"회초리로 마무리라니, 대장추께서 징계에 예외를 두신 건 이번이 처음이로군요. 많이 선처해주신 듯하옵니다."

중궁영향령이 놀란 듯 말하자 숙손은 한쪽 눈썹을 오래 긁적였다.

"본래 군주와 동침하는 존재에게는 바짝 숙여야 할 필요가 있지."

"공주마마께옵서는 폐하께 한낱 씨받이 도구로 이용당하는 것뿐 아닌가요? 황자 아기씨를 생산하시거든 바로 팽 당하실 운명이라 하던데…… 굳이 잘 보일 필요가 있사옵니까?"

"사람이 멀리 생각함이 없으면 반드시 가까운 근심이 있는 법이네. 폐하께옵서 공주마마께 황자 아기씨를 보시고, 그 황자를 후계로 삼기로 마음먹으셨다면 곧 마마께서 생산하신 황자만이 태자가 된다는 결론이 나지 않겠나. 그 태자가 제위를 잇는다면 어찌 되겠나. 황제의 모후가 누구지? 태후 아닌가. 결국 공주마마께서는 태후 자리만큼은 이미 확정된 분이나 다름없으시지."

중궁영향령이 탄복하며 고개를 끄덕였다. 숙손이 맡고 있는 대장추는 본래 황후 또는 태후의 수족이니, 먼 훗날까지 내다보고 오래 자리를 보전하려면 가장 잘 보여야 할 대상이 공교롭게도 공주였다.

또한 대장추는 궁내에서 유일하게, 황제가 공주에게 마음이 있다는 사실을 어렴풋이 짐작하였다. 그렇지 않으면 공주가 어렸을 적 방치당하여 불행히 지냈음을 강조하면서 다시는 그런 일이 발생하지 않도록 단단히 일러둘 필요가 없지 않겠는가.

　오늘 밤에도 몸치장을 담당한 궁녀들이 우르르 몰려들었다. 진을 침상에 가로누인 그녀들은 거침없이 옷을 벗기고 팔다리와 손을 열심히 주물러 혈을 풀었다. 그 후에는 침의부터 해서 빛깔 고운 비단옷을 흐트러짐 없이 입히는 동시에 여럿이 달려들어 오발선빈(烏髮蟬鬢) 윤기 흐르는 머리카락을 곱게 빗겼다.

　공주라기보다는 오로지 황제의 품에 안길 여인 취급이었다. 이때만큼은 내 몸이 내 몸이 아닌 것 같았다. 전신 구석구석 그들의 손길이 안 닿는 곳이 없었다.

　인형처럼 굳어 있던 진은 한순간 확 뿌리치고픈 충동을 느꼈다. 하지만 아까 대장추와 담화하며 크게 깨달은 바였다. 자신이 이들을 거부하면 이들은 벌을 받는다. 제 소임을 정성껏 수행하는 궁녀들에게 무슨 잘못이 있겠는가.

　황제가 처소에 들자, 진은 두 손을 가지런히 모아 올리고 허리를 굽히며 맞이하였다.

　천자에게 꼿꼿이 몸을 세운 채 인사하는 건 예의에 어긋나지만, 그는 그녀가 엎드려 삼만세를 외치는 것을 좋아하지 않았다. 또한 고개를 숙이지 말라는 명까지 받은 참이니 곧바로 턱을 추켜올리고 시선을 맞춰야 했다.

　그의 부드러운 눈빛이 그녀의 눈동자에 머물렀다. 미소를 머금고 다가온 원이 진을 살포시 끌어안았다. 그러고는 어차피 금세 벗길 테지만, 그녀가 오늘 입은 의복과 아름답게 단장한 장신구들을 감상이라도 하듯 흐뭇이 훑어 내렸다.

단단한 팔 안에 온몸이 깃털처럼 가뿐히 안겨서는 침상 위에 조심스레 앉혀졌다. 침의만 남기고 옷을 벗기면서 진을 이리저리 만지던 원이 홀연히 한쪽 눈썹을 세웠다.

"미열이 있는 것 같은데……."

진이 긴 속눈썹을 내리깔며 고개를 푹 숙였다.

"송구하옵니다. 감모가 드는 바람에……."

"이런! 감모라니, 괜찮은 것이냐?"

그가 안쓰러워 어쩔 줄 몰라 하며 진의 이마와 목덜미를 짚어보았다.

"심하게 들지 않았사옵니다."

"그래도 몸이 워낙 약하니 언제든 심해질 수 있을 터, 걱정되는구나. 약은 들었느냐?"

"태의령에게 말하여 저녁에 탕약을 들었사옵니다."

"잘하였다."

원이 그녀의 입술에 가볍게 쪽 입을 맞추었다. 그 채로 진의 낯빛을 빤한 시선으로 더듬어 살피다가 옷고름 쪽으로 슬쩍 손을 뻗었다.

진의 표정이 금세 흐릿하게 가라앉았다. 그가 열없이 웃으며 말하였다.

"오늘은 역시 무리겠지. 그래, 그냥 안고만 자자."

주렁주렁 달린 머리 장식을 모두 풀어내고, 원은 그녀와 나란히 이불로 들어가 누웠다. 조금 떨어져서 마주 보며 귀밑머리를 만지작대던 그가 살짝 이마를 내려 입을 맞추려 하였다. 진이 가만히 얼굴을 돌리자 그가 말하였다.

"입만 맞출 것이다. 다른 짓은 하지 않으마."

"감모 옮으시옵니다."

"좀 옮으면 어떠하냐. 남에게 옮기면 빨리 낫는다는 속설도 있던데, 그리되면 나야 좋다."

고개를 빼내어 바투 다가간 원은 입술을 겹쳐 물고 눈을 감았다. 한창 빨아 당기며 달게 맞추려는데 진이 뒤통수를 젖히며 떨어져 나갔다.

다시금 눈을 뜬 그는 성마른 한숨을 흘렸다. 속이 타고 애가 달아 조바심이 부쩍 났다.

"내가 아무래도 네게 단단히 신뢰를 잃은 모양인데, 오늘은 믿어도 괜찮다. 옷고름 쪽에는 절대 손도 대지 않으마."

말하면서 원은 고개를 기울이며, 이번에는 피하지 못하도록 턱을 잡았다. 그러자 진이 미간을 찡그리더니 아예 두 손으로 입술을 가렸다.

"입술만…… 정말 입술만. 그것도 도저히 안 되겠느냐?"

그가 숫제 애원을 하듯 물어왔다. 안달하는 가슴이 마른 낙엽처럼 바스러지고 하릴없는 생침만 목 너머로 넘어갔다.

진은 가느다란 시선으로 바깥쪽 벽만 빗겨 보았다. 아무리 기다려도 그녀에게서는 끝내 답이 없었다.

"아, 오늘은 밤새도록 잠을 못 자겠구나. 나는 감모 따위 걸려본 적이 지금껏 손에 꼽히거늘. 걱정해주는 것도 좋다만 오히려 이쪽이 명일(明日)의 정무에 훨씬 지장이 크다."

은근한 불평불만까지 쏟아보았지만 진은 요지부동이었다. 감모로 몸이 아파 기분이 영 좋지 않은 걸까.

할 수 없이 포기한 그는 한숨과 함께 손을 뻗었다. 진을 끌어당겨 껴안으려 하니, 그녀가 그의 가슴을 밀어내고는 등을 돌렸다. 그제야 원은 분위기가 심상치 않음을 인식하였다.

"진아."

조용히 그녀를 불러보았다. 진은 어깨를 둥글게 웅크린 채 입을 열지 않았다. 원이 상체를 일으켜 앉고는 그녀의 한쪽 팔뚝을 두들겼다.

"진아, 잠시 일어나보거라. 나와 이야기 좀 하자."

여전히 반응이 없자 원은 억지로 진의 몸을 붙들어 일으켜 세웠다.

그와 마주 앉아 시선을 올렸다 내린 진은 스쳐간 눈길을 통해 딱딱하게 굳은 표정을 확인하였다. 두려움으로 아찔한 전율이 일었다.

오늘 정자 뒤에서 들은 말이 사실이라면, 그가 훌륭한 연기로 여태껏 그녀를 속여온 게 맞다면, 그는 그녀를 사랑하거나 아끼는 마음이 거의 없다고 봐야 할 터. 그 상황에서 한갓 여인의 몸으로 황제를 거부한다는 건 죽음을 각오해야 하는 일일 수도 있었다.

원은 진의 머리꼭지를 물끄러미 내려다보다가 한동안 가만히 미간을 문질렀다. 잠시 후 얼굴 근육을 풀어 부드러운 표정을 만든 그가 낮게 속삭였다.

"착한 네가 이런 행동을 보일 정도라면, 무엇인지는 몰라도 내가 아주 큰 잘못을 하여 너를 서운하게 만들었을 터. 대체 무슨 과오를 범하였는지…… 아무리 생각해보아도 도통 알 수가 없다. 아마 나도 모르는 사이 네게 어떤 심한 짓을 저지른 듯한데…… 그리해놓고도 스스로 깨닫지 못하여 참으로 미안하구나. 화를 내도 좋으니, 어찌하여 마음이 상한 것인지 깨우쳐주고 제대로 용서를 구할 기회를 다오."

원이 그녀를 달래기 위해 손을 감싸 잡았다. 진이 손을 비틀어 힘껏 빼내었다. 머리를 내려서 시선을 맞춰보려 해도 그녀는 아예 고개를 돌려버렸다.

생각 이상으로 상황이 심각한 듯하였다. 심장이 점차 불규칙적으로 뛰고 가슴이 갑갑하게 조여들었다. 도무지 어찌해야 할지 알 수가 없었다.

그는 격장술[24] 등을 자유자재로 구사하는 등, 신하들을 다루는 심리전에서는 귀재였다. 하지만 여인의 마음을 어루만지는 건 그보다 훨씬 어려운 일 같았다. 차라리 다른 여인들처럼 단순히 앙탈을 부리는 거라면 낫겠다. 그러나 그녀가 이유도 없이 이럴 여자가 아님을 너무도 잘 알고 있기에, 시간이 흐를수록 피가 마르는 듯 불안한 감정이 솟구쳐 올랐다.

오랫동안 원은 자신을 보아주지 않는 그녀의 옆모습만 응시하였다. 얻은 지 얼마 되지 않은 귀하고 소중한 마음이었다. 이대로 영문도 모른 채 허무하게 잃을 수는 없었다.

하기야, 사랑하는 여인에게 자잘한 심리술이 다 무슨 소용일 텐가. 어느 누구에게든 결국 최후에 통하는 것은 티 없는 옥구슬처럼 깨끗한 진심일 터였다.

진은 최대한 그를 피해 침상 바깥쪽까지 물러나 있었다. 원은 몸을 일으켜 침상 아래로 내려갔다. 그리고 그녀의 앞에 천천히 꿇어앉았다.

진이 소스라치게 놀라 바라보았다. 숨이 제대로 쉬어지지 않았다. 눈앞의 상황이 온전히 와 닿지도 않았다.

감히 황제의 무릎을 꿇렸다. 제위에 오르기 전에도 그는 무릎을 바

---

24) 激將術. 적을 심리적으로 흔들어 약점을 파악하는 기술.

닥에 댈 일이 드물었겠지만, 특히나 옥좌에 앉은 뒤로는 꿇은 적이 전연 없을 것이고 꿇어서도 안 되는 위치일 터.

사지가 벌벌 떨리고 소름이 끼쳤다. 그는 분명 애원하고 있는데, 그 모습마저 부담스럽고 무서워 겁박이라도 당하는 기분이었다.

"내가…… 대체 어찌해야 하겠느냐."

원이 진지한 표정으로 진의 **뺨**을 조심스레 쓰다듬었다. 진은 입술을 꽉 깨물며 파르르 경련하였다.

그가 대체 왜 이러는 걸까. 그녀에게 얻어야 할 정통성이 그리도 중요한 것이던가?

아니다. 그녀의 거부 따위 그의 입장에서는 우스울 터였다. 천자를 거부한 벌을 주겠다며 겁을 먹일 수도 있고, 애초에 그럴 필요 없이 완력으로 제압하는 것만으로도 충분히 목적을 이룰 수 있었다.

머릿속이 온통 혼란스러웠다. 그가 이런 행동을 하는 연유가 무엇인지 조금도 짐작할 수가 없었다.

"네 마음을 풀 수만 있다면, 내 무엇이든 하겠다."

그의 말이 이어졌다. 진은 떨리는 속눈썹을 가만가만 내려 그의 눈을 보았다.

맹자가 말하기를, 사람을 살피는 데 있어 눈동자보다 더 좋은 것은 없다고 하였다. 지금 그는 그녀를 향해 가슴이 시릴 만큼 맑고 투명한 눈동자를 건네고 있었다.

불현듯 옛 생각이 났다. 오래전, 기다리라, 믿으라 말하던 소년도 이만큼 맑은 눈으로 이야기했었다. 하지만 그 후에 돌아온 것이 무엇이던가.

「설마 그 말을 믿었느냐?」

「귀찮으니까. 자꾸 따라다니는 네가 하도 거슬려서, 내 눈에 안 보였으면 좋겠으니까 한번 던져봤던 말이었다.」

기습처럼 덮친 목소리가 가슴을 찢어놓았다. 진의 눈에서 급작스러운 눈물 한 방울이 툭 떨어졌다.

바보같이 또 운다. 사랑하지만, 슬프게도 사랑하는 이를 온전히 믿을 수가 없었다. 대체 어떻게 하면 좋을까. 지금껏 보아왔던 다정한 모습들을 모두 거짓이라 생각하고 싶지 않은 건 누구보다 그녀 자신이었다.

"소녀가 잘 생각해보았사온데……."

진이 달달 떨며 입을 열었다.

"이런 관계…… 역시 그만두는 편이 좋을 듯하옵니다……."

말꼬리를 끌며 오래 망설이던 그녀의 입술이 어렵사리 마지막 말을 뱉었다.

"……오라버니."

그의 얼굴에 배어 있던 부드러움이 썰물 빠지듯 찬찬히 흩어져 나갔다.

뺨을 매만지던 손길이 멎었다. 순간적으로 그의 눈초리가 날카로워지자 진이 흠칫 경직하였다. 그러나 원은 곧 스르르 손을 내리는 동시에 두 눈을 힘주어 감았다. 마치 표정을 감추기라도 하듯.

찰나지만 가슴이 섬뜩하였다. 진은 의식적인 심호흡으로 술렁이는 마음을 가다듬고 다시 말하였다.

"아주 먼 옛날, 우리와 비슷한 처지에 있었던 한 남녀의 이야기를 들려드리겠사옵니다."

그녀는 잠시 원을 바라보다가 천천히 입술을 움직여 이야기를 시작하였다.

"지금처럼 온 천하가 황제의 지배 아래 하나의 대제국으로 통일되기 이전…… 수십, 수백의 나라가 공존했었던 시대[25]의 일이옵니다. 강태 공의 후예 제(齊)나라에서 희공이 군주가 되어 다스린 시절이지요. 제 희공에게는 많은 자녀들이 있었고, 그중 장자이자 세자의 이름은 제 아라 하였습니다."

근친으로 이어진 귀족과 왕족들은 지금껏 무수하였지만, 그녀가 말 하려는 제아와 문강은 시경의 시로도 읊어질 만큼 가장 유명한 불륜 남매의 이야기였다.

"제아는 누이동생인 문강의 빼어난 미색에 반하여 남몰래 연심을 품 었지요. 문강 또한 오라비 제아의 정염을 거부하지 않고, 은근한 유혹 의 눈길을 보내며 둘만의 열락을 교환하였습니다. 결국 그들 남매는 근친상간의 패륜에 몸을 던지게 되었습니다. 이를 눈치 챈 아버지 희 공은 진노하여 제아에게 송나라 공녀를 아내로 삼도록 하였습니다. 또한, 당시 내실이 없었던 노(魯)나라 군주 환공에게 사자를 보내 청혼 하였지요. 그 결과 문강은 노나라 환공의 정실이 되었고, 그들 남매는 꺼지지 않은 불씨를 가슴에 품은 채 생이별을 하게 되었습니다. 세월 이 흘러 제희공이 죽고, 제아가 군주로 즉위하여 양공이 되었습니다. 그때까지도 두 사람은 서로를 잊지 못했지요. 문강은 남편 노환공이 제나라를 방문할 때마다, 오라비 제양공과 은밀한 만남을 꾀하며 불 미스러운 관계를 맺곤 하였습니다. 그도 모자라, 이를 알아채고 대로

---

25) 춘추 시대.

한 남편 노환공을 제양공으로 하여금 살해하도록 만들고 이를 은폐하는 끔찍한 짓까지 저지르게 되지요. 노나라는 문강의 아들인 장공이 차기 군주가 되었습니다. 그 뒤로 문강은 양국의 국경에 머물면서 오라비와 계속 통정하였고, 제양공의 서녀인 애강과 아들 장공의 혼인을 강제하였습니다. 이는 또 다른 비극을 낳았습니다. 애강은 남편 노장공이, 노환공이 아닌 제양공의 자식일지도 모른다는 뭇사람들의 수군거림을 참을 수 없었던 것입니다. 남편에게 도저히 마음을 줄 수 없었던 애강은 노장공의 동생인 경보와 정을 통하였습니다. 경보는 노장공과 어머니가 달랐으니, 남편의 동생일지라도 문강의 아들이 아닌 그쪽에 더 끌렸던 것이지요. 결국 애강은 천하 사람들에게 풍기문란의 악녀로 손가락질 받았고, 오랜 시간이 지난 후 제나라를 제패한 군주 제환공에게 처형당하게 됩니다."

긴 이야기를 마친 진은 다시금 원을 힐끗 보았다. 그는 수양이라도 하는 사람처럼, 내내 눈을 감고 단정하게 꿇어앉아 잠자코 듣기만 하였다.

"사련[26]은, 당사자들에게는 애틋한 사랑일지 모르옵니다. 그러나 결국은 용서받지 못할 감정이고, 남들의 눈에는 지저분하고 혐오스러운 관계일 수 있음을 부정하지 못하옵니다. 불륜이니까요. 그 감정의 종말은 비극이 될 수밖에 없고, 뿐만 아니라 또 다른 파멸까지도 낳을 수 있사옵니다. 낭떠러지로 이어지는 길목에 애초 발을 들여놓는 것이 아니었습니다. 잠시 소녀가 사랑이라는 안개에 눈이 멀어 이 길의 끝

---

26) 邪戀, 도리에 어긋난 남녀 간의 사랑.

을 보지 못하였을 뿐이옵니다."

이 이상 그를 내려다보는 건 고문이었다. 진은 빠르게 몸을 일으켜 침상을 내려왔다.

그녀가 원을 뒤로한 채 방문을 향해 걸음을 옮기는 사이, 그가 가만히 눈을 뜨고는 말하였다.

"거기 서라."

진이 입술을 깨물며 딱 멈춰 섰다. 더 가고 싶은 마음이 절실하여도 발이 묶여버린 듯 움직이지 않았다.

이런 순간마다 그가 황제임이 원망스러웠다. 그에게 있어 달아나는 그녀를 불러 세우는 건 오로지 한마디 명이면 충분하였다. 이 나라의 백성 중 하나로서 그를 거부한다는 것이 과연 가능한 현실이기는 할까.

천천히 일어선 원이 진의 앞으로 다가왔다. 그가 가까이 마주 서자 진은 반사적으로 고개를 수그렸다.

"내 앞에서 고개 숙이지 말라 명하였을 텐데."

힘 실린 손가락이 그녀의 부드러운 턱을 거머잡고 위로 올렸다. 강제로 그와 시선을 교환하며 진이 눈 밑 근육을 파르르 떨었다.

"내 눈을 제대로 보면서 말하라. 어찌 이제 와서 마음을 달리 먹었는지, 600년도 더 지난 옛날의 고리타분한 사연 따위가 아닌 더 구체적인 설명이 필요할 것 같으니."

원의 눈길은 무서우리만치 곧고 차분하였다. 계속 마주하고 있자니 온몸이 절로 움츠러들었다.

"솔직하게 토설하라. 단순히 궁내에 퍼진 소문 때문에 이러는 것 같지는 않고…… 무슨 말을 더 들었지?"

사늘히 내리꽂는 그의 눈동자가 말갛게 닦인 거울 같았다. 보면 볼수록 가슴 밑바닥에 감춰둔 속마음까지 샅샅이 반사되고 있는 듯하였다. 더 이상 그 시선 아래에서 심중을 숨길 수가 없었다.

"명하신 대로, 솔직히 말씀드리겠사옵니다."

진이 턱을 잡은 손을 감싸서는 밑으로 내렸다. 그는 순순히 손을 떼어내주었다.

"오늘 늦은 오전, 선실전 연못가의 정자에서…… 폐하께서 위위와 나누셨던 대화를 모두 들었사옵니다."

"뭐라?"

"좋으시겠사옵니다. 미치지 않으셔서. 소녀는, 혼자 미쳤사온데."

가늘게 떨리는 진의 목소리 안에 원망이 가득 배어났다. 원은 양미간을 깊게 찌푸리며 이마를 짚었다.

궁인들이 쉬쉬하면서 떠들어댈 소문의 내용은 예상했고, 어느 정도 의도한 바였다. 혹 입단속이 제대로 되지 않아 그녀의 귀에 흘러들지라도 그녀는 남들이 경망스레 놀리는 입보다 자신을 더 믿어줄 거라 여겼다. 그러나 그가 말하는 장면을 직접 눈으로 보고 귀로 들었다면 문제가 다르다.

진에게 사랑을 고백한 순간부터 수없이 가슴을 부여잡고 고뇌해왔었다. 웬만해서는 말하고 싶지 않았다. 아니, 말하더라도 이런 식으로는 아니었다. 그러나 사태가 이렇게 되어버린 이상 진실을 밝히지 않는다면 그녀를 납득시킬 방도가 없었다.

"할 말 없으시면, 소녀를 보내주시옵소서. 그리고 다시는 소녀의 처소를 찾지 말아주시옵소서. 구태여 소녀를 통해 정통성을 공고히 하겠다는 건 폐하의 욕심이시옵니다. 소녀에게도, 곧 맞으실 황후마마께도 상처만을 안기는 일일 뿐이옵니다. 소녀의 태에서 아이를 보지 않으셔도 황손의 혈통에 문제될 일은 없을 터이니, 굳이 소녀를 품으시어 뭇사람들에게 사서 욕을 먹지 마시옵소서!"

새되게 소리친 진이 등을 돌렸다. 그러나 한 발짝 옮기기도 전에 손목이 억세게 잡혀 다시 몸이 빙글 돌아갔다.

"내가…… 그럼에도 너를 안겠다 하면. 끝까지 네게서만 아이를 봐야겠다 하면. 너는 어찌할 생각이냐."

절로 치가 떨릴 만큼 이기적인 말을 내뱉으며, 그는 어울리지 않는 슬픈 낯을 보였다. 진이 입술을 벌린 채 파들파들 전율하다가 답하였다.

"그리하셔야겠다면, 소녀는 천자를 거부할 수 있는 유일한 방법을 택해야겠지요. 폐하의 눈앞에서 혀를 깨물든, 칼이라도 빼들든……."

"그만."

원은 괴로운 듯 눈을 감았다.

"다 내 잘못이다. 이 모두가 내 탓이다. 네게 괜한 질문을 하였구나. 나를 벌주려는 생각이 아니라면, 설령 말이라도 그런 소리 하지 마라. 두렵고 끔찍하니."

다시 눈을 뜬 그는 두 손을 내리뻗어 진의 얼굴을 계속 어루만졌다. 그 채로 한참 동안 무언가를 고민하고 망설이는 것처럼 시간을 끌었다.

"그래, 네가 들은 바대로…… 나는 미치지 않았다. 한때는 스스로를 누이동생을 마음에 품은 미친 사내라 생각한 적도 있었으나, 다행히도…… 아니게 되었다. 왜냐하면 네가……."

진의 눈길이 시커먼 고통으로 얼룩져가는 그의 얼굴에 닿았다.

"내 동생이…….."

말끝을 늘이며 원은 입술을 한 번 깨물고 작게 말하였다.

"아니기 때문이다."

기이한 침묵이 넓은 방을 무겁게 덮었다. 진의 샛말간 동공 속에 거센 파란이 일었다. 잠시 후 진은 고개를 기울이며 어처구니없다는 듯 옅은 웃음을 물었다.

"무슨 말씀을…… 하시는 것이옵니까. 배가 달라도, 남매는 엄연한 남매이옵니다."

"배가 다르고 아비까지 달라도 남매라 할 수 있더냐."

"예?"

"나도 옛 이야기를 하나 해주겠다. 네가 태사공의 사기(史記)를 즐겨 읽는다 하였으니, 아마 너도 알고 있는 이야기일 것이다."

원의 앞가슴이 크게 부풀었다가 천천히 가라앉았다. 곧 낮고도 조용한 음성으로 기나긴 이야기가 시작되었다.

"통일이 되기 전 진(秦)나라의 이야기다. 옛날 여불위라는 한 대상인이 있었지. 당시 나라 사이에는 왕족끼리 인질을 보내 교환하는 풍습이 있었는데, 이인(異人)이라는 진나라 왕손이 조나라에 볼모로 가 있었다. 진나라는 소왕이 약 50여 년이나 왕위를 지키고 있는 상태였고, 태자인 안국군의 슬하에 아들이 스무 명 정도 되었다. 그중 누가 왕좌를 이을지는 어느 누구도 알 수 없었지. 이인은 안국군의 많은 아들 중 하나에 불과한 데다 부친과 조부의 총애를 못 받는 축에 속하였으니 모두 무시하고 냉대하였다. 그러나 조나라에 장사하러 왔던 상인 여불위는 그를 보자마자 이렇게 중얼거렸다. '이것은 진귀한 물건이니 사둘 만하구나[奇貨可居].' 여불위는 이인에게 전 재산의 절반인

500금을 주어 뛰어난 사람들과 사귀도록 하였고, 나머지 500금을 들고 진나라의 수도로 들어가 안국군이 가장 사랑하는 화양부인을 만났다. 화양부인은 남편의 총애를 독점하다시피 하였지만 아들이 없어 불안해하던 여인이었다. 여불위는 온갖 진귀한 선물을 화양부인에게 바치며 그녀의 호감을 샀다. 그리고 공자 이인이 어질고 슬기로워 그에게 호감을 가지는 이들이 무수하다 말하면서, 훗날 부인의 미모가 쇠하거든 남편의 사랑을 장담할 수 없으니 일찌감치 자식 가운데 효성스러운 자를 양자로 세워야 권세를 잃지 않을 수 있다고 설득하였다. 결국 화양부인은 안국군을 졸라 이인을 양자로 들였다. 그로 인해 이인은 일개 인질이었던 왕손에서 훗날 진나라 왕위를 보장받는 위치까지 상승하게 되었다. 이인은 여불위에게 고마운 마음을 가지고 항상 그를 가까이하였다. 그러던 어느 날, 이인은 여불위의 가택에서 아주 뛰어난 미인을 발견하고 그녀를 자기에게 달라 간곡히 청하였다. 그 미인은 이미 여불위의 총애를 입어 임신한 상태였다. 여불위는 분노하였지만, 이인에게 자신의 모든 것을 투자한 상태일진대 여인 하나 때문에 일을 그르칠 수는 없다고 판단하였다. 그래서 그 미인은 이인의 여인이 되었고, 달을 채워 아들을 낳았다. 이인은 아이의 친부가 여불위라는 생각은 꿈에도 하지 못한 채 '정'이라 이름 지어 키웠다. 아이는 추호의 의심 없이 진나라 왕손으로 자랐고, 안국군과 이인의 뒤를 이어 왕위까지 이어받았다. 그 아이가 바로, 훗날 오랜 난세를 평정하고 수많은 나라를 하나로 통일한 최초의 황제, 진시황이다."

말을 마치고 잠시 여유를 둔 원이 물었다.

"내가 어찌 이 이야기를 하였는지 알겠느냐?"

진은 초점 풀린 망연한 눈으로 올려다볼 뿐 아무런 반응이 없었다.

"……네가 그 두 번째 경우로구나."

다시금 입을 연 그가 찬찬히 설명을 보탰다.

"너도 알다시피, 부친인 선제께서는 제위를 이어받을 가능성이 거의 없었던 제5황자셨다. 당시 태자는 따로 계시었지. 네 외조부…… 그러니까 전 승상 소윤은 대단한 야심가로, 본래 자신의 외동딸을 태자에게 출가시키길 원하고 있었다. 마침 태자가 상처(喪妻)하여 홀로 된 상태였으니 그 틈을 노린 것이지. 하지만 불미스럽게도 처녀인 여식이 다른 사내의 씨앗을 복중에 품는 사고가 생겨버렸고, 그로 인해 계획이 무산되었다. 그때 소윤의 눈에 들어온 이가 바로 5황자였다. 그는 다른 황자들과는 달리 정실도 없었고, 천출 궁녀에게서 얻어 위협조차 되지 않는 어린 아들 하나만 달랑 있는 인물이었으니 가장 만만한 먹잇감이었다. 소윤은 황자에게 접근하여, 자신의 권력으로 태자를 제치고 제위에 올려주겠다고 교묘히 설득하였다. 대신 조건을 내걸었지. 첫째, 임신한 여식을 받아들여 정실로 삼을 것. 둘째, 여식이 아이를 낳거든 철저히 본인의 자식으로서 키우고 죽는 날까지 비밀을 보장할 것. 셋째, 여식이 낳을 아이가 만일 아들이라면 그 즉시 후계자로 삼아 공표할 것. 생각지도 못한 제안에 욕심이 동한 황자는 결국 만승지위의 자리에 눈이 멀어 그것을 받아들였고, 이는 곧 외척의 손아귀에서 놀아나는 허수아비 황제를 탄생시켰다. 그리고 황후가 된 여식이 낳은, 친부가 누군지도 모를 아이가…… 바로 너다. 내가 알고 있는 이야기는 여기까지고, 이는 승하하신 태후께서 직접 들려주신 내용이다."

귓속을 파고드는 한마디, 한마디가 신경에 퍼지는 맹독처럼 온몸을 마비시켜 나갔다. 진은 맥없이 고개를 떨어뜨린 채 하릴없이 눈꺼풀만 깜빡였다.

"내 말을 제대로 알아들었다 여기고 묻지. 대체 어느 천한 피가 흐르고 있는지 모를 너에게서…… 내가 굳이 내 아이의 정통성을 찾아야 할 이유는 무엇이지?"

시야가 아득해졌다. 긴 머릿결이 붕 떠올라 공중에서 하느작거리다 가라앉았다.

털썩 주저앉은 진을 바라보며 원은 아차 하고 사납게 눈썹을 구겼다. 저도 모르게 그녀를 상처 입힌 혀를 콱 짓씹었다. 입안에서 비릿한 피 맛이 배어났다. 스스로도 그녀에게 만만치 않게 상처받은 상태인 모양이었다. 정통성이 필요 없다는 것을 강하게 표현하려다 보니, 말이 심하게 나와버렸다.

진은 두 손으로 얼굴을 가린 채 가냘프게 떨었다. 망연자실 흐트러진 와중에서도 소 태후의 음성이 뇌리를 맴돌아 방금 들은 이야기의 진실성을 증명해주었다.

「네가 받을 충격을 생각하면…… 이 이상의 이야기를 차마 이 자리에서 해줄 수가 없으니 한없이 미안할 따름이구나. 그저 하나만 확실히 기억해두거라. 넌 어른들의 욕망과 야욕이 낳은 피해자란다. 아무 잘못 없는 너를 끝내 방치하였던 어미를 부디 용서하지 말거라.」

그랬구나. 그래서 떠나시기 전 그런 소릴 하셨구나.

처량한 울음소리가 희미하게 새어나와 가슴을 차게 적셨다. 원은 어금니를 악다물고 고개를 돌렸다. 저런 모습을 볼 자신이 없어 함구해왔다. 자신의 태생이 뿌리부터 거짓이고 잘못되었다는데 상처와 충격을 받지 않을 사람이 어디 있을까.

지금껏 그를 오라비라 여기며 한 이불을 덮어왔으니 그동안 느꼈을 죄책감이 컸을 터. 그것을 상기할 때마다 그도 마음속에 병을 품은 듯 지독한 아픔을 받았다. 스스로도 못 견뎌 하였던 남매라는 벽을, 황제라는 지위와 권력을 이용하여 두려움을 심어줌으로써 그녀에게 강제로 감당하도록 한 격이었다.

하지만 진실을 말하면 저런 얼굴을 할 것 같아서 자신이 서지 않았다. 오라비와 몸을 섞는 죄책감이 클지, 진실에 대한 충격이 클지, 어느 쪽이 그녀에게 상처가 덜할지를 하루에도 수십, 수백 번씩 저울질하는 사이, 여기까지 와버렸다. 그때마다 결국 머리와 가슴을 채웠던 건, 그녀가 끝내 스스로를 고귀한 공주로 알았으면 한다는 욕심 같은 생각이었다.

진이 가지런히 꿇은 무릎 사이에 이마를 파묻으며 몸을 웅크렸다. 누르고 누르다 못해 흘러나온 흐느낌이 귀를 찌를 때마다 심장이 저며지는 것처럼 고통스러웠다. 원은 무너지듯 앞에 주저앉아 진의 어깨를 잡아채서는 힘껏 껴안았다.

오랜 시간이 지났다. 어느 순간 진이 헐떡거리며 그를 조심스레 밀어내었다.

"그, 그러면…… 그것이 사실…… 사실이 맞다면…… 소녀의 태생을 밝히고 누이동생이 아닌 여인으로…… 당당히 안지 않으시는 이유는 무엇이옵니까……."

가만히 그녀를 응시하던 원이 되물었다.

"굳이 그래야 할 필요가 있을까?"

진이 눈썹을 곤두세우며 파르르 떨었다. 그래야 할 필요라니. 그 때문에 그가 일방적인 손가락질의 대상이 되고, 은밀히 비난당한다. 궁인들에게서, 신료들에게서, 그 외의 수많은 사람에게서!

기실 그녀가 소문을 듣고 가장 힘들었던 부분은 자신에 대한 이러쿵 저러쿵 뒷말을 듣는 것이 아니었다. 도무지 견딜 수가 없었던 건, 사랑하는 이가 후안무치하고 잔학하다는 소리까지 들으며 도덕성에 문제 있는 취급을 받는다는 사실이었다.

"그 태도가 바로 폐하를 믿지 못하는 이유이옵니다. 다른 이들은 소녀가 어떤 태생인지, 폐하께옵서 방금 말씀하신 내밀을 모르옵니다. 진실이 어떻든, 밝히지만 않는다면 폐하께서는 소녀에게서 정통성을 얻으실 수 있지요. 어찌하여 소녀가 동생이 아니라고 밝히지 못하시는 것이옵니까! 정통성이 정녕 필요 없으시다면, 밝히면 되잖아요!"

"진실을 밝히면!"

감정 섞인 진의 외침에 원이 한층 격앙된 소리를 내질렀다.

"승하하신 태후마마의 죄를 만천하에 드러내는 꼴이 된다. 비록 새어머니이지만, 나를 길러주신 모후를 죄인으로 만들어야 한다. 자식으로서 그럴 수 있느냐? 그리고 무엇보다!"

그는 긴 숨을 토하며 호흡을 가라앉힌 뒤 말을 이었다.

"그렇게 하면…… 네가 다친다."

진의 눈이 멍하니 커졌다. 무릎의 옷자락을 모아 쥔 손끝에서 힘이 빠져나갔다.

"세상 사람들은 명문천하(名聞天下)한 인물의 사사로운 일상을 입에 담고 열 올리는 것을 즐기지. 그 속성은 지금으로부터 천 년, 2천 년이 흘러도 변하지 않을 것이다. 저 옛날 연횡책(連橫策)을 유세한 장의(張儀)가 말하기를, 여러 사람의 입은 무쇠도 녹이고 수많은 사람이 하는 비방은 한 사람을 파멸로 이끌 수도 있다고 하였다. 특히 이런 식의 색사(色事)에 관한 소문은 언제나 여인에게 훨씬 잔인하고 가혹한 법이다.”

원이 두 손으로 진의 볼을 움켜쥐어 들고는 간절한 낯빛으로 말하였다.

“진실을 밝힌 후에는, 우리가 남매가 아닌 남남이 되어 당당하게 사랑할 수 있을 것 같으냐? 절대 그렇지 않다. 문강이 지금껏 음녀의 대명사가 되어오고 있듯, 애강이 비난당하다가 끝내 환공에게 처형당하였듯, 너는…… 진실이 밝혀지면 오히려 공주의 지위를 잃게 될 뿐이고, 오라비로 알고 자라왔던 사내를 몸과 마음에 담은 음탕한 여자 취급을 받으며, 너와는 아무런 상관도 없는 불특정 다수에게 혹독한 손가락질을 당하게 된다.”

그는 잠시 미간을 좁히고 눈을 감았다 떴다. 그리고 한 마디씩 쥐어짜듯 힘주어 소리쳤다.

“그러니…… 차라리 내 쪽에서 뒤집어쓰는 편이 훨씬 낫다. 너를 상처 입히느니! 차라리 내가! 제 태생에 대한 열등감에 시달리다 훌륭한 핏줄을 욕심내고, 그것을 이기지 못하여 끝내 적통인 누이동생까지 탐하게 된 파렴치한 황제가 되고야 말겠다. 그것이 이 시점에서 내가 할 수 있는 유일한 선택이다.”

가까이 마주한 진의 눈동자가 정신없이 일렁거렸다. 붉게 물든 눈시울에서 눈물이 줄줄 쏟아져 뺨에 말라붙은 눈물 자국을 여러 겹으로 덧칠하였다.

“그러니 너는 끝까지 불쌍한 공주로 남거라. 내 모자라는 혈통을 보완하여 다음 후계자의 입지를 단단히 해줄 정치적 희생양으로 여겨지고, 모두의 동정을 받거라.”

말끝에 딸려 나온 뜨거운 한숨이 그녀의 앞머리를 흩날렸다. 원은 진의 등을 끌어당겨 살포시 안았다. 그리고 물기 가득한 그녀의 눈가를 부드러운 입술로 훑으며 속살거렸다.

"괜찮다. 나는 옛날의 무시당하던 황자가 아니다. 그 시절에는 많은 이가 내 태생을 약점이고 결함이라 말하였지만, 제위에 오르고 견고한 황권까지 손에 넣은 이상 그따위는 흠도 되지 못할뿐더러 아무런 의미조차 없게 되었다. 나는 황제다. 황제는 천자, 세상 모든 이가 신이라 여기는 만승지존의 존재 아니더냐. 충분히 너와 태후마마의 방패가 되어줄 수 있다. 내 품 안에만 있으면, 너는 평생토록 안전할 것이다."

九
章

思美人兮 攬涕而竚眙
媒絶路阻兮 言不可結而詒

아름다운 님 그리워
눈물 훔치며 홀로 서서 하염없이 바라보네
전해줄 이 없고 길마저 끊어져
가슴에 맺힌 말 건넬 수가 없구나

蹇蹇之煩冤兮 陷滯而不發
申旦以舒中情兮 志沈菀而莫達

이러지도 저러지도 못하는 고통스러운 마음
수렁에 빠져 헤어나지 못하네
몇 날 며칠 내 마음 전하려 하여도
그 뜻은 쌓이고 쌓이는데 전할 수가 없구나

願寄言於浮雲兮 遇風隆而不將
因歸鳥而致辭兮 羌迅高而難當

뜬구름에 내 마음 전하려 하여도

풍륭[27]은 내 말을 들어주지 않고

돌아가는 새가 있어 내 마음 전하려 하였는데

너무 높이 날아올라 맡기기 어려워라

　　- 굴원(屈原)의 「이소(離騷)」 제9장 - '사미인(思美人)' 中

　황후는 공주를 낳았다. 금빛으로 치장된 황궁이 한동안 잿빛 아쉬움으로 뒤덮였다. 농장지희[28]도, 농와지희(弄瓦之喜)도 모두 '기쁠 희(喜)' 자를 쓴다지만 한쪽은 그저 기쁨일 뿐이고 한쪽은 경사에 가까우니 사뭇 섭섭할 수밖에 없었다.

　"서운하이. 황자 아기씨를 생산하셨다면 더할 나위 없는 국경(國慶) 이었을 것을."

　"그러게 말이네. 소씨 가문 자체도 유씨 황실과 인연이 매우 깊으니 그야말로 무서운 혈통의 적자가 확보되었을 수도 있었을 터인데."

　"공주 아기씨도 나쁘진 않지만, 딸은 제아무리 적통일지라도 제사를 이어받을 수 없고 아들은 아무리 천한 태에서 낳았다 하여도 황실

---

27) 風隆, 벼락의 신.

28) 弄璋之喜, 고대에 아들을 낳으면 장난감으로 옥구슬을 준 데서 유래한 고사로, 아들을 낳은 기쁨을 뜻하는 말. 딸을 낳은 기쁨을 뜻하는 말로는 농와지희가 있다. 딸의 경우에는 흙으로 빚은 실패를 장난감으로 쥐여주었다.

의 종묘를 받들 수가 있으니……."

"그래도 뭐, 황후마마의 춘추 한창이시니 얼마든지 훗날을 기약할 수 있지 않겠나."

"그렇기야 하지만 진한 아쉬움이 남는 건 어쩔 수가 없구먼."

"자네뿐만 아니라 이 황궁의 모든 이들이 그럴 것이네. 아, 딱 한 사람은 빼놓고 이야기해야 하려나?"

"킥킥, 당연하지. 그 한 사람은 아쉽기는커녕 기별을 받자마자 가슴을 쓸며 한시름 덜었을 걸세. 궁 밖으로 쫓겨나느냐 마느냐의 갈림길에서 한참 헤맸을 터이니, 마마께옵서 산통을 겪으시는 내내 간담이 모양 좋게 쪼그라들지 않았을랑가."

"지금쯤 속으로 얼마나 안심하고 있겠나. 첫 적손이 황자가 아니라니 말이네. 원 황자 전하께옵서는 공주 아기씨께 평생 고마워 절이라도 해야 할 것이네."

민숭민숭한 턱주가리를 쓰다듬으며 낄낄 잡담을 지껄이던 환관들은 벽 너머로 험구의 주인공이 등장하자 숨이 넘어갈 만큼 군기침을 쏟았다.

부황과 모후 양친께 경하 인사를 드리러 온 모양이었다. 곱살하니 날카로운 황자의 눈매가 그들을 내리훑었다. 부리나케 흩어져 가지런히 늘어선 환관들이 곧장 엎드려 고개를 박았다.

순식간에 간담이 쪼그라든 건 그들 쪽이었다. 그래봐야 이제 막 배냇니를 갈아낸 어린아이에 지나지 않건만, 저 눈과 마주치면 어찌 매번 식은땀이 뻘뻘 솟는지 알 수 없는 노릇이었다.

원은 잠시 조용히 쳐다보다가 못 들은 척 등을 돌렸다. 마음에 담을 가치가 없는 소리를 한 귀로 흘리는 건 익숙하였다. 신경 쓸 필요가 전혀 없다. 자신은 오로지 자신의 할 일만 묵묵하게 잘하면 되었다.

세월이 유수처럼 흘러 사계절의 순환이 일곱 번 이루어졌다. 그사이 승상 소윤을 필두로 한 외척들이 천자를 뒤에 끼고 무문농법[29]하여 부와 권세를 축적해 나갔다.

조석으로 바뀌는 악법에 고통받는 백성들의 신음 소리가 황궁 안까지 종종 들려왔다. 쌀은 진주만큼 비싸지고, 땔감은 계수나무만큼 가격이 치솟았다. 집집마다 삼태기로 세금을 거둬들여 백성들을 비틀어 짜대니 나라꼴이 말이 아니었다.

원은 스승을 통해 상서대에서 보고하는 서류를 빠짐없이 확인해가며 깊은 한숨을 머금었다. 사람을 칼로 죽이는 것과 정치로써 죽이는 것이 하등 다르지 않다는 맹자의 말씀이 와 닿는다. 도탄에 빠진 민초를 오래 방치하면 결국 안팎으로 해를 입어 사직이 파괴되고 국가가 황폐화되는 건 시간문제이다. 하루빨리 곪은 상처를 짜내어 화근을 제거하지 않을 경우, 걸주[30]의 손에 놓인 하(夏)와 은(殷)의 전철을 밟게 된다 하는 것도 심한 말이 아니었다.

아무리 갑갑하여도 당장은 할 수 있는 일이 없었다. 태자라도 되지 않는 이상, 일개 황자에게 정치에 참여할 권한이 주어질 리 만무하였다. 일단은 배울 수 있는 만큼 배우며 제세안민의 뜻을 거듭 되새길 뿐이었다.

힘을 얻어야 한다. 힘을 얻기 위해서는 알아야 한다. 알기 위해서는

---

29) 舞文弄法, 붓을 함부로 놀려 문서를 고치거나 법규의 적용을 농락함.
30) 桀紂, 폭군 걸왕과 주왕.

끊임없이 공부하고 노력해야 한다. 뼈를 깎아내는 노력만이 스스로를 바꿀 수 있고, 세상을 바꿀 시도를 하도록 만들 수 있다.

육예[31]와 구류[32], 문과 무를 가리지 않고 가문 땅이 단비 흡수하듯 배워 익혔다. 하루를 1년처럼 살아내며 학업을 닦고 닦는 나날이 계속되었다.

어느 날부터인가, 그가 다니는 길목에서 흙 위에 나뭇가지로 그림을 그리며 노는 여자아이가 자주 눈에 띄었다. 고운 광택이 흐르는 비단 복색에, 붉은 마노와 오색영롱한 진주로 치장된 황금 머리 장식을 양 옆머리에 하나씩 달고 있는 걸 보니 저 아이가 바로 고귀하신 공주님인 듯하였다. 특이하게도 항상 왼손으로 도구를 쥐고 사용하는 모습이 꽤 인상적이었다.

인형처럼 하얗고 예쁘게 생긴 아이였다. 눈이 마주치면 아이는 뽀유스름한 젖살에 보조개를 물고 앙실방실 웃음을 건네왔다.

보기만 해도 꽃이 활짝 피어나는 듯 주변까지 환해지는 느낌을 받았다. 원은 고개를 갸웃 기울이며 미간을 모았다. 정통성으로는 따를 황족이 없는 데다 곱고 사랑스러운 외모까지 지녔으니, 세상만사 거리낄 것 없이 도도하게 굴어도 이상하지 않을 공주가 아닌가. 그런 아이가 왜 혼자 저러고 놀까.

보면 볼수록 아이는 도도는커녕 어딘가 조금 모자라 보일 만큼 순진하게 느껴졌다. 오가면서 한 번씩 시선을 줬더니, 어느 순간 아이는

---

31) 六藝, 예(禮), 악(樂), 사(射), 어(御), 서(書), 수(數).
32) 九流, 유가(儒家), 도가(道家), 음양가(陰陽家), 법가(法家), 명가(名家), 묵가(墨家), 종횡가(縱橫家), 잡가(雜家), 농가(農家).

그를 오라버니라 부르며 졸졸 따라다녔다.

바쁜데 어지간히 귀찮았다. 원은 매번 못 본 척 외면하고는 제 할 일에만 힘을 쏟았다.

너는 유유자적 한가해서 참 좋겠구나. 난 사소한 실수 하나라도 저지르면 천출은 어쩔 수 없다며 따갑게 손가락질 받는데, 넌 저리 어리숙하게 굴어도 공주라고 다들 떠받들어줄 테니 인생 참 편하겠구나.

그날도 노곤한 몸을 이끌고 침상으로 들어갔다. 그러나 신경을 자극하는 독한 살기(殺氣)가 쉬이 잠을 청하지 못하도록 만들었다. 원은 스르르 눈꺼풀을 들어 올리며 가슴에 껴안은 장검의 손잡이를 움켜쥐었다.

궁인이든 귀족들이든, 조정과 연이 닿은 이들은 모두 그를 동정하거나 무시하였다. 그러나 승상 소윤만큼은 어린 그가 호랑이임을 알아보고 경계를 놓지 않았다.

예로부터 성천자가 출현하는 시기에는 그 징조로 진기한 짐승이 나타나더라는 전설이 있었다. 얼마 전 상림원의 호소[33]에 인봉구룡[34]과 난조[35]의 형상이 한꺼번에 출현하여 지나가던 관리인의 넋을 빼놓았다는 소문이 돌았다.

현 황위 계승권자라 하면 공식적으로는 한 명뿐이지 않은가. 소윤은 그 소문을 황자 유원과 결부시키며 항상 불안에 떨었다.

승상은 여식 소 황후가 언제고 외손자를 생산하게 하여 태자로 삼

---

33) 湖沼, 호수와 늪.
34) 사령(四靈), 용, 봉황, 기린, 거북이.
35) 鸞鳥, 전설 속의 새 이름.

고, 그 아이를 반드시 차기 황제로 만들어 일족의 드높은 권세를 무한정 이어나가길 원하고 있었다. 그러나 오랜 시간이 흘러도 황후에게 태기가 없는 데다 원 황자가 나이를 먹어가자, 호모부가[36]의 이치를 새기며 가끔씩 자객을 보내왔다. 그 때문에 그는 항시 이불 속에 검을 품고 긴장한 채로 잠들어야 했다.

장막 안쪽에 하나, 기둥 뒤에 하나. 두 명이었다.

황궁의 삼엄한 경비 탓에 기껏해야 한두 명이 숨어들지만, 그만큼 정예들로 골라서 왔으니 상대하기가 까다로웠다. 요새는 일부러 심복 하나를 처소 곁에 대기시켜두었다.

가만히 숨을 죽인 채 적들의 움직임을 파악하였다. 살금살금 바닥을 스치는 발소리가 조금씩 가까워졌다. 복면한 자객들의 형상이 드러나자, 원은 번개처럼 몸을 일으켜 검을 뽑아드는 동시에 열린 방문턱으로 검집을 거세게 던졌다.

둔탁한 소리가 방 공기를 흔들었다. 원은 당황한 자객들에게 과감히 선제공격을 가하였다.

신호를 받고, 얼마 있지 않아 무장한 심복이 날쌔게 뛰어들어왔다. 챙, 챙, 챙, 어둠 속에서 칼날 부딪치는 섬뜩한 소리가 퍼졌다.

아군을 한 명 끼고 대적하니 그나마 여유가 있었다. 이번에는 어렵지 않게 잡을 수 있다. 앞서거니 뒤서거니 적들과 엇갈려 매섭게 칼끝을 주고받던 원은 순간 곁눈을 스친 심복의 몸놀림에 눈을 크게 뜨고 재빨리 어깨를 틀었다.

---

36) 毫毛斧柯, 수목을 어릴 때 베지 않으면 후에 도끼를 써야 제거할 수 있다.

등골이 선뜩하였다. 조금만 주춤했어도 여지없이 심장이 찔렸을 테다. 그들을 상대하는 척하던 심복이 무서운 기세로 칼을 휘둘러 자신을 함께 공격해오고 있었다.

원은 참혹히 얼굴을 일그러뜨리며 호우처럼 쏟아지는 칼날들을 빠듯하게 받아 쳐내었다.

매수당했다!

생애 최대의 위기였다. 심복은 일부러 실력자로 골라놓았다. 세 명의 적은 약관이 넘은 성인이고, 그는 당시 겨우 열넷의 소년이었다. 차디찬 쇠붙이가 비추는 파란 달빛이 동공을 투사해올 때마다 죽음의 공포가 전신을 옥죄었다.

절체절명의 순간, 그를 살린 건 오로지 살아남고야 말겠다는 지독한 오기였다. 득달같은 기세에 떠밀리듯 쫓기던 원은 기민하게 상체를 내려 바닥을 굴렀다. 곧바로 내리꽂힌 칼날에 옆구리 아래가 사선으로 깊이 베였다. 측면의 벽을 발로 차며 몸을 돋우는 동시에 세차게 검을 휘둘러 두 명의 발꿈치 힘줄을 끊어버렸다. 신음 섞인 비명과 함께 찰나의 빈틈이 생기자, 죽을힘을 다해 일어서서 적들의 틈새를 간신히 빠져나왔다.

원은 사정없이 휘둘러지는 칼을 거의 한 뼘 차이로 회피하며 일대일로 맞설 수 있을 만한 곳을 찾았다. 벽과 구조물로 양옆이 둘러싸인 어느 좁은 지점이 눈에 들어왔다. 거침없이 돌진하여 고지를 차지한 그는 방향을 바꾸는 즉시 반격을 시작하였다.

이후의 승부는 오래 걸리지 않았다. 한 번의 공격, 경각의 방심으로 양측의 생과 사가 처참히 갈렸다. 가차 없이 검을 내둘러 적의 살점을 도려내고, 팔뚝에 온 힘을 실어서 급소를 찔렀다.

비릿한 피 냄새가 역하게 진동하였다. 원은 흐느끼듯 헉헉 숨을 몰아쉬며 발아래 고꾸라진 세 명의 사내를 내려다보았다. 번쩍이는 칼날의 뾰족한 끝을 타고 검붉은 핏방울이 뚝뚝 떨어졌다.

복면한 자객들은 눈을 까뒤집은 채 절명하였다. 배신한 그의 심복만이 사지를 꿈틀대며 두려운 표정으로 곧 다가올 죽음을 기다리고 있었다.

"그대는…… 누구를 위하여, 무엇을 위하여 칼을 들었는가."

원은 핏물에 젖어 눅눅해진 옆구리를 움켜쥐고 나지막이 입을 열었다. 심복은 대답 대신 고통스러운 신음을 길게 토하였다. 쓰디쓴 허탈감이 가슴을 적셔 마음의 공허를 불러일으켰다.

물질적 유혹으로 조종할 수 있는 인간의 욕망이란 대체 어디까지인가. 돈과 권력이 가진 힘이 이다지도 강하다는 말인가.

실의에 빠져들던 그는 잠시 후 고개를 저었다. 아니다. 틀린 생각은 아니지만, 반드시 그렇지만은 않을 것이다. 이는 결국 내 사람 보는 눈의 탓이다. 금권에 쉽사리 휘둘리는 사람과, 다른 쪽 가치를 더 귀중히 여기는 사람을 똑바로 구분치 못한 미숙함의 소산이다.

저벅저벅. 검 손잡이를 힘주어 그러쥔 원은 바닥에 고인 피 웅덩이를 찬찬히 밟아 걸었다. 고통의 순간을 길게 늘이지 않는 건 그가 베푸는 약간의 온정이었다. 부들부들 전율하는 사내의 가슴 앞에서 장검을 한껏 치켜들고, 단숨에 내리꽂아 명치를 관통시켰다. 사방으로 튀어 오른 피에 정면의 옷자락이 잔혹한 붉은빛으로 물들었다.

온몸에서 힘이 쭉 빠져나갔다. 명멸하는 불꽃처럼 정신이 가물가물 흐트러졌다.

날이 완전히 밝기 전에 시신을 수습하고, 옆구리의 상처를 스스로 치료하였다. 첫 수업이 시작되기 전 잠시 처소를 빠져나온 그는 궁내의 시의를 찾았다. 외상은 내보이지 않고, 검술 수련 중 다쳤다는 핑계로 탕약만 처방받아두었다.

기운이 없었다. 몸과 마음에 한꺼번에 상처를 입었다.

사람을 쉽게 믿을 수 없을 것 같았다. 그러나 자신의 신하를 극히 신뢰하지 못하고 수족을 만들지 않는 군주는 결국 훌륭한 지도자가 될 수 없는 법이다.

이 나라를 개국한 고조 유방은 삼걸[37]을 중용하여 천하를 얻었다. 그에 반해, 훨씬 유리한 입지 조건을 차지하고 있었던 항우는 범증 한 사람도 믿고 의지하지 못하여 종내 고조에게 패하였다.

세상을 경영하려 하는 자는 제일 먼저 우수한 인재부터 확보한다. 그러니 군주에게 있어 가장 중요한 능력은 옥석을 분별하는 정확한 안목일 터.

무수히 깨지고, 다치고, 시행착오를 거듭하여서라도 갈고닦아 키우는 수밖에 없었다. 천리마를 알아보는 백락이 되자. 홀로 속다짐하며 원은 시름없이 탕약을 집어 들고 입술에 가져다 대었다.

한 모금 넘기려던 그는 눈썹을 곤두세우며 급히 도로 뱉었다. 부상을 입어 경황이 없었는지, 기미를 보지 않은 상태의 약임을 깜빡한 채 마시려 한 것이다. 역시나 속이 메슥메슥 뒤집혀 구역질이 올라왔다. 독이 있다.

"아으…… 빌어먹을, 이 넓은 황궁 안에…… 믿을 사람 하나 없구

---

37) 三傑. 한 고조(漢高祖) 때의 뛰어난 신하인 장량(張良), 소하(蕭何), 한신(韓信)의 세 사람.

나!”

거세게 팔을 휘둘러 탕약을 집어던졌다.

쨍강! 그릇이 형체 없이 박살 나 파편이 사방으로 튀었다.

원은 옆구리에 약을 덧바른 후 치료용 천을 더 단단히 휘감았다. 이제 밖으로 나가야 했다. 아무리 힘겨워도 수업을 빠질 수는 없었다. 아프다는 티를 내서는 안 되기 때문이었다.

그가 부상을 입고 병석에 누웠다는 소리가 들리면 수많은 이가 귀를 세우고 그것을 물어 나른다. 그 소식을 듣고 좋아할 누군가가 따로 있었다. 매일매일이 자신의 한계와의 싸움, 한계에서 한계를 넘어서는 날들의 연속이었다.

그럴수록 독한 악이 뻗쳐올라 가슴속 의지가 골수까지 사무쳤다. 오냐, 네놈들의 기대에 부응해주마. 반드시 황제가 되어 간신들을 방벌 폐출하고 이 썩어 빠진 천하를 바로잡고야 말겠다.

수업을 받을 전각으로 향하려는데, 또 성가신 꼬맹이가 바늘에 꿰인 실처럼 뽀르르 따라왔다. 신경 끄고 걸었다. 아이를 따돌리기 위해 보폭을 키웠더니 옆구리의 상처가 불로 지져지는 듯 욱신거렸다.

원은 상반신을 웅크려 옆구리를 꽉 틀어쥐고 털썩 주저앉았다. 등줄기에서 식은땀이 축축하게 배어났다. 신음을 쏟아내는 대신 아랫입술만 멍들도록 씹고 씹었다.

“오, 오라버니!”

멋모르고 방글거리며 쫓던 진이 한순간 기겁하였다. 곁으로 총총 다가가 그의 얼굴을 확인하니, 표정이며 안색이 말이 아니었다.

“오라버니, 어디 아프신 거예요?”

원은 대답하지 않았다. 독과 출혈 때문에 머리가 어지럽다. 오늘은 좀 귀찮게 하지 마라.

"오라버니, 오라버니! 여, 여기서 피가 나는 것 같은데…….."

진이 그의 허리를 손가락으로 가리키며 달달 떨었다. 옆구리의 상처에서 피가 약간 새어나는 모양이었다.

"누, 누가 오라버니를 이렇게 만든 거예요? 대체 누구예요? 어떤 나쁜 사람이 이랬어요?"

아이의 울먹이는 음성에 부아가 물씬 치밀어 올랐다.

"그게 바로 네 외조……!"

고개를 확 틀어 진을 노려보던 원은 심호흡과 함께 눈을 감았다.

"……아니다."

무심결에 아무것도 모르는 꼬맹이를 앞에 세우고 분풀이를 할 뻔하였다. 아직 젖내도 가시지 않은 어린아이에게 무슨 잘못이 있을까.

그는 미간을 모은 채 느릿하게 숨을 들이쉬고, 내쉬었다. 현기증과 통증이 조금이나마 잦아들기를 기다리며 하얗게 흩어져 나간 의식을 가만히 끌어 모았다.

천천히 눈을 뜬 원이 진과 시선을 마주하며 입을 열었다.

"그냥…… 나뭇가지에 긁힌 것이다. 방금 쓰러졌던 건, 조찬을 잘못 들어 좀 체했다."

스스로 생각해도 참 조악한 변명이었다. 하지만 상대는 겨우 일곱 살이다.

진은 커다란 눈을 연방 슴벅대며 떨떠름한 표정을 지었다. 믿어야 할지 말아야 할지 혼란스러워하는 듯하였다.

잠시 뒤에 조심스럽게 그의 한쪽 어깨를 토닥여주는 아이의 손길이 느껴졌다. 원은 차갑게 팔을 내둘러 뿌리쳤다. 평상시에도 거슬렸지만, 오늘은 특히나 이 아이의 얼굴이 보고 싶지 않았다.

진은 당황한 듯 주춤하였다. 그래도 달아나지는 않는다. 꽤 상처 입은 낯을 하고서도 아이는 살금살금 그의 눈치를 보며 두 손을 밑으로 내렸다.

따스하고 보드라운 아이의 피부가 그의 오른손을 감싸왔다. 진은 간지러울 만큼 우스운 힘으로 검지와 엄지 사이를 꾹꾹 누르며 지압을 시도하였다. 원이 쳐다보자 아이가 어깨를 오므리며 흠칫거렸다. 또 거절당할까봐 두려운지 끊임없이 그의 표정을 살피고 살피면서 계속 손을 주물렀다.

설마 체했다는 말을 믿은 걸까. 원은 맥 풀린 한숨을 흘렸다. 왠지 스스로가 아주 나쁜 놈이 된 것 같은 기분에 사로잡혔다. 마음이 짠했다. 이제는 더 뿌리칠 기운도 없다.

느닷없이 진이 코를 훌쩍이며 울었다. 그는 고개 돌려 물끄러미 응시하였다. 항상 뭐 하나 빠진 것처럼 웃기만 하던 아이가, 울 줄도 알긴 아는구나.

"우는 소리 듣기 싫다. 울려면 멀리 가서 울어라."

진이 깜짝 놀라 소맷자락으로 눈물을 닦았다. 소리가 듣기 싫다 하니, 아이는 큰 눈물방울을 두 눈 가득 매달고도 흐느낌만큼은 목구멍으로 끅끅 집어삼켰다.

"오, 오라버니는……."

앵두처럼 자그마한 입술이 오물오물 움직였다.

"울 것 같은 얼굴을 하시고…… 왜 안 울어요?"

"나이 먹어서 우는 건 마음이 약해 빠진 얼간이들이나 하는 행동이다."

"소녀는, 아직 일곱 살이니까…… 어, 얼간이 아니지요?"

질문을 놓자마자 진은 조금 떨어진 곳으로 후다닥 뛰어갔다가 한꺼번에 훌쩍훌쩍거리더니 다시 그의 곁으로 다가붙었다. 어이없이 쳐다보던 원이 저도 모르게 그만 실소를 터뜨렸다.

"그런데 넌 왜 우는 것이냐?"

"오라버니께서 안 우시니까…… 왠지 눈물이 나요. 차라리 우셨으면 좋겠는데……."

"그래서 네가 대신 운다고?"

"소녀는 일곱 살이니까……."

저런 말을 굉장히 심각하고 진지하게 한다. 옆구리는 여전히 칼로 쑤셔지는 듯 아픈데 자꾸만 웃음이 나려 했다.

참기 힘들어진 원은 공연히 눈썹을 모아 꿈틀거리다가 끝내 무릎을 펴고 몸을 일으켰다.

"그래. 어디 열심히 울어보아라. 나는 이만 공부하러 가봐야겠으니."

진이 움찔거리며 두 손으로 입을 가렸다.

"흐잉……."

그가 등을 돌리자 아쉬운 듯 칭얼거리는 소리가 뒤통수를 간질였다.

원은 잠시 고개를 돌려 진을 보았다. 서운함을 가득 담고 올려다보는 투명한 눈동자가 시선을 빨아들였다. 어쩐지 돌아서는 발걸음이 추를 매단 듯 무거웠다.

사람은 참 이상하다. 절실할 때 누군가가 나의 감정에 공감해주면 사실 별거 아님에도, 더할 나위 없는 깊은 위로를 받기도 한다.

그는 수업 장소로 걸음을 재촉하다가 갑자기 크게 소리 내어 허탈하게 웃어대었다. 생각해보니 이곳에서 그를 향해 아무런 대가 없이 웃어주는 이도, 울어주는 이도, 적의 외손녀인 그녀, 그 꼬맹이 하나뿐이었다.

아직은 사람 보는 눈을 더 길러야 하고, 이를 위해 배워야 할 것들도 한참 많을 터였다. 하지만 저 아이만큼은 지금도 확신할 수 있었다.

그녀의 가슴에 담긴 마음은 불순물 하나 섞이지 않은 무구한 진심일 테다. 유일하게도.

어느 날, 황후의 기체가 미령하여 자리보전을 하였다는 전갈을 받았다. 문병차 초방전에 들른 원은 방문 앞에서 쏟아지는 고성에 걸음을 멈추었다.

"나가, 나가라고 해!"

소 황후의 목소리였다. 어찌나 박박 악을 쓰는지 귀청이 따가울 정도로 높고 시끄러웠다.

"저 아이 얼굴…… 보고 싶지 않아! 당장 나가라고 해! 당장!"

문 옆쪽으로 시선을 옮겨 보았다. 환관, 궁녀들 틈에 파묻히듯 서 있는 조그만 소녀가 두려운 얼굴로 어쩔 줄 몰라 하며 눈물을 주르르 흘리고 있었다.

한동안 지그시 바라보던 원은 천천히 어깨를 돌렸다. 오늘은 날이 아닌 모양이다.

한데 의외였다. 분명 황후 본인이 배 아파 낳은 딸 아니던가. 한창 팔 안에 끼고 귀애하며 어리광을 받아줘야 할 나이의 자식이거늘, 어찌 저렇게 괄시할 수가 있단 말인가.

평소 진이 그에게 달라붙어 피우던 천진한 애교를 떠올려보았다. 그의 눈에야 자신을 호시탐탐 죽이려 하는 승상의 외손녀이니 곱게 보일 리 없었다. 하지만 부모에게는 얼어붙은 마음조차 사르르 녹일 만큼 귀여운 재롱둥이일 터였다. 더구나 저리 예쁘고 순한 딸아이라면 미워하고 싶어도 그러기가 어려울 것 같았다. 그래야 맞았다.

몇 걸음 걷지 못하고 그대로 멈춰 섰다. 황후의 새된 음성보다 진의 애처로운 울음소리가 더 선명히 귀를 파고들었다. 버림받은 강아지처럼 떨어대는 어린아이의 모습이 자꾸만 눈에 밟혔다.

원은 미간을 찌푸리며 다시 몸을 돌렸다. 아랫것들이라는 게, 제 상전이 저러고 있는데 멀뚱히 구경만 하고 있는가.

반달음으로 걸어서 진의 곁으로 다가간 원은 앞도 보지 못할 만큼 울어대는 아이의 귀를 두 손으로 틀어막았다. 폭언이 간헐적으로 터져 나와 전랑을 뒤흔들었다. 고개를 돌려 바로 옆의 환관을 노려보니, 그가 움찔하며 어물어물 입을 열었다.

"가끔 저러시옵니다. 와병하시어 가위에 눌리시면, 그때마다 비슷한 악몽이라도 꾸시는지……. 평소 저렇게까지 과한 언사는 안 하시는데……."

원은 헛웃음을 흘렸다. 저렇게까지 과한 언사는 안 한다, 라. 그 말 속에 이미 황후가 평상시 딸을 어찌 대하는지 나타나 있다.

그래도 그에게는 자애로운 어머니의 가면을 쓰고 최소한의 도리나마 다하는 여인이었다. 그런데 어찌하여 정작 친딸은 이토록 냉대하는 걸까.

"배행 담당 어디 있느냐."

원이 주변을 훑으며 말하자, 일렬로 시립해 있던 열 명의 궁녀가 얼른 다가와 허리를 굽혔다. 진의 얼굴에서 눈물을 닦아낸 그가 아이를 안아들어 그중 한 명에게 넘겼다.

"공주를 처소로 데려가라. 지금 당장."

달포가 흘렀다. 그사이 꼬맹이를 따로 만나 뜻을 밝혔다. 기다리라고 하였다. 힘을 얻고 나면 널 내가 지켜주겠노라 하였다.

착하게도 그 이후로는 그를 따라다니지 않는다. 하지만 매일같이 눈에 띄던 아이를 볼 수 없게 되니 자꾸 신경이 쓰였다.

벗이라고는 호위 무사 한 명뿐인 아이였다. 홀로 있는 시간이 길 터인데, 그동안 또 어디선가 쪼그려 앉아 울고 있는 건 아닌지 걱정되었다. 분명 외로워하고 있을 것이다. 생각하면 할수록 영 불안하여 견딜수가 없었다.

때마침 황자궁에서 상당한 인기를 누리고 있는 어린 궁녀 하나가 있었다. 재미난 이야기를 많이 알고, 싹싹하면서 온순한 데다, 맡은 일도 성실하게 잘하는 아이인 듯하였다. 대부분의 궁인들이 그녀에게 호감을 표하였다. 쉴 틈 없이 공부하는 와중에서도 그녀의 이야기가 들려오면 절로 귀를 세우게 되었다.

얼마 있지 않아 황자의 눈길이 자꾸 그녀를 따라다닌다는 식의 심상찮은 소문이 퍼졌다. 동기들뿐 아니라 다른 궁 소속의 궁녀들까지 그녀를 부러워하거나 은근한 시샘의 눈길을 건넸다.

적자가 아니라 하여 저들끼리 씹고 뜯으며 걸핏하면 무시한다지만, 그래도 황제의 장자였다. 모르면 몰라도 나쁘지 않은 봉읍을 분봉받아 최소 왕위에 오를 신분이 아니던가. 그의 눈에 들면 왕의 첩실이 되거나, 혹 운이 좋을 경우 왕비의 자리까지 바라볼 수 있었다.

하기야 신분 상승의 꿈을 제하더라도 옥골선풍의 기품 넘치는 황자를 사모하는 여인들이란 별처럼 무수하였다. 남몰래 그의 얼굴을 곁눈질해가며 애간장을 태우던 궁녀들의 한숨이 짙어져갔다.

그러거나 말거나 원은 꾸준한 관심으로 그녀를 지켜보았다.

사람을 얼마나 진심으로 대하는지, 생활 태도는 바른지, 책임감은 있는지, 사고방식은 건전한지, 몸은 탈 없이 튼튼한지.

이런저런 요인들을 긴 시간 주도면밀하게 따져 거듭 확인하고는 결단을 내렸다. 어느 날 전랑을 소제 중인 그녀를 황자가 가볍게 손짓해 불렀다. 이미 그의 시선을 느낄 대로 느낀 그녀가 귀까지 새빨개진 모습으로 옷깃을 매만지면서 주저주저 다가왔다.

"이름이 무엇이냐."

그의 물음에 그녀는 배꼽에 코가 닿을 듯 허리를 숙이며 답하였다.

"백설향이라 하옵니다, 전하."

"너……"

지그시 쳐다보던 원이 잠시 후 빙긋 웃으며 입을 열었다.

"공주랑 친구 하지 않을 테냐?"

자벌레가 몸을 굽히는 것은 장차 펴기 위함이고, 용과 뱀이 겨울잠을 자는 것은 봄을 기다려 몸을 보전하기 위해서이다. 후일에 펼칠 원대한 뜻을 위해 잠시간의 고난은 참아야 한다. 다만 흘러가는 시간을 허투루 보내지 않고, 하루하루 스스로와의 싸움에서 빠짐없이 승리하며 착실한 준비를 해나갈 따름이다.

"날이 가면 갈수록 황황겁겁 두려움이 고여 그 깊이를 더해가는구나. 비록 육신은 병쇠할지라도 이대로 눈을 감기가 담한하여 어떻게든 내버티려 한다. 최근 언제고 잠이 들면 고조께서 휘두르시는 보검에 목이 베이는 꿈을 꾼다. 그분의 꾸지람을 듣고서야 알았다. 짐의 사욕으로 범하려던 짓이 한실 수백 년의 신성함을 일척으로 훼손할 대죄였음을. 하마터면 선조들의 사당에 감히 머리를 내밀 면목이 없을 뻔하였다. 원아, 그 누가 뭐라 하여도 너는 짐의 아들이며 현 유일한 황실 직계손이다. 스스로가 얼마나 귀한 존재인지를 항시 잊지 말거라. 네가 제위를 이어받지 않는다면 필경 이 한나라는 대혼란의 화를 면할 수 없게 될 것이다. 오이가 익을 날이 다가오고 있다[38]. 늘 심신을 재계하고 주무(綢繆)하라."

요사이 부황께서 그를 불러 앉힌 채 간곡히 손 붙들며 부탁해오는 날이 늘었다. 그때마다 원은 대답 대신 쓴웃음만 깊이 머금을 뿐이었다.

이제 와서 뒤늦게, 본인 마음 편하시자고.

분에 넘치는 욕심으로 남의 자리를 탐하였다가 끝끝내 남의 눈치나 보며 여생을 보내게 된 어리석은 사내. 부황께서는 처음부터 끝까지 몸서리쳐질 만큼 이기적이다.

그런 분이라 애초 잘못된 갈림길에 발을 들여 천 리까지 어긋나도록 하였을 터. 한 걸음의 선택으로 결국 백성들의 생계와 국가의 안녕마저 위협받게 되었다.

어깨를 누르는 짐의 무게가 더해간다. 천륜은 거스를 수 없다. 그분의 자식인 이상 그분께서 저지른 죄를 만 분의 일이나마 속죄할 의무

---

38) 과시(瓜時), 급과이대(及瓜而代). 오이가 익으면 바꾼다는 말로, 임기가 끝나면 자리를 교체해준다는 뜻을 암시한다.

가 있다.

그러나 허수아비나 다름없는 부황만의 힘으로 제위를 거머쥐기란 냉정히 판단하자면 어려웠다. 스스로가 암만 뛰어나고 현명하다 한들 마찬가지. 가까운 예로 부황을 보아도 알 수 있듯이, 천자란 황손 개인의 능력 순으로 오르는 자리가 아니었다.

제아무리 교룡이라 할지라도 물을 얻지 않으면 그 신성함을 받들 수 없다. 붕새(鵬)가 날아갈 길은 만 리나 되니, 그 큰 날개를 띄울 만한 바람이 두껍게 쌓여야 한다.

원은 조정의 힘이 필요함을 느꼈다. 현 실세이자 국구인 소윤과 맞서기 위해서는 그와 대립각을 구축할 만한 인물이 필요했다. 이왕이면 유능하고, 뜻이 맞으며, 어느 정도 권력과 지위도 있는 현직 관료.

소윤은 존귀한 지위에 있을지언정 법을 무기로 사사로운 이익을 꾀하여 민심을 잃었다. 고기가 썩으면 벌레가 나오고, 물고기가 마르면 좀이 생기듯 무릇 악함과 더러움을 지닌 자는 그만큼 원한을 사게 될 터.

필시 승상에게 불만을 가진 어질고 의로운 인물들도 많을 것이다. 다만 향초와 악취 나는 풀을 함께 놓으면 10년이 가도 더러운 냄새만 남듯이, 간신들이 판치는 조정에서 그들의 존재감이 도드라지지 않을 뿐이다.

원은 일부러 조회가 이루어지는 시간을 전후로 해서 정전 주변을 배회해보았다. 과연 그를 알아보자마자 기다렸다는 듯 접근해오는 관료가 있었다.

"황자 전하를 뵙사옵니다. 신 박사(博士) 왕전이라 하옵니다."

꽤 유명한 인물이었다. 5, 6품을 전전하는 하급 관리 가문의, 그것도 서자 출신이라 하였다.

　제아무리 출사의 뜻이 강하여도 변변찮은 집안에서 서자 따위를 후원해줄 리 없었다. 그리하여 가문을 뛰쳐나와 미미한 밑천으로 장사를 시작하였으니, 타고난 명석함으로 대번에 크게 돈을 벌었단다.

　목표 금액을 채운 그는 미련 없이 일을 접은 후 10만 전으로 관직을 사들여 말단 관리로 벼슬길에 발을 들였다. 시간이 흘러 오경(五經)의 문의(文意)에 능통함을 인정받아 박사로 승진하였고, 한창 전도유망한 인재로 이름을 알리고 있다.

　원은 고개만 까딱하며 목례하고 등을 돌렸다. 저자는 아마도 꾀바르고 재주 좋은 소인배다. 뜻을 함께하기에 적합하지 않은 그릇이다.

　그의 완곡한 거부 의사를 알아차린 왕전이 허겁지겁 달음박질하여 앞을 가로막았다.

　"전하! 청하오니 일각만 시간을 내어 소신의 말을 들어주시옵소서! 신은 오래전부터 황자 전하를 흠앙해왔사옵니다. 외람되오나 신이 가진 알량한 재주로 전하를 받들기를 원하옵니다. 전하께옵서 밟으실 발판이 되고, 날아오는 화살을 대신 받을 과녁이 되고, 사특한 무리를 찌를 과모(戈矛)가 되고자 하옵니다! 신은 오로지 황자 전하만이 차기 제좌에 오르시길 가슴 깊이 열망하고 있사옵니다!"

　원이 말없이 쳐다보았다. 왕전은 조급히 몸을 가누고 고개를 조아리며 말을 이었다.

　"하나를 심어 하나를 거두는 것은 곡식이고, 하나를 심어 열을 거두는 것은 나무이며, 하나를 심어 백을 거두는 것은 사람이라 하옵니다. 신을 받아들여 전하의 경지에 심으시거든 백 이상의 것을 거두실 수 있으리라 감히 확언하옵니다!"

「관자」의 '권수편(權修篇)'을 인용한 자기 유세였다.

원의 입술 끝이 비스듬히 치켜 올라갔다. 자고로 옛 성인께서는 말만 번지르르한 작자들을 미워한다 하였느니.

"봄에 질려[39]를 심으면 가을에 가시가 돋아나 찔리기나 할 것이오. 그러나 복숭아와 오얏을 심으면 여름에는 시원한 그늘을, 가을에는 달콤한 열매를 얻을 수 있소. 내 경지에 사람을 심는 것도 좋으나, 종자를 가리지 않고 배양한다면 그해 농사를 망칠 수도 있으니 조금 더 신중히 생각하려 하오."

"신의 가능성을 점칠 기회라도 청하옵나이다. 신이 질려의 종자일지, 복숭아와 오얏의 종자일지 전하의 혜안으로 직접 판가름해주시옵소서!"

그의 짙고 끈질긴 호소에도 원의 태도는 사뭇 냉정하였다.

'서자 따위가…….'

왕전을 지나쳐 걸음을 옮기려던 원은 대번에 흠칫 멈추어 섰다.

서자가 서자를 서자 따위라 무시하다니.

타인들이 자신을 바라보는 눈길도 별반 다르지 않을진대, 그들이 그어놓은 선을 스스로가 똑같이 적용하려 하고 있었다. 우습게 느껴졌다. 동시에 마음에 들지 않았다. 생각을 바꾸어 다시 왕전과 나란히 맞대면하였다.

"이 나를 제위에 앉히고자 한다면, 필경 그 목적 혹은 천자에게 간구하는 어떤 보상이 있을 터. 그대가 원하는 건 무엇이오? 옷섶을 열어

---

39) 蒺藜. 바닷가나 모래밭에 나는 가시가 많은 풀.

속마음을 꺼내지 않는 자는 울타리 안에 들일 수 없소."

"신의 좌명[40]에 구태여 상도, 칭찬도 내리실 필요 없사옵니다. 신이
바라는 것이야말로 곧 전하께옵서 바라시는 것과 일맥상통할 테니까
요. 신은…….."

약간의 안도하는 빛을 띠며 말하던 왕전은 표정을 음산하게 바꾸더
니, 마디마디 힘주어 끊어 답하였다.

"승상 소윤의, 파멸을 바라옵니다."

원은 잠자코 마주 응시하였다. 바닥에 깔릴 듯 깊은 목소리 안에 흥
분 같은 전율이 배어나오고 있었다. 상대의 두 눈동자 속에서 이글이
글 타오르는 원한의 불꽃이 선하게 들여다보이는 것 같았다.

"그대가 바라는 것이 곧 내가 바라는 것이라 하였는가."

나지막이 중얼거린 원은 고개를 슬슬 저으며 덧붙였다.

"내가 바라는 건, 소윤의 파멸이 아니오."

왕전이 움찔 굳었다. 예상 밖의 답이었다. 적의 적은 나의 아군이 되
기에 충분하다. 소윤을 찍어 누르는 일은 그와 공공연한 대치 관계에
있는 황자 유원을 황제로 올리면 절로 실현되리라 여겼거늘.

"하오시면…….."

"강구연월(康衢煙月). 고복격양(鼓腹擊壤). 감화만민(感和萬民). 상하구
부(上下俱富). 대동사회(大同社會)."

원은 강한 울림을 담은 음성으로 하나씩 강조하듯 말을 늘어놓았다.
그의 속눈썹이 맑고 깊은 동공을 가볍게 덮어 그윽한 미소를 흘렸다.

---

40) 佐命. 천명을 받아 임금이 될 사람을 도움.

"이 내가 바라고 원하는 것은, 오로지 천하의 모든 이가 웃을 수 있는 세상이오."

왕전은 망연히 입을 벌린 채 무심코 그의 얼굴을 살피었다.

"그러기 위해서는…… 일단 나라를 좀먹고 있는 외척 벌레들부터 쳐내는 일이 시급할 터이니, 그대의 바람도 자연히 들어주게 되기야 하겠군. 하지만 지금 그대의 위치로서는 내게 도움을 줄 수 있을 리가 없소."

찬찬히 눈을 감았다가 뜬 원이 왕전을 직시하였다.

"3년의 유예 기간을 두겠소. 일종의 시험이라 생각해도 좋소. 3년 후 이날까지, 그대의 능력만으로 9경의 자리에 올라보시오. 그렇게 되면 소윤을 이길 계책을 함께 세워보도록 하지. 할 수 있겠는가."

낯빛을 가다듬은 왕전은 두 손을 공수(拱手)하여 이마와 평행되게 올렸다. 그 채로 허리를 깊숙이 수그리며 단호한 각오를 드러내 보였다.

"소신이 올릴 수 있는 답은 단 하나뿐이옵니다. 할 수 없어도 반드시 해내고야 말겠사옵니다."

붙잡는다고 느려지지도, 떠민다고 빨라지지도 않는 세월의 물결은 어린 초목과도 같았던 소년과 소녀를 충실히 성장시켰다. 여전히 자주 대면하지는 않았지만, 이따금 궁내를 거닐다가 한 번씩 회우할 때가 있었다.

아무리 멀리 떨어져 있어도 꼬맹이의 존재감만큼은 또렷이 와 닿았다. 느끼지 않으려야 느끼지 않을 수 없었다. 서로의 시야가 닿는 곳 안에 발을 들이면 어김없이 그리운 듯, 아련한 듯, 가슴 한쪽을 뭉근하게 만드는 시선이 달라붙었다.

그는 꼬맹이를 스쳐 지나가면서 머리를 쓱쓱 쓰다듬어주거나 오동통한 볼을 꼬집어 흔들었다. 그럴 때면 좋아 어쩔 줄 몰라 하는 꼬맹이의 새하얀 뺨 위로 잘 익은 사과 빛깔 같은 붉은 물이 번졌다. 약간의 짬이 있거든 꼬맹이를 번쩍 안아다가 목말을 태운 채로 정원을 산책할 때도 있었다. 그녀는 아마 이 시기의 기억은 거의 잊고, 그저 기다리라는 한마디만 아로새긴 것 같다.

　어쩌면 그들이 유일하게 남매처럼 보일 수도 있었던 시절이었다. 동시에 그의 안에서 보통의 누이동생에게는 가질 수 없는 미묘한 감정의 싹이 움트기 시작한 무렵이기도 하였다.

　하릴없이 고단하고 외로운 일상 속에서 어느 누군가가 지속적으로, 열렬하게 보여주는 관심의 힘이란 대단하였다. 어느 순간부터 그는 꼬맹이가 시야에 들어오면 자신을 쳐다보고 있는지 은근히 확인하였다. 또한 그 시선에 묘하게 집착하는 스스로를 발견하였다.

　어쩌다가 다른 곳을 바라보기라도 하거든 무언가 형용할 수 없는 감정이 솟아올라 심사가 뒤틀렸다. 당장 달려가 그녀의 고개를 돌려놓고 싶었다. 꼬맹이의 관심을 끄는 주체를 치워버리고 싶었다. 내가 여기 있는데 감히 어딜 보고 있느냐 외치고 싶었다. 그럴 때마다 정작 행동으로는 옮기지 못하고 자조적인 웃음으로 마음을 짓누를 뿐이었다.

　정확히 3년 후, 왕전은 9경 중에서도 권한이 막중한 광록훈이 되어 그를 찾아왔다.

　원은 만족스레 웃으며 그를 향해 오른손을 내밀었다. 그러나 왕전은 손을 맞잡는 대신 한 걸음 물러나 고개를 조아렸다.

　"감히 군주와 마주 서서 악수하는 예는 없사옵니다."

표정을 엄숙히 하고 자세를 바로 한 왕전은 바닥에 무릎을 대고 엎드렸다. 원은 그가 자신의 발 앞에서 천천히 배례를 올리는 모습을 지켜보았다.

"장래의 황제 폐하께 영영무궁한 충성을 맹세하옵나이다."

마지막 시험마저 각찰하고 합격하였다. 과연 약빠른 자가 아닐 수 없었다. 시원스럽게 홍연대소한 원은 가만히 몸을 내려 왕전을 일으켰다.

"두 사람이 마음을 합하면 그 예리함은 쇠도 끊을 것이요, 마음을 하나로 하여 말하면 그 향기가 난초와도 같다 하였으니. 앞으로 잘해봅시다."

부드러이 말한 원이 왕전의 소맷자락에서 손을 끄집어내어 두 손으로 감싸 흔들었다. 왕전은 그새 자신보다 머리 하나는 더 큰 주군을 듬직한 듯 올려다보며 답하였다.

"신은 황자 전하를 지존으로 만들기 위하여 한마(汗馬)의 헌신과 노력을 아끼지 않을 것이옵니다."

짐작한 대로, 왕전은 다방면으로 능력이 출중한 데다 이해득실을 영리하게 따지며 비열하기까지 한 인물이었다. 오랜 시간 고굉지신[41]으로 두고 싶은 이는 아니었으나 현 상황으로서는 상당한 도움이 되었다. 다만 주군과 더불어 목적을 세우거든 그것을 위해 수단과 방법을 가리지 않았으니, 검을 집어넣는 검집의 역할을 하여 적절하게 억제시켜줄 필요는 있었다.

---

41) 股肱之臣. 임금이 가장 신임하는 신하.

진 공주 이후로 더 이상 황제와 황후 사이의 자식은 없었다. 더욱이 황제는 장인의 눈치를 살피느라 후궁 한 명 제대로 들이지도 못하였다. 결국 황실 직계손이라고는 황자 하나와 공주 하나뿐이었다.

　승상은 온갖 방법으로 황제와 황후를 압박하고, 방사(方士)를 불러들여 길일을 잡아다가 합궁을 권하고, 심지어 수족을 시켜 잘 행하는지 감시하게 하였다. 그럼에도 황후는 종내 태기를 보이지 않았다.

　조급해진 소윤은 미앙궁 내에 소 황후의 회임을 기원하는 누대의 축조를 시작하였다. 그리하여 원 황자와 진 공주의 처소까지 이전되는 바람에 그들은 몇 년간 얼굴을 볼 수가 없었다.

　그동안 원은 실타래에서 실을 하나씩 뽑아내듯, 소윤의 측근 중 만만한 이들을 골라 야금야금 쳐냈다. 그 과정에서 온갖 악역은 왕전이 다 맡아주었다. 덕분에 직접적인 활동은 최대한 자제하면서도 틈새를 공략할 수 있는 포석이 깔렸다.

　앉은 자리가 따뜻해질 틈이 없이 바삐 돌아다녔다. 암암리에 젊고 유능한 신진 관료들과 연을 맺고 포섭하였다. 또한 그들의 지지를 이용하여 승상파에 가하는 압박을 심화하는 것도 잊지 않았다.

　공세를 눈치 챈 소윤은 누대를 완공시키자마자 재빨리 측근 조왕(趙王)을 끌어들였다. 황후가 마냥 귀골을 잉태하기를 기다릴 수 없게 되었으니, 그의 장자인 유창을 데려와 황제의 양자로 들이도록 공작하려는 의도였다.

　그나마 황제가 아비로서 한 일이 있다면, 소윤의 거센 압력에도 불구하고 끝끝내 왕자 유창을 양자로 들이지 않은 것이었다. 직계손인 장자가 엄연히 있으매 굳이 방계인 왕자를 양자로 들일 필요가 없다는 당연한 구실을 대었다.

"폐하의 어환(御患)이 날이 갈수록 악화되고 있습니다. 이 누란지세에 다들 하나같이 어찌 그리 태평하신 것입니까? 설마 승상의 농간에 휘둘려, 진정 조왕의 왕자가 거룩한 용상을 차지하길 기다리기라도 하시는 겁니까? 그리된다면 같은 방계인 다른 왕과 왕자들이 속수하고 가만히 있을 것 같습니까? 필경 이 한나라는 수십 개, 수백 개로 갈라져 쑥대밭이 되고야 말 것입니다. 오초칠국의 난과는 비교도 할 수 없을 대란이 터질 수 있다는 말입니다! 진정 그대들이 한의 진충지신이라면 하루라도 빨리 태자 책봉을 주청하여야 할 것입니다! 황자 전하께옵서는 이미 황후마마의 양자로 적자가 되신 지 오래이거늘, 지지부진 시간을 끌 이유가 무엇이란 말입니까!"

황제가 며칠간 크게 앓고 난 뒤, 왕전은 이때다 싶어 적극적으로 나서서 조정의 중론을 선동하였다. 때맞춰 숨죽여왔던 승상 반대파들이 우후죽순 목소리를 내었다. 꾀하지 않고도 함께 일어나고, 약속하지 않고도 같이 모이는 일이 벌어졌다.

천자의 칙허가 떨어졌다. 어환 중인지라, 본궁의 성청을 이용하여 최대한 절차를 줄인 태자 책봉식이 거행되었다.

예복을 벗자마자 원은 지체 없이 공주의 처소로 달려갔다. 드디어 황제가 되는 길에 한 걸음 다가섰다. 그 모습을 가장 먼저 보여주고 싶은 사람이 바로 그녀였다.

이제는 널 외롭게 하지 않을 것이다. 약속한 대로 내가 지켜줄 것이다. 멀쩡한 가족 친지 놔두고도 단고(單孤)처럼 홀로 웅크려 눈물 흘릴 일, 앞으로 없게 하겠다. 내 보호 아래에서 넌 그저 행복하기만 하면 된다.

멀고 먼 처소에 다다라 그 앞의 봄꽃 흩날리는 춘원으로 발을 들였다. 마침 그녀가 나와 있었다. 반가운 마음에 걸음을 옮겨 다가갔다. 그러나 가까이에서, 너무나도 오랜만에 마주한 동생은 진정 그 시절 그때의 꼬맹이가 맞을까 싶을 만큼 많이 변해 있었다.

물풀처럼 고운 긴 머리칼과 연분홍 비단 치마가 한데 휘감겨 흩날린다. 금빛 머리 장식조차 무색한 아름다운 머릿결이 햇발에 물씬 젖어 들어 매끄럽게 반짝이고 있다.

고개가 조금씩 이쪽을 향한다. 서서히 드러나는 피부가 누구의 손길도 닿지 않은 첫눈처럼 새하얗다. 도톰하니 예쁜 입술이 시선을 잡아 훔친다. 탐스러운 붉은 빛깔로 보아 한입 머금으면 달콤새큼한 맛이 날 것 같다.

한동안 숨을 쉴 수가 없었다. 마지막으로 만났을 때와는 분위기 자체가 달랐다. 충격과 설렘이 어지러이 뒤얽혀 스스로가 얼마나 바보 같은 표정을 짓고 있는지도 몰랐다.

"오라버니! 언제부터 거기 계셨던 거예요?"

나긋하면서 발랄한 낭랑세어(朗朗細語)가 귓전을 두드려왔다. 보얀 손으로 풀꽃을 헤치며 다가오는 소녀에게서 주변의 꽃무리보다 향긋한 내음이 났다.

가까이 마주 선 진은 숱진 속눈썹을 수줍은 듯 내리깔고 생그레 미소를 흘렸다. 그 눈웃음 한 번에 그만 넋을 잃고 말았다.

차마 얼굴을 계속 보고 있을 수가 없었다. 자기통제를 벗어난 두근 댐을 간수하기가 힘겨웠다. 달아나듯 눈길을 내렸다. 아래로, 아래로 죽 미끄러지는 시선을 따라 얼굴만큼 선이 연한 몸태가 훑어졌다. 꽃 봉오리처럼 맺힌 두 젖가슴부터 요염한 세요(細腰), 도도록한 엉덩이로 이어지는 곡선이 아찔하도록 요나(嫋娜)하였다.

두 팔뚝에 절로 힘이 몰렸다. 손을 뻗어서 안아보고 싶다. 이렇게 눈으로만 볼 게 아니라, 오감으로 그녀의 부드러움을 한껏 음미해보고 싶다.

사실 오라비가 오래간만에 상봉한 누이동생을 안아본다 해서 문제될 건 없었다. 그러나 이와는 전연 다른 감정임을 알기에 차마 그리할 수 없었다. 그것도 구분 못 할 만큼 그는 어리지도, 어리석지도 않았다.

그대로 그녀를 놔둔 채 흡사 피신이라도 하듯 내뺐었다. 처소로 돌아오자마자 공연히 냉수만 몇 사발 들이켰다. 무의미한 행동이었다. 물로는 도무지 해결되지 않는 종류의 갈증이었으니.

며칠 동안 그는 식사를 들어도 맛을 느끼지 못하고, 베개를 베고 누워도 쉽사리 잠들지 못하였다. 진종일 가슴이 아릿하게 두근대는 동시에 답답할 만치 뜨거운 숨결만 하염없이 쏟아졌다.

추잡하게도 누이동생을 두고 끔찍한 열병을 앓았다. 이러다가 죽을지도 모르겠다 싶을 만큼 지독한 상사에 허덕거렸다. 아울러 밀려드는 자기혐오는 형언할 수가 없었다. 혈육에게 이런 감정을 느끼는 스스로가 도저히 제정신이라 생각되지 않았다.

얼핏 제아와 문강의 고사가 떠올랐다. 제아는 음녀 문강의 유혹에 색심을 느껴 불륜의 늪에 빠졌다지만, 자신은 순진무결한 어린 누이를 그리며 삿된 마음을 품고 있다.

그는 스스로를 영락없는 미친놈이라 여겼다. 실로 제아보다 더한 불결한 놈이다. 이 마음을 억제하여 정화시키지 못한다면 언제까지고 그 착한 아이를 대할 면목이 없을 것이다.

일부러 다른 일을 하면서 한때의 일탈로 만들려는 시도도 해보았다.

쉬지 않고 바삐 생활하니 술렁이는 가슴이 가라앉는 듯도 하였다. 그러나 결론은 마찬가지였다. 그녀를 향한 뜨거운 연심은 조금도 변하지 않았다. 가마솥에서 펄펄 끓고 있는 물을 부채질로 식혀보려는 정도의 발악이었다.

심신을 갉아먹는 잔혹한 첫사랑 앞에서 그는 무방비한 어린아이처럼 어쩔 줄 몰라 하였다. 감정이 심해질 땐 자해 충동마저 여러 번 느꼈다. 스스로를 이 지경으로 만든 그녀가 미워 보이기까지 할 정도였다.

그녀는 속도 모르고 계속 그의 주변을 맴돌았다. 처음에는 오며 가며 만나도 유령처럼 무시하는 것으로 대응하였다. 뻔지르르한 낯으로 심중을 감추는 일에는 제법 능한 편이었으나, 그녀의 앞에서는 가면을 오래 유지하기가 쉽지 않았다.

그러다가 끝내는 고의로 심한 말을 쏟아내어 씻을 수 없는 상처를 안겨주었다. 잘 갈린 칼의 날 부분을 잡은 채로 상대방을 친 것과 다름없었다. 손잡이에 맞은 이도 아프겠지만, 찌른 이의 고통은 이루 말할 수가 있으랴.

뒷머리를 타고 흘러드는 그녀의 울음소리에 가슴이 갈기갈기 난도질당하였다. 평생 다시 겪고 싶지 않은 참담한 경험이었다.

모진 상처에 좌절할 겨를도 없이, 그의 일상은 숨 돌릴 새조차 없을 정도로 분주히 돌아갔다. 태자가 되었으니 부황의 정사를 일정 부분 대리할 수 있었다. 가장 먼저 시도한 일은 악정에 고달파진 백성들의 마음을 어루만지려는 노력이었다.

민심을 얻는 자야말로 천심을 얻는 법이다. 하늘이 하늘로서 존재할 수 있는 건 든든한 대지가 떠받들고 있기 때문이다. 역사 속에서 백성들은 항상 참을 수 있을 만큼 참으며 신음하다가 한계에 이르러서야 분노를 폭발시켰다. 주여왕(周勵王) 대의 폭동[國人暴動]이 그러하였고, 진나라 말기 진승, 오광의 난이 그러하였다.

오랜 시간 축적된 만큼 그 재앙은 사납기가 이를 데 없다. 승상은 백성들의 힘을 지나치게 얕보고 있다. 하루살이 버섯은 그늘을 모르고 매미는 가을을 알지 못하니, 기나긴 치세에 안주하여 난세를 모르는 어리석은 위정자의 오만이다.

원은 승상파와 대립해가면서 일단 수도 장안을 기점으로 각종 악법부터 폐지하였다. 겨울날의 햇볕은 한층 좋듯, 태자의 선정은 한파보다 더한 학정에 떨어온 백성들로부터 큰 반향을 불러 일으켰다.

또한 제환공[42]의 족적을 본받아, 새 인재들이 언제든 그를 찾을 수 있도록 태자의 집무실은 늦은 밤에도 늘 환하게 불을 켜두었다. 그로 인해 의욕 넘치는 관료들이 저마다 고안해둔 참신한 정책들을 부담 없이 건의해올 수 있었다.

천만뜻밖이었던 건, 가장 활발히 드나들며 태자와의 열띤 토론을 즐긴 이가 바로 승상의 장자인 소광이라는 사실이었다.

현 조정의 판도는 대체로 천자를 멋대로 주무르는 소윤의 손아귀에서 결정되어왔다. 고관 요직은 거의 소씨나, 승상의 측근들이 꿰찬 상황이었다. 그럼에도 소광은 나이 사십이 넘도록 지금으로서는 허울뿐

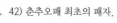

42) 춘추오패 최초의 패자.

인 태복[43])에 머물러 있었다. 승상으로서는 시시때때로 주공 단[44])과 이윤[45])의 도를 설파하며 의지에 반하는 큰아들이 거슬린 듯하였다.

옛 속담에 이르기를, 젊을 때부터 흰머리가 되도록 사귀었으면서도 새로 사귄 듯한 이가 있는가 하면, 길에서 우연히 만나 잠깐 이야기하고도 오래전부터 사귄 것 같은 사람이 있다고 하였다.

소광은 후자에 해당하는 인물이었다. 일우의 담론으로도 그가 인의를 갖춘 군자임을 알았다. 다만 난신적자인 소윤을 끌어내는 일은 나라와 백성을 위한 숙명이니, 그 핏줄이 아쉬울 따름이었다.

황제의 병세는 나날이 악화되어갔다. 더불어 민심을 등에 업은 태자의 입지는 승상을 위협하기 충분할 만큼 성장하였다.

군중이 반대하고 친근한 이들이 하나둘씩 떠나가자 소윤은 최후의 승부수를 띄웠다. 음특한 모함이었다.

승상의 한 측근이 황제에게 밀소를 올렸다. 내용인즉슨, 태자가 하루라도 빨리 제좌를 차지하길 고대하다가 요사스러운 방사들을 끌어들여 부황을 저주하는 굿을 벌였다는 것이었다.

본래 황족에 대한 송사는 정위[46])가 아닌 황제가 직접 판결하는 쪽이 상례였다. 그러나 소윤은 친자가 연루된 사건을 부모로서 공정히 처결하기는 어려운 법이라며 이 사건을 바득바득 정위의 손에 맡겼다.

정위의 수사와 판결이 양분된 세력의 판세를 결정짓는다 해도 과언

---

43) 太僕, 9경 중 하나로, 황제의 어가를 관리하고 수레를 끄는 어마를 사육하며 천자의 행렬을 지휘하는 업무를 담당.
44) 주성왕의 숙부로 성왕이 어릴 때 섭정한 인물.
45) 伊尹, 은나라 초기의 명재상.
46) 廷尉, 9경 중 하나로 사법을 담당.

이 아닐 상황이었다. 문제는 정위 계연이 공공연한 승상파의 주요 인사라는 점이었다.

승상은 미리 계연에게 적잖은 뇌물을 공여하고, 태자를 모략하여 죄인으로 만들 각본도 면밀히 작성하여 건넸을 터였다. 사태가 위험해지자 이쪽에서도 왕전이 전 재산을 털어서 계연의 가문에 떠안겨놓았다.

결국 계연이 수수한 뇌물의 액수는 양측이 엇비슷하였다. 계연으로서는 고민에 빠질 수밖에 없었다.

태자에게는 죄가 없다. 법관의 양심에 따르자면 결백한 이의 손을 들어줘야 옳았다. 그러나 그는 승상의 힘으로 이 자리까지 올라왔다. 누구나 알고 있는 승상파의 일원으로서 적의 수장을 지지한다는 건 매우 위험한 시도였다.

정위의 갈등을 짐작한 원은 물샐틈없는 회유책을 세웠다. 훗날의 지위 보장이나 더 많은 재화로는 그의 마음을 확실히 사로잡을 수 없었다. 그쯤은 승상도 얼마든지 해줄 수 있다. 이길 수 있는 싸움을 해야 한다. 자고로 지피지기면 백전불태라 하였으니, 용의주도한 사전 조사가 긴요한 때였다.

태자가 밀담을 요청해오자 계연은 못 이기는 척 받아들였다. 서안을 사이에 두고 계연과 마주 앉은 원은 분위기를 유하게 풀어놓은 후 미끼를 던졌다.

"한동안 잠잠하던 흉노가 근래 들어 다시 말썽을 일으키고 있소. 꾸준히 물자를 보내 달래주어도 잊을 만하면 국경을 들쑤시니, 상납은 상납대로 하고 군비로 나가는 지출도 만만찮은 상황이오. 덕분에 폐하께서 근심걱정이 이만저만 아니시지."

담담한 얼굴을 고수하던 계연이 순간 흠칫 놀랐다.

"신에게 그 말씀을 하시는 연유가……."

"대 흉노 정책에서 너무 오랫동안 저자세를 유지한 것 같소. 그 탓에 저들이 한을 우습게 보고 더 기고만장 날뛰는 결과를 불러온 듯하오. 한 번쯤은 강하게 눌러서 두려움을 각인시켜줄 필요도 있을 것이오."

원은 차분히 말을 이으며 계연의 동요를 주시하였다.

재작년, 계연의 외숙 선묵이 흉노의 사절로 갔다가 사소한 트집을 잡혀 그대로 구금되는 사건이 있었다. 흉노와는 친선을 표방한 적대 관계이니 비일비재한 일이었다. 이쪽에서도 교섭을 위해 잡아둔 흉노의 사신이 몇 명 있었다.

대부분 외숙이라 하여 계연이 심히 애태우면서까지 마음 쓰는 일은 없을 거라 치부하였다. 그러나 선묵과 계연은 나이차가 얼마 나지 않아 어릴 적부터 친형제처럼 따뜻한 정을 나누어온 숙질간이었다.

계연은 옛날 자신에게 풀피리를 만들어 놀아주고, 무릎에 올려놓고 서책을 읽어주었던 외숙을 잊지 못하였다. 선묵이 잡힌 뒤로는 그를 몹시 걱정하여 두 해 내내 편히 잠든 적이 없었다.

"내 흉노 토벌을 위한 연장을 손질 중인데…… 일단은 획책만 해두고 있으나, 제대로 준비할 여건이 갖춰지거든 지체 없이 여병말마[47]할 생각이오. 그리되면 포로로 억류된 자국의 사신들 중 생존한 자들을 구조해 올 수도 있겠지."

---

47) 厲兵秣馬, 병장기를 날카롭게 갈고 말을 먹여 살찌우다. 전쟁 준비를 철저하게 한다는 뜻.

실은 그 이면에 이를 구실 삼아 병마 통수권을 장악하겠다는 저의도 깔려 있었으나 계연이 거기까지 통찰하지는 못한 듯하였다. 어쨌든 에둘러 이야기하고는 있지만, 자신을 지지하거든 선묵을 구출해주겠다는 태자의 거래 제시였다.

　짧은 침묵이 두 사람을 에워쌌다. 계연은 마른침으로 목구멍을 축이고 조심스레 물었다.

　"신이 태자 전하를…… 어찌 믿사옵니까?"

　"안타깝게도 이 자리에서 실증할 방법이 없군. 가슴을 열어 보일 수도 없고. 허나 흉노와의 전쟁은 그대를 설득하기 위한 즉흥적 생각이 아니오. 손자병법에서도 첫 장부터 병자는 국지대사라 강조하고 있거늘, 사병들의 생사와 막대한 군수전이 걸린 문제를 가볍게 입에 담아서야 되겠는가. 다만 한 가지 확실한 게 있다면, 승상은 흉노 따윈 안중에도 없소. 그대도 알 테지."

　마음은 이미 오래전에 한쪽으로 기울었다. 태자의 말이 맞았다. 소윤은 권세와 명예를 유지하여 일족의 영달을 꾀하는 데에만 급급할 뿐, 흉노전에 투자할 예산은 고려조차 않을 터였다.

　하지만 계연으로서는 마지막까지 신중한 자세를 내보일 수밖에 없었다.

　"신은…… 긴 시간 동안 소 승상의 그늘 아래 안주해온 측근자이옵니다. 차후에 전하께옵서 유감없이 받아주실지……."

　원은 시선을 바로 마주하며 그저 빙긋이 웃었다.

　"태산은 한 줌의 흙도 사양하지 않았기에 그리 높을 수 있고, 큰 강과 바다는 작은 물줄기 하나도 가리지 않았기에 그리 깊을 수 있는 법이오."

이사[48]의 간축객서(諫逐客書)를 인용한 명쾌한 답이었다.

계연은 승낙의 말을 되돌리는 대신 조용히 자리에서 일어났다. 천천히 몸을 굽혀 절 올리는 그의 모습에 원은 한층 깊이 머금은 미소로 화답하였다.

양측의 결전과 다름없었던 승부가 판가름 났다. 황제에게 밀소하였던 소윤의 측근은 기군지죄(欺君之罪)와 황족 모독죄가 적용되어 기시형[49]에 처해졌고, 소윤 또한 견지법[50]을 피하기 위해 벌금 50만 전을 내고 관복을 벗는 대가를 치러야 했다. 독수로 상대를 해치려다 자충수를 둔 꼴이 되어 결국 스스로를 불사르고 만 것이었다.

역사를 되짚어보면 간혹 사그라진 재에도 다시 불이 붙는 경우가 있다. 그러나 태자는 무참하고도 철두철미하게 확인 사살을 가하여 재기의 여지조차 주지 않았다.

노른자위 보직에 올라 있던 소씨 일파와 승상의 측근들은 예정된 수순처럼 축출되었다. 그중 몇은 벌써 단죄되어 하옥을 당한 자들도 있었다.

한동안 조회에 듬성듬성 빈자리가 생겼다. 국권을 전횡하던 간신들이 사라지니 어지럽던 조정은 잠시간의 평온을 찾았다. 그러나 공석 신료의 업무까지 떠안은 태자 측에서는 잠을 줄이고 식사를 입에 문 채 일해야 할 만큼 정신이 없었다.

---

48) 李斯, 진시황 대의 승상.
49) 棄市刑, 사형에 처한 후 그 시체를 저잣거리에 버리는 형벌.
50) 見知法, 다른 사람의 범죄 사실을 알면서도 잡지 않으면 그 죄인이 지은 죄와 똑같은 죄를 지은 것으로 간주하여 형벌을 내리는 법.

원은 가장 많은 양의 업무를 처리하고, 관료들의 보고를 종합 검토하고, 그들을 다독여 사기를 북돋우는 역할도 착실히 수행하였다. 만성 피로에 시달릴 만큼 힘겨운 나날이었다. 하지만 차라리 몸을 수고롭게 하는 편이 나았다.

심신의 여유가 생기거든 그 즉시 틈을 파고드는 그리움에 가슴이 사무쳤다. 아무리 눈에서 멀리하려 해도, 참고 또 참으며 시간을 흘려보내도 변하지 않는 마음이 있었다.

매정한 박대를 일삼아도 한결같이 손을 내밀어왔던 그녀는 어느 날부터인지 제 스스로 더 이상 눈에 띄지 않았다.

호전되는 듯하던 부황의 병세가 재차 깊어지자, 원은 일하는 틈틈이 병문안을 다녀왔다. 선실전 주변에 발을 들이면 가끔 먼발치로 진의 모습을 대할 때도 있었다. 그럴 때마다 그는 텅 빈 웃음을 허공에 뿌리며 스스로를 비웃었다.

실로 일관성 있는 집요함이다. 자신은 여전히 그녀의 시선에 목말라하고 있었다. 그런 심한 짓을 저질러놓고도 바라서는 안 될 것을 바라고 있었다. 그 아닌 다른 곳을 응시하는 그녀의 눈길을 참아내기가 어려웠다.

이성의 통제를 잃은 발걸음이 그녀에게로 향했다. 가까이 맞닥뜨리자, 진은 화들짝 놀라 그를 바라보더니만 이내 뒤돌아 달아났다. 멀어져가는 그녀를 소리쳐 부르지도, 뛰어가 잡지도 못하고 애끓는 한숨만 거푸 내쉬었다. 참 볼썽사납고 청승맞다.

떠나시기 전, 부황은 그간 승상파에 억눌려 있던 종친들을 위로하는 뜻으로 성청에서 연회를 자주 열었다. 행사일이 잡히면 그 며칠 전부터 설레는 가슴을 부여잡은 채 잠을 설치곤 했다.

그녀를 볼 수 있다. 멀지 않은 거리에서 그녀의 얼굴을 대할 수 있다. 어쩌다 한 번씩, 잠깐이나마 마주치는 순간들이 그에게는 너무도 소중하였다.

그러나 향연 내내 성청을 고비샅샅 훑어도, 행여나 놓칠세라 온 궁을 시선으로 들추고 헤집어보아도 진의 머리카락 한 올 구경할 수가 없었다. 분명 참석은 하였다는데 또 얼굴만 잠깐 내비추고 되돌아간 모양이었다.

다급히 빠져나와 공주의 처소가 있는 방향으로 걸음을 재촉하였다. 아스라이 보이는 소녀의 꽃 같은 뒷맵시에 온 가슴이 희열로 벅차올랐다.

발소리를 죽인 채 보폭만 키워서는 조금씩 간격을 좁혀가며 쫓았다. 보이지 않는 끈으로 묶인 듯 발이 줄기차게 이끌렸다. 행동은 이미 의지의 굴레를 훌훌 벗어던진 지 오래였다.

이제 그녀는 어릴 적 꼬맹이 시절과는 달리, 더 이상 궁 안에서 뛰지 않는다. 이렇게 그가 뒤쫓아가고 있는지도 까맣게 모를 터. 그럼에도 사뿐사뿐한 빠른 걸음걸이가 무척 필사적으로 느껴졌다. 어떻게든 그 자리에서 최대한 빨리 벗어나려 하고 있었다.

자초한 결과였고 유도했던 결과였다. 하지만 미칠 것 같았다. 가슴을 꽉 틀어막는 갑갑함에 숨쉬기가 버거워 그대로 질식할 지경이었다. 잰걸음으로 총망히 쫓다가 참지 못하고 손을 뻗었다.

보고 싶다. 보고 싶다. 보고 싶다. 제발 얼굴 한 번만…….

손가락 사이로 부드러운 검은 머리칼이 스쳐갔다. 차마 잡을 수가 없었다. 허공을 움켜쥔 손끝에는 그녀의 아릿한 잔향만이 남았다.

두 다리에 힘이 풀렸다. 털썩 무릎을 꿇었다. 맥없이 눈을 감은 그는 거뭇거뭇한 흙바닥을 손으로 긁으며 신음하였다. 그 위로 무언가가 톡, 톡 떨어져 내렸다.

입술이 벌어져 파르르 떨렸다. 흙 위에 점점이 새겨지는 축축한 얼룩들이 하나둘씩 빠르게 늘어났다. 신음은 서서히 처절한 흐느낌으로 변하였다.

이듬해 천자가 붕(崩)하고, 태자 유원이 어사대부로 승진한 왕전의 지지에 힘입어 한나라의 차기 황제로 즉위하였다.

드넓은 장안성 안은 대례복을 갖춰 입고 엄숙하게 늘어선 문무백관부터 천하 각지각처에서 몰려든 왕과 제후, 지방관과 그 가솔들로 그 야말로 끝이 보이지 않는 인산인해를 이루었다.

호화찬란하게 치장된 높은 누대 위로 십이장복의 새 황제가 면류관을 찰락이며 모습을 드러내었다. 원은 천천히 중앙의 용상으로 발을 옮겼다. 시립해 있던 중상시들이 상하좌우로 예포 자락을 붙들며 그의 좌정을 조심스레 거들었다.

황제가 옥좌에 오르자 굉음에 가까운 함성이 도성 전체를 뒤흔들 기세로 터져 나왔다.

"황제 폐하, 만세를 누리소서!"

"만세를 누리소서!"

"억만세를 누리시어 사해 만민이 대대손손 폐하의 성덕을 기리게 하소서!"

"성천자가 되소서! 삼황오제와 하우의 도를 재현하시어 대제국을 영원한 태평성대로 이끄소서!"

빽빽이 밀집한 수만 군중이 해일에 휩쓸리듯 엎드려 우레와 같은 삼만세를 목이 터져라 고창하였다. 그들이 거듭 쏟아내는 충성의 맹세와 무한히 이어지는 숭호[51]를 들으며 원은 지그시 두 눈을 감았다.

생애 가장 막중한 목표를 이루었으나 그의 머릿속은 긴장감으로만 가득하였다. 이제 겨우 새로운 길의 시작점에 들어섰을 뿐이었다. 몸이 부서져라 노력해야 하는 건 앞으로도 마찬가지일 터. 정권 교체 직후에는 특히나 해야 할 일이 끔찍이도 많은 법이었다.

본격적인 의례가 거행되었다. 각국의 왕과 제후들이 한 명씩 불려나와 새 황제에게 배례를 올리고는 술잔을 받들어 축수하였다.

그사이 원은 눈길을 오로지 한 방향으로만 고정했다. 누군가가 보았다면 그 한껏 굶주린 듯한 시선에 대경하였을 것이다.

우습게도 용상 주변에 흐늘거리는 장식용 술과, 이마 앞에 매달린 면류관의 구슬이 고맙게 느껴졌다. 의식 내내 어느 누구도 황제의 용안을 자세히 확인할 수 없었다. 이 시간만큼은 모후 옆에 자리한 그녀를 마음껏 눈에 담아도 무방하였다. 아무리 바라보고 바라보아도 언제까지고 성에 찰 것 같지는 않지만.

새로운 연호가 선포되고, 곧 황제의 친정이 이루어졌다. 이때 조정의 모든 이가 옛날 장석지[52]의 예를 들며, 한동안 무서운 피바람이 불 것이라 입을 모았다. 소씨 가문과 승상파의 잔당들은 물론, 현 황제가

---

51) 嵩呼, 임금에 대한 백성의 만세 소리. 한무제가 숭산(嵩山)에서 봉선을 할 때 백성들이 만세를 불렀다는 데서 유래한 말이다.
52) 張釋之, 한나라 문제와 경제 시기의 정위로, 경제가 태자였을 시절 죄를 물었다가 문제 사후 경제가 즉위하자 좌천되고 죽을 때까지 불안에 떨었다.

황자였을 시절 함부로 무시했던 자들이 어디 한둘이던가.

머지않아 과연 피바람이 불기는 하였다. 그러나 그들의 짐작과는 다르게 황제의 개인적인 복수전과는 그 양상이 달랐다. 이에 휩쓸린 이들은 대부분 전 승상 소윤의 전횡 하에서 폭정을 일삼던 이들로, 백성이든 관료든 평범한 사람이라면 치를 떨게 만들었던 탐관오리들이었다.

그들의 죄목을 명명백백 조사한 황제는 특히 악명 높은 자들을 압송해 친국하였다. 말이 고문이지 차라리 한 번에 사형을 선고받는 쪽이 나았다.

달포가 넘도록 죄인들이 내지르는 절규와 신음, 피맺힌 비명 소리가 궁내에 끊이지 않고 처참히도 울렸다. 대부분은 고문 도중 견디지 못하고 숨을 거두었다. 참관한 이들이 하나같이 진저리를 치며 속을 게워내는 와중에서도 황제는 눈 하나 깜짝하지 않고 다음 죄인을 호명하였다.

도성의 가택에 구금되다시피 있던 소윤은 기어코 중병을 얻었다. 황제는 소씨 성의 관료와 그 친지들을 차례로 수포하여 고문으로 주살한 뒤 시체의 머리를 베어 효수하고 있었다. 잔당을 마무리 짓는 황제의 방식은 냉혹하면서도 기민하고, 소름 끼치도록 잔인하였다. 소윤은 극한의 공포감에 괴로워하다 못해 하루하루 반 미친 상태로 악몽에 시달렸다.

모두가 그에 대한 말이 많았다. 가장 마지막으로 친국을 받을 이는 전 승상이다, 혹은 그래도 모후의 아비인 점을 감안하여 상방보검과 함께 절명지서(絕命之書)를 내릴 것이다 등등. 좌우간에 소윤이 살아남을 것이라 내다보는 이는 드물었다.

그러나 원은 끝끝내 소윤을 방치하였다. 어찌 되었든 소 태후의 부친이었다. 그로서는 가만히 놔두어도 알아서 죽을 늙은 사내를 굳이 제 손으로 처리하여 오명을 쓸 이유가 없었다.

그 예상대로 소윤은 병석에서 두 달을 채우지 못하고 세상을 등졌다. 완연한 공석이 된 승상 자리는 어사대부 왕전이 인수를 이어받았다.

소씨 가문은 소윤의 장자 소광이 가세를 상속하였다. 소광은 비록 부친일지라도 시국을 혼란시킨 대역죄인의 상이라 하여 약소화한 장례를 치른 후 등청하였다.

당시 중죄인들의 처단은 어느 정도 마무리된 상황이었고, 사형을 면한 이들이 매를 맞거나 속죄금을 물어 풀려나고 있었다. 정위 계연조차 뇌물을 수수한 죄를 받아 그 금액만큼 고스란히 몰수당했다. 그럼에도 그가 조금도 황제를 원망하지 않아 많은 이의 궁금증을 자아냈다는 소식이 들렸다.

백관이 지켜보는 가운데, 소광은 부친이 긁어모은 옳지 못한 재물을 빠짐없이 자진 상납하겠다는 뜻을 밝혔다. 또한 부친의 죄는 탁발난수[53]하여도 모자라다 표현하며, 그 자식으로서 치죄받기를 엎드려 청하였다.

황제는 소광의 상납을 받아들여 용서하였을 뿐 아니라 그를 재임용하였다. 이로 인해 원은 한때 목숨마저 수시로 위협한 원수의 아들을

---

53) 擢髮難數. 머리카락을 모두 뽑아도 헤아리기 어렵다는 뜻으로, 지은 죄가 이루 헤아릴 수 없을 정도로 많음을 비유하는 말.

발탁했다 하여, 사사로운 원한보다는 능력과 인품을 우선시하는 군주로 호평을 받았다. 그 평가가 즉위 직후 수많은 이를 두려움에 떨게 한 잔혹한 행보들을 일정 부분 완화시켰다.

소 태후는 오라비 소광의 조언을 받아들여 황제의 정사에 일절 간섭하지 않았다. 황후에서 태후로 승격된 뒤로 그녀가 한 일이라고는 본궁의 초방전에서 장신궁으로의 처소 이전이 전부였다. 장신궁은 대대로 오랫동안 이어져온 황태후의 거처였으니 선례에 따른 수순을 밟은 것이었다.

진 역시 장공주로 승격되었으나, 황제가 혼처를 정해주지 않아 계례를 치르지 못하고 있었다. 정권 초의 공무로 종일 바쁜 오라비에게 자신의 앞날에 대한 의중을 여쭐 엄두가 나지 않았다. 아마 관심조차 없을 거라고 생각했다. 결국 혼약이 상당한 훗날의 일임을 헤아리고, 어미와 함께 장신궁으로 옮겨 갈 것을 청해 올렸다.

원은 약간의 시일을 끌다가 칙허를 내렸다. 이제 본궁 내를 오가는 걸음에서 그녀와 마주칠 일은 없었다. 그 선택을 하루는 뼈저리게 후회하였다가, 하루는 다행이라 여겼다가를 무수히 반복하는 날들이 이어졌다.

어느 정도 숨 돌릴 여유를 찾은 후에는 모후께 문안 인사를 드리러 장신궁을 찾았다. 자식으로서의 의무 이행이라 세뇌하였지만 결국은 자기기만이었다. 그렇지 않으면 고의로 늦은 시간을 골라, 행차를 차리지 않은 채 은밀하게 방문해야 할 이유가 없었으니.

운 좋은 날에는 처소 주변을 산책하는 진을 멀리서나마 바라볼 수 있었다. 그녀는 커갈수록 곱게 피어나 한없이 더 예뻐지고 사랑스러워졌다.

　부드러운 달빛 아래 다소곳이 걸음을 떼는 그녀를 엿보고 있자면 그 숨 막힐 듯한 아름다움에 매양 불안함에 떨었다. 잠깐이라도 눈을 돌리거든 막연히 어디론가 사라질 것만 같았다.

　더 가까이에서 보고 싶다. 손을 뻗어서 만져보기라도 하면 안심이 될 것 같다.

　어찌할까. 혼절이라도 시켜서 몰래 안아 들고 올까. 보고 싶은 만큼 보고, 만지고 싶은 만큼 만진 뒤에 다시 데려다놓을까.

　스스로의 이런 미친 생각은 이제 그다지 새삼스럽지도 않았다. 달아오른 몸에 고통스러워하며 후유증에 시달리는 일조차 그에게는 달콤한 행복이었다.

　"오래되었도다! 하늘에 폭풍우가 일지 않고, 바다에서 해일이 사라진 지 3년이 되었구나."

　견고히 준비해왔던 흉노 토벌전이 승전보로 마무리되고, 문경지치[54]를 잇는 중흥의 바람이 일었다. 시간이 흘러 빠른 속도로 나라가 안정되어가자, 많은 백성이 해불양파[55]를 외치며 황제의 덕을 찬양하였다.

　황제는 민심이 동요하지 않도록 점진적 개혁을 시도하는 한편, 빠듯한 조항들로 짜인 법망을 될 수 있는 한 느슨히 풀었다.

---

54) 文景之治, 한나라 문제와 경제 때의 전성기.
55) 海不揚波, 바다에 파도가 일지 않는다는 뜻으로, 태평성대를 비유.

법이 너무 엄하고 어려우면 백성과 관리들은 이를 피하기 위해 영악해진다. 법령이 각박할수록 도둑이 늘어나는 이유가 있는 법이다. 날이 지날수록 그 엄격한 법들은 일부 힘없는 이들만 괴롭히는 도구가 되고, 결국 피해는 선량한 백성들에게로 돌아간다.

풍랑 없이 잔잔한 바다 같은 정치가 오래 이루어지자 그 부작용도 뒤따랐다. 긴장이 풀린 몇 관료들이 느슨해져서는 이전과 같은 안일한 근무 태도를 보이기 시작한 것이었다.

그러나 다들 망각하고 있는 사실이 있었다. 황제는 독기가 서늘하게 어린 인내의 시간에 매우 익숙한 군주였다. 개혁을 위해서는 대의명분이 필요하였다. 그는 여유롭게 기반을 다져가며, 녹만 받아먹는 관료들이 스스로의 무능함을 드러낼 시간을 기다릴 뿐이었다.

교묘하고도 치밀한 군주의 손길 아래 바둑돌을 재배치하는 듯한 대제국의 설계가 이루어졌다. 그사이 황제는 소광을 어사대부로 승진시켜 승상 왕전을 견제하는 행보를 보였다.

문무백관이 황제의 성덕과 공명정대함을 추앙하였다. 그 뒤에 휘둘러질 무서운 칼은 예상도 하지 못한 채로.

아주 길고 긴 옛이야기를 며칠 밤에 걸쳐 그녀에게 들려주었다. 진은 이야기를 듣는 내내 눈시울을 마르게 둔 적 없을 만큼 울고, 또 울었다.

슬퍼하는 그녀의 얼굴을 보고 싶지 않아 웬만해서는 죽을 때까지 가슴에 묻어두고 가려 했던 옛일들이었다. 하지만 그들은 대화가 필요하였다. 서로서로 가슴 섶을 열어 붉은 진심을 꺼내 보이지 않는다면 언제까지고 보이지 않는 간격을 좁힐 수 없었다. 이제는 한층 더 깊은 관계로 나아갈 도약점이 필요한 때였다.

"폐하의 곁에는…… 그 누구도 존재하지 않았네요. 소녀는 그래도 연성이 있고, 설향이 있었는데…… 폐하께는 정말……."

진은 그의 가슴팍에 얼굴을 비벼 묻고 숨죽여 흐느꼈다. 원이 겸연 쩍은 듯 미소하며 그녀의 등을 두들겨 달래었다.

"네가…… 있지 않았느냐."

모든 이가 그를 무시하고 외면하였던 시절, 오직 한 사람만이 그에 게 변함없는 애정을 표하였다.

기억조차 가물가물한 어릴 적에 친모를 영영 떠나보내었다. 그때 스 스로가 끈 떨어진 연처럼 의지할 곳 하나 없는 신세라는 것을 알았다.

친지도, 친구도 없었다. 혼자라 하여서 불평한 적도 없고, 외로움에 신음한 적도 없었다. 외로움이 외로움이라 느끼지도 못할 만큼 그는 언제나 지독하게 외로웠다.

"아무도 없었던 내게, 네가 처음으로 순수한 웃음을 건네왔을 때…… 그 순간부터 난 이미 널 사랑할 수밖에 없었다."

원은 울다 지쳐 잠든 사랑하는 여인의 이마에 가만히 입을 맞추었 다.

"어릴 적 내가 했던 그 약속…… 아직 기억하고 있느냐?"

어린 시절. 날 따라다니며 짓는 네 웃음이 너무 환하고 예뻐서…… 한때는 오해도 했었다. 처음에는 내가 못 받는 이 세상의 모든 사랑, 네가 다 받고 있는 줄 알았다. 그래서 너를 질투하고, 공연히 함부로 대한 적도 있는 것 같다. 하지만 오래지 않아 알았다. 언제나 봄꽃처럼 따스하게 웃었던 너 역시, 네 작은 가슴이 감당하지 못할 만큼의 차디찬 외로움을 품고 있었다는 것을.

"이제는 내가 지켜주겠다."

이제 널 외롭지 않게 하겠다. 내가 지켜주겠다. 우리가 온전히 사랑할 수 있는 환경을 이 손으로 이뤄내고야 말 것이다.

그는 두 손으로 진을 가슴 깊이 끌어당겼다. 그리고 고개를 기울여 귓가에 중얼거리듯 속삭였다.

"기다리거라. 내 너를…… 초방전[56]의 주인으로 만들어줄 것이니."

---

56) 황후의 거처.

十章

　연성은 위위 강석을 만나기 위해 정전 앞에서 대기하였다. 신참 금위군들을 대상으로 한 무재(武才) 시험 결과를 간략히 보고해야 했다.

　강석은 그와 계급 차이가 하늘처럼 까마득한 9경이라지만 직속상관보다도 오히려 자주 맞대하는 사이였다. 성실하고 예의 바르며 비범한 실력까지 두루 갖춘 그를 강석은 친동생 대하듯 허물없이 아꼈다.

　"여하튼 시골 촌구석에서 상경한 뱅충맞은 욕심보들이 문제요. 어우……."

　"그래도 결과적으로 당사자 한 사람만 피 봤지, 불똥 튄 이들은 없으니 그나마 다행 아니옵니까."

　"다행은 무슨, 자네야 쇠도 씹어 먹을 창창한 나이니 그런대로 버틸 만하겠지. 이 늙은 몸은 삭신이 구석구석 쑤셔 며칠은 욕볼 듯하네. 귀택하거든 힘 좋은 종자들 손에 밤새도록 찜질 안마나 받아야겠으이."

　조회가 파하였는지 활짝 열린 정전에서 백관들이 우르르 쏟아졌다. 안에서 어떤 물의라도 있었던 듯하였다. 나서는 관료들이 하나같이 오만 죽상을 하고는 벌겋게 자국이 찍힌 이마와 앞무릎을 주무르거나 등허리를 탕탕 두들기고 있었다.

　"눈치 없는 송사리 하나 때문에 단체로 이 무슨 고생이랍니까."

"이 사람이 옆에서 그렇게 겨드랑을 꼬집었는데도 모르더이다. 계자황(鷄子黃)을 열두 개는 처먹고 입조하였는지. 답답한 화상 같으니."

"차후에 「한자(韓子)」나 한 질 선물하시지요. 세난(說難)편에 강조 표시 쫙쫙 해서요. 유세는 뭐 아무나 하나."

"선물할 새나 있겠사옵니까? 죄를 받고 나면 필시 좌천되거나 아예 영원히 쫓겨날 수도 있을 터인데."

연성은 한쪽으로 물러나 그들을 살피며 고개를 갸웃대었다. 그러다가 곧 기다리던 얼굴이 안에서부터 내보이자 얼른 다가가 두 손을 모으고 읍하였다.

위위를 수행하여 궁내의 병영으로 향하는 중, 궁금증이 동한 연성이 조심스레 입을 열었다.

"금일 조회에서 무슨 일이라도 있었던 것이옵니까?"

그렇잖아도 걷는 동안 혀가 근질거려 객담을 놓으려던 참이었다. 강석은 입술을 오므려 장탄식하며 고개를 휘휘 저었다.

"말도 마라. 안에 있는 생물이라고는 개미새끼 하나 빠짐없이 전전긍긍이고 여림심연이며 여리박빙이었으니[57]. 전국의 작물 수확량이 목표치를 상회한 지 오래되었으니, 폐하께서 근래엔 상공업을 장려하는 정책을 펼치시는데 말이다. 고위 관료들이야 칙령을 받들어 깜냥깜냥 한다고는 하였으나, 그 밑의 꽉 막힌 수구 실무자들이 문제였는지 폐지된 지 오래인 옛 악법들을 운운하며 상인들을 쥐어짠 모양이

---

57) 戰戰兢兢, 如臨深淵, 如履薄氷: 두려워 조심하고 삼가며 깊은 못가에 서 있는 듯, 얇은 얼음을 밟은 듯하다. 「시경詩經」 '소아편小雅篇'.

다. 덕택에 금일 보고된 경과가 기대 이하여서 초장부터 심기가 편치 않으셨던 게지."

"아…… 소인도 공주님께 들은 듯하옵니다. 폐하께옵서 입법관들과 의논하여 무리하지 않는 선에서 추가할 수 있는 새 법령을 뽑아내시고, 그 결과에 따른 경우의 수를 법령 하나당 백 가지씩은 도출하시었다고…… 가상의 결과들을 늘어놓고 밤새 고민하느라 침수도 제대로 못 드셨다던데……."

"상대(上代)의 군주들을 보면 말이다. 제환공이나 고조(유방)처럼, 본인은 음주 가무고 계집이고 즐길 거 다 즐기면서 아랫사람 위주로 신명 나게 굴리는 형이 있고, 진시황처럼 사소한 송사까지 본인이 다 도맡아 결정하면서 할 일이 없거든 만들어서라도 하고야 마는 병적인 일 중독 형이 있는데……."

강석이 꽤나 거침없는 언사로 연성의 말을 받았다. 무(武)와 함께 문식(文識)까지 겸비한 강석은 어느 누구에게든 지장으로 평가받는 관료였다. 지존인 황제의 앞에서만큼은 문관 뺨치는 교양 있는 말씨를 쓴다지만, 본래 뼛속까지 무인 가문 출신인지라 입담이 걸걸하고 단어 선택이 드세었다.

"폐하께옵선 아마도 진시황제와 비슷한 형이시옵니까?"

"아니, 폐하께옵선 신료들과 스스로를 한꺼번에 못살게 구는 역대 보기 드문 형의 군주시지. 위정자들이 머리에 쥐나도록 고생해야 백성들이 편하다는 걸 철칙처럼 여기는 분이시라…… 부문별로 능력 있는 인재들에게 거의 위임은 하되, 어찌해야 더 큰 효율이 나올지 끊임없이 연구하신다고 해야 하나. 덕분에 요새 삼공 재상이고 9경이고 지방관이고 다들 죽어나고 있는 판국이다."

"정작 폐하께옵선 더 죽어나실 것 같은데요……."

"당연히 제일 죽어나시겠지. 지켜보기만 해도 아주 토가 나온다. 본
황께선 그리 고생고생 하시는데 정작 관료들은 아랫것들 다스리는 일
조차 야무지게 못 하니 화가 나실 만도 해. 아, 물론 아까 터진 일은 단
지 그것 때문만은 아니었다만."

"어떤 일이 또 있었사옵니까?"

"그게…… 초 지방 봉국에서 장안 조정으로 선발되어 온 머저리가
하나 있는데 말이다, 어떤 상머저리가 그런 머저리를 인재랍시고 발
탁하였는지. 아무튼 그 머저리가 그곳으로 출가하신 대장공주[58]마마
와 연이 있었던 자인 모양이다. 눈치 없게도 대장공주마마의 외동딸
을 황후 후보로 공론에 올리는 바람에 한바탕 조정이 뒤집어졌지."

깜짝 놀란 연성이 미간을 움찔거리며 중얼대었다.

"저런, 그렇잖아도 폐하께옵선 외척에 민감하신 분이온데……."

"그래. 더구나 올해 안에는 후를 책립할 생각이 없다고 앞서 뜻을 밝
히기도 하시었고. 사실 그치야 이쪽 사정을 잘 모르니, 너 좋고 나 좋
은 묘안이라 여기고 욕심을 내었겠지. 폐하의 태생적인 열등감이야
아주 유명하고, 대장공주마마의 딸이라면 유씨 성이 아니면서도 황실
의 핏줄이니 후계의 정통성은 확보되는 한편 장공주마마보다는 부담
이 덜할 테니까."

"아…… 그런…… 제대로 역린을 건드렸으니……. 어쩐지 조회 분
위기가 상상이 되는 듯하옵니다. 한 사람 때문에 애꿎은 나머지 분들

---

58) 임금의 고모.

까지 모조리 봄날 얼음판 위에 내던져졌겠군요."

"그렇지. 기겁한 주변 신료들이 그치에게 열심히 눈치를 줬고, 폐하께옵서도 입 닥치라는 뜻의 표현을 상당히 부드러운 성음으로 돌려 전하시었는데도 본인이 소진이나 장의 급 달변은 되는 줄 착각하였는지 황후의 필요성을 끊임없이 설파하려 들어서 말이다. 결국 폐하께서 진노하시어 졸지에 번신 전원이 엎드려 앞이마를 삿자리 바닥에 내리박고 궁둥이만 쳐든 채로 일각(一刻)이 넘도록 벌벌 떠는 곤욕을 겪었다. 차후에 황후 문제를 거론하는 자는 이유 막론하고 황권을 넘보는 대역죄로 간주하겠다 경고하시더구나."

"그래서 아까 나오시던 분들 표정이 하나같이……."

"뭐 누구 하나가 물을 흐려놓아 재수 없게 고생했다고 여기는 이가 많은 것 같더라만. 폐하께옵서 비단 한 사람 때문에 그리 전체에게 기합을 주지는 않으셨을 거라 생각한다. 감정 통제에 능한 분이니."

확신에 찬 강석의 어투에 주군을 향한 신뢰와 우직스러운 충성심이 묻어났다. 연성이 으음, 소리를 내고는 조용히 고개를 끄덕였다.

"군주도 절대 아무나 하는 건 아닌 것 같사옵니다."

"특히 천자는 더 그렇지. 스스로가 원하지 않더라도 세상 모든 이가 신이라 여기니, 평생 동안 자기 자신을 버리고 그저 타인들을 위한 신이 되어 살아야 하는 존재 아니냐. 사해 만민의 운명과 국가의 흥망이 오로지 한 명의 손에 달려 있다는 건 가혹하지. 까딱 잘못하다간 걸주와 같은 폭군으로 취급되어 후손들이 볼 사서(史書)에 영원토록 지워지지 않을 오명으로 남을 수도 있고. 천하를 발아래 두고 군림하는 것도 좋다만, 범부라면 아마 그 부담감에 한시도 견디지 못하고 미쳐버릴게다."

"어쩐지 조금 씁쓸하옵니다. 얼굴조차 모르는 무수한 타인들의 삶과 운명을 오직 혼자 힘으로만 짊어지고, 그에 따른 책임까지 져야 한다니…… 그 자체가 이미 신의 영역이로군요. 차라리 평범하게 한 인간으로서 마음 편히 사는 쪽이 낫겠다 싶은 생각도 들고……."

혼잣말처럼 찬찬히 이야기하던 연성은 쓴웃음과 함께 말꼬리를 흐렸다. 그러고는 생각났다는 듯 다시 물었다.

"한데, 아까 말씀하신 그분은 과연 목이 붙은 채로 퇴청하셨사옵니까?"

"목은 붙어 있다만, 천자께 함부로 입 놀린 죄를 받았으니 지금쯤 형리에게 뼈가 바숴지도록 매타작을 당하고 있을 것이다."

긴 한숨을 후련하게 뽑아낸 강석은 홀연 팔을 뻗어 연성의 등판을 탁탁 두들겼다.

"연성아, 잘 들어라. 사람 신체 구조가 말이다, 눈이 두 짝, 콧구멍도 두 짝인데 입은 한 짝이고, 팔이 두 짝, 다리도 두 짝인데 거기는 한 짝인 이유가 다 있는 것이다. 자고로 사내는 입과 거기를 함부로 놀리다가 망하는 경우가 가장 많다. 그 두 개야말로 만고불변의 화근이다. 아마…… 요즘 그 두 개를 최고로 막되게 놀리고 있는 왕 승상이란 자도 조만간 피를 볼 것이라 예상한다. 어찌 되었든 넌 특히 젊으니, 앞날을 생각해서라도 항시 주의하거라."

연성은 대답 대신 겸연쩍은 미소로 고개를 끄덕여 보였다. 강석이 씨익 마주 웃고는 고개를 돌리자, 잠시간 머뭇거리던 연성이 다시 입을 떼었다.

"그런데…… 폐하께옵선, 황후마마를 맞으실 마음이 없으신 걸까요?"

"그게, 사실 나도 잘 모르겠다. 모후의 음행에 염증을 느껴 평생을 황후 없이 살았던 진시황처럼, 폐하께옵서도 혹 어리실 적 외척으로부터 받은 상처 탓에 정실을 들이기가 두려우신 건지······."

외척의 발호는 역대 군주들에게 있어 큰 근심걱정이 될 수밖에 없는 문제였다. 몇 대 위의 선제들만 예로 들어도, 가령 효무제의 경우에는 본인 사후 어린 후계자의 생모가 권력을 휘두를까 걱정하여 종내 그녀를 자결케 하였다.

물론 영활한 정치가인 현 황제가, 누이동생이고 공주의 신분인 그녀를 그렇게까지 다루어 세간의 오명을 사지는 않겠으나.

"그러면······ 공주님께선, 우리 공주마마께서는 어찌 되시는 것이옵니까?"

"네 상전이라 걱정되는 것이냐?"

"걱정이 되기도 하고······ 아니, 솔직히 말하자면······ 폐하께옵서 후를 맞지 않으신다면 공주님께서 가여운 처지가 되진 않으실 테니······ 다행······ 이라 표현하면 불충인 것이옵니까?"

질문을 올리면서 연성은 힐긋 상관의 눈치를 보았다. 강석은 각진 턱을 휘휘 내젓더니 딱하다는 듯 연성의 한쪽 어깨를 주물렀다.

"이런 말 하기는 뭐하다만······ 안타깝다. 내 언제 폐하께 넌지시 의중을 여쭈어본 적이 있는데, 공주마마께옵서는 폐하께 있어 씨받이 희생양 그 이상도 이하도 아니시다. 그건 후를 맞으시든, 끝끝내 맞지 않으시든 아마 마찬가지일 테다."

"그렇습니까······."

아마 그럴 거라 짐작은 했지만······.

연성은 가슴을 묵직이 누르는 씁쓰레함을 애써 감추며 곧 내보이는 병영 안으로 발을 들였다.

막사 안에서 강석에게 미리 기록해둔 시험 결과를 내보이며 한창 설명하고 있었다. 별안간 천막이 휙 걷히더니 환관 하나가 헐레벌떡 안으로 뛰어 들어왔다.

"하연성 있는가?"

들어온 이가 내부를 이리저리 두리번거리며 소리쳤다. 위위에게 양해를 구한 연성이 일어나 속히 출입구로 걸음을 옮겼다.

"소인을 찾으셨습니까?"

병영을 꽤나 쏘다니며 무척 급하게 수소문한 듯하였다. 마주 선 연성의 모습에 반색한 환관이 무릎을 짚고 헐떡거리다가 숨찬 목소리를 내었다.

"지금 당장 나와 함께 공주마마의 처소로 가야겠다. 폐하께옵서 널 찾으신다."

"예? 폐, 폐하께옵서 소인을 어찌……."

"그야 나도 모르지."

환관은 바깥을 향해 거푸 손짓해 보인 뒤 먼저 막사 밖으로 나섰다.

연성은 적이 당황하였다. 분명 공주가 아니라 황제가 그를 부른다고 하였다. 말단 호위에 지나지 않는 그가 천자의 선소59)를 받드는 건 처음이었다. 혹 공주에게 무슨 일이라도 있는 걸까.

연성은 어쩔 줄 몰라 하다가 도움을 구하는 양 상관을 간절히 쳐다보았다. 강석 역시 놀랐는지 눈이 커져 있었다. 머리를 긁적이며 일어

---

59) 宣召. 임금의 부르심.

난 강석이 가보라는 듯 고개를 끄덕이고는 신신당부하였다.

"아까 얘기 들었지? 오늘은 특히 입 조심, 행동 조심. 경거망동은 금물이다."

막사 너머로 환관의 재촉 소리가 들렸다. 연성은 진지한 표정으로 심호흡을 쏟으며 두 손을 공수해 읍하였다.

"명심하겠사옵니다."

"미복잠행 말씀이시옵니까?"

진이 머리를 갸우듬하게 기울이고는 원을 올려다보았다. 그는 무릎 위의 그녀를 깊숙이 당겨 안으며 미소와 함께 답하였다.

"그래. 사람은 물을 주시하면 자신의 형상을 비추어 볼 수 있고, 백성들을 살펴보면 제대로 다스려지고 있는지를 알 수 있다[人視水見形, 視民知治不]. 은나라 탕왕이 한 말이다. 명군의 명언이지. 백성들의 생생한 목소리를 들으며 민심의 향방을 파악하기 위해 가끔 해오던 것이다. 이번에는 기분도 전환할 겸해서 너와 함께 가보고 싶구나."

느릿느릿 고개를 끄덕인 진이 볼 한쪽을 손가락으로 긁었다. 조회가 파하면 바로 처소에 들겠다는 황제의 전갈을 받고 무슨 일인가 하였었다. 금일 업무까지 어제 다 몰아서 해결했다더니, 오늘은 종일 바깥에서 보낼 예정인 모양이었다.

"그런데…… 정말 우리 둘만 가도 괜찮겠사옵니까?"

못내 걱정스러운지, 진은 벌써 몇 번째 같은 질문을 하고 있었다.

"괜찮다. 나를 믿거라. 어차피 잠행이라 해보아야 장안 도성 안이 아니냐? 그 안에서 내가 너 하나쯤은 충분히 지킬 수 있다."

역시 몇 번째 같은 답을 자상하게 반복해준 후, 원은 고개를 바짝 내리며 그녀의 얼굴을 톡톡 두들겼다. 심각한 듯 딴생각에 잠겨 있던 진이 깜짝하며 그를 마주 보았다. 그러다가 이내 눈을 내리감고 그의 입술에 얼른 입을 맞추었다.

촉, 소리와 함께 입술이 떨어져 나가자 원은 소리 없이 웃었다. 부드러운 손길이 진의 앞머리를 가만가만 흔들었다. 엄지로 진의 입술을 살짝 벌려서 다시금 입술을 겹친 그는 깊숙이 혀를 밀어 넣으며 오랜 시간 농밀한 입맞춤을 나누었다.

잠시 뒤에 원은 진을 안아 내려놓았다. 그러고는 준비해볼까, 중얼거리더니 침상에서 일어나 가볍게 몸을 풀었다.

"아무리 생각하여도…….."

진이 바깥으로 나서려는 원의 옷깃을 꾹 붙들었다. 그가 내려다보자 진은 안절부절못하며 말을 덧붙였다.

"존귀하신 폐하께옵서 호위도 없이 잠행이라니, 당치도 않사옵니다. 혹 무슨 일이 생기거든 소녀는 도움은커녕 방해만 될 터인데……."

원은 미간을 좁힌 채 잠시 고민에 잠겼다. 그녀와의 첫 궁 밖 나들이였다. 그로서는 단둘이서 오붓한 시간을 보내고 싶었다. 하지만 진을 보아하니 둘만 나섰다가는 내내 불안에 떠느라 제대로 즐기지도 못할 것 같았다.

그렇다고 해서 무장한 호위들을 줄줄이 달고 갈 수는 없는 노릇이다. 그리하면 잠행의 의미가 없는 데다 진이 부담스러워하는 건 마찬가지일 테니.

그녀가 신뢰하고 편하게 여길 만한, 어느 정도 실력도 보장되어 있는 자라면 괜찮지 않을까.

"하연성을 동행시키겠다. 그러면 되겠느냐?"

"아, 그러면 되겠사옵니다! 연성이라면……."

진이 가볍게 손뼉 치며 미소하고는 연방 고개를 끄덕였다. 그녀야 연성의 무예 실력을 알기도 잘 알지만, 그보다 사람이 하나 더 늘어난다니 안심할 따름이었다. 그러나 원은 은근히 자존심이 상하였다.

"어찌 나보다 그자를 더 믿는 것이냐. 언제고 한 번 네 앞에서 신분 무시하고 그자와 검끝을 맞대보기라도 해야겠구나."

"연성 같은 무사가 군주에게 칼을 들이댈 수 있을 리 없사옵니다."

단숨에 마음을 놓는 것도 모자라 편을 들기까지.

공연한 질투심에 한마디 더 하려던 원은 대뜸 입을 다물었다. 평소답지 않은 스스로의 태도가 어지간히 마음에 들지 않았다. 결국 바깥의 궁인들을 호명하는 것으로 자꾸 유치해지려는 자신을 막았다.

채비를 모두 마친 세 사람이 처소 앞에 나란히 섰다. 부름 받고 달려와 인사를 올린 후로, 연성은 허리 한 번 편하게 들지 못한 채 쩔쩔매었다. 강석에게 들은 이야기 탓에 온몸을 팽팽한 긴장으로 무장시킨 그였다. 한데 어쩐지, 앞에서 느껴지는 분위기가 꽃떨기라도 풀풀 날아올 것처럼 지나치게 화기애애하였다.

진은 거듭 팔소매를 치켜들어서 이리저리 흔들어보았다. 난생처음 입어보는 의복이 낯설면서도 퍽 신기하였다. 지금껏 접해온 부드러운 비단옷과는 촉감이 달랐다. 일반 백성들의 처지를 약간이나마 공감해 볼 수 있는 뜻깊은 경험을 하는 것 같았다.

진은 고개를 올려 원을 빤히 쳐다보았다. 그 역시 평민 복장으로 갈아입었다. 그러나 그 특유의 위화감만큼은 여전한 듯하였다. 아무리 평복으로 몸을 덮어도 용모에서 풍겨나는 진한 귀태나 차분한 분위기는 가려지지 않았다.

"신기하옵니다. 분명 복색은 평민이온데, 폐하께서는 도무지 평민으로 보이지가 않으시옵니다."

"그러하냐."

웃으며 답하던 원이 무언가 떠오른 듯 말하였다.

"그건 그렇고, 이제 궁 밖으로 나가거든 나를 달리 불러야 한다."

"달리요?"

"그래. 평민 복색의 사내에게 그런 호칭을 하면 다들 이상하게 여길 것이니라."

"그, 그럼 어찌…… 무어라 불러드려야 하는지…….."

"그러게…… 뭐가 좋을까."

당혹스러워하는 진을 바라보며 원은 잠시간 숙고하였다. 그의 입술 끝이 서서히 가장자리로 당겨 올라갔다.

"낭군님."

기습적인 목소리가 정수리를 때렸다. 기겁한 진이 휘둥그레 커진 눈으로 그의 얼굴을 살피었다. 정녕 진심이냐는 표정이었다.

"딱 좋겠구나. 어디 한 번 불러보아라."

"예? 아음……."

진은 괜스레 아랫입술을 잘근대며 즐거운 듯 응시하는 그의 눈길을 회피하였다. 손과 발이 순식간에 오글오글하게 말려드는 착각이 일었다. 참기 힘든 느낌이었다.

진이 애써 방싯방싯 웃음을 머금고는 물었다.

"지, 지금은 아직 황궁 안이온데. 바깥에서부터 불러드리면 안 되겠사옵니까?"

"어허, 연습 한 번 없이 실전부터 치르겠다는 것이냐?"

그녀가 계속 쭈뼛거리자, 원은 정색하더니 성음에 무게를 실었다.

"칙령이다. 부르라."

진은 완연한 울상이 되었다. 농인 것을 백번 알지만, 저 소리를 들으면 자동적으로 목덜미가 움츠러들었다.

"나, 나…… 낭군…… 님."

"발음 제대로 해서 다시."

두 눈을 꼭 감은 진이 몇 번이나 입을 달싹이다가 가까스로 외쳤다.

"낭군, 낭군님! 낭군님!"

그제야 만족했는지 원의 입가에 흐뭇한 미소가 흘렀다.

"오냐."

연성은 시선을 발부리에만 붙여둔 채 턱 빠진 사람처럼 입을 벌리고 있었다. 그들을 똑바로 쳐다보지는 않았다지만, 귓구멍을 통해 들리는 내용만큼은 어찌할 수가 없었다. 지금껏 들어온 소문을 염두에 두자면 진실로 앞뒤가 맞지 않는 상황 아닌가. 그로서는 그저 하릴없이 아연할 따름이었다.

원은 얇은 비단을 진의 머리에 둘러씌워 시야가 확보될 만큼만 이목구비를 가렸다. 진이 의아해하며 물었다.

"귀족 여인도 아니고…… 평민으로 분(扮)하는데도 소녀의 얼굴을 가려야 하옵니까?"

"평소 거울을 보고 사는 건 맞는 것이냐? 네가 얼굴을 드러내고 다니면 지나치게 눈에 띈다."

"그러는 폐하께옵서는……."

"나는 사내이니 괜찮다."

준비를 재차 확인한 원이 구석에 멀뚱하니 있는 연성에게 시선을 옮겼다.

"하연성."

연성은 한 걸음 나아가 절도 있게 칙답하였다.

"예! 폐하."

"그대도 오늘 바깥에서만큼은 짐을 친우라 여기라."

"폐, 폐하! 소신이 어찌 감히!"

당황하다 못해 사색이 된 연성이 몸 둘 바를 몰라 하였다. 가만히 응시하던 원의 눈초리가 가늘어졌다.

"그대에게는 황제의 명이 우습게 들리나?"

순간 흠칫한 연성은 창황히 바닥을 짚고 엎드려 고개를 조아렸다.

"절대 아니옵니다! 하오나……."

"아마도 그대가 짐보다 한 살이 많지. 그러면 짐이 그대에게 형이라고 해야 하겠나?"

끄악. 그는 하마터면 소리 내어 비명을 쏟아낼 뻔했다. 경악스러웠다. 한 살이 많든 백 살이 많든 황제에게 형 소리를 듣다니 경을 칠 일이다.

"그것만은, 그, 그것만은 제발, 명을 거두어주시옵소서!"

"그게 싫다면 친우로 하지. 일어나라."

무심히 말한 원은 진을 향해 따라오라 눈짓하고 걸음을 옮겼다. 진은 양 눈썹에 잔뜩 힘을 준 채 입술만 끌어올려 어색하게 웃었다. 저 심정은 그녀도 매우 잘 알았다.

힘들겠다, 연성.

짧은 한숨을 삼킨 진은 공황에 빠진 연성을 향해 입 모양만으로 '오늘 하루만 고생해요.' 한 뒤, 총총 걸음을 내디뎌 그의 뒤를 쫓았다.

　황궁을 벗어난 그들이 가장 먼저 향한 장소는 시장 중앙에 있는 큰 주막이었다.

　개울이 모여 강을 이루고, 큰 강은 바다로 흘러드는 것처럼 주막이야말로 온갖 계층의 풍담과 객설이 끊임없이 통하는 곳이었다. 그 때문에 잠행을 나오는 날에는 빠짐없이 들렀다. 한 자리 차지한 채 가만히 앉아만 있어도 민초들의 살아 숨 쉬는 이야기를 손쉽게 접할 수 있었다.

　"그새 또 경지를 늘린 겐가? 이제 소지주가 따로 없구먼. 좋겠으이."

　"꾸준한 근과 검의 산물이지, 뭘. 자네도 게으름 그만 피우고 소작농이나마 부지런히 지어보아. 자식은 줄줄이 싸질러놓고 걱정도 안 하시는가."

　"근검절약이고 자시고, 몇 년 전까지만 해도 상상도 못 할 일인데……."

　"근래엔 요역이 줄어든 데다 세금도 낼 만하니까 농사만 지어도 충분히 재산을 모을 수 있어. 노력한 만큼 그 보답이 돌아오니 정신 차리고, 제발 그놈의 술 좀 줄이시게. 내 자네 안사람 볼 때마다 안쓰럽기 그지없네."

　바로 옆자리는 농민들의 대화가 이루어지는 듯하였다. 그 옆에서는 지식인들이 벌이는 열띤 토론이 귀를 찔러왔다.

　"요역이 줄어드니, 요역을 면제받기 위해서 벼슬아치에게 아부하거나 뇌물을 바치는 백성들이 사라졌어. 그러다 보니 지방이고 도성이고 벼슬아치 놈들의 권세가 그다지 강하지 않아. 중간에서 챙겨 가는 돈이 없는 데다, 노비로 전락하는 백성들 또한 없어서 납세하는 인구층이 훨씬 늘어났으니 세금을 많이씩 부과하지 않아도 실질적으로 징수되는 세액은 더 큰 셈이지. 금상께서는 굉장히 현명한 정치를 잘 유지하고 계시는 듯하군. 수만 백성과 조정이 더불어 상호 이익을 보고 있으니 말이야. 뭐…… 중간의 자잘한 관리들은 죽어나겠지만."

열심히 귀를 세우던 진은 두 손으로 입을 가린 채 하염없이 탄성을 터뜨렸다. 그녀가 원을 향해 고개를 돌리며 기쁜 목소리로 속살거렸다.

"굉장하옵니다! 폐…… 아니, 낭군님! 모두가 황제 폐하의 성덕을 칭송하고 있사옵니다!"

"아직 멀었다. 진실로 풍요로운 세상이란 백성들이 위정자를 칭송하는 세상이 아니다. 저 옛날 요순시대에는 임금이 있는지 없는지도 모른 채 손으로 배를 두드리고, 발로 땅을 구르며[鼓腹擊壤] 흥겹게 노래를 불렀다지 않느냐. 극한의 태평성대에 이르면 백성들이 정치에 그다지 관심이 없는 법이다. 사람들에게 떠받들어지길 기대하는 위정자는 정치할 자격이 없다. 만백성이 마음 편히 하고 싶은 일을 하며 각자가 바라는 행복을 누릴 수 있다면, 다스리는 이에게는 그 이상의 감격스러운 보답이 어디 있겠느냐."

원은 태연무심하게 중얼거리더니 주병을 들어 술을 따랐다. 잔을 입술에 가져가려던 그가 건너편의 연성을 의식하였는지, 찬찬히 다시 내려놓고 병을 들었다.

"한잔 받으라."

뻣뻣이 경직되어 있던 연성이 화들짝 놀라 두 손으로 잔을 들었다.

"예…… 예!"

가까이 다가간 연성은 무릎을 꿇고 바닥에 닿을 만치 고개를 숙인 다음, 머리 위로 잔을 바짝 올려서 내밀었다. 그럼에도 숨이 막힐 만큼 황송스러워 전신이 후들후들 떨렸다.

주변 곳곳에서 신기한 구경이라도 하듯 힐끔힐끔 시선을 던져왔다. 술을 따르려던 원은 눈동자를 움직여 근처를 가볍게 둘러보고 말하였다.

"자세 똑바로."

연성은 겉으로 드러나지 않도록 입술 안쪽을 씹어대었다. 그러다가 복식호흡을 여러 번 시도한 후 간신히 두 손을 내려서 팔을 곧게 폈다.

쪼르륵 맑은 소리와 함께 술잔이 차올랐다. 그것을 쏟아내지 않고 마시기 위해 그는 온 정신을 바싹바싹 집중시켜야 했다. 아주 죽을 맛이었다. 언감생심 황제와 마주 앉아 헌수(獻酬)할 일이 일평생 한 번이라도 있을 줄 알았겠는가.

그나마 다행이면서도 의외인 것은, 황제가 그에게 생각 이상으로 호의적인 태도를 보이는 점이었다.

잠자코 지켜보던 진이 생기다 만 듯한 미소를 입가에 내걸었다.

역시…… 정말 힘들겠다.

가만히 술맛을 음미하던 원은 옆에서 머쓱하게 앉아 있는 진을 보았다. 시선이 마주치자, 그가 인자하게 웃으며 말하였다.

"너도 한잔 하겠느냐?"

신세계가 펼쳐졌다. 장안의 저잣거리는 진에게 있어 다채로운 신선함 그 자체였다.

한 잔 약주에 긴장까지 풀어졌겠다, 통통한 뺨에 발그레한 생기가 돌 만큼 기분이 하늘 위를 헤매고 있었다. 뭐가 그리 즐겁고 신기한지 진은 한 걸음 뗄 때마다 까치발을 들고 기웃거리며 탄성을 아끼지 않았다.

그녀의 흥겨움이 전염되어 원도 걷는 내내 입가에 흐뭇한 미소를 걸었다. 공주로서 곱게만 자라온 진에게는 여태껏 황문(皇門) 안의 영역이 세상의 전부였으니 충분히 저럴 만도 했다. 아직 부모가 되어본 적은 없으나, 첫 아이가 걸음마를 떼는 모습을 바라보는 심경이 이와 비슷하지 않을까.

"처음에는 나오기를 그리 망설이더라니…… 우리 공주가 제일 좋아하는구나."

원이 나지막이 웃음을 터뜨리며 진의 머리를 쓰다듬고 또 쓰다듬었다. 그제야 조금 쑥스러운 마음이 들었는지, 진은 얼굴을 붉히며 해발쪽 벌어진 입술을 옷깃으로 가렸다.

연성은 일부러 몇 걸음 떨어져서 그들의 뒤를 따르고 있었다. 감히 두 사람과 나란히 걸을 신분도 아니었지만, 눈앞의 아름다운 남녀 사이에는 차마 끼어들 수 없는 무언가가 느껴졌다.

달콤씁쓸한 기분이었다. 하지만 환하게 웃는 그녀의 얼굴을 바라볼 때마다 세상을 다 가진 듯 격한 행복감이 조용한 미소로 화하여 흘러나왔다. 이대로도 좋았다. 그녀의 저 예쁜 눈에, 예쁜 입술에 번진 꽃 같은 웃음을 소중히 지킬 수만 있다면.

홀연 의문스러웠다. 그녀 옆의, 진짜로 세상을 다 가진 남자도 과연 그런 생각을 할까.

황제의 수족 위위에게 들은 이야기에 따르면 저 모습은 필요에 의한 연극에 지나지 않았다. 황제의 입장에서야 굳이 그녀의 환심까지 사지 않아도 목적을 이룰 수는 있다. 그러나 그의 철저한 성정을 헤아리자면, 그녀를 품는 기간만큼은 저런 식으로 다정하게 구는 것도 나쁘지 않을 터였다. 그러니까 태자가 될 사내아이를 무사히 잉태시켜 세상 밖으로 내보내기까지는.

하지만 연극치고는 지나치게 훌륭하였다. 훌륭함을 넘어서서 그는 필요 이상의 말과 행동까지 서슴없이 하고 있었다. 저 모두가 허무한 여백뿐인 가식일까. 아니면 어느 정도의 진심도 포함되어 있을까. 만일 그렇다면 그 진심이 차지하는 비율은 얼마일까.

생각이 꼬리에 꼬리를 물고 이어져 의식의 심연 속에 고이 잠기어 있는 본심의 형태를 아주 잠깐 드러냈다. 순간 덮쳐오는 자기혐오에 연성은 그것을 부정하듯 고개를 저었다.

찬찬히 장거리를 거닐던 진은 한 난전의 좌판 앞에서 오래 머물렀다. 향갑 가게였다.

오래전 원에게 선물하려고 만들어두었던 그 향갑이 떠올랐다. 향도 다 날아갔고, 하도 못 만들어서 추후에라도 전할 마음은 애초 없었다. 그래서 대충 보관해두다가 잃어버린 줄도 모르게 잃어버렸다. 이렇게 파는 향갑들을 보아하니 역시 수공업자의 솜씨는 달랐다.

'이런 식의 무늬를 넣을 수도 있구나.'

색채와 무늬가 자연스럽게 조화를 이루어 가장 눈길을 끄는 물건이 하나 있었다. 손재주 있는 궁녀를 찾아 불러서 저런 기교라도 배워두고 도전했어야 하는데.

뒤늦게 터지는 아쉬움에 무심코 그것을 뚫어져라 바라보았던 모양이었다.

"향갑이 필요한 것이냐?"

곁에서 원의 목소리가 들리자 진은 화들짝 상념에서 깨어나 고개를 저었다.

"아, 아니옵니다."

"최근 서역에서 들어온 좋은 향이 많은 걸로 아는데…… 환궁하거든 처소에 쌓아두고 쓸 만큼 가져다주마."

"소녀는 그냥 구경한 것이옵니다."

발뺌하듯 답한 진은 슬그머니 몸을 틀어 가게를 지나쳤다. 원은 가만히 웃으며 그녀를 뒤따르다가 어느 지점에서 양어깨를 붙들어 옆 방향으로 돌려 세웠다.

"저쪽에서, 아마도 네가 좋아할 만한 걸 하고 있는 듯한데……."

잠시 후에 향갑 가게로 발을 들인 연성은 멀찍이 보이는 그들의 뒷모습을 확인하였다. 그리고 아까 진이 한참 눈여겨보았던 물건을 집어 살피다가 안에 있는 주인장을 슬쩍 불렀다.

"얼맙니까?"

장터의 한 변두리에서 바야흐로 우인극(偶人劇)이 벌어지고 있었다. 무대 주변은 마침 지나가다 발을 붙들린 구경꾼들로 시끌벅적 북새통을 이루었다. 어미의 등에 업혀 있는 철모르는 젖먹이부터 서로의 손을 꼭 붙든 쌍쌍의 젊은 정인들, 호호백발의 노인까지 나이대도 참 다양했다.

원과 진은 비교적 사람의 밀도가 적은 가장자리에 자리 잡고 섰다. 그들의 옆쪽으로 걸어온 연성은 짐짓 두어 걸음만 다가서면 일행으로 보일 만큼의 거리에서 발을 멈추었다.

극의 내용은 효무제 유철과 그의 첫 아내 진아교 황후의 비극을 그린 '금옥장교(金屋藏嬌)'의 고사를 바탕으로 하고 있었다.

서민들에게 있어 황족이란 마치 전설이나 설화 속 주인공처럼 전혀 다른 세계에 사는 사람들일 테다. 그럼에도 예나 지금이나 그들에 대한 대중의 관심은 열렬하였다.

진은 내내 감탄사를 흘려가며 흥미진진하게 감상하였다. 선조의 사연이니만큼 연기하는 배우들보다도 더 자세한 비화까지 알고 있지만, 이렇게 무대 위의 극으로 접하니 실감 나면서 색달랐다.

무제 유철은 한의 제5대 황제로서, 4대 황제 효경제의 아홉 번째 아들이다. 본래 경제의 황태자는 율희의 아들 유영이었고, 유철은 일개 황자로 교동왕의 신분이었다. 경제는 누이인 관도장공주 유표를 매우 신뢰하여 그 무렵 장공주의 세력이 만만치 않았다.

관도장공주는 권세 확장을 도모하여 자신의 딸인 진아교를 황태자 유영에게 시집보내려 하였다. 그러나 그 모친인 율희가 장공주의 청혼을 단칼에 거절하였고, 이에 장공주는 마음을 바꿔 교동왕 유철을 사윗감으로 점찍었다.

관도장공주는 당시 어린아이였던 조카 유철을 직접 찾아가 이렇게 물었다.

"너도 아내를 맞아들이고 싶은 마음이 들지 않느냐?"

유철이 대답하였다.

"예. 맞아들이고 싶습니다."

장공주는 주변에 늘어서 있는 아리따운 미인들을 가리키며 누가 마음에 드는지 물었다. 유철은 망설이며 대답을 아꼈다. 그러자 장공주가 딸 아교를 데려와 다시 물었다.

"우리 아교는 어떻게 생각하니?"

유철이 그제야 크게 기뻐하며, 당차게도 이렇게 답하였다.

"만일 아교를 저의 아내로 맞을 수 있다면, 저는 마땅히 금으로 만든 집 속에 그녀를 감춰두고 극진히 아낄 것입니다."

이 일화로 훌륭한 집 속에 미인을 감춰둔다는 뜻의 금옥장교라는 고사가 탄생하였다. 그러나 서글프고 쓸쓸한 말로를 맞은 진아교의 생애로 인하여, 이 말은 사내의 무상하고 덧없는 사랑을 한탄하는 뜻으로 변모하게 되었다.

유철을 대견히 여긴 장공주는 경제의 허락을 얻어 혼사를 진행하였다. 거기서 그치지 않고, 장공주는 교묘한 심리전으로 경제와 율희의 사이를 이간시켰다. 결국 태자 유영은 폐위되었으며 유철이 태자위에 올랐다.

경제가 붕어한 후, 유철이 16세의 나이로 제위를 이어받으니 바로 효무제이다. 진아교는 자연스레 여인으로서 가장 고귀한 신분인 황후가 되었다. 어릴 적부터 알콩달콩한 사랑을 나눠온 만큼, 무제와 진 황후는 몇 년간 그림 같은 금슬지락을 누렸다.

그러나 진 황후에게는 끝내 아이가 들어서지 않았다. 연상인 그녀가 나이를 먹자, 무제의 애정은 다른 여인에게로 옮겨갔다.

무제는 누이인 평양공주의 집에서 위자부라는 아름다운 가기를 소개받았다. 그녀에게 첫눈에 반한 무제는 놀랍게도 측간에서 급히 승은을 내렸다. 무제의 총애를 업은 위자부는 입궁한 지 얼마 되지 않아 공주 여럿과, 무제의 장자인 태자 유거를 내리 출산하였다. 불안해진 진 황후는 무당을 불러다가 위자부를 저주하는 무고(巫蠱)를 저질렀고, 이는 발각되어 무제를 분노케 하였다.

무제는 당시 지독한 혹리로 이름난 장탕이라는 법관에게 조사를 맡겼다. 사건을 발본색원하니, 무려 300여 명이 연루되어 한꺼번에 참수를 당하는 끔찍한 화가 벌어졌다. 진 황후 또한 무사할 수 없어 황후의 인을 빼앗기고 장문궁에 유폐되었다.

냉궁에서의 적막한 나날에 눈물 흘리던 진 황후는 당대 최고의 문인을 시켜 「장문부(長門賦)」라는 애절한 글을 지었고, 이를 무제에게 보냈다. 그러나 이미 식어버린 무제의 마음은 돌아서지 않았다.

그는 새 황후가 된 위자부와 더불어 수많은 미녀들을 총애하였다. 아련하고 풋풋했던 첫사랑의 추억은 결국 금옥장교의 약속과 함께 한철 만발한 백화처럼 허무히 사그라지고 만 것이다.

그러나 후일담 또한 비극이었으니, 위자부의 딸들은 불륜죄를 받아 부친에게 처형되었고, 태자 유거 역시 간신의 모함을 받아 죽었으며, 이에 연루된 위자부는 40여 년간 황후위를 유지하다가 자결로 생을 마감하였다. 또한 최후에 무제의 총애를 받아 후계자 유불릉을 낳은 구익부인도 외척의 발호를 걱정한 무제로부터 자결을 강요당하게 되고 만다.

진은 극중 이야기와 배우들의 음성 연기에 빠져들어 줄곧 안타까운 한숨을 흘렸다. 그러나 그녀 이상으로 몰입한 연성은 보는 내내 마음이 거북하다 못해 괴로웠다.

황제는 세상에서 가장 지체 높은 독존적 신이다. 천하 만물이 그의 발밑에 있으며, 온 나라 안의 여인들은 모두 손만 뻗으면 가질 수 있는 그의 소유나 다름없다. 무수한 여인들을 끌어들여 거침없이 품는다 하여도 감히 어느 누구도 비난할 수 없으며, 든든한 후사 확보를 위하여 오히려 이를 부추김 당하는 현실이다.

그러므로 기실 황제는 굳이 한 여인을 향한 지고지순의 사랑을 고집할 필요가 없다. 외려 어느 한 명에게 편중된 총애를 쏟거든, 그 하나와 연관된 자들이 탐권낙세(貪權樂勢)하는 정치적 물의를 빚는다.

통일 제국을 완성한 진시황에 이어 한을 개국한 고조 유방을 시작으로, 기나긴 역사 속에서 신으로 군림해온 절대자들이 열 대가 넘도록 이어졌다. 그들은 대부분 황제이기 때문에 의당 주어진 향락을 한껏 만끽했을 터.

그러나 더러는 이런 생각도 들었다. 그들 중 누군가는 내심 진실한 사랑을 원하였을지라도, 이 역시 필부가 아닌 황제이기 때문에 할 수 없었을지 모른다고.

무심결에 현존하는 신의 용안을 살피었다. 아까도 그렇더니, 그의 시선은 오로지 옆의 소녀에게만 단단히 고정되어 있었다. 그는 연극을 보는 대신 끊임없이 진의 머리를 쓰다듬고, 비단 안쪽으로 손을 넣어 얼굴을 매만지고, 사랑스러워 못 견디겠다는 눈으로 참 애틋하게도 바라보았다.

도중에 그의 시선을 의식한 진이 쑥스러운 듯 샐쭉하게 입술을 내밀며 타박을 놓았다.

"감상에 집중하시옵소서."

"보고 있다."

"관자놀이에도 눈이 달리시었사옵니까."

"의심나거든 후에 내용을 물어보거라."

"그거야 다 아는 이야기니까……."

극이 얼추 마무리되어가자, 처음부터 곁눈으로 계속 이쪽만 흘깃거리던 세 명의 처녀가 쪼르르 다가와 연성의 주변을 둘러쌌다.

이유 모를 위압감과 더불어 중후한 분위기를 자아내는 원에게는 함부로 가까이 오는 사람이 없어 주변이 다소 휑하였다. 더구나 그의 곁에는 정인으로 보이는 여인도 있으니. 하지만 말끔하면서도 순한 호감형의 연성에게는 접근하기가 호락호락한 듯하였다.

　"저기…… 동행 없이 오신 건가요?"

　"장안 사람이세요? 저는 하남 출신인데, 왠지 그쪽도 그래 보여서요."

　고개를 좌우로 갸우뚱거리며 순진한 양 눈웃음을 날리는 모습들이 여간 잔망스럽지 않았다. 연성은 사뭇 당황스러워 이러지도 저러지도 못하고 있었다.

　요새 처자들은 참 당돌하기가 그지없다. 처음 보는 외간 남자에게 교태를 부리면서도 천만 거리낌이 없으니.

　곤경에 처한 연성을 알아차린 원이 진의 고개를 잡아 돌려서 그쪽을 바라보게 하고는 물었다.

　"네 오랜 벗이니 대충 알 테지. 네 눈으로 보기에는 지금 저자의 상태가 어떤 것 같으냐."

　진이 깜짝 놀라 하다가 잠시 연성의 반응을 면밀하게 관찰한 후 답하였다.

　"아주 많이, 곤란해하는 것 같사옵니다. 굉장히…… 벗어나고 싶어하는 얼굴이네요. 도와주어야 할 듯하온데……."

　원은 가볍게 고개를 끄덕이며 연성에게로 한 걸음 다가섰다. 은근슬쩍 손까지 뻗어 희롱을 걸려던 처녀들이 그의 존재를 인식하고는 약속이나 한 듯 행동을 멈추었다.

　원은 곁에 늘어선 처녀들을 한 번 내리훑고 점잖게 입을 열었다.

"자네가 지금 그러고 있는 모습을 실내[60]가 알면 바가지를 어지간히 긁힐 것이네."

살금살금 다가붙은 진까지 걱정스러운 표정으로 거들었다.

"생떼 같은 아이들까지 여럿 둔 분께서 그러시면 어찌하나요."

처녀들은 제풀에 무안한 표정이 되어 서로의 눈치를 살피었다. 그러다가 어정버정 눈인사를 하며 하나둘씩 몸을 빼었다.

잠시 뒤에 연성은 무색한 듯, 열없는 듯 미소를 내걸고는 목례로 감사의 뜻을 전하였다. 그리고 다시 슬쩍 몇 걸음 옮겨서 전과 같은 거리를 유지하였다.

"그런데 저자는 저 나이가 되도록 어찌 혼인하지 않는다더냐."

연성을 쳐다보던 원이 진을 향해 속삭였다. 진이 답하였다.

"지금 하고 있는 일이 너무 좋아서 혼인할 마음이 없다고 들었사옵니다."

"일이 좋아서 장가를 안 든다고? 황궁 호위가 기혼자라 해서 파직되는 자리도 아니거늘."

그는 미간에 힘을 주며 고개를 기울였다. 진은 이전에 나누었던 연성과의 대화를 상기하다가 흠칫 눈을 크게 떴다.

「오래전부터 소인의 결심은 한 치도 흔들린 적이 없사옵니다. 소인은 평생…… 죽을 때까지 공주님만 지키며 살 것이옵니다.」

진은 주먹 쥔 손으로 괜히 입술을 비비적비비적 문질렀다. 기분이 조금 꺼림칙하였다. 그날 연성이 했던 대답은…… 그에게는 굳이 말

---

60) 室內. 남의 아내를 점잖게 이르는 말.

하지 않는 편이 나을 것 같다.

"정인도 없다더냐?"

"아마도요?"

원의 시선이 다시 연성에게로 돌아갔다. 한참 동안 물끄러미 응시하던 그가 중얼거렸다.

"정인도, 처자도 없는 두 눈 멀쩡한 사내라면."

진이 찬찬히 턱을 올리며 그를 보았다. 원은 내색 없이 웃어 보이고는 이어지는 말을 속으로만 삼켰다.

'너를, 오랜 시간 가까이에서 대하며 무슨 생각을 할까.'

극이 완전히 종결되었다. 무대가 정리되고, 마구 얽혀 있던 구경꾼들이 하나둘씩 빠져나갔다. 더러는 무대 앞에 놓인 나무상자 안에 약간의 돈이나 쌀, 간식, 옷감, 베 등등을 내려놓고 가기도 했다.

극단장으로 보이는 양옆으로 까부라진 팔자수염의 사내가 구경삯을 치르는 이들을 향해 연거푸 허리를 굽실거려가며 감사 인사를 건넸다.

그 모습을 눈에 담던 진이 덧옷의 품을 뒤적여 가진 돈을 꺼내었다. 곁에서 원이 물었다.

"재미있게 보았느냐?"

"예, 너무 빠져들어서 코끝이 찡할 정도였사옵니다. 정말 재미있었어요."

"그렇다면 이건 내 몫."

그는 허리춤에서 끈으로 줄줄이 꿴 금전을 내어 진의 손 위에 포개 올려놓았다. 진은 반색하며 사람들 뒤에 줄 서서 기다리다가 그들이 하는 대로 상자 안에 돈을 던져 넣었다.

인근에서 약간의 웅성거림이 일더니 드문드문 구적(口笛)과 감탄사가 쏟아졌다. 어느 누가 '주인장 금일 날 잡았네.' 하며 부러운 혼잣말을 흥얼대고, 근방의 몇몇은 대거 기부한 주인공들을 아래위로 훑으면서 그들의 평민 복색을 신기해하였다.

액수를 확인한 극단장의 반응은 말할 것도 없었다. 몇 달은 장사 접어도 문제없을 것 같다. 극단장은 벌어진 입술을 귀까지 걸고 허리가 부러져라 배꼽과 눈을 맞추었다.

"감사합니다, 감사합니다! 부디 다음에 또 보러 와주십시오!"

적잖은 시선들이 달라붙으니 진은 조금 민망한 듯하였다. 가뿐히 눈인사한 그녀가 틈새를 빠져나가려 할 때, 홀연 원의 눈매가 날카롭게 변하였다.

모퉁이에서 느닷없이 웬 사내가 성난 맹수처럼 달음박질해 들이닥쳤다. 원이 기민하게 몸을 틀어서 진을 가슴에 넣어 보호하자마자 거칠게 달려온 이가 원과 어깨를 퍽 부딪쳤다. 사내는 잠깐 주춤거리더니 욕지거리를 뱉으며 그대로 지나쳐 뛰어갔다.

"꺄악!"

원에게 안겨 있는 진과, 극단장에게 구경삯을 치르던 연성이 한꺼번에 사색이 되었다.

"어, 어, 어떡해! 어떡해!"

"괜찮으십니까!"

진은 발을 동동 굴러대며 비명을 쏟았다. 연성은 조속히 고개를 돌려 사내의 위치를 확인하고 지체 없이 쫓으려 하였다.

"서라."

그가 발을 떼자마자 원이 명을 내려 붙들었다. 진을 떼어낸 원이 부딪친 쪽 어깨를 한 손으로 툭툭 털어내었다.

"괜찮다."

"아, 아프지 않으시옵니까? 어찌 이런, 어찌, 귀하신 옥체에……!"

진은 아예 눈물까지 찔끔 머금은 채 울먹대고 있었다.

"아픈 거야 저자가 아프겠지. 네 생각만큼 내가 그리 연약하지 않
다."

대수롭지 않게 답한 원은 진을 걱정스레 내려다보며 물었다.

"너는 괜찮으냐."

"소녀야…… 소녀야 폐하께옵서 보호해주셨는걸요."

사태를 관망하던 몇몇 사람들이 흠칫 놀라 쳐다보았다. 연성은 저도
모르게 목젖이 드러날 만큼 입을 벌리고 이마 위에 손바닥을 올렸다.

일 났다.

뒤늦게 스스로의 말실수를 알아차린 진도 안색이 온통 하얗게 질려
있었다. 그러나 원은 태연히 미소하며 이 일을 예사롭게 넘겨버렸다.

"아까 본 우인극이 많이 재미있었나 보구나."

의문스레 쳐다보던 이들이 픽 웃고는 대체로 관심사를 돌렸다. 그러
나 곁에서 지켜보던 극단장은 웃는 낯으로 팔다리를 벌벌거리고 있었
다.

그는 자신이 받은 정확한 액수와, 평민 여인의 손이라고는 생각할
수 없는 진의 섬섬옥수와, 원의 말씨와 행동에서 배어나는 품위를 의
식하며 그들을 연방 번갈아 바라보았다.

비로소 확연히 와 닿았다. 눈앞의 남녀는 흡사 남의 옷을 빼앗아 입
기라도 한 양, 외모와 차림새가 기묘한 부조화를 이루고 있었다.

원의 눈길이 극단장의 심상찮은 낯을 힐끗 살폈다. 눈치가 꽤 약빠

른 자인 듯하였다.

이를 감지한 연성이 그들 사이로 바싹 끼어들었다. 최대한 이 자리를 빨리 뜨는 편이 좋을 것 같았다.

연성은 원과 진을 향해 바깥쪽 한 방향을 가리키며 청하였다.

"저쪽에도 볼 만한 구경거리가 많은데, 가서 보실까요."

저잣거리 언저리에서 곡예꾼 대여섯이 모여 잡기(雜技) 중 하나인 도환(跳丸)을 펼치고 있었다. 눈으로도 따라가기 힘든 빠른 손놀림으로 크고 작은 공들을 주고받는 재주가 신기롭게도 한 치의 어긋남 없이 정확하였다.

두 손을 꼭 모으고 부단히도 감탄을 쏟던 진에게서 마침내 짝짝 박수가 터져 나왔다.

"훌륭해요! 손놀림이 정말 대단하시네요!"

진은 망설임 없이 돈주머니를 꺼내어 발밑의 통에 내려놓았다. 출타전에 넉넉히 챙겨 넣길 잘한 것 같다.

"감사합니다."

곡예꾼 하나가 공을 던져놓고 다가와 꾸벅 인사하였다. 그러다가 비단 너머로 살짝 얼비치는 진의 미색에 움찔 놀라 마른침을 꿀꺽 삼켰다.

사내는 씨익 웃음을 끄집어내더니 얼굴을 더 살피려는 듯 두 눈을 모들뜨며 그녀에게로 한 걸음 옮겼다.

"아가씨, 제가 말입니다, 손놀림뿐만 아니라 허리놀림에도 제법 비범한 정수를 보입니다만."

"와…… 허리로도 공을 주고받을 수 있어요?"

진이 고개를 갸웃거리며 또다시 감탄하였다. 그와 더불어 연성이 소스라치게 질린 얼굴로 급히 황제의 용안을 살피었다. 원의 표정에는 변화가 없었다. 한데 외려 그쪽이 더 무서웠다. 찰나적 순간 피가 바싹바싹 말라오면서 온갖 생각들이 머릿속을 뒤덮었다.

오전에 들은 강석의 말이 떠올랐다. 어른 말씀은 새겨둘 필요가 있는 법이다. 눈앞의 사내가 받을 만한 갖가지 형벌이 떠올라 온몸의 털이란 털은 다 곤두섰다.

발을 자르는 월형(刖刑), 코를 베는 의형(劓刑), 이마에 먹물로 죄를 새기는 묵형(墨刑), 생식기를 자르는 궁형(宮刑)…….

아니다. 그 정도는 아닌가? 저잣거리에서 매를 쳐 망신을 주시려나? 아니면 곤겸[61]하게 하여 뭇사람들의 웃음거리로 만드시려나? 그것도 아니면…… 역시, 성군과 잔혹한 심판자의 얼굴을 다 가진 분이시니, 상대는 백성이니까 열은 받아도 그냥 넘어가주시려나.

하지만 벌을 준다는 것도, 그대로 봐준다는 예상도 모두 틀렸다. 연성은 그저 황제로서의 모습만 염두에 두고 걱정했으나, 지금은 용포를 벗은 상태인 만큼 천자가 아닌 한 사내로서의 그를 볼 수 있는 때였다.

"진아. 잠시 두 손으로 귀를 막고, 그대로 뒤돌아서서 눈을 감아보거라."

원이 입을 열자 진은 고개를 한 번 갸웃 기울이고는 그가 시킨 대로 행하였다. 그녀는 그의 명에 결코 토를 달지 않는다.

---

61) 髡鉗, 머리를 깎고 칼을 씌우는 형벌.

저벅저벅. 사내가 서 있는 방향으로 다가서며 원은 허리춤에 찬 장검을 잡고 엄지로 손잡이를 툭 쳐올렸다.

바짝 마주 선 그가 스릉 검을 뽑아들자 사내의 낯짝은 금세 흙빛이 되었다. 웬만한 사람 키에 필적하는 보검은 그저 보는 것만으로도 상대방을 식겁하게 만들기 충분했다.

원은 손끝으로 칼날을 슥 훑더니 사내에게 겨누었다. 사내가 오금을 벌벌 떨며 느릿느릿 뒷걸음질 쳤다. 눈을 내리깔아 사내를 응시하던 원이 휙, 가볍게 검을 휘둘렀다.

"으악!"

사내가 비명을 토하며 이를 악물었다. 천천히 눈을 뜬 그는 뎅겅 잘려나가 바닥에 흩어진 수염을 확인하자마자 황급히 턱주가리를 문질렀다.

"한 번만 더 함부로 지껄이면 다음에는 그대가 자신 있게 놀린다는 그 부분이 이렇게 될 것이다."

사내는 시근벌떡 숨을 받으며 고개가 끊어질 만큼 끄덕거렸다.

눈을 크게 뜨고 지켜보던 연성은 다소간 수명이 줄어든 기분을 느꼈다. 저 모습을 보아하니, 황자 시절 가끔 소문으로 들어왔던 더러운 성격은 여전한 듯하였다.

원은 진의 뒷모습을 흘깃 보고 갑자기 근처의 잡화상 안으로 걸어들어갔다. 문턱을 넘자마자 진열된 물품을 빠르게 휘둘러본 그가 무언가 하나를 집어 들었다.

앞서서 주전부리를 하고 있던 주인이 벌떡 일어나 입을 열었다.

"아. 그건 양지옥(羊脂玉)인데, 특별히 들여놓은 무결한 최상품이라 왕공대인(王公大人)들께서 귀한 걸음 해 오시면 보여드리려고…… 그러니까 우리네 서인들이 살 만한 물건은 아닌…….”

평민 복색이지만 어쩐지 함부로 할 수 없는 분위기의 그에게 어떻게든 설명을 하려 하는데, 그가 품 안에서 비단 주머니 하나를 끌러내더니 훌쩍 집어던지고 가게를 나섰다.

탁 받아 들어서는 재빨리 손가락을 움직여 펼쳐본 주인장이 대경실색하며 급히 소리쳤다.

“소, 손님! 거스름돈 챙겨 가셔야지요!”

원은 진에게로 돌아와서 그녀의 옷고름에 방금 산 옥을 매달아주었다. 급하게 고른 것 같지만 양유처럼 뽀얀 빛깔도, 동글동글 예쁘게 깎인 모양도 그녀에게 잘 어울렸다. 하기야 안 어울리는 게 뭐가 있을까.

진은 눈을 뜨라 명하기 전에는 조각상이 된 것처럼 꼿꼿하게 가만히 있었다. 궁금증이 일 법도 하거늘.

어릴 적부터 그래왔지만, 귀엽게도 말은 참 잘 듣는다.

귀를 틀어막은 조그만 손을 떼어내고는 눈을 떠도 된다, 속삭이니 진이 곧바로 고개를 내리 꺾어 옷고름을 확인하였다.

“사내가 여인에게 옥을 선물하는 연유는 아느냐?”

원의 물음에 진은 까만 눈망울을 살짝 굴리며 「모과(木瓜)」라는 시를 떠올렸다.

投我以木瓜 報之以瓊琚
匪報也 永以為好也

그녀가 나에게 모과를 던져오기에

아름다운 패옥으로 갚아주었습니다.

굳이 답례하려 한 것이 아니라

함께 영원히 사랑하며 지내보자는 마음에서지요.

당시 민간에는 여인들이 사모하는 남자에게 잘 익은 과일을 던져서 마음을 건네고, 남자들은 허리에 차고 있던 옥을 선물하여 사랑을 확인하는 풍습이 있었다.

발그레 채색된 그녀의 얼굴에 미소 한 조각이 스며들었다. 원은 수줍어 어쩔 줄 몰라 하는 진을 바라보다가 입술 끝을 올리며 은근한 미소를 머금었다.

"순서는 바뀌었다만, 환궁하거든 네가 던지는 모과를 받고 싶구나."

"빛깔 좋은 실과로 준비해두어야겠네요."

진의 촘촘한 속눈썹이 고운 웃음을 풍기며 살며시 내리깔렸다. 곱다란 손가락이 꼬물꼬물 옷고름을 더듬고 매만졌다. 하도 만지고 만져서 풀어질 지경이라, 그가 손을 뻗어서는 다시 단단하게 매어주었다.

방관자처럼 잠자코 구경하던 연성은 그저 속으로 탄복만 거듭할 뿐이었다. 아까도 확실히 느꼈지만, 황제는 생각 이상으로 순발력이 좋고 임기응변에 강한 듯하였다.

해가 지기 전까지 환궁이 이루어져야 하니, 슬슬 황문이 있는 방향으로 걸음을 옮길 때가 되었다. 진은 활기 넘치는 장안의 풍경을 하나 놓치기 아쉬운지 내내 열심히 눈동자에 새겨 넣었다.

여유롭게 걸어가는 길에 웬 구성진 선율이 스치는 바람을 타고 흐르듯 퍼져왔다. 대로 어귀에 모여든 필부필부와 순박한 어린아이들이 입 모아 어느 노래를 제창하고 있었다.

敝笱在梁 其魚唯唯
齊子歸止 其從如水

남의 어살에 통발이 부서져
온갖 고기들이 마음대로 드나드네
문강이 제나라로 돌아가는데
따르는 종자들이 쏟아지는 강물과도 같구나

「시경(詩經)」의 '폐구(敝笱)'였다. '부서진 통발'이란 불륜 남매의 주인
공인 문강의 남편, 노환공을 의미하였다. 통발에 온갖 고기들이 마음
대로 드나든다는 것은 노환공이 아내 문강을 통제하지 못하여 그녀가
마음껏 제나라를 드나든다는 뜻이다.

오죽하면 그녀를 따르는 종자들의 출입조차 막지 못하여 쏟아지는
강물처럼 많다고 하였으니, 이는 문강의 위세와 당당함을 잘 나타내
는 구절이다.

載驅薄薄 簟茀朱鞹
魯道有蕩 齊子發夕

수레 끄는 말발굽 소리는 달각달각 가벼운데
대나무로 엮은 발에 붉은 가죽 장식
노나라 가는 길은 평탄하거늘

이어지는 노래로 '재구(載驅)'도 들리고 있었다. 대나무로 엮은 발에 붉은 가죽 장식을 달았다는 건 호화롭게 치장된 수레를 그리는 구절이다.

문강은 그렇게 화려한 수레를 타고 제나라를 방문하여 오라비 제양공과 더불어 불미스러운 관계를 즐겼다. 이는 마치 양공의 부인처럼 행세한 문강을 풍자하는 노래였다.

어찌하여 백성들이 이런 노래를 흥얼거리는지 모를 리 있으랴.

듣는 동안 진은 어두워지려는 얼굴빛을 애써 숨기려 노력하였다. 가슴속에 꽁꽁 묶어 감춰둔 착잡함이 군데군데 터져 나와 마음을 괴롭혔다.

굳은 얼굴로 그들을 지그시 주시하던 연성이 입을 열었다.

"입을 다물게 할까요?"

"놔두라. 저러다가 시간이 지나 시들해지면서 또 다른 흥밋거리가 생겨나거든 거기에 신경이 쏠려 잊을 것이다. 군중 심리의 속성이란 그러하니."

원은 담담하게 답하였다.

기실 그들은 제아, 문강과는 경우가 달랐다. 옛날 제아와 문강은 국경을 오가며 당당히 사통하여 풍기문란을 조장하는 한편 일국의 군주까지 해하는 죄를 범하였으니, 그야말로 혹독한 비난을 면키 어려웠다.

그러나 현 황제와 장공주의 대외적 관계는 정치판 속의 포식자와 피식자에 지나지 않는다. 따라서 사생활로 욕을 먹는다면 포식자 쪽에서 일방적으로 덮어쓰게 된다. 뭇사람들의 눈에 절대 강자인 황제 쪽은 냉혹한 정치가로, 스스로의 의지와는 상관없이 오라비의 아이를 낳아야 하는 공주 쪽은 가여운 희생양으로 보일 테니.

그러나 어쨌든 간에 피 섞인 황족 남매의 통정이다 보니, 그 사실만으로도 일반 백성들에게는 호기심과 흥미가 돋는 듯하였다.

그쯤이야 크게 개의치 않아도 되었다. 위정자에게 일반인보다 높은 도덕성이 요구되는 건 사실이나, 사사로운 소문까지 따져가며 모든 면에서 완전무결해 보이려 노력하다 보면 신경 쓸 문제들이 무한대로 늘어난다.

누이동생과의 야합으로 지탄받더라도, 만백성을 제 몸보다 아끼는 황제의 진심과 노력만큼은 많은 이가 알아주고 있었다. 이로 인해 천자를 존경하고 숭상하는 사람들 또한 무수하여서 충분한 상쇄가 이루어졌다. 소문이 나더라도 저렇게 노래나 부르며 관심을 표한다 뿐, 그다지 험하지 않았다. 기껏해야 술안주나 반찬 같은 가십이다.

다만 걱정되는 건 오직 그녀의 마음이었다. 흘러가는 시간이 자연스럽게 해결해줄 문제에 심한 죄책감을 갖지는 말았으면 좋겠는데.

한창 걷는 도중, 갑자기 씽 불어든 바람에 진이 쓰고 있는 얼굴 비단이 풀럭거렸다.

"어맛!"

손으로 붙들기도 전에 멀리 날아가버리자 진은 두 손을 내뻗은 채로 폴짝폴짝 쫓았다. 근방에서 그녀를 의식한 몇몇 사람이 저도 모르게 시선을 빼앗겨서는 일제히 넋을 놓고 쳐다보았다.

잡았다. 꽃나무에 걸린 비단을 홈켜잡고 다시 둘러쓰려는데, 측방에서 웬 꺽센 음성의 사내가 찬탄사를 연발하였다.

"이야! 돈만 많은 아가씨인 줄 알고 쫓아와봤는데…… 이렇게 보니 얼굴까지 천하절색이 아닌가!"

진의 고개가 부스스 들렸다. 목소리의 주인공이 얄궂은 미소를 띠고는 시건드러지게 어깻짓을 해가며 다가왔다.

오른쪽 광대에 두어 개 그어진 상처 하며, 불량한 복색에 칼까지 장비하고 있는 모양새를 보아하니 틀림없는 싸움패 건달이었다. 그러나 사내는 진에게 일정 거리 이상 접근할 수가 없었다.

눈 깜짝할 새 손목이 붙들린 진은 원의 등 뒤로 끌려갔다. 그와 함께 언제 날아왔는지 모를 연성의 시퍼런 칼날이 사내의 목덜미를 누르며 위협하였다.

자신을 위압적으로 노려보는 두 남자의 눈길에 사내는 금세 기가 죽어 꼬리를 내리고야 말았다.

"이거…… 말로 합시다, 말로. 거기 있는 아가씨가 살아생전 본 적 없는 절세미인이라 하도 신기해서 좀 쳐다봤을 뿐인데…… 이러다가 진짜 사람 잡겠소. 응? 거 잘생긴 총각들이 뭐 이리들 살벌하고 각박하게 구시는가. 자자, 이 몸은 갈 터이니 그쪽들도 어서 가던 걸음 가시구려."

사내는 두 손바닥을 펴 보이며 비굴하게 얼버무리고 슬슬 뒷걸음질하여 몸을 물렸다. 그러다가 연성의 공격 유효 거리에서 벗어나자마자 꽁지에 불붙은 짐승처럼 큰길을 향해 냅다 달아났다.

"괜찮으시옵니까."

검을 거두어 넣은 연성이 두 상전을 향해 물었다. 진은 아직 놀란 듯 입을 벌린 채 고개만 까닥거렸다. 원이 그녀를 놓아주며 낮게 중얼거렸다.

"도성 안에 아직도 저런 왈패들이 대로를 횡행활보하고 있단 말인

가. 내 신밀한 치안 유지와 각종 사고의 예방만큼은 다른 무엇보다 우선시하라 강조하였거늘."

연성과 진은 잠시 시선을 교환하다가 조금 긴장하며 황제의 눈치를 더듬어 살폈다. 방금 벌어진 일 탓에 담당 관리들이 줄줄이 불려와 한바탕 깨지게 생긴 것 같았다.

걸음을 재개한 지 얼마 되지 않아 등 뒤에서 시끌벅적 거슬리는 소란이 일었다. 세 사람은 천천히 뒤로 돌았다. 아까 진에게 집적거렸던 건달 사내가 엇비슷한 행색의 무리 사이에서 실실거리고 있었다.

"뭐야, 자네 혹시 저런 면수⁶²)들에게 속이 좋아서는 우리 전부를 끌어들인 건가? 이런 부실한 겁부 같으니!"

열두 명 패거리 중 하나가 원과 연성을 비뚜름하게 훑고는 핀잔을 먹었다. 사내가 버럭 언성을 높여 둘러대었다.

"아닐세! 동자에 먹물이 제대로 박혀 있거든 그 뒤 여자도 좀 봐달라고! 내 혼자만 즐기려다가 자네들이 자꾸 걸려서 모처럼 선심을 썼거늘, 어찌 말을 고따구로 하시는가? 어?"

"낯짝을 가려놔서 안 보이는데? 변변찮게 생겼으면 자네를 그냥 콱!"

"아니라니까! 내 장담하이! 그야말로 달기, 하희, 서시가 부럽지 않은 경국지색이 저 안에 숨어 있네! 한 번 보면 제아무리 미녀 꽃밭에서 침식을 일삼는 천자일지라도 사흘 낮 사흘 밤을 끼고 품게 만들 미색이라고!"

---

62) 面首. 여자처럼 곱게 생긴 남자.

"참인가? 자네의 말 속에 한 치의 과장이라도 섞였다면 그 가벼운 조동아리를 벌려서는 기어코 흙을 처먹일 것이네."

"내 말이 틀렸거든 흙이 아니라 인분이라도 처먹어주지!"

저들끼리 게두덜게두덜 떠드는 사이, 원은 널찍한 벽을 등진 곳에 자리하여 진을 뒤쪽으로 감춘 후에 연성과 나란히 서서 그녀를 둘러쌌다. 마침 지나가던 행인들이 난잡하게 모인 건달패를 보고 깜짝거리며 속히 어깨를 돌려 다른 길을 찾았다.

"허면 일단 저 사내놈들부터 치워야 할 것인데…… 아깝구먼. 여자가 별로면 저 남색들을 데려다 즐겨도 재미가 쏠쏠할 듯하군. 거참, 사내놈들이 뭐 저리 곱게들 생겼누."

"저런 남자를 둘씩이나 끼고 다닐 정도면 여자 미모가 상상 초월이긴 하겠네."

"무얼 감탄하고들 있는가? 사내대장부 기개가 있지! 장부라면 장부답게 거칠고 우락부락한 맛이 있어야 계집들과 구분이 서지 않겠나? 껑충한 키대만 제하면 저 면상들을 누가 사내로 보겠나? 기껏해야 높으신 분들의 남총으로나 보이지!"

패거리는 난봉꾼다운 말투로 낄낄거렸다.

이는 남첩을 여럿 거느린 효무제 이후로 황족, 귀족층 사이에 공공연한 동성애가 유행하고 있어 나오는 말이었다. 특권층의 전유물이기는 하나 위에서 하는 일을 따라 하며 거들먹거리려는 일반인들도 간혹 미동들을 한둘씩 끼고 다녔으니 그다지 생경한 소리는 아니었다.

"쯧쯔쯔, 적당히들 발악하시게. 듣고 있자니 눈물이 날 것 같으이. 작금의 계집들은 투박스러운 장부보다 저렇게 살결 깨끗하고 섬세한 낯짝에 환장하는 것이 현실임을 어쩌겠나."

"그래서 저런 놈들 팔자에만 미녀가 끼는가 보구먼! 화가 나는군, 화가 나!"

건달들이 농지거리로 서로를 놀려가며 웃다가 짐짓 위협적으로 세 사람을 향해 다가들었다. 신속한 눈길로 그들을 훑은 원이 연성을 향해 말하였다.

"저기 가운데에 푸른 두건 보이나?"

"예, 폐하."

"공평하게 반씩 하지. 짐이 푸른 두건을 포함한 좌측, 그대가 나머지 우측을 맡는다."

등 뒤의 진은 벽 구석에 몰린 채 두려운 얼굴로 떨고 있었다. 스스로의 무력함이 그저 원망스러웠다. 이 상황에서 그녀가 할 수 있는 일이라고는 방해가 되지 않도록 최대한 잘 숨는 것뿐이었다. 즐거운 나들이의 막바지에 어찌 이런 일이 생겨버렸는가.

"어이, 거기 여자만 순순히 이쪽으로 내놓으면 사내 체면에 공무니를 빼는 것쯤은 관대히 눈감아주겠네. 싫으면 자네들도 우리랑 같이 놀아보든가."

처음의 사내가 한껏 비아냥대며 약을 올렸다. 대답 대신 원과 연성은 각자 허리춤의 검을 뽑아들었다.

"저놈들이 겁 대가리 없이 연장을 꺼내 드는데?"

"우리 쪽수가 얼만데…… 돌았나 보구먼. 병위(兵衛)들 순찰 돌기 전에 지딱지딱 처리합세."

패거리들도 하나둘씩 휙휙 칼을 뽑아 손 안에 쥐었다.

짧은 시간 양측의 동태를 살피는 탐색전이 벌어졌다. 어느 순간 한 명이 소리를 내지르며 칼을 번쩍 치켜들고 달려들었다. 연성이 그의 공격을 받아내고 검 손잡이로 뒷목을 가격하면서부터 고함과 기합이 뒤섞인 요란한 칼싸움이 시작되었다.

질겁한 행인들의 째지는 비명 소리가 주변 곳곳에서 터져 나왔다. 여럿이서 휘두르는 날과 날이 챙챙 빠르게 부딪치며 섬광처럼 날아다녔다.

마치 용자가 어린아이를 다루는 모습을 보는 것처럼 지나치게 일방적인 승부였다. 열두 명이나 되는 건달들이 겨우 두 명을 상대하지 못하고 있었다.

원은 검으로는 방어만 하고, 되도록 손발을 이용하여 적의 급소를 가격했다. 그러다가 곁눈으로 연성을 힐끗 돌아보았다.

겁 많고 섬약한 진이 지켜보고 있으니 가급적 피비린내 낭자한 유혈극은 피하고 싶었다. 우습게도 비슷한 시점에 돌아본 연성과 시선이 딱 마주쳤다. 그 역시 적들을 기절시켜가며, 원이 무기를 쓰지 않고도 그들을 제압할 실력이 되는지 내심 우려한 모양이었다.

그때 연성의 소맷자락 사이에서 무언가 툭 떨어져 바닥을 굴렀다. 그는 날랜 몸짓으로 공세를 펼치느라 이를 의식하지 못하였다.

적은 몇 남지 않았고, 그마저도 전의를 상실했는지 겁에 질려 가까이 오려 하지 않았다. 시간이 갈수록 싸움판 인근을 듬성듬성 에워싸는 구경꾼의 머릿수가 늘어났다.

별안간 뒤쪽에서 흙먼지가 일더니 어지럽게 딸깍거리는 말발굽 소리가 퍼졌다. 그 자리의 모든 이가 일제히 소리의 근원지를 쳐다보았다.

"감히 신성한 도성 안에서 이 무슨 짓들이냐!"

대열 선두로 말을 달려 온 남자가 고삐를 당겨 세우며 냅다 고함을 쏟았다. 관리의 행차인 듯하였다.

"힉, 겨, 경조윤 나으리!"

혼비백산한 건달들과 함께 구경꾼 몇 명이 놀라 소리 질렀다. 경조
윤(京兆尹)은 장안령(長安令)과 더불어 수도 장안의 행정과 치안을 담당
하는 관료였다.

"아니, 또 네놈들이 사고를 친 것이냐? 내 그렇게도 주의를 주었거
늘 기어이! 같이 사고 친 놈들은 누구더냐? 내 이놈들을 그냥!"

매서운 눈초리로 건달들을 쏘아본 경조윤은 말머리를 이끌어 사람
들 틈을 비집고 끼어들었다. 황제가 미복잠행 중인 것 같다는 소식을
전해 듣고 급하게 순찰을 도는 참이었다. 그렇잖아도 가슴이 벌렁거
리는데 하필이면 대로 주변에서 이런 사고까지 벌어지다니.

안으로 들어선 경조윤은 바로 내보이는 젊은 남자의 모습에 양 눈썹
을 그러모았다. 차림새가 하도 생경하여 낯익다는 느낌뿐, 누구인지
곧장 기억이 나지 않았다.

어쩐지 불안한 마음이 솟아나 얼른 말에서 내렸다. 혹시나 하는 조
마조마함에 점점 숨쉬기가 편치 않았다. 일단은 섣부른 언행을 삼간
채로 그를 눈여겨보았다.

평소 입조하여 정전에 북면할 땐 앞자리가 아닌지라 황제의 용안을
자세히 보기 어려웠다. 간혹 궁내에서 황제의 행차를 대하거든 여지
없이 부복해야 하니, 이 또한 허락 없이 면대할 수 없는 일이었다. 더
구나 평민 복색과 기억 속 흐릿한 용안이 쉽게 연결되지 않아 아무래
도 확신할 수가 없었다.

잠시간 긴가민가하던 경조윤은 그가 들고 있는 검을 보자마자 자지
러지게 입 벌려 외쳤다.

"폐하!"

틀림없었다. 화첩이나 소문으로만 외형을 접해왔던 고조 유방의 보검, 참사검(斬蛇劍)이었다.

부리나케 의관을 정제해 배례를 올린 그는 다시 꿇어 엎드려 고개를 내리박았다.

"신 경조윤 전양, 황제 폐하를 뵙사옵니다! 만세, 만세, 만만세!"

그 모습에 건달들과 구경꾼들이 한꺼번에 넋을 잃어버렸다.

"지금 고개를 쳐들고 있는 놈들은 모조리 죽고 싶은 것이냐! 황제 폐하시다! 당장 부복하여 예를 올리라!"

악 쓰듯 부르짖는 소리가 주변 공기를 쩌렁쩌렁 흔들어놓았다. 황급히 말에서 내린 경조윤의 속관들부터, 그 말을 알아들은 이들이 고개를 끄숙이고 넙죽 엎드리기 시작하였다.

천자와 함부로 눈을 마주치면 사형이라 하였다. 그들의 행동에 덩둘하니 서 있던 이들도 영문을 모른 채 하나둘씩 몸을 내려서는 같은 방향으로 부복해 나갔다.

바스락바스락 옷깃 문대는 소리가 조금씩 잦아들었다. 사방이 대낮과는 어울리지 않는 적요함으로 무겁게 가라앉았다.

모든 이가 바닥에 엎드러진 가운데, 서 있는 사람이라고는 처음에 시비를 걸었던 사내와, 연성과, 원과, 그 뒤에서 떨고 있는 진뿐이었다.

"황제, 화, 황제…… 황제라고…….'

사내가 주위를 살피며 작게 중얼대었다. 다들 굳어버린 것 같은 사위스러운 정적에 숨구멍이 틀어 막히는 느낌이었다. 천천히 고개를 한 방향으로 고정했다. 중앙에서 무심히 눈을 내리깔아 그를 응시하는 남자와 시선이 맞닿았다.

"저 사람이…… 천자…….'

보다 못한 연성이 휘적휘적 걸음을 옮겨서는 사내의 뒷무릎을 세게 걷어찼다. 맥없이 꺾여 내린 사내의 무릎이 딱딱한 바닥에 부딪쳤다.

"아아아…… 아윽……."

사내는 글겅이는 신음을 흘리며 헉헉대었다. 전신이 후줄근한 식은땀에 젖어들고 눈앞이 가물가물해왔다.

저자가 진정 황제인 건가. 만일 그렇다면 이는 잘못 건드린 수준을 넘었다. 천자에게 칼을 겨누었으니 자신은 필히 죽을 터였다. 사형도 그냥 사형이 아니라 오마분시[63]를 당할 죄였다.

스스로가 처한 현실이 쉽사리 와 닿지 않았다. 다들 하나같이 미쳐서 장난이라도 치는 기분이 들었다. 전후좌우에 보이는 많은 이의 등판과 뒤통수를 휘둘러보았다. 머릿속이 일시적 착란에 빠졌다. 얼굴 전체가 갈라진 논바닥처럼 균열로 뒤덮여갔다.

"그, 그렇다면…… 그렇다면, 저기, 저쪽에 있는 여자가 바로 장공주 유진이겠군!"

느닷없이 턱을 쳐든 사내가 뒤쪽의 진을 삿대질하듯 가리켰다. 진이 움찔 어깨를 모으며 한 발짝 뒤로 물러섰다.

"하하, 하하하하하, 하하하! 황실 꼴 참 잘 돌아가는구먼! 아예 출타까지 사이좋게 하는 사이라니! 그야말로 한의 제아와 문강이 아닌가!"

사내는 뒤통수를 바짝 젖히더니 실성한 사람처럼 마구 웃어대었다.

관조하듯 가만히 서 있던 원이 미간을 가늘게 찌푸렸다.

"웬만해선 조용히 넘어가려 하였거늘……."

---

63) 五馬分屍, 다섯 마리의 말에 머리와 사지를 매어 찢어 죽이는 형벌.

그의 눈길이 천천히 연성에게로 옮겨갔다.

"하연성."

사내의 뒤에 있던 연성이 한 걸음 다가와 읍례하였다.

"예, 폐하."

"그놈의 혀를 잘라버리라."

연성은 손가락을 펼친 채 꿈틀대는 사내와, 저 멀리서 사시나무처럼 떠는 진을 번갈아 살폈다. 그러고는 다시금 꾸벅 허리를 굽혔다.

"명 받잡겠사옵니다."

검 손잡이를 단단히 잡은 연성이 사내의 아래턱을 꽉 틀어쥐었다. 진은 차마 더 눈을 뜨고 있지 못하였다. 바들바들 떨던 그녀는 그대로 쪼그려 앉아 두 손으로 귀를 막아버렸다.

얼마 후 사내의 끔찍한 비명 소리가 닫힌 귓등 위로 아스라이 감돌았다. 입술을 마구 깨물며 손가락과 귀 주변이 얼얼할 만큼 힘을 주었다. 아무런 생각도 할 수가 없었다. 그저 눈물이 날 만큼 무섭고, 두렵고, 어서 이 자리를 벗어나고 싶은 마음뿐이었다.

"감히 폐하께 칼을 들이댄 놈들이옵니다. 그리 끝내셔도 되겠사옵니까?"

연성이 깜짝 놀라 조심스레 물었다.

환궁한 황제는 오늘 벌어진 일에 대하여 그 누구의 죄도 묻지 않고, 다만 경조윤과 장안령의 녹봉을 삭감한다는 조서를 내렸다.

"짐이 황제라는 사실을 알고 칼을 겨누었다면 문제가 된다. 허나 이는 미복잠행 중에 벌어진 사건이니 대역죄를 그대로 적용하기엔 지나친 감이 있을 것이다. 수도의 치안과 백성들의 자잘한 송사는 경조윤이나 장안령의 관할이니, 그들이 알아서 적합한 처분을 내리겠지. 짐은 다만 신료들이 맡은 바 직무를 착실히 수행하도록 다스릴 뿐이다."

차분하게 답한 원은 서안 위에 붓을 내려놓고 고개를 들었다.

"그나저나, 짐이 그대를 이렇게 따로 부른 이유가 무엇이라 생각하나?"

당황한 연성의 눈동자가 커졌다. 황제가 천천히 일어나 층계를 밟아 내려오자 연성은 흠칫거리다가 얼른 상체를 내려 그 아래 엎드렸다.

바짝 다가가 멈춰 선 원은 한동안 그의 뒤통수를 싸늘히 내려다보았다.

"그대는 진이와 오랜 시간 금란지교를 나누어온 독우(篤友)라 하였지."

원은 소맷자락에서 무언가를 꺼내 들고 서서히 무릎을 굽혔다. 긴장한 연성이 가만히 호흡하며 마른침을 삼켰다.

탁, 탁, 탁.

황제의 손에 들린 무언가가 연성의 한쪽 뺨을 상당히 세게 두들겨왔다.

"봐주는 건…… 단 한 번뿐이다."

연성은 눈동자를 옆으로 굴려 그것이 무엇인지 바라보았다. 아까 우인극을 관람하기 전에 사두었다가 싸움 중 잃어버렸던 향갑이었다.

등줄기를 타고 선득한 소름이 끼쳐 올랐다. 그녀에 대한 마음을, 황제에게 들켰다.

十
一
章

"아앙……."

벌어진 다리 사이로 뜨거운 살덩이가 파고들어오자 나른한 신음이
새어났다. 매끄러운 삽입의 느낌이 좋아 두 뺨이 발갛게 물들고 흐늘
흐늘 미소가 번져 올랐다.

탄탄한 어깨를 손가락으로 꾹 붙든 진은 그 위에 턱을 기대어 문질
렀다. 자극적인 애무로 얼마나 긴 시간 괴롭힘 당하였는지 모른다.

원은 그녀의 뒷목을 잡고 조심스레 보듬어 안았다. 그 채로 좁은 내
부를 비집으면서 끝까지 꽂아 넣어 잔뜩 달궈진 살과 살을 빈틈없이
꿰었다.

억눌린 한숨으로 흥분을 다스린 그는 고개를 살짝 기울여 진을 보았
다. 한껏 열락에 들뜬 그녀의 표정이 너무도 예뻐, 그는 가만히 웃으
며 입술과 입술을 비벼 대었다.

"그리 좋으냐."

진은 짙어져가던 미소를 은근슬쩍 지웠다. 그 야릇한 한마디에 얼굴
전체가 보기 좋게 익어버렸다.

"그거 알고 있느냐? 오늘은 네가 스스로 다리를 벌렸다."

안 그래도 죽겠는데 그는 자꾸 외설적인 소리로 그녀를 창피하게 만
들었다. 진은 잠시 눈을 찡그려 감고 입술을 감쳐물었다.

다리만 벌렸다 뿐인가. 그가 입구에 걸치듯 끼워만 놓고 이리저리 자극해대니, 마치 어서 넣어달라 보채기라도 하는 것처럼 부단히도 칭얼대는 소리를 흘렸던 게 떠올랐다. 할 수만 있다면 그의 머릿속으로 들어가 그 부분의 기억을 잘라 가져오고 싶었다.

다시 눈을 떠서 그를 보았다. 그녀를 내리 훑는 여유 가득한 시선이 어쩐지 얄미웠다.

비록 짧은 기간이지만, 그사이 그와 숱한 잠자리를 가져왔다. 이제 마냥 당하지만은 않을 자신이 있었다. 그를 휘어잡는 법쯤은 몇 가지 알고 있으니.

"소, 소녀경에서…… 말하기를…… 남자의 속성은 불이고 여자의 속성은 물이어서, 침실에서의 남자는 여자를 이길 수 없다 하였사옵니다."

"뭐라?"

다른 때라면 모르겠으나, 지금처럼 그를 안에 담아둔 상황에서는 그녀가 우세했다.

양다리로 그의 허리를 부드럽게 휘감았다. 그 상태에서 곡도에 힘을 줬다 풀며 쥐어짜듯 꽉 조여주니, 그가 '아아' 신음하면서 얼굴을 확 일그러뜨렸다.

조금 더 힘주어 강도를 높여보았다. 얽힌 다리를 타고 부르르 전율하는 느낌이 전달되어왔다. 눈앞의 반듯한 눈썹이 허물어지고 입매가 점차 꼬여들었다. 잘 참으시네. 이번에는 호흡을 끊어 받으며 조였다, 풀었다 반복하는 동시에 엉덩이를 아래위로 살살 흔들었다. 그는 결국 앓는 신음과 함께 그녀의 가슴 위로 풀썩 쓰러졌다.

진은 무심결에 작게 소리까지 내어 웃어버렸다. 강하고 냉정한 남자의 이런 모습을 유일하게 볼 수 있다는 것은 참으로 묘한 쾌감이었다.

힘껏 부여잡던 입구가 조금 느슨해지자, 원이 거친 숨결로 그녀의 머리칼을 날리며 부스스 상체를 세웠다.

"네 이 녀석…… 이 요망한 것 같으니!"

그의 손에 하체가 기울여져서는 볼기를 한 대 찰싸닥 맞았다.

"아야!"

진은 대번에 울상이 되었다. 약간 아프기도 했지만 무언가 부끄러워 눈물이 찔끔 났다. 괜한 짓을 했나 보다.

"흐잉……."

얼굴이 발그레해져선 따끔한 엉덩이를 쓱쓱 문지르고 있는데, 그가 예고 없이 한쪽 발목을 우악스럽게 잡아 올리더니 난폭하다 싶을 만큼 맹렬한 기세로 하체를 부딪쳐왔다.

"꺅!"

진은 자지러지는 비명을 내지르며 두 팔을 허공중에 마구 허우적대었다.

"폐하, 폐하, 송구, 송구하옵, 니다! 꺄악!"

암만 빌고 사정해보아도 소용없었다. 이미 끓을 대로 끓어올라 극도로 흥분해 있는 남자를 제지하기란 쉽지 않았다. 그는 사람인지 짐승인지 모를 힘으로 봐주지 않고 몰아쳐 그녀의 넋을 한계까지 교란시켜 놓았다.

바위처럼 단단한 몸집 안에서 전신의 피부가 마모될 지경으로 품어지고 품어졌다. 도중에 시야가 몇 번씩이나 점멸하였다. 거의 혼절 직전이 되어서야 움직임이 멎고, 마치 구원 같은 파정이 이루어졌다.

너무 격하게 안기는 바람에 밑 부분이 훗훗했다. 찬물에 적신 부드

러운 비단이 은밀한 곳을 살살 문지르고 두드려왔다. 그동안 그녀는 원의 무릎을 베고 누워 입술을 뾰로통하게 내민 채 소극적인 앙탈을 피웠다.

시선을 빠끔히 올려보니, 그도 자못 미안하기는 한 듯하였다. 반성의 빛이 역력한 표정을 보자마자 절로 입술이 쏙 들어가고 볼에 잔뜩 넣었던 바람이 빠져나갔다.

"그런데…… 아까는 느닷없이 무슨 소릴 했던 것이냐?"

원이 비단을 다른 면으로 뒤집어 다시 닦아주며 물었다. 진은 잠시 스스로가 무슨 말을 하였던가, 반추하다가 입을 열었다.

"아…… 소녀경에서 읽은 내용에 의하면, 남자는 여자를 침실에서 이길 수 없기 때문에 남자보다 여자의 성욕이 더 강하면 물이 불을 꺼 뜨리는 형상과 같다 하였습니다. 그것이 지나칠 경우 남자는 여자에 게 정기를 빨린다고……."

조곤조곤 이야기해놓고 불현듯 걱정이 솟은 모양이었다. 심각하게 모이는 고운 미간을 바라보며 원이 헛웃음을 쏟았다.

"그래서 네 성욕이 나보다 강하다는 소리냐?"

"그, 그것이……."

진이 그를 슬쩍 올려다보더니 한숨을 폭 내쉬었다.

"실은…… 가면 갈수록…… 조, 좋아져서…… 큰일이옵니다."

"기우이다. 좋으면 좋을수록 좋은 것 아니더냐. 네 욕구가 성왕하여 운우지락을 지극히 즐기게 된다면 나야 대환영이다. 내 나이가 몇인 데 벌써부터 그런 걱정을……."

스물다섯이면 혈기가 극성하다 못해 남아도는 힘을 주체할 수 없을 최전성기이기는 하였다.

"나이는 한 번 뒤돌아보면 먹어져 있는 것인지라, 금세 자릿수가 바뀌옵니다."

"하기야. 그래서 요즘 들어 각별히 신경을 기울이고 있기는 하다. 효경제 시절의 문인 매승(枚乘)이 쓴 「칠발(七發)」이라는 작품을 읽어보면, 역대 황제들이 대부분 단명하는 원인이 잘 기술되어 있다. 그걸 대략적으로 말하자면 이렇다. 천자들은 이동 시에 항상 수레나 가마를 이용하여 몸을 움직이지 않으니 사지에 마비가 오고, 깊은 궁 안에서만 지내는 탓에 한기나 열기를 달고 살며, 매일 기름진 산해진미로 가득한 수라를 받는 데다 음주마저 잦으니 위장이 남아나질 않는다는 것이다. 또한 후궁전에 수천 명의 미인을 두고도 사시사철 진상되어 오는 미녀들을 취하며 정기를 쏟아내기 때문에, 황제들은 스스로 오래 살고 싶어도 그러기가 어렵다 하였지. 나는 저것들을 모두 적당히 하는 편이니 조금 낫겠다만…… 앞으로 운동 시간을 더 늘리든지 해야겠구나."

귀 기울여 듣던 진이 마지막 대목에서 고개를 갸웃거렸다.

"모두 적당히…… 라고요?"

대체 양심은 어디에.

요즘 밤마다 속옷 한 번 걸칠 틈도 주지 않는 그를 떠올리니 그저 떫은 웃음만 나왔다.

"나는 적어도 수많은 여인을 안으며 난잡한 방사를 즐기지는 않는다. 너도 알다시피, 단 한 여인에게만 최선을 다해 충실하지 않느냐."

원이 유유하게 웃고는 덧붙였다.

"건강한 마음은 건강한 신체로부터 비롯되니, 마음을 바르게 하는 것만큼 중요한 일이 바로 양생(養生)의 도이다. 너도 여인이라 하여 마냥 안심하지 말고, 한 살이라도 어릴 때 더 신경 쓰거라. 앞으로 밤마다 괴로워지지 않으려면."

"소, 소녀의 나이가 몇인데 벌써 그런 걱정을 하시옵니까."

"그래서 한두 번 거사에 매번 비실비실거리느냐?"

"또 모실 수 있…… 사옵니다……."

대답하자마자 진은 공연한 객기를 부렸음을 깨닫고 바로 후회하였다.

다행스럽게도 그가 그걸 모르지는 않았다. 원은 손에 쥔 비단을 살짝 떼어서 아직 부어 있는 아래를 바라보며 말하였다.

"그러면 나야 너무도 좋다만, 오늘은 더 이상 무리 같구나."

진이 흠칫 긴장하며 양다리에 힘을 주었다. 부끄럽게도 그는 손가락으로 음부를 이리저리 벌려가면서 어디가 어떻게 부었는지 확인하고 있었다.

섬세한 손끝에서 속살이 당겨질 때마다 온몸의 신경 한 올, 한 올까지 예민해지는 것 같았다. 내쏟는 숨결이 조금씩 가빠지고 입안에서 단내가 돌았다. 그가 손바닥을 펴서 전체를 쓸어주니, 진이 습한 신음을 흘리며 어깨를 가늘게 들썩거렸다.

원은 지그시 시선을 늘어뜨려 미소하다가 진의 머리맡에서 무릎을 빼내었다. 그리고 베개를 당겨 와 목 뒤로 야무지게 넣어준 후 찬찬히 자리를 옮겼다.

그에 의해 다리가 조금 더 벌어지고, 양 무릎이 가슴까지 닿도록 접혀 올라갔다. 하반신의 온갖 치부가 환히 드러나는 자세였다. 스스로 취한 모습이 너무 민망스러워 그녀는 차마 눈꺼풀을 열고 있을 수가 없었다. 그러나 잠시 뒤에는 그런 감정을 느낄 여유조차 나지 않았다.

부드러운 혀가 쓰린 아래를 위무하듯 살살 핥아오니 참을 수 없이 야릇하여 온몸에서 힘이 빠졌다. 그는 점차 강도를 높여가며 질척질척, 쪽쪽, 부끄러운 소리가 나도록 흡입해 빨았다. 그러다가 한 번씩 입술을 옮겨서는 외음부와 허벅지 안쪽의 민감한 부분, 양쪽 엉덩이까지 불긋불긋한 자국이 남도록 빼곡하게 핥고 빨아 애무해주었다.

진은 저도 모르게 그의 머리칼을 움켜쥐었다. 다소 무람없는 행동 같지만, 손가락 사이로 빠져나가는 촉감이 보드라워 기분이 좋다 보니 자꾸 만지고 싶었다. 그만큼 그는 머릿결이 참으로 고왔다. 이 고운 부분이 평상시에는 통천관에 뒤덮여 거의 가려져 있다는 사실이 아까울 정도였다.

그는 절정의 길목까지 끌어올려놓고 입술을 떼었다. 그리고 꽃잎을 양옆으로 살짝 벌려 그 사이로 조심조심 손가락을 넣었다.

삽입된 손끝이 내벽의 어느 지점을 문질러 자극하자 진에게서 색정적인 흐느낌이 툭툭 터져 나왔다. 그대로 손가락을 움직여 애무해가면서 다른 손으로는 바깥쪽 정점을 부드럽게 둥글려 비볐다.

폭신폭신한 구름 속을 헤매는 느낌이었다. 끝내 그녀는 극점을 초탈하여 전신으로 분포되는 쾌감을 맛보며 눈에서는 눈물을, 입술로는 미소를 흘렸다. 절정은 강렬하고도 길게 이어졌다.

짜르르한 전율을 실컷 만끽하던 진이 갑자기 발딱 일어나 침상 아래로 내려갔다. 의아한 표정으로 쳐다보는 원을 향해 그녀가 수줍은 듯 말하였다.

"교대…… 교대해야지…… 요."

얌전히 무릎을 모아 바닥에 꿇어앉은 진은 통통한 뺨을 붉히며 앞쪽 침상을 탁탁 두들겼다. 그가 고개를 모로 기울인 채 한참을 시원하게 웃어대더니 답했다.

"그래. 하자, 교대."

원이 가까이 다가와 앞에 걸터앉았다. 진은 그의 다리 사이로 깊숙이 파고들며 엉덩이를 살짝 들어올렸다.

제대로 붙어서 자리 잡은 뒤, 그녀는 코앞에 위치한 남근 곳곳에 몇 번 입을 맞추었다. 그리고 허벅지를 매끄럽게 쓸어내리다가 두 손으로 그의 것을 감싸 쥐어서는 전체를 살근살근 주물렀다.

처음에는 부끄럽기도 많이 부끄러웠고, 황제의 옥경이 지니는 무거운 의미를 알기에 이것을 대할 때마다 늘 노심초사하였다. 하지만 시간이 흐르고 나니 이제는 내 몸 같은 연인의 일부라는 생각에 상당히 친근하게 느껴지는 것 같았다.

할짝할짝. 촉촉한 혀가 맛있는 것을 녹여 먹는 모양새로 그걸 달게 핥았다. 진은 입술을 한껏 벌려서 안에 넣기엔 버거울 만큼 팽창한 그의 것을 최대한 머금었다.

말캉말캉한 혀와 입술이 살점을 건드릴 때마다 그는 온몸이 꿀처럼 녹아 흐르는 황홀함을 맛보았다. 얼마 전에는 그림까지 곁들여진 방중술 교본을 구해다가 독파하더니만, 이제 입술과 혀와 손을 한꺼번에 사용하여 사내를 보내버리는 기교가 아주 제법이었다.

어찌 상상이나 했겠는가. 순진하고 청순한 공주님께서 이리 적극적으로 배워 매일같이 천상 구경을 선사할 것이라고는.

잠시 입술을 뗀 진이 손으로 기둥을 둥글게 쥐어서 아래위로 살짝살짝 흔들었다. 그 채로 한 번씩 시선을 올려서는 사랑하는 이가 잘 느끼고 있는지, 쾌락에 잠식된 그의 표정을 확인하듯 보았다.

눈이 마주치면 그는 조금 쑥스러워하며 웃다가 그녀의 머리를 쓱쓱 쓰다듬어왔다. 그 순간 드는 기분이 얼마나 좋고 뿌듯한지 이제는 그 즐거움을 안다.

포근한 이불 속으로 들어가 한 쌍의 수저처럼 나란히 누웠다. 원은 허리를 감아 안겨드는 진을 애잔한 눈빛으로 바라보았다.

필경 지난번 잠행의 막바지 일로 힘들었을 터인데, 애써 내색하지 않으려는 그녀가 기특하면서도 안쓰러웠다.

"사랑한다, 진아."

무슨 이유인지, 최근 그는 잠자리에서 예전보다 더 집요하게 고백을 해왔다. 그녀가 말끄러미 시선만 마주하며 답을 해주지 않으니, 원이 다그치듯 다시 고백하였다.

"사랑한다."

역시 대답이 없자 그는 숫제 조르는 것처럼 재차 말하였다.

"사랑한다."

얼굴을 붉히며 한참 동안 머뭇거리던 진이 겨우 입술을 열어 답하였다.

"저도…… 사랑해요."

그는 비로소 기쁜 듯 웃으며 그녀를 끌어안고 감미롭게 입을 맞추었다. 요즘에는 안고 나면 반드시 확인하는 절차와도 같았다.

"문득 다행이라는 생각이 드는구나."

"예?"

"네가 베개송사 같은 건 할 줄 모르는 순진한 여자라서."

홀연한 소리에 진이 입술을 앙다물어 새침하게 내밀었다.

"여인이 그런 것을 한다고…… 폐하께서 과연 들어주긴 할 분이시옵니까."

원의 눈썹이 슬그머니 휘말려 올라갔다.

"어찌 그런 서운한 소리를 하느냐. 나 역시 사랑하는 여인의 청은 무엇이든 들어주고 싶은 한 사내이니라."

그는 손끝으로 귀엽게 튀어나온 입술을 집어넣어주고는 찬찬하게 말을 이어갔다.

"국가는 천하에서 가장 큰 그릇이고 군주는 천하에서 가장 큰 권세이지만, 지고지상의 위세를 누렸던 역대 제왕들도 미인의 관문은 통과하기 어려웠지. 차후 명군이라 일컬어진 이들 역시 총희의 베개송사 앞에서만큼은 영 맥을 못 추었는데, 이는 미인의 청이 그만큼 강력하기 때문이다. 사람을 진심으로 사랑하면 그 사람으로부터 통제당하게 되는 건 자연스러운 이치니까."

"정말이옵니까?"

"그래. 허나 그렇다 하여서 주지육림을 만들어달라거나, 여산(廬山)에서 봉화 놀이를 하자고는 하지 말라. 폭군이 되고 싶지는 않으니."

진이 까르르 옥구슬 구르는 웃음소리를 토해냈다.

주지육림(酒池肉林)은 은나라의 마지막 임금 주왕이 애첩 달기의 청으로 벌인 사치스러운 술잔치이다. 글자 그대로, 술로 만든 연못과 고기를 매달아놓은 숲을 뜻하였다.

여산의 봉화 놀이란 주나라의 유왕이 웃지 않는 미인 포사를 웃기기 위해 저지른 멍청한 짓거리였다. 유왕은 견융족의 침입을 알리기 위해 만든 봉화를 미인의 일소를 위한 장난감으로 삼아 남발하였다. 제후들은 봉화가 오를 때마다 매번 속아 달려왔고, 유왕은 단지 포사의 웃는 모습이 보고파 주기적으로 장난을 반복하며 신하들의 신임을 잃었다. 결국 진짜로 쳐들어온 오랑캐의 손에 그가 피살당한 건 당연한 귀결이었다.

"나도 네게 베개송사 하나 하고 싶은데. 들어주겠느냐?"

원이 홀연 진지하게 물어왔다. 진이 비슷한 농으로 답하였다.

"장야지음을 즐기며 미미지악에 맞춰 북리지무를 추라거나, 비단 찢는 소리를 들으면서 웃으라고 하지만 마시옵소서. 군주의 성총을 흐려 혼군으로 이끈 요부 악녀로 사서에 이름을 새기고 싶진 않으니까요."

장야지음(長夜之飮)은 주왕과 달기가 120일간 쉬지 않고 즐긴 광연(狂宴)이며, 북리지무(北里之舞)와 미미지악(靡靡之樂)은 주왕이 달기에게 바친 음란한 춤과 음악이었다. 또한 주나라의 미녀 포사는 유왕이 봉화 놀이를 벌이기 전 비단 찢는 소리를 좋아하여 웃었다는 말이 있었다.

원이 한동안 크게 소리 내어 웃음을 터뜨렸다. 진은 어쩐지 흐뭇한 마음에 어깨를 으쓱거렸다. 포사의 아름다운 웃음을 지켜보던 유왕의 심정도 아마 이와 비슷하였을까.

"하명하시옵소서."

그녀가 다시 입을 열자, 원은 잠시간 시선을 주고받다가 목소리를 내었다.

"이렇게 단둘이 있을 때에는, 가끔씩 내 이름을…… 불러주겠느냐?"

진은 가만히 눈을 깜빡거리며 고개를 갸웃 기울였다. 점점 휘어져 내려가는 그녀의 눈썹이 약간의 난감함을 나타내었다.

일반인들끼리도 웬만해서는 이름을 피하고 자를 부르는 쪽이 예의이거늘, 감히 만천하가 피휘(避諱)하는 황제의 존함을 부르라 하다니.

하지만 곰곰이 생각해보니, 그는 어릴 때에는 전하, 제위에 오른 후에는 폐하라고만 불렸을 터였다. 이름은 존재하되 아마도 평생 쓰이지 않을 이름일 듯하였다. 그녀 역시 남들에게는 언제나 공주님, 공주마마였으나 그가 항상 다정히 이름을 불러주어 내 이름이 유진이구나, 하고 자각하는 편이었다.

"원……."

용기를 끌어내어 입에 담아보았다. 막상 부르고 나니, 역시 너무 버릇없는 것 같아 곤란해하던 참이었다. 그러나 눈앞의 그가 너무 좋아서, 그의 눈과 입술이 그리는 미소가 너무도 환하게 와 닿아서 한 번 더 부르고야 말았다.

"원."

대답 대신 원은 진의 뺨을 감싸 쥐고 이마와 이마를 마주 비벼 흔들었다. 진은 사르르 녹을 듯 사랑스러운 미소를 되돌리며 다시금 말해주었다.

"사랑해요, 원."

　승상 왕전은 최근 날이 갈수록 겹겹이 쌓이는 위기의식에 불안해하고 있었다. 일인지하 만인지상의 자리에서 3년이 넘도록 영화를 누리는 중이나, 그 지나친 안온함 때문에 외려 마음이 편치 않았다.

　하루하루 일이 줄어가고 있음이 피부로 와 닿았다. 맡은 업무의 양과 질은 곧 정계에서의 영향력과 비례한다. 이전에는 그와 눈만 마주쳐도 굽실거리며 측목이시(側目而視)하던 관료들이 이제는 버젓하게 마주 서서 인사하고는 농을 건네었다.

　분명 주변 공기의 변화가 느껴지는데, 그럼에도 재상으로서의 지위는 굳건하고 황제의 태도 또한 한결같으니 영 찜찜하여 견딜 수가 없었다.

　그가 주군을 신의 반열에 올려놓은 일등 공신임은 대부분의 신료가 안다. 그러나 정치판 속의 인맥이라는 것은 간과 쓸개처럼 가까웠다가도 한순간에 초나라와 월나라처럼 멀어질 수 있는 허무한 이해관계 아니던가. 본디 물고기를 잡고 나면 통발을 잊어버리고, 토끼를 사냥한 후에는 올가미를 잊게 되어 있으니 역대 군주들의 토사구팽은 상례였다.

　그러나 그는 모든 이에게 교만할지언정 황권 앞에서만큼은 항시 노예처럼 몸을 낮추었다. 역사 속에서 팽 당한 이들을 되살피면 대부분

스스로의 공로에 자긍이 넘쳐 군주 앞에서까지 뽐내다가 화를 자초한 경우였다. 황제의 비위를 살살 맞추며 보신(保身)을 꾀하다 보면 2인자의 위치에서 쫓겨나는 일은 없을 거라 여겼다.

과연 그의 처세술은 일신의 안락을 유지시켜주었다. 비록 몇 강직한 신료들에게 곡학아세의 표상이라 질책받고 쓴소리를 얻어맞을지라도 상관없었다. 어차피 그자들은 아무리 떠들어봐야 그의 밑이었다. 삼공, 구경의 명문 귀족 출신들이 서자인 자신에게 허리 굽혀 예를 갖추는 모습만 볼 수 있다면 그는 무슨 짓이든 할 수 있었다.

그러나 오랜 경험으로 체득한 잔눈치를 굴려보니 낌새가 좋지 않았다. 현 황제를 황자 시절부터 모셔왔다. 황제는 활시위를 한껏 당긴 채, 다만 쏘지 않고 있을 뿐이었다. 언제고 손을 놓으면 자신은 후예[64]의 화살을 받은 해처럼 영락없이 추락하고야 말 터였다. 당장 보기에만 화려하게 지어진 모래 위의 누각에 올라 있는 신세였다.

여태껏 불리한 형세 속에서도 악착같이 생존해온 그였다. 이번에도 스스로 활로를 만들어야 했다. 이미 맛본 권력의 힘은 그를 한없이 매취시켰고, 그로 딸려오는 향락은 참을 수 없이 달콤하였으며, 그걸 놓기에 그는 아직 아까운 나이였다.

그의 활로를 열어줄 열쇠는 어디에 있을까.

골똘히 궁리한 결과, 처음으로 떠오르는 인물이 바로 장공주 유진이었다. 아직 나이는 어리나, 황제의 치밀한 계산 끝에 후계자의 생모로

---

64) 後羿. 요임금 때의 명궁. 옛날 하늘에 태양이 열 개나 있어, 후예가 아홉 개의 해를 쏘아 떨어뜨렸다고 한다.

낙점된 여인이다. 외척이 휘두를 수 있는 권세가 얼마나 막강한지는 기나긴 역사가 거듭 증명해왔다.

그녀가 낳은 황자가 태자위에 오르면 자연스레 그녀도 정권을 행사하기 충분한 위치에 서게 된다. 다만 스스로의 손에 쥐인 명검을 제대로 다룰 줄 모를 터, 그가 조금만 도와주면 태자를 끼고 제2의 세도를 탈 수 있다.

그러자면 황제의 눈을 피해 그녀와 평연히 가까워질 필요가 있었다. 측근을 통해 공주가 좋아할 만한 것들을 알아보았다. 그러나 공주의 성격상 섣부른 뇌물공세는 반감을 살 뿐이라는 결과를 얻었다.

일단은 얼굴 도장부터 찍기로 했다. 가랑비에 옷 젖듯 스며들어 친밀한 관계가 된 후에야 다음 일을 도모할 수 있을 것이다.

그는 일부러 산책하기 좋은 낮 시간을 골라 공주의 처소 주변을 서성거렸다. 그러던 어느 날, 낯익은 얼굴의 여인 한 명이 자신처럼 비슷한 장소를 에도는 모습을 발견하였다.

"호오……."

왕전은 코밑수염을 어루만지며 그녀를 주시하였다.

장군 공손풍의 외동딸 공손화였다. 그녀의 아비는 현재 장성에 머무르며 둔병을 통솔하여 흉노를 방비하는 중이었다. 그전만 해도 공손풍은 대장군의 드높은 위용을 과시하였고, 절세가인 딸까지 둔 탓에 많은 이가 그를 국구로 기정사실화하였다. 그러나 황제에게 호된 면책을 받고 강등되어 국경으로 쫓겨난 뒤로는 대부분에게 동정받는 처지로 전락한 터였다.

한때 황후 후보로 유력하게 거론되던 여인. 이렇게 보니 과연 절로 수긍이 갈 만큼 빼어난 용모의 미인이었다. 뿐만 아니라 충신 명장을

여럿 배출한 명문가 영양답게 몸가짐에서 단려한 귀티도 엿보였다.

입 언저리를 밀어올린 왕전은 가볍게 헛기침을 놓으며 그쪽으로 발을 옮겼다.

공손화는 수시로 전각 입구를 살피며 갈팡질팡 초조해하고 있었다. 본래 그녀도 아비를 따라 국경으로 가려 하였으나, 공손풍은 끝끝내 가솔들만큼은 도성의 가택에 남겨놓았다. 천자께서 언제 다시 불러주실지 기약할 수 없으니 머무름이 길어지거든 피붙이가 떠오를 테다. 그러나 스스로의 욕심이 부른 고초를 처자식에게까지 떠안길 수는 없었다.

그가 출병한 후, 효성 지극한 외동딸은 수시로 사람을 보내어 부친의 안부를 물었다. 그러나 요사이 부친이 소갈증(消渴症)으로 고생하고 있다는 소식을 들은 뒤로는 하루도 두 발을 뻗고 잔 적이 없었다. 황제를 배알하여 사정을 호소하고 싶어도 언감생심 그럴 수 있을 리 만무하였다. 결국은 지푸라기라도 잡는 심정으로 공주에게 청을 넣어보려 이곳을 찾은 것이었다.

"공손 장군의 귀하신 따님께서 이 황궁에는 어인 일이신가."

놀란 공손화가 퍼뜩 고개를 들었다. 지척에 화려한 복색의 중년 사내가 다가와 있었다. 아는 얼굴 같기에 누구인지 헤아려보니, 귀족 여인들 사이에서 바야흐로 색한으로 악명 높은 왕 승상이었다.

"아…… 실례하였습니다."

공손화는 시선을 딴 곳으로 돌리며 그 자리를 빠져나가려 하였다. 그러나 왕전은 그녀를 쉽사리 보내주려 하지 않았다.

"아가씨의 발걸음을 이끈 연유가 부친에 관한 것이라면, 찾을 이를 잘못 짚은 듯싶소만."

"예?"

"폐하께옵서는 한갓 여인의 베개송사를 들어줄 분이 아니시오. 그러니 공주마마께 아무리 읍소해보아야 별다른 효용이 없을 터."

터벅터벅 걸어온 왕전이 출구로 통하는 길목을 은근슬쩍 가로막았다. 공손화는 가슴팍에 두 손을 모은 채 벌벌 떨었다.

어지간한 고관의 여식이 아니라면 한 번쯤은 저 작자의 희롱을 겪은 적이 있다고 하였다. 모진 항설이 신세를 망칠까 무서워 피해자 측에서 쉬쉬하지만, 그중 몇은 끌려가 겁탈도 당하였다는 후문이다.

"아비가 귀성하길 원하시는가."

왕전은 살며시 한 손을 뻗어 여인의 가냘픈 손을 붙들고 쓰다듬었다. 공손화가 잡힌 손을 비틀며 한 걸음, 두 걸음 물러났다.

"이, 이러지…… 이러지 마시어요."

"아가씨는 내가 누군지, 혹 알고 계시오?"

공손화는 겁먹은 사슴 같은 눈으로 그저 고개만 끄덕거렸다. 승상은 호색광이지만 제 잇속만은 약게 챙기는 자라고 들었다. 귀족 여인을 건드릴 땐 그 아비가 만만한 품계에 머물러 있거나, 대들보 잃은 과부들만 골라 겨냥한단다.

지금 자신이 표적이 되었다는 건 곧 부친이 우스워 보임을 뜻하였다. 실로 기가 막히고도 서러운 상황이었다.

"천하는 끝없이 드넓고 그 안에는 억조창생이 살아 숨 쉬고 있으나 이 사람의 위에는 오로지 한 분만이 계실 뿐이오. 그마저도 그분은 인간의 범주에 속한 분이 아니시니, 이 세상의 사람들 중에서는 지금 내가 제일 높다 할 수 있지. 아가씨의 부친을 도성으로 부르는 것쯤은 이 사람이 손쉽게 이루어드릴 수 있소."

맞닿은 손으로 지긋한 힘이 가해져왔다. 나이 든 사내의 손등이 그녀의 젖가슴을 압박하며 좌우로, 아래위로 비비고 있었다.

공손화는 견디기 힘든 수치심과 두려움으로 이를 악물었다. 눈물 맺힌 두 눈이 금세 불그죽죽하게 물들었다. 상대가 몸을 물릴수록 왕전은 능글맞은 웃음을 띠고 다가가 얼굴을 들이밀었다.

"듣기로는 꽤나 영리한 아가씨라 알고 있소만…… 나와 연을 맺어두면 아가씨가 얻을 수 있는 것들이 얼마나 많을지, 한번 그 좋은 머리를 굴려 계산해보시오. 어느 모로도 손해일 것이 없소. 내 지금은 나이를 먹어서 그렇지 왕년에는 꽤나 미남 소리를 들었다오."

그때, 금위군 복색의 한 청년이 그들 쪽으로 뛰어와 큰 목소리로 외쳤다.

"공주마마의 처소 앞에서 무엇들 하고 계십니까? 지금 폐하께서 이곳으로 납시옵니다!"

순간 왕전은 도둑질하다 들킨 사람처럼 부리나케 손을 팽개쳤다. 반사적으로 화닥닥 뒷걸음질한 그가 좁다란 어깨를 삐죽 세웠다. 어찌나 놀랐는지 관이 흘러내려 눈썹에 걸리고 재상의 인수는 등 뒤로 훌렁 넘어가 있었다.

왕전은 허둥지둥 목을 뺀 채 두리번거리다가 전각 뒤편으로 혼이 빠져라 달음질했다.

어쩔 줄 몰라 하며 바닥에 부복하려던 공손화는 청년의 얼굴을 의식하고 굽힌 무릎을 도로 폈다. 그는 출구 쪽을 급히 눈짓하고 있었다. 아, 나를 구하기 위한 거짓말이구나.

"감사합니다!"

공손화는 가슴에 손을 올려 꾸벅 인사한 후 즉시 몸을 돌려서 그곳을 빠져나갔다. 그러나 그녀의 감사 인사 탓에 저만치 가던 왕전이 속 았음을 깨닫고 말았다.

총망히 되돌아온 왕전은 쫓기엔 이미 멀어진 여인의 뒤태를 쏘아보 았다. 수염과 볼을 씰룩이며 이를 갈던 그가 옆의 헌칠한 청년에게로 가자미눈을 돌렸다.

철썩!

다짜고짜 팔을 휘둘러 뺨따귀를 세차게 후려갈겼다.

"말단 금군 따위가 감히 일국의 재상을 우롱해? 이런 쳐 죽일 놈을 보았나!"

그러고도 치받은 분이 풀리지 않는 듯하였다. 왕전은 두 주먹을 말 아 쥐고 물 잃은 고기처럼 펄펄 날뛰어대었다.

연성은 한쪽으로 꺾여 돌아간 고개를 가만히 숙였다. 왜소한 체구에 비해 손때가 제법 매운 자였다. 맞은 뺨에서 불이 이는 듯 얼얼한 통증 이 퍼져왔다.

그는 짜긋이 눈을 감고 한참 퍼부어지는 폭언을 말없이 한 귀로 흘 렸다.

"종전에는 잘도 허설을 지껄이더니, 그새 벙어리라도 되었나? 어? 비천한 놈이 꼿꼿하게 몸을 펴고 있는 꼬락서니가 같잖도다! 당장 고 두백배하여 사죄하지 못하겠는가!"

"지금 이 무엇 하는 짓입니까!"

웬 여인의 앙칼진 음성이 후끈한 공기를 단숨에 몰아내었다. 연성이 흠칫거리며 눈을 휘둥그레 떠 올렸다.

그녀의 목소리다. 어찌 꼭 이런 때에…….

잰걸음으로 다가온 진이 연성의 앞을 바싹 가로막았다. 왕전은 삿대

질하던 손가락을 찬찬히 내렸다.

"물러가시지요. 아무리 승상이라 하시어도, 제 처소 앞에서 제 사람에게 함부로 강포지욕을 가할 권리는 없으십니다."

무척이나 화가 돋쳤는지, 진은 힐난의 어조로 잔뜩 날을 세웠다.

"공주마마."

왕전은 애써 흥분을 누그러뜨리며 긴 한숨을 내쏟았다. 뜻밖의 상황에서 공주와 대면하게 되었다.

이자가 하필이면 공주의 호위였단 말인가. 일이 된통 꼬여버려 머리가 아파왔다. 하지만 이제 와서 자존심을 굽힐 생각은 추호도 없었다.

"잘못은 그놈이 먼저 저질렀사옵니다. 감히 나랏일 하는 고관을 우습게 보고 주제넘은 주둥이를 놀렸으니 죽어 마땅하지 않겠사옵니까? 이 사람은 필히 그놈의 죄를 엄중하게 물어야겠습니다. 마마께서는 잠시만 빠져주시지요."

"제 호위가 대체 어떤 언행으로 승상을 우습게 보았다는 것인지, 이 자리에서 차근차근 말씀해보시어요."

온몸을 파르르 떨면서도 진은 고개를 똑바로 추켜올리며 다부지게 말하였다.

왕전은 방금 전의 상황을 되씹었다. 그 본말과 경위를 따지자면 결국은 제 얼굴에 침 뱉는 격이었다. 그가 언짢게 이맛살을 구기며 트집거리를 찾는 동안, 진의 말이 이어졌다.

"제가 알기로 저의 호위는 말을 경솔히 하는 성격이 아닐뿐더러, 이렇게 폭언을 들으며 맞아야 할 만큼의 행동을 한 적 없는 사람입니다."

"허면 마마께서는 제가 애꿎은 사람을 붙잡아 때리고 물어뜯는 중이다, 이 말씀이시옵니까?"

"상황 설명을 제대로 못 하시는 걸 보아하니, 아마도 그렇지 않겠습니까."

왕전이 턱을 뒤틀며 허허, 웃음을 쏟았다. 쥐면 톡 부러질 것 같은 아리잠직한 소녀가 생각보다 보통이 아니었다.

그는 양 눈썹에 실린 힘을 느긋이 풀었다. 그리고 조롱하는 듯한 인상으로 잠시간 내려다보다가 입술을 열었다.

"공주마마. 요즈음 폐하의 총애를 입고 있어서 그러시는지…… 대단히 기고만장하신 듯하온데, 그것도 오래가지 않을 것이옵니다. 당장 아양을 떨어 귀여움을 좀 받으니 폐하의 총희라도 된 양 착각하시는 건 아닌지요. 그래요, 지금이야 천하 만물이 마마의 치마폭 안에 휩싸인 것 같겠지요. 허나 내 장담하옵니다. 마마께서 황자 아기씨를 생산하신 뒤에는 필연 폐하의 그림자 구경도 못 하실 겁니다."

"그래서요?"

"적당히 하시라는 이야깁니다. 총애가 식고 나면 공주마마께서는 추동기의 부채처럼 버려진 여인이 될 것이옵고, 그 후로는 출가도 못 하는 뒷방 신세로 영영 쓸쓸히 늙어갈 테니 말이옵니다."

진은 울컥 솟은 분노를 참기 위해 입술을 꾹꾹 눌러 씹었다. 곁에서 지켜보던 연성이 불안해하며 그녀를 향해 초조한 시선을 던졌다.

말리고 싶었다. 당장이라도 승상에게 엎드려 잘못을 빌고, 공주의 손목을 끌어 이 자리에서 벗어나게 만들고 싶었다.

그러나 울연하게도 자신은 두 사람의 언쟁에 끼어들 수 있는 신분이 못 되었다. 지금 감히 혀를 움직였다간 사태를 걷잡을 수 없이 악화시킬 뿐이었다. 언제까지고 주변에 깔린 배경처럼 있어야 하는 스스로가 답답하고 원망스러웠다.

"내 최근 읽은 서책의 한 구절이 떠오르는군요."

가늘게 전율하던 진에게서 가까스로 사그라뜨린 음성이 흘렀다.

"나라가 장차 발전하려 하면 반드시 그 징조가 있으니, 군자는 중히 기용되고 소인은 쫓겨나게 된다. 나라가 장차 망하려면 어진 인물은 숨고, 난신들이 귀한 위치에 오른다. 국가의 안위는 군주의 명령에 달려 있고, 국가의 존망은 군주의 용인에 달려 있다. ……태사공 사마천이 사기(史記) 안에서 두 번이나 강조한 명구입니다."

왕전의 양미간에 굵은 주름이 잡혔다.

"지금 무슨 소리를 하고 계시옵니까?"

"이 한나라는 황제 폐하의 다스림 아래 한창 중흥의 세를 타는 중이지요. 그러니 승상이야말로 관복을 벗으실 날이 머지않았다는 말씀을 드리는 것입니다."

"뭐, 뭐요?"

"폐하의 즉위를 도우셨다 하여서 스스로가 천자라도 된 것 같습니까? 주인의 권세를 빌린 호가호위도 정도껏입니다. 물러날 때를 모르고 눌러앉아 자리와 영예를 도둑질한 이들은 언제나 역사의 심판을 받아왔습니다. 승상께서도 후환이 있기 전에 범려와 장자방의 도를 따르는 건 어떠실지요."

짤막한 침묵이 그들 사이를 한 바퀴 휘감았다. 그사이 왕전의 입 주변 근육이 미묘하게 꿈틀거렸다.

"공주마마."

음산하게 한 마디 뱉은 왕전은 전신의 호흡을 가다듬었다.

범려는 월나라의 일등 공신, 장량은 자국의 개국 공신으로, 다른 공

323

신들이 팽 당할 때 시기적절하게 벼슬을 버리고 편안한 여생을 보낸 인물들이었다. 즉 헛되이 붙어 있지 말고 알아서 사직하라는 소리다. 성공자퇴[65]란 셀 수 없이 입증되어온 진리이니, 현재 그의 입장에서는 상당히 뼈아픈 고언이었다.

"여인치고는 서책을 퍽 가까이하시는 분 같으니 저도 어려운 충고 한마디 드리옵니다. 여도지죄라는 말을 아실 테지요. 금옥장교의 사연도 아실 테고요. 어느 하나 아쉬울 것 없는 지고지상의 군주들이 품는 정이란 아침이슬만큼이나 무상하고, 오침에 꾸는 꿈보다도 속절없는 겝니다. 철모르는 어린 공주마마께서 재상의 힘을 얕보시는 모양이온데, 내 앞서 말씀드렸듯 마마의 신세가 변하시거든 마마를 반드시…… 그 옛날 진아교 황후처럼 저기 저 장문궁 안에 유폐시켜드리지요."

왕전의 말이 이어질수록 연성의 낯빛이 혼탁하게 질려갔다.

왕전은 여전히 자신을 쏘아보는 공주를 의뭉스러운 시선으로 내리훑었다. 잠시 후 그는 흐트러진 의관을 신경질적으로 가다듬으며 등을 돌렸다.

왕전의 모습이 저 멀리 출구 너머로 사라지자 진은 시름없이 가슴을 쓸며 어깨를 축 늘어뜨렸다.

연성은 핏기 빠진 입술을 한없이 부들거렸다. 하늘이 흔들리고 바닥이 갈라지는 것 같았다. 공주가 나서기 전에 진즉 막았어야 했다. 소인배에게 몸을 굽히고 싶지 않아 고집스레 서 있을 것이 아니었다. 승

---

65) 成功者退. 빛나는 공을 세운 사람은 물러날 때를 알아야 한다.

상이 원한 대로 고두백배를 해서라도 수습해놓는 편이 백 번이고 나았을 터였다. 그러지 못한 스스로에게 증오에 가까운 자책이 일었다.

공주의 뒤를 따라 인적이 드문 후원으로 자리를 옮겼다. 그녀와 시선이 닿자마자 연성은 참담한 얼굴로 입을 열었다.

"소인이…… 공주님의 행동을 고마워하리라 여기시는 겁니까?"

진이 깜짝 몸을 옴츠리며 팔소매로 입을 가렸다. 연성의 음성이 점점 격해져갔다.

"그저 참으면 됩니다. 모른 척 가만히 계셨어야 했습니다. 공주님이 굳이 나서서 고위 대신의 눈 밖에 나실 필요는 없다는 말이옵니다!"

"연성이 제 눈앞에서 부당하게 욕을 당하고 있는데…… 그걸 어, 어떻게…… 지켜보란 말이에요……."

진은 꾸중 듣는 아이처럼 풀 죽은 표정으로 말하였다. 잠시 고개를 수그린 채 있던 그녀는 다시 그와 눈을 마주하며 부러 안심시켰다.

"괜찮아요. 실속 없는 겁박일 뿐인걸요. 하나도 신경 안 쓰여요. 저는 폐하를 믿으니까……."

연성에게서 신음 같은 거센 숨소리가 비어졌다. 승상의 마지막 말을 되새길수록 가슴속이 기왓장 무너지듯 산산이 조각나는 듯하였다.

다소 거친 표현이긴 하였으나 따지고 보면 맞는 이야기였다. 역사가 증명해준다. 군주에게 한 여인을 향한 일편단심의 사랑을 바라는 건 상당히 맹목적이고 어리석은 기대였다. 더구나 현 상황이 믿음을 갖기에 그리 좋지 않았다. 그래서 그는 아직 황제를 온전히 신뢰할 수 없었다. 주군으로서는 모든 면에서 믿음직한 황제일지라도, 그녀에 대한 사랑만큼은.

"소인은…… 소인은…… 소인 따위가, 공주님께 조금이라도 해가 된다면…… 차라리 백 번이고 천 번이고 혀를 깨물어 죽고 말 것이옵니다."

맥없이 눈을 내리뜬 연성이 고통스럽게 중얼거렸다.

진의 긴 속눈썹이 가느다랗게 그늘져 떨렸다. 그녀는 묵묵히 그를 올려다보다가 흐릿하게 웃었다. 목구멍에 커다란 가시가 걸린 것처럼 한동안 말이 나오지 않았다.

"뺨이 많이 부었어요. 아플 텐데……."

진은 억지로 건침을 삼키며 한 손을 뻗어 올렸다. 연성의 왼뺨이 다른 쪽과 확연히 차이 나게 퉁퉁 부어올라 있었다.

얼굴에 손대려던 그녀는 순간 양미간에 힘을 주며 흠칫거렸다. 우두커니 있던 연성이 진의 손을 조심스럽게 잡아 내렸다.

"뺨은…… 그리 아프지 않사옵니다."

나지막이 대답하며 응시하는 눈동자가 아련한 빛으로 잘게 흔들렸다.

진은 차마 그 눈을 오래 마주하지 못하고 눈길을 돌려버렸다.

"대체 왜 그래요……?"

원망 같은 물음이 한 방울 눈물과 함께 쏟아졌다.

"왜 그래요? 연성은 어째서…… 항상 왜 그렇게…… 저만 생각하는 거예요?"

언제부터 깨닫고 있었을까.

정확히 어느 지점이라고 딱 짚어 말할 수는 없었다. 생각보다 오래되었을지 모른다. 다만 그가 스스로 또렷하게 표현하길 원치 않았으니, 모른 척을 해서라도 신실한 이 관계를 망가뜨리고 싶지 않았던 것 같다.

그만큼 그는 평생 잃고 싶지 않은 친구였다. 오래오래 마음을 터놓고 지내온 소중한 지기(知己)였다. 어린 날 빛바랜 추억의 집합체 같은 벗이었다.

 "연성이 아무리 그래도…… 저는 연성에게 해줄 수 있는 게 아무것도 없어요. 그 마음에…… 보답…… 할 수가 없는데…… 저더러 어떡하란 말이에요…….."

 가랑가랑 맺혀 오른 눈물이 어느 시점에서 한꺼번에 터져 흘렀다. 구슬피 이어지는 그녀의 흐느낌 소리가 그의 구곡간장을 하염없이 찢어발기었다.

 연성은 그저 멍하니 지켜보았다. 그녀의 말에 어떤 대답도 해줄 수가 없었다. 우는 그녀를 품에 넣어 안아줄 수도 없었다. 하지만 당장이라도 터져버릴 것 같은 이 마음을 대체 어디에 쏟아내어야 하는가.

 진은 오랫동안 울음을 그치지 않았다. 한참을 울다 보니 아까 잡혔던 한쪽 손이 아직 그의 손 안에 감싸여 있음을 깨달았다.

 슬그머니 팔꿈치를 당겨 빼내려 했다. 쉽게 빠지지 않았다. 손을 살살 비틀다가 대놓고 흔들어보아도 그는 손아귀의 힘을 조금씩 더할 뿐, 놓아줄 생각이 없는 듯하였다. 고개를 올려 연성을 쳐다보니, 그는 시선을 외로 돌려 다른 곳을 보고 있었다.

 "연성?"

 진은 코를 훌쩍 들이마시며 조용히 그를 불렀다. 이 상황이 당혹스러워 당장 어찌해야 할지 몰랐다. 어떻게든 뿌리치려 해도 자신의 힘으로는 불가능했다. 그렇다 해서 귀한 벗을 치한 떨쳐내듯 매몰차게 대할 수는 없었다.

 무의미하게 팔만 가로흔들던 진이 별안간 창백하게 질렸다. 그녀는 어느 한 방향을 주시하며 떨다가 애원하듯 마구 소리쳤다.

"여, 연성! 연성! 놔봐요, 제발 놔봐요!"

연성은 저도 모르게 손을 툭 놓았다. 어쩐지 분위기가 심상치 않았다. 찬찬히 등 돌려 방향을 바꿔 서서 그녀의 시선을 따라가보았다.

꽤 멀찍이서 기함할 것처럼 굳어 있는 환관, 궁녀 대여섯이 눈에 들어왔다. 그 중앙에는 일부러 그들을 끌고 온 듯 유유히 웃는 왕 승상이 있었다.

눈이 마주치자, 왕전은 마치 계속하라는 것처럼 고개를 끄덕이며 까딱까딱 여유롭게 손짓하였다.

"공주마마께옵서는 지엄한 황궁 안의 법도를 망각하시어 백주에 호위 무사와 더불어 낮 뜨거운 애정 행각을 벌이시었사옵니다. 눈 뜨고 보기 민망한 그 음행이 신의 눈에만 비쳤다면 그야말로 천행이고 만행이었겠사오나, 하필이면 궁인 여럿이서 목격하는 바람에 황족으로서의 품위와 체통을 지킬 수 없는 상황에 이르렀사옵니다. 재상은 궁 안팎의 모든 공과를 살펴 폐하께 상주할 의무가 있사오니, 저 옛날 장 정위[66]의 심정으로 감히 송구함을 무릅쓰고 아뢰는 바이옵니다."

부풀릴 수 있는 건 최대한 부풀려서 속속들이 고하였다. 승상의 돌연한 폭로에 선실전 안의 공기가 일순 냉각되었다. 서안 주변에 시립한 상서대 소속 신료들부터 사방에 늘어서 있는 환관들까지, 안에 있는 어느 하나도 손발을 가만두지 못하고 있었다.

---

66) 장석지. 효경제가 태자였을 시절 그의 실수를 탄핵한 법관.

"공주의 호위는 강 위위에게 명하여 적당히 처분을 내리라 하겠소. 그리고 공주는…… 짐이 직접 불러 주의를 주도록 하지."

원은 차분히 붓끝을 누르며 문서 상단에 지시 사항을 써 내려갔다.

예상했던 것보다 꽤 시들한 반응이었다. 허리를 깊이 조아려 보인 왕전은 괜스레 미간의 주름을 박박 긁었다.

그가 알기로, 황제는 군주의 권한을 침해하는 자를 결코 용서치 않는다. 그의 냉정함과 잔혹성을 가까운 자리에서 오래 지켜봐왔다. 비단 정치적 이용 관계일 뿐이라 공주에 대한 감정이 없을지라도 분명 두 남녀를 가만두지 않을 터였다.

"그나저나 짐도 경에게 할 말이 있었는데."

잠시 후 황제의 입이 담담하게 열렸다. 왕전은 두 손을 바로 모아 정중히 읍하였다.

"지치지도 않고 회자되는 승상의 경거망동에 짐까지 싸잡아 욕을 먹으니, 요즘 들어 억울하기도 하고…… 기분이 참 별로군."

흠칫 놀란 왕전이 고개를 번쩍 들었다. 그는 황제의 용안을 떠보듯 곁눈질하다가 창황히 몸을 굽혀 바닥에 엎드렸다.

"폐하, 그것은 오해시옵니다!"

"예로부터 높이 나는 새가 모두 없어지면 훌륭한 활을 치우고, 들짐승이 다 잡히고 나면 사냥개를 삶아 먹는다 하였소. 경 역시 언제고 문종이나 한신, 경포의 뒤를 이을 수 있다는 사실을 간명하며 항시 처신에 신중을 기하시오. 알아들었으면 앞으로 주의하실 거라 믿겠소. 나가보시오."

문종은 월왕 구천에게, 한신과 경포는 고조 유방에게 토사구팽 당한 비운의 공신들이다. 왕전은 복종의 뜻으로 얼른 낯빛을 바꾸었다. 가끔 부드럽게 에둘러 말하는 훈계를 들어오긴 하였으나 이런 식으로 겁박에 가까운 경고를 얻어맞는 건 처음이었다.

"폐하! 음특한 자들의 삿된 모함에 신의 충절을 의심하시는 것이옵니까? 억울하고 억울하옵나이다! 신은……."

"당장 나가라 하지 않느냐."

칼로 베이듯 말이 끊겼다. 등에서 밴 식은땀이 두꺼운 관복을 끕끕하게 적셨다. 왕전은 슬쩍 고개를 들어 황제의 표정을 보았다가 전신을 옥죄는 공포에 전율하였다.

허겁지겁 무릎을 세운 왕전은 속히 배읍한 후 뒷걸음질로 선실전을 빠져나갔다.

가까운 곳에 서 있던 환관들은 춥지도 않은 공간에서 오한을 느꼈다. 황제의 손에 들린 붓이 허공중에 떠서 문서 위로 먹물을 뚝뚝 흘리고 있었다.

황백색 죽간의 한 면이 까만 점으로 무참히 뒤덮여갔다. 황제는 필낭 옆에 붓을 내려놓고 자리에서 일어났다. 그가 서안 바깥으로 빠져나오자 중상시 한 명이 급히 따라붙어 어깨에 어구(御裘)를 둘러주었다. 감히 어디로 납시냐는 물음조차 꺼낼 수가 없었다.

선실전 문이 열렸다. 그 뒤에는 마침 내방한 진이 안절부절 손을 비비며 서 있었다.

화들짝 고개를 세운 진이 마주 선 원을 올려다보았다. 숨이 턱 막혔다. 그의 얼굴을 마주한 순간, 잘못 찾아왔다는 생각과 함께 달아나고 싶은 충동이 강렬히 일었다.

원이 찬찬히 시선을 늘어뜨려 그녀를 보다가 빙긋 미소 지었다.

"진아, 잘 왔다."

한동안 시간의 흐름이 멎은 것 같았다. 멍하니 서 있는 사이, 어느새 그에게 손목이 잡혀 안으로 끌려왔다.

　정사에 간여할 일이 없는 공주로서는 발을 들이기 어려운 곳이었다. 가끔 용건이 있어 방문할 때에는 매번 냉엄하고 딱딱한 분위기에 기가 짓눌렸던 기억이 난다.

　안을 둘러보았다. 궁녀는 최소한만 배치되어 있고 대부분이 환관이며, 황제의 상주문을 관리하는 몇 신료와 한 치의 어긋남 없이 종횡으로 늘어선 위병들이 보인다.

　철저한 사내들의 공간이자 추상같은 통치의 영역. 이곳에서 황제의 붓놀림과 전국새(傳國璽)의 압인에 따라 무수한 이의 목숨이 오가고, 특정 지역 혹은 나라 전체의 향방이 결정되며, 종묘사직의 백년대계가 세워진다.

　진은 자신의 손을 그러쥐는 황제의 어수를 응시하였다. 사람의 운명을 재단하는 손이다.

　돌연 정신이 들었다. 그녀는 지금 이 손이 잘라낼지 모르는 누군가의 명줄을 지키기 위해 여기에 왔다.

　원은 그녀의 손을 물끄러미 쳐다보며 엄지로 손등을 쓸었다. 그러다가 천천히 이쪽저쪽으로 돌려 보고는 손과 손을 마주 비벼 만지작거렸다.

　무서워서 어깻죽지가 오싹했다. 진은 뺨이 어깨에 붙을 만큼 움츠리며 한 발짝 물러섰다. 순간 그의 시선이 그녀의 눈으로 향하였다.

　"손 씻을 물을 떠 오라."

　명이 떨어지기 무섭게 환관 두엇이 달려 나가 대야에 물을 한가득 대령해 왔다.

원은 잡은 손을 물속에 담그고 느긋이 씻겨주었다. 유연한 손놀림으로 손바닥의 손금을 부드럽게 덧그리고, 손가락 사이를 구석구석 지압해가면서 자신의 손까지 함께 닦아나갔다.

"폐하, 손을…… 어, 어찌…….'

진이 불분명한 발음으로 더듬거렸다.

"너는 씻어야 할 필요가 있고, 나 역시 씻어야 할 이유가 있으니."

원은 환관에게서 비단을 받아 서로의 손에서 물기를 훔쳤다.

진은 두려운 마음에 고개조차 들지 못하였다. 그는 다 알고 있다. 그러니 어서 자초지종을 설명해야 하는데, 입이 쉽게 떨어지지 않았다.

무얼 어떻게 변명해야 맞을까.

어찌 되었든 연성과 손을 잡았다. 불가피한 접촉이 아니었다. 연성은 분명 그녀를 여자로서 탐련하여 손을 잡았고, 그 채로 놓아주지 않았다.

솔직하게 털어놓아야 할까? 행여 연성의 마음이 다칠까 염려되어 적극적으로 거부하지 못하였다고? 그래서 오랫동안 잡고 있게 놔두었다고? 과연 그 변명이 이 상황에서 침묵보다 이로운 말일까? 아무리 생각해도 그렇지 않을 것 같았다.

변명할 입장이 아니었다. 스스로의 우유부단한 태도가 잘못이었다. 벗의 마음을 다치지 않게 하려다가 연인의 마음을 다치게 만들어버렸다.

두말없이 사죄하는 쪽이 옳았다. 개인적으로는 그녀의 잘못과 함께 벗의 행동에 대한 용서를 구하고, 신자(臣子)로서는 황제 폐하께 궁 안에서의 법도를 어긴 죄를 청해야 할 상황이었다.

원은 전전긍긍하는 그녀를 조용히 지켜보았다. 가슴속이 질투의 화염으로 불타오를수록 머리는 얼음처럼 차갑게 가라앉았다.

만일 그녀가 그 아닌 다른 누군가를 사랑하게 된다면, 아마도 그 사내이리라 막연히 생각하였다.

그녀가 아주 어렸을 적부터 예쁘게 커가는 과정을 빠짐없이 지켜봤을 사내. 그보다 더 많은 시간을 그녀와 함께해왔고, 그가 모르는 추억들을 그녀와 수없이 공유하고 있을 사내. 천성이 순하면서 선한 그들은 제법 닮았고, 그만큼 마음이 잘 통한다. 나란히 세워보면 외모로도 맞춰 다듬어진 연벽(聯璧)처럼 조화롭게 어울리는 편이다.

잡은 손에 실리는 힘이 점점 더해간다. 감당할 수 없을 만큼.

원은 살며시 손을 놓고 진의 등덜미를 눌러 중앙으로 이끌었다.

"가장 앞줄의 위병 일렬횡대를 제외한 나머지는 모두 밖으로 물러나라."

출입문이 양옆으로 갈라졌다. 안에서 조형물처럼 저두평신(低頭平身)하고 있던 구성원들이 일제히 옷자락을 나부끼며 종종걸음으로 빠져나갔다. 내부에는 황제가 지칭한 스물다섯 명의 위병만 남았다.

원은 고지에서 그들을 굽어보며 거리를 가늠하고는 다시 명하였다.

"바깥을 향해 큰 걸음으로 열 보 걸으라."

위병들이 빠른 속도로 공수하여 읍한 뒤 벽을 향해 뒤돌아서서 절도 있게 행보하였다. 어느 지점에서 걸음이 멎자, 옥음이 이어졌다.

"다섯 보 더."

그들은 재차 읍하고 명에 따랐다. 상당한 간격이 벌어졌다. 일부러 목청을 돋워 이야기하지 않으면 말소리를 알아들을 수 없는 거리다.

"지금부터 그대들은 양옆에 선 자들을 곁눈으로 잘 감시하라. 조금이라도 고개의 각도를 틀어 뒤를 돌아보는 자가 있거든 황명을 어긴 것으로 간주하면 된다. 그 경우 즉시 칼을 뽑아 목을 베어버리라. 이를 신속히 행하지 않는 자 또한 참수에 처할 것이니 긴장하고 임하라."

"명 받잡겠사옵니다!"

기절할 듯 놀란 진이 비명을 쏟으려는 입술을 가까스로 틀어막았다.

원은 그녀의 어깨에 팔을 두르고 더 안쪽으로 끌어갔다. 진은 강바람 맞은 사시나무처럼 떨어대며 배틀배틀 걸음을 옮겼다. 언제 솟았는지 모를 눈물이 줄줄 흘러나와 볼과 손바닥 사이로 축축이 스며들었다.

그에게 붙들려 반질거리는 충계를 밟아 올랐다. 난간을 받친 기둥 여러 개와 서안을 지나치고, 황제만이 발을 들일 수 있는 상석에 다다랐다.

감히 안으로 들기 두려웠으나 망설이는 사이, 강제로 밀어 넣어졌다. 진은 결국 목 놓아 울음을 터뜨리고 말았다.

"폐하, 흑…… 자, 잘못하였습니다…… 소녀가 잘못하였습니다……."

그녀가 바들거리며 무릎을 꿇고 발아래 엎드리자 원이 양미간을 가만히 찡그렸다.

"일어나거라."

어린아이처럼 엉엉 울던 진은 그 한마디에 흐느낌을 간신히 들이마셨다. 한 짝씩 무릎을 세워보려 하였으나, 힘이 들어가지 않아 도로 미끄러졌다. 제 행동에 더 겁을 집어먹은 그녀는 어쩔 줄 몰라 한층 크게 울었다.

잠시간 내려다보던 원이 중얼거렸다.

"말을 듣지 않는 것이냐. 하기야 그대로도 괜찮겠구나."

그가 진의 등 뒤쪽으로 돌아가서는 몸을 내렸다. 잘록한 하복부에 사내의 두 팔이 감기더니 엉덩이가 높이 치켜들어졌다. 능라금의 치 맛자락이 허릿매로 뒤집혀 올라가고 얇은 속옷은 그의 손에 가뿐히 찢 겨 흩어졌다.

진은 하얀 이로 아랫입술을 아플 만치 깨물다가 급히 옆쪽을 곁눈질 하였다. 이 지경이 되어서도 가장 신경 쓰이는 건 아까 그 위병들이었 다.

여긴 지대가 워낙 높은 데다 큼직한 서안에 가려져 있어, 그들이 뒤 를 돌아본다 하여도 바로 보이지 않을 터였다. 더구나 그들은 매우 먼 거리에 있었다. 하지만 한 공간 안에 다른 이들이 있다는 사실 자체가 미칠 것 같았다.

진은 맥없이 고개를 수그렸다. 바닥을 짚은 새하얀 손등 위로 낙숫 물 같은 눈물이 떨어져 내렸다.

원은 그대로 좌정하여 한참 동안 아무런 행동도 하지 않았다. 그저 느슨한 듯 가느다란 시선으로 솟아오른 엉덩이부터 허벅지, 종아리 로 이어지는 유미(柔媚)한 곡선을 감상할 뿐이었다. 그에게 충분히 길 이 든 여체는 정인의 농도 짙은 눈길만으로도 조금씩 젖어들어갔다. 찬찬히 고개를 내민 그는 밀부에서 새어난 투명한 액을 혀끝으로 살짝 핥아 삼켰다.

진이 움찔대자 그가 두 손으로 양쪽 둔부를 거머쥐었다. 오동포동 살 오른 뽀얀 엉덩이가 기다란 손가락 사이로 으스러졌다. 손에 들어 간 힘과는 달리, 눈앞을 몽롱하게 할 만큼 부드러운 혀놀림이 그 사이 를 적셔왔다. 몸에서 기운이 빠졌다. 가느다란 신음과 함께 허리가 하늘하늘 한쪽으로 꼬였다.

입술을 뗀 원은 한 손으로 배를 지탱하고, 다른 손으로 허벅지를 살살 쓰다듬다가 틈새로 깊숙이 찔러 넣었다. 이어지는 그의 손길은 무척 상냥하면서도 잔인하였다. 그는 그녀가 민감하게 느끼는 부분들을 지나치게 잘 알았다. 짐짓 그런 곳만 골라 자극하고 있었다.

익숙지 않은 자세에서 아랫도리 속살이 오랫동안 농락당하였다. 고의적인 애무로 몇 번이나 절정의 고지에 오르내렸다. 갈수록 내 몸이 내 것이 아니게 되는 기분이었다. 바닥에 꿇은 무릎과 휘어진 허리가 아파 달달 떨렸다.

힘들다고 토로할 수도 없었다. 이건 벌이었다. 본의든 아니었든, 그 아닌 다른 남자에게 틈을 내준 벌.

원은 젖은 입구로 조심스레 손가락을 집어넣어 휘저어보고는 아파하지 않는 것을 확인하였다. 그리고 자신의 포를 걷어 그 안의 허리끈을 푼 후, 그녀의 골반을 바짝 잡아당겼다.

"힘 풀거라."

온유한 속삭임이 귀를 간질이는가 싶더니 굵은 사내가 한 번의 동작으로 깊은 곳까지 꿰뚫고 들어왔다.

진은 허리를 감은 팔에 몸을 내맡기고 정신을 반쯤 놓았다. 꽹장히 고요한 교합이 이루어졌다. 그가 드나드는 사이 고개가 점점 휘늘어져 이마가 손등 위에 닿았다. 살과 살이 부딪칠 때마다 긴 머릿결이 찰랑이며 바닥에 부드러운 물결무늬를 그렸다.

원은 껴안은 팔을 비비적대며 풍만하게 요동치는 가슴 섶을 훌훌 풀었다. 드러난 젖가슴을 한껏 조물거리다 보니, 눈앞을 유혹하는 연약한 목덜미가 너무도 예뻐 절로 입술이 내려갔다.

귓불을 살살 핥아가며 성에 찰 만큼 빨아 당겼다. 자국이 꽤 진하게 남았다. 그녀가 보면 분명 곤란해 할 테지만 스스로가 남긴 흔적에 이유 모를 만족감이 돋았다.

그는 신음 소리 한 번 내지 않고 파정하였다. 그리고 바지춤의 옷자락을 단정히 추스른 후 그대로 진을 일으켜 뒤에서 안았다.

진은 부스스 눈꺼풀을 올리다가 그의 손이 남은 옷을 벗겨내고 있음을 알아차렸다. 깜짝 놀라 달아나려 했으나 원은 아랑곳 않고 나신이 될 때까지 다 발가벗겼다.

진은 몸을 물리며 할 수 있는 만큼 어깨를 곱송그린 채 오들오들 떨었다.

"이리 와 안기거라."

오늘따라 그의 성음이 한층 맑고 서늘하여 듣기 좋았다. 하지만 그래서 무서웠다. 그는 소름이 끼칠 만큼 스스로의 감정을 적절히 조율할 줄 알았다. 표정에 희로애락을 드러낼 땐 필요에 의해서다. 황제가 진노하는 모습을 보았다는 이들은 진짜로 화난 모습을 본 게 아니다. 상대의 내면을 종잡을 수 없다는 건 다른 이로 하여금 막연한 불안함과 어려움을 느끼게 한다.

진은 두려운 듯 힐긋거리며 그를 바라보았다. 명은 반복되지 않았다. 무릎걸음으로 살금살금 다가간 그녀는 그의 무릎 위로 올라앉아 널따란 품속으로 파고들었다.

원은 반쯤 뜬 느른한 눈길로 진을 굽어보았다. 차분하게 열린 입술새로 다음 명이 흘러나왔다.

"입을 맞추거라."

진은 두말없이 그의 어깨를 짚고 입술 위에 입술을 포개었다. 시작은 그녀가 먼저 하였으나, 삽시간에 고개가 확 꺾이더니 뜨거운 혀가 입안을 채워왔다.

"흐읍…… 훗…… 흐으읍……."

혀와 입 주변 전체가 그의 입술 속으로 감당할 수 없을 만큼 빨려들었다. 깊이 접촉한 부분들이 델 것만 같았다.

진은 무력하게 신음만 흘리다가 고개의 각도가 바뀔 때마다 겨우 숨을 돌렸다. 서로의 타액이 온통 뒤섞여 그녀의 입꼬리에 아슬아슬하게 맺혔다.

입술이 떨어져 나가자 진은 한동안 들숨 날숨을 내쉬는 데에만 급급했다. 정신을 조금 가다듬어보니, 그녀는 그의 품에서 팔다리를 뻗고 버드나무 가지처럼 축 늘어져 있었다. 순백의 보드레한 여체를 빼곡히 훑고 더듬는 시선이 느껴졌다.

진이 몸을 웅크리려 하자 원은 지그시 힘주어 도로 잡아 폈다.

"네 벗은 몸을 볼 때마다 너무도 아름다워, 매번 눈이 멀 것 같구나."

그는 턱 끝부터 목덜미, 젖가슴, 복부, 허벅지, 종아리까지 가량가량한 곡선을 그대로 그리며 어루더듬었다.

진의 입술이 가늘게 경련하였다. 실오라기 하나 걸치지 않은 몸으로 황제의 조복을 반듯하게 갖춘 그에게 만져지니 기분이 이상했다. 그의 손길이 다시 위로 올라오자 진이 흠칫 눈을 찌푸려 감았다. 가만히 응시하던 원이 입을 열었다.

"많이 겁먹은 모양이로구나. 넌 겁을 집어먹으면 항상 눈부터 감지."

그가 손끝으로 감은 눈꺼풀과 눈썹을 장난스레 톡톡 두들겼다.

"눈썹에는 이렇게 잔뜩 힘을 주고, 아랫입술은 조금 안쪽으로 밀어 넣어 잘근거리고…… 그건 어릴 적부터 지금까지 변하질 않더구나. 무언가를 고민할 때나, 부끄러운 감정이 들 땐 양손 검지와 엄지로 옷고름을 만지작대는 버릇이 있고, 난처할 때면 가끔씩 왼손 엄지 끝을 깨물기도 하지. 나이는 먹었어도 아직 아이 같은 면이 많이 남아 있는 편인데, 아마도 성장 과정에서 부모나 친지로부터 사랑을 받지 못해 결핍된 애정 탓일 거라 생각된다."

촘촘히 늘어진 속눈썹이 꿈적대더니 다시금 진의 눈이 뜨였다. 원의 목소리가 나직하게 이어졌다.

"착하고, 온순하고, 가슴이 여려서 스스로의 일에도, 남의 일에도 잘 울고…… 그러나 조심히 다루지 않으면 쉽사리 깨어질 사기 그릇 같으면서도 마냥 유약하지는 않으니, 종종 사람을 놀라게 할 때도 있다. 널 가까이에서 겪어온 이들은 네 성정이 결코 헐겁지 않다는 사실을 알 것이다. 어리숙한 듯 상대의 뜻에 최대한 맞추지만 스스로 옳다, 혹은 아니다 생각하는 것은 호락호락 굽히지 않는 멋진 소신이 있는 여인이니까."

진이 말없이 눈을 깜빡이며 그와 시선을 마주하였다. 어쩐지 명사들이 매년 즐겨 하는 인물평을 듣는 기분이다.

"남에게 베푼 것은 잘 잊고, 남에게 받은 것은 결코 잊지 않는 고운 마음씨에, 마음 준 상대에게는 언제나 진심으로 최선을 다하지. 타인을 배려하는 태도가 습관처럼 굳어 있어서 스스로가 바라지 않는 일은 다른 사람에게도 행하지 않으니, 이는 공자께서 누누이 강조하신 서(恕)의 경지라 만일 사내로 태어났다면 틀림없이 군자 소리를 들었을 것이다."

무언가 미묘하였다. 다른 사람의 시야로 바라보는 내 모습이라니.

"여가는 대부분 서책을 읽으며 보내는 것 같던데…… 편독하지 않고 두루 섭렵하더구나. 춘추나 사기 같은 역사서부터 논어, 맹자, 한자(韓子), 도덕경, 시경 등의 정서와 경서까지 보통은 여인들이 멀리하는 종류들도 많이 보았다. 아, 얼마 전에 가의(賈誼)의 논문 과진론(過秦論)을 읽는 것을 보았을 땐 상당히 놀랐다. 아직 너와 정사에 대해 논한 적은 없으나 그 배움의 풍부함으로 헤아리면 아마 위정(爲政)에도 식견이 있을 거라 짐작되는구나. 그리고 좋아하는 음식은……."

그 외 그녀의 특징들이 오랜 시간 줄줄이 나열되었다.

그는 놀라울 만큼 그녀에 대해 많이 알고 있었다. 진은 곰곰이 생각해보았다. 자신도 그에 대해 저만큼 알고 있을까. 저 반만큼, 아니, 그 반만큼은 알고 있을까.

바로 답이 나왔다. 그렇지 않았다.

스스로가 무심한 탓은 아니다. 그에 대한 관심만큼은 그녀도 지지 않을 자신이 있었다. 그러나 매일같이 함께해도 그가 어떤 인물인지 파악하는 건 쉽지 않았다. 명군들의 특징은, 바로 그 특징을 알아내기 어렵다는 데 있었다.

현명한 군주는 예리한 시선으로 남을 관찰하되 남이 자신을 관찰하게 두지 않는다. 군주가 무언가를 싫어함을 드러내면 신하들은 그 싫어하는 것을 보이지 않으려 한다. 무언가를 좋아함을 드러내면 신하들은 자기들이 재간이 있다고 거짓말을 하게 된다. 그래서 군주들은 감정도, 취향도 철저히 숨겨야 신하들의 본바탕을 알아내기 수월하였다.

그는 호불호를 표현하지 않는 것이 몸에 밴 듯 훈련되어 있는 군주이니 그녀로서도 사랑하는 이가 어떤 남자인지 구체적으로 떠올리기 애매할 따름이었다. 왠지 모르게 서글픈 감정이 가슴을 적셔왔다.

원은 진의 가냘픈 등허리를 한 손으로 받쳐 올렸다. 시선과 시선이 코앞 가까이 맞닿았다.

"진아. 이 세상에서 유일하게 나만 아는, 이 속살의 연함과 부드러움 말고도…… 난 너에 대해 무엇이든 알고 있다."

그의 손바닥이 그녀의 두 볼을 부드럽게 감싸 쥐었다.

진이 흠칫 떨었다. 깊이를 알 수 없는 고요한 눈동자 속에 통째로 빨려 들어가는 착각이 일었다.

"내 것이다."

그가 강하게 울리는 성음으로 강조하였다.

"네 마음은 항상 날 향해 있어야 한다. 이 입술은 죽을 때까지 나만 연모한다 속삭여야 한다. 이 몸은 언제까지나 나에게만 열려 있어야 하고, 오직 내게서만 기쁨을 느껴야 한다. 머리끝부터 발끝까지, 이 머리카락 한 올 한 올까지 너는 오롯하게 내 것이다."

가만히 눈을 감은 원은 그녀의 머리칼을 한 움큼 쥐어서 코에 가져다 대고 입을 맞추었다. 촉각 없는 머리카락에서 열기가 느껴지는 듯하였다. 찌르르한 전율 한 줄기가 가슴을 꿰뚫어 흘렀다.

그가 다시금 손을 뻗어오자 진이 지레 겁먹고 입을 열었다.

"소, 소녀는…… 소녀는 폐하의 것이옵니다……."

허공중에 손을 멈춘 원은 잠시 그녀의 표정을 보며 웃었다.

"그래. 너는 내 것이고, 나 역시 네 것이다. 그걸 언제나 잊지 말거라."

그의 손이 안심시키듯 진의 손을 잡았다. 손가락과 손가락이 조심스레 얽혀 감기며 깍지를 이루었다.

"사랑하는 나의 진아."

원이 다정하게 불렀다. 마음을 조금 놓으려던 진은 이어지는 소리에 그만 숨을 멈추고 말았다.

"내가 그놈을…… 가만히 둘 것이라 생각하느냐?"

十三章

병영의 분위기가 황량했다. 위위의 주변으로 펼쳐진 날개처럼 대오를 갖춘 금군들에게 표정이라고는 없었다.

강석은 중앙에 꿇어앉은 연성을 굽어보았다. 아끼는 부하를 벌해야 하는 그의 얼굴에는 짙은 착잡함과 번민이 뒤얽혀 있었다.

"도무지 믿기지가 않는구나. 다른 녀석도 아니고, 네가 그런 짓을 저질렀다니……."

강석은 하늘을 향해 묵직한 한숨을 흘리며 이마를 쓸어 올렸다.

"아니, 대체…… 10년이 넘도록 아무 탈 없이 잘 근무하다가 어찌 갑자기 사고를 쳤느냐. 네 행동이 죽어 마땅할 중죄임을 너도 모르지는 않았을 터."

연성은 느릿하게 눈만 감았다가 떴다. 굳은 듯 한 일자로 다물려 있는 그의 입은 끝내 열리지 않았다.

목격자가 여럿 있었으니 죄를 피할 방도는 없었다. 황실 직계인 공주를 희롱한 죄에, 황제의 승은을 입은 여인에게 손을 댄 죄를 더하면 대벽(大辟)을 면치 못할 확률이 높다. 더구나 황제는 그에게 봐주는 건 한 번뿐이라 분명히 경고한 적이 있었다.

그러나 당장 죽게 된 상황에서도 공주에 대한 걱정이 앞섰다. 왕전이 그에게만 죄를 덮어씌워 고하였다면 다행이겠으나 아마 그렇지 않앉을 테다. 황제는 신상필벌을 지향한다. 상은 받는 이의 신분이 낮을수록 세심히 신경을 기울여 내리고, 벌은 죄인의 신분이 높을수록 더더욱 인정사정없다. 이는 왕공을 포함한 황족들에게도 예외를 두지 않는다.

그가 강제로 그녀의 손을 잡고 놓아주지 않았다. 공주의 억울함을 소리 높여 부르짖고 싶었다. 스스로의 소행으로 그녀까지 벌을 받게 된다 생각하면 억장이 무너질 것만 같았다.

"하기야, 이제 와 이런 질문 해봐야 의미 없겠구나. 이미 칙령은 떨어졌으니. 후우…… 네 죄에 대한 벌로는 태형 200대가 내려졌다."

놀란 연성이 고개를 번쩍 들었다.

죄질에 비하면 예상보다 가벼운 처벌이었다. 문제는 200대. 태형은 주로 죄인을 심문할 때, 혹은 경죄를 저지른 이들이 받는 형이라지만 300대 이상을 선고받으면 사실상 사형과 다름없었다. 200대도 약질인 죄인들은 간혹 맞다 죽기도 하고, 신체 건강한 이들 또한 운이 나쁘면 불구가 되는 수도 있었다.

강석은 단형할 사졸들에게 준비를 명한 뒤 연성을 향해 손짓하였다.

"일어나라. 죄를 받고 나면 보직이 옮겨질 것이다. 그곳에서는 부디 허튼 행동 하지 말길 바란다."

우두망찰한 표정으로 일어선 연성은 선실전이 있는 방향으로 몸을 돌렸다.

형을 받기 전, 천천히 무릎 꿇어 두 번 절하는 내내 이상하다는 느낌을 지울 수 없었다. 벌을 받고 나면 자신이 어찌 될지 알 수 없는데 위위가 후일을 기약하는 말을 하고 있다.

사졸 두 명이 달려들어 양팔이 붙들렸다. 연성이 다급히 강석을 돌아보며 소리쳤다.

"위위, 소인의 죄는 달게 받겠사옵니다! 하지만 공주마마께서는 하늘에 맹세코 죄가 없으십니다! 소인이 한순간의 연심을 참지 못하여 일방적으로 벌인 짓이오니, 부디 폐하께 잘 말씀을……!"

강석이 삼엄한 기세로 눈을 부릅떴다.

"공주마마에 대한 논죄는 폐하께서 판단하실 일, 감히 네놈 따위가 입에 담을 문제가 아니다! 당장 집행하라!"

한 아름이 조금 안 되는 나무에 사지가 단단히 결박되었다. 맞다가 혀를 깨무는 일이 없도록 입속에는 젖은 천이 물려졌다.

강석은 차마 더 지켜보지 못하고 어깨를 돌렸다. 형을 명하고 나니 제 살을 베어내는 듯 가슴이 아프지만, 동시에 하염없는 안도감이 들기도 했다.

"네 녀석이 운이 좋았구나. 참으로…… 참으로 다행한 일이다."

그가 조용히 혼잣말하였다.

칙령을 받고, 처음에는 황제의 의중을 도통 알 수 없어 혼란스러워했었다. 아마 황제가 친히 형을 내리지 않고 정위의 판결에 맡겼다면 참수형 혹은 기시형이 선고되었을 것이다. 그런 자에게 태형과 함께 밀명을 내리고, 상처가 아물면 월기교위(越騎校尉)로 보직을 변경한다는 조서를 준비시켰다.

들은 귀를 의심할 정도의 파격적 승진이었다. 장군 바로 밑이다. 그 자체로도 귀족의 자제들과 어깨를 나란히 하게 되며, 근무 실적이 좋으면 얼마든지 장군의 반열에도 들 수 있다.

연성의 실력이라면 충분히 가능하였다. 사실 그를 공주의 호위로 두면서 신참 금군의 교육만 맡기는 정도로 쓰는 건 천리마로 소금 수레를 끄는 격이었다. 하도 아깝고 안타까워서 손수 추천서를 써주려 하였더니, 연성이 제발 그러지 말아달라며 한사코 빌었던 적이 있었다.

어찌 이런 결과가 나왔을까 곰곰이 생각해보니, 얼마 전 연성이 황제의 미복잠행을 호위했던 일이 떠올랐다. 들기로는 잠행 도중 불미스러운 사고가 있었단다. 하고많은 웃전 중 황제에게 실력을 보일 기회를 얻다니 무한한 영광이고 천운이었다. 황제는 명찰추호[67]한 군주이니 단숨에 그 진가를 알아봤을 터였다.

이로 유추해보았을 때 황제는 연성의 역량이 아까워 모처럼 살려주고, 이왕이면 긴히 쓰려는 듯하였다. 재능 있는 인재를 보물처럼 아끼는 그 성정을 헤아리면 이해할 수 있었다.

죽을죄를 지어놓고 목숨을 건진 것도 모자라 출셋길이 열렸구나.

강석은 허한 웃음을 쏟아내었다. 상관으로서는 반가운 소식이나 어째 본인이 기뻐할 것 같지는 않아 걱정이 되었다. 워낙 무욕하여 벼슬길에 대한 야망도 없고, 부나 명예도 탐하지 않는 녀석인지라 과연 축하한다고 해줘야 할지.

연성은 담담히 눈을 감고 매질을 견뎠다. 그에게선 자그마한 신음소리조차 나지 않았다. 백 대가 넘어갔을 때에도 눈썹머리만 조금씩 꿈틀거릴 뿐이었다. 아까 품었던 의문이 갈수록 몸체를 부풀려 머릿속을 난해하게 만들었다.

여태껏 죄 짓고 산 적이 없는지라 매의 강도에 대한 기준을 판단하

---

67) 明察秋毫, 가을날 새의 가는 털까지 뚜렷이 볼 수 있을 정도로 눈이 밝다, 즉 눈이 예리하여 세세한 것도 놓치지 않고 살필 수 있음을 뜻함.

기는 어려웠다. 하지만 한두 대를 참지 못하고 울면서 죄를 자백하던 이들을 떠올리니, 확실히 치는 힘이 약한 감이 있었다. 생각보다는 맞을 만했다. 그를 아끼는 위위가 남모르게 시킨 걸까?

아니다. 그는 공사의 구분이 칼 같은 사람이었다. 더구나 황제의 명이라면 부모 형제를 베라 하여도 따를 충신이니 천지가 뒤집혀도 그럴 일은 없었다.

그렇다면 왜일까. 대체 무슨 일이 벌어지고 있는 걸까.

200대를 다 맞았다. 그 사이사이 눈앞이 하얗게 물들 만큼 고통스러운 적은 있었으나 정신을 잃지는 않았다. 포박이 풀리자마자 대기하고 있던 의원이 곧바로 치료해주었고, 약을 처방받아 먹으며 휴식하니 며칠 앓다가 사지 멀쩡하게 걸어 다니는 정도가 되었다.

"대장추 숙손, 황제 폐하를 뵙사옵니다. 만세, 만세, 만만세."

"고개를 들라."

"황감하옵니다."

숙손은 천천히 턱을 들어 황제를 올려다보았다. 시위(侍衛) 여럿을 상대로 막 대련을 마친 황제는 평상에 걸터앉아 이마의 건(巾)을 풀어내고 있었다. 그사이 환관 셋이 달라붙어 한 명은 목덜미의 땀을 닦아주고, 두 명은 좌우에서 우선(羽扇)을 팔랑거리며 부채질에 열심이었다.

"무슨 일인가."

"소인, 외람되오나 공주마마에 관하여 한 말씀 아뢰려 하옵니다."

눈을 감은 채 숨결을 고르던 원이 느리게 눈꺼풀을 열었다.

황제가 한 손을 들자 환관들의 움직임이 일시에 멎었다. 원은 시선을 내리깔아 숙손의 얼굴을 바라보다가 손목을 움직여 물리는 손짓을 해 보였다. 그 자리에 있던 모든 궁인들이 한 걸음 물러나 배읍하고는 빠른 뒷걸음질로 자리를 비켜주었다.

"말해보라."

"호위 하연성에게 태형을 내리셨다 들었사옵니다."

숙손은 바닥을 향해 머리를 깊이 조아리고 말을 이었다.

"감히 주제넘게 청하오니…… 공주마마께서 보시는 앞에서 소인을 매질하시옵소서."

원은 눈썹 하나 까딱이지 않고 묵묵히 그를 내려다보기만 하였다.

그를 매질하라는 건 곧 공주에게도 같은 벌을 내리라는 이야기다. 형을 받더라도, 중죄인이 아닌 경우에야 황족이 직접 매를 맞는 일은 없으니 속전을 내거나 비복들이 대신 맞게 된다. 잠정 조처라지만 현재 공주를 모시는 이들 중 대표라 할 수 있는 자가 바로 대장추이니.

"승상의 참소는 걸러 들었고, 목격자들의 증언으로 판단하자면 공주에게는 죄가 없다. 그러니 처벌도 필요 없지. 다른 이유로 겁만 조금 줬을 뿐."

"처벌이라기보다는 교육이라 생각하시면 될 것 같사옵니다."

짤막한 한숨으로 여유를 둔 숙손은 목소리에 나긋이 힘을 실었다.

"공주마마께옵서 장차 소인의 진정한 주인이 될 분이 맞다면, 스스로의 행동에 대한 파장에 익숙해지실 필요가 있을 것이옵니다."

속말을 뱉고 나니 대담한 성격의 그일지라도 긴장이 고일 수밖에 없었다.

대장추는 본래 황후나 태후의 시종장이다. 그의 진정한 주인이라 함은 결국 황후를 말한다.

그는 황궁에서 유일하게 황제의 심중을 헤아리고 있었고, 황제도 그걸 어렴풋이 알 터였다. 그러나 주인의 마음에 그가 충복이라는 확신이 박혀 있지 않다면 방금 내놓은 한마디로 목 없는 귀신이 될 가능성이 있었다.

그는 3년 동안 공주를 돌보며 내내 입을 무겁게 유지한 채 충심을 증명해왔다. 이쯤이면 가슴 안에 품은 염려를 넌지시 비추어도 되지 않을까 싶었다.

황후가 어떤 자리인가. 육궁 후궁전을 통솔하는, 세상에서 가장 고귀한 여인이다.

후궁전이라 함은 혹렬한 전쟁터다. 한 명의 남편을 공유하는 수많은 아름다운 여인들로 채워진 곳이다. 바깥세상과는 일체 단절되어 있어 황제 이외의 남자는 발을 들일 수 없다. 모든 여인들의 운명이 황제의 총애 하나에 달려 있으니, 그 안은 서로를 견제하는 피 끓는 시기와 질투로 점철되어갈 수밖에.

현 후궁전에는 작위를 받은 여인은 없으나, 왕공 귀족들이 구해다 바친 미녀들이 바글바글했다. 뛰어난 미색의 여인을 얻거든 황제에게 진상하는 건 오래 걸쳐 내려온 전통이고 충성의 표식이었다. 그러니 딱히 거들떠볼 요량이 없더라도 황제는 인신들의 마음을 갸륵히 여겨 받아 거두는 쪽이 성의였다.

황후는 그 여인들의 질투를 가장 많이 감내해야 하고, 그들 모두를 다독여가면서 스스로의 질투 또한 다스려야 하는 신분이다. 그럼에도 황제의 뜻에 따라 앞날이 좌지우지되는 건 다른 여인들과 하등 다를 바 없는 신세. 시시때때로 자리를 위협받으며 총비들과 암투를 벌이고, 보이지 않는 싸움에서 패하거든 언제든 폐위되어 나락으로 굴러 떨어질 수 있었다.

고로 황후감이라 하면 정숙하고, 교양 있고, 고도의 정신 수양으로 무장되어 투기심을 초탈한 여인을 최고로 꼽는다지만 이는 사내들이 만든 기준일 뿐이었다. 역사 속에서 그러한 황후들이 살아남은 경우는 드물었다.

황궁에서의 오랜 생활로 잔뼈 굵은 숙손의 눈에, 진 공주는 사람됨이 너무 착하고 마음씨가 여렸다. 황제는 피 흘리며 치러낸 혹독한 경험과 심신 연마로 철저하게 훈련된 지배자라 하나, 그 반려 될 이는 그렇지 않으니 근심이 되는 터였다. 슬슬 교육시켜 연약한 마음의 속살 위에 굳은살을 덧씌워놓을 필요가 있었다.

그 자리를 보하기 위해서는 독해져야 한다. 아랫것들이 피투성이가 되어 죽어나가도 태연히 넘길 수 있을 만큼 이기적일 수 있어야 한다.

나이 든 환관의 굴곡진 눈썹에서 상전을 향한 진심 어린 걱정이 묻어났다. 잠시 마주 보던 원의 얼굴에 지긋한 미소가 돌았다.

"그대의 뜻은 잘 알겠으나…… 짐의 치세 하에서는, 장차 그대의 주인이 될 여인에게 필요한 건 딱 다섯 가지이다."

숙손은 약간의 안도를 느끼며 이어지는 황제의 성음을 경청하였다.

"온(溫), 량(良), 공(恭), 검(儉), 양(讓)이다. 본바탕이 선해야 하고, 온화하고 자애로운 태도로 아랫사람을 포용하며, 만백성을 하늘로 여겨 공경하는 마음을 갖고, 검소한 습관으로 백성들의 혈세를 소중히 사용할 줄 아는 한편, 이 모든 것을 갖추고도 항시 겸양하는 마음을 지닌다면 더 좋다. 이에 해당하는 사람을 일부러 찾으려 해도 어렵고 그것을 가늠할 기준조차 애매할진대, 바로 곁에 그런 여인이 살아 숨 쉬고 있으니 좋지 아니한가."

원은 가만히 눈을 감고 옛일을 떠올렸다.

그가 공주에게 특히 높이 사고 있는 가치는 검(儉)이었다. 현 장공주에게 가는 봉록은 공주가 절약해 사용한 후, 차액 전부를 그때그때 흉작이나 재해 등으로 고초를 겪는 지방에 전달하고 있었다. 이는 원이 제좌에 오른 지 얼마 되지 않아 공주가 직접 서면을 통해 청해온 의사였다.

자신은 황족이라는 명목 하에 나랏일 하는 것도 없이 피땀 어린 세금으로 살아가고 있으니, 감사히 아껴 사용한 뒤에는 그 나머지를 백성들에게 환원함이 옳다고 하였다. 또한 그녀가 생각한 일을 모두 황상의 은덕으로 돌려 행할 수 있도록 허락을 구하였다.

신자가 백성들에게 공적인 힘을 써서 사사로운 의를 베푸는 것은 불충이며 상서롭지 못하다는 이유였다. 그 예로, 옛날 제나라의 전씨 가문이 백성들에게 고의로 은혜를 베풀어 민심을 얻고, 이를 바탕으로 군주의 권세를 탐하였음을 들어놓았다.

이 모든 내용이 여인 특유의 섬세함이 녹은 문장으로 서찰 안에 담겼다. 인사말부터 본문, 맺음말까지 어느 하나 그를 감동시키지 않은 구절이 없었다. 그 일은 이미 반해 있었던 그녀에게 다시 한 번 매료되는 계기가 되었다.

그녀의 서찰은 아직도 문갑에 보관해두고 가끔씩 꺼내 읽는다. 읽으면 읽을 때마다 기분이 좋아졌다.

"그 당시의 상황이나 운, 누군가의 도움, 본인의 뛰어난 능력 따위들은 한 사람을 최고의 자리에 올려놓을 만한 조건이 된다. 허나 그 자리를 진정으로 유지해 나가기 위해서는 반드시 지녀야 할 중요한 요소가 있다."

"그것이 무엇이온지……."

"인(仁)함이다. 위 조건들로 인하여 한때 최고로 받들어질지라도, 시간이 흘러 그 지위에 걸맞은 인품을 드러내지 않는다면 사람들은 그를 더 이상 최고로 여기지 않는다. 이 때문에 짐은 그 인품을 증명할 다섯 가지 덕을 제시한 것이다. 공주는 이대로도 족하다. 그런 의미에서 두 사람이 참…… 신기하고도 허무할 만큼 다르구나."

다시 눈을 뜬 원은 입술에 힘을 주어 심중의 뜻을 확실히 전하였다.

"그녀는 변할 필요가 없고, 변해서도 안 된다. 그녀가 지금의 순수함을 잃기를 원하지 않는다."

"폐하의 높으신 뜻을 듣자오니 소인은 감히 따라갈 수 없을 정도입니다. 한데 그 자리에 오르시면, 마마께서 가만히 있으셔도 주변에서 가만두지 않을 것임은 자명하옵니다. 혹여나 사특한 무리들이 벌일 음해 공작에 상처라도 입으실까 저어되어……."

조심스럽게 말한 숙손이 흘끔 눈길을 올려 황제의 용안을 더듬었다. 원이 가볍게 고개를 끄덕이고는 시선을 평상 가로 돌렸다. 그리고 천천히 손을 뻗어 그 위의 보검을 그러쥐며 중얼거렸다.

"그러니 짐이 지켜야지. 이 한 몸 부서지도록."

감회가 새로웠다. 어린 시절의 향수가 무르녹은 이곳은 어느 하나 변한 것이 없어 가슴이 시렸다.

진은 늦봄의 훈기를 품은 풀꽃들을 돌아보며 한가로이 발을 떼었다. 얼마 있지 않아 바스락거리는 소리와 함께 기다리던 이의 얼굴이 시야에 비쳤다.

"어떻게…… 잘 들어왔네요?"

　진이 치맛자락을 모아 잡고 가까이 다가갔다. 연성은 팔을 하나씩 들어 어깻죽지의 흙을 탈탈 털어내며 그녀를 보았다.

　"조금 버거웠사옵니다. 아무래도 어릴 적에 드나들던 곳이라…….
공주님께선 의복이 깨끗하신 걸 보니, 수월히 통과하신 모양이군요."

　"어릴 때만큼 여유롭진 않았어요. 그땐 저 구멍이 참 커 보였는데."

　진이 멀찍이 건너보이는 개구멍을 눈짓하고는 다시 두리번거리며 말하였다.

　"여기는 여전하네요."

　"그러게 말이옵니다. 배경은 그대로인데 사람만 컸군요."

　고개를 끄덕인 연성은 그녀의 시선을 따라 아득한 옛 추억을 회고하였다.

　주인 없는 전각 뒤편에, 역시 주인이 없다는 이유로 폐쇄된 아담한 정원이었다. 출입구는 막혀 있지만, 구불구불 넝쿨이 휘감긴 담장을 쭉 따라가다 보면 어지러이 돋친 잡풀 속에 가려진 개구멍이 하나 있었다.

　연성이 그것을 발견한 뒤로, 이곳은 진이 장신궁으로 처소를 옮기기 전까지 둘만의 전용 놀이터가 되었다. 아이들이 놀기에는 다소 황량한 곳이었으나 지엄한 황궁 내에 만든 비밀 장소라는 느낌은 꽤 짜릿하고 특별하였다.

　이 안에서 어린 그들은 숨바꼭질을 하고, 흙장난을 하고, 나란히 쪼그려 앉아 잡담을 나누었다. 진은 연성에게 좋아하는 서책의 내용을 홍알홍알 읊어주었고, 약재상 아들인 연성은 진에게 약초로 쓰이는 풀들과 그 용도를 알려주곤 하였다.

　"지금 보니까…… 이 주변이 숨바꼭질에 적합한 장소 같지는 않네요. 어디에 숨어 있어도 다 보이겠네. 어릴 땐 연성이 일부러 못 찾은 척해주는 줄도 모르고, 아주 잘 숨었다고 생각했었죠."

진이 겸연쩍은 얼굴로 그 시절 자주 숨었던 몇 장소를 돌아보았다.

"못 찾은 척을 해야 공주님께서 좋아하셨으니까요."

잔잔히 웃음 짓는 연성의 눈이 조금 나른하게 풀렸다. 앞에 보이는 청초한 소녀의 얼굴 위로 몽실한 젖살이 오른 여아의 모습이 한 꺼풀 막처럼 덧씌워졌다.

진즉 들킨 것도 모르고 조마조마 긴장하는 모양새가 어찌나 귀여웠는지, 짐짓 큰 소리로 부르며 찾는 척을 부단히도 했더랬다. 하지만 조금만 헤매다 보면 행여 그가 답답하고 힘들어할까 봐, 순한 그녀는 까르르 웃으며 알아서 튀어나왔었다.

말갛게 터지는 아이의 웃음소리가 지금도 귓가에 울리는 듯하다. 그립다. 흘러간 시간들이 토막토막 추억으로 남아 가슴을 긁어낸다.

"연성이 착해서……."

진이 자그맣게 중얼거리며 고개를 미끄러뜨렸다. 상념에서 벗어난 연성이 그녀의 머리꼭지를 힐끗 내려다보았다.

"너무…… 착해서……."

이어지는 목소리에는 촉촉한 물기가 스며 있었다. 안으로 웅크려진 작은 어깨가 파르르 떨렸다. 연성의 표정이 당황으로 얼룩져갔다.

"그렇게 맞았는데 지금도 원망 한마디 안 하고……."

"원망이라니요!"

연성이 성큼 발을 옮겨 한 걸음 다가갔다. 그 채로 초조한 듯 옆머리를 문지르던 그가 애써 목소리를 눌러 말하였다.

"소인은 마땅히 받아야 할 죄를 받은 것뿐이옵니다. 어찌 소인이 공

주님을 터럭만큼이나마 원망할 수 있겠사옵니까? 오히려 공주님께서 소인에게 역정을 내셔야 할 입장이온데…….”

“저 때문이에요. 저만 아니었어도…… 폐하께서 자초지종을 차근차근 듣고 관대히 넘어가주셨을 수도 있을 터인데…….”

진은 잠긴 목을 꾹꾹 삼키며 천천히 고개를 올렸다. 마주 보는 커다란 눈 안에 처연한 눈물이 가득 고였다.

“마, 많이 아팠죠…….”

“보시다시피 멀쩡하옵니다. 아무렇지 않사옵니다!”

“연성이니까…… 견뎠을 거예요. 그만큼 맞고 죽은 사람이 얼마나 많은데요…….”

생각만 해도 두려운지 진의 미간이 희미하게 어그러졌다.

연성은 잠시 할 말을 고르지 못해 입술만 달싹였다. 약하게 맞은 것 같다고 해봐야 그녀를 안심시키려는 변통으로 들릴 것이다. 묵직한 불안감이 전신을 휘감아 흔들었다.

홀연 의문이 솟았다. 그녀가 무슨 이유로 이 장소에서 단둘이 상면하자고 했을까.

“연성.”

진이 조용히 불렀다. 연성은 대답하지 않았다. 얼마간의 침묵이 흐른 뒤 그녀의 입술이 떨리는 음성을 흘려보냈다.

“우리…… 이제…… 만나지 마요.”

그의 눈동자가 초점을 잃고 망연히 가라앉았다.

“공주님.”

다리에서 힘이 풀렸다. 심장이 더디게 뛰었다. 머리를 채운 모든 생각들이 새하얗게 산화되어 뿔뿔이 흩어졌다.

"어, 어찌…… 어찌……."

연성은 파르라니 경직된 얼굴로 한동안 같은 말만 더듬거렸다.

"여기서 더 이상…… 연성의 목숨을 위태롭게 만들 수는 없어요. 저만 안 만나면, 연성의 신변에 다른 위험이 생기지는 않을 거예요."

힘겹게 말한 진은 젖은 속눈썹을 아래로 늘어뜨렸다.

기나긴 정적이 깔렸다. 쥐 죽은 듯 고요한 가운데 방금 들은 그녀의 목소리만 메아리처럼 귓전을 맴돌았다. 어느 순간 번개 같은 깨달음이 뇌리를 스쳐 그의 정신을 번쩍 깨웠다. 엉킨 실타래처럼 풀리지 않았던 의혹이 비로소 설명되었다.

미복잠행일 이후로 황제의 눈에 그는 여간 거슬리는 존재가 아니었을 터. 기실 황제는 처음부터 그를 한 마디 황명만으로 쉽게 죽일 수 있었다. 그럼에도 따로 불러서 경고부터 날리고, 그걸 듣고도 감히 죽을죄를 지은 그를 구태여 살려준 이유가 있었다.

황제는…… 그녀에게 미움받는 일이 두려운 거다.

봐주는 건 한 번뿐이라 하였다. 황제는 그 경고를 제대로 입증해 보였다. 아무 의미 없이 매의 대수를 늘린 게 아니다. 그 소식을 들은 진에게 겁을 주기 위함이다. 착하디착한 심성의 그녀는 하염없이 무서워하고, 마음 아파하다가 끝내는 제 입으로 이별의 말을 내뱉고야 말테니까.

그만하면 목적은 충분하고, 결과적으로 그를 죽이거나 신체에 큰 해를 가하지는 않았으니 공주가 황제를 야속해할 일은 없다. 그녀 스스로 그를 버리게 하면서 자신은 은근슬쩍 빠져 정인으로부터 미움을 사지는 않는다.

이로 인해 두 가지 사실을 알았다. 황제는 그녀에게 진심이다. 그리고 그는 오늘 황제로부터 사형보다 더 끔찍한 형벌을 받았다.

"주제넘은 말일 수도 있겠지만…… 폐하를 너무 원망하지는 말았으면 좋겠어요. 지금 폐하께는 저뿐이거든요. 연성에게는 대가 없이 연성을 사랑해주는 다른 가족들이 있지만, 폐하께는 아주 오래전부터 저 하나뿐이었거든요."

진의 가냘픈 음성이 나릿나릿 흘렀다. 그녀의 이야기를 이해하는 데 오래 걸렸다. 신체의 감각 기관들이 제 기능을 하지 못하는 것 같다.

"그분은…… 스스로의 감정을 마음 편히 드러내는 걸 허락받지 못한 분이에요. 특히 외롭다거나, 슬프다거나, 두렵다거나 하는 약한 감정들은…… 마치 처음부터 가지고 태어나지 않은 것처럼, 자기 자신에게조차 용납하지 않으세요. 하지만…… 외로움을 불치병처럼 달고 다니면서, 사람이 주는 정에 한없이 허기져본 사람은 알아요. 비슷한 처지에 있는 사람을…… 본능적으로 느껴요. 그래서 그분이 제게 집착하는 모습을 보면 가슴이 먹먹하고, 마음이 저려요. 보잘것없는 저라도 의지가 되어드리고 싶어요."

연성은 멍하니 고개를 가로저었다.

"폐하를…… 결코 원망하지 않사옵니다. 신하 된 자가 백 번 죽어서도 충성해야 마땅할 주군을 원망한다니, 천부당만부당하옵니다. 다만 소인은…… 폐하께서 소인을 찢어 죽인다 하시어도…… 공주님 곁에 있고 싶을 뿐이옵니다."

"그런 소리 하지 마요!"

비명처럼 소리친 진은 곧 애처롭게 눈썹을 허물어뜨렸다.

"알잖아요. 우리 이제…… 예전과 같은 관계로 지낼 수 없다는 것을요."

불안스레 일렁이는 그의 눈동자가 절망의 빛으로 물들었다. 목구멍 너머로부터 뜨거운 덩어리가 왈칵 치밀어 올랐다.

연성은 그녀의 눈에 시선을 걸어둔 채 한쪽씩, 천천히 무릎을 꿇었다.

"다시는."

그의 뺨을 타고 굵은 눈물 줄기가 뚝뚝 흘러내렸다.

"다시는…… 주제넘은 행동…… 하지 않겠사옵니다. 감히…… 불경하게 선을 넘어서는 일, 어떤 경우에도 없을 것이옵니다. 그러니 제발 공주님 곁에만 있을 수 있게…… 제발……."

고개를 젖혀 진을 올려다보며 연성은 한량없이 울먹이는 소리로 애원하였다.

진은 가쁜 숨을 들이쉬며 몇 차례 경련하였다. 그러다가 끝내는 소매로 얼굴을 뒤덮은 채 풀썩 주저앉아버렸다. 옷 안으로 쏟아놓는 처절한 오열이 각혈하듯 비어져 나왔다.

너무 미안해서, 미안하다는 말도 못 한다. 오랜 친구의 눈에 피눈물을 흘리게 해야 하는 자신이 밉고 싫다. 가슴이 미어지는 것 같아 숨을 쉴 수가 없다. 도무지 어쩔 줄을 몰라 울고, 또 운다.

연성은 우두커니 그녀를 쳐다보았다. 자신이 그 어떤 말로 호소하여도, 현재 그녀에게는 다른 선택지가 없다. 벗의 목숨을 담보로 넣어가면서 관계를 유지할 만큼 모진 여자가 아니었다. 그가 매달리면 매달릴수록 그녀는 더 아파할 테다.

그 생각에 거짓말처럼 눈물이 그쳤다. 그녀가 아프면, 자신은 그 몇 배로 아프니까.

"그만…… 우십시오."

저도 모르게 손을 뻗은 그는 허공만 더듬다가 도로 내렸다. 들먹이는 어깨를 토닥여주고 싶어도 그럴 수 없으니.

"명에 따르겠습니다. 그러니…… 부탁이니…… 그만 우십시오."

차분히 목소리를 가라앉혀 다시 애원하였다. 지금 그녀를 달래는 것만이 삶의 유일한 이유인 양 애타게 빌었다.

오랜 시간이 지났을 때, 소맷자락에 파묻힌 목 메인 소리가 띄엄띄엄 들려왔다.

"야, 약속해줄래요?"

진은 가까스로 흐느낌을 죽여가며 찬찬히 머리를 들었다.

"시간이 지나면…… 다른 사랑하는 사람 찾겠다고. 그 사람과 반드시 행복하겠다고. 혼인도 하고…… 아이도 낳고…… 예쁜 가정 꾸려서, 다복하게 잘 살아가겠다고. 금슬지락 누리며 오래오래 살다가 해로동혈하겠다고. 제발…… 그렇게…… 하겠다고…… 저랑 약속해줄래요?"

연성의 눈길이 한동안 그녀의 젖은 눈에 머물렀다. 그는 조금씩 고개를 들어 올리다가 한 번 깊이 끄덕이고는 답하였다.

"……예."

오래도록 맡아온 직책에서 해임되어 일이 없었다. 종일 처소에 누워 있거나, 영혼 잃은 사람처럼 궁 안을 서성이며 덧없는 과거에 젖어 살았다.

터덜터덜 발을 끌며 걷다가 가까운 바위에 맥없이 몸을 내렸다. 10년은 지난 것 같은데 겨우 며칠이 흘렀을 뿐이다. 시간이 고여 있는 듯하다. 아무리 흥청망청 낭비해도 날이 줄어들지 않는다.

연성은 소맷자락을 뒤집어 차곡차곡 개켜진 비단 조각을 꺼내었다. 안에는 그녀의 고운 머리칼이 한 움큼 들어 있었다.

그날 헤어지기 전, 별리의 정표로 요구해보았다. 그녀는 객쩍은 얼굴로 서슴거리다가 이렇게 중얼거렸었다.

「이거, 내 거 아닌데…….」

그러면서도 머리채를 정돈해 가슴 앞으로 넘겨서는, 안쪽의 표 나지 않는 부분을 내밀었다.

「하지만 마지막이니까…… 가져가요. 이런 게 조금이나마 위로가 될 수 있다면…….」

가져온 뒤로 한 번도 펼쳐본 적 없다. 겨우 머리카락 약간일 뿐인데, 마치 그녀인 양 손도 대지 못하는 스스로가 우스웠다.

손 안의 비단 위에 눈물 얼룩이 툭툭 번졌다. 연성은 흠칫 놀라 옷자락으로 재빨리 닦아내었다. 다시 소매에 집어넣고 나니, 정수리 위에서 낯익은 목소리가 카랑카랑 귀에 꽂혔다.

"이게 뭐야……. 날이 갈수록 몰골이 더 가관이잖아."

연홍이었다. 어쩌 방문하는 시간이 점점 더 앞당겨지는 듯하였다.

"그 예쁘던 얼굴 다 어디 갔어. 제발 정신 좀 차려!"

그녀는 들고 온 보자기를 발부리에 던져두고 동생의 머리를 얼싸쥐었다.

연성은 텅 빈 웃음을 머금은 채 눈물 괸 눈으로 그녀를 보았다. 자신과 조목조목 빼닮은 아름다운 여인이 코앞에 있었다.

본가가 있는 현에서 알아주는 미인인 누이였다. 지방 관리의 외아들인 매형과 정분나기 전에도 이 미모로 수없는 사내들을 가슴앓이하게 만들었다. 하지만 처녀 적 모습보다 외려 지금의 얼굴이 환히 피어 있

었다. 매끄럽게 윤나는 피부와 보기 좋게 살진 몸태가 남편으로부터
받는 사랑의 크기를 드러내준다.

"누이는…… 볼수록 참 곱네. 정말 곱네."

그가 중얼거리자 연홍의 표정 곳곳에 금이 갔다. 연성이 가만히 손
을 올려 누이의 팔을 머리에서 떼어내고는 물었다.

"매형이랑…… 행복해?"

"그래. 난 행복해. 행복이 지겨울 만큼 행복해! 그런데 내 동생은 왜
이래! 네 이런 모습을 보고 누나가 마음 편히 웃을 수 있을 것 같아?"

새되게 소리친 연홍은 속상한 듯 한숨을 푹푹 쏟았다.

동생이 형벌을 받은 뒤로, 그녀는 시댁의 허락을 얻어 장안 도성 내
에 숙소를 마련해두었다. 요새는 매일같이 간호 겸 위로 겸 해서 궁을
출입하고 있었다. 다행히도 공주 측에서 먼저 궁녀 설향을 통해 황궁
통행증을 전달해 왔기에 가능하였다. 그러나 애써 달려오는 보람도
없이, 동생은 볼 때마다 몸 어딘가가 망가진 것처럼 넋 놓고 울기만 하
였다.

"처음부터 끝이 정해져 있었던 관계였잖아. 너도 알았잖아! 발 디딜
나뭇가지도, 홈도 없는 나무였어. 오르는 게 불가능한 나무였다고! 설
마 공주마마의 부군이라도 되길 꿈꿨던 거니?"

"원래는, 그저 곁에만 있을 수 있으면 족했는데…… 언젠가 귀한 분
과 더불어 혼약을 맺으시더라도…… 가끔씩 그리운 존안이나마 뵐 수
있다면, 그걸로 난 충분히 행복할 거라고 생각했는데……."

고개를 가벼이 저은 연성은 천천히 눈을 찌그려 감았다.

"나도 모르게 조금씩 키워온 욕심이…… 내 분수를 망각하고 품어버
린 어리석은 마음이…… 모든 걸 다 망쳐버렸어……."

널찍한 양어깨가 구부스름히 늘어졌다. 해쓱해진 손으로 이마를 훑은 그가 힘없이 입을 열었다.

"누이, 나는 정말 못된 놈이야. 진심으로 공주님을 사랑하였다면, 순수하게 공주님의 행복을 빌었어야 했어. 근데 난 안 그랬지."

"너……."

"그거 알아? 나…… 공주님이 어리실 적…… 궁녀들에게 따돌림 당한다는 사실, 잘 알고 있었어. 솔직히 일개 호위인 내가 할 수 있는 일이 없기는 했지. 그런데 공주님 앞에서는 그걸 아예 까맣게 모르는 척, 뻔뻔하게 웃었어. 그분께 손 내미는 사람이 나 하나밖에 없는 상황…… 나쁘지 않았거든. 공주님께서 방치당하시어 외로움을 타면 탈수록, 오직 내게만 의지하실 테니."

이야기하는 사이사이 쓸쓸한 자조가 터져 나왔다. 연홍은 오도카니 입술을 벌린 채 동생이 아닌 것 같은 동생의 속마음을 들었다.

"나, 공주님이 폐하를 더 무서워하시도록 은근히 부추긴 적도 있어. 기댈 곳 하나 없었던 그분의 외로움을 저열하게 이용했어. 그분의 얼굴에서 항상 웃음이 떠나지 않기를 가슴 깊이 바랐지만, 한편으로는…… 소문대로 공주님께서 폐하의 장자를 생산하시고 나면, 폐하께 외면당하실 수도 있으니까…… 황후도, 후궁도 될 수 있는 분이 아니시고, 다른 가문에서도 받아주지 않는다면 그 누구도 그분을 돌아보지 않게 될 테니까…… 그때가 되면, 내가 공주님께 손 내밀어볼 수 있지 않을까…… 하는 생각도 했었어. 말도 안 되는 일이라고, 이런 생각을 하는 내가 미친놈이라고 끊임없이 자책하면서도, 마음속의 어느 한 곳에서는 정말 혹시나…… 혹시나 했었어. 하지만 이제 다 의미 없어. 의미…… 없어."

연성은 입술을 일그러뜨리며 기어이 소리 내어 흐느꼈다. 덜덜 떨리는 그의 손가락이 누이의 소맷자락을 꽉 붙들었다.

"누이, 나 이제 어떡해야 해? 다시는 그분 곁에 있을 수 없게 되어버렸는데…… 난 이제 어떡해야 할까? 솔직히 말하면, 살고 싶지 않아. 살 자신이 없어."

"야! 이 못난 놈아!"

연홍이 날카롭게 소리 지르며 그의 어깨를 꺾어 잡았다.

"네가 그런 말을 하면 남은 가족들은 뭐가 되니. 어머니는! 연우는! 그리고 나는! 우린 어떡하라고!"

"미안, 이런 못난 소리 지껄여서 미안해. 정말 미안해……."

부러질 듯 가녀린 여인의 팔 안에서 기골 장대한 사내가 무력하게 뒤흔들렸다.

"보고 싶어……. 너무 그립고 그리워서, 아침마다 눈 뜨는 일이 가장 두려워졌어. 하루하루 숨 쉬는 것조차 고통스러워. 보고 싶어 죽을 것만 같아……."

꺽꺽 울음 섞인 처연한 중얼거림이 누이의 가슴을 조각조각 도려내었다.

연홍은 눈도 뜨지 못한 채 호곡하는 동생을 품 안 가득 끌어안았다. 시린 눈시울을 애써 참으려 했으나 결국 그녀도 왈칵 눈물을 쏟아버렸다.

차마 위로할 말도, 방법도 떠올릴 수가 없었다. 지금껏 공주 하나밖에 모르고 살아온 동생임을 알기에 한없이 막막하고 가여웠다.

너무 오래 품어온 마음이었다. 그 자신도 어찌할 수 없어졌을 만큼 깊게, 깊게 방치해버린 연심이었다. 감당하기 잔인할 만큼 아프고 괴로워도 잘라내버리는 건 불가능할 것이었다. 그러니 아마 평생 안고 살아가야 할 테다.

이럴 줄 알았으면 차라리 황궁에 들이지 말 것을. 순하디순한 동생의 손에 어울리지 않는 창검 따위, 쥐여주지 말 것을.

우는 동생을 처소 안에 밀어 넣고 잠든 모습까지 확인한 뒤에 나왔다. 정말 자는 건지, 잠든 척하는 건지 모르겠지만 이부자리에 눕혀놓는 쪽이 그나마 안심되었다. 바깥에 놔두자니 무슨 짓이라도 저지를 것 같아 괜스레 마음이 조마조마하였다. 당분간은 오늘처럼 일찍 입궁해 들여다보고 상태를 감시해야 할 듯했다.

불행 중 다행으로 일이 참 시기적절하게 터졌다. 남편은 친척 아주버니와 함께 먼 지방의 영산 순례를 나가 있는 중이었다. 며느리가 집을 비우는 걸 탐탁히 여길 시댁은 없으니 아무래도 눈치가 보였다. 그래도 아들이 귀가하기 전까지는 참아줄 것 같은 기색이라, 그간 동생을 조금이라도 살려놓을 생각이었다.

연홍은 숙소로 돌아가기 위해 통행증을 품에서 꺼냈다. 장안에 얼마나 더 머무를 수 있을지 날짜를 계산하며 걷는 중이었다.

그때, 홀연히 앞을 가로막는 누군가의 음성에 흠칫 고개가 들렸다.

"황궁이 도성 내 저잣거리도 아니거늘, 언제부터 아무나 예사로이 드나드는 곳이 되었는가."

왜소한 체구의 중년 사내였다. 복색을 보아하니 상당한 고위 관료 같았다.

"일개 평민은 아닌 것 같고…… 그렇다고 사대부 가문의 영녀 또한 아닌 것 같고."

그가 빳빳한 수염을 자늑자늑 내리쓸며 고개를 갸웃대었다.

이상하게도 느낌이 좋지 않았다. 연홍은 깊숙이 허리 굽혀 예를 표한 후 슬그머니 주변을 살폈다. 아무도 없었다. 조금씩 몸을 물리며 뒷걸음질하려는데, 어느새 바짝 붙어온 사내에게 한쪽 손목이 잡히고 말았다.

　"처자, 이름이 뭐요?"

十
四
章

　달포가량이 지났다. 그 일 이후로 진은 원과 다소 서먹서먹한 관계
를 유지하고 있었다. 도무지 화해할 겨를이 나지 않았던 것이, 그는
그동안 몸이 열 개라도 모자랄 만큼 극번하였다.

　교서국과 교동국이 세력 간 마찰을 일으켜 황제의 허락 없이 군사를
일으켰다. 요행히도 접전을 벌이지 않은 채 진영만 펼쳤다가 칙령을
받고 물러나 큰 피해는 없었다. 그러나 죄는 피할 수가 없어, 황제는
교서왕과 교동왕의 작위를 떼어버리고 봉국에 속한 현을 중앙 정부 직
할로 편입하였다.

　그 과정에서 처리해야 할 일거리들이 한 곳에 쌓아두면 언덕을 이룰
정도였으니, 군주든 신료든 집무실에서 쪽잠을 자가며 치열한 달을
보내야 했다.

　진은 서책을 읽거나 상림원을 산책하는 시간으로 외로움을 달래었
다. 정인의 얼굴도, 벗의 얼굴도 볼 수가 없어 하루 종일 음울한 한숨
만 흘러나왔다.

　근래 들어 꿈자리가 사나웠다. 오늘은 좋아하던 꽃병을 어린 궁녀가
잘못 만져 깨뜨렸다. 자기 전에는 멍한 정신으로 머리 장식을 풀어내
다가 손바닥을 깊이 베였다. 어째선지 심신이 극도로 어수선하고 불
안하였다.

그날 새벽, 진은 청천벽력의 변고를 전해 들었다. 연성이 재상 살인 미수 혐의로 현장에서 붙들려 하옥되었다는 소식이었다. 그의 칼에 죽거나 부상을 당한 사람만 해도 수십이라 죄목이 확정되거든 극형을 면치 못할 처지라 하였다.

진은 허겁지겁 옥사에 사람을 보내었다. 하지만 담당 옥리들에게 죄인의 면회를 단칼에 거부당했다. 포기하지 않고 옥리와 친분이 있는 자를 찾아다가 애걸복걸 사정해보았다. 결국 그녀 대신 설향이 하는 면회만큼은 제한된 시간 내에서 얻어낼 수 있었다.

아무 이유 없이 그런 짓을 저지를 그가 아니다. 무려 12년 지기였다. 독함, 악함, 사나움 따위와는 하등 인연이 없는 극선한 사람이다. 누군가를 죽이기는커녕 한낱 미물조차 함부로 하지 않던 마음씨 고운 이임을 너무도 잘 안다.

설향이 돌아왔다. 핏물이 배도록 손톱을 물어뜯으며 기다리던 진은 족건(足巾)만 신은 발로 뛰쳐나가 맞이하였다.

상전을 대하자마자 설향은 가슴놀이를 꽝꽝 내지르며 오열부터 쏟았다. 달래고 달래어 전말을 설명하게 하니, 그 입에서 나온 이야기는 한동안 머릿속이 아득해질 만큼 분하고 절통한 것이었다.

"왕 승상, 왕 승상 그자가 연홍 언니를 죽였사옵니다. 그 흉물스러운 자가, 더럽고 효악한 자가 연홍 언니를 죽게 만들었사옵니다!"

"죽이다니, 죽이다니!"

진은 벌벌 전율하는 손으로 설향의 어깨를 있는 힘껏 옥쥐었다.

"어, 어서 똑바로 말하지 못하겠느냐!"

"연홍 언니가……."

설향은 숨을 헐떡거리며 더듬더듬 입술을 열었다.

"궁을 출입하다가…… 그 미친 색한의 눈에 띄어버렸사온데……."

연홍은 귀족 여인이 아니다. 조정 대신들과 면식이 있을 리 없었다. 하지만 한자를 모르는 까막눈은 아니어서, 그의 복색을 살피다가 승상의 인수를 차고 있음을 눈여겨보았다. 사내의 높은 신분에 두려움이 일었지만, 그대로 있으면 큰일을 당할 것 같아 젖 먹던 힘을 다해 뿌리치고 달아났다.

며칠 뒤 그녀는 황문 바깥에서 정체불명의 괴한들에게 납치되었다. 사방이 막힌 공청(空廳)으로 끌려간 그녀는 뒤따라 들어온 사내에게 끔찍한 치욕을 당하였다. 일부러 의복을 갈아입은 듯 차림새는 달랐으나, 분명 궁에서 마주쳤던 그 사내였다.

사내는 그녀의 손에 화대를 쥐여주며 뻔뻔한 낯으로 타일렀다. 오늘 겪은 일을 문제 삼아봐야 그대에게 득 될 게 없다. 보아하니 유부녀 같은데, 지아비 앞에서 아둔하게 굴어 티를 내면 소박이나 맞을 것이다. 그대를 위해 해주는 말이니 하루 즐기고 돈벌이한 셈 쳐라.

공포에 질린 연홍은 종일 숙소에서 떨고 떨었다. 이 일을 차마 시댁 식구에게 발설하기 두려웠다. 하릴없이 속을 태우며 고통스러워하던 끝에 동생에게 털어놓았다.

연성은 근신 기간이라 처소를 벗어날 수 없었다. 그는 분루를 삼키며 누이의 손을 붙들고는, 하루빨리 여길 벗어나 일단 친정에 가 있으라 하였다. 그리고 단호히 설득하였다. 그날 당한 일은 기억 속에서 깨끗이 지워버리라고. 매형 앞에서는 어떤 경우에도 절대로 평소와 다른 기색을 보이지 말라고.

연홍은 괴로웠지만 동생의 말에 따를 수밖에 없었다. 어렵게 성사시킨 혼인이었다. 일이 발각될 경우 그녀가 맞이할 운명은 참담한 파경

뿐이었다.

　친정에 머무르며 마음을 추스르던 그녀는 남편의 귀환일 전에 시댁으로 돌아갔다. 그러나 시간이 흐른 후, 시어머니에게 외도의 증거가 들어섰음을 눈치 채이고 말았다. 남편이 멀리 출타하던 중 품은 씨앗이기에 빼도 박도 못하고 사립문 밖으로 내쫓겨야 했다.

　아무리 빌고 하소연해도 받아들여지지 않았다. 길을 걷다 보면 추잡한 통간녀라는 욕설과 함께 마을 사람들의 돌팔매가 날아왔다. 재가를 할 수도, 고개를 들고 살아갈 수도 없었다. 끝내 그녀는 가족들에게 서찰 한 통을 남긴 채 목을 매었다.

　얼마 지나지 않아 연성의 근신이 풀렸다. 새로운 보직의 인수인계는 그 스스로 거부하였다. 그가 행할 일은 오로지 하나뿐이었다. 황궁을 나선 그는 오랜 시간 왕전의 가택 근처를 비찰하며 암살 계획을 세웠다.

　그는 설향을 앞에 두고, 비교적 담담한 목소리로 자초지말을 모두 밝혔다. 더 이상 삶에 대한 의욕도, 미련도 없다고 하였다. 다만 왕 승상이 죗값을 받을 일말의 가능성을 남기고 싶다 말하였다.

　심문하는 관리에게 진술해봐야 증좌도 없고, 피해자는 이미 이 세상 사람이 아니니 고스란히 묵살당할 확률이 높았다. 차라리 설향을 통해 공주의 입을 빌리는 쪽이 황제에게 알리는 가장 확실한 길이었다.

　온 시야가 뜨거운 습기로 흐려져 어룽거렸다. 진은 설향을 붙들고 함께 주저앉아 찢어지는 소리로 울음을 터뜨렸다.

　그날 그렇게 보낸 뒤로, 가슴 한편에 아릿한 응어리처럼 남아 있던 그였다. 실연의 상처일랑 속히 털어내고 좋은 배필 얻어 천행만복을 누리길 간절히 기원했었다. 남은 삶 동안 평생 웃으며 살아도 모자랄 안쓰럽고 애연한 벗이었다.

어찌하여 그런 참혹한 화액을 감당해야 하는가. 대체 그 착한 사람이 무슨 죄가 있기에.

"이러고…… 이러고 있을 때가…… 아니구나."

진은 상체를 비슬거리며 무릎을 짚고 일어섰다. 설향이 얼른 따라 일어나 그녀를 부축하였다.

혈연과 다름없이 여겨온 그의 변고는 스스로의 재앙 이상으로 심신을 무너뜨렸다. 머릿속이 아뜩하여 당장이라도 까무러칠 듯했다. 그러나 그를 구해야만 한다는 일념이 비통에 사무치는 전신전령을 아프게 일깨웠다.

일각이 절박한 시기였다. 눈물을 대강 닦아낸 진은 엉망이 된 매무새를 재빨리 정돈하였다. 어떻게든 이 원통한 사연을 호소해야 했다.

"가마를 준비시키거라. 내 당장 폐하께 갈 것이다."

선실전 안은 평상시와 다름없이 조용하였다. 경위서를 반으로 접은 원은 층계참에 부복해 있는 집금오(執金吾) 이건을 무심히 굽어보았다.

"사망자는 사졸이 열둘, 승상의 종사(從士) 및 노복이 열다섯, 도합 스물일곱. 부상자는 생명이 위독한 자들을 포함해 열아홉. 이 인원이 전부 하연성 한 명에게 쓸렸다는 말인가. 각개격파라는 걸 감안하더라도 너무한 수치군."

"신속히 수습하지 못하여 면목 없사옵니다."

"수습을 한 자체가 용하지. 그대가 나서지 않았다면 왕 승상은 하연성의 칼에 어육이 되었을 테니."

"폐하께서 배치하신 둔병들이 시간을 벌어주었기에 가능하였사옵

370

니다. 일대일로 합을 겨룬다면 결과를 자신할 수 없을 실력의 사내더 군요. 어찌 그런 무서운 자가 일개 호위에 머물러 있었는지…….”

이건은 새벽안개 속의 처참한 살육전을 되새기며 미간에 주름을 잡았다.

원의 눈썹이 살짝 구겨졌다. 집금오는 변방에서 근무 중인 사정장군 들을 제하면 도성 최고의 실력자다. 그가 저렇게 표현할 정도라면 하연성의 고독단신 침입이 결코 무모한 모험이 아니었음을 알 수 있다.

승상의 가택 주변에는 이전부터 감시차 깔아둔 군사들이 상당수 있었다. 그 모두가 졸지에 승상의 목숨을 지키는 위병으로 둔갑할 줄이야.

“지난번 잠행에서 어느 정도 느끼기야 했지만, 생각 이상의 인물이 었군. 즉살하기도 힘든 자를 생포하려 하였으니 그대가 꽤나 애를 먹었을 터.”

황제의 나긋한 위무에 이건은 손등에 이마를 대고 고두하였다.

“망극하옵니다. 신은 의당한 책무를 행하였을 따름입니다.”

“수고했다. 그대의 공로에는 합당한 포상이 있을 터이니 물러가 대기하고 있으라.”

“황은에 감은부복하옵니다.”

다시금 고개를 조아린 이건은 천천히 몸을 일으켜 배례한 후 종종걸음으로 물러났다.

원은 손끝으로 입술을 매만지며 한동안 생각에 잠겼다. 암살을 기도한 자와 그 대상을 전해 들었을 때부터 그는 원죄(怨罪)일 가능성에 무게를 두고 있었다.

그때, 출입문이 열리더니 환관 한 명이 안으로 들어와 허리를 굽혔다.

"폐하, 공주마마께서 드셨사옵니다."

원이 힐긋 쳐다보고는 입을 열었다.

"들라 하라."

벌겋게 달궈진 쇳덩이에서 피어오르는 아지랑이가 빛을 왜곡시킨
다. 바람 한 점 없이 정체된 공기가 뜨겁다. 오후의 햇볕이 따갑게 내
리쬐어 고문장의 후텁지근한 온기를 더한다. 연성은 답답한 숨을 들
이켜며 풀기 잃은 눈만 슴벅거렸다. 긴 시간 방치한 출혈로 입술에서
핏기가 가시고 눈 밑에는 거뭇한 그늘이 졌다.

"다시 심문하겠다. 죄인 하연성은 누구의 사주를 받고 일검지임[68]으
로 승상을 해하려 하였는가?"

당상에 올라앉은 정위에게서 벌써 세 번째 같은 물음이 반복되었다.

있지도 않은 사주자를 어찌 토설하란 말인가. 몸도, 마음도 힘겹고
지쳤다. 연성은 대답 대신 지그시 눈을 내리감았다.

"아무래도 고형(苦刑) 없인 속내를 까지 않을 모양이군. 여봐라, 저자
가 바른 말을 실토할 때까지 단근질을 시행하라!"

정위의 노기 띤 호령이 떨어졌다.

소매를 팔뚝까지 걷어붙인 형리들이 다가와 화로 속에서 인두를 꺼
내 들었다. 적열된 쇠붙이에서 불티가 떨어져 공중으로 어지러이 날
아다녔다. 인두 끝이 죄인의 허벅다리로 향할수록 참관자들의 오금이

---

68) 一劍之任, 칼을 한 번 내둘러서 완수하는 일이란 뜻으로, 자객의 임무를 말함.

꾸무럭꾸무럭 움츠러들었다. 정작 고문을 받을 당사자만 남 일처럼 태무심하게 그 모양을 관망하고 있을 뿐이었다.

살갗 위로 후끈한 열기가 전도되는 순간, 애젊은 환관 한 명이 헐레벌떡 뛰어 들어와 정위를 향해 고하였다.

"잠시 문초를 멈추십시오! 황제 폐하께서 납시옵니다!"

놀란 정위가 손짓으로 고문의 중단을 명하고는 급히 상석에서 내려섰다.

얼마 있지 않아 우림중랑장과 호분중랑장을 거느린 황제가 빠른 걸음으로 고문장에 진입하였다. 그 뒤로는 무장을 갖춘 금위군들이 매미의 두 날개처럼 갈라져 엄중한 기세로 따르고 있었다.

"만세, 만세, 만만세!"

내부에 늘어서 있던 모든 구성원들이 한 걸음 물러나 일제히 부복하였다.

원은 딸린 이들을 당하에 세워두고 상석으로 올라가 앉았다. 황제의 차분한 시선이 형의(刑椅)에 결박되어 있는 죄인에게 가 닿았다. 연성은 천천히 눈을 올려 뜨고 그를 맞바라보았다.

"동현."

원이 가장 가까이 시립해 있는 중상시의 이름을 불렀다. 호명된 이가 두 손을 모아 잡고 총총 다가와 허리를 조아렸다.

"예, 폐하."

"지금 곧장 사마(駟馬)를 이용해 왕 승상의 가택으로 향하라. 짐이 부르니 선소를 받들라 전하고 바로 이 자리로 데려오라."

"명 받잡겠사옵니다."

다시 배읍한 동현은 수하의 환관들을 몇 통수하여 고문장 밖으로 빠져나갔다.

명을 내린 후로, 황제는 내내 죄인과 면면상고(面面相顧)하였다. 오랫동안 무인경과 다름없는 고요함이 이어졌다. 금군을 비롯하여 백 명이 넘게 모인 인원이 무색할 정도였다. 그도 그럴 것이, 정위를 포함한 태반은 바닥에 머리를 대고 엎드려 있었다. 황제의 허락이 내리기까지는 고개를 들 수도, 천자에게 먼저 말을 걸 수도 없었다.

정위 계연은 후줄근히 배는 마른땀을 느끼며 간간이 콧등을 문질렀다. 친국을 하려나 싶었던 황제는 심문은커녕 죄인에게 손가락 하나 대지 못하게 하고 있었다. 어쩐지 돌아가는 낌새가 이상하였다. 피해자인 승상과 죄인을 굳이 대면시키려는 이유는 무엇인가.

시간이 지나 동현과 환관들이 돌아왔다. 무리 중 승상의 얼굴은 내보이지 않았다.

난처함이 역력한 표정으로 안절부절 다가온 동현은 고개 숙여 면관[69]하고 꿇어 엎드렸다.

"송구하옵니다. 그, 그것이…… 왕 승상은 금일 새벽의 사고로 충격을 받아 자리보전을 하고 있다 하옵니다. 그 때문에 당장은 폐하의 부르심을 받들 수가 없어, 차후에 몸이 쾌하거든 그에 대한 죄, 죄를 받겠다고……."

아뢰는 사이 동현의 둥근 등허리가 저릿저릿 떨렸다. 끝내 말꼬리를 애매하게 흐린 동현은 바닥에 이마를 박으며 소리쳤다.

"황명을 받들지 못한 소인을 죽여주시옵소서!"

---

69) 免冠. 용서를 빌기 위하여 쓰고 있던 관이나 갓을 벗음.

원은 싸늘한 비웃음을 흘렸다. 여우같은 작자가 심상치 않은 기미를 간파했는지, 짐짓 상황에 맞게 능갈치려 하고 있다.

　"명을 달리 하겠다."

　황제의 시선이 동현의 건너편에 시립한 우림중랑장에게로 향하였다.

　"끌고 오라. 이번에는 우림중랑장 그대가 가라."

　"명 받잡겠사옵니다."

　공손히 읍례한 우림중랑장이 금군들을 끌고 지체 없이 나섰다.

　다시 시간이 흘렀다. 중랑장은 동현에 비해 썩 빨리 돌아왔다. 그의 등 뒤에는 부러 병자의 추레한 행색을 꾸민 듯한 왕 승상이 허영거리며 따르고 있었다.

　왕전은 종종걸음으로 발을 내디디며 황제의 앞에 섰다. 그리고 옷자락을 단정히 펴 배례를 올린 후 느릿느릿 다시 엎드렸다.

　"신 승상 왕전, 황제 폐하를 뵙사옵니다. 만세, 만세, 만만세."

　끌려온 주제에 제 스스로 따른 양 인사하는 작태가 실로 언죽번죽하였다.

　"고개를 드시오."

　"황감하옵니다."

　머리를 조아린 왕전이 부스스 고개를 들었다. 원은 눈을 가늘게 내려뜨고 그의 면목을 한참 주시하였다.

　"몸져누워 계시었다더니, 얼굴이 전보다 좋아지신 것 같소."

　"신 망극하오나, 반 시진 전까지만 해도 거동이 불가능하였사옵니다. 요행히도 우림중랑장께서 내방하시는 사이, 몸이 다소간 회복되었는지라……."

"운신조차 못하고 있다가 종식지간[70]에 멀쩡히 걸을 정도가 되셨다는 말이군. 다행이오. 우림중랑장이 아니었더라면 어찌 경의 사지가 계속 말을 듣지 않았을 것 같으니."

왕전은 대답 없이 재차 고개만 수그려 보였다. 뒷목이 싸하였다. 분위기를 보아하니 황제가 이 일을 순순히 넘기지는 않을 성싶었다.

"경은 고개를 돌려 저기 앉아 있는 자를 확인하시오."

옥음이 이어졌다. 왕전의 눈길이 중앙의 형의에 묶여 있는 이에게 다가붙었다. 연성은 두 눈을 감고 이마를 내린 채 꽁꽁 결박된 팔다리를 부들부들 떨고 있었다.

"누군지 아시겠는가?"

"마, 망극하오나…… 저자는 공주마마의 전 호위 하연성으로…… 신의 목숨을 해하려 하였던 무서운 자가 아니옵니까."

화들짝 엉덩방아를 찧은 왕전이 몸서리를 쳐대며 질겁하였다. 원은 왕전과 연성의 반응을 주의 깊게 관찰해가며 찬찬히 되물었다.

"잘 아시는군. 그렇다면 저자의 하나뿐인 미인 누이도 알고 계시오? 이름이 하연홍이라 하던데."

"신 송구하오나…… 저자와는 이전에 약간의 면식이 있었던 탓에 이름과 보직을 기억합니다만, 저자의 일가붙이까지는 잘 모르옵니다."

왕전이 비실비실 자세를 바로 하고는 칙답하였다.

연성의 눈이 번쩍 뜨였다. 고개를 틀어 원수를 노려보는 그의 시선 속에 새파란 살기의 불꽃이 피어올랐다. 눈빛으로 사람을 죽일 수 있

---

70) 終食之間, 식사를 하는 짧은 시간이라는 뜻으로, 얼마 되지 않는 동안을 이르는 말.

다면 그 대상은 진즉 갈가리 찢어졌을 테다.

왕전은 시근벌떡 숨을 삼키며 슬그머니 어깨를 세웠다. 그러나 곧 태연스레 표정을 갈무리하는 모습 속에 죄책감이라고는 비치지 않았다.

지켜보던 원이 눈을 감았다가 서서히 떠 올렸다. 그의 입술이 한쪽으로 차갑게 비틀렸다. 생각 같아서는 하연성을 풀어놓고 손에 검을 쥐여준 뒤, 왕전과 좁은 방 안에 단둘이 놔두고 싶었다.

원은 지긋한 시선으로 왕전을 내려다보며 입을 열었다.

"저놈을 끌어내 묶으라."

숨마저 참은 채 지켜보던 모든 이들이 한꺼번에 놀라 움찔거렸다. 연성 역시 눈을 크게 뜨며 황제에게로 시선을 돌리고 있었다.

시립한 금위군들이 즉시 다가붙어 왕전의 머리를 아래로 눌러 박고 겨드랑이를 옥죄었다.

"폐하! 폐, 폐하! 어찌 이러시옵니까? 폐하!"

왕전이 꺾인 팔을 내두르며 황급히 외쳤다. 그가 아무리 악장쳐도 젊은 장병들의 기운을 당해낼 리 만무했다.

"그, 그만두라! 감히 재상의 몸에 함부로 손을 대는 것이냐!"

"감히? 지금 그대가 짐의 앞에서 감히라 말하였는가?"

황제의 날카로운 음성이 머리끝을 오스스 곤두세웠다. 당황한 왕전이 몸부림을 멈추고 소리 높여 둘러대었다.

"헛나간 말이옵니다! 신이 실언을 하였사옵니다! 부디 용서해주시옵……!"

"닥치거라!"

서슬 퍼렇게 소리친 원은 곧 금위군들을 향해 추상같이 호령하였다.

"저 방자한 자의 정신이 번쩍 나도록 태장(笞杖)을 안겨주어라."

양옆의 금위군들이 왕전을 꺼둘러 중앙으로 질질 끌어갔다. 왕전이 고래고래 고함치며 앙버티려 하니, 장병들의 억센 손이 아예 사지를 번쩍 들어다가 형틀에 척 엎쳐놓았다. 그들이 왕전의 관복을 걷어젖히고 손발을 비끄러매는 사이, 다른 두 명이 형장을 꼬나들고 다가와 형틀 좌우로 붙어 섰다.

"어억, 억, 어어억!"

철썩철썩 매 때리는 소리가 나이 든 사내의 경망스러운 신음과 번갈아 울렸다. 형장이 높이 올라 휘둘러질 때마다 붕, 붕 섬뜩한 칼바람이 일었다. 다섯 대를 채우기 전에 살갗이 부풀어 터지고 짙붉은 피가 배어나왔다. 형리들보다 힘이 좋은 무관들인데다가, 특히 황명이기에 더욱 사정 봐주지 않고 치는 듯하였다.

연성은 건조한 곁눈질로 왕전이 맞는 모양새를 바라보았다. 몸 안에서 감정 자체가 차단된 것처럼 아무런 느낌이 들지 않았다. 저렇게 피 흘리며 난타당하다 죽는 꼴을 보아도 부동심을 유지할 수 있을 것 같았다. 그러나 죄에 대한 증좌도 없고, 있다 하여도 죽을죄는 아니니 아마 지금 받는 매로 주살당하지는 않을 테다.

잠시 뒤에 황제의 어수가 가만히 들렸다. 금위군들이 형장을 멈추어 거두고 한 걸음 물러섰다.

"심문하겠다. 그대는 하연성의 누이 하연홍과, 독우(督郵) 위부의 여식 위란과, 옛 공거사마(公車司馬) 방총의 미망인 노혜를 겁탈하고, 전장군 공손풍의 여식 공손화를 따로 찾아가 희롱하였는가?"

"그런 적…… 없사옵니다."

이미 다 알고 하는 듯한 추궁을 받고도 왕전은 더듬더듬 죄를 부정하였다. 그가 형틀 바닥에 턱을 들비비며 쇠진 소리로 항변을 덧붙였다.

"이러실 수는, 이러실 수는 없사옵니다. 확실한 증좌도 없이 어찌 소신을……."

"여러 사람의 증언은 있었으니 충분한 문책 사유가 된다. 또한 그대는 허병을 빙자하여 승소봉명[71]하지 않았고, 그럼에도 감히 발만스러운 망설로 짐을 능멸하였기에 그 죄를 함께 받는 것이거늘 이에 불만을 토로하는 것인가?"

왕전은 붉게 물든 눈을 치켜뜨며 황제의 용안을 올려다보았다. 온기없이 굽어보는 눈초리가 사지를 움츠러들게 할 만큼 선득하였다.

그는 주름진 미간에서 힘을 풀고 체념하듯 고개를 내렸다. 멀건 침으로 번들대는 입술이 들썩이더니 한풀 꺾인 답을 흘렸다.

"……아니옵니다. 죄를 달게 받겠사옵니다. 죽여주시옵소서."

관망하던 이들의 얼굴에 다소 의아함이 번졌다. 승상이 예상외로 고분고분 순명의 자세를 취하고 있었다.

사대부가 매를 맞는 건 실로 굴욕이어서 형을 받거든 매의 대수만큼 속전을 내는 쪽이 일반적이었다. 다만 중죄인이나, 지금처럼 황제가 친국하는 경우에는 황족이든 고관대작이든 예외 없었다.

기실 비굴하고도 약은 작자이니 지금 상황에서는 꼼짝없이 매를 맞는 편이 낫다 판단하였을지 모른다. 그러나 평소의 호기만장(豪氣萬丈)을 떠올리면 지나치게 맥을 못 추는 듯하였다.

---

71) 承召奉命, 임금이 부르는 명을 받아 그 명령을 받듦.

남 앞에서 체면 깎이는 일을 무엇보다 못 참아 하던 자다. 황제의 심기를 거스르지 않는 선에서 더 항변하거나, 하다못해 싹싹 빌기라도 하여 모면하려 들 법하거늘 끽소리 않는 모습이 낯설었다. 의뭉스러운 소인배에게도 충(忠)이라는 가치는 존재하는가.

"다시 쳐라."

　살벌한 영이 떨어지자 금위군들이 형장을 다잡으며 바짝 다가섰다.

　매질이 재개되었다. 대수가 늘어갈수록 짐승 멱따는 듯한 신음이 처절히 울부짖는 비명 소리로 변모하였다.

　모진 몽둥이세례 앞에서는 귀족이고 상것이고 매한가지일 따름이다. 오로지 고상한 인간에게만 존재한다는 위신이나 명예 따위도 이 순간만큼은 하등 의미 없어 보였다.

　주변 이들의 고막을 찢던 비명이 조금씩 사그라져갔다. 왕전은 이가 닳아 없어지도록 사리물며 만신창이가 된 하반신을 꿈틀거렸다. 점점 눈알이 까뒤집혀 올라가면서 저승길이 아스라이 보이는 듯했다. 부옇게 증발해가는 의식 안에 절망이 솟았다. 황제가 진정 이렇게 그를 버리려는 것인가.

　정말 죽이려 마음먹은 거라면 아무리 애걸해도 소용없을 터였다. 인간의 나약한 감정을 초극한 군주 앞에서는 어떤 식의 발버둥도 통하지 않음을 안다. 그러나 황제가 진실로 그를 버린다 할지라도, 그는 끝까지 황제를 버릴 수 없었다.

　충과는 그 속성이 비슷하면서도 달랐다. 황제에 대한 그의 낙종(諾從)은 가히 맹목적이었다. 손에 쥔 권력을 놓기 싫어 주인의 눈을 피해 발악하는 것과는 별개였다.

　황제가 아니었더라면 그도 없었다. 유원을 향한 흠앙과 신종이 곧

일생의 숙적에게 통쾌한 승리를 거두도록 만들었으니, 그 순간 이미 그는 사무여한(死無餘恨)을 느꼈던 바였다.

맞는 이가 결국 고통에 못 이겨 혼절하였다. 원은 매를 멈추게 하고 한동안 무표정하게 쳐다보았다.

순순히 토설할 리 없다는 것을 알고 문초하였다. 저자도 그걸 알고 답했을 테다. 오래 부려온 만큼 그의 인물됨은 손금 보듯 들여다보고 있었다. 독하고 영악하고 비열한 자다. 셈속은 빤하지만 사건을 곰파 봐야 증거를 남겼을 리 없다. 있다 해도 재상의 신분으로 속전이나 내면 그만이다. 다만 피해자를 앞에 두고도 뻔뻔스레 발뺌하는 모양새가 그대로 눈 뜨고 보기 역겨웠을 뿐이다.

"깨우라."

그가 명하자 뒤쪽의 장병 하나가 동이 가득 물을 퍼 담아 사정없이 끼얹었다. 왕전이 개개풀어진 눈을 가물가물 떴다.

"승상을 풀어드리라."

황제의 성음이 먼 곳에서 들려오는 듯 어렴풋이 떠돌았다. 잠시 뒤에 꽉 묶인 손발에 피가 통하였다.

천천히 자리에서 일어난 원이 형틀에 까부라진 왕전에게로 발을 옮겼다. 가까이서 보아하니 재상의 꼴이 꼴 같지 않았다. 그 모습은 그저 봉두난발을 한 채 쩍 벌어진 입 사이로 게거품을 뿜는 초라한 중년 사내였다.

원은 그의 이마 앞에 무릎을 굽혀 앉았다. 그리고 듣는 이에게만 들릴 만큼 가만하게 목소리를 낮춰 속삭였다.

"많이 아프셨는가. 허나 인간으로서 일말의 양심이라는 것이 있거든 그대는 저자의 앞에서 신음 소리조차 내면 안 되시었소. 듣자하니 공주까지 겁박한 적이 있는 모양이시던데…… 정신을 수습하는 대로 짐과 따로 봅시다. 짐이 꼭 전해드릴 것이 있으니."

옷자락을 떨치며 일어선 원이 어깨를 돌리며 말하였다.

"모두 평신하라."

바닥에 부복해 있던 이들이 하나둘씩 허리를 펴고 일어섰다. 오랜 시간 벌 아닌 벌을 받아서인지 비틀대다가 도로 쓰러지는 이도 몇몇 있었다.

"정위."

황제가 호명하자 저린 뼈마디를 문지르던 계연이 얼른 다가와 읍했다.

"예, 폐하."

"문초를 여기서 파하고 죄인을 하옥시키라."

계연이 꺼림한 듯 미간을 접으며 조심스레 말하였다.

"하오나 아직 명확한 규죄가 이루어지지 않았사온데……."

"사주자는 없으니 무의미한 고형을 가해보아야 죄인은 입을 열지 않을 것이다. 괜한 일에 공무 시간 낭비하지 말라."

"하오시면 형의 선고는 어찌해야 할지……."

"현 법령에 의거하여 논죄할 경우 죄인을 다스릴 형은 무엇인가."

"삼척(三尺)에 의거하면…… 나라의 고관인 승상의 암살을 기도한 죄에, 총 스물일곱 명을 베고 열아홉 명을 상하게 하였으니 본래는 죄인의 가솔들까지 한꺼번에 멸해야 하옵니다만, 연좌가 폐지되었는지라 이대로는 죄인 본인에게만 해당하는 대벽(大辟)형이옵니다."

원은 고개를 한 번 끄덕이며 중앙의 연성에게로 시선을 미끄러뜨렸다. 무심코 마주 보던 연성은 냉랭한 군주의 눈동자 안에 문득 비치는 착잡함을 읽었다.

"죄인 하연성을 참수형에 처한다. 집행일까지 죄인을 중옥(重獄)에 단단히 가두고 그 누구의 면회도 허용치 않는다. 정위는 그대로 시행하고, 더 이상 이 사건에 대해 관여치 말라."

계연이 두 손을 공수하고는 깊숙이 허리를 조아렸다.

"명 받잡겠사옵니다."

피곤하다. 원은 양 관자놀이를 문지르며 눈을 찌푸려 감았다. 서안 위에 검토할 문서들이 첩첩으로 쌓여 있으니 최소한의 집중력만큼은 유지시켜야 했다.

마음이 하릴없이 고단하여 몸까지 더 생기를 잃는 것 같다. 그녀를 품은 지도 꽤 오래되었다. 이전에야 처소에 들 겨를조차 없었다지만, 침수 시간이 확보된 이후로도 차마 발을 들이기가 어려웠다. 그녀는 정인의 품에 안길 마음의 여유가 없을 것이다.

어찌해야 할까. 자신이 어떤 선택을 해도 그녀는 결국 회복하기 힘든 상처를 입을 수밖에 없다. 상황 자체가 실로 끔찍하고 가혹하였다. 항우가 해하(垓下)에서 느꼈을 사면초가의 심정을 천하를 아우르는 만승천자의 자리에 올라 실감하고 있었다.

"폐하, 공주마마께서 드셨사옵니다."

환관 하나가 그의 눈치를 살피며 고하였다. 천천히 눈을 뜬 원은 얼굴에 깔린 근심을 차분하게 지워내었다.

"들라 하라."

출입문이 열리고, 그 사이로 진이 걸어 들어왔다. 평소의 사붓사붓한 걸음걸이가 아니었다. 끄는 소리를 내며 힘없이 발을 옮기다가 한 번씩 허청거리는 모양이 보는 이를 어지간히 불안하게 만들었다.

원은 미간을 찌푸리며 자리에서 일어났다. 서안을 빠져나와 그녀에게로 성큼성큼 향하니, 진이 입술을 질끈 깨물며 그를 애처로이 올려다보았다. 톡 건드리면 금세 우수수 눈물을 쏟을 듯한 표정이었다.

"폐하."

공주가 인사도 없이 대뜸 무릎부터 꿇자 선실전 안의 이들이 한꺼번에 당황하였다.

진은 가느다란 두 손을 내뻗어 그의 용포를 힘껏 부여잡았다.

"살려주시옵소서."

놀란 환관 몇이 달음질해 와 그녀를 떼어내려 하였다. 원이 서늘하게 굳은 표정으로 목소리를 눌렀다.

"감히 누구에게 손을 대려느냐."

허리를 숙이던 환관들이 혼이 빠져라 기겁해 그대로 엎드렸다. 원은 가만히 진을 굽어보다가 주변을 향해 말하였다.

"다들 물러가 있으라."

서로서로 시선을 주고받던 이들이 속히 읍례하고는 뒷걸음질로 물러났다. 마지막까지 남아 있던 위병들마저 자취를 감추자 광막한 선실전 안이 휑뎅그렁하게 비었다.

원은 무릎을 굽혀 진과 마주 앉았다. 그리고 짤막한 한숨을 흘리며 그녀의 어깨를 부드럽게 쓰다듬었다.

"그자의 칼에 몇 명의 목숨이 날아갔는지는 들은 바 있느냐?"

흠칫한 진이 달달거리며 엄지손톱을 입술 새에 물었다.

원은 그녀의 손을 잡아 빼 내리고 한참 동안 쓸쓸한 눈으로 응시하였다. 어쩔 줄 몰라 하던 진은 고개를 바짝 들더니 그의 손을 두 손으

384

로 꼭 맞쥐었다.

"절대로, 절대로 해치고 싶어서…… 해친 것이 아닐 것이옵니다. 살면서 악한 일 한 번 한 적 없었던 착한 사람이옵니다. 살려만 주시면, 어디로든 풀어만 주신다면 앞으로 살아가면서 더 이상의 문제를 일으키지 않을 것입니다. 만일 그가 다른 죄를 짓는다면 소녀가 그 죄를 함께 받겠사옵니다. 그러니 제발 살려만 주시옵소서."

"진아."

나지막이 입을 연 원이 쓴웃음을 머금었다.

"지키지 못할 말은 함부로 하는 게 아니다."

진의 말간 눈동자가 미동도 않고 그의 입술만 들여다보았다.

"그를 풀어주면, 어느 한 명은 아마도 죽게 된다."

"왕 승상…… 말이옵니까."

스르르 손을 놓은 진은 분기를 누르는 듯, 긴 속눈썹을 가느다랗게 떨다가 내리깔았다.

"피붙이의 원수에 대한 복수심은 금수가 아닌 인간이라면 마땅히 느낄 마음이옵니다. 소녀, 예기(禮記)에서도 읽은 바 있사옵니다. 형제지수불반병[72]이라 하여, 형제의 원수는 항시 무기를 지니고 다니다가 만나거든 당장 죽여 없애야 한다고 했습니다."

그에게서는 아무런 대답이 없었다. 진이 다시금 시선을 올려 찬찬히 호소하였다.

"세상 사람들은, 오자서가 아버지와 형을 죽인 초나라에 복수한 일

---

72) 兄弟之讎不反兵, 형제의 원수는 집에 무기를 가지러 갈 새가 없다.

을 두고 삿되다 하지 않사옵니다. 아버지의 원수국인 제나라를 정벌한 연소왕을 두고 혼군이라 하지 않사옵니다. 모두가 그들을 의로운 군자라 말합니다. 연성 또한 그와 같사옵니다."

맞부딪쳐오는 그녀의 눈빛 안에 가슴을 뒤울리는 절실함이 비쳤다. 원은 그 눈길을 담담히 받으며 시종일관 침묵을 유지하고 있었다.

감정을 고르잡는 진의 숨소리가 희미하게 새근거렸다. 그 역시 사랑하는 여인의 청이라면 무엇이든 들어주고 싶은 한 명의 사내라 하였다. 쉽사리 그러지 못하는 마음이 오죽 괴로울까 싶어 그녀도 괴로웠다. 하지만 그 마음에 기대서라도 그녀는 소중한 친구를 살려야만 했다.

밤낮없이 피를 말리는 자책감에 시달렸다. 이 모두가 자신의 탓 같았다. 자신이 굳이 황궁 통행증을 보내어 연성의 누이를 죽게 만든 것만 같았다.

"그런 사람…… 그런 짐승 따위, 원수의 손에 죗값을 받아야 마땅하지 않겠사옵니까."

참고 참던 진은 끝내 눈물을 글썽이고야 말았다. 사실 정인에게 품은 원망도 없잖아 있었다.

이대로라면 피해자만 목숨으로 죗값을 치르고, 가해자는 멀쩡하게 관복을 입은 채 부귀영화를 이어가게 된다. 남자는 귀하고 여자는 천한 세상이었다. 말단 관리의 아내를 겁간한 죄는 재상의 신분으로 속전을 물거나, 본인 선에서 조용히 마무리 짓는 것도 얼마든지 가능하였다. 그마저도 증좌가 없으니 가슴이 쪼개지도록 통분하고 억울하였다.

승상을 징벌할 수 있는 이는 오로지 황제뿐이다. 외조 신료들의 권한이 득세하던 시절에도, 황제는 절대자라는 이유만으로 무시할 수 없는 존재로서 자리매김해왔다. 지금은 그 어느 때보다 황권이 막강하여 현 황제는 무소불위의 살아 있는 신이라 불리고 있었다.

승상의 죄에는 증좌가 없지만, 그러면 관복을 벗겨 내쫓을 수 있고 그 후에 트집을 잡아 죽일 수도 있었다. 평판이 워낙 좋지 않은 자이니 별다른 후폭풍도 없을 테다.

애초 일국 재상의 직책을 감당하기에는 질 낮고 과분한 소인배였다. 석 달 전 벌어졌던 대대적인 숙청에서 옛 공신들을 포함한 수많은 관료들이 황제의 칼을 맞았다. 그의 치밀하고도 냉정한 용인술은 문무백관에게 외경심과 책임감을 심어주고 있었다. 그런 그가 지금껏 승상을 방치해온 건 조금 이해가 가지 않는 처사였다.

"처소로 돌아가 쉬거라. 안색이 좋지 않아 보이는구나."

원이 진의 허리를 붙잡아 일으켰다. 그 채로 조용히 바라보던 그가 그녀의 어깨를 감싸 안아 들려 하였다.

진은 고개를 가로젓고 한 걸음 물러섰다. 철없이 굴고 싶지 않았다.

"소녀는…… 폐하를 믿고 학망하여 기다릴 것이옵니다."

두 손을 모아 깊숙이 허리를 조아린 진은 곧바로 등을 돌렸다. 언뜻 스쳐 간 눈길에서 그의 참담한 얼굴을 본 듯했지만, 오늘만큼은 애써 외면하기로 했다.

형장으로 이송되던 죄인이 자결했다는 소식을 들었다. 그 말이 귀에
꽂힌 순간부터 모든 사고와 신체의 의식 활동이 멎어버렸다.

진은 하루해가 넘어가도록 방 안에 널브러져 비 오는 창 밖만 관조
하였다. 실체하는 육신 없이 영혼만 남아버린 것처럼 무색투명한 모
습이었다.

"왜……."

눈물조차 나지 않았다. 울어버리면 그 현실이 진정 현실로 다가올
것만 같아 무서웠다.

"왜…… 대체…… 왜……."

진은 한 방향을 바라보며 계속해서 비슷한 말만 중얼거렸다. 설향을
포함한 궁녀들은 식사조차 거른 채 종일 상전 곁을 맴돌며 불안에 떨
었다.

"어째서……."

비틀비틀 몸을 일으키던 진이 도로 덜퍼덕 주저앉았다. 놀란 궁녀들
이 쏜살같이 다가와 그녀를 곁부축하고 안색을 확인하였다.

진은 망연하게 시선을 옮겨 이맛전에 들이밀어진 설향의 얼굴을 쳐
다보았다. 몰골이 말이 아니었다. 눈두덩은 퉁퉁 붓고, 코끝도 빨갛
고, 실핏줄이 돋은 뺨 위에는 눈물이 주르르 흘러내리고 있었다.

진의 표정이 일그러졌다. 얼른 고개를 떨어뜨린 진은 누군가에게 목 졸림이라도 당하는 듯 숨을 헐떡거렸다.

"어째서…… 왜…… 왜! 왜! 왜!"

그녀는 자지러지는 비명을 내지르다가 축 늘어져 실신하고 말았다.

"공주님!"

설향이 새하얗게 질린 채 소리쳤다. 다가붙은 궁녀들이 혼비백산하여 공주의 어깨를 가로흔들었다.

"공주마마! 공주마마!"

"당장 태의령을 모셔 오너라! 폐하께 사람을 보내 아뢰어라! 대장추께도 알리고! 어서! 어서, 빨리!"

설향의 급박한 외침이 방 안을 뒤흔들었다.

처소 전체가 발칵 뒤집어졌다. 궁내의 태의령과 시의들이 모조리 소환되어 몰려오고, 궁녀들이 새벽 내내 화톳불 앞에서 탕약을 달이고, 정무 중에 달려온 황제는 시시절절 그들을 볶아치며 침전에서 꼬박 날밤을 새웠다.

공주는 이튿날 늦은 저녁이 되어서야 깨어났다. 원은 안심해도 좋다는 태의령의 진단을 듣자마자 선실전으로 돌아갔다. 수시로 밀려드는 상주문이야 간병 중에도 해결할 수 있다지만, 신하들의 조현(朝見)을 받는 일이나 논의가 필요한 안건의 재가(裁可)만큼은 고스란히 지연될 수밖에 없었다.

그는 숨 돌릴 틈 없이 일정을 소화하면서도 수시로 궁인을 보내 공주의 상태를 물었다. 그러나 노심초사 졸아드는 마음을 어찌할 수 없어, 그날 밤 다시 공주의 처소로 급한 걸음을 옮겨 왔다.

"아직은 몸이 좋지 않아…… 폐하를 모실 수가 없다고 전해줘."

열린 문틈으로 갈라진 목소리가 새어나왔다. 안으로 향하려던 황제가 그대로 전랑에 멈춰 섰다. 곳곳에 부복해 있던 궁인들이 사색이 되어 움찔움찔 경련을 보였다.

"고, 공주님!"

설향이 까무러칠 듯 커다랗게 소리 질렀다.

황제를 면전에서 거부하였다. 그 자체로도 불경이고 무엄한 행동이거늘, 듣는 이들을 한층 경악에 빠뜨릴 말이 이어졌다.

"아니면 폐하의 용안, 뵙고 싶지 않아하더라고 그대로 고하여도 좋고."

처소 안의 모든 궁인들이 확확 머리를 끄숙이며 애처롭게 떨었다. 하나같이 숨은 삼키되 편히 내뱉지는 못하고 있었다. 진노한 황제가 당장 끌어내어 죄를 묻는다 해도 이상하지 않을 상황이었다.

두려움에 온몸을 뒤떨던 설향은 목숨 내놓을 각오로 황제의 발 앞까지 기어갔다. 부동자세로 있던 원이 찬찬히 눈을 내려뜨고 바라보았다.

"아이고, 아이고, 폐하! 이 모두가 공주마마를 제대로 모시지 못한 이년의 허물이옵니다! 제발 이년에게 죄를 물어주시옵소서!"

설향은 소리 높여 울부짖으며 전랑 바닥에 앞이마를 쿵쿵 박아대었다. 어느 순간 황제의 어수가 그녀의 이마를 톡 받아 괴어왔다.

"짐은 괜찮으니 공주를 잘 돌봐주거라. 당분간 공주를 믿고 맡길 사람은 너뿐이로구나."

정신을 추스른 후 고개를 부스스 드니, 출구 쪽으로 발을 돌리는 황제의 뒷모습이 보이고 있었다.

비가 내렸다. 진은 한갓진 정자 안에서 무채색으로 물든 바깥 풍경을 응시하였다. 혼자 있고 싶어 배행 궁녀들은 모두 물렸다. 숭고산(崇高山)에서 돌로 변하였다던 여교[73]처럼, 며칠째 같은 자세로 앉아 같은 자리를 지켰다.

"미안해요……."

서글픈 중얼거림이 빗소리 사이로 흩어졌다. 진은 으슬으슬 떨리는 가슴을 손바닥으로 눌렀다. 추웠다. 설향이 몇 겹으로 덧옷을 걸쳐 주었는데도 한기는 가시지 않았다. 비 탓이 아니다. 몸을 그대로 비껴 마음 깊은 곳으로 청녀[74]가 찾아들었기 때문이리라.

"정말, 정말 미안해요……."

들어줄 이 없는 사과만 무의미하게 반복되었다. 아직은 실감이 나지 않았다. 굳이 실감하고 싶지 않아 혀를 가진 사람들을 피하였다.

진은 고개를 숙이고 눈꺼풀을 내리덮었다. 빗방울 떨어지는 소리가 더 선명해졌다. 지붕을 톡톡 때리고, 기둥으로 조르르 흘러내리고, 흙바닥에 타닥타닥 홈을 파는 마찰음. 그 사이로 문득 낯선 소리가 섞여 들렸다.

잠시 후 정면에서 어두운 그늘이 느껴지자 진은 천천히 동공을 열었다. 대지팡이를 짚고 절뚝대며 들어온 왕전이 그녀의 건너편에 자리하고 있었다.

물끄러미 바라보던 진이 입술을 떼었다.

"미쳤군요."

---

73) 女嬌, 하나라의 창시자 우임금의 아내.
74) 靑女, 서리나 눈을 관장하는 천신天神.

소름 끼치는 몸서리가 일었다. 가슴에서 시작된 불쾌한 전율이 전신 구석구석 뻗어 나갔다. 진은 혐오와 경멸의 눈길을 고스란히 내쏘며 다시 말하였다.

"나가."

"일각만…… 부디 일각만 시간을 내어주시옵소서."

왕전은 어깨의 물기를 털어내고 정좌한 후 두 손을 모아 읍례하였다.

진의 숨소리가 차츰 높아졌다. 심장이 터질 것처럼 발작하고 어깨가 들먹들먹 오르내렸다. 분노로 달아오른 뺨 위로 그보다 뜨거운 눈물이 철철 쏟아졌다.

그날 이후, 처음으로 울었다. 한(恨)이 물씬 서린 눈물이었다.

"당신…… 죽었, 죽었으면…… 좋겠어."

진이 씹어뱉듯 한마디를 흘렸다. 누군가에게 이렇게까지 독한 말을 해본 건 태어나서 처음이었다.

왕전은 미동도 없이 그저 마주 보았다. 느리게 끄먹거리는 사내의 눈 안에서 검은 동자 두 개만 약간의 움직임을 보였다. 어쩐지 의미심장한 시선이었다. 그는 상대의 이목구비를 하나하나 뜯어 검사라도 하듯 빈틈없이 그녀의 얼굴을 훑어갔다.

진은 치떠 노려보는 눈으로 시선을 맞받았다. 하지만 그마저도 오래 견디지 못하고 눈길을 휙 돌려버렸다. 바라보는 것조차 역하고 메스꺼웠다. 풀린 하반신에 힘이 들어가면 당장 자리를 박차고 빗속으로 뛰어들 생각이었다.

"공주마마."

잠시 뒤에 왕전이 말을 걸어왔다. 진은 고개를 바짝 튼 채 눈물만 내

보낼 뿐, 답하지 않았다.

"폐하께서 여태껏 이 사람을 어찌 살려두시었는지…… 궁금하지 않으시옵니까?"

인간으로 보이지도 않는 인간과 좌담 따위 할 마음 없었다. 그러나 질문을 듣자마자 울컥 치미는 야속함에 날 선 목소리로 입을 열고야 말았다.

"권력에 대한…… 얄팍한 의리 때문…… 이겠죠."

그럴 이가 아님을 안다. 그런데 지금 당장 그 외에는 설명할 길이 없었다.

"저도 처음에는 그런 줄 알았었지요."

허하게 웃은 왕전은 겉에 입은 갖옷의 옷고름을 풀고 품새를 뒤적였다.

그때, 열린 옷자락 새의 허리춤에서 투명한 빛을 반사하는 무언가가 내보였다.

"그거…… 뭐죠?"

힐끗 쳐다본 진의 눈에 힘이 들어갔다. 왕전이 잠시 하던 일을 멈추고 자신의 허리를 내려다보았다.

"그거, 그거 이리 줘봐요."

진은 미세하게 떨리는 손을 앞으로 펼쳤다가 도로 거두었다. 그리고 망설임이 담긴 몸짓으로 다시 다른 쪽 손을 내밀었다.

왕전은 옆구리의 끈을 잡아당겨 붉은 술이 달린 푸르스름한 옥패를 툭 끌러냈다. 그것을 받아든 진은 매끄럽게 반짝이는 표면을 손끝으로 문질러보았다.

이와 똑같은 물건을 가지고 있었다. 굳이 처소로 돌아가 확인하지 않아도 알 수 있었다. 승하하신 모후께서 남겨주었던 그 옥패의 정확한 반쪽이다.

머릿속이 하얗게 얼어붙었다. 초점 풀린 진의 눈길이 정면으로 미끄러졌다. 왕전이 품에서 꺼낸 낡은 비단 뭉치를 무릎 앞에 펼쳐놓는 중이었다. 비단의 겉면에 보이는 얌전한 필체가 어쩐지 눈에 익었다.

"왼손을…… 쓰시…… 네요?"

진이 눈물로 젖은 입술을 달싹였다. 왼손으로 품을 뒤적였던 그는 다시 왼손으로 옥패를 끌러 건네고, 지금도 왼손을 사용하는 모습을 보이고 있었다.

"아…… 이건 그냥 어릴 적 굳어진 버릇이온데. 마마께서도 왼손을 잘 쓰시옵니까?"

왕전이 스스로의 왼손을 뒤집어 바라보며 알 수 없는 웃음을 지었다. 온몸의 혈관을 타고 흐르는 피가 순식간에 식어내려갔다.

문득 예전 기억의 한 조각이 튀어나와 눈앞에 재현되었다. 저자와 맞서 실랑이를 벌이던 날, 연성의 부은 왼뺨으로 손을 뻗었을 때 느꼈던 위화감.

왼손잡이들은 민감하다. 세상은 대부분 오른손잡이 위주로 설계되어 있기 때문에, 단번에 왼손을 편히 쓸 수 있는 상황이 오면 조금은 기묘하고 낯설다.

믿을 수 없고, 믿고 싶지도 않았다. 진은 손 안의 옥패로 다급히 시선을 돌렸다. 이미 확신했던 그것을 몇 번이고 살펴 들여다보았다. 속절없는 실낱 바람은 점차 차디찬 절망으로 화하여 스스로를 밑도 끝도 보이지 않는 구렁 속으로 밀어 넣었다.

왕전의 음성이 스멀스멀 귓문으로 파고들어왔다.

"태후마마께서 승하하시기 전까지는 그걸 항상 차고 다녔사온데, 이후로는 문갑 깊이 박아둔 채로 보관만 하였지요."

"당신…… 뭐야……."

진은 촉촉한 두 눈을 불그스름하게 물들인 채 이를 악다물었다.

왕전은 종전의 이상야릇한 눈빛으로 한참 맞바라보았다. 그리고 앞에 펼친 비단 뭉치를 슬쩍 밀어 그녀에게 가까이 놓았다.

"거기 기록된 내용은, 마마의 모후이시자…… 이 사람의 정인인…… 소 태후마마께서 처녀 적 쓰신 일기이옵니다. 폐하께서 이 사람에게 건네주시더군요."

"정인……."

두려움에 하염없는 눈물이 흘렀다. 당장 정신을 잃지 않는 게 이상할 정도로 눈앞이 어지러웠다. 부정하고 싶었다. 이 현실을 완연히 거부할 수만 있다면 이번 생, 아니, 다음 생의 목숨이라도 내놓을 수 있을 것 같았다.

진은 발악하는 마음으로 두 손을 덜덜거리며 일기를 펼쳤다. 머리로는 상황 파악이 끝났으되 가슴은 결코 받아들이지 않았으니.

그녀가 일기를 읽는 사이, 왕전은 지그시 눈을 감고 과거를 회상하였다.

그리 내세울 공적도, 지위도 없는 가문의 서자로 태어났다. 명문도 아닌 주제에 어쨌든 벼슬아치 가문은 벼슬아치 가문이라고, 적서를 따져가며 차별하고 어지간히 서러움을 주었다. 배다른 형제들은 그를 냉대하고 천시하였다. 가복들조차 그를 깔보아 자존감이 바닥을 기었다.

환경에 굴복한 그는 점점 비굴해져갔지만, 가슴 깊은 곳에는 언제나

불덩이 같은 울화가 꿈틀거리고 있었다.

그는 머리도 좋고 재주도 좋았다. 형제들은 감히 그의 발끝도 따르지 못하였다. 그래서 더욱 분하고 억울하였다. 어떻게든 스스로의 능력을 뽐내고 싶었다. 잘난 이들에게 인정받고, 못난 이들에게는 떠받들어지고, 드높은 지위에 올라앉아 자신을 무시했던 이들을 더 잔인하게 무시해주고픈 욕망이 있었다.

항상 꿈꾸고 상상하였다. 출세한 자신이 적자인 형제들의 부러움을 사고, 나아가 그들에게 처절히 복수하고야 마는 그야말로 망상 같은 상상.

미녀를 밝히고 색을 탐하는 증상은 성에 눈을 뜨면서부터 시작되었다. 그는 살결이 하얗고 이목구비가 조화로운 미장부였다. 무희 출신인 모친의 미모가 가히 일색이었기에, 그 덕만큼은 톡톡히 보았다.

길거리를 나가면 묘령의 여인들로부터 과일을 받는 건 예사였다. 음탕한 계집종이 욕정을 못 참아 옷을 벗고 달려들기도 했다. 그는 유혹의 손길을 뻗치는 여인들을 거부하지 않았다. 그도 모자라 미모가 출중한 여인이 눈에 보이거든 적극적으로 다가가 꾀어냈다.

혈기 팔팔한 젊은 시절, 퍼내고 퍼내어도 샘솟아나는 육욕을 참을 필요가 없었다. 그녀를 만나기 전까지는 흡사 발정 난 짐승처럼 방탕한 이중생활을 이어갔다.

어느 날부터인가, 비슷한 시각 비슷한 장소에서 그를 훔쳐보는 한 여인이 의식되었다. 복색부터가 다른 여인들과는 확연히 구분되는 고귀한 가문의 아가씨로 보였다.

그때까지 셀 수도 없는 여인들과 질펀하게 놀아났지만 귀족은 한 명도 없었다. 명문가의 콧대 높은 아가씨들은 서자 따위를 사람 취급도

하지 않았으니.

그래서 그 여인도 귀족 아가씨의 한철 춘사(春思)려니 여겼다. 원체 그 나이대의 여자들이란 쉽게 설레고, 그보다 더 쉽게 변덕을 부리곤 하니 말이다.

한데 여인의 관심은 짐작보다 오래 이어졌다. 말을 걸기는커녕 선뜻 다가서지도 못하면서, 주변을 맴돌기는 참 끈기 있게 맴돌았다. 한 번은 실없이 희롱이나 걸어보려 코를 찡긋하며 웃어주었다. 여인은 달아오른 화로처럼 얼굴을 붉히며 가까운 장옥 뒤로 도망쳐 숨었다.

이튿날 저자로 가는 길목에서 그를 향해 모과가 날아왔다. 받아 살피다가 앞을 바라보니 그 여인이 비단 허리띠를 나부끼며 달아나고 있었다.

씩 웃으며 슬렁슬렁 쫓아갔다. 정말 달아나기 위해 달아난 것이 아니니 어렵지 않게 잡을 수 있었다. 그날 바로 허리춤의 옥패를 끌러서 여인에게 선물하였다.

난생처음으로 정인이라 부를 이가 생겼다. 그러나 몰랐던 사실을 알게 된 그는 어마어마한 정신적 부담을 떠안게 되었다.

그녀의 이름은 소신(疏愼). 일인지하 만인지상인 승상 소윤의 외동딸이었다.

소윤은 나라 제일의 고관인 동시에 천자조차 꼭두각시처럼 휘두른다는 대단한 세도가가 아니던가. 도저히 그가 감당할 수 있는 수준이 아니었다. 자칫하다간 쥐도 새도 모르게 잡혀가 목과 사지가 분리되는 수도 있었다.

다른 여자들과는 달리 사뭇 손을 댈 수가 없었다. 적당히 보비위하여 연애 놀음에 응해주다가 상대가 싫증내거든 미련 없이 떨어져줄 작정이었다. 그러나 그녀는 온 마음을 기울여 그를 연모하였고, 그만큼 지독히도 집착하는 모습을 보였다.

그녀는 선물받은 옥패를 반으로 쪼개어 하나씩 나눠 갖자 제의하였다. 혼자일 땐 불완전하되 함께 있으면 완벽해지는, 서로가 서로를 영영무궁하게 필요로 하는 반쪽이 되자고.

그와는 아주 다른 여자였다. 그녀는 생전 남의 비위를 맞춰본 적이 없어 어느 상황에서든 제 감정에 솔직했다. 순수하고, 애교도 많고, 외모도 마음씨도 아주 귀여운 여인이었다.

만남이 길어질수록 그 역시 여인에게 마음을 쏟게 되었다. 황족들을 제외하면 가장 높은 신분의 여인이다. 그런 귀한 여인이 자신을 이렇게까지 사랑하고 있다 생각하니 절로 어깨가 으쓱하였고, 그녀가 참을 수 없을 만큼 사랑스러워 보였다. 그들은 승상 소윤의 눈을 피해 밀회를 이어가면서 깊은 관계를 맺는 사이까지 이르렀다.

그러던 중 황제의 적장자이자 태자인 유송이 정실을 상처(喪妻)하였다. 소윤은 그날 바로 딸을 불러 앉히고 몸가짐을 단단히 하라 일러두었다. 직설적으로 이야기하지는 않았으나, 그녀를 태자비로 들이고자 하는 의지를 알 수 있었다.

그녀는 하루하루 칼날 위를 내딛는 불안함을 느꼈다. 이대로는 꼼짝없이 사랑하는 이와 헤어져야 할 판이었다. 결국 집안의 감시가 느슨한 틈을 타 빠져나왔다. 그 길로 정인에게 달려간 그녀는 그를 부추겨 머나먼 지방으로 야반도주를 계획하였다.

실로 순진하고도 무모한 시도였다. 승상이 가진 힘과 영향력을 제대로 몰랐기에 가능한 짓이었다.

장안 도성의 문은 순식간에 동서남북이 모조리 통제되었다. 수많은 병사와 종복들이 횃불을 번쩍이며 그녀를 찾았다. 칠흑 같은 어둠 속에서 시시각각으로 포위망이 억죄어왔다. 덫 안에서 발버둥질하는 쥐나 다름없었다. 날이 밝거든 그들이 추포되는 건 자명한 결과였다.

"태후마마를…… 함께 손 붙잡고 도망치던 정인을, 추격병들 사이로…… 밀어버리셨다고요?"

상념을 중단한 왕전이 느릿하게 눈을 떴다. 공주가 그 부분을 읽고 있는 모양이었다.

그는 부들부들 떨어대는 진을 향해 설득조로 말하였다.

"당시의 저로서는 도통 어찌할 도리가 없는 상황이었습니다. 실로 그러고 싶어서 그랬겠사옵니까? 그대로 있었다면 필시 소윤에게 잡혀 개죽음을 당하였을 것입니다. 살아남아야, 어떻게든 목숨이라도 건져야 다시 일어나 복수를 하든, 정인을 되찾든 할 수 있지 않겠사옵니까?"

"하……."

이후의 여인이 어찌 되었는지는 일기 속에 상세히 나와 있었다.

온몸이 포박되어 부친 앞에 꿇어앉혀진 그녀는 그 자리에서 얼굴을 알아볼 수 없을 만큼 뺨을 맞았다. 그 채로 독방에 감금되어 지내다가, 설상가상으로 복중에 그의 아이를 품었다는 사실까지 깨달았다. 그걸 부친에게 들켰을 땐 이가 부러지고 코뼈에 금이 갈 정도로 무참한 폭행을 당해야 했다.

그럼에도 아이가 무사한 건 참으로 기적에 가까웠다. 하지만 그녀는 그때 맛본 극도의 환멸로 인해 종내는 목숨마저 앗아갈 지병을 얻게 되었다.

소윤은 결국 딸을 태자에게 출가시키려던 계획을 수정하였다. 제아무리 재상의 딸이라 해도 태자가 부정한 여인을 정실로 삼으려 하진 않을 터였다.

그는 다른 황자들을 하나하나 묵시하며 다루기 쉬울 만한 인물을 물색하였다. 마침내 그가 택한 사윗감은 제5황자인 유길이었다.

황제의 보령이 칠십 노인인지라 황자들도 대부분 나이가 많았다. 그 때문에 정실은 물론 희첩도 몇 명씩은 거느리고 있었고, 그에 딸린 자식들도 여럿이었다.

황자 유길은 그중 유일하게 정실이 없었고 첩만 둘 있었다. 어린 아들이 하나 있긴 했지만 천한 출신의 궁녀에게서 얻어 외척 부담이 전혀 없으니 도외시해도 무방하였다.

소윤은 유길을 따로 찾아가 친분을 쌓은 후, 입에 꿀을 바르고 서서히 그를 꾀었다. 유씨 성을 달고 있는 사내치고 용상을 꿈꿔보지 않은 자 없을 터, 소윤이 내놓은 미끼는 황위 계승 서열이 낮은 황자로서 마음이 흔들릴 수밖에 없는 것이었다. 유길은 점차 제 것이 아닌 자리를 제 것으로 여기며 은근히 탐하게 되었다.

종내 과분지망에 굴복한 그는 소윤의 무리한 제안을 받아들였다. 이는 승상의 새로운 꼭두각시를 자처한 행각이나 다름없었다.

승상과 5황자 간의 밀약이 성립되었다. 소윤의 외동딸 소신은 외간 사내의 씨앗을 품은 채 유길의 정실이 되었고, 얼마 지나지 않아 태자비로 승격하였다. 몸을 풀 즈음이 되었을 때 그녀의 신분은 세상에서 가장 지체 높은 여인, 황후였다.

그러나 시작부터 기만이고 사기극이었던 혼인 속에 도타운 부부지정이 존재할 리 없었다. 남편은 언제나 그녀를 어려워했고, 그녀는 남편 앞에서 고개를 들지 못하였다.

겉보기만 화려한 황궁 생활은 그 자체가 눈칫밥이고, 괴로움이고, 고독경이었다. 이후로는 살아서 숨만 쉬는 날들을 보냈다. 일기의 내용은 거기까지였다.

"태후마마께서는…… 자주 가위에 눌리시곤 했어요. 그럴 때 옆에 제가 있으면, 항상 이렇게 소리 지르셨죠."

진은 가만히 일기를 추려 덮으며 고개를 들어 올렸다.

"나가. 나가라고 해. 저 아이 얼굴…… 보고 싶지 않아."

평생 잊을 수 없는, 가슴속에 비한(悲恨)으로 새겨져버린 어머니의 목소리. 진이 까만 눈망울을 일렁이며 텅 빈 웃음을 새겼다.

"결국은 당신 때문이었네요."

"공주마마께는…… 그저 미안할 따름입니다."

찬찬하게 이마를 조아린 왕전은 처연히 노려보는 시선을 그대로 받았다. 핏줄이란 진실로 기기묘묘한 자연의 이치인지라, 사람 대 사람처럼 기만하려 들지도 않고 부러 은닉하려 들지도 않는다. 어찌하여 지금껏 몰라보았을까. 알고서 마주하니 그녀를 구성하는 하나하나가 모두 오래전부터 보아온 듯 눈에 익었다.

맑은 홍채가 인상적인 선한 눈은 영락없이 제 어미를 빼다 박았다. 백옥처럼 새하얀 피부와 오똑 솟은 작은 코, 연지로도 낼 수 없는 예쁜 빛깔의 입술은 면경으로 확인할 수 있는 본인의 것과 흡사하였다. 길게 뻗은 버들눈썹과 도톰한 귓불 모양을 보아하니 그의 영원한 숙적이자 넘어야 할 산이었던 소윤의 그것이 그려졌다.

소윤. 당시 홀로 이를 갈며 숙적이라 여겼지만, 실은 숙적이라 칭하기 황송한 거물이요 태산준령이었다.

사랑하는 이와 별리의 아픔을 겪은 그는 오로지 그녀를 찾고자 하는 마음뿐이었다. 처음에는 무작정 집안 어른들께 호소하여 조정 출사의 뜻을 밝혀보았다. 그러나 깨끗이 무시당함은 물론 비웃음과 더불어 욕만 먹었다. 적자라는 형, 동생들은 생빚까지 얻어 후원하면서 그들보다 입신의 가능성이 큰 그는 서자라는 이유로 한 푼의 지원도 받을 수가 없었다.

그는 크게 좌절하였고, 스스로의 처지를 세상 탓 환경 탓이라 여기며 몇 년의 시간을 한탄에만 허비하였다.

실로 옛날 이사(李斯)가 탄식한 말을 공감하고 있었다. 이사는 진(秦)나라의 승상으로, 진시황을 도와 통일 제국을 완성하고 분서갱유를 단행한 인물로 유명하다. 그는 젊었을 때 기껏 군(郡)의 하급 관리에 머물러 있었다. 부질없는 시간만 흘려보내던 그는 어느 날 관청의 변소에 사는 쥐들을 보다가 인생의 법칙을 깨우쳤다.

변소에 거처하며 오물을 먹고 사는 쥐들은 사람이나 개가 다가오면 깜짝 놀라 뿔뿔이 흩어졌다. 그러나 곡식 창고에서 살아가는 쥐들은 사람이 나타나도 본체만체하며 제 먹을 것만 챙기는 데 열중하고 있었다.

이사는 이렇게 말하였다.

「사람이 잘나고 똑똑한 것, 혹은 못나고 어리석은 것은 비유하자면 이런 쥐들과 같다. 자신이 처해 있는 곳에 따라 운명이 결정되는 것이다[人之賢不肖譬如鼠矣, 在所自處耳].」

소윤은 날 때부터 명문가의 적장자였고, 자신은 그저 그런 가문의 서자이니 이는 처해 있는 곳이 너무도 달라 처음부터 그 승부가 정해져 있었을 뿐이다.

극단적인 패배주의에 젖어 서러워하던 그는 목숨을 놓을 생각까지

하였다. 그러나 이 또한 졸렬한 이들은 쉽게 할 수 없는 시도여서, 계속 쌀이나 축내는 군식구 취급을 받으며 망상에 빠져 살았다. 현실의 그는 보잘것없는 서자였지만 망상 속의 그는 언제나 영웅이었다.

그러던 와중 간간 들려오는 한 인물의 이야기에 귀를 세우게 되었다. 그녀의 지아비, 현 황제의 서자이자 장자인 황자 유원.

서자의 심정은 서자가 잘 안다. 삶 자체가 무한한 승부이고 생존 경쟁인 황궁에서 그가 받는 서러움은 자신보다 더하면 더했지 덜하지는 않을 것이다.

그러나 그는 자신과 판이한 길을 걷고 있었다. 그의 혈통을 들먹이며 방계인 왕자들을 후계로 지목하는 중신들에게, 차기 황제감은 자신뿐이라는 듯 끊임없이 부각하고 있다 하였다.

어린 나이에 고관들도 놀라게 한 시를 지었단다. 외척 좋고 세력 굵은 왕자 여럿이 달려들어도 아예 천양지차의 실력으로 밟아준단다. 어찌나 뛰어난지 승상 소윤조차 긴장하고 경계한단다. 세상에, 그 대단하신 승상 소윤이 궁녀의 아들 따위를 경계한단다.

한바탕 냉수를 들이켠 것처럼 가슴속이 다 후련하였다. 없던 기운이 불끈 솟아오르면서 대리만족마저 느껴졌다.

그는 황자 유원을 추종하여 이상으로 삼기로 결심했다. 그래, 능력이 있으면 무엇인들 못 하겠느냐. 변소에서 태어난 쥐라면, 모험을 무릅쓰더라도 살던 장소를 뛰쳐나와 곡식 창고로 옮겨 가면 되는 것이다. 이사도 결국에는 제 능력으로 진시황의 눈에 들어 승상까지 되지 않았는가.

당시 조정은 썩을 대로 썩어 매관매직이 비일비재하였다. 집안의 가보들을 모조리 싸들고 뛰쳐나온 그는 이를 밑천 삼아 지방의 장터에서 상업을 시작하였다. 그리고 목표 금액을 채우자마자 말단 관직 하나를 사들여 스스로의 재주로 몇 계단씩 꾸준히 밟아 올랐다.

시간이 흘러 중신의 반열에 오른 그는 유원과 손을 잡았고, 그의 신하가 되어 끝끝내 소윤을 이기는 쾌거를 이루었다. 뛰어난 군주와 함께함으로써 이불 속 헛된 망상은 눈앞의 현실이 되어 다가온 것이다.

그는 자신을 무시한 모든 이들에게 보복하는 한편, 옛 정인의 지아비가 어서 사라지기만을 손꼽아 기다렸다. 그녀는 어쩔 수 없이 다른 사내의 품에 안겨왔겠지만 자신만큼은 사랑으로 정조를 지키고 있다고 여겼다.

전 황제가 붕(崩)하고 정권이 교체되었다. 그는 일등 공신의 자격으로 승상의 인수를 차고 어엿한 재상이 되었다. 그리고 홀로 된 그녀에게 기세등등 접근하여 남들 눈을 피해 구애를 시작하였다.

무려 14년 만이었다. 그러나 태후는 애틋한 연서를 전달하며 재회를 요구하는 그를 차갑게 무시하는 것으로 대응하였다.

그는 당황했지만, 그녀가 배신감을 느낄 만하다는 생각에 끝까지 포기하지 않았다. 계속해서 그녀에게 빌고, 설득하고, 유혹하고, 할 수 있는 짓은 빠짐없이 시도해보았다. 그러나 그런 그의 행동이 되레 화를 키웠는지, 태후는 병증이 깊어져 그대로 몸져누웠다.

끝내 그녀는 병상에서 숨을 거두기까지 단 한 번도 그를 만나주지 않았다.

그간 힘겹게 견뎌온 긴긴 시간들이 추풍 속 낙엽처럼 허무해졌다. 자신이 무엇 때문에 이따위 정조를 지키고 살았나, 자다가도 벌떡벌떡 일어날 만큼 억울하고 분하였다.

허리춤의 옥패를 떼어버린 그는 젊은 시절의 발정 난 짐승으로 돌아

갔다. 그땐 곱상한 얼굴이라는 무기가 있었지만, 지금은 그 이상의 위력을 발휘하는 권세가 있었다.

최고의 위치에서 제대로 맛보게 된 그것은 참으로 감미롭고도 중독성이 강한 힘이었다. 그는 제 버릇 제 욕구를 조금도 참으려 들지 않았다. 귀족이든, 평민이든 가리지 않고 만만한 이들을 골라 취하면서 증거가 남지 않도록 마무리도 확실히 해두었다.

삶의 정점을 찍은 그에게 더 이상의 바람도 목표도 존재하지 않았다. 오로지 이 자리를 최대한 길게 유지해 나가며, 누릴 수 있는 것 누리고 즐길 수 있는 것 즐기면 그만이었다.

"굳이 내게…… 이 사실을 말하는 이유는 뭐죠?"

공주의 목소리가 들렸다. 그녀는 계속해서 눈물을 흘리다가, 그 눈물이 마를 때까지 바깥을 바라보다가, 뺨에 새겨진 자국들을 다시 새로운 눈물로 덮고 있었다.

"확인하고 싶었습니다."

담담히 대답한 왕전은 공주의 안에 보이는 증거들을 새삼 눈에 새겼다.

"마마께옵서, 진정 이 사람의 딸이 맞는……."

"딸이라고 하지 마."

절규하듯 말을 끊은 진이 솔기가 터지도록 가슴 섶을 움켜쥐었다. 직접적으로 듣고 나니 머리가 어질어질했다. 식은땀이 줄줄 흐르고 먹은 것도 없이 토악질이 날 듯하였다.

"천륜은…… 인간의 힘으로는 거스를 수 없는 것이옵니다."

"달라지는 건 아무것도 없어요. 당신은 내게 있어 친구의 원수일 뿐, 그 이상도 이하도 아니에요."

진은 옷자락으로 눈물을 닦아내며 그를 향해 우는 듯 웃어 보였다.

"진정 우리 관계를 천륜으로 여긴다면, 부탁 하나만 들어줄래요? ……최대한 빨리 그 관복 벗어요. 그리고 어디론가 나가서 혼자 쓸쓸하게 죽어버려요. 굳이 그 더러운 목숨 부지하고 싶다면, 아무도 없는 산골 구석에서 백이숙제처럼 고사리나 캐 먹으며 죽은 듯이 살아요. 선량한 사람들에게 더 이상 죄악 저지르지 말고."

"상처 드려서 미안합니다."

"그런 말 할 자격도 없는 거…… 알죠?"

"마마께서 이 사람의 핏줄인 이상, 마마는 평생 이 사람에게 우권[75]을 쥐고 계신 분이옵니다. 이제 저는 오직 마마를 위해서만 살아갈 것이니, 바라는 것이 있거든 무엇이든 말씀하시옵소서."

왕전은 두 눈을 감고 고개를 조아렸다. 진이 헛웃음을 머금는 동시에 온몸을 진저리 치듯 떨었다.

참을 수 없이 불결하고, 천박하다. 저 사람도, 저 사람의 피를 이어받은 자신도, 그걸 인정할 수밖에 없게 된 이 상황도.

아주 오랜 시간 동안 빗소리만 이어지는 정적이 흘렀다. 하릴없는 절망감에 빠져 있던 진이 천천히 입술을 열었다.

"그러면…… 진짜로…… 부탁 하나만 들어줄래요?"

---

75) 右券. 고대에는 계약할 때 부신(符信)을 두 쪽으로 나누어 하나씩 가졌다. 대개 채권자 쪽이 오른쪽을 소유했다.

十六章

　다음 날에는 위위 강석이 그녀를 찾아왔다. 그와의 짧은 만남 후로, 며칠간 쉬지도 않고 목에서 피가 날 때까지 울었다.

　오래 생각하고 마음을 다잡으며 결심을 굳혔다. 사는 게 사는 것 같지 않아 무슨 짓이든 할 수 있을 듯하지만, 그럼에도 굉장한 용기를 필요로 하는 일이었다.

　진은 이불자락을 팔 안에 감으며 고개를 옆으로 돌렸다. 침상 가장자리 가까운 곳에 반듯하게 잠들어 있는 원의 옆모습이 보였다.

　요즘 그는 다시 밤마다 처소에 들었다. 다만 그녀가 잠자리에 들거든 소리 없이 들어와 옆에 눕고, 새벽녘 그녀가 눈을 뜨기 전에 일어나 선실전으로 돌아가기를 반복하고 있었다.

　이불 안에서 가만가만 몸을 옮겨 가까이 다가가보았다. 가느다랗게 쏟아지는 숨결에서 누적된 피로가 묻어나는 듯하였다. 가슴이 아렸다. 얼마나 힘들었을까. 얼마나 괴로웠을까. 그는 언제나 그랬듯 최선을 다하였다. 군주로서, 그리고 그녀의 연인으로서.

　진은 한 손을 뻗어 그의 얼굴을 어루만졌다. 깎아 다듬은 듯한 턱 선을 훑고, 단정한 입매를 스쳐 날카로운 콧날과 이마의 윤곽을 그대로 그리듯 더듬어보았다.

　규칙적으로 흘러나던 숨소리가 뚝 멎었다. 짙은 눈썹이 조금씩 찡그려지더니 착 닫힌 두 눈꺼풀이 감실감실 움직였다. 그녀 쪽으로 몸을 기울인 그는 본능처럼 팔을 뻗어 사랑하는 여인을 바짝 끌어당겼다.

"진아……."

원은 눈도 제대로 뜨지 못한 채 코와 뺨을 맞비비며 허겁지겁 그녀의 입술을 찾았다. 진은 그의 목에 양팔을 두르고 살며시 눈을 감았다. 껍질이 벗겨져 까슬까슬한 입술이 입술 표면을 덮고 문질러왔다. 틈 없이 흡착된 입술은 곧 서로의 타액으로 촉촉이 젖어들었다.

원은 진의 머리칼 새에 손가락을 찔러 넣고 아주 오랫동안 입맞춤하였다. 해갈이 급했다. 가뭄으로 강마른 땅 위에 빗물 스미듯 그녀의 부드러움을 빨아들였다. 너무 긴 시간 홀로 삭이며 억누르고 있었다. 품 안 가득 느껴지는 이 나긋한 감촉이, 맞닿은 피부로 전해지는 이 따스한 체온이 가슴 사무치도록 그리웠다.

"나를…… 용서하는 것이냐?"

거슴츠레 눈을 뜬 그가 물었다. 진은 대답 없이 입술만 끌어올려 희미하게 웃었다.

목에 감긴 팔을 스륵 내린 그녀가 그의 옷고름을 감아쥐었다. 그 채로 약간 망설이는가 싶더니 서서히 바깥으로 잡아당겨 매듭을 풀어냈다.

보드라운 손바닥이 옷자락 사이로 드러난 탄탄한 앞가슴을 쓰다듬었다. 그의 목울대가 한 번 크게 오르내렸다. 벗은 살결 위로 여인의 손끝이 미끄러질 때마다 주변의 가슴 근육이 불끈거리며 수축과 이완을 거듭하였다.

"진아."

원은 급히 진의 등허리를 눌러 와락 감싸 안았다. 한참을 뜨거운 숨만 내쏟던 그는 찬찬하게 고개를 젖혀 시선을 맞추었다.

"내가 잘못하였다. 다 내가 잘못하였다."

눈동자 앞의 눈동자가 바람 탄 물결처럼 잘게 일렁거렸다. 절박함이 짙게 깔린 그의 얼굴을 보며 진은 눈물도 없이 흐느꼈다.

고개를 기울인 그녀가 쇄골을 따라 입 맞추고 이마를 비비적거렸다. 얽힌 하체를 통해 흥분한 사내의 몸이 고스란히 감지되었다. 그러나 그는 끝내 그녀를 품으려 하지 않았다. 진이 어설픈 유혹을 건넬 때마다 흠칫대는 반응을 보였으나, 자꾸만 팔을 내뻗어서 꼭 껴안으려 할 뿐이었다.

진은 혼곤한 잠에 빠진 그를 몇 번이고 확인하였다. 정인의 품에 마지막으로 안겨보려 하였으나, 이마저도 이루지 못하였다. 그러나 잘 헤아려보니 이쪽이 옳은 듯했다. 만일 복중에 귀한 황손이라도 자리하게 되거든 평생 궁을 벗어나는 일은 꿈도 꾸지 못하게 될 테니.

진은 어깨를 최대한 웅크린 채 그의 품에서 조심조심 상체를 빼내었다. 이불 밑 부분을 통해 빠져나온 그녀는 발소리가 나지 않도록 주의하며 침상 아래로 내려섰다.

잠자코 서서 연모하는 이의 얼굴을 눈에 담았다. 하나 빠짐없이, 망막 깊이 아로새겨지고 가슴속에 선명히 각인되도록 오래오래 보고 또 보았다. 사람은 망각할 수밖에 없는 존재라지만 평생 잊지 않았으면 했다. 아주 옛날부터 눈으로 좇으며 그려왔고, 지금도 원하여 그리고 있고, 앞으로도 숨이 붙어 있는 동안은 끊임없이 그리워할 유일한 그이기에.

진은 두 손을 가지런하게 포개어 눈썹 위로 올렸다. 그리고 천천히 몸을 내려 다소곳한 절을 올린 후, 읊조리듯 조용히 입술을 움직였다.

"폐하…… 강녕하시옵소서."

짐짓 미소를 만들어보려 했지만 쉽지 않았다. 대신 눈시울 가득 어려 있던 뜨거운 눈물이 왈칵 흘러넘쳐 두 볼을 적셨다.

진은 파르르 떨다가 소리가 나지 않도록 입을 틀어막았다. 황급히 어깨를 돌려 방을 빠져나온 그녀는 멀찍이 떨어진 뒤에야 걸음을 멈추었다.

이제는 보일 리 없으나 한 번만, 한 번만을 되풀이하면서 계속 고개를 돌렸다. 속으로만 삼켜내던 흐느낌이 북받치는 감정을 이기지 못해 끅끅 터졌다.

진은 에는 듯 아픈 가슴을 두 손으로 그러쥐었다. 그리고 정말 마지막으로 한 번을 돌아보며 가만히 중얼거렸다.

"사랑해요……."

원은 피로에 눌린 눈꺼풀을 천천히 밀어 올렸다. 침상을 짚고 부스스 일어난 그는 굳게 닫힌 문 쪽을 바라보았다. 그의 멍한 눈길은 그대로 날이 밝을 때까지, 줄곧 같은 곳에만 머물러 있었다.

*   *   *

진의 간곡한 청이 있었던 그날, 원은 일과를 마치자마자 중옥으로 걸음을 재촉하였다. 구구절절이 청촉하는 그녀의 눈 안에서 그는 한 줄기 책망을 함께 읽었다. 어째서 승상을 진즉 쳐내지 않았는지, 왜 그런 간악한 자를 어울리지 않는 자리에 오래 두었는지 은근하게 탓하는 눈이었다.

충분히 그럴 만하였다. 잡초가 득실대는 조정을 한바탕 솎으려 결심했을 때, 본래 그가 가장 먼저 베어버리려 한 인물이 바로 승상 왕전이었으니.

황자 시절. 밀어줄 외척도, 비빌 언덕도 없이 책잡힐 약점만 안고 있었던 그였다. 황제가 되기 위해서는 스스로의 힘으로 조정 신료들의 지지를 얻어 뒷배를 만들어놓아야 했다. 소윤이라는 탄주지어[76]와 건곤일척의 승부를 벌이기까지 수많은 신하들의 헌책과 도움을 받았다. 그중 왕전은 단연 으뜸으로, 가장 적극적으로 그를 밀면서 암전상인[77]의 역할까지 자처한 충견이었다.

세운 공이 워낙 크기에 일단은 승상의 인수를 채워주었다. 그러나 왕전은 애초 한이라는 대제국을 총감독할 재상감이 못 되었다.

자고로 난세에는 관중과 상앙처럼 나라를 부강케 할 개혁가형 재상이, 치세에는 안영과 자산처럼 지혜롭고 어진 재상이 필요한 법이건만 그는 그 어디에도 해당하지 않는다. 그저 강자에게 발라맞추길 잘하여 시세에 영합하는 데 특출한 자일 뿐.

고조 유방이 한을 건국하고 난 후, 유가의 경전을 자주 인용하던 신하들에게 이런 말을 했었다.

「나는 말 위에서 천하를 얻었거늘, 어찌 「시경」이나 「상서」에 구애받겠는가?」

그러자 육생이라는 신하가 이렇게 답하였다.

「말 위에서 천하를 얻으셨을지언정, 말 위에서 천하를 다스릴 수는 없는

---

76) 呑舟之魚, 배를 삼킬 수 있는 물고기라는 뜻. 큰 인물이나 대악인을 비유하는 말.
77) 暗箭傷人, 숨어서 활을 쏘아 사람을 해친다는 뜻으로, 남몰래 흉계를 꾸며 남을 상하게 하는 일을 비유하는 말.

법입니다. 옛날 은나라의 탕왕과 주나라의 무왕은 무력으로 천하를 얻었으나, 그 후로는 민심을 살펴 다지면서 나라를 지켰습니다. 이처럼 문과 무를 함께 사용하는 것이 국가를 오래도록 보존하는 방법입니다.」

이와 비슷한 맥락으로, 구오지존[78]의 자리에 오르는 법과 그 자리에서 슬기롭게 치국하는 법은 엄연히 다르다. 전자에 필요한 신하와 후자에 필요한 신하 또한 구별해서 써야 할 터이다.

우선은 기다렸다. 의미 없는 기다림이 아니었다. 3년 동안 민심을 제 편으로 만들고, 각종 제도를 바로잡아 기틀을 닦아가며 절대적 황권을 확립하였다. 그러는 한편 용의주도한 눈초리로 관료들을 주시하여 관복을 입혀둘 자들과 폐출할 자들, 그중 처단하여 후환을 없앨 자들을 머릿속에 착착 추려서 분류해놓았다.

왕전은 아예 본보기로 냉혹하게 토사구팽하려 했었다. 그러나 소 태후에게서 일기를 전해 받은 후로 마음을 바꾸었다.

당시 그는 진이 이복동생이 아니라는 사실 자체로도 적잖은 충격을 받았었지만, 가장 놀랐던 건 그녀의 친부가 누구인지 확인했을 때였다. 왕전이 소윤에게 품은 원한의 실체를 알게 된 순간이었다.

그는 고심 끝에 왕전의 축출 방식을 변경하였다. 곁에서 불을 쬐어 얼음을 녹이듯, 차츰차츰 일을 줄이면서 권한을 축소시키다가 그 지위에 적합한 인재로 자연스레 교체하려는 계획이었다. 그로서는 최대한 명예로운 퇴직을 선사하는 것이다.

예정대로 진행되었다면 그나마 깔끔한 방식으로 마무리되었을 테

---

78) 九五之尊. 천자, 곧 황제의 지위.

다. 그러나 일이 묘하게 틀어지면서 무고한 사람들까지 연루되어 생명을 잃었다. 이미 얼크러진 그물이니 바로잡기는 불가능하다. 그가 아무리 신의 권능을 행사하는 황제일지라도 죽은 사람을 돌아오게 할 방도는 없기에.

녹슨 쇠문이 삐거덕거리며 열리었다. 연성은 간신히 눈꺼풀만 올려 그곳을 바라보았다.

손가락 하나 까딱할 기운도 없었다. 하루의 대부분을 정신을 잃은 채로 보낸 듯하였다. 풀어져 있던 의식이 돌아오니 상처의 통증까지 같이 살아나 전신을 난자해왔다. 연성은 식은땀을 비 오듯 흘리며 창백해진 낯을 찌푸렸다.

점잖은 발소리가 이어지더니 안에 들어온 이가 그의 곁에 붙어 앉았다. 옥리인가 했는데 복색으로 봐선 아닌 것 같았다. 일부러 눈을 깜빡이며 시야를 확보하려 애써도 앞이 온통 흐리터분하여 얼굴을 알아보기가 어려웠다.

낯선 방문객은 들고 온 물품들을 무릎 옆에 늘어놓고 정돈하였다. 곧 부드러운 손길이 다가와 그의 목을 편히 가눠주었다.

손목에 감긴 수갑이 톡 풀렸다. 두 발을 구속하던 차꼬도 떨어져 나가 몸이 한결 자유로워졌다.

연성은 자신의 입술을 조심스레 벌리고 탕약을 흘려 넣는 사내를 직시하였다. 정신을 가다듬어 이목구비를 들여다보던 그는 소스라치게 놀라 움찔거렸다. 황제였다. 미복 차림의 황제가 그의 눈앞에 있었다.

그릇이 깨끗이 비워질 때까지 무기력하게 탕약을 받아 마셨다. 황제는 차갑게 적신 비단으로 그의 땀을 닦은 후, 치료용 천을 훌훌 펼쳐

들고 앞니로 끊어서 몇 개로 나누었다.

"폐하……."

가까스로 한 마디를 꺼낸 연성이 어떻게든 몸을 세우려 노력하였다. 원이 눈썹을 모아 정색하며 그를 제지했다.

"편하게 있으라. 언앙굴신(偃仰屈伸)도 못 할 환자가 예는 차려서 무엇 하겠는가."

다시 처음 상태로 그를 눕힌 원은 팔다리를 하나씩 젖혀가며 외상을 살폈다.

연성은 두 눈을 질끈 감았다. 아까 마신 약에 진통 효과가 있었는지 시간이 갈수록 고통이 조금씩 잦아들었다.

다시 눈을 뜬 연성은 처치를 시작한 그를 지켜보았다. 상처 부위를 꼼꼼히 소독하고, 약을 바르고, 야무지게 죄어 지혈하는 솜씨가 여간이 아니었다. 재바른 손놀림을 보아하니 이런 치료에 무척 익숙한 모양이었다.

황자 시절, 전 승상 소운에게서 수시로 암살 위협을 겪었다는 풍문은 언뜻 들었다. 만민이 우러르는 지존인 그도 참 험난한 세월을 딛고 그 자리에 오른 듯하였다.

연성이 이를 사리물며 신음을 토하자 그가 팔을 멈칫하고 낯빛을 살펴보았다.

"많이 아픈가?"

"아, 아니옵니다. 괜찮사오니…… 부디 이런 건 그만두시옵소서."

"거의 끝났다. 조금만 참아보라."

마지막 상처까지 동여맨 원은 그 언저리를 비단의 보드라운 면으로 닦아내었다. 손끝이 어찌나 조심스러운지 살갗이 다 간지러웠다.

연성은 이 상황이 하도 어이없어 숨죽인 쓴웃음을 지었다. 황제와 한 상에서 권수해본 것도 모자라, 황제의 시중까지 받게 될 줄이야.

한 손으로 벽을 짚은 연성은 상체를 비틀대다가 허리를 곧추 폈다. 통증은 이제 참을 만했다. 약효가 탁월하여 현기증도 제법 가신 느낌이었다.

그가 다리를 꿈적꿈적 접어 넣고 무릎을 꿇자 원의 미간이 좁혀 들어갔다.

"편히 있으라 하였느니. 짐의 입에서 나오는 말은 모두 황명임을 모르는가."

"신은 이 자세가 편하옵니다."

차분하게 답한 연성은 심호흡을 흘리며 머리를 수굿이 떨어뜨렸다. 원이 슬슬 고개를 저었다.

한동안 그의 정수리만 물끄러미 응시하던 원은 조용히 입을 열어 말하였다.

"무작정 그대의 죄를 사할 수는 없다."

연성은 미동 없이 다소 의아한 표정으로 제 무릎을 굽어보았다.

"그대의 칼끝에서 목숨을 잃은 이들을 위해서라도 하연성은 죄를 받아야 한다. 허나 살려주겠다."

앞뒤의 의미가 상충되는 소리였다. 연성의 턱이 번쩍 들렸다. 황제의 성음이 그 말속의 무게만큼이나 진중히 이어졌다.

"형을 집행하는 척만 하고, 그대를 몰래 빼내어 하남 낙양(洛陽) 부근에 풀어주겠다. 이름과 신분을 바꿔 살라."

"폐하! 어찌……."

"그대의 본가가 있는 지역과 멀지 않은 걸로 안다. 장안 다음으로 발

달한 곳이니 가족들을 불러들여 함께 지내기 나쁘지 않을 것이다. 생활에 불편함이 없도록 평생 써도 남을 만큼의 재화를 들려 보내겠다. 아마 그대라면, 본 신분을 숨긴 채 잘 살아갈 수 있겠지. 시간이 흐르면 사삿집에서 처를 얻어 가정을 이룰 수도 있을 테고. 그 대신…… 짐과 한 가지만 약조하라."

원은 말끝에 여유를 두었다가 조금 난처한 듯 얼굴색을 흐렸다.

"왕전을 건드리지 마라."

"폐하."

초조히 떨리던 연성의 눈초리가 돌연 싸하게 경직되었다. 원은 그 시선을 그대로 맞받으며 덧붙였다.

"진이가 그대를 살려달라 청하면서 이런 말을 인용하더군. 예기 곡례편에서 형제지수불반병(兄弟之讐不反兵)이라 하고 있으니, 그대의 복수는 정당하다. 혹 그대는 그 앞의 문장을 알고 있는가?"

연성은 잠시 질문의 의도만을 헤아려보았다. 답이야 그간 쌓은 지식들을 들추지 않아도 반사적으로 떠올랐다. 워낙 유명한 문장이니.

"부지수불여공대천[79]……."

"그래. 부친의 원수는 그보다 한 단계 위로 취급하여, 불구대천지수라 하고 있지. 그대는 진이와 그런 관계로 남고 싶은가?"

가슴속이 기이한 혼란으로 소용돌이쳤다. 불안한 예감은 과녁 중앙에 꽂힌 화살처럼 딱 적중하였다.

"왕전은…… 진이의 생부이다."

---

79) 父之讐弗與共戴天. 아버지의 원수와는 같은 하늘을 머리에 이고 살 수 없다.

"예?"

연성의 두 눈썹 사이에 굵직한 골이 패었다. 그는 휘둥그레진 눈을 홉뜨며 망연히 입을 벌렸다. 혀조차 제대로 움직이지 아니하여 말이 더듬더듬 나왔다.

"그, 그런…… 고, 공주님께서는 선황 폐하의……."

"대외적으로는 그리 알려져 있지만, 사실은 그렇지 않다. 이는 황실의 내비(內祕)에 해당하고, 여러 사연과 이해관계가 얽혀 있는 일이라 그대에게 일일이 설명하기에는 장소와 시간이 마땅찮음을 양해하라. 결론만 말하자면 진이는 왕전과 승하하신 태후마마 사이의 생출(生出)이고, 이는 태후마마의 사가 시절 정연에서 비롯되었다."

원은 담담한 어투로 최대한 간명하게 연고를 밝혔다.

"진이는 짐의 이복동생이 아니다. 우리는 부와 모가 모두 다른…… 사실상 남남이다."

일순 시간이 멈춘 듯했다. 연성이 석상처럼 굳은 채 머릿속을 정리하는 동안, 원은 마음을 죄는 가책 비슷한 감정을 느끼며 그가 내릴 결정을 기다렸다.

알고 있다. 아전인수이고 견강부회이다. 아비 같지도 않은 아비를 보편적인 부친과 같은 선상에 올려놓는 자체가 모순이다. 그러나 그가 자신의 제안을 받아들였으면 했다. 그것이 지금으로서는 최상의 선택이고, 그나마 나은 귀결이었다.

연성의 눈길이 황제의 용안을 지그시 누비었다. 이 얼굴에서 그리운 그녀의 얼굴을 떠올려보았다. 이전에는 이복 남매라 그러한가, 막연하게 치부하였지만 제대로 의식하고 보니 정말 한 군데도 닮은 구석이 없었다.

깊은숨으로 가슴을 진정시킨 그는 떠올리기만 해도 오한이 돋는 왕전의 얼굴을 연상하였다. 기분 나쁜 소름이 척추를 죽 내리훑었다.

외모 자체로는 닮았다. 그것도 상당하게. 여태 못 느꼈던 건, 차마 둘을 연관짓고 싶지도 않거니와 사람 자체에서 풍겨나는 분위기가 너무도 다르기 때문일 테다.

그는 긴 시간 망연자실하였다. 상황 파악은 끝났다. 황제가 어째서 누이동생인 그녀를 여인으로 총애하였는지, 어째서 왕전을 쳐내야 할 때 쳐내지 않았는지, 어째서 자신에게 쏟아지는 도덕적 비난들을 묵묵히 감수하고 있는지…… 이제야 모두 이해되었다. 그러나 곧이곧대로 인정하기에는 너무 참학한 현실이었다.

"폐하께옵서 풀어주신다 하여도, 앞으로 공주님과는 영영 만나지 못하겠지요……."

한참 뒤에 연성이 쓸쓸하게 중얼거렸다. 원은 대답 없이 눈만 감았다가 떴다. 풀어줄 수는 있어도 거기까지였다. 그는 평생 도망자처럼 살아야 한다. 하연성은 공식적으로 죄를 받아 처형된 것으로 알려져야 하니.

"그렇게 많은 생령(生靈)들을 참륙해놓고…… 뻔뻔하게 혼자만 목숨 부지할 생각…… 애당초 하지 않았사옵니다."

맥없이 입술을 끌어올린 연성은 나릿하게 말을 이었다.

"그냥 참형을 받도록 놔두심이 옳습니다. 애써 풀어주실 필요 없사옵니다. 신을 방면하신다면, 신은 종내 수단과 방법을 가리지 않고 왕 승상을 해할 수밖에 없을 것이옵니다."

"그대의 마음을…… 이해한다."

원은 괴로운 듯 눈을 찌푸리고는 한숨을 머금었다. 최상의 귀결이라

고는 하여도, 어디까지나 그의 입장보다 이쪽의 입장을 더 고려한 이기적인 제안이었다. 사랑하는 누이를 죽게 만든 원수다. 사실상 찢어 죽여도 모자라겠지.

"하지만 짐은, 아무리 금수 이하의 인간일지라도 그녀를 이 세상에 눈 뜨게 한 생부를 죽게 내버려둘 수는 없다. 미안하다. 짐을 용서하지 말라."

누구에게도 숙여서는 안 될 황제의 고개가 서서히 아래로 흘러내렸다. 차마 눈을 마주한 채 말할 수가 없었다. 이런 말을 입에 담는 자체가 지극히도 유감스러웠다.

"소신 역시…… 폐하의 어심을…… 이해…… 하옵니다."

연성이 허리를 마주 구부리며 한 마디씩 힘겹게 꺼내었다. 어느새 솟아난 눈물이 콧잔등에 맺혀 바닥으로 뚝뚝 떨어져 내렸다.

"원하는 것이 있거든, 이 자리에서 무엇이든 말하라. 모두 들어줄 터이니."

그의 어깨를 녹녹히 주무르는 황제의 어수가 느껴져왔다.

"……하오시면 염치 불고하고 청을 올리겠사옵니다."

깊숙이 고개를 조아린 연성은 잠긴 목을 가다듬고 말하였다.

"완(宛) 동북부에 신의 홀로 된 어미와 어린 동생이 살고 있사옵니다. 종종 들러서 돌봐주던 누이도 이제는 없고, 신마저 떠나고 나면 단둘이 남을 모자가 저어되옵니다."

"염려 말라. 그대의 가솔들은 짐이 일평생 책임지고 보살피겠다."

"망극하옵니다. 그리고……."

연성은 한동안 서슴서슴 망설였다. 어렵사리 입술을 연 뒤에도 계속 아래위로 달싹이기만 할 뿐, 바로 목소리를 내지 못하였다.

"감히 폐하께…… 심히 외람되오나…… 마지막이니, 한 번만 분수를 잊고 아뢸까 하옵니다."

약간의 시간이 지난 뒤에야 혀끝에서만 감돌던 말이 토해졌다.

"공주님을……."

흠뻑 젖은 그의 눈꺼풀이 반쯤 감겼다. 원은 말없이 지켜보았다. 어깨에 얹어놓은 손바닥을 타고 저릿저릿한 떨림이 번졌다.

"공주님을…… 제발 행복하게……."

끝끝내 말을 맺지 못한 연성은 하염없는 눈물을 쏟으며 흐느꼈다. 더 이야기하고 싶어도 목이 꽉 메어버려 숨넘어가는 소리만 비어져 나왔다.

"이 역시 걱정하지 말라."

원은 부드러운 목소리로 답하였다. 그리고 그의 들썩이는 어깨를 계속 어루만지며 나지막이 말을 이었다.

"진이는…… 그녀는 짐이 목숨보다 사랑하는 여인이다."

연성은 간신히 울음을 억누르고 고개를 들었다. 두 사내의 깊은 눈동자 네 개가 서로의 것을 고이 직시하였다. 그 안에 깔린 진솔함에 가슴이 감응하였다. 한 여인을 향한 진심 어린 사랑과, 그 사랑에 대한 정백한 신뢰를 여과 없이 느끼고 느꼈다.

"폐하의 은혜, 백골난망이라 도무지 갚을 길 없사오니…… 신 구천에 가더라도 감읍하여 결코 잊지 못할 것이옵니다."

울먹이며 이마를 조아린 연성은 비척비척 몸을 일으켰다. 그리고 천천히 꿇어 엎드려 성심을 다해 마지막 절을 올렸다.

비록 연적 아닌 연적이었지만, 이와 동시에 목숨을 바쳐도 아깝지 않을 만큼 충성하였던 그의 훌륭한 주군에게.

선실전으로 돌아온 원은 새벽빛이 희붐하도록 침수에 들지 못하였다. 내내 서안 앞에 앉아 깍지 낀 손 위에 머리를 기댄 채, 의논할 이 하나 없이 고통스러운 번뇌에 빠져 있었다.

　"동현."

　그는 가까운 곳에서 살살 졸고 있는 중상시를 호명하였다. 불침번이 아니어도 주인이 잠들지 않으면 꼿꼿이 곁을 지키는 믿음직스러운 충복이었다.

　화들짝 눈을 뜬 동현이 잰걸음으로 다가와 허리를 굽혔다.

　"예! 폐하."

　"강 위위를…… 다른 이들이 눈치 채지 못하도록 은밀히 이곳으로 부르라."

　"명 받잡겠사옵니다."

　동현은 뺨을 때려 잠을 쫓으면서 신속하게 뒷걸음질하여 바깥으로 빠져나갔다.

　원의 얼굴 위로 다시금 묵직한 고민의 그늘이 덮였다. 그것은 명을 받고 달려온 강석이 인사를 올리고 부복한 뒤에도 오래 이어지고 있었다.

　"위위. 보름 후 집형될 죄인의 호송을 그대가 맡으라."

　황제의 입이 열리자 강석의 안색이 침통한 빛으로 가라앉았다.

　"하연성의 형 집행…… 말이옵니까."

　"그렇다. 호송 중 기회를 보아 하연성을 빼내라. 확보한 죄인은 지체 없이 파촉 지방으로 이동시킨다. 그곳에서 거처를 마련해주고, 허튼 짓 하지 못하도록 믿을 만한 감시를 여럿 붙여두라."

"폐하……."

움찔한 강석이 슬그머니 고개를 치켜들었다.

그 역시 최근 침식을 제대로 하지 못하여 얼굴 거죽이 말이 아니었다. 얼마 전 고문장에서 벌어졌던 일을 전해 들어 부하의 사정은 대강 알고 있었다. 생각할수록 지원극통하기 짝이 없어 울분 속 나날을 보내고 있던 차였다.

"망극하옵니다! 망극하옵니다, 폐하! 폐하께서 내리신 하해와 같은 은총에 백배치은하옵니다. 신 목숨 걸고 명 받잡겠나이다!"

강석이 감격에 부르짖으며 거듭 허리를 조아려 통곡재배하였다. 원은 내리깔았던 눈을 들고 그대로 찌푸려 감았다.

그가 바라는 바는 아닐 것이다. 아마도 그에게는 더 잔인한 처사일 테다. 가족들과 멀리 떨어져서 겨우 목숨만 부지하며 살아가는 날들이 무슨 의미가 있을까.

명은 하달하였으되, 도무지 잘한 결정이라는 생각이 들지 않아 괴로웠다. 황제의 이지러진 용안에 깃든 수심이 점점 짙어져갔다.

강석은 부러 연성과 바싹 붙어 나란히 걸었다. 낮게 덮인 먹구름으로 우중충한 날씨와 어울리지 않게, 부하의 낯빛은 금일 유난히도 안화해 보였다. 대체 감옥에서 무슨 일이 있었는지 상처는 거의 낫고 혈색이 한층 좋아진 듯하였다. 해말쑥한 살결 위에 보송보송 돋은 솜털을 보며 강석은 속으로 혀를 내둘렀다.

걷는 내내 연성은 뒷짐결박된 손을 고의로 비틀어댔다. 그러고는 잠깐만 행군을 멈추기를 청한 뒤, 상관을 향해 천연스레 눈썹을 구겨 보였다.

"위위, 포승줄이 너무 꽉 묶여…… 손목이 많이 아픕니다. 풀어주시면 아니 되겠사옵니까?"

"뭐?"

강석은 기가 막혀 벙벙해진 표정으로 부하를 마주 응시하였다.

형장으로 끌려가는 사형수가 저리 태평한 소릴 하는 꼴은 처음 보았다. 혹 황제의 뜻을 미리 전해들은 건가?

그는 고개를 갸웃대며 연성의 등 뒤로 시선을 내렸다. 엄살은 아닌 듯했다. 묶인 손목 안쪽이 온통 벌겋게 부풀어 오르고 군데군데 물집도 맺혀 있었다.

"어차피 사방팔방이 겹겹으로 막혀 있는 이곳에서, 소인이 달아나는 건 불가능에 가깝지 않사옵니까."

연성이 좌우를 휘휘 둘러보며 양어깨를 으쓱했다. 강석은 바람 빠지는 헛웃음을 연방 터뜨려대었다. 그의 말마따나 죄인의 주변은 이중삼중으로 포위되어 추호의 빈틈도 없었다. 모두가 신용할 만한 자들로 미리 선발해 데려온 위위의 직속 수하들이었다.

조금 이상하다는 생각은 들었지만, 손목이 많이 아플 것 같아 일단 포승줄을 풀어주었다.

연성은 손이 해방되자마자 소매 안쪽을 꾸물꾸물 뒤적거렸다. 강석은 짐짓 신경을 곤두세운 채 그를 감시하였다.

그가 꺼낸 건 네모지게 접힌 작은 비단 조각이었다. 조심스레 한 겹씩 펼친 연성은 안에 든 것을 손바닥에 쥐고 빤히 바라보았다. 무언가 궁금해진 강석이 자세히 눈여겨보니, 끈으로 오밀조밀 묶여 있는 사람의 머리칼이었다.

연성은 손 안의 비단을 바람결에 흘려보내고 머리칼만 품 안에 넣어 끌어안았다. 그러더니 옆의 상관을 찬찬히 돌아보며, 하얀 치아가 살짝 보이도록 환한 웃음을 건네었다.

"위위."

강석은 우두망찰하게 맞바라보았다. 새삼스러운 생각이지만 사내놈 눈웃음이 뭐 저리 예쁜가 싶어 정신이 덩둘하였다. 워낙 웬만한 여자보다 더 곱게 생긴 녀석인지라.

연성이 터벅터벅 발을 옮기며 바투 다가왔다. 잠시 후 그는 두 팔을 한껏 벌려 존경하는 상관을 가슴 가득 껴안았다.

"그동안 감사했습니다."

가만히 있던 강석은 순간 이상한 느낌이 스쳐 급히 몸을 물렸다. 그러나 허리춤에서 검을 뽑아든 연성의 동작이 한층 빨랐다.

그날은 작별인사라도 하듯 비가 내렸다. 불의 신 염제(炎帝)가 천후(天候)를 지배하는 여름이 왔다. 길고 긴 장마의 시작이었다.

연성은 붉게 물든 입술을 휘어 처연한 호선을 만들었다.

'사랑하는 나의 공주님. 공주님은 제 평생의 유일한 친구이자, 유일한 여인이었습니다. 제가 처형당하든, 머나먼 지역으로 유배를 당하든…… 착하고 마음 여린 공주님께서는 아마 폐하를 원망하시겠지요. 그러니 제 손으로 가려 합니다. 부디 행복하십시오.'

그는 고개를 떨어뜨리며 억눌린 신음을 내리 토하였다. 그리고 혼신의 기운을 다해 두 팔뚝으로 온 힘을 그러모았다. 심장 깊숙이 꽂힌 차디찬 칼날이 잔혹한 소리를 내며 한 바퀴 비틀렸다.

시간이 멈추고, 공기조차 멈추었다. 혼비백산한 부하들이 웅성대는 소리는 귀에 들리지 않았다.

강석은 쓰러진 연성을 품에 안고 넋 나간 사람처럼 절규하였다.

"이 녀석아…… 어찌 그랬느냐. 어찌, 어찌 그런 선택을 하였느냐. 폐하께서…… 폐하께서 너를 살려주고자 하시었거늘……."

연성이 가물가물 눈을 떠 올려 그를 바라보았다. 떨리는 눈꼬리를 타고 흘러내린 눈물이 빗물과 섞여 귓바퀴를 적셨다.

"죄송합니다."

자그맣게 흐느낀 그는 옅은 웃음을 내걸고 입술을 움직였다.

"위위, 청하오니…… 공주님께…… 한마디만…… 전해주시겠습니까."

강석은 꺽꺽 오읍을 터뜨리며 하염없이 그의 뺨만 쓰다듬고 있었다.

연성의 기다란 손가락이 상관의 손을 가만가만 그러쥐었다. 찬찬히 벌어진 입술 위로 그윽한 미소가 번져갔다. 두 눈이 스르르 감겼다. 그리고 스러져가는 음성으로 마지막 말이 흘러나왔다.

"웃으시라고……."

十
七
章

필요한 물품들은 모두 챙겼다. 몸의 준비도, 마음의 준비도 빠짐없
이 마쳤다. 심기일전하여 낯빛을 가다듬은 진은 정전 주변에서 오랫
동안 대기하였다.

황제가 들어서고, 문무백관이 북면하여 정좌하는 소리가 들렸다.
진은 정전의 문이 닫히기 전에 틈새로 살짝 끼어들어 조속히 내실로
발을 들였다.

문 주변에 늘어서 있던 궁인들이 하나같이 놀라 우왕좌왕하였다. 그
러나 다급한 속삭임으로 그녀를 부르기만 할 뿐, 어느 누구도 공주의
몸에 섣불리 손을 대지는 못하였다. 아마 지난번 일 때문일 테다. 예
상대로였다.

진은 가슴을 펴고 심호흡을 한 후 고개를 들었다. 그러나 정면을 바
라보자마자 하얗게 기가 질려버려 그 자리에서 한참을 굳어 있어야 했
다.

광활하기 이를 데 없는 공간 안에 흐트러짐 없이 열 지어 앉은 만정
제신(滿廷諸臣)이 시야를 꽉 메웠다. 그 규모가 숨 막히도록 어마어마하
여 좀처럼 시작과 끝이 가늠되지 않았다. 수직으로 널따랗게 트인 길
의 정중앙에는 드높은 용상에 그림처럼 좌정한 황제가 아득히 내보였
다.

정녕 매 조회마다 이리도 웅장하고 삼엄하단 말인가. 아래위 치아가 딱딱 부딪히도록 턱관절이 떨려왔다. 한동안은 걸음을 옮기기는커녕 꼿꼿이 선 자세를 유지하는 데만 해도 상당한 집중력이 필요했다.

3년 전 즉위식에서 느꼈던 경외감이 되살아났다. 황제를 천자라 하는 이유를 알 것 같았다. 절로 복종할 수밖에 없도록 만드는 지배자의 권위와 위엄이 와 닿는다.

진은 온몸으로 굽이치는 전율을 느끼며 간신히 한 걸음씩 떼어놓았다. 무심코 시선을 치켜들 때마다 양어깨가 오그라들었다. 우아하게 눈을 내리깔아 그녀를 바라보는 저 황제가 도무지 한 이불을 덮고 사랑을 속삭여왔던 정인으로 보이지 않았다.

과연 현존하는 지상의 신이시로구나. 새삼 실감해버린 그와의 신분 차가 한없이 두려우면서 뼈아팠다.

짧고, 생생하고, 달짝지근한 환몽이었다. 이제는 깨어날 때가 되었다. 그가 자처하여 홀로 뒤집어쓴 짐을 기꺼이 나눠 지고 떠나야 한다. 자신이 본래 있어야 마땅할 자리로.

대소 신료들의 수많은 눈길이 예고 없이 등장한 여인에게 총집중되었다. 몇몇은 낮은 소리로 수런거리며 여인의 정체를 묻거나 답하였고, 태반은 홀린 듯 넋을 놓은 채로 그녀가 이동하는 방향을 따라 고개를 움직였다.

물감을 들이지 않은 소복 차림에 흔한 장신구 하나 달지 않았으나, 여인의 자태는 마치 낙수(洛水)에서 물놀이를 마치고 온 복비[80]의 아름

---

80) 宓妃. 낙수의 여신이자 하백의 아내.

다움을 연상케 하였다.

새하얀 치맛자락 흩날리며 옮기는 걸음걸음이 꽃비 사이를 거니는 듯 가냘프고도 아리따웠다. 백옥 같은 얼굴 위에 떠오른 근심 어린 표정은 가슴을 죄는 애처로움과 사랑스러움을 동시에 자아냈다. 그녀의 발길이 곁을 스쳐 지나면, 가까이에 있는 이들은 어김없이 아찔한 현기를 느끼며 제풀에 탄식을 쏟았다.

여선(女仙)의 현신이 따로 없다. 배다른 누이라 하여도 가히 눈이 뒤집힐 치명적인 미색이다. 그녀의 곁에 자리하거든 어떤 꽃도, 어떤 미녀도 빛을 잃고 무색무취로 변하고야 말리라. 참으로 황제께서 고이 숨겨놓고 품으시는 이유가 있었구나.

앞줄 부근에서 발을 멈춘 진은 사뿐히 손을 모아 배례를 올렸다. 그러고는 한 걸음 물러나 고개를 조아린 후 옷자락을 가지런히 해 부복하였다.

"장공주 유진, 황제 폐하를 뵙사옵니다. 만세, 만세, 만만세."

마지막으로 입에 담는, 내 것이 아니게 될 내 이름과 내 신분이다.

그대로 약간의 시간이 흘렀다. 그의 익숙한 성음이 머리 위에서 울렸다.

"고개를 들라."

"황감하옵니다."

천천히 고개를 든 진은 황제를 올려다보는 대신 가까이에 자리해 있는 왕전을 슬쩍 응시하였다. 다행이다. 약속대로 왕전은 옥패를 몸에 지니고 입조하였다.

"소녀…… 황제 폐하께…… 죄를 청하옵나이다."

진은 긴장으로 떨리는, 그러나 제법 크고 또렷한 목소리로 아뢰었다.

정전 전체가 신료들의 웅성거림으로 한바탕 뒤흔들렸다. 진은 눈을 감고 이마가 바닥에 닿도록 고두한 후, 품 안에서 태후의 일기를 꺼내어 무릎 앞에 내려놓았다.

말없이 내려다보던 황제가 가만히 소매를 여미고는 한 손을 올렸다. 저잣거리처럼 소란스럽던 일대가 빠른 속도로 쥐 죽은 듯 잠잠하게 가라앉기 시작하였다.

"이것은 승하하신 태후마마께옵서 남기신 일기이옵니다. 그 내용에 의하면, 실로 육니하고도 망극한 변(變)이오나…… 소녀는 태후마마의 사가 시절 야합에 의해 잉태된 사생아로, 선제의 핏줄이 아니라 하옵니다. 황손이 아닌 소녀가 지금껏 금지옥엽(金枝玉葉)으로 받들어져 존귀한 신분에 머무르며 분에 넘치는 복을 누려왔사오니, 이제라도 바로잡음이 옳을 듯하여 두려움을 무릅쓰고 감히 자복하려 하나이다. 폐하께서는 굽어 통촉하시어 소녀에게 마땅한 처분을 내려주시옵소서."

자분자분한 어조와 전연 어울리지 않는 폭로성 발언이 터졌다. 말을 마친 진은 죄를 기다리는 듯 다시 머리를 내렸다. 신료들은 한 명 빠짐없이 경악을 금치 못하고 휘둥그런 눈을 뜬 채 턱을 빠뜨렸다.

장내가 한동안 충격으로 얼어붙었다. 초조로 물든 신료들의 시선이 점차 의구심으로 뒤덮여갈 무렵, 황제의 입이 열렸다.

"정위는 어째서 죄가 적용되지 않는지 공주에게 차근차근 설명하라."

명을 받은 정위 계연이 자리에서 일어나 읍례를 올렸다. 그리고 신료들의 틈새를 가로질러 빠져나와 공주의 곁에 정중히 꿇어앉았다.

진이 고개를 돌려 마주하자 계연은 앞의 일기를 눈짓해가며 침착하게 말하였다.

"공주마마, 그것이 승하하신 태후마마께서 쓰신 일기라 하시었사온데…… 그것만으론 공주마마께서 금지옥엽이 아니라는 증좌가 되지 않사옵니다. 저명한 필적 감정가들이 판단하여 태후마마의 친필임을 증명한다면 참고 자료로 활용할 수는 있습니다만, 이 또한 구체적 물증은 아니옵니다. 태후마마께옵서 승하하신 이상, 그 내용의 신빙성 여부를 살필 방도가 없기 때문이옵니다."

"소녀의 친부는."

진의 눈길이 그 건너편에 정좌한 왕전을 향해 미끄러졌다.

"왕 승상이옵니다."

모든 신료들의 이목 또한 자연스럽게 왕전의 얼굴 위로 쏠려갔다. 근방에서 공주와 그를 비견한 이들은 둔기로 얻어맞은 듯한 놀라움을 느꼈다.

생김새를 두고 따지자면 충분히 수긍할 수 있을 만큼 닮은 두 사람이었다. 그 사실은 물살을 타듯 신료들의 입과 입으로 전해져 순식간에 사방으로 확산되었다. 그사이 진이 다시 말하였다.

"태후마마의 존함을 감히 입에 담자면, 삼갈 신(愼) 자이옵니다. 그리고 왕 승상께서는 메울 전(塡) 자를 쓰는 걸로 아옵니다. 두 분의 함자에는 참 진(眞)자가 공통으로 들어가옵니다. 소녀의 이름은 고울 진(縝) 자를 씁니다. 태후마마께서 친히 작명해주셨사옵니다."

고울 진[縝] 자. 낱낱으로 나누자면 진(眞) 자가 실[糸]로 묶여 있다는 의미가 된다.

거기에서 벌써 대다수가 확신하였다. 내부는 다시금 거센 소란으로 들끓었다.

"다들 정숙하라."

황제가 서안을 탁탁 두들기며 좌중을 진정시켰다.

"이 또한 심증에 지나지 않을 뿐이니, 분별없이 죄를 물을 수 없다."

진의 가냘픈 고개가 서서히 위로 꺾여 올랐다. 처음으로 그와 눈을 마주쳤다.

안에 있는 모든 이들이 긴장하고 두 사람을 지켜보았다. 진실은 이미 벌건 속살을 드러내고 까밝혀졌음이나 매한가지. 그럼에도 무빙가고[81]를 들어 막으려는 황제와, 어떻게든 제 주장을 관철시키려는 공주의 묘한 신경전이 벌어지고 있었다.

"소녀는 팔삭둥이로, 출생 당시 이러저러한 뒷말이 많았다 하지요. 워낙 작게 태어나 결국 도마 위의 분란으로 번지지는 않았지만요. 이를 열 달로 헤아리면, 태후마마께서 입궁하시기 전이 되옵니다."

"이 또한 죄가 되지 않는다. 하나같이 인증이 불명확한 난언(亂言)들이 아닌가."

"하오시면 이것은 물증이니 충분한 증좌가 되올는지요."

진은 찬찬히 숨을 들이쉬고 품속으로 손을 집어넣었다. 그는 아마 모르고 있을 결정적인 증거가 그녀의 수중에 있었다.

잠시 뒤, 여인의 섬세한 손가락이 푸른 옥패를 꺼내어 일기 위에 얹어놓았다.

"태후마마께서 소녀의 손에 직접 쥐여주신 유품이옵니다. 마마께옵

---

81) 無憑可考. 증거로 삼아 상고할 만한 것이 없음.

서 승하하시기 전까지는 왕 승상께서도 이와 같은 걸 항상 차고 등청하셨다 하니…… 이 안에 계신 분들 중 아실 분은 아시리라 사료되옵니다."

옆에 붙어 있던 계연이 옥패의 모양을 살펴보다가 눈을 부릅떴다. 잠시간 벌벌 전율하던 그가 황제를 향해 고개를 치켜들었다.

"왕 승상께서 한때 항용 지니고 다니신 그 옥패와 같은 물건인 듯하옵니다. 폐하, 이는 가볍게 넘길 문제가 아니옵니다!"

그제야 입을 다물고 있던 신료들이 하나둘씩 목소리를 높였다. 예고된 돌풍처럼 온 정전이 심각한 파문으로 뒤덮여갔다.

"한실의 존엄성을 위협할 중차대한 사건이옵니다! 필히 조사하시어 그 진상을 명명백백 규명하여야 마땅하옵니다!"

"통촉하여주시옵소서! 이 변사(變事)를 발본색원하시어 황실의 거룩한 위상을 바로잡으시옵소서!"

몇몇은 분기로 얼굴을 일그러뜨리며 자리를 들썩이고, 대부분은 혼란에 빠져 아미를 찌푸리거나 손으로 자기 입을 덮은 채 한탄하였다.

"마침 승상께서 옥패를 착용하고 오셨군요! 공주마마의 옥패와 합을 이루는지 한번 맞춰보면 되겠사옵니다!"

승상 근처에 자리한 신료가 소리 지르자 다른 이들이 맞받아 외쳤다.

"폐하, 부디 명을 내려주시옵소서!"

그 난리판 속에서도 황제의 시선은 오직 공주에게만 고정되어 있었다. 차분한 듯 흔들림 없는 눈동자 안에 한 점의 시린 아픔이 아주 잠시 비꼈다.

가만히 눈을 감은 황제가 고갯짓하였다.

"……맞춰보라."

대기하고 있던 어사들이 분주히 움직였다. 왕전은 선선히 옥패를 떼어 그들에게 내어주었다. 중앙으로 모인 어사들은 공주의 옥패를 집어 들고 모두의 눈앞에서 합해 보였다.

오랜 세월 헤어져 있던 반쪽과 반쪽이 제 나머지 몸을 반기듯 착 달라붙었다. 흘러간 시간에 바래고 변해버린 남녀의 사랑처럼, 옥패의 각 빛깔은 희미하게 달랐으나 모양만큼은 빈틈없이 맞아 들어갔다.

"상합하는가?"

"틀림없사옵니다. 여합부절(如合符節)하옵니다!"

"세상에, 이런 해괴하고 망측할 데가……."

힐난에 찬 신료들의 눈총이 왕전을 채찍질하고 후벼 팠다.

왕전은 입을 봉한 채 꿈쩍도 하지 않았다. 그저 슬그머니 고개를 늘어뜨리며 쏟아지는 시선을 피하다가 한 번씩 건너편의 진을 힐끗거릴 뿐이었다. 가증스러운 아비 생색을 쓰려 약속만큼은 지켰으나, 그에게는 더 이상 딸을 보호할 힘도, 대책도 없었다. 기실 지금껏 명줄이나마 이어갈 수 있었던 것도 따지고 보면 그녀 덕분이니.

"승상! 이 대체 어찌 된 일이옵니까?"

"진정 태후마마와 사사로이 통신하신 겝니까? 답답하니 승상의 입으로 진실을 좀 해명해보십시오!"

"뭘 닦달들 하고 계시오? 증좌는 이미 나올 대로 나왔고, 승상마저 유구무언이니 더 볼 것이 있습니까? 참으로 낯 뜨거운 상중지희[82]가

---

82) 桑中之喜. 남녀 간의 불의의 쾌락이나 풍속의 퇴폐를 풍자하여 이르는 말.

아닐 수 없소이다! 엄중 문책하여야 할 것이오!"

"그만!"

황제의 서릿발 같은 고함에 술렁이던 사위가 일순 고요해졌다.

"이 이상의 무람없는 횡언은 용서치 않겠소. 그대들은 태후마마가 우스운가? 짐의 모후에 대한 예의를 지키지 않는 자는 그 즉시 황실을 모독한 죄를 물을 것이니 자중자애하라!"

원은 매서운 눈길로 좌중을 둘러보았다. 잠시 후 그가 짤막한 한숨을 흘리며 낯빛을 고쳤다.

"왕 승상과 태후마마의 일은…… 모후께서 국모가 되시기 전에 오간 두 사람의 개인적인 정분에 해당하오. 승상에 대한 처분은 따로 자리를 만들어 신중한 논의를 거듭한 연후에 내리도록 하겠소. 허나 이 일로 불거져 나온 흑막(黑幕)과, 그 부정함으로 인해 황실의 품위가 손상된 건 짐 역시 크게 실망하여 침음하는 바요. 이 모두가 짐의 부덕함의 소치이니, 짐은 종묘로 나아가 선제들께 사죄하고 동쪽에서 재계하여 불제(祓除)를 올리려 하오. 그리고…… 상서들은 자세를 바로 해 조필(操筆)하라."

앞줄의 상서령이 신속히 몸을 돌려 속관들을 통수하였다. 상서들이 조서의 초안을 준비하자 온 신료들의 표정 위로 팽배한 긴장이 깔렸다.

"칙령을 받들라. 장공주 유진의 작위를 박탈하고 서인으로 강등하며, 유씨 성을 회수한다. 또한."

미동 없이 엎드려 있던 진은 질끈 눈을 감고 이어질 말을 기다렸다.

출궁일까, 그 이상의 형벌일까.

아마 전자일 확률이 높았다. 사태가 걷잡을 수 없이 커졌지만, 그라

면 그동안의 정을 생각해서라도 출궁 정도의 선에서 막아줄 것이다. 아니…… 아니다. 혹 배신감에 더 큰 벌을 내리려나.

찰나적 순간 온갖 생각이 머리를 넘나들었다. 실없이 벌어진 붉은 입술에 구슬픈 웃음이 옅게 깃들었다.

"장문궁에 유폐시킴으로써 극공명의 혜택을 누린 대가를 치르도록 한다. 죄인은 어떠한 일이 있어도 그곳에서 한 발짝도 나올 수 없고, 그 누구도 그곳을 찾을 수 없다. 별도의 영이 내리기까지 삼가 회죄하는 태도로 근신하라."

나른히 올라가던 진의 눈꺼풀이 흠칫 굳었다.

그녀가 어리벙벙 혼이 빠져 있는 사이, 곳곳에서 반발을 터뜨리는 신료들의 목청이 귓문을 파고들었다.

"폐하! 아니 될 말씀이옵니다!"

"그녀는 황손이 아님에도 오랜 시간 영귀한 자리에 앉아 세상을 속이고 만민을 기망해왔사옵니다. 이는 씻을 수 없는 중죄이옵니다! 준열히 다스리심이 마땅하옵니다!"

"죄는 물론 받아야 마땅하나, 없는 죄까지 더하여 중상(中傷)함은 옳지 않소. 세상을 속이고 만민을 기망한 이는 그녀가 아니오. 스스로가 황손이 아닌 줄 모른 채 황족의 위를 누려온 죄를 묻자면 이는 삼척법에도 없는 죄목이니 재량껏 다스려야 하는 바, 죄인의 사세부득(事勢不得)을 참작하여 작위를 떼고 순리대로 돌려놓으면 족하다 여겨지오."

황제는 눈썹 하나 까딱 않고 단호히 피력하였다. 전면에 자리한 간대부 송앙이 목소리를 가다듬고 고하였다.

"하오나 폐하, 이는 말씀대로 삼척에도 없는 경우인지라 더 엄정히 고려할 필요가 있사옵니다. 다름 아니라 황실에 관련된 문제이옵니다. 그 숭고함에 해를 끼친 죄는, 죄인이 아무리 무지하였다 하여도 이렇게 간단히 넘길 만한 종류가 아니옵니다."

"이에 동의하옵니다! 그녀의 죄를 한층 무겁게 문책하시어 만백성에게 황실의 추상같은 위엄을 보여야…….."

"중죄는 오로지 승하하신 태후마마께만 해당된다."

묵직이 깔린 한마디 옥음이 잇따른 열변들을 무질렀다. 딱딱하게 굳어 있는 황제의 용안에 침통한 빛이 역력했다.

"이 사태에 대한 죄를 제대로 묻자면 태후마마께 물어야 하는데, 짐더러 어찌하란 말인가. 참시(斬屍)라도 하라는 것인가? 자식으로서 짐이 차마 그렇게까지 해야 하겠는가? 그것이 육예를 강론하고 충효의 덕을 숭상한다는 경들이 할 소리란 말인가!"

백관들은 한 차례 할 말을 잃었다. 이 변고를 대체 어찌해야 하나, 모든 이들이 침잠해가던 중 어느 누군가의 음성이 들릴 듯 말 듯 흘러나왔다.

"하오나 그녀는 태후마마의 핏줄이니…….."

"연좌가 폐지된 지 오래임은 여기 있는 경들 모두가 아시리라 생각하오."

황제가 차분히 말을 끊었다. 순간 짙은 정적이 내부를 한 바퀴 휘돌았다. 신료들의 낯이 온통 무언가에 썬 듯 망연해져 있었다. 몇 눈치 빠른 신료들은 등골을 훑는 오싹한 소름마저 느꼈다.

설마 황제는 처음부터 모든 걸 알고 있었던 건가. 이러려고 진즉 연좌제를 폐지시켜두었단 말인가. 만일 그렇다면 그 치밀함은 실로 섬뜩할 지경이었다.

하지만 찬찬히 생각해보면 약간의 의아함이 남았다. 황제가 처음 보

였던 태도를 반추하거든, 그가 이 상황 자체를 원하지 않는다는 것을 알 수 있었다. 애초 이럴 계획이었다면 죄를 청하는 공주를 필사적으로 막으려 할 이유가 없었을 것이다.

그 누구도 입을 열지 못하여 장내가 이상하리만치 괴괴하였다. 앞줄의 신료들이 곁눈질로 용안을 살피었으나, 언제나 그렇듯 황제는 표정에 속내를 드러내지 않으니 도통 파악할 길이 없었다.

원은 곧은 시선으로 좌중을 굽어보았다. 그리고 천천히 입을 열어 침묵을 걷었다.

"짐은 여태껏 신상필벌을 지향해왔소. 공이 있는 자에게는 세운 공보다 후한 상을 주되 일정 한도를 넘어선 적이 없고, 죄가 있는 자에게는 신분 고하를 막론하고 반드시 벌을 주되 그 무게가 결코 지은 죄를 넘어서도록 한 적이 없소. 이제 와 편벽되이 적용할 생각은 추호도 없고 앞으로도 그러할 것이오. 그녀에게 이 이상의 죄를 묻는 건 가혹하오. 더 할 말이 있는가? 여기서 이의를 제기한다면 공죄를 처리하는 짐의 방식에 불만을 표함이나 다름없는 바, 아무래도 좋으니 기탄없이 간해보라. 사리에 맞는 변론이라면 짐도 재고삼사하겠다."

발언권이 주어졌음에도 모두가 혀의 사용법을 잊은 듯 함구불언하였다. 그때 측방에 자리해 있던 신료 하나가 무릎걸음으로 나아가 허리를 조아렸다.

"폐하, 신 종정(宗正) 유대, 미거하나 감히 소견을 아뢰고자 하옵니다."

원이 고개를 끄덕이며 그에게 눈길을 주었다.

"말씀하시오."

"그녀의 신분을 순리대로 돌려놓음으로써 죄를 다스린다면 최소 출궁 조처까지는 이루어져야 마땅하다 사료되옵니다. 황실과 아무런 연고도 없는 여인이 온당한 이유 없이 황궁 생활을 이어갈 수는 없사옵니다. 그녀는 더 이상 궁인들을 부릴 수 있는 신분이 아니니 이는 위계질서에도 어긋나는…….”

침착하게 진언하던 유대는 황제를 힐끔 보았다가 그대로 말끝을 흐려버렸다. 은은한 듯 서늘한 절대자의 눈빛 속에 온몸이 압기(壓氣)되는 느낌이었다. 서슬에 짓눌린 그는 종내 장황히 벌여놓은 말을 매듭짓지 못하였다.

“짐이 제좌에 오른 뒤로, 귀에서 싹이 나도록 듣고 속에서 체증이 일도록 상소를 받은 간언이 있는데.”

황제는 충분한 시간을 기다려준 후, 정면으로 시선을 돌리며 나지막이 말하였다.

“후사를 보라. 종묘사직을 끊어지게 해서는 안 된다. 다자손을 퍼뜨려 황실을 번영케 하는 건 제왕의 영덕이자 의무이니 부디 소홀히 여기지 말아달라. 아마 경들 대부분이 짐에게 한 번 이상은 역설했을 터, 짐 역시 경들이 일깨워줄 때마다 후사의 중요성을 가슴 깊이 새겨왔고 한시도 그 사명을 잊은 적이 없소. 한데 그런 소릴 했던 경들이 짐의 아이를 품은 여인을 출궁 조처하라 종용하는 건 자가당착이오.”

깜짝 놀란 진이 부스스 고개를 들어 황제를 올려다보았다. 허언을 내놓는 그가 어찌나 태연자약한지, 스스로가 정말 아이를 가졌나 싶어 살포시 복부를 더듬어볼 정도였다.

그러나 황제의 말을 곧이곧대로 해석하는 신료는 많지 않았다. 저 발언이 참인지 거짓인지 여부에는 큰 의미가 없었다. 장문궁에 유폐당하면 시중을 맡을 최소한의 궁인 외에는 어느 누구도 그녀를 찾을 수 없을 터, 아이는 그 사이에 만들면 그만이다.

중요한 건 반드시 그녀에게서 황손을 보겠다는 황제의 의지였다. 그리해서라도 그녀를 지키고야 말겠다는 결연한 의지.

"만일 그녀가 황자를 생산하거든 차기 황제의 모후가 될 수도 있다. 그런 여인에게 감히 위계질서를 운운할 것인가? 그 뒷감당을 능히 해낼 수 있겠는가? 그럴 자신이 있는 자는 이 자리에서 당당히 얼굴을 드러내고 그녀의 출궁을 입에 담아보라."

말이야 뒷감당이라 하고 있지만, 그전에 내 손으로 먼저 요절내리라는 살벌한 경고나 다름없었다. 모골이 송연해진 유대는 급히 허리를 조아리고 제자리로 몸을 물렸다.

황제가 확고한 의중을 밝힌 이상, 굳이 범의 아가리를 더듬어 일신의 위험을 자초하려는 신료는 없었다. 원은 주변에 시립한 궁인들을 응시하며 명하였다.

"끌고 가라."

중상시들이 눈치껏 손짓하자 근처의 궁녀들이 진에게 얼른 다가들었다. 비록 죄인을 끌어가는 상황이라 하나 양옆에서 겨드랑이를 껴안아 일으키는 손길이 한없이 조심스러웠다.

비척비척 이끌리던 진은 새하얗게 질린 얼굴로 원을 돌아보았다. 그는 서안 위의 문서를 펼치며 다음 안건을 준비할 뿐, 끝끝내 그녀를 쳐다보지 않았다.

황제는 그날 밤 바로 장문궁에 유폐된 그녀를 찾았다. 진은 방 중앙에서 고개도 들지 못하고 부복해 있었다.

문턱을 넘어 걸어온 원이 찬찬하게 시선을 늘어뜨렸다. 그 채로 한

참 동안 치밀어 오른 격노를 누르며 그녀의 뒷머리를 굽어보았다.

"네가 감히 날 떠나려 하였느냐."

억양 없이 전율하는 음성이 바닥 깊이 떨어져 흩어졌다. 진은 조그맣게 웅크린 목덜미만 파르르 떨 뿐, 답하지 않았다.

원의 얼굴이 심장이라도 찔린 듯 일그러져갔다. 다급히 무릎을 굽혀 앉은 그가 그녀의 어깨를 억세게 꺾어 잡아 일으켰다.

"너는…… 너는, 내가 없이도 살아갈 수 있느냐?"

진은 영혼 없는 인형처럼 손발을 아래로 드리운 채 그가 흔드는 방향대로 하느작거렸다. 원이 포효하듯 소리 질렀다.

"대답하라!"

내벽을 향해 있던 진의 눈동자가 서서히 정면으로 움직였다. 진은 차게 식은 얼굴 위에 슬픈 미소를 덧그리며 조용히 말하였다.

"그럴 리…… 있겠사옵니까…….."

그녀의 처연한 시선과 그의 작열하는 시선이 오랜 시간 교차하였다.

진이 힘없이 두 눈을 감았다가 떠 올렸다. 눈시울에 고여 있던 눈물이 기다렸다는 듯 흘러내려 뺨을 적셨다.

"괴로웠사옵니다. 비참했사옵니다. 이전부터…… 폐하께 옛 이야기를 전해 들었던 그때부터, 스스로가 참을 수 없이 초라하고 한심하여서…… 가끔씩 숨을 쉬기가 힘이 들었사옵니다. 그런데도 폐하의 곁이…… 너, 너무…… 욕심나…… 눈 딱 감고…… 염치없는 척을 해보았사옵니다. 하지만 왕 승상의 말을 듣고는…… 도저히…… 정말 도저히……."

중간에 자꾸 목이 메어와 말이 토막토막 끊겼다. 진은 억지로 흐느낌을 집어삼키고는 고개를 가로저었다.

"폐하께선…… 소녀를 위로하기 위해, 단지 열등감 때문에 널 미워했었노라 하시었지만…… 아니었지요. 시시때때로 목숨을 위협했던 철천지원수 소윤의 외손녀인데, 증오하지 않은 쪽이 외려 이상하지요. 그럼에도 불구하고, 폐하께선 소녀를 마음으로 안아주시었지요. 약속대로 지켜주시었고, 소중히 아껴주시었고, 소녀의 텅 빈 가슴을 과분한 사랑으로 채워주시었지요. 그런데 정작…… 소녀는……."

시근대던 원의 숨결이 조금씩 가라앉았다. 가슴을 좀먹어가던 초조와 분노의 불길도 그녀의 눈물로 차츰 사그라졌다. 대신 코허리가 시큰하게 아려왔다.

진은 긴 속눈썹을 가늘게 떨다가 착 내리깔았다.

"소녀 때문에, 냉혈한이라 손가락질 당하는 폐하를 지켜만 봐야 하고…… 백성들이 부르는 재구와 폐구를 듣고서도 할 수 있는 게 없고…… 언제까지고 폐하의 등 뒤에서 보호만 받아야 하는, 비겁하고도 나약한 존재로서 살아가야 하는데…… 왕 승상이라니. 친아비가 왕 승상이라니. 부녀가 여태껏 사이좋게, 폐하의 입지에 해악만 끼치고 있었다니……."

흑흑 비어지는 희읍과 자조적인 웃음이 뒤섞여 터졌다. 원은 잠시 애틋한 눈으로 응시하다가 바싹 말라버린 입술을 떼었다.

"네가 방금까지 했던 말들…… 하나하나 주워 담으며 잘 생각해보거라. 그 어느 것도, 네 탓은 없다. 네 스스로 잘못한 건…… 아무것도 없다."

"살아 있는 자체로도…… 죄가 되는 사람이…… 있는 듯하옵니다."

그녀의 한마디 말은 고스란히 창칼이 되어 가슴속을 난자질해놓았다. 원의 짙은 눈썹이 사납게 허물어졌다.

진은 계속해서 바닥만 쳐다보며 이를 악물고 중얼거렸다.

"이러고 살고 싶지 않았사옵니다. 정말…… 죽고 싶었사옵니다. 궁에서 내쳐지거든, 차라리 죽을까 하는 생각도 하였사옵니다."

"누구 마음대로!"

그가 내지른 고함이 방 전체를 쩌렁하게 뒤흔들었다. 원은 그녀의 어깨를 으스러뜨릴 듯 거머쥐고 벽 구석으로 들이밀었다.

"내 앞에서 다시는…… 그딴 소리 입에 담지도 마라."

진은 공포로 커진 눈을 치켜뜨며 상체를 옹송그렸다. 언제나 얼음 같은 이성을 유지하던 그가 평정을 잃었다. 그 모습이 자못 낯설어 두려웠다.

그녀를 날카롭게 직시하던 눈길이 어느 순간 옆으로 비껴 미끄러졌다. 천천히 낯빛을 가다듬은 원은 진을 놓아둔 채 몸을 일으켰다. 잠시간 무거운 침묵이 방 안을 눌렀다. 음음적막한 가운데 옷고름 매듭 풀리는 소리가 공기를 간질였다.

"네게 이런 고생 시킬 필요 없이, 널 황후위에 앉힐 계획이 내게 다 있었거늘."

원은 덧옷을 벗어젖혀 바닥에 내던졌다. 허리에서 요대를 풀고, 통천관의 옥잠도 휙 빼내어 옷 위로 팽개쳐놓았다.

"네 멋대로 사고를 쳐놓은 덕분에…… 일이 급해져버렸다. 벗으라."

진은 오도카니 입을 벌린 채 그를 올려다보았다. 언제까지고 미동이 없자, 원은 두 손을 내리뻗어 진을 일으켜 세웠다.

움찔한 진이 필사적으로 고개를 흔들며 얼굴 앞의 가슴팍을 밀어대었다.

"시, 싫사옵니다! 소녀는 그런 자리 욕심나지 않사옵니다. 그저 폐하의 곁에서 행복할 수만 있다면 족했는데…… 이제는 그럴 수도 없을 것 같아서…… 그러면 안 될 것 같아서…….”

젖은 소리로 울먹이던 진은 그대로 무릎을 꿇고 그의 옷깃을 부여잡았다.

“청하오니 소녀를 내쳐주시옵소서.”

“이즈음에서 그 입 다무는 편이 좋을 것이다.”

부드러우면서 온기 한 점 없는 목소리에 몸소름이 오싹 돋았다. 진은 저도 모르게 손아귀를 스르르 풀었다.

“오늘의 네 행동을…… 난 도저히 용서할 수가 없으니.”

사지에서 힘이 흩어져 나갔다. 얼굴에 떠오른 표정이 사라지고 간헐적인 경련이 등골을 흠칫흠칫 스쳤다.

원은 파리하게 질려 있는 진을 보듬어 안아 들었다. 그녀가 멍하니 떨고 있는 사이, 축 늘어진 몸이 보송보송한 이불 위에 올랐다.

진은 고개를 모로 돌려 그의 시선을 피하였다. 그러나 곧바로 턱이 잡혀 다시 정면을 향하게 되었다. 두 눈을 감아버렸다. 한동안 숨소리조차 들리지 않는 정적이 흘렀다. 잠시 후 축축한 뺨에서 머리칼을 떼어내고 이마를 가만가만 쓸어 넘기는 손길이 느껴져왔다.

무섭게 윽박아놓은 종전의 태도와 사뭇 달랐다. 이마 위에 살포시 입술을 누르고, 길게 입을 맞추는 것으로 시작하는 다정한 애무는 평상시의 잠자리와 한결같았다.

깊숙이 침입해온 뜨거운 혀가 입안 곳곳을 감미롭게 자극하며 반응을 유도하였다. 그 사이 두 손으로는 만지기도 아까운 보옥을 다루는 듯 조심조심 그녀를 쓰다듬어갔다.

시간이 갈수록 본능에 순응하듯 기분이 몽롱해졌다. 아까까지와는 다른 이유로 눈시울이 달아올랐다. 어쩐지 일상으로 돌아온 것만 같은 묘한 그리움이 눈물로 맺혀 하염없이 흘러나왔다.

두 볼을 타고 베개로 흥건히 스미는 눈물 줄에 처음에는 큰 위화감을 받지 않았다. 그러나 서서히 입술이 떨어져 나가고, 콧잔등을 톡톡 두들기는 액체를 감지한 순간 그녀 혼자만의 것이 아니었음을 알아버렸다.

알고서도 쉽게 믿을 수가 없었다. 차마 눈을 뜨기 두려웠지만 눈꺼풀을 열어보았다.

원은 침상 위에 맥없이 꿇어앉아 그녀를 내려다보고 있었다. 평소와 다를 바 없는 무표정한 얼굴 위로 뜨거운 눈물만 한가득 흘러내리는 형상이 기이한 부조화를 이루었다. 하지만 이상하게도 그의 감정이 선연히 공명되었다.

"나는…… 상처도 받지 않는 줄 아느냐?"

그의 입술이 차분히 움직였다. 서럽게 흐느끼지 않아도 더 서러웠다. 목 놓아 통곡하지 않아도 애가 끓었다. 울 때조차 마음 놓고 울지도 못하는 모습에 숨통이 꽉 죄어드는 듯했다. 갑갑하고, 슬프고, 아팠다.

"황제는……."

그가 쏟아내는 투명한 눈물이 진의 하얀 얼굴을 끊임없이 적셨다. 그 많은 눈물 어떻게 다 담고 있었을까 싶을 만큼 줄기차게 흘러나오고, 또 흘러나왔다.

"인간들 틈에 섞여 사는 유일한 신이라 말하지만, 결국은 모두가 신이라 믿게끔 평생을 연기하며 살아야 하는 한 명의 인간일 뿐이다."

원은 가만히 상체를 수그리며 진의 손을 감싸 잡고, 자신의 왼쪽 가

444

슴에 가져다 대었다.

"이렇게 심장이 뛰는."

손바닥 위로 뜨뜻한 체온과 함께 거칠게 호흡하는 심장이 느껴져왔다.

"두려워하고, 아파하고, 괴로워하는…….."

한 마디 한 마디 속삭일 때마다 눈물로 반짝이는 입술이 격렬히 전율하였다.

"만세를 누리기는커녕…… 백 년도 채 살지 못하는…… 한없이 하찮고 나약한 사람이다."

진은 무연(憮然)히 맞바라보며 숨을 들이쉬지도, 내쉬지도 못하고 있었다. 가슴은 잘 갈린 칼에 휘저어지는 듯 아픈데, 울고 있는 그가 아직도 와 닿지 않았다.

"황제라 해서…… 감정도 없는 줄 아느냐? 사랑하는 여인이 날 떠난다 하는데, 원치 않는 이별의 말을 들었는데, 아무렇지 않을 줄 아느냐?"

원이 호소하듯 물었다. 그 모습을 수월히 받아들이지 못하는 자신을 대하며 진은 불현듯 깨달았다.

자신은 은연중…… 그를 다른 사람들과 구별 짓고 있었나 보다.

언젠가 연성에게 말한 적이 있듯, 그녀도 잘 알고 있었다. 그는 스스로의 감정을 마음 편히 드러내는 걸 허락받지 못한 이라고. 그 가혹한 운명은 오로지 그이기에 가능하다고 생각하였다. 그는 날 때부터 절대자로서 낙점된 존재 같았다. 그래서 어떠한 일을 겪어도 강하고, 미덥고, 단단할 수밖에 없을 거라고 여겼나 보다.

눈물 같은 건 어떻게 흘려야 하는지도 모르는 남자인 줄 알았다. 범

속의 감정들 따위는 차갑고 무심한 그를 괴롭히지 못할 줄 알았다. 그래서 자신이 떠나가더라도, 시간이 흐르면 의연하게 극복하리라 막연히 판단한 듯하였다. 그리하여 궁을 나갈 결심을 할 수가 있었던 것 같다.

하지만 아니었다. 그는 사람이지만 죽을 때까지 사람으로서 살 수 없기에, 사람의 감정들을 마음의 울타리 안에 아주 힘겹게 삭이고 있을 뿐이다.

"폐하……."

순간 미칠 것 같은 아픔이 전신을 옥죄었다. 진은 다급히 두 팔을 올려 뻗어 원을 끌어안았다. 그제야 그가 떨고 있음을 알았다. 그는 아까부터 떨고 있었다.

"하연성에 관한 일로…… 날 깊이 원망하여 떠나려는 줄만 알았다. 이제는 날 사랑한다 하지 않을까 봐, 내 곁에 있고 싶지 않다 말할까봐, 두려…… 두려웠…… 다……."

원이 서럽게 속삭이며 그녀의 앙가슴을 파고들어왔다. 진은 안은 팔에 힘을 싣고 그의 뒷머리를 쓸어내렸다. 앞이 보이지 않을 만큼 눈물이 흘렀다.

연성의 일로 그를 원망하지는 않는다. 연성에게 있어 죄인은 자신이지, 그가 아니다. 위위에게 전해 들었다. 그는 그녀를 위해 할 수 있는 모든 것을 했다. 그럼에도 슬픈 결과가 벌어져버린 건 연성의 선택이었으니.

연성이 남겼다는 마지막 말이 새삼 폐부를 찔러온다. 웃으라 하였다. 그의 곁을 떠나게 되면, 그녀는 아마도 평생 웃을 수 없다. 이는 사랑하는 이의 곁에 있으라는 뜻이다.

연성은 알고 있었던 걸까. 어쩌면 그녀 자신보다도 그녀를 더 잘 알고 있는 오랜 벗이니, 예상했을지도 모르겠다.

　결국 그녀가 하려던 선택은 스스로를 포함하여, 모두가 바라는 바가 아니다. 만일 그를 떠난다면 사랑하는 이의 가슴에 평생 지워지지 않을 상처만을 남길 뿐이다. 오로지 그녀 하나뿐인 외로운 이 사람에게.

　"나를…… 버리려 하지 마라……."

　가슴에 배어드는 안쓰러운 떨림이 그녀의 몸까지 뒤흔들 만큼 격해져갔다. 진은 끝내 흐느낌 섞인 애원을 흘리며 그의 눈물을 닦아내었다.

　"폐하…… 폐하…… 울지 마시어요……."

　어릴 적, 애써 그를 피해 다녔을 때도 이런 비슷한 감정이었다. 스스로가 아픈 건 얼마든지 참을 수 있되 그가 아파하는 건 도저히 견뎌낼 수 없었다. 그 시절에도 그의 상처가 되고 싶지 않아 피하였고, 지금도 그에게 해가 되고 싶지 않아 떠날 결심을 하였지만, 결국은 둘 다 그녀 혼자만의 잘못된 판단이었다.

　그는 아마 평생 그녀를 놓아주지 않을 것이다. 하지만 그의 눈물을 확인한 지금으로선, 떠날 기회가 주어진다 해도 그녀 자신이 떠나지 못할 듯하였다.

　그 어떤 것도 그의 아픔과는 비견되지 않았다. 차라리 그의 곁에서 스스로의 뻔뻔함을 탓하고 탓하며, 무한정 밀려드는 마음의 가책을 견디는 편이 훨씬 나을 터이니.

　"제발, 제발 울지 마시어요…… 저 같은 것 때문에 울지 마시어요…… 소녀가 잘못하였습니다. 폐하, 제발……."

十
八
章

"만세, 만세, 만만세!"

하련[83]한 황제가 몸을 바로 세우자 가택 내의 모든 이들이 긴장하고 부복하였다.

마당 중앙에서 저두평신한 채 있던 소광이 종종걸음으로 다가섰다. 떨리는 마음을 가다듬고 표정을 엄숙히 한 그는 성을 다해 배례를 올린 후 엎드렸다.

"신 소광, 황제 폐하를 뵙사옵니다. 만세, 만세, 만만세."

고개를 끄덕여 인사에 화답한 원이 입을 열었다.

"다들 일어나시오."

"황감하옵니다."

소광과 그 가솔들이 천천히 무릎을 세우고 일어나 읍하였다.

원은 몇 칸 되지 않는 가택과 그 주위를 둘러보았다. 살림살이는 검박했지만 집을 껴안은 산수풍경은 일폭의 그림 같았다. 붉은 단풍이 곱게 물든 수림과 사립문 둘레를 휘돌아 흐르는 맑은 개울을 시야에 담자니, 보는 것만으로도 폐부가 청정히 씻겨 나가는 듯했다.

---

83) 下輦. 임금이 가마에서 내리는 일.

"경답군."

"신 두렵고 황공하기 이를 데 없사옵니다. 선소를 내려주시었다면 마땅히 등청하여 배알했을 것이온데…… 천자께서 이렇게 친히 신의 누옥으로 왕림해주시니……."

"오(吳) 지방을 순행해볼 겸 해서 와봤소. 위수(渭水)에서 강태공을 모셔 간 문왕(文王)의 흉내나 내볼까 하고."

"예?"

소광이 조심스럽게 고개를 들어 올리며 황제의 용안을 보았다. 원은 방금 흘린 소리를 잊은 사람처럼 시침을 뚝 떼고 말했다.

"황제를 언제까지 마당 앞에 세워둘 참이신가."

"송구하옵니다! 당장 안채로 뫼시겠사옵니다. 이보시게, 주안상은 준비되고 있는가?"

당황한 소광이 부엌간 가까이 서 있는 아내를 닦달하였다. 아내가 안쪽을 슬쩍 들여다보고는 두 사내를 향해 허리를 조아렸다.

"준비가 끝났사옵니다. 지금 안으로 들일까요?"

"아니, 짐이 잠시 경과 단둘이서 중히 나눌 이야기가 있으니 식음은 잠시 후로 미루지. 안내하시오."

원은 그녀를 향해 눈인사한 후, 소광에게 가볍게 고갯짓해 보였다. 소광은 다소간 초조해진 얼굴색을 정중한 웃음으로 가려내며 두 손을 모아 굴신하였다.

"명 받잡겠사옵니다."

안채로 들어선 소광이 황제에게 상석을 권하고 한쪽으로 물러섰다. 벽을 등진 채 황제가 좌정하기를 기다린 그는 발소리가 나지 않도록 다가와 옷자락을 정돈하였다.

449

소광이 예를 갖춰 두 번 절하니 황제가 반절하여 사례했다. 다시 두 번 절하여 사배(四拜)를 마친 그는 한 걸음 물러나 고개를 조아리고 무릎을 꿇었다.

원은 오래간만에 보는 신하의 얼굴을 지그시 훑었다. 그가 정계에서 물러난 몇 달 동안 황제의 정무가 배는 늘었다. 그만큼 소광의 공백은 다른 고관들보다 유독 컸다. 왕전이 승상의 인수를 빼앗기고 멀리 유배당했음에도 조정이 별 타격 없이 돌아가고 있는 것과는 판이하였다.

왕전은 중신들과 재삼재사 논의한 결과, 교주(交州) 지방으로 쫓겨나 독방에서 평생 감시당하며 살게 되었다. 이는 진의 거듭된 간청이 반영된 처분이기도 했다. 하루아침에 권세와 지위를 잃고 죽느니만 못한 삶을 살게 되었으니 혀를 깨물 법도 하건만, 어째 목숨만큼은 꿋꿋이 이어가고 있다 들었다.

떠나기 전 왕전은 염치없게도 가끔씩 딸의 얼굴이라도 볼 수 있기를 청해왔다. 그러나 황제가 이를 결코 허락하지 않았고, 그녀에게 그 말을 전달하지도 않았다. 그것은 그가 저지른 숱한 죄에 대한 약간의 대가이자 업보일 따름이다.

"잘 쉬고 계시었는가."

원이 느긋하게 웃으며 물었다. 소광이 열없는 듯 홀쭉한 뺨을 문지르고는 답하였다.

"이왕 전원으로 물러나왔으니, 소일거리 삼아 밭이나 갈며 한가로이 지내고 있사옵니다. 이따금씩 오왕 전하의 바둑 상대도 해드리고요."

"짐에게 칼 맞을 것이 두려워 한발 앞서 사직하시었다 들었소만. 이제 그 칼부림도 끝났는데, 슬슬 돌아오셔야 하지 않겠소?"

"신 무능하고 사리에 어두워 이제는 장안의 젊은 인재들을 따를 자신이 없사옵니다. 시골의 촌부 노릇이 딱 어울리는 퇴물이나 되었지요."

"겸양이 지나치시군. 현 조정에서 가장 좋은 실적을 올리는 이들이 경이 양성한 준량(駿良)들임은 경도 모르지 않을 터."

"청출어람이고, 후생각고이니까요."

"실로 그러한가? 짐이 듣기로는 경과 오왕의 바둑 대국이 단순한 수담(84)은 아니라 하던데."

소광은 짐짓 고붓한 실눈을 뜨며 웃는 낯을 만들었다. 그러나 원은 그의 인중이 축축이 젖어드는 모양새를 놓치지 않았다.

"바둑 한 판에 천하대세가 오가고, 오국의 통치 체제가 닦인 가도처럼 정비되며, 각종 문물제도들이 질서정연하게 바로잡힌다 하니……지방 봉국에서 그 왕을 도와 경이 구상해둔 치(治)의 이론을 시험한 자체가 언젠가는 재임용될 것을 염두에 두고 한 행동 아니시오?"

소광은 대답 대신 허리만 깊숙이 조아려 보였다. 과연 황제의 예리함은 간장막야(85)의 날보다 더할지니, 패를 읽힌 상황에서 공연하게 능청을 떨어봐야 부질없다.

"그 이야기는 차차 하기로 하고. 경도 얼마 전 황실에서 흑막이 터져나와 한바탕 사달이 났던 일은 당연히 알겠지."

---

84) 手談, 서로 말이 없어도 의사가 통한다는 뜻. 바둑 또는 바둑 두는 일.
85) 干將莫耶, 춘추 시대 두 자루의 명검.

황제가 화제를 돌리자 소광의 표정이 금세 어두워졌다. 장안 도성은 물론 나라 전체를 발칵 뒤집어놓은 크나큰 사건이었다. 자칫하다간 중죄인으로서 욕을 당할 수도 있었던 소 태후를 황제가 직접 나서서 보호했다고 들었다.

"신…… 망극하옵니다. 그 모두가 신이 못나고 부덕한 탓이온지라…… 폐하 앞에서 감히 고개를 들지 못하겠사옵니다."

"경은 애초 모든 내막을 알고 계시었으리라 생각하오. 그 때문에 사직을 청하셨을 테고 말이오."

"망극…… 하옵니다."

"참으로 다행한 일 아닌가. 일이 터지기 전에 연좌가 폐지되었으니 말이오."

전신이 끈끈한 진땀으로 얼룩졌다. 소광은 벌떡이는 가슴을 심호흡으로 진정시키며 습한 손바닥을 옷자락에 비볐다. 만일 황제가 진즉 연좌제를 폐지시켜두지 않았더라면 이번에야말로 소씨 가문은 멸문의 화를 면치 못하였을 터. 생각만 해도 정신이 아찔했다.

"허나 누이동생의 일을 알면서도 여태껏 함구하고 계신 거라면, 경에게도 견지법을 적용할 수 있겠군."

소광이 두 눈동자를 슬며시 위로 굴렸다. 평소 그의 온유돈후하던 낯빛은 간곳없이 온 얼굴에서 핏기가 빠지고 입술이 푸르게 변하였다.

벌벌 전율하던 소광이 급히 바닥을 짚고 엎드려 이마를 박았다.

"신을, 신을 죽여주시옵소서, 폐하!"

"하나같이 죽여라, 살려라…… 말들은 참 쉽게 하는군."

원이 가만하게 고개를 젓고는 입술 끝을 올렸다. 견지법은 득보다 실이 많은 악법인지라 조만간 폐지령을 내릴 생각이지만, 이는 일부러 이야기하지 않았다.

"고개를 들고 자세를 바로 하여 잘 들으시오. 경의 죄를 눈감아주는 대신, 짐이 제안을 하나 하려 하오."

소광이 천천히 머리를 들어 올렸다. 마주 보이는 황제의 용안은 더없이 온화하고 엄숙하였다. 그 모습에 조금은 안도감이 들면서도 또 다른 긴장이 스멀스멀 몰려왔다. 이윽고 진중한 성음이 이어졌다.

"짐의 동생…… 아니, 지금껏 동생으로 살아왔던 진이. 작위가 박탈되고 성씨를 잃었소. 경이 양녀로 들이시오. 진이는 경의 질녀(姪女)이니 문제될 건 없을 것이오."

장공주 유진. 누이동생 소 태후의 사생아. 비록 떳떳치 못한 야합의 씨앗이라 하나, 어찌 되었든 그의 조카딸임에는 틀림없었다.

항상 마음에는 있었으되 상황이 여의치 않아 외숙 노릇 한 번 하지 못했던 그였다. 이제 와 헤아리니 하염없이 안쓰럽고 미안하여 마음이 좋지 않았다. 요전번의 사태로 작위와 성씨를 잃었다 하니, 굳이 황제가 명하지 않아도 그가 먼저 나서서 양녀로 들일 의향은 충분했다.

"경에게도 손해인 제안은 아닐 터. 짐은 지금 경에게 황제의 장인이 될 기회를 부여하는 것이니."

소광의 커진 눈 안에 당혹과 놀라움이 한꺼번에 떠올랐다.

"폐하……."

"진이가 경의 양녀로 입적하거든, 짐이 때를 보아서 경의 가문에 납채(納采)하고 황후 책봉식과 대혼례(大婚禮)를 준비할 것이오."

말을 마친 원이 빙그레한 미소를 머금은 채 시선을 주고받았다.

"또한, 그와는 별개로……."

잠시 후 그는 천천히 서안을 돌아 나와 소광의 곁에 마주 앉았다. 황제의 따스한 어수가 신하의 두 손을 부드럽게 맞잡아 올렸다.

원은 정중히 고개 숙여 청하였다. 그 옛날 주문왕 희창이 태공망 여상에게 그러하였듯이.

"공석이 된 승상의 위를, 다른 누가 아닌 경이 맡아주셨으면 하오. 이건 군주로서의 부탁이오."

오 지방 순행에서 돌아온 이후로, 황제는 하루도 빼놓지 않고 장문궁에서 침수를 들었다. 그도 모자라 정무 중에도 수시로 그곳을 오가며 틈만 나면 정인과 시간을 보내려 안달이었다.

한때 황후 진아교가 유폐되어 쓸쓸한 생애를 보냈다는 그곳은 황제가 드나드는 이상 냉궁이라 할 수도 없었다. 외려 아이를 핑계 삼아 사랑하는 여인을 마음껏 총애하는 황제의 신방에 가깝다 해야 할까.

현재 공식적으로는 죄인의 자숙 기간이지만, 원은 아이가 생겨 금족령을 풀 수 있게 되더라도 당분간 진을 바깥 세상에 내놓을 생각이 없었다. 그녀는 이제 정치적 관계를 방패 삼아 동정받을 수 있는 처지가 못 되었다. 이전부터 예상했었고 심히 염려하였듯, 세간에서는 별의별 풍설이 창작되어 꼬리에 꼬리를 물고 있었다.

공주가 어릴 적부터 범상치 않은 미태로 오라비를 꾀었다더라. 한번 돌아보기만 해도 사내의 혼을 송두리째 빼앗는 요희라더라. 삼부이군일자[86]를 멸망케 한 음녀 하희의 환생이라더라. 장문궁이 황제의 제2집무실이 되었다더라. 그녀가 궁을 나가려 하니 황제가 아예

---

86) 三夫二君一子. 세 명의 남편과 두 명의 군주와 한 명의 아들.

가둬버린 것이라더라. 그녀에게 흠뻑 빠진 황제가 아무도 보지 못하게 밀실에 감춰두고는 손 안의 옥구슬처럼 애지중지하며 사랑한다더라…….

아마 사람들의 혓바닥을 바삐 하는 이 열기가 식으려면 꽤나 오랜 시간이 걸릴 듯하였다. 다행히도 그 소문들이 황궁 내에서도 단절된 공간인 장문궁의 벽까지 타넘지는 못하였다.

원은 그녀의 앞에서 한 번도 이에 대한 내색을 하지 않았다. 장문궁의 궁인들 역시 황제로부터 지엄한 입단속을 받아, 말 한 마디와 행동 하나하나에 주의를 기울이고 있었다.

하지만 진은 사람들 사이에 어떤 이야기들이 오가고 있을지 어느 정도 짐작하는 바였다. 짐작만 하는 것과 직접 귀로 듣는 건 천양지차이니 스스로가 받을 상처까지도 예상되었다.

그것은 아무래도 상관없었다. 숱한 사건사고를 겪은 그녀는 이전과 비교도 할 수 없을 만큼 단단해져 있었다. 상처야 받겠지만, 그 상처에 흔들리고 망가지지는 않을 터였다. 다만 혹여나 사랑하는 여인이 마음 다칠까 애달아할 그의 마음이 신경 쓰일 따름이었다.

원은 무릎 위의 그녀를 내려줄 생각이 없는 듯하였다. 아마도 그녀가 순순히 투항하고 옷고름을 허락하기까지는.

"차라리…… 소녀를 통째로 잡아드시옵소서."

진은 새치름하게 미간을 모으며 가슴 섶을 더듬는 그의 손을 밀어냈다. 한숨이 절로 났다. 오늘은 바깥에 난 창이 푸르스름하게 빛날 때부터, 자황색 노을에 서편이 덮이고 남청빛으로 변색될 때까지 그의 품에 안겼다. 그 후에 일이 생겨 선실전으로 돌아갔던 그는 역시나 장문궁에 침수를 들러 왔고, 잠을 청하기 전 또다시 관계를 요구하고 있었다.

"실로 너무하다는 생각은 안 드시는지요. 설마 양심이 있거든 또 달려들진 않으시리라 여겼사온데…… 대체 얼마만큼 소녀를 괴롭혀야 온전히 만족하시렵니까."

톡 쏘아붙인 그녀는 다시 팔다리를 바동거리며 침상으로 달아날 시도를 하였다. 그러나 등허리를 눌러 아예 품 안에 가둬버린 그의 완력에 허무히 원위치로 돌아와야 했다. 아무리 끙끙거려보아도 매에게 붙들려 날개를 푸덕거리는 비둘기 비슷한 처지인지라 공연하게 기운만 빼는 꼴이었다.

"이게 다 누구 탓인지 알면서 그런 말이 나오느냐?"

원은 기어이 옷 속에 손을 넣어 젖가슴을 조몰락거렸다. 요즈음 그는 회임이라는 그럴싸한 구실을 얻어 물 만난 고기가 따로 없었다. 처소에만 들면 일단 덥석 안아 들고 이불 위에 눕히기부터 바빴으니, 아무리 힘들다 죽겠다 바가지를 긁어도 이 모두가 종묘사직을 보하기 위해서라는 거룩한 한마디로 일축되었다.

"폐하께서는 그러고도 힘이 남아도시는 모양이옵니다. 아, 놓아주시어요! 오늘만큼은 멀쩡히 옷 입고 자리에 들어야겠습니다. 소녀는 지쳐 쓰러질 것 같사옵니다."

진은 젖 먹던 힘을 다해 사내의 손을 빼내고 옷고름을 꾹꾹 여미었다.

불만스레 쳐다보던 원이 그녀의 말캉한 볼을 잡아 빙글 돌렸다. 뾰로통 튀어나온 입술에 입을 맞추려는데, 단단히 골이 난 진은 입술을 최대한 감쳐물고 정수리로 그의 이마를 들이밀어버렸다.

"어허, 평민 따위가 감히 신을 받들기를 거부하는가."

"평민 따위가 되었는지라 신이 무엇인지도 모르옵니다."

최근 들어 그녀의 짜증과 말대꾸가 유난히도 심하였다. 한데 어쩐지 그것이 반가운 징조일 듯했다. 오늘 밤은 아무래도 그녀의 뜻에 따라 한발 양보해야 할 것 같았다.

원은 진의 어깨를 껴안아 당기며 부드럽게 달래었다.

"걱정 말라. 평민 노릇은 잠깐이다. 지난번에 말하지 않았느냐. 여기에 우리 아이가 들어서거든, 내 때를 보아 너에게 청혼을 할 것이니. 아마 오래 걸리지는 않을 듯싶구나."

그의 애정 어린 손길이 그녀의 날씬한 복부를 조심스레 어루더듬었다.

"실은 난 첫아이는 공주였으면 한다. 이전에야 황자가 아니면 널 황후위에 올릴 수 없었기에 어쩔 수 없이 아들을 바랐다만, 이젠 복중 태아의 성별이 우리의 결합에 영향을 미치지 않게 되었으니 그것만큼은 다행이지 싶구나."

진이 가만하게 눈길을 올리며 그의 얼굴을 응시하였다. 금방 귀에 꽂힌 말에 뒤늦은 궁금증이 돋아났다.

작금에야 그들은 피가 섞이지 않은 관계임이 만천하에 드러났다지만, 그는 분명 진실을 묻어둔 채 모든 오명을 홀로 떠안고 가려 했었다.

"소녀가 진실을 밝히기 전에는……."

약간 말을 끌며 망설이던 그녀가 결국 질문을 던졌다.

"소녀를…… 어떤 식으로 황후위에 올릴 생각을 하신 것이옵니까?"

원은 말긋말긋한 그녀의 눈동자를 빤히 마주 보았다. 빙긋 웃음 지은 그는 잠시 허공을 바라보며 찬찬히 입을 열었다.

"기실 마음만 먹으면 언제고 네게 봉관[87]을 씌울 만한 권력은 있었다. 지금처럼 성씨와 작위를 떼고, 널 다른 가문의 양녀로 입적시키면 욕이야 먹겠지만 겉치레나마 구색은 갖춰지니까. 허나 우리 관계는 대외적으로 정치색을 띠어야 했기 때문에 반드시 아이가, 그것도 태자가 될 사내아이가 필요했다. 네가 황자를 낳고, 그 황자의 태자 책립이 이루어지거든 후계자의 정서 문제를 핑계대어 그 친모를 황후위로 올리려는 계획이었지."

"그렇다면 연좌제를 폐지하신 건……."

"유비무환이다. 대체로 길을 깨끗이 정비한 뒤에 말을 달려도 때론 말의 재갈이 벗겨져 날뛰는 변이 생길 수도 있으니 말이다. 한데 어차피 연좌는 악법이니 폐지하는 게 맞긴 하였다. 어찌 되었든, 웬만해선 쓰지 않으려던 계획으로 방향을 튼 덕에 네가 황후가 되는 길이 한층 빨라진 셈이지."

진의 버들눈썹이 한동안 심각하게 휘말려 올라갔다. 이런저런 상념에 빠져 있던 그녀가 살며시 미간을 찡그리고는 말하였다.

"하지만 원래의 계획은 너무…… 무리 아니었을까 싶은 생각이 드옵니다. 그렇잖아도 폐하께선 도덕적 면에서 암암리 비난을 듣고 계셨던 상황이었는데…… 그걸 오로지 권력으로 밀어붙이셨다면……."

"필시 지금까지와는 비교도 할 수 없을 만큼의 지탄을 샀겠지. 허나 그뿐, 그 누구도 너와 내게 해를 끼치지는 못한다. 그를 위해 혼신의 노력으로 필요 이상의 권력을 끌어 모아 절대 황권을 실현시킨 것이

87) 鳳冠, 황후가 쓰는 관.

고.”

　무심결에 자그마한 탄성이 쏟아졌다. 진이 연붉은 입술을 한껏 벌린 채 설레설레 고개를 저어대었다.

　“권세라는 건…… 참으로 무서운 도구인 듯하옵니다.”

　“그 속성이 조금은 와 닿는 것 같으냐? 아마 네가 초방전에 앉아 육궁을 통솔하게 되거든 피부로 실감하게 될 것이다.”

　원에게서 나지막한 웃음소리가 터져 나왔다.

　“무소불위. 뜻 그대로 막강한 권력을 소유한 자는 불가능한 일도 얼마든지 가능하도록 만들 수 있는 현실이다. 그 속성은 달콤하고도, 추악하고도, 매우 위험하지. 무릇 권세라 함은 세상을 다스리는 데도 편리하고 어지럽히는 데도 굉장히 편리한 도구인지라, 부패하거나 타락한 자가 그걸 소유하게 되거든 나라의 존립 자체가 흔들리게 된다. 요순도 한낱 필부였다면 성천자가 되지 못했을 것이고, 걸주 같은 이들은 왕이었기에 포락지형과 주지육림을 만들고 장야지음을 즐기는 미친 짓을 일삼을 수 있었던 것이다. 만일 나도 원래의 계획을 밀어붙였다면, 근본도 없는 파륜자 황제로 역사에 남아 그들과 이름을 나란히 하였을지 모르겠구나.”

　“그리되었다면…….”

　진은 파르르 떨며 두 눈을 힘주어 감았다가 떠 올렸다.

　“끔찍하옵니다.”

　“허나 그리되었다면, 무수한 사람들이 입으로 뱉어댈 칼날에 너와 태후마마를 지킬 수 있었을 테니까.”

　“태후마마께서는…… 폐하께서 결코 진실을 밝히지 않으실 것을 알고 소녀에게 옥패를 주신 것 같습니다.”

한숨을 폭 내쉰 진은 가슴을 파고드는 서글픔에 쓸쓸한 미소를 새겼다. 생각할수록 아찔하면서도 사랑하는 이에게 한없이 염치없고 면구스러웠다.

"그리하면서까지, 소녀를 꼭 황후위에 올리셔야 했사옵니까?"

"그보다 더한 짓을 해서라도 널 황후위에 올려야만 했다."

"대체 왜……."

원은 지그시 시선을 빗겨 내리며 입술만 살짝 끌어올렸다.

이 마음을 어찌 몇 마디 말로 형용할 수 있을까. 흉중 깊이 떠도는 수많은 마음들을 눈앞에 건져놓으면 그녀가 알아줄까. 이유를 들자면 밤하늘에 총총 흩뿌려진 별처럼 무수하였다.

사랑하는 여인을 구중궁궐 뒤안길의 그림자로 묻어두고 싶지 않은 마음. 억조창생이 그녀를 우러러보게 만들고 싶고, 만천하에서 가장 귀히 여겨지도록 드높은 위치로 올려주고픈 마음. 하늘을 우러러도 떳떳하고 땅을 굽어보아도 당당할 수 있게 세상이 공식적으로 인정하는 부부로서 살고 싶은 마음. 황제의 하나뿐인 정식 아내. 천자와 나란히 설 자격이 있는 유일한 여인. 그 자리는 마땅히 그녀의 것이어야 했으니.

"어찌 그런 걸 묻는가. 혹 불만인 것이냐? 미인(美人)이나 첩여(婕妤) 같은 후궁도 아니고 황후의 자리를 준다 하는데."

어리둥절해 있던 진의 얼굴이 애매하게 구겨졌다. 이에 원은 엉뚱한 농을 던졌다.

"모르는 모양인데 황후가 공주보다 높다."

그걸 모를 리 있겠는가. 진은 어이없는 웃음을 터뜨리며 그를 올려다보았다.

"그것이 아니오라……. 얼마 전까지만 해도, 궁에서 쫓겨날 각오를 단단히 하였는데…… 결국은 또 황족이 된다 생각하니 기분이 이상하옵니다."

"너는 날 때부터 죽을 때까지, 평생을 황족으로 살아야 할 운명인 모양이지."

그녀와 눈을 맞춘 원은 비슷한 웃음을 머금고 말을 이었다.

"그거 알고 있느냐? 현 법도에 의하면 공주의 남편은 첩을 두지 못한다."

진이 동그랗게 커진 눈으로 고개를 연방 갸웃거렸다.

"그렇습니까? 그런데 어찌 그런 이야기를…… 저는 이미 공주도 아니온데……."

"지금은 아니지만 날 때부터 얼마 전까지 쭉 공주로 살아온 여인 아니냐. 나는 곧 그 여인의 남편이 될 것이고."

"대체 무슨 말씀을 하시려고……."

그윽이 내리깔린 그의 눈길이 그녀의 맑고 까만 동공에 오래 머물렀다. 짤막한 침묵이 두 사람을 에워쌌다.

원은 농을 던지던 기색을 가뭇없이 지웠다. 그리고 진지하게 입을 열어 말하였다.

"네 눈앞에 평생 후궁 비빈들을 보일 일은 없다. 여태껏 그래왔고, 앞으로도 계속…… 내가 품에 안을 여인은 눈 감는 날까지 오로지 너 하나뿐이라는 소리다."

진은 멍하니 두 눈을 깜빡이며 그의 얼굴을 마주하였다. 한동안 목소리를 잃은 듯 말이 나오지 않았다. 무릎 위에 휘늘어진 새하얀 손이 미세하게 떨렸다. 눈꺼풀을 한 번 아래로 깜빡이니, 어느새 솟아오른 눈물로 시야가 흐릿흐릿 번져갔다.

"그렇지만, 그렇지만 폐하께서는 다름 아닌 천자이시옵니다. 그렇게 하시면 대신들이 가만있지 않을 것인데……."

그녀의 불안한 중얼거림에 그가 가볍게 소리 내어 웃었다.

"실은 나도 그게 제일 걱정이다."

어째 표정을 보아서는 별로 걱정인 것 같지 않다. 원은 두 팔에 힘을 싣고 진을 바싹 끌어당겨 안았다.

"그러니 어서 아이를 낳자. 황자든, 공주든, 최대한 많이. 후사가 튼튼하면 그들도 다른 소릴 하지 못할 터이니."

말하면서 손끝으로 눈물을 훑어낸 그는 그대로 그녀의 뺨을 감싸 쥐었다. 찬찬히 고개가 기울어져 이마와 이마가 맞닿았다. 눈앞의 입술이 다시 움직였다. 그 안에서 하염없이 따스한 속삭임이 흘러나왔다.

"그리고 그 아이들은…… 우리처럼 외롭게 만들지 말자."

완연한 봄이 왔다. 산골짜기 곳곳에 숨어 있던 잔설마저 자취를 감춘 따사로운 나날이었다.

진은 부른 배를 끌어안고 초방전 주변을 슬슬 산책하였다. 봄꽃 향기 자욱한 정원에서 여아의 천진한 웃음소리가 까르르까르르 쉬지도 않고 터졌다.

"이젠 내가 숨을 차례예요. 눈 크게 뜨고 잘 찾아야 해요?"

소녀는 터질 듯 포실한 뺨을 붉게 물들이고 방싯거렸다. 맞은편의 키 큰 소년이 서글서글하게 웃으며 소녀의 옷깃을 여며주었다.

"예, 예. 너무 멀리 숨지만 마시옵소서. 또 팔꿈치고 무릎이고 깨져서 오시면 저 정말 눈물 빠지게 혼납니다."

"알았어요. 빨리 뒤돌아서 셈이나 해요!"

소년이 두 눈을 가리고 나무줄기에 이마를 묻자마자 소녀는 긴장한 낯으로 재빨리 숨을 곳을 기웃거렸다.

지켜보는 진의 입술이 부드러운 곡선을 그렸다. 맏이 정이는 다소 활동적인지라 하루가 멀다 하고 찰과상을 달고 다녔다. 같이 놀다 생긴 자잘한 상처쯤으로 연우를 혼낸 적은 한 번도 없다. 그럼에도 저렇게 엄살을 떠는 건 정이가 다치는 게 마음 아파서일 테다.

3년 전, 연우는 하나 남은 가족을 잃었다. 어린 나이에 혈혈단신이 되어버린 연성의 막냇동생은 원의 제안으로 황궁에서 아이들과 함께 지내게 되었다. 그 덕에 놀이 친구가 마땅찮아 무료해하던 공주와 태자에게 둘도 없는 벗이 생겼다.

연우는 곱상한 외모도, 유순하고 정 많은 성격도 제 형을 꼭 닮았다. 철모르는 아이들이야 그와 노는 일이 마냥 즐거울지 몰라도 연우의 입장에서는 애 보기에 지나지 않을 터라 처음엔 걱정도 했다. 그러나 연우가 아이들을 돌보는 품을 보아하면 친동생에게도 그리할 수 있을까 싶을 만큼 헌신적이었다. 특히 태자에 비해 일상이 자유로운 정이와는 대부분의 시간을 함께했는데, 어찌나 금이야 옥이야 하는지 보는 궁인들마다 혀를 내둘렀다.

정원을 횡행하며 실컷 놀던 정은 연우의 등에 업힌 채 살금살금 졸았다. 연우는 부드러운 목소리로 자장가를 흥얼대다가 이따금 손을 뻗어 아이의 침을 닦아내었다. 한 번씩 칭얼대는 소리가 들리면 살살 다독여 달래는 모양새가 실로 노련하기 짝이 없다.

진은 가만히 눈을 감았다. 요즈음 저 둘을 볼 때마다 무심중 아릿한 추억 속에 빠져들곤 한다.

「공주님, 업어드릴까요?」

연우와 같은 나이의 소년 한 명이 빙그레 웃으며 그녀에게 다가와 묻는다.

내리덮인 눈꺼풀 위로 희미한 떨림이 일었다. 곧 그녀의 둥근 뺨을 타고 한 줄기 눈물이 주르륵 미끄러졌다. 곁에 있던 설향이 당황하여 소리쳤다.

"황후마마, 어찌 우시옵니까?"

"아, 잠시…… 옛날 생각이 나서."

진은 소맷자락으로 눈가를 톡톡 찍어냈다. 정과 연우를 지켜보자면 오래전 자신과 연성의 관계를 그대로 재현한 듯하였다. 공교롭게도 나이차까지 꼭 같다. 하릴없이 마음이 시리고 아파왔다.

어릴 적부터 가장 절친했던 소년과 소녀. 여인이라고는 누구도 모른 채 오직 공주만 지키며 자라온 호위 무사. 넘을 수 없는 신분의 벽을 알면서도 결국 마음 깊이 공주를 연모해버린 가슴 아픈 사내. 그 비극은 부디 연성의 대에서 끝내고 싶다.

정을 처소에 재워둔 후, 진은 연우를 따로 불렀다. 정과 연우가 먼 훗날 어떤 관계가 될지, 커서도 이와 같은 사이를 유지해 나갈지는 알 수 없다. 하지만 가능성만큼은 열어두고자 하였다.

"네가 아마도, 올해로 열다섯이 되었지?"

진이 다정하게 물었다. 연우는 공손히 고개를 조아리며 답하였다.

"예, 황후마마."

"3년 사이…… 참으로 많이 컸구나."

처음 황궁에 왔을 때에는 또래보다 작은 듯했던 아이였다. 그 소년이 해가 다르게 쑥쑥 자라더니만 이제 풋풋하게나마 사내 태가 흘렀다. 지금은 감히 황후를 내려다볼 수 없기에 허리를 굽히고 있지만, 꼿꼿이 서면 그녀보다 한 뼘은 클 터였다.

"이 모두가 폐하와 마마께서 은혜로 돌보아주신 덕분이옵니다."

연우의 하야말끔한 얼굴이 미소로 덮였다. 그 웃음 속에 한 점의 티도 찾을 수 없어 가슴이 시큰거렸다.

그는 언제나 밝고 쾌활하여 피붙이를 모두 잃어버린 아이 같지 않았다. 하지만 내리쬐는 빛줄기가 환할수록 그 그림자는 더욱 짙다는 것을 알기에 그가 한없이 측은하고 애달팠다.

"사내 나이 열다섯이 어떠한 의미인지 알고 있느냐."

"지학(志學)이라 하여, 학문에 뜻을 두는 나이라 알고 있사옵니다."

"그렇다. 해서 슬슬 네게 공부를 시키고자 하는데, 연우 네 생각은 어떠한지 궁금하구나."

"마마……."

소년의 휘어진 입꼬리가 서서히 평형을 이루었다.

연우는 살그머니 고개를 들어 올렸다. 입술을 벌렸다가 깨물었다가, 당황으로 어쩔 줄 몰라 하던 그가 끝내 털썩 무릎을 꿇었다.

"소인은, 소인은 언제까지고 공주님과 태자 전하 곁에 있고 싶사옵니다. 제발 그리할 수 있도록 허락해주시옵소서."

연우는 두 손바닥을 싹싹 비비며 애원하였다. 말없이 내려다보던 진이 조심스레 무릎을 굽혀 마주 앉았다.

"공부를 하면서도, 공주와 태자는 언제든 보고 싶을 때 볼 수 있단다."

여인의 곱다란 손이 안심시키듯, 소년의 어깻죽지를 정답게 쓰다듬었다.

"연우야."

"예, 황후마마."

"벼슬길에 오르면, 지금보다 훨씬 더 당당히…… 공주를 만날 수 있다."

연우는 순해 보이는 눈을 연방 슴벅거렸다. 그녀의 음성이 나긋이 이어졌다.

"출사를 대비해 학업을 닦고 관리가 되거라. 훌륭한 스승을 찾아 붙여주마. 결과는 너의 노력과 능력에 따라 달라지겠다만, 내 어떻게든 장려하고 힘이 되어주겠다.”

말끝에 가느다란 숨이 받아져 나왔다. 진은 먹먹한 감정을 애써 억누르며 입술을 끌어올렸다.

“응?”

눈앞에 보이는 황후의 얼굴이 너무도 간절하게 가슴을 뒤흔들렸다. 저도 모르게 고개를 끄덕인 연우는 힘찬 목소리로 대답하였다.

“예! 그리하겠사옵니다.”

높아진 눈높이에서 세상을 보는 건 즐거웠다. 현은 손을 뻗으면 닿는 나뭇가지를 짓궂게 잡아 흔들었다. 하얀 꽃잎들이 가지에 매달려 팔랑팔랑 춤추다가 난분분하게 흩어졌다. 몇 장은 아이의 이맛머리에 내려앉고, 그중 몇 장은 아버지의 화려한 관(冠) 위로 흘러내렸다.

“한시도 가만히 있지를 않는구나.”

원은 너털웃음을 치며 어린 아들의 포동포동한 종아리를 다잡았다. 장난치듯 양어깨를 으쓱으쓱하니, 아이는 뭐가 그리 재밌는지 숨도 쉬지 않고 깔깔 웃어대었다.

다섯 살 꼬마둥이가 8척이 훌쩍 넘는 아버지의 목말을 타면서도 전혀 무서워하는 기색이 없었다.

“대체 넌 누굴 닮아 그리도 겁이 없는 것이냐.”

무의식적으로 중얼대던 그는 제풀에 픽 웃었다. 생각해보니 나뭇잎 굴러가는 소리에도 깜짝거리는 누구를 닮은 건 절대 아닐 터. 그렇다면 남은 사람은 하나다.

“소자는 모두들 황제 폐하를 빼쏘았다 합니다.”

확인이라도 시켜주듯 현이 재잘거렸다. 아이는 고개를 빼꼼 기울이며 아버지의 머리를 꼭 그러안고 외쳤다.

"소자는 폐하를 닮았다는 소리가 가장 듣기 좋사옵니다! 훗날 소자
는 꼭 폐하처럼 위대한 군주가 되고 싶습니다."

조그만 게 목소리 한 번 우렁차다. 원이 쏟아내는 시원한 웃음소리
가 후원 전체에 커다랗게 울렸다.

"차후 황제가 되면 어떤 일을 하고 싶으냐."

"소자는 문학이 좋사옵니다. 백성들을 가르쳐 교화시키겠습니다."

"호오…… 어떤 식으로 교화시킬 생각이냐?"

"관자에서 말하기를, 창고가 가득 차야 예절을 알게 되고 먹을 것과
입을 것이 풍족하여야 영예와 치욕을 안다 하였습니다. 폐하께서 국
고를 풍요롭게 채워주시었으니, 소자는 백성들에게 예의염치(禮義廉恥)
를 가르치고 전국 각지에 신분 차별 없이 입학할 수 있는 교육기관들
을 세울 것이옵니다."

"너 이 녀석, 성천자가 되겠구나."

부모는 실로 어쩔 수 없나 보다. 애자지정은 본능이고 자식 자랑은
팔불출이라지만, 또래와는 비교할 수 없을 만큼 총명한 아들을 보면
마음이 이만저만 흐뭇하지가 않다.

"예와 법의 차이에 대해서는 배웠느냐."

"법으로 경계하여 형벌로 바로잡는 것은 발생한 뒤에 고치는 것이
고, 예로 선도하여 뭇사람들의 마음속에 부끄러움을 심어주는 것은
발생하기 전에 예방하는 것이라 배웠사옵니다. 소자는 예를 착실히
가르쳐 형을 가하기 전에 일이 발생하지 않도록 하려 합니다."

"그래. 무릇 법령과 형벌은 정치를 보조하는 도구이고, 예와 덕은
정치가 나오는 근본이라 하였느니. 아비는 병들어 곪아가는 나라를

이어받았기에 형명학[88]을 기반으로 하여, 중병을 다루는 외과의처럼 찌르고, 째고, 꿰매는 방법으로 질서를 잡을 수밖에 없었다. 허나 다음 대에서는 군주의 능력과 역량에 따라 충분히 예치로 다스릴 수도 있을 것이다. 네가 수월히 어진 정치를 펼칠 수 있도록 아비가 더 기반을 갖춰놓아야겠구나.”

“소자, 끊임없이 분투노력하여 폐하의 뜻을 높이 받들 것이옵니다.”

“기특한 마음가짐이다. 앞으로 짧지 않은 시간이 남아 있을 터. 그 시간을 그저 흘려보낼지, 무언가 가치 있는 것을 담아 네 안에 축적시켜둘지는 오로지 너의 노력하는 자세에 달려 있다. 위정자의 자기 수양은 만백성의 귀감이니 항시 몸과 마음을 닦는 일을 게을리 하지 말거라.”

“폐하의 말씀, 명심하겠사옵니다!”

부자간에 도란도란 담화를 나누다 보니 어느새 초방전 앞뜰에 다다랐다. 전각 앞으로 다가가자 꼬맹이가 고개를 이리저리 두리번거리며 제 어미를 찾았다. 절로 미소가 났다. 의젓하다가도 모후 앞에만 가면 영락없이 얼뚱아기로 변하는 녀석이다.

원이 번쩍 들어서 바닥에 내려주니, 현은 양팔을 활갯짓해가면서 멀찍이 보이는 진에게로 쪼르르 달려갔다.

“어마마마!”

아이가 몸을 앞으로 쏟으며 치맛자락을 옴켜잡자 진이 넘어지지 않

---

88) 形名學. 법으로 나라를 다스려야 한다는 학문. 전국 시대에 신불해(申不害), 상앙(商鞅), 한비자 등이 제창하였다.

도록 얼른 붙들었다.

"태자, 조심해야지요. 궁 안에서 뛰면 못쓴다고 어미가 누누이 당부
했…….."

"만세, 만세, 만만세!"

말하는 중 갑자기 주위에 시립한 궁인들이 일제히 엎드렸다.

진은 현의 어깨를 놓고 찬찬히 고개를 들었다. 몇 걸음 앞에서 흔연
한 표정으로 그들을 응시하는 황제가 내보였다. 오늘은 행차를 차리
지 않고 아들과 오붓하게 산책을 나온 모양이었다. 깜짝 놀란 진이 가
슴에 손을 올린 채 허리를 굽혔다.

"폐하."

"이런!"

원이 정색하고는 휘적휘적 다가와 그녀를 부축했다.

"조심해야지요. 몸을 풀 때까지는 제발 인사 같은 건 생략하라고 내
누누이 당부하지 않았소."

비단 치마에 뺨을 문질러대던 현이 쿡쿡 웃었다. 종전에 제가 들은
잔소리가 비슷하게 되돌려지니 재미있는 듯하였다.

"그래도…… 폐하께서 납시는데, 어찌 신첩이 무례히 몸을 펴고 있
을 수 있겠사옵니까."

진이 귀뺨을 발그레 물들이며 소심한 대꾸를 놓았다. 원은 초조한
시선으로 개월 수에 비해 지나치게 부른 배를 눈짓했다.

"예를 차리는 게 문제가 아니오. 그 작은 몸 안에 두 녀석이나 들어
있다는데, 황후께서 얼마나 무겁고 힘드실지……."

그때 현이 불쑥 얼굴을 내밀며 고개를 좌우로 갸웃거렸다.

"폐하께선 아까 전까지 소자와 더불어 예를 논하셨사옵니다. 소자

가 배운 바로는, 군자는 곤궁할 때에도 예를 잃지 않는다 하였사온데…….”

아이에게 눈길을 내린 원이 부드러운 낯빛을 하고는 말하였다.

“그 군자의 상징이자 예에 통달하신 공자께서 회사후소(繪事後素)라는 말을 하시었지. 너도 「논어」는 배웠을 터, 뜻을 읊어보겠느냐?”

“흰 바탕을 마련한 다음에야 그림을 그릴 수 있다…… 아!”

“그래. 형식적인 예(禮)는 그 본질인 인(仁)한 마음이 있은 후에야 의미를 갖는 것이다. 부부간에 인사를 나누는 것은 예이고, 아비가 방금 행한 일은 권도(權道)이다. 절충이 필요한 상황에서 융통성을 발휘하는 건 군주에게 있어 매우 중요한 능력이니 잘 배워두거라.”

“소자, 명심하겠사옵니다!”

턱을 연방 주억거린 현은 버릇처럼 방금 배운 것을 심각하게 곱씹었다. 원은 대견히 바라보다가 다시 진에게로 시선을 옮겼다.

“요즘 너무 무리하시는 건 아닌지 걱정이오.”

아내의 부른 배를 쓸어내는 손길에 조바심이 부쩍 묻어났다. 하루하루 눈에 띄게 옷섶이 부풀수록 그는 어쩔 줄 몰라 했다. 복중 태아가 쌍동(雙童)이란 말을 들었을 때, 더없이 기쁘기도 했지만 그만큼 염려가 될 수밖에 없었다. 바람만 불어도 날아갈 듯 가냘픈 여인이 두 아이를 잘 감당할 수 있을지. 할 수 있더라도 실로 얼마나 힘이 들지.

“괜찮습니다. 외려 폐하께서 지나치게 마음을 쓰시니 신첩 과잉보호를 받는 듯하여 궁인들 대하기가 낯부끄럽사옵니다. 만천하가 극번한 봄철에 혼자만 편히 쉬는 것도 안심찮고…….”

“그리 말씀하시면서도 여전히 일정을 줄이거나 미룬 적이 없다 들었소만.”

"신첩의 의당한 소임인걸요. 함부로 줄이거나 미룰 것이 못 됩니다."

진은 그의 손을 가만히 감싸 쥐며 미소로 안심시켰다. 알기야 알았지만 유약한 듯하면서도 은근히 고집 있는 여자였다.

얼마 전에는 기어이 불편한 예복을 입고 무거운 봉관을 쓴 채 수많은 백성들이 지켜보는 앞에서 친잠 의식을 거행했다. 매년 봄마다 황후가 으레 치르는 행사라 하나, 올해는 일자가 잡히기에 앞서 그녀가 몸을 움직여야 하는 의식은 모조리 이양, 철회하라 영을 내렸던 바였다. 그러나 황후는 끝끝내 조서를 돌려보내고 황제와 담판을 벌여 제 뜻을 관철시켰다. 그 일로 칙령을 거부할 수 있는 유일무이의 인물이 존재한다는 농 섞인 소문이 나돌았다.

"요새는 나보다 황후의 인기가 더 높소."

원이 한숨 섞인 웃음을 흘렸다.

국모가 된 그녀는 생각 이상으로 분주히 지냈다. 황후가 하는 일은 주로 황제가 일일이 주의를 기울이기 어려운 부문에서 이루어졌다.

세심한 국모의 원호 아래 과부와 홀아비의 만남이 주선되어 새 가정이 생겨났다. 의지할 곳 없는 노인과 고아들은 특별히 배려해 국가에서 돌보도록 인도하였다. 그 여파로 저잣거리 곳곳에서 구걸하던 이들이 눈에 띄게 줄어들었다. 수절하는 과부를 백주지조(栢舟之操)라 치켜세우는 악풍도 차츰 희미해져갔다.

자잘한 구제 활동 외에도, 진은 직접 강단에 올라서 귀족 여인들의 교육까지 도맡았다. 할 일 없이 먹고 놀던 육궁 후궁전의 미녀들 역시 한 명 빠짐없이 황후의 지도를 받아야 했다. 그 여인들이 다른 여인들을 가르치고, 그 가르침이 사삿집 여인들에게까지 뻗어 나가 올바른 자식 교육이 이루어지도록 장려되었다.

　매번 무리하지 말라, 쉬엄쉬엄 하라 잔소리하면서도 든든한 지원군이 되어주는 아내가 한없이 고마운 그였다.

　"폐하께옵서는 형과 상이라는 두 자루의 검을 들고 나라를 이끄시니 만민이 두려워하지만, 신첩은 눈으로 보기에 영절스러운 작은 일을 하니까요. 이 태평성대는 천자께서 피땀 흘려 일궈내신 것이옵니다."

　진이 쑥스러워하며 고개를 수굿이 떨어뜨렸다.

　"하하, 황후의 말이 느시었군."

　한 걸음 다가선 원이 그녀의 어깨를 부드럽게 당겨 안았다.

　그때 곁의 꼬맹이가 동그란 눈망울을 되록거리더니 앙큼하게 소리쳤다.

　"소자는, 연우와 함께 상림원이나 돌고 와야겠사옵니다!"

　부황과 모후 사이를 급히 빠져나간 현은 근처의 궁인들을 다그쳐 멀찌가니 끌고 갔다. 엊그제만 해도 유모의 젖을 빨던 녀석이 벌써부터 눈치가 이만저만 아니다. 그 모양새가 하도 가상하여 절로 입매가 씰룩였다.

　"영특한 아들 녀석이 알아서 자리를 피해주었는데……."

　원은 진의 허리를 조심스레 그러안고 등 뒤로 깍지를 꼈다.

　"황후의 다음 일정은 언제부터요?"

　"두 시진쯤 남았사옵니다."

　"잘됐군. 나도 그쯤 남았으니, 짧게나마 둘만의 휴식 시간을 가져봅시다. 무리가 될 것 같으면 미리 말하시오."

　진이 두 눈을 휘둥그레 뜨고는 소맷자락으로 입술을 가렸다. 미소 어린 그의 시선에서 은근한 뜨거움이 전해져왔다.

두리번두리번, 괜스레 전각 주변을 휘둘러보았다. 사람이란 사람은 꼬맹이가 모조리 끌어간 바람에 그들 외에는 아무도 없었다. 그녀의 통통한 뺨이 발그스름하게 채색되었다. 빠끔히 고개를 올린 진이 수줍은 미소를 머금고 답하였다.

"늦지 않도록 보내주시겠다 약조만 하시면 문제없사옵니다."

밤바람이 보드라웠다. 칠흑 같은 하늘에 흐르는 별빛이 유난히도 선명한 날이었다. 일과를 모두 마친 그들은 밀회를 약속한 정인들처럼 초방전 뒤편의 정자에서 만났다.

정을 임신했을 때에도, 현을 임신했을 때에도 그러하였듯 원은 되는 대로 시간을 내어 아내의 태교를 도왔다. 그녀에게 무릎베개를 해준 채 서책을 읽어주기도 하고, 금이나 비파 같은 악기를 연주하여 음악을 들려주기도 했다.

이 사실이 궁인들의 입과 입을 통해 나오르면서 봄철 꽃 내처럼 향기로운 소문이 퍼졌다. 아름다운 얼굴만큼이나 잔혹한 황제로 알려졌던 그가 애처가의 표상이 되어 신선한 충격을 선사한 것이다.

「맹자」에서 이야기하고 있듯, 위에서 무언가를 좋아하면 아래는 그것을 반드시 따라 하되 정도가 더욱 심해진다[上有好者, 下必有甚焉者矣]. 즉 지도자의 말과 행동은 뭇사람들에게 막대한 영향력을 행사하며, 그들은 이를 경쟁하듯 흉내 내려 애쓰게 되는 터였다.

이로 인해 사내대장부답지 못하다 하여 가슴속 낭만을 숨겨왔던 남자들이 조강지처에 대한 사랑을 아낌없이 드러내었다.

규중에서 손수 아내의 눈썹을 그려주었다던 옛사람 장창(張敞)은 팔불출의 오명을 벗었다. 영웅호색이라는 말의 위용보다 일편단심의 꿋

곳한 절개가 더 자랑스러운 미덕으로 여겨졌다. 사해 만민이 황제와 황후의 돈독한 부부지정을 선모하였다. 아마도 그는 평생토록 한 여인만을 품은 지고지결한 황제로 사서에 남을 테다.

순하고 부드러운 가락이 따스한 물처럼 마음을 적셔왔다. 어느 부분에서는 가슴이 한껏 벅차올랐다가, 뒤로 갈수록 다시 몽글몽글 풀어지면서 심신이 편안해졌다.

진은 손가락을 까딱이고, 때때로 고개를 흔들어가며 금 연주를 감상하였다. 물 위에 떠올라 호파(瓠巴)의 연주를 들었다던 한 마리 물고기가 된 기분이었다[89]. 이 시간에는 종일 머리를 괴롭히던 잡념이 사라지고 오로지 평화로움만 남았다. 실로 온온하고도 행복하였다.

차분히 감겨 있던 진의 눈꺼풀이 조금씩 열렸다. 새삼 마음이 설레었다. 현을 퉁기는 섬세한 손가락도, 달빛을 투영하는 묘려한 눈동자도 한없이 우아하였다.

미심결에 홀린 듯 바라보았던 모양이다. 시선을 올려 눈을 마주친 그가 입술을 당기며 웃었다.

연주가 갑자기 변주를 탔다. 「봉구황(凤求凰)」이다. 옛 문인 사마상여(司馬相如)가 아리따운 과부를 유혹하기 위해 즉석에서 만들어 연주했다는 곡이었다.

진이 놀란 눈을 뜨니, 원은 연주를 계속해가며 입을 열었다.

"방금 전까지는 태교였고, 지금부터는 유혹이오."

---

89) 유어출청(游魚出聽), 옛날 거문고의 명수 호파가 거문고를 타면 물속에 있던 물고기까지도 물 위에 떠올라 들었다는 고사. 「순자荀子」 '권학편(勸學篇)'.

이어지는 선율이 종전의 곡과는 달리 간드러지면서 달콤하였다. 그의 연주 실력은 놀라웠다. 한때 육예를 가리지 않고 모두 배웠다더니 정말인가 보다. 신통하고 뿌듯하면서도, 아름다운 선율 속에 그의 힘들었던 시절이 녹아 있는 것 같아 가슴이 아팠다.

그렇게 고통스러운 시간을 이겨내고 지고지상의 자리에 올랐지만, 그는 남은 평생도 외로울 수밖에 없는 사람이었다.

황제이니까. 황제는 만민에게 공평해야 하니까. 일빈일소조차 마음대로 내놓을 수 없는, 인간을 초월한 인간으로서 살아야 하니까.

그가 미소를 아끼지 않는 대상은 오직 그녀뿐이다. 그녀 한 사람만이 그의 걸러지지 않은 신뢰와 관심과 사랑을 고스란히 받을 수 있었다. 그러므로 의무가 막중했다. 그녀는 일평생 다른 모든 이들을 대신해 황제의 고독하고 외로운 가슴을 안아주어야 할 것이다.

연주를 듣던 진이 느닷없이 배를 감싼 채 상체를 웅크렸다. 원은 잠시 주악을 멈추고 고개를 기울여 그녀의 얼굴을 들여다보았다.

"어찌 그러시오?"

"방금 가슴이…… 가슴이 확 두근거려서…….”

"두근거려서?"

"왠지 우리 아이들이 들으면 안 될 것 같아…… 신첩 혼자만 감상하려 하옵니다.”

원이 잡았던 현을 놓고 크게 소리 내어 웃음을 터뜨렸다. 황후위에 오르고, 나이 스물다섯이나 되었음에도 여전히 가끔 엉뚱하면서 순수한 행동을 하는 그녀가 재미있었다.

"그냥 편히 들으시오. 즐거운 인생을 살기 위해서는 이성을 유혹하는 재주 또한 중요한 능력 아니던가. 뱃속에서부터 배워두는 것도 괜찮지 않겠소? 듣자하니 근래에는 서인이고 사대부 가문이고 조기 교육이 대세라던데."

진 역시 볼우물을 새기며 까르르 웃어대었다.

그의 말마따나 요즘 백성들의 교육 바람이 심상치 않았다. 신분 차별은 어쩔 수 없이 엄격하다 하나, 출신보다 능력을 중시하여 관리를 기용하는 풍토 탓에 전대보다는 눈에 띄게 완화되었다. 걸출한 인재의 경우 평민이라도 벼슬길에 오르는 일이 불가능하지 않았기 때문에 하나같이 자식을 가르치는 일에 열성이어서 하는 소리였다.

한동안 서로의 말간 웃음소리가 뒤섞여 울렸다. 원은 무릎 앞의 금(琴)을 밀어놓고 그녀에게 바짝 다가앉았다.

진이 가만히 고개를 들었다. 눈앞 가까이 닿은 다정다감한 시선에 맥박이 점점 빨라져왔다.

"진아."

그가 조용하게 불렀다. 진은 양 볼을 붉히며 그를 말끄러미 맞바라보았다. 오랜만에 이름을 들으니 하릴없이 설레면서 좋았다.

"나는 네 웃는 얼굴이 참 좋다."

금 연주로 뜨거워진 손가락이 그녀의 입술 곡선을 부드러이 덧그렸다.

"너의 환한 미소에 감화하여 너를 사랑하였는데…… 요새는 네 행복한 미소 덕에 나 역시 행복하구나."

한때는 두 번 다시 웃음을 찾지 못할 줄 알았는데…….

원은 가슴 깊이 떠도는 수많은 말들을 삼키며 진의 이마에 가벼이 입을 맞추었다.

"항상 웃어줘서 고맙다."

말끝에 그의 미소가 진하게 스며들었다. 보는 이를 살살 녹여내는 미소다.

오랜 시간 서로가 서로의 웃는 얼굴을 눈동자에 담았다. 진은 살며시 두 손을 내려 사랑하는 이의 손을 맞잡았다.

"저도, 항상 폐하께 감사드리옵니다."

그녀의 고운 입술이 나긋이 열렸다. 그 입술이 한층 깊은 미소를 그려내었다.

진은 천천히 눈을 감았다가 떠 올렸다. 그리고 사랑스러운 목소리로 가만가만 속살거렸다.

"저를 웃게 해주시어서…… 그리고 만백성을 웃게 해주시어서."

終.

작가후기

　중국 후한(後漢) 말, 나관중의 '삼국지연의'를 배경으로 한 작품을 집필하던 중이었습니다. 그 시기를 포함한 중국 고대사 자료들을 수집하는 한편 사마천의 '사기' 번역본을 쭉 읽으며 필요한 내용들을 발췌하고 있었어요.

　해만 바뀌어도 변하는 것들이 참 많습니다. 하물며 2천 년이 넘는 아득한 과거 속 세상은 어떨까요. 그럼에도 책장을 넘기며 그 시대의 인간 군상을 들여다보면 시대를 초월해 고정불변한 가치는 존재하는구나 싶어 가슴이 숙연해집니다.

　종이 대신 비단과 죽간을 쓰고, 일식이 천지자연의 재앙이라 믿던 시기에도 사람과 사람이 만나 사랑하고, 미워하고, 그리워하는 모습은 21세기 속 문명인들과 크게 다르지 않은 듯합니다. 그들의 숨결을 느끼며 자취를 더듬어 가다 보니 자료 작업과는 무관하게 때로는 공감하거나 때로는 감탄하거나 하고 있더군요.

　그중 유난히 공상을 자아내는 사연들이 있었습니다. 작중 원과 진의 대화에서도 인용된 '제아와 문강'은 그중 하나였어요. 그 사연을 진시황의 탄생 비화와 접목시켜 뼈대로 삼고 살을 붙인 결과 황궁 속 로맨스 '장공주'가 탄생했습니다.

　작품의 무대를 한(漢)나라로 설정한 건 기존 집필 중인 작품의 영향도 있지만, 많은 에피소드와 서술에서 중국 고대사를 차용한 만큼 실존했던 국가를 배경으로 해야겠다는 욕심 때문이었습니다. 덕분에 쓰면서 배우고 얻은 것들이 많아 고생한 보람을 느낍니다.

사실 구상만 해두고 느긋하게 시작하려 했습니다만 의욕이 그 계획을 눌렀나 봅니다. 불면증으로 또렷한 정신을 안고 이불을 뒤척이는 사이, 아무리 상상해도 싫증이 나지 않는 이 이야기가 결국 새로운 문서 파일을 열도록 만들었어요. 그러다 보니 기존작보다도 먼저 마감하고, 출간까지 하게 되었습니다. 책으로 내놓은 첫 시대물인지라 처녀작과는 또 다른 긴장과 설렘이 있네요. 아마 2년 반 만의 종이책 출간이라 더 그런 것 같습니다.

지금 이 후기를 눈에 담고 계신 분들, 반갑습니다. 비록 일면식 없는 사이일지라도 제가 쓴 글을 읽으시는 동안만큼은 서면을 통해 저와 독자님들이 함께한다는 생각입니다. 그래서 후기를 통해 한번 인사드리고 싶었어요. 부디 즐거운 시간 되셨으면 좋겠습니다.

언제나 힘이 되어주시는 부모님과 수정에 큰 도움 준 S양, 도서출판 가하에 진심으로 감사드립니다.

너무 늦지 않게 다음 작품으로 뵙겠습니다.

그때 또 만나요.

2015년 가을,

유소다

참고문헌

김영수(2013). 『1일 1구』. 유유

김원중(2013). 『1일 1독』. 민음사

관중. 『관자管子』. 신동준 역(2015). 인간사랑

하하라 도시쿠니. 『국가와 백성 사이의 한漢』. 김동민 역(2013). 글항아리

김영수(2013). 『나를 세우는 옛 문장들』. 생각연구소

공자. 『논어論語』. 김형찬 역(2005). 홍익출판사

공자. 『논어論語』. 김원중 역(2012). 글항아리

조윤제(2014). 『말공부-2500년 인문고전에서 찾은』. 흐름출판

맹자. 『맹자孟子』. 박경환 역(2005). 홍익출판사

사마천. 『사기 본기』. 김원중 역(2010). 민음사

사마천. 『사기 세가』. 김원중 역(2010). 민음사

사마천. 『사기 열전 1~2』. 김원중 역(2011). 민음사

사마천. 『사기 서』. 김원중 역(2011). 민음사

김인숙(2001). 『사대부와 술 약 그리고 여자』. 서경문화사

사마양저. 『사마법司馬法』. 임동석 역(2009). 동서문화동판(동서문화사)

김영수(2013). 『사마천과의 대화』. 새녘출판사

김영수(2010). 『사마천, 인간의 길을 묻다』. 왕의서재

상앙. 『상군서商君書』. 신동준 역(2013). 인간사랑

손자. 『손자병법孫子兵法』. 김광수 역(1999). 책세상

손무, 오기. 『손자, 오자』. 손병식 역(2014). 청아출판사

순자. 『순자荀子』. 최영갑 역(2011). 풀빛

임동석 역(1998). 『안자춘추晏子春秋』. 동문선

박덕규(2008).『온 가족이 함께 읽는 중국 역사이야기 1』. 일송북

사마천.『완역 사기 본기 1』. 김영수 역(2010). 알마

사마천.『완역 사기 본기 2』. 김영수 역(2012). 알마

태공망, 황석공.『육도六韜.삼략三略』. 유동환 역(2005). 홍익출판사

김희영(2006).『이야기 중국사 1-중국 고대부터 전한 시대까지』. 청아출판사

강신주 외(2013).『인문학 명강-동양고전』. 21세기북스

장자.『장자莊子』. 조관희 역(2014). 청아출판사

유향.『전국책戰國策』. 여설하 역(2014). 학술편수관

김세중(2012).『죽기 전에 논어를 읽으며 장자를 꿈꾸고 맹자를 배워라 1~3』. 스타
　북스

구성희(2013).『중국여성을 말하다』. 이담북스

양산췬, 정자룽.『중국을 말한다 1』. 김봉술, 남홍화 역(2008). 신원문화사

양산췬, 정자룽.『중국을 말한다 2-시경 속의 세계』. 이원길 역(2008). 신원문화사

천쭈화이.『중국을 말한다 3-춘추의 거인들』. 남광철 역(2008). 신원문화사

천쭈화이.『중국을 말한다 4-열국의 쟁탈』. 남희풍, 박기병 역(2008). 신원문화사

청녠치.『중국을 말한다 5-강산을 뒤흔드는 노래』. 남광철 역(2008). 신원문화사

쟝위싱.『중국 황제 어떻게 살았나』. 허유영 역(2003). 지문사

강신주(2011).『철학의 시대-춘추전국시대와 제자백가』. 사계절

좌구명.『춘추좌전春秋佐傳』. 김월회 역(2009). 풀빛

노병천(2013).『한권으로 독파하는 중국 10대 병법』. 연경문화사(연경미디어)

한비자.『한비자韓非子』. 마현준 역(2010). 풀빛

한비자.『한비자韓非子』. 김원중 역(2010). 글항아리

반고.『한서漢書』. 노돈기, 이리충 편저, 김하나 역(2013). 팩컴북스

시앙쓰.『황궁의 성』. 허동현 감수(2009). 미다스북스

최창록(2015).『황제 소녀경』. 선

김영수(2011).『현자들의 평생 공부법-공자에서 모택동까지』. 역사의아침